WASILIJ MACHANIENKO

# DROGA SZAMANA

## ETAP 4

LitRPG

WASILIJ MACHANIENKO

# DROGA SZAMANA

## ETAP 4

# ZAMEK WIDMO

przekład z języka rosyjskiego

**Gabriela Sitkiewicz**

**Joanna Darda-Gramatyka**

insignis

Tytuł oryginału
*Путь Шамана. Шаг 4: Призрачный замок*



This book is published in collaboration with Magic Dome Books

Przekład z języka rosyjskiego
Gabriela Sitkiewicz, Joanna Darda-Gramatyka

Redakcja i korekta
Dominika Rychel, Marcin Piątek

Okładka
Piotr Sokołowski

Skład i przygotowanie do druku
Tomasz Brzozowski



ISBN 978-83-66575-81-3

Insignis

Insignis Media, ul. Lubicz 17D/21–22, 31-503 Kraków
tel. +48 12 636 01 90, biuro@insignis.pl, insignis.pl
Facebook: @Wydawnictwo.Insignis
Twitter, Instagram: @insignis_media

Druk i oprawa
Drukarnia Abedik, abedik.com.pl

Wyłączna dystrybucja
DRESSLER Dressler Dublin sp. z o.o.
dystrybucja@dressler.com.pl, dressler.com.pl

## SPIS TREŚCI

LitRPG

# DROGA SZAMANA

# ETAP 4

# ZAMEK WIDMO

## ROZDZIAŁ 1

# KRWAWE ŁZY TAWII

– Wystarczy już tego wylegiwania się! – Drwiący głos Anastariji przedarł się do mojej przyćmionej świadomości i zmusił do powrotu do rzeczywistości.

Przez chwilę mój mózg odmawiał pracy, jakby nie ufał zmysłom, ale tama nieufności pękła, a myśli napłynęły jak rwąca rzeka. Otóż... leżałem na ziemi, czyli lot się nie udał. Wszystko mnie bolało, jakby moje wnętrzności popękały – miałem twarde lądowanie. Cieszyło jedno: sądząc po czasie systemowym, od fatalnego pikowania minęło zaledwie dziesięć minut, więc nie zostałem wysłany na odrodzenie.

– Może szturchnąć go kijem, żeby go ocucić? – Plinto przyłączył się do Anastariji.

A on tu po co? Sam nie opanował jeszcze swoich umiejętności, a tu się wcina. Skoro jestem Smokiem, to przecież muszę nauczyć się latać.

– Za chwilę ja cię szturchnę! – odburknąłem, po czym zebrałem siły i usiadłem. Oparłem się o drzewo, w które, jak usłużnie podpowiadała mi pamięć, wpadłem kilka minut wcześniej. – Co z Ciapą?

– A co ma być? Chyba żyję! – Gdzieś zza drzewa rozległ się ochrypły głos, który wskazywał, że jego właściciel oberwał nie mniej niż ja, ale i tak odetchnąłem z ulgą. Okazuje się, że moje nieudane lądowania na drzewie nie wysłało mojego jeźdźca na odrodzenie. To mnie ucieszyło!

– Długo zamierzasz tak leżeć? Zostało jeszcze czterdzieści minut treningu; bądź tak dobry i go dokończ! – odezwała się Anastarija, jakby w ogóle nie dbała o mój stan.

Źle się czuję, jestem obolały i zagniewany, ale ona myśli tylko o tym, jak przedłużyć pobyt u naszego wspólnego dręczyciela. Lala bez serca! Ten, kto powiedział, że jest idealna, był kretynem.

Dobiegł końca pierwszy miesiąc naszego pobytu u Patriarchy Wampirów i z pełną odpowiedzialnością mogę stwierdzić, że to był najmroczniejszy miesiąc w moim gamingowym życiu! Zarówno życiu Łowcy, jak i Szamana!

Pierwsze dwa dni okazały się zaskakująco spokojne i przyjemne – Patriarcha częstował nas rozmaitymi wzmacniającymi smakołykami, opowiadał różne historie, wraz z Jednorożcem Iszni oprowadzał nas po najciekawszych zakamarkach Mrocznego Lasu. Już samo zobaczenie Zielonego Wodospadu było warte wszystkiego! Spod ogromnego głazu, wysokiego na około pięćdziesiąt metrów i otoczonego wybujałymi i – dzięki Iszni – żyjącymi drzewami, rozpoczynał swoją wędrówkę strumień. Trzysta kilometrów dalej przechodził w jeden z wielu dopływów Neldy – drugiej co do wielkości rzeki Malabaru. Źródło, które ujrzały nasze oczy, uderzało swoim pięknem. Przejrzysta i smaczna woda, od razu uzupełniająca Energię i Punkty Życia, spadała z kamienia, którego obecność w Mrocznym Lesie budziła wiele pytań. Na przykład – skąd on się tu wziął? To właśnie z powodu takich detali tworzonych przez grafików Barliony są gracze, którzy całą grę poświęcili podróżom. Kilka dni lotu na gryfie, żeby na własne oczy zobaczyć takie arcydzieła, to dla nich nic! I Zielony

Wodospad, i idealnie okrągłe jezioro, w którym w zgrabnych rzędach rosły lilie wodne o zielonych, białych oraz czerwonych kwiatach, i odnowiona polana Strażnika Lasu... W ciągu dwóch dni zobaczyliśmy tyle niesamowitych i pięknych rzeczy, że byliśmy kompletnie nieprzygotowani na to, co miało nastąpić. Po powrocie do zamku Patriarchy wszystkimi zawładnęły ambiwalentne uczucia. Spojrzenie Patriarchy wyrażało dumę z doskonale wykonanej pracy jego wojowników, Iszni wyglądała na zaintrygowaną, a Wampiry cieszyły się, że potrafiły zadowolić swojego pana. A ja oraz wszyscy inni gracze ze smutkiem uświadamialiśmy sobie, co nas czeka. Z potężnej fortyfikacji, która przez dwadzieścia lat wytrzymywała ataki Upadłych, zamek zamienił się w ogromny poligon. Tory przeszkód, wahadła, manekiny treningowe, symulatory bossów, kolejne wahadła i tory przeszkód... Nawet nie znałem nazw większości tych przyrządów wchodzących w skład ćwiczebnego instrumentarium głównego krwiopijcy Barliony, ale zadowolone spojrzenie Wampira mówiło mi, że w najbliższej przyszłości zapełnię z naddatkiem tę lukę w edukacji. Cieszyło mnie jedno – jestem Szamanem, więc bieżnie i tory z przeszkodami mi nie grożą. Uznałem, że są przeznaczone dla Łotrzyków i Wojowników, a Barsine, Anastarija i ja będziemy zgłębiać nasze magiczne zdolności.

Jak bardzo się myliłem...

Na początku przydzielono nam jedno zadanie zatytułowane „Trening". Rzadkie, prawie unikalne, które zapowiadało, że przez cztery tygodnie będziemy szkoleni według specjalnej metody opracowanej przez pewnych mnichów, co miałoby pozwolić naszej świadomości przenieść część umiejętności udoskonalonych w grze z powrotem do rzeczywistości.

Zgodnie z warunkami zadania w trakcie jego wykonywania gracze mieli prawo trzykrotnie w ciągu dnia wyjść z gry na maksymalnie dwie godziny – jeśli wychodziliby częściej i na dłużej, zadanie zakończyłoby się niepowodzeniem. Ponieważ nagrodą za wykonanie misji była jednorazowa premia +15 do wszystkich głównych parametrów, nikt nie chciał ryzykować utraty takiego bonusu. Trójka wolnych graczy wykorzystała po jednym wyjściu do rzeczywistości i dosłownie po godzinie była już z powrotem, jak partyzanci, w pełnej gotowości do tego, by łatwo i bezboleśnie otrzymać należną im nagrodę. Naiwni jak dzieci!

Dwadzieścia osiem dni gry pod przewodnictwem Patriarchy zamieniło się w jedno nieustające zmęczenie, ból, cierpienie i jeszcze więcej zmęczenia. Poranny trening, po którym następował trening z przerwą na trening. Następnie obiad w formie treningu oraz pełnowymiarowy solidny trening w ciągu dnia, po którym był odpoczynek w formie treningu przed wieczornym treningiem. Przed zgaszeniem świateł odbywała się rozgrzewka i trzykrotna pobudka w nocy na krótkie, godzinne treningi... Nawet pierwszy miesiąc w Kopalni „Pryka" nie wykończył mnie tak bardzo, jak udało się to sługom Patriarchy.

Drako, którego wzywałem przy każdej sposobności, po kilku dniach od rozpoczęcia treningu najchętniej pojawiał się schowany w krzakach. Bał się, że w pobliżu czyhają oprawcy. Patriarcha natychmiast wyjaśnił nam, jak kluczowe jest ulepszanie umiejętności Totemu, i osobiście przeznaczył ze swojego czasu dwie i pół godziny dziennie na pracę ze Smokiem. Czego on tylko z nim nie robił – zmuszał do ziania ogniem, doprowadził go do bezbolesnego czwartego przyspieszenia, rozwijał koordynację, celność uderzenia, uczył latać na małych wysokościach. Dwa tygodnie takiego szaleństwa doprowadziły mój Totem do poziomu czterdziestego ósmego i załamania nerwowego. Kiedy Drako po raz kolejny pojawił się w krzakach, stanowczo odmówił zrobienia czegokolwiek, jeśli ponownie zostanie oddany w ręce „pijącego krew i duszę przeklętego zębatego". Patriarcha, ku mojemu wielkiemu zdziwieniu, tylko chrząknął z satysfakcją i oznajmił, że odtąd szkolenie jednego Smoka dobiegło końca. Po chwili namysłu dodał:

– Ale teraz zaczyna się szkolenie drugiego! Za dwie godziny masz się stawić przy wahadłach w postaci Smoka, będę na Ciebie czekał. Teraz marsz pobiegać!

Resztę czasu spędziłem na nauce latania. Innymi słowy, oprócz szkoleń na poligonie dodali mi jeszcze loty. Trzeba przyznać, że „szczęście" w postaci dodatkowego treningu trafiło się nie tylko mnie – Patriarcha miał też czas dla Anastariji i Plinto. Syreny i Wampira. Podczas zajęć z jednym z nas reszta biegała po torach z przeszkodami lub rozwijała główne parametry. Ja, Barsine i Anastarija pracowaliśmy z Intelektem, reszta zajmowała się Wściekłością lub Zręcznością.

– Machanie, załóż diadem – oświadczył kategorycznie Patriarcha podczas jednego z kolejnych treningów. – Ciapo! Przestań biegać i chodź tutaj! Będziesz szczurem doświadczalnym!

Po dwóch tygodniach treningu w postaci Smoka byłem w stanie jako tako utrzymać swój tułów w powietrzu przez dwadzieścia pięć minut, czyli cały przeznaczony na to czas. Na dłużej nie pozwalała zdobyta do tego czasu piąta ranga Smoka. Według Patriarchy, aby przejść przez przełomowe wartości – pięć, dziesięć i dalej co pięć jednostek – muszę porozmawiać z Renoksem. Tylko głowa Smoków może zdecydować, czy kandydat jest godny wzmocnienia, czy jest dla niego jeszcze za wcześnie. Jednocześnie Patriarcha stanowczo odmówił nauczenia mnie otwierania portalu do świata Smoków. Jak mi powiedziano, kiedy nadejdzie czas, sam się tam znajdę...

– Czy rozumiesz już, gdzie popełniasz błąd? – zapytał Patriarcha, zmierzając w moim kierunku.

– Nie popełniłem żadnych błędów – odparłem, rozcierając obolałe nogi obolałymi rękami. – Czy to moja wina, że Ciapa jest gruby i ciągle próbuje upaść? Nie mogłem nawet normalnie unieść się w powietrze, ponieważ on panikował i żądał opuszczenia go na ziemię. Chociaż nie, moim błędem jest to, że zgodziłem się przewieźć na sobie innego wolnego obywatela! Od tego są chowańcy!

– Siła, Machanie! – zaczął prawić Patriarcha, jakby nie słysząc mojej odpowiedzi. – Masz za niskie wskaźniki! I trzeba to zmienić! Nie jesteś tylko Szamanem; jesteś Smokiem, który musi być silny! Chociaż mamy już tylko dwa dni szkolenia, to spędzimy je z pożytkiem. Reandrze! – Patriarcha wezwał jednego ze swoich pomocników. – Machan będzie odpoczywał jeszcze przez dwie minuty, po tym czasie zaczniemy zintensyfikowany trening Siły. Zrobimy prawdziwego Smoka z jaszczurki! – Po chwili milczenia pełnej dramaturgii wampir spojrzał na uśmiechnięte twarze graczy i ciągnął: – Anastarijo, za dwie minuty czekam na ciebie, masz być pod postacią Syreny. Pozostali: marsz na tor przeszkód numer dwa! Ciapo, przestań chować się za drzewem! Nie jesteś totemem Machana! Udawanie chorego i słabego nic ci nie da! Do dzieła, czeka na was tor przeszkód!

**Zadanie „Trening" zostało zakończone. Wszystkie główne parametry zostały zwiększone o +15 jednostek.**
**Energia została zwiększona o +10.**

Nigdy bym nie pomyślał, że zakończenie zadania w grze może wzbudzić we mnie tyle pozytywnych emocji. Szczerząc się jak wariat, pozwoliłem wahadłu wypchnąć mnie z toru przeszkód, upadłem na ziemię, zamknąłem oczy i nawet nie myślałem, żeby się podnieść.

– Przesuń się! – Usłyszałem ochrypły głos Anastariji, po czym obok mnie upadło kolejne ciało.

Nie miałem siły, żeby protestować. Co za „przesuń się", skoro cały las jest wolny i może się uwalić dosłownie wszędzie? Nie – ona koniecznie musi paść tam, gdzie mnie jest dobrze!

– Machaneczku! – Jeśli udało mi się poprawnie zidentyfikować drugi głos, gdzieś obok zaległ Plinto. – Masz jeszcze kilka takich zadań, co? W ciągu dwunastu lat grania narobiłem sobie wielu wrogów, chętnie im je zaoferuję. Niech też się trochę pobawią!

Prawdopodobnie oczekiwał ode mnie jakiejś odpowiedzi, ale nie miałem już siły, żeby ruszyć językiem. A może nawet nie siły, tylko ochoty. Z jękiem przekręciłem się na plecy i przez wierzchołki drzew spojrzałem na błękitne niebo, wyświetliłem swoje właściwości i zacząłem analizować wyniki treningu. Cierpiałem nadaremnie czy może jednak nie?

Spójrzmy...

| PARAMETRY GRACZA: MACHAN | | | | | |
|---|---|---|---|---|---|
| Punkty doświadczenia | 35430 z 172980 | | | Parametry dodatkowe | |
| Rasa | Smok | | | Ranga Smoka | 5 |
| Klasa | Szaman Najwyższy | | | Minuty w postaci Smoka | 25 |
| Specjalizacja podstawowa | Jubiler | | | Cios fizyczny | 1765 |
| Poziom postaci | 93 | | | Cios magiczny | 29245 |
| Punkty Życia | 29510 | | | Odporność na atak fizyczny | 2329 |
| Mana | 59230 | | | Odporność na magię | 2179 |
| Energia | 110 | | | Odporność na ogień | 2139 |
| Statystyki | Skala | Baza | Przedmioty | Odporność na zimno | 2179 |
| Wytrzymałość | 64% | 76 | 2981 | Odporność na truciznę | 100% |
| Zręczność | 11% | 61 | 1095 | | |
| Siła | 84% | 73 | 88 | | |
| Intelekt | 35% | 202 | 5933 | Szansa wykonania uniku | 25,40% |
| Charyzma | 41% | 72 | 72 | Szansa na cios krytyczny | 18,40% |
| Rzemiosło | 0% | 7 | 14 | Błogosławieństwo Eluny | 15% |
| Wydolność | 30% | 138 | 138 | Ranga Duchów Wody | 9 |
| Duchowość | 0% | 53 | 53 | Poziom Totemu | 48 |
| Wolne punkty do statystyk | | | 265 | | |
| Specjalność | | | | Specjalizacja | |
| Jubilerstwo | 54% | 105 | 105 | Szlifierz kamieni | 1 |
| Górnictwo | 1% | 65 | 66 | Krzepkość | 10% |
| Handel | 25% | 9 | 9 | | |
| Kuchmistrzostwo | 20% | 6 | 6 | | |
| Kartografia | 50% | 98 | 98 | Tworzene zwojów | 10% |
| Kowalstwo | 20% | 92 | 92 | Wytapiacz | 10% |
| Sztuka naprawiania | 0% | 6 | 6 | Naprawa Skóry | |

No tak...

Może poprosić Patriarchę o kolejne cztery tygodnie tresury? Gdy tylko pojawiła się ta myśl, przeszedł mnie dreszcz. Ciało kategorycznie odmówiło poddania się raz jeszcze tej próbie. Odwróciwszy głowę, zobaczyłem leżącą obok mnie Syrenę – Anastarija po skończonym treningu nie miała siły wyjść z drugiej postaci.

– Nastjo, co zrobimy z barbarzyńcami? Za kilka dni musimy wezwać Zwiastuna, a jeszcze nie omówiliśmy, jak zdobędziemy zamek.

– Naprawdę nie musisz z nimi nic robić. – Dziewczyna zaskoczyła mnie swoją odpowiedzią. – Imperator nie mógł po prostu dać ci zamku; to za duży prezent. Za to wszystko jednak, co zrobiliśmy dla Barliony, nie mógł też ci go nie podarować. Gieranika jest teraz śmiertelnikiem i jestem pewna, że wkrótce pojawi się aktualizacja, która utworzy trzecie Imperium. Głupotą byłoby zakładać, że krasnoludy nie mogą sobie poradzić z jakimiś najazdami. Wystarczy zebrać siły, wejść na wojenną ścieżkę i odbić zamek. A może myślałeś, że zrezygnuję z mojego tytułu? Już od dawna wiem wszystko, ale przez ten trening nie było absolutnie czasu, żeby ci o tym opowiedzieć. Dawno nie byłam tak zmęczona... Wiedziałeś, że podkręcili nam wrażenia na sto procent? Prawdopodobnie to jedyny sposób, żeby przenieść umiejętności do rzeczywistości...

– Nic mnie to nie obchodzi! – mruknął Plinto. – Po jaką cholerę grubemu, staremu i schorowanemu człowiekowi umiejętność wspinania się po drzewach? Co mam zrobić z tak bezcenną sprawnością? Straszyć ludzi?

– No pewnie! – uśmiechnęła się Nastja. – Gdy tylko zaczniesz łazić po drzewach, zawstydzisz samego Tarzana! Ach, co to był za trening...

– To zaledwie poziom podstawowy – przerwał jej Patriarcha. – Teraz odpocznijcie, nabierzcie sił, później będziemy kontynuować.

Myślę, że dwa miesiące wystarczą aż nadto. Drugi poziom będzie znacznie ciekawszy!

**Dostępne zadanie: „Trening. Poziom 2".**

Na polanie ćwiczebnej zapadła cisza. Leżąc na ziemi, kilkakrotnie zamykałem i otwierałem oczy, próbując odpędzić wiszące powiadomienie o kolejnej porcji koszmaru i bólu. Drugi poziom, trwający sześć tygodni, miał gwarantować zwiększenie wszystkich głównych parametrów o sześćdziesiąt jednostek. Trening rozpocznie się za dwa miesiące od dzisiaj. W zadaniu była adnotacja: Patriarcha osobiście przybędzie po każdego z nas, gdziekolwiek w Barlionie będziemy. Choćby na innym kontynencie!

– Cieszę się, że za dwa miesiące zobaczę was wszystkich! – powiedział wampir uradowanym głosem jakby na potwierdzenie, że niezależnie od tego, jak bardzo gracze przeklinają zmęczenie i ból, nikt z nich nie odmówi takiego zadania. – A teraz pozwólcie, że was zostawię, ale jeśli chcemy być gotowi na czas, przygotowania do drugiej sesji treningowej powinny rozpocząć się już teraz!

Tuż przy uchu usłyszałem chrupnięcie – moja projekcja, do której przyzwyczaiłem się przez te cztery tygodnie i już praktycznie nie zwracałem na nią uwagi, wspięła się na moje ramię i zaczęła pożerać jabłko widmo. Jak udało się nam ustalić, tylko ja słyszałem to chrupnięcie, dla reszty graczy projekcja była niema. Z jednej strony to dobrze, z drugiej – źle, bo nie mogliśmy usłyszeć pieśni małej widmowej syreny Anastariji, która uwielbiała krążyć przed lustrem i układać swoje włosy lub przeklinać wampira Plinto, wymachującego dwoma jadowicie zielonymi kindżałami i robiącego tak groźną minę, że na sam widok chciało się śmiać.

– Nie wierzę! – krzyknęła zdziwiona Anastarija i w tym samym momencie moim oczom ukazała się wiadomość:

**Drogi Graczu! Prosimy o wyrażenie zgody na wykorzystanie twojego wizerunku w filmie o wydarzeniach w Kołotowce i Mrocznym Lesie. W ramach wynagrodzenia za wykorzystanie twojego wizerunku oferujemy 0,5% tantiem od każdego wypożyczonego filmu. Rozliczenia dokona Imperator, a należna ci kwota zostanie automatycznie przelana na twoje konto w Banku Barliony.**

– A więc film... – powiedziałem, przeciągając sylaby. – Kto chce zostać gwiazdą filmową?

– Ja – odpowiedziały Anastarija i Barsine niemal jednocześnie. – Korporacja nieczęsto robi filmy, żeby odmawiać takiej okazji!

– Ja też się zgodziłem – dodał Plinto. – Granie to jedno, ale wchodzenie w historię gry to już zupełnie coś innego.

Leyte'a, Eryka i Ciapy nie było w pobliżu, a nie chciałem pisać na czacie, więc ja również nacisnąłem przycisk *Akceptuj*. Już sam fakt, że chciano zrobić taki film, mnie przekonał. Gdy tylko zniknęło pierwsze powiadomienie systemowe, natychmiast pojawiło się drugie:

**Drodzy Gracze! Ukończono scenariusze tworzenia nowego wrogiego Imperium. Odtąd między Malabarem a Kartosem ustala się zawieszenie broni, które będzie trwało aż do pokonania Gieraniki. Zasady interakcji między graczami z dwóch różnych Imperiów znajdziesz w przewodnikach.**

**Sugerujemy zapoznanie się z filmami o uruchomieniu scenariuszy „Gambit Kartosa" i „Tajemnica Mrocznego Lasu". Życzymy miłego oglądania! (Koszt obejrzenia jednego filmu to 50 Złotych Monet).**

– To było oczywiste – stwierdziła Anastarija z satysfakcją – pomogliśmy w powstaniu trzeciego Imperium, więc z barbarzyńcami nie będzie problemów. Oni praktycznie oddadzą nam zamek i tytuł! Baronessa Anastarija... Brzmi ładnie! Proponuję obejrzeć filmy! Nieźle! Po dwie godziny każdy!

Nigdy nie myślałem, że będę oglądać swoje przygody z otwartymi ustami ze zdziwienia. Kołotowka, ocalenie wilków, wabienie mrocznych goblinów, poszukiwanie Sklika, zamek Kartosa, zaproszenie Anastariji, spór z Elżbietą, bitwa, wyprawa do Mrocznego Lasu, Polana Strażnika, Zamek Upadłych, próby Gieraniki, sąd bogini... Korporacja stworzyła arcydzieło! Cztery godziny minęły w jednej chwili, pozostawiając przyjemne uczucie dobrze wykonanej pracy. Szkoda, że nie ma już żadnych aktywnych scenariuszy – nie miałbym nic przeciwko wzięciu udziału w kolejnym filmie!

*Dzyń! Masz 1 439 288 wiadomości. Czy chcesz je przeczytać?*

– Już się zaczęło! – uśmiechnęła się Anastarija, wyjmując przenośną skrzynkę pocztową. – Dwa miliony wiadomości w trzydzieści minut! Jeszcze trochę i mój osobisty rekord liczby wiadomości otrzymanych w godzinę pójdzie w zapomnienie!

– I ja mam półtora – powiedziałem zmieszany, otwierając pocztę. Nie przywykłem do takiej popularności, więc nie wiedziałem, co odpowiedzieć ludziom na tego typu propozycje:

*Cześć! Świetnie to rozegrałeś! Jeśli potrzebujesz Maga, pisz!*

Lub:

*Machanie, weź mnie do swojego klanu! Razem pogramy! Musisz mnie poznać z Anastariją!*

Ludzie najwyraźniej postradali zmysły, skoro udało im się napisać tyle wiadomości w trzydzieści minut!

– Sądząc po takiej popularności, w tym roku to właśnie ty powinieneś wziąć udział w konkursie Miss Malabaru. Rozniesiesz konkurencję! – powiedział radośnie Plinto i wstał. – Wracamy do Anchursu czy od razu wzywamy Zwiastuna?

– Mamy jeszcze dwa dni, więc wróćmy do Anchursu i pozałatwiajmy nasze sprawy. Później sprawdzimy, co słychać u barbarzyńców. Na przykład ja muszę zdobyć drugą rangę Jubilera...

– Zgadzam się z tobą: najpierw musimy zatrzymać się w Anchursie! – powiedziała Anastarija. – Ja się zajmę portalem...

– W takim razie od razu się umówmy: zbiórka dziś o ósmej wieczorem w „Złotej Podkowie". Omówimy, jak dalej rozwijać nasz klan. Nastjo, od ciebie jako najbardziej doświadczonego gracza oczekuję pomysłów. Przedyskutujemy je razem. Jeśli ktoś jeszcze ma jakieś przemyślenia i może się nimi podzielić, to będzie zawsze mile widziane. Teraz zbieramy nasze rzeczy i lecimy do stolicy...

– Jak mogę ci pomóc? – Nauczyciel Jubilerstwa, którego cała uwaga była skupiona na obróbce Opalu, odburknął, nie podnosząc głowy. Gnom ostrożnie ciął mikron po mikronie i próbował nadać kamieniowi kształt serca. Sądząc po leżącej obok koronie z pustymi miejscami na kamienie i ogromnym stosem nieobrobionych kamieni, Jubiler miał sporo pracy. – Z góry proszę o wybaczenie: absolutnie nie mam czasu. Księżna chce dziś odebrać diadem dla swojej córki, a zamówienie dotarło do mnie dopiero wczoraj. Nie mam czasu...

– Mogę pomóc – wymsknęło mi się machinalnie, gdy tylko wyczułem, że mowa jest o zadaniu. Pomoc nauczycielowi jubilerów w szlifowaniu serc nic mnie nie kosztuje, za to mam szansę zdobyć bonusy.

– Naprawdę? – Gnom podniósł na mnie oczy i od razu rozpromienił się jak słońce. – Machanie! – krzyknął radośnie nauczyciel i natychmiast zerwał się ze swojego miejsca. – Dawno cię nie widziałem! Słyszałem, że ktoś stworzył Krasnoludzkich Wojowników z Zestawu Karmadonta, podejrzewam, a nawet jestem pewien, że to ty! Zrobisz tę przyjemność starcowi?

Wyciągnąłem figurki i podałem je gnomowi, który natychmiast zaczął je oglądać z każdej strony, uważnie wypatrując wad. Niedoczekanie jego!

– Bardzo dobra robota – wycedził jubiler, zwracając mi krasnoludów. – Powiedziałbym nawet, że znakomita. Powtórz: co cię do mnie przywiodło?

– Muszę zdobyć kolejną rangę Jubilerstwa. Jestem już na sto piątym poziomie i nadal biegam z pierwszym stopniem specjalizacji. Chcę się też dowiedzieć, jak poszła sprzedaż receptury na Kamienną Różę.

– Z recepturą wszystko przebiegło dobrze, sprzedałem ją za siedemdziesiąt trzy tysiące Złotych Monet. Oto twoje pieniądze. – Gnom wręczył mi woreczek z brzęczącymi monetami, który natychmiast rozpłynął się w moich rękach.

Trzydzieści procent Złotych jak zwykle wpłynęło do kasy Imperium, przypominając mi, że jestem obywatelem z ograniczonymi prawami.

– Jeśli zaś chodzi o drugą rangę Szlifierza Kamieni, wyszkolę cię. Ale posłuchaj! Albo zapłacisz mi dziesięć tysięcy w złocie i później pójdziesz swoją drogą, albo nauczę cię za darmo, ale za to pomożesz mi z Opalami. Co powiesz?

– Na czym ma polegać moja pomoc? – Nie chciałem odmawiać zadania związanego z moją specjalnością, dlatego byłem gotów poświęcić trochę czasu na obróbkę kamieni.

– Wiem, że nie zdążę zrobić diademu i wyszlifować czterech kamieni w czasie określonym przez Księżną. Jeśli ty zgodzisz się mi pomóc, ja wyszkolę ciebie. Jeśli się zgodzisz, ale sobie nie poradzisz, będziesz musiał zapłacić, ale wówczas cena wzrośnie dwukrotnie. Co ty na to?

**Dostępne zadanie:**
**„Diadem Wysadzany Opalami dla panny młodej w opałach".**
**Opis: ...**
**Klasa zadania: Rzadkie.**
**Ograniczenia: Tylko dla Jubilerów...**

– Biorę!

– Bardzo dobrze! – Radośnie zacierając ręce, gnom awansował mnie w Szlifowaniu Kamieni o jedno oczko. – Kolejną rangę zdobędziesz, gdy uzyskasz poziom sto pięćdziesiąty. Dopóki będziesz miał Rzemiosło, dopóty będziesz w stanie wytwarzać rzeczy zwiększające sumarycznie statystyki nawet o tysiąc jednostek. Przypomnę tylko, że w tym momencie twój maksymalny bonus do statystyk dla jednego przedmiotu wynosi sto osiemdziesiąt. Siadaj, to jest wzór; za godzinę czekam na cztery takie serca. Ja w tym czasie zajmę się diademem...

– Patrz! To Machan! Włącz kamerę!

Stłumiony szept dochodzący przez otwarte okno prawie wytrącił mnie z równowagi. Czy im chodzi o mnie? Wyjrzałem przez okno i omal nie upuściłem narzędzi – na małym placu w pobliżu domu Jubilera zgromadziło się około czterdziestu gapiów, którzy przyglądali się mojej pracy. Dwóch Magów, opierając się o okno, rzucało projekcję na ścianę domu, tak aby zebrany tłum mógł na żywo zobaczyć moje starania. Ręce zaczęły zdradziecko drgać – nie nawykłem do pracy pod bacznym okiem krytyków, którzy później będą chodzić i głosić, że oni wszystko zrobiliby lepiej. Okazuje się, że zbyt duży rozgłos przynosi między innymi spory ból głowy.

Dobrze! Chcą oglądać – niech patrzą! Najważniejsze, żeby mi nie przeszkadzali!

Próbując wyrzucić z głowy obraz gapiących się na mnie graczy, przeanalizowałem szablon Serca z Opalu i ponownie przeczytałem opis zadania. Panna młoda w opałach... Już samo sformułowanie sugerowało, że coś tu śmierdzi: skąd nagle w Barlionie NPC-e, którzy popadli w niełaskę? A tym bardziej panny młode.

– Mistrzu – zwróciłem się do nauczyciela – rozumiem, że czas działa na moją niekorzyść, ale powiedz mi, kim jest panna młoda w opałach? Jak to się stało, że popadła w niełaskę i dlaczego w diademie powinny być koniecznie serca?

– A co innego można zrobić z ognistego Opalu? Myślę, że serca będą pasować; mam nawet gotowy prototyp. Jeśli bardzo chcesz, możesz zrobić coś swojego. Najważniejsze jest, żeby mocowanie było standardowe jak w prototypie. A jeśli chodzi o pannę młodą... Pomiędzy Malabarem a Kartosem po raz pierwszy zawarty został pokój, choć dość fikcyjny. Otóż księżna Kaltanoru zaproponowała jednemu z książąt Kartosa, zwanemu chyba Urwaliksem, zawarcie sojuszu poprzez zaślubiny jej córki Tawii z Trediolem. Dziewczyna ma dopiero osiemnaście lat, nigdy nie widziała tego Kartosjanina na oczy, więc zrobiła awanturę, stwierdziwszy, że nie wyjdzie za niego, i kropka. Potem się opamiętała albo ktoś przemówił jej do rozsądku i zgodziła się wyjść za Trediola, pod warunkiem że w dniu ślubu będzie miała na głowie Diadem Wysadzany Opalami. Wie, diablica, że w tym momencie w Anchursie nie ma takich, nawet w całym Malabarze nie można ich znaleźć. Dzisiaj przyjeżdża Kartosjanin, a za trzy godziny służba Księżnej przyjdzie tu po gotowy diadem. Pomyślałem, że serca będą wyglądać najlepiej. W końcu będzie panną młodą! Dość gadania, nie mam czasu! Wciąż muszę wykonać podstawę diademu. Machanie, zrób wszystko, co w twojej mocy!

– Czy konieczne są cztery kamienie? – dopytałem, zanim zacząłem je formować.

– Tak, spójrz, co zaplanowałem.

Gnom pokazał mi prototyp, który można było śmiało nazwać koroną. Srebrne listki, perłowa rama i cztery mocowania ułożone praktycznie w jednej linii. Spędziłem około minuty, próbując wpaść na to, co mi się nie podobało w diademie zaprojektowanym przez gnoma, kiedy nagle mnie olśniło. Serca! Czerwone serca ustawione w rzędzie nie będą pasować do tego arcydzieła, a Tawia, gdy zobaczy rezultat, wpadnie w szał i odeśle Trediola z powrotem do domu. Chociaż, cholera, o czym ja mówię? To tylko NPC-e odgrywający scenariusz pojednania stron. Oni nie mogą się nie pobrać! Ale serca w diademie na pewno nie będą dobrze wyglądać, daję głowę!

Przyjrzałem się uważnie wykrojowi serca, kupce krwawych Opali i zamknąłem oczy. Kopiowanie nie jest dobrym wyjściem! Dziewczyna wychodzi za mąż, ale nie chce tego zrobić. Cóż, to się zdarza. *À propos*, dlaczego ma poślubić Kartosjanina? Ponieważ tak rozkazała Księżna? Chwilunia! Dziewczyna ma prawo zwrócić się do Imperatora – on unieważniłby decyzję matki. Gdyby tylko... Gdyby tylko to małżeństwo nie miało przynieść korzyści Imperatorowi i samemu Mrocznemu Władcy... Pierwsze pojednanie, pierwsza jaskółka, pierwsze ofiary, które zjednoczyłyby oba państwa w walce z Gieraniką... Dlaczego nie? Aspekt społeczny w Barlionie jest wysoce rozwinięty, dwóch NPC-ów w roli ofiar, którą odgrywają dla wyższego celu, to doskonały scenariusz. Jestem przekonany, że o weselu wszędzie będzie głośno, a ci młodzi zostaną okrzyknięci bohaterami. Męczennicy, którzy cierpieli dla swojego kraju... Stop!

Moje oczy zatrzymały się na pierwszym Opalu. Po ostrożnym wycięciu kamienia najpierw od strony mocowania zawahałem się, ale od razu przystąpiłem do realizacji mojego pomysłu. Chcesz serc? Tylko poczekaj...

Cztery kamienie umieszczone w jednej linii. Cztery krwawe symbole ofiary, jaką składa panna młoda dla dobra swojego kraju.

**Stworzyłeś przedmiot: Krwawa Łza Tawii.**
**Opis: Ból i beznadziejne położenie, w jakim znalazła się dziewczyna, zamieniły się w łzy. Jedna z nich spadła na Opal, który wchłonął łzę, przybierając jej postać. Wymagane do ukończenia zadania.**
**+4 do Jubilerstwa. Łącznie 109.**
**+1 do Rzemiosła. Łącznie 8.**

– Proszę! – powiedziałem zadowolony, gdy zgasło światło w moich rękach, a satysfakcja związana z poprawą głównej specjalności opuściła moje styrane ciało. Nieważne, jak bardzo było to miłe, muszę się skoncentrować. Muszę jeszcze dziś iść na spotkanie z klanem! Podałem kamienie gnomowi i dodałem: – Jeśli wysadzisz nimi diadem, to...

– Machanie, już nie mam czego nimi wysadzać... – przerwał mi gnom, patrząc na kamienie oczami pełnymi smutku. – Wczoraj słudzy Księżnej przyszli po diadem... Za dwie godziny rozpocznie się ślub i Tawia weźmie w nim udział w ozdobie miernej jakości... Kiedy przyszła służba Księżnej, było już jasne, że nie uda ci się zrobić serc na czas. Byłeś zbyt zajęty tworzeniem... Można by rzec, że to postawa godna podziwu. Jednak nie wykonałeś tego, co było najważniejsze dla Jubilera w tym zadaniu, bo zabrakło ci na to czasu. W pośpiechu stworzyłem cztery kamienie, nie mając nawet chwili, żeby je porządnie oszlifować i wstawić... Łzy wyszły przepiękne, idealnie wyglądałyby w diademie, ale... Wybacz mi, młody kolego, muszę teraz pobyć sam. Jesteś mi winien dwadzieścia tysięcy Złotych Monet, tak jak się umówiliśmy; nie udało ci się wykonać zadania.

**Zadanie „Diadem Wysadzany Opalami dla panny młodej w opałach" zostało zakończone porażką.**

– Jak to: wczoraj zabrali? – dopytałem, gdy tylko zrozumiałem słowa gnoma i powiadomienie. – Czyli pracowałem dłużej niż jedną dobę?

– Dokładnie dwadzieścia dwie godziny – odparł Jubiler. – Byli tu przedstawiciele twojego klanu, próbowali przywrócić cię do rzeczywistości, ale im się to nie udało. Zupełnie tak jak mnie.

Oblałem się zimnym potem i odruchowo zacisnąłem dłonie – przecież wczoraj miałem spotkanie klanu!

– Mistrzu, ja...

– Machanie, ja wszystko rozumiem! Jesteś genialnym twórcą, ale poleganie na tobie, gdy trzeba zrobić coś na czas, jest ryzykowne. Pozwól, że cię zostawię; nie chcę spotkać się z Księżną, gdy przyjdzie tu narzekać na moją pracę...

Gnom, kręcąc głową, wyszedł do innego pomieszczenia, nawet nie zamykając pracowni. Nie ma tu czego kraść – z wyjątkiem kilku Drogocennych Kamieni na poziomie podstawowym, a i to wyłącznie przez ludzi z Podłością lub Kradzieżą. Przed wyjściem na zewnątrz wyjąłem amulet i wezwałem Anastariję.

– Nastjo, cześć! Tu Machan...

– O, królewna się obudziła! – Usłyszałem odpowiedź, w której, sądząc po tonie, radość mieszała się z kąśliwością. – Wybacz, ale nie mogę teraz rozmawiać. Może wieczorem? Obiecaj mi tylko, że do tego czasu znów nie wpadniesz w trans.

– Gdzie ty jesteś? – wymsknęło mi się, chociaż nie zamierzałem o to pytać. Przesłuchiwanie Nastji nie było z mojej strony zbyt uprzejme, ale zżerała mnie ciekawość, gdzie się podziewa.

– Na ślubie NPC-ów. Dzisiaj jest wielkie wydarzenie: Imperator i Władca organizują w pałacu imprezę. Nawiasem mówiąc, bardzo piękne wydarzenie, szkoda, że cię tu nie ma; twoje zaproszenie przepadło.

– Czekaj, ale ślub jest dopiero za dwie godziny! – Błysnąłem. – Jeszcze mogę zdążyć; dobiegnę stąd do pałacu w dziesięć minut.

– Byłoby świetnie, ale tu obowiązują surowe zasady dotyczące ubioru. Masz smoking?

– Nie... Ale... Jestem niedaleko sklepu Reandra! Czekaj na mnie za dwadzieścia minut pod pałacową bramą!

Gnom Reander jest jednym z handlarzy NPC, którego deweloperzy opracowali wyłącznie w jednym celu – żeby tworzyć arcydzieła i wykorzystywać je do wyciągania pieniędzy od graczy. Te arcydzieła mają różne formy – ktoś maluje obrazy, ktoś rzeźbi, a Reander robi ubrania. W Barlionie była niezliczona liczba krawców, zarówno wśród graczy, jak i NPC-ów – nie każdego było stać na drogie ciuchy, ale każdy chciał być piękny. Dlatego Reander nie był monopolistą na rynku ubiorów dla graczy. On był monopolistą na rynku doskonałych ubiorów dla graczy. Sukienki, smokingi, czapki, buty – Reander potrafił zrobić wszystko! I robił to tak, że sam Imperator nie wahał się zamawiać u niego swoich szat.

– W czym mogę pomóc? – zapytał mnie właściciel sklepu, poprawiając okulary na nosie. W postaci Reandra programiści zawarli wszystkie swoje wyobrażenia na temat wyglądu szanowanego mistrza krawiectwa, który jest świadomy swojej wartości, ale się z nią nie obnosi. Gnom ubrany w kraciasty garnitur własnej produkcji robił bardzo przyjemne wrażenie. – Chciałby pan zamówić garnitur?

– Wybacz, mistrzu, ale nie mam na to czasu – powiedziałem, doskonale rozumiejąc, że koszt garnituru właśnie wzrósł dwulub nawet trzykrotnie. – Potrzebuję smokingu na przyjęcie u Imperatora, i to na teraz.

– Przykro mi! – Gnom pokręcił głową, gdy Symulator wymyślał plan rozmowy. – Wszystkie garnitury są robione na zamówienie i...

– Szanowny Reandrze... – kontynuowałem pogrążanie się w dołku ogromnych wydatków. To, co zamierzałem zrobić, było szaleństwem, zwykłym marnotrawieniem pieniędzy, ale nie mogłem stracić szacunku mojego nauczyciela Jubilerstwa. Może kierowało mną przeczucie, ale w tym momencie byłem psychicznie przygotowany na spore wydatki. – Proszę o wybaczenie, ale mam tylko dziesięć minut. Doskonale rozumiem, że garnitury robione są na specjalne zamówienie, że może nie ma pan gotowych, ale muszę spróbować. Muszę dostać się na imprezę w pałacu, żeby uratować dobre imię Jubilera, które sam naraziłem na szwank!

– Magiczne przyspieszenie zamówienia kosztuje czterdzieści tysięcy Złotych Monet – rzekł gnom po chwili namysłu. – Sam smoking to dwieście tysięcy, buty: czterdzieści, laska: dziesięć. Razem to trzysta tysięcy. Jeśli kwestią jest pilna pomoc jednemu z moich kolegów rzemieślników, zawsze jestem gotowy się dogadać!

– Przepraszam, wymienił pan towar za dwieście dziewięćdziesiąt tysięcy!

– Jak mogłem zapomnieć – uśmiechnął się Reander. – Muszka! Do smokingu musi być muszka! Kosztuje dziesięć tysięcy.

– Ile czasu zajmie przygotowanie stroju? – zapytałem, starając się nie okazywać uczuć. Trzysta tysięcy Złotych Monet za kawałek kodu oprogramowania, który mój mózg zobaczy w postaci ekskluzywnych ciuchów! Trzysta tysięcy stracone z powodu przeczucia... Jeśli się mylę i niczego na tym nie ugram, będę musiał ponownie przemyśleć mój stosunek do moich zdolności przewidywania!

– Dwie minuty. Zgadza się pan? – Zobaczyłem okienko z akceptacją przelewu z konta. Po chwili wahania nacisnąłem przycisk *Tak*. – W takim razie zostawię pana, proszę sobie usiąść. Wracam za chwilę...

– Machanie, nigdy nie przestaniesz mnie zadziwiać! – powiedziała Anastarija, gdy przywieziono mnie do pałacu. Trzeba oddać Reandrowi: nie dość, że przyspieszył realizację zamówienia, to jeszcze zagwarantował mi eskortę do pałacu. Chociaż za to jestem mu winien wdzięczność! – Nawet nie zapytam, ile właśnie wydałeś. Wiem, jakie ceny ma Reander! Idziemy?

– Chodźmy – odparłem i odprawiłem eskortę. – Nastjo, muszę się zobaczyć z Tawią.

– Z kim?

– Z panną młodą. I to jeszcze przed rozpoczęciem ceremonii.

– To niemożliwe! Nie wiemy nawet, czy jest już w pałacu.

– Nastjo, to ważne! Pomóż mi, proszę!

Dziewczyna zrobiła głęboki wdech, głośno nabierając powietrza w płuca. Zamknęła oczy i zastanawiała się przez kilka chwil, po czym zapytała:

– Jak ważne?

Ukrywanie przed nią prawdy nie miało sensu, więc opowiedziałem jej o zadaniu Jubilera, stworzeniu kamieni i o porażce. Nastja obejrzała cztery Łzy z Opalu i zdumiona ich pięknem, wymamrotała coś w stylu: „dla mnie nigdy nie zrobiłeś czegoś takiego", po czym dodała:

– Machanie, Machanie... Jak ty lubisz włazić tam, gdzie logika zakazuje! Umówmy się tak: pomogę ci, ale pod jednym warunkiem: pokażesz mi swoje właściwości, zadania, worek... I wszystko, cokolwiek zechcę! Mam dość zastanawiania się, co masz, a czego nie. Chcę wiedzieć wszystko na pewno!

– Nie ma problemu, ale od ciebie chcę tego samego. Właściwości i worek... cóż, to zbyt osobiste, żeby można je było po prostu udostępnić. Chcę wiedzieć, z kim mam do czynienia.

– Ty cwaniaku! – Dziewczyna uśmiechnęła się, po czym wyciągnęła do mnie rękę. – Zgoda?

– Zgoda – odpowiedziałem, potwierdzając słowa uściskiem dłoni.

**Udostępniłeś swoje właściwości graczowi Anastarija.**
**Gracz Anastarija udostępnił ci jego właściwości.**

– Co to za znaki na twojej mapie? – Prawie natychmiast usłyszałem pytanie od dziewczyny. – Jeden jest od Iszni, to pamiętam. Skąd się wzięły pozostałe dwa?

– Pomówimy o tym później. Obiecałaś mi pomóc. Ceremonia już za godzinę – przypomniałem Nastji, która była zajęta zgłębianiem moich wirtualnych wnętrzności.

– Nudziarz! Odbierasz mi taki kąsek! Wzywam Zwiastuna! Potrzebuję twojej pomocy!

– Wzywałaś mnie, a ja przybyłem. – Obok nas otworzył się portal i wyszedł z niego wysłannik Imperatora, który wygłosił standardowe upomnienie: – Jeśli twoje wezwanie jest bezzasadne, zostaniesz ukarana.

– Znam zasady, Zwiastunie! Zgodnie z prawem przyznanym mi przez Imperatora proszę o pilne spotkanie z nim! Chodzi o honor Imperium!

– Zapraszam do portalu – odpowiedział Zwiastun, nawet nie próbując dowiedzieć się więcej. Muszę koniecznie dopytać Nastję, w jaki sposób zdobywa się takie prawa; to bardzo przydatna rzecz! – Imperator jest gotowy, żeby panią przyjąć.

– Chodźmy – oznajmiła kategorycznie Anastarija, zwracając się do mnie. – Dałam ci szansę. Spróbuj jej nie zmarnować!

– To ty jesteś Jubilerem, który stworzył to obrzydlistwo? – zapytała młoda dziewczyna, patrząc z niesmakiem w moją stronę.

Imperator był niezwykle zaskoczony moją prośbą o spotkanie z Tawią, jednak gdy tylko opowiedziałem mu całą historię, zgodził się dać mi szansę na poprawienie diademu. Wyłącznie diademu, ponieważ według Imperatora Tawia była niereformowalna. Nawet dostarczenie jej do pałacu musiało odbyć się pod eskortą Zwiastunów, ponieważ dziewczyna stanowczo odmawiała wyjścia za mąż. Jak usłużnie poinformował mnie Zwiastun, który zabrał mnie do niej, diadem leży w prawym rogu pokoju, pod stosem ubrań. Dziewczyna stwierdziła, że wolałaby rzucić się w otchłań, niż założyć na ceremonię to paskudztwo, które przyniosła jej matka.

– Ma pani prawo uważać niedokończoną rzecz za brzydką, Księżniczko. – Pochyliwszy głowę, pozdrowiłem dziewczynę. – Jeśli jednak pani pozwoli, mogę udowodnić, że...

– Udowodnić? – przerwała mi dziewczyna. – Udowodnić, że po prostu koniecznie muszę zostać niewolnikiem? Że moja mama zmówiła się z Imperatorem i razem zdecydowali poświęcić moje życie?

– Niewolnictwo? – Byłem zaskoczony i najwyraźniej zdziwienie na mojej twarzy malowało się tak wyraźnie, że dziewczyna raczyła odpowiedzieć.

– Tak. Niewolnictwo! Dysponują mną jak rzeczą! Nikt nigdy nie zapytał mnie, czy chcę teraz wyjść za mąż, czy tego potrzebuję... Ani razu nie pokazano mi podobizny Trediola; zgodnie z prawem Kartosa małżeństwa aranżowane są tak, aby młodzi nie widzieli się przed ceremonią! A jeśli to stary i pomarszczony dziwak, z którym będę musiała żyć przez resztę moich dni? Czy to nie jest niewolnictwo? Nie takiego ślubu chciałam, marząc o księciu na białym koniu, ale skoro wszyscy zdecydowali za mnie... Ślubu nie będzie! Wymyśliłam wymówkę z diademem, mając nadzieję, że opóźnię ceremonię, a potem coś jeszcze wykombinuję, ale nie udało mi się! Zwiastuni obserwowali każdy mój krok, nie pozwalając mi uciec! Nienawidzę tego! Jak ja wszystkich nienawidzę!

– Proszę mi wybaczyć, lecz... – zacząłem, ale natychmiast zamilkłem.

Co można powiedzieć w sytuacji, w której znalazła się Tawia? Wesprzeć? Teraz tego potrzebuje jak pies piątej nogi. Współczuć jej? Wyjaśnić, że dla dobra Imperium powinna zapomnieć o własnych uczuciach? Jasne... Najlepiej zacząć tymi słowami: „Jesteś programem. Powiedziano ci, żeby wyjść za mąż – to dlaczego łamiesz algorytmy? Lepiej uważaj, bo mogą cię usunąć!".

– Idź już! – oznajmiła dziewczyna. – Ceremonia rozpocznie się lada chwila, a jeśli jestem skazana na niewolnictwo, to ostatnie minuty wolności chciałabym spędzić w samotności.

To tyle, jeśli chodzi o społeczny aspekt gry...

– Tawio, ja...

Nie chciałem wychodzić mimo bezpośredniej prośby Księżniczki o opuszczenie pokoju. Nawet nie w tym rzecz – ja nie powinienem wychodzić! Deweloperzy wymyślili scenariusz ponownego zjednoczenia Imperiów poprzez moralną ofiarę dwojga młodych ludzi. A dokładniej dwóch młodych programów, których nie będzie szkoda. Później, naturalnie, Tawia zrozumie, jaką jest fuksiarą, i będzie szczęśliwa i zadowolona. Jej historię będą pokazywać we wszystkich kanałach, żeby ożywić w graczach dawno zapomnianą chęć samodoskonalenia się i rozwoju. Wszystko to jednak nadejdzie później, teraz dziewczyna musi poświęcić swoją przyszłość.

Chwilunia!

– Księżniczko, nie mogę uratować pani przed przeznaczeniem: za godzinę przyjedzie tu Zwiastun i zabierze panią na ceremonię. Zostanie pani żoną Trediola i tego nie można zmienić. Ale w mojej mocy... – Zawahałem się, sam nie do końca wiedziałem, co chcę zrobić, ale zebrałem się w sobie i pewnie kontynuowałem: – W mojej mocy jest pomóc wam się spotkać! Zwyczaje Kartosa mnie nie dotyczą...

– Spotkać się? – Dziewczyna ożywiła się i już zapomniała, że przed chwilą chciała zostać sama. – Ale jak? Nie wypuszczają mnie z tego pokoju, a ja nawet nie wiem, gdzie go trzymają... Machanie... To, co proponujesz, jest wspaniałe, ale niemożliwe... Przyznaję, chciałam... Cóż, nie mam po co tego ukrywać: mam sztylet, chciałam się zabić przed ceremonią, bo tylko tutaj mam taką możliwość... Nie zdołam żyć z człowiekiem, którego widok będzie przyprawiać mnie o mdłości, i jeśli nie zobaczę go przed ceremonią, to nie dowiem się, czy mogę się do niego przyzwyczaić. Dla mnie to ważne... – Łzy popłynęły po policzkach dziewczyny. Wyszeptała jeszcze: – ...ale niemożliwe...

– Z jednej strony tak, to niemożliwe – zgodziłem się, uśmiechając się do dziewczyny. – Ale nikt tu nie obiecywał czegoś zwyczajnego. Czas na bajki! Żeby się znaleźć w jednej z nich, trzeba będzie mi zaufać...

– Co mam zrobić? – Zawahawszy się dosłownie przez chwilę, dziewczyna spytała stanowczo.

– Proszę zamknąć oczy i podać mi rękę. Ja zrobię resztę...

„Astral"... Jak to słowo gra w sercu Szamana... Pewnie nie brzmi tak pięknie ani nie jest tak gładkie jak u Puszkina w *Onieginie*, ale teraz tylko ono mogło pozwolić mi zrealizować mój plan. Nawet jeśli państwo młodzi są przetrzymywani w swoich pokojach, to nikt nie odważy się zabronić ich Duchom spotkać się w Astralu. Mam nadzieję, że Trediol wyjdzie nam naprzeciw i podejmie wyzwanie...

– Witaj, bracie! – przywitały mnie Najwyższe Duchy Świata Górnego i Dolnego z ciemnością nad głowami i światłem pod stopami. W przeciwieństwie do swoich inkarnacji w „naszym" świecie w swoim domu Duchy były w stanie mówić zwykłym głosem, nikogo nie przerażając ani nie przytłaczając. – Jako Szaman Najwyższy masz prawo wchodzić do Astralu! Wznosić się na szczyty Szamanizmu, zgłębiać przyzywanie Duchów, chłonąć nasze wskazówki; po to jest Astral! ALE NIKT NIE ŚMIE PRZYPROWADZAĆ TU GOŚCI! A TYM BARDZIEJ GOŚCI, KTÓRZY NIE SĄ SZAMANAMI!

– Skłaniam głowę przed wielkością moich Mistrzów – powiedziałem z szacunkiem, pochylając głowę. – Za swoją zuchwałość jestem gotów ponieść każdą karę, ale proszę, abyście wysłuchali powodu, dla którego podjąłem taki krok. Chodzi o to, że dzisiaj odbędzie się ślub tej dziewczyny... – Wskazałem na Tawię, która chowała się za moimi plecami jak nieśmiała myszka. – I...

Wskazałem i zamarłem. Gracz wchodzi do Astralu w takiej formie, w jakiej funkcjonuje w zwykłym świecie. W każdym razie tak było ze mną i Wiercipiętką. Do tej pory nie miałem okazji sprawdzić, co dzieje się z NPC-ami. Teraz już wiem...

Obok mnie stał słup absolutnie białego ognia. Tak czystego, szczerego, promiennego, że od razu było jasne – Duch tej osoby jest wyjątkowy. Jest czysty! Mimowolnie zrobiłem krok w jego kierunku i dotknąłem tego niesamowitego ognia – delikatne, prawie nieuchwytne ciepło otoczyło moją dłoń. Odczucia podpowiadały mi, że dziewczyna właśnie chwyciła mnie za rękę, szukając wsparcia i wierząc, że w ten sposób uda nam się wrócić, ale z zewnątrz musiało to wyglądać, jakby moja dłoń tonęła w białym mirażu.

– Potrzebuję waszej pomocy, Najwyższe! – Właśnie w tej chwili pojąłem, co trzeba zrobić! Kiedy Duchy obu Światów słuchały mnie, nie wyrzucając nas z Astralu, opowiedziałem im wszystko od samego początku. Począwszy od stworzenia diademu, skończywszy na chęci przedstawienia sobie przyszłych nowożeńców. Ponieważ nie jest sprawiedliwe, aby wiązać swoje życie z kimś, kogo nigdy nie widziało się na oczy. Przecież chodzi tu o życie dwóch osób. Nawet jeśli to wszystko dla dobra obu Imperiów! To nie jest szamańskie, nie jest szamańskie!

– TWOJE SŁOWA ZOSTAŁY USŁYSZANE, NAJWYŻSZY SZAMANIE! A TERAZ ZACZEKAJ NA NASZĄ DECYZJĘ!

– Machanie, może w ogóle nie powinieneś był tego zaczynać? – zapytała cicho Tawia, wciąż trzymając mnie za rękę.

Szczerze mówiąc, miałem ochotę poprzytulać się z dziewczyną i poczuć jej przyjemne ciepło nie tylko ręką, ale całym ciałem. Powstrzymałem się jednak – teraz nie czas na to. Kiedy będę w Domu Schadzek, pozwolę Symulatorowi pokopać trochę w moich doznaniach i odtworzyć tę chwilę. Mówią, że tam to jest możliwe!

– Księżniczko, nie zdołam sobie wybaczyć, że nie spróbowałem pani jakoś pomóc! – odparłem z odrobiną patosu, a dwie jednostki Atrakcyjności, na które liczyłem, wpadły na moje konto. Jeszcze trochę i będzie trzydzieści pięć! A to już znacząca liczba – ponad jedna trzecia skali!

– PODJĘLIŚMY DECYZJĘ! – Duchy wróciły. – POŚWIĘCENIE SWOJEGO ŻYCIA DLA DOBRA KRAJU JEST ZAISTE DZIAŁANIEM PATRIOTÓW! NIE BĘDZIEMY SIĘ SPRZECIWIAĆ TEMU MAŁŻEŃSTWU! JEDNAK TY PRZYWIODŁEŚ PANNĘ MŁODĄ DO ASTRALU NA SPOTKANIE Z JEJ PRZYSZŁYM MĘŻEM! NIE MAMY POWODU, ABY W TYM PRZESZKADZAĆ! Tawio! – Zwracając się do dziewczyny, Duchy nagle przeszły na normalną komunikację. – Będziesz miała tylko minutę, aby poznać Ducha Trediola. Wezwiemy go!

Światło Tawii rozbłysło jeszcze jaśniej, manifestując emocje jego właścicielki – cała minuta na to, żeby...

– MACHANIE! – Najwyraźniej Duchy nie bardzo mnie lubiły, ponieważ znowu zaczęły dudnić. – NARUSZYŁEŚ ZASADY ASTRALU I ZOSTANIESZ UKARANY! KARĘ USTALIMY PÓŹNIEJ, TERAZ PRZYWITAJ SIĘ Z GOŚCIEM!

Wiedziałem, że i tak zrobią ze mnie kozła ofiarnego! Nie pomogę – źle, pomagam – jeszcze gorzej! Jak mam grać w tę grę w takich warunkach?

Dosłownie kilka kroków od nas pojawił się kolejny NPC. Jeśli dobrze rozumiem, Trediol – niekwestionowany syn Kartosa, ponieważ jego Duch był kruczoczarny.

– Co to ma być? Kolejna próba mojego ojca, żeby przekonać mnie do małżeństwa? – rozległ się miły męski głos. – Chce mnie nastraszyć Astralem i... – Prawdopodobnie w tym momencie zobaczył mnie z Tawią.

Nie mogę znaleźć słów, żeby opisać to, co stało się później. Po włączeniu kamery – bo gdybym tego nie nagrał, klan by mnie zabił – byłem świadkiem, jak dwa słupy ognia stanęły naprzeciw siebie, a potem połączyły się, tworząc całość. W powstałym ognistym wichrze zmieszała się cała paleta kolorów, chwilę później nastąpiła eksplozja i w Astralu zostałem sam. Tawia i Trediol zniknęli.

– DWIE POŁÓWKI SIĘ ZJEDNOCZYŁY! – uroczyście wygłosiły Duchy. – SZAMANIE NAJWYŻSZY, MACHANIE! OTO TWOJA KARA! MUSISZ ZABRAĆ Z ASTRALU NOWO NARODZONY KAMIEŃ! ZABRANIA CI SIĘ GO SPRZEDAWAĆ, ZMIENIAĆ, ODDAWAĆ, WYRZUCAĆ. YIN-YANG BĘDZIE Z TOBĄ DO KOŃCA TWOICH DNI LUB DO CZASU, KIEDY ZROZUMIESZ, CO Z NIM ZROBIĆ! POWIEDZIELIŚMY JUŻ WSZYSTKO!

Yin-Yang?

Uważnie przyjrzałem się miejscu, w którym nastąpiła eksplozja światła, i zobaczyłem leżący na ziemi mały dwukolorowy kamień. Wstrzymałem oddech – to Yin-Yang... Kamień, który w rzeczywistości nie ma odpowiedników, z którego, jak usłużnie poinformował mnie przewodnik, zrobione było berło Imperatora, część korony Władcy, jakiś trudny do wymówienia przedmiot należący do Najwyższej Żerczyni Eluny, a także ołtarz główny naszej bogini. Miejsce jego produkcji było nieznane, metoda obróbki również. To, kto może go używać, też pozostawało niewiadomą. Zasadniczo o kamieniu – poza nazwą i miejscami, w których go użyto – nic nie było wiadomo. Może poza tym, że był niesamowicie piękny. Nie wiem, w jaki sposób deweloperzy osiągnęli taki efekt, ani, co ważniejsze, dlaczego w ogóle go potrzebowali, ale musiałem im to oddać – tym kamieniem zachwycali się wszyscy.

W zasadzie nie było w nim nic nadzwyczajnego – zwykły kamień, którego dwa kolory nieustannie się poruszały jak kłęby mgły w butelce, które ze sobą się nie mieszały. Widok białego paska zmieniającego się w plamę, następnie w kleks, a potem jeszcze w coś innego, był tak hipnotyzujący, że z trudem oderwałem wzrok od kamienia dopiero po kilku minutach. Do tej pory nie zdawałem sobie sprawy, że gracze mogą zdobyć Yin-Yang. Zaskakujące, że w Barlionie – grze, która wyciągała jak najwięcej pieniędzy od jej użytkowników – było coś, czego nie dało się kupić. Sytuacja z kamieniem Yin-Yang była właśnie taka. On nie był na sprzedaż!

– Machanie, dziękuję! – rozległ się radosny okrzyk i Tawia rzuciła mi się na szyję. Tym razem dostałem przytulaska! Szkoda, że nie w Astralu; gdy tylko podniosłem kamień, Duchy natychmiast mnie wyrzuciły jak kota, który właśnie nabroił. Poczciwe Duchy! – Teraz jestem absolutnie pewna, że Trediol jest mi pisany! Dziękuję, dziękuję, dziękuję! – Dziewczyna odsunęła się i pocałowała mnie w policzek. – Zapamiętaj! Jeśli będziesz czegoś potrzebować i będzie to w mojej mocy, koniecznie zwróć się do mnie! Nigdy nie zapominam o moich przyjaciołach!

**Zdobyłeś osiągnięcie „Ktoś mnie polubił":**
**zdobyłeś 100 punktów do Atrakcyjności u NPC-a.**
**Wszystkie operacje handlowe z Tawią będą o połowę tańsze.**

Sto do Atrakcyjności! Kto by pomyślał! Gdybym był pewien, że Tawia i Trediol nie są jednością, to już teraz mógłbym zacząć całować dziewczynę i oczekiwać, że odwzajemni moje pocałunki. Okazuje się jednak, że teraz Księżniczka kocha mnie jak... nawet nie wiem... jak brata. Chwila! O czym ja myślę! Za chwilę odbędzie się ślub, a trzeba jeszcze załatwić kwestię wyglądu panny młodej!

– Tylko z diademem wyszło nie najlepiej – powiedziała Tawia, jakby czytając w moich myślach, i uwolniła mnie ze swoich objęć. – Naprawdę nie mogę się doczekać rozpoczęcia ceremonii, ale nie chcę zakładać tego chłamu, który stworzył twój nauczyciel... Ale zaraz! Mówiłeś, że przyszedłeś coś naprawić!

– Mam tylko takie kamienie – powiedziałem zmieszany, wyciągając cztery fasetowane Opale. – Jest mało prawdopodobne, że będą się dobrze prezentować w diademie, biorąc pod uwagę obecne okoliczności...

– Nie uda ci się stworzyć nowych?

– Zrobienie tych zajęło mi dwadzieścia dwie godziny... Jeśli mamy tylko trzydzieści minut, to obawiam się, że... Teraz to zdecydowanie niemożliwe...

– Zaledwie kilka minut temu ktoś mówił mi, że nie ma rzeczy niemożliwych! A ja mu uwierzyłam! Wstaw w diadem swoje łzy. I tak wyglądają o wiele ładniej niż te okropne serca! Uznamy je za łzy radości!

Wyciągnąłem diadem ze stosu ubrań, włączyłem tryb konstruowania i odtworzyłem cztery kamienie „Krwawa Łza Tawii". Dodałem rzut diademu, mając nadzieję, że nie będę mieć problemów z czasem, wstawiłem moje wirtualne kamienie do oprawy i otworzyłem oczy. Zobaczmy, co z tego wyszło...

**Otrzymałeś zadanie: „Diadem Wysadzany Opalami dla panny młodej z kamienną wolą".**
**Zadanie „Diadem Wysadzany Opalami dla panny młodej z kamienną wolą" zostało wykonane.**
**Poprawiony przedmiot:**
**Krwawą Łzę Tawii przemieniłeś w Łzę Radości Tawii.**
**Opis: Nawet kolor krwi, przemocy i agresji może przekazywać radość i szczęście. Trzeba tylko naprawdę tego chcieć! Wymagany do wykonania zadania.**

Jeśli ktoś mi wyjaśni, dlaczego to zadanie zmieniło nazwę, dostanie ode mnie prezent. Logika stojąca za tą nagłą zmianą całkowicie mi umykała.

## ROZDZIAŁ 2

# SZAMAŃSKIE TAŃCE Z TAMBURYNEM

– Księżniczka Kaltanoru! – rozniósł się głos sługi, po czym do sali majestatycznie weszła Tawia.

Nigdy bym nie pomyślał, że człowiek potrafi tak chodzić, ale z boku wydawało się, że dziewczyna płynie – ani jedna fałdka jej długiej sukni, w pełni skrywającej nogi, nie wskazywała na to, że Tawia stawia kroki. Wydawało się, jakby została podniesiona na kilka centymetrów ponad podłogę i za sprawą magii pociągnięta do ołtarza, ale byłem przekonany, że żadnej magii tu nie było. Trening i doświadczenie!

Trediol – przystojny młody człowiek z wojskową postawą – stał przy ołtarzu i z nieukrywanym zachwytem patrzył na zbliżającą się niewiastę. Wystarczyło mi kilka chwil, żeby zrozumieć, że tych dwoje zaskakująco do siebie pasuje. Młodzi, piękni, niezależni... Staną się wspaniałymi władcami którejś Prowincji.

Zgodnie z protokołem Tawia zatrzymywała się co drugi krok, otrzymując błogosławieństwo od kolejnych gości ceremonii, i (na moje niewprawne oko) sprawdzała cierpliwość swojego przyszłego narzeczonego. Oczekiwane spotkanie z marzeniem całego twojego życia czasem bywa bardzo męczące. Nie wiem, jakie tradycje były związane z tym błogosławieństwem, ale Trediol postanowił je naruszyć – wbrew ostrzegawczemu głosowi mistrza ceremonii ruszył na spotkanie z Tawią. Dziewczyna zatrzymała się na krótką chwilę i odrzuciwszy na bok welon, trzymany przez dwóch paziów, pobiegła w kierunku Trediola...

Ledwie dwoje młodych ludzi objęło się, zajaśnieli mocniej niż słońce i w samym centrum sali nastąpił wybuch, który przewrócił niemal wszystkich gości na podłogę i rozrzucił wszystkie ozdoby. Ale co najbardziej interesujące – Tawia i Trediol zniknęli!

– Szanowni goście, nie denerwujcie się! – rozległ się spokojny głos Imperatora, który właśnie podnosił się z podłogi. Kto by pomyślał, że fala uderzeniowa dosięgnie także jego! – Młodym nic nie jest! Znajdują się na Wyspie Nowożeńców!

W sali rozległ się pomruk zszokowanych postaci, a stojący obok mnie NPC, sądząc po właściwościach – Gubernator jednej z Prowincji – wyszeptał:

– Od ponad stu lat nikt nie dostąpił takiego zaszczytu! Czyżby tym dwojgu udało się stworzyć Yin-Yang?

– Machanie... – Odwróciłem się i zobaczyłem podekscytowaną twarz Anastariji. Dawno nie widziałem tej dziewczyny tak poruszonej! – Powiedz, proszę, że ty wiesz, co się dzieje!

– Co znaczy: „że wiem"? Sama umówiłaś mnie na spotkanie, żebym wszystkiego się dowiedział. Odbierz film. Wydaje mi się, że wszystko zrozumiesz bez zbędnych wyjaśnień...

– Yin-Yang – nabożnie powiedziała dziewczyna, wyciągając kamień z mojej torby. Cholera! Nieco przesadziłem z dostępem... – Wiesz, do czego on jest potrzebny?

– Nie mam pojęcia – odparłem szczerze. – Według mnie to po prostu ładny kamień.

– To nie jest zwyczajny kamień. Mam na jego temat tylko kilka komentarzy, ale ich sens sprowadza się do jednego: nikt nie wie, do czego ten kamień służy... To niemożliwe... Machanie, dlaczego ty zawsze znajdujesz się w takich sytuacjach? Skąd ci się to bierze?

Z całą pewnością było to pytanie retoryczne, ponieważ Anastarija wzięła mnie pod rękę i poprowadziła z powrotem na ceremonię. Chociaż młodzi już nas opuścili, to goście zostali i nadszedł czas na zabawę.

– Machanie, czy ta dziewczyna nie wydaje ci się znajoma? – zapytała mnie po kilku minutach Anastarija.

Spojrzałem w kierunku, który wskazywała, i omal nie upuściłem na podłogę kieliszka. Mirida Przewidująca, poziom sto trzydziesty trzeci! Przyczyna moich ośmiu lat w Barlionie!

– Tak, razem w Kołotowce zabiliśmy Sklika – odpowiedziałem, starając się zachować obojętność.

Z jednej strony Marina – jak miała na imię w realnym świecie – kilka razy mi pomogła, nawet znalazła mnie w Kołotowce. Z drugiej – nieszczególnie miałem ochotę ją oglądać. A tym bardziej z nią rozmawiać. Było, minęło i wracanie do tego, próba zrozumienia przyczyny i znalezienia winnego nie mają sensu. Mnie i tak nie wypuszczą, dopóki dziewczyna nie zgłosi się na policję z wyjaśnieniami.

– Widzę, że w Kołotowce zdążyliście się nagadać na całą resztę życia, szczególnie biorąc pod uwagę jej ostatnie słowa, że to ona jest Mariną, i twoją reakcję na to imię – rzekła Anastarija nieco ironicznie, nie spuszczając przy tym ze mnie wzroku.

Co to ma być – jeszcze moje emocje zamierza kontrolować?

– Władzą, którą dała mi Eluna... – przemówiła w tym samym momencie Elżbieta, a ja udałem, że jestem w pełni skupiony na ceremonii. Tylko wyciągnąłem wniosek dla siebie: będę unikać wszelkiego kontaktu z Miridą. Nie ma powrotu do przeszłości i nie należy w niej grzebać. – ...ogłaszam nieobecnych tutaj Tawię i Trediola mężem i żoną! Niech niebiosa będą im przychylne!

Czego nie można odmówić Anastariji, to spostrzegawczości. Przez resztę ceremonii nie powiedziała na temat Miridy ani słowa. Ale coś mi podpowiadało, że wcześniej czy później wróci do tej kwestii. Musiałem być na to przygotowany...

– Opowiadaj, co wczoraj wieczorem ustaliliście? – zapytałem Nastję, kiedy ceremonia dobiegła końca.

– Spotkaliśmy się, posiedzieliśmy, poczekaliśmy na ciebie i się rozeszliśmy. To tak w skrócie.

– To się naopowiadałaś! Poproszę nieco dokładniej.

– Mogę dokładniej. Już wcześniej wiedzieliśmy, że nie będzie cię na spotkaniu; wszystkie fora dudniły o tym, że przywódca Legend Barliony siedzi nieruchomo w Sklepie Jubilerskim. Barsi i Eryk próbowali przywrócić ci świadomość, ale nic nie działało. Wówczas spotkaliśmy się bez ciebie. Niewiele ustaliliśmy. Barsine zacznie szukać ludzi do rajdów. Z nas wszystkich tylko ona kiedykolwiek wyszukiwała ludzi, poza tym ma już stronę, na którą nie trzeba będzie tracić czasu i pieniędzy. Ja zajmę się znalezieniem rzemieślników i wydobywców; postaram się znaleźć dla klanu dobrych i niedrogich graczy. Do mnie na pewno dołączą.

– Do ciebie? – zdziwiłem się.

– Tak, teraz do mnie. Dla wielu ty jesteś nieprzewidywalny: możesz zniknąć tak szybko, jak się pojawiłeś. Ja jestem w Barlionie od dawna i na długo, gracze to doceniają. Leyte zgłosił się do pomocy w kwestiach finansowych i w temacie wszelkich rozliczeń; zajmował się tym na wolności. Plinto zadba o treningi, Ciapa będzie kontynuował treningi ze mną, Eryk z Plinto. Szczerze mówiąc, to tyle. Mam jeszcze jedną propozycję: zalecam zdjęcie mnie z funkcji zastępcy przywódcy klanu.

– Zdjęcie? – zdziwiłem się ponownie.

Ta rozmowa przerodziła się w serię niespodzianek.

– Żeby być prawdziwym zastępcą, muszę pracować, a na to nie mam ani czasu, ani, wybacz, ochoty. Nasyciłam się tym po samo gardło jeszcze w Feniksie. Jestem gotowa do pomocy, do konsultowania, wymyślania, rozwiązywania zagadek, ale pełnić funkcji wice nie dam rady. Do tego potrzebny jest człowiek, który jest gotowy poświęcić praktycznie osiemdziesiąt procent swojego czasu w grze. W tym momencie nie wiem, komu można by powierzyć tę funkcję: albo Ciapie, albo Barsi, albo w ogóle komuś z zewnątrz. Pozostali zupełnie nie nadają się do tej roli.

– Bardzo wesoło – wymamrotałem, trawiąc te wieści.

Anastarija chce zrezygnować z funkcji kierowniczej! Kto by się tego spodziewał?

– Aha, koń by się uśmiał! Dzisiaj o dziewiątej powtórzymy zebranie, łap zaproszenie. Wtedy omówimy moje odejście. Tak! Jeśli nie jestem ci pilnie potrzebna, to pozałatwiam swoje sprawy!

– Pędź, ja też mam się czym zająć! – odpowiedziałem, przyjmując zaproszenie na spotkanie w „Złotej Podkowie".

– Bylebyś tylko znowu nie zajął się tworzeniem czegoś, artysto! – Nastja uśmiechnęła się i dała mi pstryczka w nos, po czym poszła w stronę domu aukcyjnego.

Dobrze, niech idzie – o pstryczku przypomnę jej później. A teraz do Banku!

Grzebiąc w ustawieniach zaktualizowanego Symulatora Pocztowego, ze smutkiem wspominałem swoją przeszłość programistyczną. Zaznaczyłem zaproponowane przez system standardowe szablony, po czym zacząłem wgryzać się w głąb logiki rozpoznawania listów. Tak... Nie zmieniałem ustawień skrzynki odbiorczej: e-maile od znajomych i tych, którzy znajdują się w promieniu stu metrów ode mnie, przychodzą natychmiast, listy od pozostałych – raz na dwie godziny. Bezcelowe jest ciągłe atakowanie mnie wiadomościami. Kolejna sprawa...

*Cześć, nazywam się bla-bla-bla, umiem bla-bla-bla, chcę wstąpić do klanu na warunkach...*

Listy dotyczące naboru do klanu przekierowałem do Barsine. Jeśli wczoraj wybrano ją szefową od zatrudniania, niech od razu zobaczy, z czym będzie się musiała mierzyć. Zastosować filtr...

Dziwne, według moich szacunków z dwóch milionów wiadomości, które nazbierały się w ostatnim czasie, jakaś połowa powinna była zniknąć, jednak moje marzenia maleńkim żaglowcem rozbiły się o rafę realności. Minus dwanaście tysięcy... Nawet nie czułem zbytnich emocji, kiedy zorientowałem się, że na pozostałe będę musiał odpowiedzieć samodzielnie... Jak mało osób chce wstąpić do mojego klanu!

*Nie rozumiem, czy ty mnie ignorujesz? Znajdę cię w realu, mam już twój adres... Oczekuj nas jutro, gnoju! Nauczę cię, jak należy szanować porządnych chłopaków!*

Takich typów prosto na czarną listę bez prawa do przywrócenia. I co jeszcze – już mają mój adres! Oj, ależ się boję! Zastosować filtr...

Minus trzydzieści procent. Do diabła! Miałem nadzieje, że znikną praktycznie wszystkie wiadomości... Czego dotyczą pozostałe?

*Cześć! Widziałem twój filmik z Mrocznego Lasu! Super wszystkich rozniesliście! Naprawdę mega, giganci! Przy okazji – macie odjazdowe projekcje!*

Kiedy ustawiłem automatyczną odpowiedź na takie wiadomości, a także usunąłem reklamy i spam, liczba nieprzeczytanych wiadomości zmniejszyła się do przystępnych trzech tysięcy.

Dalej musiałem skorzystać z usług Symulatora, ponieważ kolejne e-maile były czymś w rodzaju:

*Cześć! Twój klan świetnie sobie radzi, tak trzymać! Pożycz trzydzieści tysięcy Złotych – oddam za tydzień...*

W pozostałej masie znaleźli się wielbiciele darmoszki, Anastariji i zwyczajnie niezbyt mądrzy ludzie, których tekstów nawet Symulator nie umiał rozpoznać. Na przykład: *Świniałeczki ulepufnęły się trywtanić o kolano!*

Co ten człowiek chciał wyrazić tak miażdżącym komunikatem, pojęcia nie mam. Takie e-maile musiałem sam usuwać, a autorów dodawać do czarnej listy. Efektem praktycznie dwugodzinnej pracy były trzydzieści trzy nieprzeczytane wiadomości, które nie kwalifikowały się do żadnej z kategorii. Zastosowałem jeszcze kilka ustawień, które posortowały listy według tego, czy znam nadawcę czy też nie, i zakończyłem pracę nad pocztą. Z pozostałych trzydziestu trzech wiadomości trzydzieści jeden było doskonale ukrytą reklamą i tylko dwie mnie zainteresowały. Z dwóch milionów! Mocne!

*Cześć, Machanie! Nie wiem, skąd dowiedziałeś się o zwoju. O tym, że go mam, wiedział tylko pośrednik, od którego dostałem zamówienie. Zresztą nieważne. Potrzebujesz go, dlatego trzymaj. Musisz tylko wiedzieć, że zwój ukradłem z Pałacu Imperatora, więc jakoś szczególnie się nim nie chwal przed NPC-ami. Mogą pojawić się niepotrzebne problemy. Teraz jesteśmy kwita. Powodzenia! Reptil.*

**Otrzymałeś zwój:**
**„Szachy Karmadonta. Legendy i mity".**
**Chcesz przeczytać?**

Niniejszy zwój stanowi własność Imperatora Malabaru.

*Tekst, który jest dostępny dla wszystkich:*

Szachy Karmadonta – unikalny artefakt, przeznaczony do uzyskania dostępu do grobowca Stwórcy Barliony. Dwudziestu śmiałków, zdolnych do pokonania wszystkich trudności i udręk związanych z poszukiwaniem grobowca, otrzyma niewyobrażalne przedmioty napełnione siłą Stwórcy. Bohaterowie będą mogli dostąpić nieziemskiej łaski i staną się najpotężniejszymi bojownikami świata. W całej historii Malabaru nie było i nie będzie równych ich potędze.

Artefakt stanowi łamigłówkę, stopniowo odkrywającą sekretne współrzędne grobowca. Wejście do grobowca można znaleźć bez Szachów, ale wejście może otworzyć jedynie właściciel sześciu i więcej typów figur.

*Tekst, który jest dostępny tylko dla graczy:*

Autor zestawu szachów powinien należeć do klanu. Samotnikom (gracze bez klanu) pozwala się na stworzenie nie więcej niż dwóch figur poziomu podstawowego. Gdy tylko zestaw będzie w pełni gotowy, zadanie dotyczące poszukiwania grobowca Stwórcy otrzymają następujący gracze:

- autor zestawu szachów
- przywódca klanu, w którym powstała ostatnia figura zestawu szachów. Przywódca powinien piastować swoją funkcję przynajmniej przez dwa miesiące w dowolnym okresie istnienia klanu. Wyjaśnienie: klan został utworzony w styczniu i GRACZ_1 kierował nim do marca włącznie. Następnie GRACZ_1 opuścił klan, przekazując

pałeczkę GRACZOWI_2. W maju do klanu dołączył autor zestawu, który ostatnią figurę stworzył w sierpniu. Zadanie otrzymają następujący gracze: autor zestawu, GRACZ_1, GRACZ_2.

- zastępca przywódcy klanu, w którym powstała ostatnia figura zestawu szachów. Zastępca przywódcy klanu powinien piastować swoją funkcję przynajmniej przez dwa miesiące w dowolnym okresie istnienia klanu. Wyjaśnienie: zobacz komentarz do Przywódcy klanu.

Gracz, który otrzyma zadanie, ma prawo przyprowadzić do grobowca dwudziestu ludzi, włączając siebie. Nie ma możliwości przekazania zadania innym graczom.

*Tekst, który jest dostępny tylko dla autora zestawu:*

Czas na stworzenie pełnego zestawu szachów jest ograniczony i nie może być dłuższy niż półtora roku. Jeśli w tym czasie zestaw nie powstanie – znika, o czym zostaną poinformowani wszyscy mieszkańcy Malabaru w specjalnym komunikacie. Liczba prób stworzenia kompletu: 3 (aktualny twórca – Machan).

Figury szachowe można wykonać tylko z materiałów wydobytych samodzielnie lub otrzymanych w rezultacie wykonania zadania.

Jeśli właścicielem zwoju jest autor zestawu, prawdopodobieństwo stworzenia figur wzrasta o 25%.

Życzymy przyjemnej gry!

Dobrze, że siedziałem – po uświadomieniu sobie sensu tekstu z pewnością bym upadł. Przy tym nieważne, co zostało napisane o bonusach czy też o tym, że zwój należy zwrócić Imperatorowi – pierwsze zdanie wyraźnie o tym mówi. Czy też to, że nie trzeba tworzyć pełnego zestawu – wystarczą jeszcze cztery typy figur i gotowe, droga do Stwórcy zostanie otwarta. Bardziej zmartwiła mnie sytuacja z zastępcą. Jeśli Echkiler zna treść zwoju, to w jego interesie było powierzenie Anastariji funkcji zastępcy po to, żeby na pewno otrzymała zadanie... Tak się stało! Jasny szlag! Nastja jest zastępcą już praktycznie dwa miesiące – jeszcze dwa tygodnie i gotowe! Wygląda na to, że ich szarpanina z Rikiem jest zwyczajną ustawką! Nastja zainicjowała rozmowę o usunięciu jej ze stanowiska w samą porę! Do diabła! Ale po co to zrobiła? Czyżby Echkiler nie rozumiał, że on nie dostanie zadania? Ech, pogubiłem się!

Zrozumiałem, że w tym momencie nie mogę podjąć żadnej decyzji, i otworzyłem drugi e-mail:

*Dzień dobry, Szamanie! Nazywam się Kalatea. Wnioskuję z twojego rozwoju jako Szamana, że wkrótce w Malabarze pojawi się pierwszy Herold i nie będzie to członek mojego zakonu. Wiercipiętka powiedziała, że wiesz o mnie, dlatego proponuję spotkanie. Każdego dnia o czwartej czasu serwera będę czekała na twoje wezwanie. Amulety nie są potrzebne. Jeśli w ciągu miesiąca nie dasz rady się ze mną skontaktować... Cóż... Spotkamy się twarzą w twarz i porozmawiamy – teraz jestem w Anchursie.*

*Kalatea, Szaman-Herold Astrum*

Przeczytałem wiadomość kilka razy, starając się zrozumieć sposób kontaktu z Kalateą. Amulet odpada, realność też... Mam napisać zwyczajną wiadomość? Czyżby... To zbyt banalnie i nie po szamańsku. Stop! Nie po szamańsku?! Jest jedna opcja, ale nie wiem, czy działa u graczy. Kiedyś próbowałem skontaktować się z NPC-em bez amuletu, jeszcze nie wiedząc, że jest to niemożliwe. Rezultat – utrata wzroku i nadmierne zainteresowanie Gieraniki moją postacią. Czwarta czasu serwera, dokładnie za godzinę, dlatego mogę spróbować nawiązać kontakt już dzisiaj. Sposób wymyśliłem, pozostało go wcielić. Natychmiast.

– Wzywam Zwiastuna, potrzebuję twojej pomocy...

– Wzywałeś mnie, a ja przybyłem. Jeśli twoje wezwanie... – Gdy Zwiastun wypowiadał standardową formułkę, jeszcze raz przemyślałem wszystko, co zamierzałem mu powiedzieć.

Posiadanie dodatkowej dwudziestopięcioprocentowej szansy na stworzenie figur z Zestawu Karmadonta jest super, ale zdanie *Niniejszy zwój stanowi własność Imperatora Malabaru* nie mieni się różnymi kolorami, pokazując, że można – i trzeba – zdobyć bonus. To raz. Po drugie coś mi podpowiada, że zwoju należy się pozbyć. Wiercipiętka mówiła, że im wyższy poziom, tym więcej fałszywych odczuć, ale po przeczytaniu zwoju nie opuszczała mnie myśl, że należy oddać go Imperatorowi. To, czy moje odczucie było błędne czy też nie, nie ma znaczenia. Podjąłem decyzję i zamierzam trzymać się jej do końca. Nawyk wypracowany w Mrocznym Lesie. Po trzecie... Trzeciego nie ma, ale to nie jest ważne! Wystarczy, że są dwa punkty.

– Dostałem na pocztę taki oto przedmiot. – Wyjąłem zwój i podałem go Zwiastunowi. – Jasno jest w nim powiedziane, do kogo należy, dlatego cię wezwałem. Chcę zwrócić zgubę, jeśli została wykradziona, lub upewnić się, że jestem prawowitym właścicielem tego przedmiotu. Nie chcę, aby Imperator miał wobec mnie roszczenia.

Dosłownie na kilka chwil oczy Zwiastuna zaszły mgłą, jakby wszedł w głąb siebie, ale szybko wrócił do tego śmiertelnego świata.

– Proszę za mną. – Obok mnie pojawił się portal, a Zwiastun wykonał zapraszający gest. – Imperator chce z Panem pomówić...

– Zostanie pan przyjęty za kilka minut, proszę tutaj poczekać – powiedział Zwiastun, dostarczając mnie do pałacowego sadu.

Od czasu mojej ostatniej wizyty nieco się zmienił – konsekwencje napaści Gieraniki zostały całkowicie usunięte; wróciły tu obecne wcześniej przepych i piękno. Tylko teraz – jeśli porównywać z poprzednią wersją – wszystko było ostrzejsze, bardziej agresywne i bojowe. Dosłownie jakby w konkursie projektantów zwyciężyli architekci militaryści. Zamienili oni romantyczną oprawę, do której wszyscy się przyzwyczaili, na styl surowy z wyraźnymi elementami spartańskimi, pokazując, że nawet prostota może być piękna. Najważniejsza jest odpowiednia prezentacja. Nie można powiedzieć, że wyszło gorzej – pałac był idealny. Sam fakt jednak, że przy zmianie Imperatora korekcie podlega oprawa, pozostawał bardzo interesujący.

– Machanie, Imperator jest gotów pana przyjąć, proszę za mną. – Nie dając mi szansy na obejrzenie rybek w stawie, obok mnie znów pojawił się Zwiastun, zapraszając do pójścia w stronę łuku.

**Otrzymałeś dostęp do Gabinetu Imperatora.**
**Bieżący poziom dostępu do pałacu: 54%.**
**Następne pomieszczenie: Biblioteka Imperatora.**

Gabinet Imperatora też nie obronił się przed świeżym powiewem zmian – niewielki, ale jednocześnie masywny stół, para krzeseł, trzech wąsatych strażników, którzy jak nieruchome cienie zastygli we wnękach, i ściany obite czerwonym aksamitem. To wszystko – na podłodze nie leżały dywany ani skóry. Tylko zimny marmur.

– Usiądź – rzekł Imperator, rozwijając przekazany przez Zwiastuna zwój i pogrążając się w jego lekturze.

Obok Naatchi cichutko jak myszka siedziała Tisza i bardzo się starała, żeby nie podnieść na mnie oczu. Do odrodzenia się

Kondratija zostały jeszcze trzy miesiące, dlatego rozumiałem spadek Atrakcyjności dla Księżniczki do trzydziestu punktów. Bywa, co zrobisz... Też byłbym wściekły.

– Zanim zaczniemy rozmawiać, musisz odpowiedzieć na dwa pytania – zaczął Imperator, odkładając zwój na bok. Naatchi zupełnie nie przypominał dostojnego monarchy, władcy ogromnego Imperium. Teraz siedział przede mną człowiek zmęczony, sfatygowany przez życie, na którego spadło ciężkie brzemię władzy. – Czy to ty ukradłeś zwój? Jeśli nie: czy ty zleciłeś jego wykradzenie?

– Nie, na oba pytania! – odparłem, zupełnie nie spodziewając się, że Imperator tak rozpocznie rozmowę. – I jestem gotowy potwierdzić moje słowa przysięgą! – dodałem.

Chociaż Imperator nie prosił o takie zobowiązania, szósty zmysł podpowiadał, że wypowiedzenie tych słów nie zaszkodzi. Wręcz pomoże.

– Bardzo dobrze – z ulgą powiedział Naatchi, kiedy wokół mnie pojawiła się biała poświata. Ech! Nie sądziłem, że gotowość do wypowiedzenia przysięgi zostanie potraktowana jak wezwanie do niej. Zaczyna mi się podobać to, co się dzieje. – Musiałem się przekonać, że nie jesteś winny – wyjaśnił swoje działania Imperator, a Tisza po raz pierwszy podczas spotkania uśmiechnęła się nieśmiało.

**+300 do Reputacji u Imperatora Malabaru.**
**Bieżący poziom: Szacunek. Do Poważania: 2000.**

– Skoro już doszliśmy do ładu ze zwojem... – Naatchi obejrzał go ze wszystkich stron, po czym podał go mnie. – ...na czas tworzenia szachów jest twój. Nie mam prawa do ignorowania próby odtworzenia Legendarnego Zestawu i powinienem w każdy możliwy sposób ułatwiać ten proces. A teraz... Dziękuję ci, Machanie, za Tawię! Wiedziałem, że ma ukryty sztylet, i byłem gotów stracić tę miłą dziewczynę. Nie lubię małżeństw dynastycznych...

– Nie byłem sam – powiedziałem, pamiętając o Nastji. – Gdyby nie Anastarija, niczego bym nie osiągnął. Tylko dzięki temu, że ona miała możliwość spotkania się z Waszą Wysokością w dowolnym momencie, wydarzyło się to, co się wydarzyło.

– Wiem – uśmiechnął się znużony Naatchi. – Już wysłałem do niej Zwiastuna z podziękowaniami i prezentem ode mnie. Zwłaszcza że miała tylko jedną możliwość spotkania ze mną i oddała ją tobie, nawet nie zadając pytań. Takie zaufanie dużo kosztuje...

Nastja wykorzystała na moją prośbę jedyną przepustkę do pałacu? Wejście, które można sprzedać za... Eryk coś mówił o dwustu pięćdziesięciu tysiącach... Dlaczego? Przestaję rozumieć tę dziewczynę. Fakt, wcześniej też jej nie rozumiałem, ale wszystkie jej działania wyróżniały się żelazną logiką. Teraz natomiast mam wrażenie, że zaczęła pracować w oparciu o emocje – podobnie jak ja.

– Jak twoje postępy z barbarzyńcami? – zapytał Naatchi. – Jutro mija termin wezwania Zwiastuna i jeśli nie udasz się do krasnoludów, stracisz zamek i tytuł.

– Pamiętam, Wasza Wysokość, dziękuję za napomnienie. Przez miesiąc trenowaliśmy u Patriarchy, dopiero wczoraj przylecieliśmy do Anchursu i już dzisiaj wieczorem wezwiemy Zwiastuna. Ani ja, ani nikt z mojego klanu nie chcemy stracić takiej wyjątkowej szansy.

– Kiedy Tisza dowiedziała się, co zrobiłeś dla Tawii... – Imperator niespodziewanie uśmiechnął się i odchylił się na oparcie fotela. – ...przycisnęła mnie do ściany i w formie ultimatum zażądała godnej nagrody dla ciebie. Wszystkie moje próby wyjaśnienia, że zostałeś właścicielem Yin-Yang i dlatego już otrzymałeś swoją nagrodę, nie spotkały się ze zrozumieniem. Jak powiedziała moja córka: ten, kto pomógł spotkać się dwóm sercom, zasługuje na więcej niż tylko banalny kamień. Mam zaktualizowane informacje o barbarzyńcach, dlatego nie musisz nigdzie lecieć. Okazuje się, że to zadanie jest nieco bardziej skomplikowane, niż wyglądało na pierwszy rzut oka...

– Wasza Wysokość? – Spojrzałem pytająco na Imperatora, kiedy ten nagle zamilkł.

– Zamek Urusaj, który planuję ci oddać, znajduje się tutaj.

Na ogromnym stole pojawiła się dokładna mapa Imperium i ziem leżących w jego pobliżu. Imperator przez chwilę analizował mapę, po czym wskazał na jeden z jej krańców. Cieniutkim pasem ziemi Imperium, dosłownie stukilometrowym klinem wychodzącym do oceanu, oddzielono Wolne Ziemie od Kartosa. Mój potencjalny zamek znajdował się niedaleko od miasta portowego Narlak – jedynego miasta Imperium, które miało dostęp do morza w południowej części naszego kontynentu.

– Ziemie krasnoludów znajdują się o, tu. – Imperator pokazał na mapie obszerne terytorium, wzdłuż i wszerz usiane górami i mające swój początek bardzo niedaleko Narlaku, od razu za Wolnymi Ziemiami. – A barbarzyńcy żyli w tym oto rejonie. – Znów pochylając się nad mapą, Naatchi nakreślił niewielki obszar na Wolnych Ziemiach, bezpośrednio przy moim potencjalnym zamku.

– Dlaczego barbarzyńcy, zamiast napadać na Narlak, uciekli w kierunku krasnoludów? – zapytałem zdziwiony. – Między nimi a miastem znajduje się tylko Urusaj. Po co odchodzić tak daleko?

– Na tym polega cały problem. Według informacji wywiadu w zamku mieszka jakiś potwór. Narlak jest bardzo dobrze chroniony przed wszelkimi magicznymi atakami, w końcu to nasza jedyna arteria do oceanu, dlatego barbarzyńcy stali się pożywieniem dla owego nie wiadomo czego. Z trzydziestu tropicieli, którzy wyruszyli do zamku, żaden nie wrócił, dlatego nie wiemy, z czym mamy do czynienia. Mówiąc w skrócie: przyczynę ucieczki barbarzyńców ze swoich ziem i ich napaść na krasnoludów znalazłem bez ciebie. Teraz trzeba zdecydować, co z zamkiem.

– Wnioskuję, Wasza Wysokość, że skoro rozpocząłeś tę rozmowę, jakaś decyzja już zapadła.

– Masz rację – przyznał. – W Mrocznym Lesie pokazałeś, na co cię stać, dlatego chcę ci dać szansę nie tylko na zdobycie zamku, ale i sławę dzięki pokonaniu potwora. Jeśli się zgodzisz, od razu uczynię cię właścicielem zamku i nadam ci tytuł Hrabiego. Będziesz miał trzy miesiące, akurat do następnych zawodów klanów, żeby pokonać potwora z zamku Urusaj. Jeśli ci się powiedzie, zamek będzie twój na zawsze, tak jak i tytuł. Jeśli zaś ci się nie uda, dostaniesz zamek Drangor, który znajduje się o, tutaj... – Imperator wskazał jeszcze jeden punkt na mapie, niedaleko Sintany, stolicy krasnoludów. – ...ale już bez tytułu.

– A jeżeli odmówię? – zapytałem na wszelki wypadek.

– Po prostu dostaniesz Drangor. Nie leży w moim zwyczaju robienie znajomym prezentów, z którymi sobie nie poradzą. Co powiesz? Jesteś gotów na to, by dowiedzieć się, kto ukrywa się we wnętrzu zamku Urusaj?

**Aktualizacja zadania „Nieuniknione Zło" – przyczyną ucieczki barbarzyńców jest potwór, który zamieszkał w podziemiach zamku...**

Pokazał mi się długi tekst, który zawierał słowa Imperatora, a na jego końcu widniały dwa przyciski: *Przyjmij* i *Odrzuć*. Uznałem, że zanim cokolwiek nacisnę, postaram się spojrzeć na sytuację z każdej strony.

Plusy – mam Plinto i Anastariję, którzy dadzą radę wykurzyć z podziemi każdego potwora. Narlak, o ile dobrze zrozumiałem z mapy, jest lokacją dla graczy od sto pięćdziesiątego do dwieście dwudziestego poziomu, dlatego jest mało prawdopodobne, że będzie tam mieszkało coś koszmarnego i wysokopoziomowego. W tej lokacji ja i moi Oficerowi na niższych poziomach mamy szansę dobrze się wylevelować – jeszcze nie osiągnęliśmy setnego poziomu, dlatego na terenie z potworami na sto pięćdziesiątym będziemy zbierać podwójne Doświadczenie. Zarówno za zadania, jak i za potwory. Inne plusy – jest blisko do jednego z centrów handlowych Imperium, co daje szansę na handel nie tylko z graczami, ale i z NPC-ami, za co będą też bonusy. Własny zamek i tytuł. Co jeszcze? Chyba wszystko.

Teraz o minusach... Nie ma ich zbyt wiele, ale są bardzo istotne – ogromna, wręcz katastrofalna odległość od Anchursu. Biorąc pod uwagę, że wszystkie ważniejsze wydarzenia odbywają się właśnie w stolicy, wydanie na jeden portal stu tysięcy Złotych Monet, i to tylko jeśli będziemy mieć szczęście i Mag się zlituje, będzie stanowić kolosalną część naszych wydatków. Oczywiście, może nie stu tysięcy, trochę wyolbrzymiłem, ale i tak trzeba będzie wydawać sporo – odległość od zamku Urusaj do Anchursu to mniej więcej trzy razy tyle, co z Dalgoru do Anchursu. Kolejny minus to potwór. Kto mógł zmusić do opuszczenia swoich ziem całe plemię, spokojnie żyjące na Wolnych Ziemiach? Z pewnością coś znacznie gorszego niż zwyczajny krokodyl. Do tego niezwykła bliskość zarówno do Wolnych Ziem, jak i do Kartosa, skąd można oczekiwać ataków graczy. Otworzyłem mapę i dodałem do minusów jeszcze bliskość do trzeciego Imperium – stolica Gieraniki także leżała na południu kontynentu, nawet jeśli w głębi Wolnych Ziem.

Po przeanalizowaniu wszystkiego powinienem odrzucić propozycję Imperatora i otrzymać zamek niedaleko Sintany. Po co mi dodatkowe problemy? Z drugiej jednak strony... Zdobycie tytułu w grze, kiedy żaden z graczy jeszcze go nie dostał, już nawet pomijając fakt otrzymania zamku...

– Wiedziałem, że byle potwór cię nie wystraszy – rzekł zadowolony Imperator. Świat przepłynął przed oczami i nagle znaleźliśmy się w Sali Tronowej.

Naatchi podszedł do tronu, otoczonego Kamieniami Światła, w którego centrum tkwił kindżał Gieraniki, odwrócił się w moim kierunku i uroczyście powiedział:

– Uklęknij! – W rękach Imperatora pojawił się błyszczący miecz. – Nadaję Najwyższemu Szamanowi Machanowi tytuł Hrabiego na okres trzech miesięcy! Jeśli pokona on potwora z zamku Urusaj, wówczas tytuł zostanie z nim i jego potomkami po wsze czasy! Wstań, sir Machanie!

**Zdobyłeś osiągnięcie klanowe: „Właściciele zamku".**
**Zdobyłeś osiągnięcie: „Hrabia": tempo wytwarzania i wydobywania przez twoich robotników wzrasta o 60%.**
**Zdobyłeś unikalne osiągnięcie: „Pierwszy Wolny Hrabia Barliony".**

*Obiecałeś w nic się nie pakować.* – W tym momencie na czacie pojawiał się wiadomość od Anastariji. Baronessy Anastariji. – *Hrabio!*

*Stary, z takim ryjem? To nie twoja liga!* – Plinto nie mógł pozostać obojętny wobec takiego wydarzenia. – *Z Machana taki Hrabia, jak ze mnie balerina! Nie, serio, czy on się widział w lustrze? Przecież nim ludzi można straszyć!*

*A z Barona Plinto taki żartowniś.* – Ku memu zdziwieniu Ciapa stanął w mojej obronie. – *Biorąc pod uwagę, że wygląda jak...*

*Machanie, powiedz, jak udało cię się wykonać zadanie?* – zapytał Ciapa. – *Przecież jeszcze donikąd nie polecieliśmy!*

*Coś mi się wydaje, że domyślam się jak.* – Jeszcze jedna wiadomość od Anastariji.

*To nic trudnego. Dzisiaj wieczorem wam opowiem.*

*Jak to wieczorem?! Teraz opowiadaj, gdzie jesteś? Zostaliśmy Baronami, a ty gadasz o jakimś wieczorze!*

*Wieczorem, wszystko wieczorem, uzbrójcie się w cierpliwość!*

– Za dwa tygodnie Zwiastun dostarczy ciebie i twoich ludzi do zamku – powiedział Imperator, kiedy oderwałem się od czatu. – W Narlaku będziesz mógł kupić teleporty do Anchursu. Cena jednego dla ciebie i twoich ludzi będzie wynosiła zaledwie pięćdziesiąt tysięcy Złotych Monet. Rozkażę, aby powiadomiono o mojej decyzji Maga Narlaku! Pamiętaj, Machanie, masz trzy miesiące, żeby pokonać potwora...

– W czym mogę pomóc, Najwyższy Bracie? Chcesz zdobyć wiedzę, jak ostatnio, czy popracować nad umiejętnościami i zdolnościami? – spytał Mentor, ledwie przekroczyłem próg rezydencji Szamanów.

Na ile zdążyłem się zorientować, informacja o tym, że gracz właśnie otrzymał pierwszy w Barlionie tytuł, już zdążyła się rozejść wszystkimi kanałami informacyjnymi gry, więc znów zostałem zasypany wiadomościami. Gracze chcieli mi pogratulować z okazji tego wspaniałego wydarzenia, prosili o przyjęcie do klanu, chcieli pieniędzy i możliwości poznania Anastariji. Czyli jak zawsze. Do wyznaczonego spotkania w „Złotej Podkowie" miałem jeszcze sporo czasu, dlatego poszedłem na Plac Treningowy, żeby zakończyć zadanie z szamanami. Nie chciałem go odkładać – zamkiem podelektuję się potem.

Około dziesięciu graczy urządziło sobie piknik na zielonej trawie, jeszcze kilku kąpało się w stawie i tylko dwóch zajmowało się tym, czym powinni się zajmować Szamani na placu treningowym – spaniem.

– Dziękuję za propozycję, Mentorze, muszę po prostu pomedytować.

– To bardzo nobliwe zajęcie, bracie. Zawołaj mnie, jeśli tylko będziesz potrzebował pomocy.

Mentor odszedł, a ja wybrałem miejsce do kontaktu z Kalateą – zieloną trawę pod jednym z drzew. Graczy, którzy zorganizowali sobie piknik, tutaj nie było, dlatego nikt mi nie będzie przeszkadzał. Bardzo dobrze. Zostało tylko przypomnienie sobie, jak skontaktowałem się z nią ostatnio...

Przetasowałem dostępne mi Duchy i w końcu znalazłem tego, który będzie mógł mi pomóc: Wezwanie Ducha Aerokomunikacji. Ranga dziesiąta. Hmm... Jak udało mi się go wezwać ostatnio? Biorąc pod uwagę, że Duch był dziesiątej rangi, a ja zaledwie dziewiątej... Nie wiedziałem, że to jest niemożliwe, dlatego po prostu to zrobiłem. Gdyby mi powiedziano, że mam teraz wezwać Ducha dwudziestej rangi, tobym się mocno zastanowił. Chyba za dużo zaczynam myśleć w ostatnim czasie. To jest szkodliwe. Szamanko, gdzie jesteś?

*Szaman ma trzy ręce...*

Uwaga! Wezwanie Ducha Aerokomunikacji nie może zostać przerwane. Ze względu na to, że dany typ Ducha jest poza twoją rangą, co minutę twoje Punkty Życia będą się zmniejszać o 5%.

Kalatea nie odpowiadała aż przez trzy minuty. Właśnie „aż", a nie „tylko". Znałem uczucie, które pojawiało się co minutę, dlatego nie przerywałem wezwania Kalatei i ignorowałem krótkotrwałe wybuchy bólu. Moja Wydolność zaczęła leniwie pełznąć do góry, zwiększając się zaledwie o jeden–dwa procent, co nie mogło mnie ucieszyć – zbyt wolno rośnie w ostatnim czasie. Może powinienem znaleźć jeszcze jednego żółwia?

– Natali, to ty? – W głowie usłyszałem miły żeński głos.

– Niezupełnie. Witam cię, Kalateo! Mam na imię Machan, właśnie przeczytałem twoją wiadomość i... – Kolejna eksplozja bólu przetoczyła się po ciele, dlatego zamilkłem i nie usłyszałem początku zdania Kalatei.

– ...steś?

– Powtórz, proszę. Rzadko korzystam z takiej formy kontaktu, dlatego chwilami tracę koncentrację.

– Gdzie jesteś? – powtórzyła dziewczyna.

– Na placu treningowym Szamanów w Anchursie.

– O! Wspaniale! Zakończ już to połączenie, bo emocje, które od ciebie płyną, są takie, że mnie samej jest trudno utrzymać koncentrację. Zaraz do ciebie przyjdę.

Kalatea w jakiś zagadkowy sposób rozłączyła się, zostawiając mnie sam na sam z Duchem. Jak wiele jest jeszcze rzeczy, o których nie mam pojęcia! Kto mi wyjaśni, jak można przerwać takie wezwanie? Najpierw Gieranika, teraz Kalatea... Mam do czynienia z tak wybitnymi i doświadczonymi Szamanami, że aż wstyd mi za siebie. Przy nich wyglądam jak jakiś samouk.

– To jest więc twój ulubiony uczeń? – Ten sam przyjemny żeński głos rozległ się za moimi plecami, więc wstałem i szybko się odwróciłem.

Obok mnie pojawiło się dwóch Heroldów, którzy uśmiechali się złośliwie, zupełnie jakby Mroczny Las nigdy się nie wydarzył, Kornik i dziewczyna z jaskrawoczerwonymi włosami. Wygląd dziewczyny porażał: wystające kości policzkowe, szeroka szczęka, głęboko osadzone brązowe oczy i niewielkie zielone uszy jak rureczki, które sterczały w różnych kierunkach. Kalatea była orkiem, a dokładniej – orczycą. Hmm... Albo samicą orka. Nie wiem, jak ją poprawnie nazwać, ogólny sens był oczywisty – dziewczyna była duża i zielona.

– Nie żeby uczeń i nie żeby mój ulubiony – zawile odpowiedział Kornik, którego cała uwaga była skierowana na dziewczynę – ale coś w tym jest. Machanie, pozwól, że ci przedstawię najpiękniejszą Szamankę, jaką widziałem na tym świecie: Kalateę. Przyleciała do nas z Astrum i właśnie zaczynam myśleć o tym, żeby zacząć popodróżować po świecie. Jeśli takie piękności są Heroldami, to ten świat jeszcze długo przetrwa!

Goblin znowu skierował całą swoją uwagę na Kalateę i w tym momencie zrozumiałem. Któregoś razu „poszczęściło mi się" i zdobyłem osiągnięcie *Romeo i Julia*, kiedy pod postacią zielonego babsztyla uwodziłem Mrocznych Goblinów. Kornik nie jest mroczny, ale jest goblinem, więc istnieje ogromne prawdopodobieństwo, że przy orkach on też traci głowę. Sam ma zaledwie pół metra wzrostu, ale to mu nie przeszkadza być kobieciarzem... Zieleń jest pełna miłości.

– Miło mi bardzo poznać przełożoną Zakonu Smoków – przywitałem się z dziewczyną.

– Machanie... – Skinęła mi głową Kalatea, wywołując u Kornika westchnienie uwielbienia. Wyglądało na to, że dziewczynę już mocno wkurzało takie obsesyjne zainteresowanie ze strony NPC-a, ponieważ odwróciła się w kierunku goblina i poprosiła: – Chciałabym porozmawiać z Machanem. W porządku? Później wrócę i będziemy kontynuować wycieczkę po Anchursie. Dobrze?

Kornik coś wymamrotał, w jego oczach pojawił się smutek, ale w tym samym momencie, dosłownie jakby wymyślił coś wyjątkowego, ożywił się, uśmiechnął zadowolony i zniknął.

I to ma być zawsze szyderczy Herold Malabaru? Marnieją szamani w dzisiejszych czasach.

– Nigdy bym nie pomyślała, że gobliny mają taką słabość do orczyc – pożaliła się Kalatea. – Jestem w Anchursie zaledwie kilka tygodni, a już marzę o tym, żeby wrócić. Gdzie się nie obrócę, tam Kornik. Powiedz, jaką masz rangę Duchów?

– Dziewiątą.

– Dziewiątą? – powtórzyła ze zdziwieniem Kalatea. – Jakim cudem wezwałeś Ducha Komunikacji? Przecież on ma dziesiątą rangę. Też specjalizujesz się w powietrzu?

Postanowiłem trzymać język za zębami w kwestii tego, że pierwszy raz wzywałem Ducha Komunikacji, mając zaledwie pierwszą rangę, dlatego po prostu wzruszyłem ramionami, pozostawiając Kalatei możliwość odpowiedzenia na to pytanie samodzielnie.

– Rozumiem, nie masz ochoty dzielić się informacjami. Cóż, roztropnie. Ale opowiedzieć o sobie możesz? Jak zostałeś Szamanem, dlaczego wybrałeś tę klasę? Jak przeszedłeś pierwszą inicjację? Mam tyle pytań, że sama nie wiem, od którego najlepiej zacząć...

– Też chcę cię o wiele zapytać – przerwałem Kalatei. – Jak ci się udało zostać mistrzem ceremonii wśród Szamanów? Jak zostałaś Heroldem? Jak zdobyłaś taką reputację wśród Duchów? Jak udało ci się opuścić połączenie ze mną? Uwierz, że pytań z mojej strony nie jest mniej, a może nawet więcej.

– Porozmawiajmy – uśmiechnęła się Kalatea. – Proponuję trzymać się zasady: moje pytanie, twoje pytanie. Tak będzie najwygodniej.

– Dobrze. – zgodziłem się. – Muszę tylko wykonać jedno zadanie, a później cały będę twój.

– U nas mówi się quest. Prawdopodobnie zostało ze starego języka. Musisz dokądś pójść?

– Nie, mogę załatwić to tutaj. Zamierzam zdetronizować zwierzchnika Szamanów Malabaru.

– CO?! – krzyknęła Kalatea, ale ja już namierzyłem mój nowy obiekt.

Niedaleko od nas stał Mentor Szamanów, który w pełni zawładnął moją uwagą. Czas zakończyć temat z Pronto!

– W czym mogę pomóc, bracie?

– Chcę zwołać Radę Szamanów. Co należy zrobić, aby tego dokonać?

– Musi istnieć poważny powód, aby Szaman Najwyższy zażądał zwołania Rady Szamanów. – Za moimi plecami rozległ się nieznajomy męski głos. – Jako zwierzchnik Rady jestem gotów cię wysłuchać i zdecydować, czy należy to uczynić. Jeśli uznam, że tak, Rada zbierze się niezwłocznie, jeśli nie, zostanie ci obniżona ranga. Nadal nalegasz na zwołanie Rady?

Odwróciłem się i zobaczyłem Sziama – aktualnego zwierzchnika Rady Szamanów. Był wysoki, mniej więcej o głowę wyższy ode mnie. Czerwony powiewający płaszcz, czapka z rogami, laska,

Tamburyn z tłuczkiem przypięte do paska – Najwyższy Szaman w pełnym rynsztunku bojowym. Gdyby dodać Totem, to w ogóle można by się udać na wojnę.

– Nie tylko nalegam na zwołanie Rady – odpowiedziałem, nie odrywając wzroku od ciemnobrązowych, praktycznie czarnych oczu Sziama – ale zamierzam oskarżyć jej zwierzchnika o zdradę! O wykorzystanie Cieni podczas pojedynku z Pronto i o to, że powiedział Gieranice, jak schwytać Kornika.

Ostatnie oskarżenie wyrwało mi się niechcący, najprawdopodobniej pod wpływem emocji. Pytanie, w jaki sposób Gieranika schwytał Herolda, przez długi czas nie dawało mi spokoju. Kornik mógł się błyskawicznie przemieszczać z jednego punktu do drugiego, ale Gieranika go związał i dostarczył do zamku Upadłych. Jak?

Wniosek nasuwał się tylko jeden – zdrada. Ale kto i jak mógł zdradzić Herolda, zupełnie nie rozumiałem, i dopiero teraz, kiedy zobaczyłem Sziama, ułożyła się część mozaiki. To, że Kornik dostał się do niewoli, jest dziełem rąk zwierzchnika Rady.

– Bardzo poważne zarzuty – uśmiechnął się Sziam. – Moim zdaniem zbyt długo dzisiaj byłeś na słońcu i rzuciło ci się na głowę. Gdzie są dowody? Nie ma ich! Moja decyzja jest następująca: fałszywe oskarżenie nie stanowi wystarczającej przyczyny zwołania Rady, dlatego pozbawiam cię tytułu Najwyższego i degraduję od razu do Elementarnego! Moja decyzja nabiera mocy prawnej od razu...

– SŁOWO SIĘ RZEKŁO I WYMAGA SPRAWDZENIA, SZIAMIE! – Wydawało się, że otaczający świat zwariował, kiedy Najwyższe Duchy obu Światów przemówiły; trzęsły się nawet drzewa, pochylając się do samej ziemi. Śpiący gracze zerwali się i zaczęli się rozglądać, nie rozumiejąc, co ich obudziło, a kąpiący się z całych sił płynęli do brzegu. Nikt nie miał ochoty na odrodzenie. – OSKARŻENIE JEST ZBYT POWAŻNE, ŻEBY POZWOLIĆ CI NA

POZOSTANIE ZWIERZCHNIKIEM RADY! JEŚLI MACHAN SIĘ POMYLIŁ, ZOSTANIE POZBAWIONY WSZYSTKIEGO I STANIE SIĘ SZAMANEM POCZĄTKUJĄCYM. JEŚLI NIE, ZOSTANIESZ UKARANY! KORNIKU! DO ZAKOŃCZENIA ŚLEDZTWA TY BĘDZIESZ ZWIERZCHNIKIEM RADY! TO JUŻ WSZYSTKO!

– Poddaję się woli Władców. – W odległości kilku kroków ode mnie pojawił się Herold rzucający niechętne spojrzenie byłemu zwierzchnikowi Rady. Teraz goblin zupełnie nie wyglądał jak zatroskany casanova, jakby obok niego nie było orczycy. – Zdaje się, że to dzieło twoich rąk, Sziamie? Tylko trzech rozumnych w całej Barlionie wiedziało, gdzie pojawię się w danym momencie, i właśnie w tym miejscu czekał na mnie Gieranika.

– Słowa twojego ucznia to kłamstwo – spokojnie ripostował Sziam. – On nie ma ani jednego dowodu na potwierdzenie tego, co mówi.

– ON NIE! KRĄG SZAMANÓW MA! KORNIKU, ZBIERZ RADĘ. PRZYSZEDŁ CZAS POWROTU DO HISTORII I SPRAWDZENIA, CO WYDARZYŁO SIĘ PODCZAS POJEDYNKU MIĘDZY PRONTO A SZIAMEM!

– Już wypełniam waszą wolę, Władcy. – Kornik skłonił głowę, nie spuszczając przy tym wzroku z Sziama, po czym uśmiechnął się i zniknął.

– Cóż, oskarżenie zostało usłyszane i zarejestrowane – powiedział były zwierzchnik rady, z jakiegoś powodu zwracając się do mnie. – Za chwilę wróci Kornik, zbierze krąg Szamanów i wszyscy poznają prawdę. Ale zanim to nastąpi, ja, Najwyższy Szaman Sziam Altaryński, wyzywam Najwyższego Szamana Machana na pojedynek! Zostaniesz ukarany od razu! Zemszczę się za brata! Przygotuj się do walki!

**Zostałeś zaatakowany przez NPC-a i masz prawo do działań odwetowych. Zwracamy uwagę – ten atak należy do scenariusza,**

**dlatego masz prawo do użycia zaklęcia „Oddech Smoka" przed osiągnięciem 50. rangi Smoka.**
**Otrzymałeś cios: 50 232 (52 411 cios Najwyższego Ducha - 2 179 ochrona przed magią).**
**Łącznie Punktów Życia: 1 z 29 510.**
**W czasie wykonywania zadania „Przywrócić Sprawiedliwość" masz prawo do zignorowania dziesięciu ciosów zwierzchnika Rady Szamanów.**

– Co?! – Krzyk Sziama został usłyszany z pewnością w całym Anchursie.

Podniosłem się z ziemi, na której wylądowałem po ciosie Ducha, potrząsnąłem głową, próbując się pozbierać, i się uśmiechnąłem. Bolało, zgadza się, ale mam fory przy dziesięciu ciosach, podczas których muszę zdążyć wysłać Sziama na emeryturę!

– Najwyższe Duchy stoją po twojej stronie, Machanie! – Sziam ciągle jeszcze nie rozumiał, dlaczego nie może mnie zabić. Źle ocenił sytuację i wezwał kolejne dwa Duchy, ale one też niczego nie zdziałały, chociaż obniżyły odzyskane Punkty Życia z powrotem do jednego. – Ale Gieranika nauczył mnie czegoś, co ci się spodoba!

Z tymi słowy w rękach byłego zwierzchnika Rady Szamanów zaczęły tworzyć się Cienie. To koniec – Sziam sam wydał na siebie wyrok! Jeśli wyzwanie na pojedynek jednego Szamana przez drugiego nie było czymś nadzwyczajnym, to wykorzystywanie takich istot jawnie zaprzecza wszystkiemu, w co wierzą Szamani. W konsekwencji – Sziam nigdy więcej nie będzie mógł pełnić funkcji zwierzchnika i...

**Zadanie „Przywrócić Sprawiedliwość" zostało wykonane.**
**Zwróć się do zwierzchnika Rady po nagrodę.**

– Pozbawię cię siły Szamana! Nawet gdybym to miał przypłacić własnym życiem! – wrzasnął Sziam, wysyłając w moją stronę Cienie. Odległość między nami była niewielka, około dwudziestu metrów, dlatego nie miałem zbytnio czasu na myślenie o tym, co robić. Musiałem reagować, i to szybko.

Walka – czy też pojedynek, jak jeszcze to nazywano – to bardzo rzadkie wydarzenie. Krok w lewo lub krok w prawo może prowadzić do wykroczenia i w konsekwencji do przegranej. Podczas pojedynku zawodnicy mogą wykorzystywać wszystko, co wchodzi w arsenał bojownika – Duchy, pięści, nogi, pazury, ogon, płomienie... Cienie, które były wykorzystywane przez Sziama, nie są naturalne dla naszej klasy ani dla jego rasy, dlatego pozostają zabronione, ale przecież ja jestem Smokiem! *À propos*, skoro są zabronione, to dlaczego Sziam ciągle mnie atakuje? Gdzie jest Kornik? Dlaczego nie przerywa pojedynku? Zostało mi zaledwie sześć trafień! Swoimi Duchami mogę atakować Sziama do czasu wypuszczenia mnie na wolność, dlatego przeobraziłem się, pamiętając o możliwości skorzystania z „oddechu Smoków". Transformacja zajęła mi zaledwie kilka chwil, po czym przed oczami pojawił się komunikat:

**Chcesz użyć pierwszego przyspieszenia?**

W Mrocznym Lesie Patriarcha kategorycznie zabraniał mi atakowania czegokolwiek, uzasadniając to tym, że ogień Smoka jest bardzo niebezpieczny. Zrobię kilka oddechów i Mroczny Las przestanie istnieć. Dlatego ten atak będzie pierwszym od chwili otrzymania nowej rasy. Pewnego razu Drako doszedł do szóstego przyspieszenia, omal nie odrzucając ogona jak jaszczurka. Przyszła moja kolej doświadczenia na sobie tego, przez co przeszedł mój Totem.

Dzięki ognistemu oddechowi Cienie zniknęły – zupełnie jakby ich nigdy nie było. Bardzo dobrze – bałem się, że najpierw będę musiał je wcielić, a dopiero potem zniszczyć. Machnąłem skrzydłami i w jednej chwili znalazłem się obok Sziama. Pobawmy się w strażaków!

– Nieee! – Przez plac treningowy przebiegł pełen bólu krzyk Sziama. – Zniszczę cię, przerośnięta jaszczurko! Jesteś trupem!

**Otrzymałeś cios...**
**Chcesz użyć drugiego przyspieszenia?**

Po pierwszym przyspieszeniu poziom Życia Sziama nie zmniejszył się znacząco – chociaż pewnie było mu bardzo gorąco, zdążył zawiesić na sobie ochronną kopułę, która blokowała mój ogień. Szczwany lis zdołał jeszcze nasłać na mnie kolejny Cień! Zostało mi tylko pięć trafień! To dłużej tak nie może wyglądać! Wchodzę na nowy poziom!

– Nie wygrasz! – krzyknął Sziam, przywołując kolejny Cień.

W mojej głowie rozpoczął się koncert instrumentów perkusyjnych, ale nie straciłem koncentracji. Stopniowo przepalałem kopułę ochronną Szamana. Szkoda, że Oddech Smoka można wykorzystywać tylko podczas takich scenariuszy – to bardzo przyjemna rzecz! Jeśli zapomnieć o dudnieniu bębnów we łbie, to większość graczy nie miałaby przeciwko mnie żadnych szans! Zwłaszcza ci, którzy przywykli do walki na bliskim dystansie, tacy jak Wojownicy i Łotrzyki. Wzbijam się, przyspieszam i zaczynam z góry zalewać wszystko ogniem, ignorując próby dosięgnięcia mnie mieczem lub kindżałem. Helfajerowi na pewno by się spodobało...

Drugie przyspieszenie nie przyniosło większego pożytku – gdy tylko udawało mi się przepalić jego osłonę, Duchy Uzdrawiania niemal natychmiast odbudowywały poziom Punktów Życia zwierzchnika Rady. Do tego Sziam stale odnawiał kopułę, jak tylko stara ulegała zniszczeniu. Muszę go mocniej podpiec. Boję się, że do instrumentów perkusyjnych w głowie dołączy jeszcze flet, ale nie mam wyboru – nie chcę się poddać i oddać Sziama pod osąd Rady Szamanów. On pierwszy przyszedł do mnie z Cieniami, więc ode mnie w te Cienie oberwie!

**Chcesz użyć trzeciego przyspieszenia?**

Flety się nie pojawiły, co nie mogło nie ucieszyć, ale do bębnów dołączyła ciężkość w całym ciele. Od razu przypomniałem sobie epizod walki z Pronto, kiedy moje ciało praktycznie zmieniło się w ciasto, pragnące tylko jednego – rozpłynąć się na podłodze i zapomnieć o tym strasznym koszmarze. W ustach pojawił się dziwny metaliczny posmak, oczy okropnie łzawiły, ale efekt mnie zachwycił – Sziam mógł się tylko bronić, zupełnie zapominając o atakowaniu! Stale odnawiał kopułę i wlewał w siebie Ducha Uzdrowienia, coś krzyczał, ale w ryku szalejącego ognia zupełnie niczego nie było słychać. Cholera! Tak się nie uda! Muszę atakować jeszcze mocniej!

**Chcesz użyć czwartego przyspieszenia?**

Na czwartym poziomie stało się jasne, że to moja granica! Do bębnów i nieziemskiej ciężkości doszedł dziki ból, rozrywający moje ciało na kawałeczki. Nie wiem, co naprawdę czuje człowiek, któremu na skórę wylano kwas, ale teraz ból był taki piekielny, że jedno doskonale rozumiałem: następnego poziomu nie wytrzymam. Resztki świadomości, próbujące ze wszystkich sił odpłynąć, skoncentrowałem na Sziamie. Wóz albo przewóz. Trzeciej opcji nie ma. Nie zatrzymam się i nie oddam Sziama w ręce Kornika!

Siedem sekund... Równo tyle zostało mi do końca czwartego przyspieszenia, po czym moje płomienie się skończą, a ja zamienię się w dynię: wielką i nieruchomą.

– BRACIE! – dziki krzyk zwierzchnika Rady, z nutkami histerii i rozdarcia, został zagłuszony przez ryk moich płomieni.

Pięć sekund!

– BRACIE, BŁAGAM O POMOC!

Trzy!

– URATUJ MNIE!

Dwie! Obok Sziama pojawił się czerwony portal i zwierzchnik Rady Szamanów, teraz już były zwierzchnik, skokiem opuścił plac treningowy.

Sekunda! Koniec – przyspieszenie się skończyło i teraz jako Smok jestem bezużyteczny. Mógłbym jedynie uderzyć ogonem, jeśli byłoby kogo... Generalnie szkoda – Sziamowi zostało całe dziesięć procent Życia! Ale nawet gdyby został, to nie dałbym rady go dobić. Jestem słaby jako Smok, nawet w ramach scenariusza!

**Wygrałeś pojedynek.**
**Reputacja wśród Duchów Światów Górnego i Dolnego wzrosła o 1000.**
**Poziom bieżący: Życzliwość, do Szacunku: 1390.**
**+1 do Wydolności. Łącznie: 139.**
**Zaklęcie „Oddech Smoka" otrzymało status „Niedostępne".**

Wszystko, na co wystarczyło mi sił po przyspieszeniach, to otwarcie oczu i rozejrzenie się dookoła.

Ogromny wypalony ślad w miejscu, gdzie stał Sziam, jak wstrętna szrama niszczył zieleń placu treningowego Szamanów. Wokół plamy stał ogromny tłum graczy, Mentorzy Szamanów, Almis, Kalatea, Kornik... Zebrani patrzyli na mnie, jakby zastanawiając się, czy żyję, czy już umarłem, dlatego zrobiłem ogromny wysiłek i się uśmiechnąłem. Nie wiem, czy Smoki potrafią się uśmiechać i jak ta animacja u nich wygląda, ale chwila wydała mi się odpowiednią dla uśmiechu. Niepotrzebnie to zrobiłem. Przed oczami pojawiła się mgła, która natychmiast zasłoniła cały świat. Pogrążyłem się w łagodnej i czułej ciemności, która uciszyła perkusję w mojej głowy...

– Może umarł? – Przez mgłę niebycia przebił się czyjś głos, który wrócił mi świadomość.

– Niedoczekanie wasze! – odgryzłem się, starając się otworzyć oczy i podnieść na... na łapach... Najwyraźniej byłem w postaci Smoka, co znaczy, że od walki minęło mniej niż dwadzieścia minut.

– Wstawaj, ogon odmrozisz. – Znajomy głos Drako zmusił mnie do podjęcia ostatniego wysiłku i otwarcia oczu.

Renoks, Drako i jeszcze kilka smoków patrzyło na mnie jak na cud natury. Chociaż nie – Drako patrzył jak zazwyczaj, za to pozostali...

– Jak ci się udało otworzyć portal? – zapytał mój przyszywany ojciec, gdy tylko udało mi się podnieść.

Przy okazji: pierwszy raz byłem w tym świecie w postaci smoka – chłód jest prawie nieodczuwalny.

– O co ty go pytasz – usłyszałem odpowiedź gdzieś z boku. Zmrużyłem oczy i się uśmiechnąłem. Kornik we własnej osobie. Do tego z Kalateą! – To cudo w piórach dopiero co użyło czwartego przyspieszenia na piątym poziomie Smoka i udało mu się nie wyzionąć przy tym ducha. – Kornik podniósł głowę, spojrzał na Kalateę i uśmiechając się, dodał: – I ty jeszcze pytasz, dlaczego jest moim ulubionym uczniem? On ciągle wymyśla takie sztuczki, że czasem trudno uwierzyć własnym oczom. Z nim nie da się nudzić!

– Czwarty? – zdziwił się Renoks, przenosząc wzrok z Kornika na mnie i z powrotem. – Jak on to wytrzymał?

– To też właśnie mówię: o co ty go pytasz? Ech... nauczyłbyś go czegoś, bo jeszcze raz przyspieszy i będzie po nim. Wypali się nasz maluszek. Zamknie się w sobie i więcej nie zmieni w Smoka. Czy tego chcesz?

– Jest jeszcze za młody na szóstą rangę – w zamyśleniu mruknął Renoks. – Jesteś na sto procent pewien, że to było czwarte przyspieszenie?

– Zastanów się, jak inaczej mógłby się dostać do tego świata bez portalu. Tylko w jednym wypadku: na granicy pełnego wyczerpania. W każdym razie wystarczy pociągania Smoka za ogon, awansuj go. – Kornik zamilkł, po czym uśmiechnął się. – Zasłużył.

**Wzrosła ranga Smoka. Poziom bieżący: 6.**
**Dostępna jest nowa umiejętność: „Loty nie we śnie, ale na jawie": prędkość przemieszczania się w postaci Smoka wzrasta o 200%.**

Szósta ranga Smoka. Łał! Dosłownie piszczę ze szczęścia i robię ogromne wilgotne oczy... Wszyscy oni powinni przejść przez przyspieszenie i dopiero potem przekonywać, że jestem za mały i niedoświadczony. Bardzo mnie cieszy, że zostałem nagrodzony zwiększeniem prędkości. Teraz mogę się ścigać z Plinto i sprawdzić, kto jest szybszy: ja czy jego feniks.

– To jest ta legendarna Smokolandia? – zapytała Kalatea, oglądając góry. – Zimnawo tu u was.

– Mylisz się, córko Astrum – odpowiedział Renoks. – Smokolandia to ziemie, na które odeszły Smoki twojego kraju. Utrzymujemy z nimi łączność, kontaktujemy się, ale ich miejsce zamieszkania jest nam obce. Dla nas jest tam zbyt ciasno i zbyt gorąco. Smoki Malabaru lubią zimno i przestrzeń, zawsze powinniśmy mieć rozłożone skrzydła. Witam cię na ziemiach Wilteraksu!

– Bardzo miło – wymamrotał Kornik, brzmiąc prawie jak zazdrosny mąż. – Na nas już czas! Zwierzchnik Rady pragnie wydać nagrodę temu wspaniałemu chłopcu – skinął w moją stronę – a jego ciągle nie ma. Nieładnie!

– Jak to: nie ma? – Ze zdziwienia zapomniałem nawet o bólu w ciele. – Przecież ty zostałeś mianowany zwierzchnikiem rady! Możesz wydać nagrodę od razu tutaj, nie chcę nigdzie iść.

– Pełniącym obowiązki... – Wymownie podniósł palec Kornik. – ...które już na szczęście przekazałem. Wstawaj, koniec obijania się! Zaraz sam się wszystkiego dowiesz!

– Kto jest nowym zwierzchnikiem? – zapytałem, po czym wróciłem do postaci człowieka i zawiesiłem na sobie kopułę chroniącą przed zimnem.

– Cóż to, mamy za mało Heroldów? W dzisiejszych czasach jest ich w Malabarze do wyboru, do koloru! – uśmiechnął się Kornik, dotknął mojego ramienia i góry Wilteraksu zniknęły...

– Oto on, dostarczyłem – rozległ się zadowolony głos Kornika, zanim moje oczy przywykły do mroku. – Możesz rozpoczynać proces, ja tymczasem porozmawiam z kolegą z Astrum!

Rozejrzałem się i poczułem dreszcze – znów to głupie *déjà vu*: stoję na piasku, wokół mnie są kamienne ściany, a na wysokości dwóch metrów znajdują się sędziowie. W odróżnieniu od poprzedniego razu teraz nie było Imperatora z jego armią Zwiastunów. Za to był obecny pełny skład Rady Szamanów, na czele z... Ożeż ty!

– Najwyższy Szamanie Machanie! – W sali rozległ się niski głos zwierzchnika. – Krąg Szamanów potwierdził prawdziwość twoich oskarżeń i od tej chwili Sziam jest uznawany za wroga. Znaleźliśmy zdrajcę i teraz szamanów czekają wielkie zmiany. Musimy się rozwijać i nie odstawać od pozostałych klas. Musimy odzyskać poprzednią wielkość. To brzemię spoczywa na mnie jako na nowym zwierzchniku. Teraz przyszła kolej na nagrodę dla ciebie. Jako zwierzchnik Rady Szamanów wręczam ci ten oto hełm! Wraz z laską Almisa dopełni on twój wygląd zewnętrzny i odtąd będziesz w całości wyglądał jak Najwyższy Szaman.

**Otrzymałeś przedmiot: Szamański Hełm Niebywałej Inspiracji. Trwałość: nie można zniszczyć. Opis +(Poziom graczax5) do Intelektu, +(Poziom graczax2) do Wytrzymałości, +(Poziom graczax3) do ochrony przed wszystkimi rodzajami ciosów. Klasa przedmiotu: Skalowalny. Ograniczenia odnośnie do poziomu: Brak. Reputacja u Duchów Światów Górnego i Dolnego wzrosła o 1000. Bieżący poziom: Życzliwość, do Szacunku: 390. Reputacja u Rady Szamanów wzrosła o 1000. Bieżący poziom: Życzliwość, do Szacunku: 1735.**

O, ja! Reputacja wśród Najwyższych wzrosła dwukrotnie – pierwszy raz podczas bitwy z Sziamem, a drugi teraz! Powoli – niestety powoli – ale pewnie zbliżałem się do rangi Herolda. Przy okazji Kornik mówił, że nowy zwierzchnik jest Heroldem. Czyżby awansował?

– Teraz, kiedy zacząłeś wyglądać jak Najwyższy Szaman – kontynuował Pronto – przyszedł czas na prawdziwą nagrodę. Krąg! – krzyknął Pronto i spojrzał na zgromadzonych Szamanów. – Czy rozumny zasłużył na nasze błogosławieństwo?

– Oczywiście. – Kornik oderwał się od orczycy i podniósł ze swojego miejsca. – Pronto jak zwykle spieszy się jak goły ork za elfką, ale tym razem ma rację! Miesiąc temu właściwie wyrzekłem się swojego ucznia, myśląc, że nas zdradził, jednak w ostatniej chwili powstrzymało mnie przeczucie własnego błędu. Zbyt długo byłem w niewoli, rozum przyćmił uczucia, dlatego postanowiłem zignorować sprawę, odkładając rezygnację z ucznia do momentu sądu. Pomyliłem się, a Machan przeszedł swoją drogę do samego końca, pokazując wszystkim, jaki powinien być prawdziwy Szaman. Jest godzien naszego błogosławieństwa!

– Jeden Herold zaproponował, drugi podtrzymał; czy po tym wszystkim zdanie Najwyższych jeszcze kogoś interesuje? – Z prawej strony rozbrzmiał głos Almisa i mój pierwszy nauczyciel wstał. – Prawdopodobnie jestem jedynym z Najwyższych, który miał do czynienia z tym chodzącym nieporozumieniem. Dawno dokonałem wyboru, oddając laskę. Nie widzę sensu w powtarzaniu słów Pronto i Kornika: ten dziwak jest godzien naszego błogosławieństwa!

Jeden po drugim Szamani wstawali ze swoich miejsc i potwierdzali moje prawo do otrzymania szamańskiego błogosławieństwa, o którym, wstyd się przyznać, zupełnie niczego nie wiem. Jeszcze jedna sztuczka podwyższająca parametry? Od Eluny już mam, będę miał i od Szamanów. Razem z czapką, którą dostałem, to – jak się wydaje – całkiem niezła nagroda za mianowanie Pronto głównym Szamanem Malabaru.

– Decyzja została podjęta!

Jego głos zabrzmiał uroczyście i pod sklepieniem sali sądu zaczęła rozbrzmiewać zmyślna pieśń. Niektórzy Szamani uderzali w Tamburyn, inni klaskali w kolana i stopniowo cała moja świadomość utonęła w tych przeszywających rytmach. Przed oczami zaczęły przesuwać się różne obrazy, zakręciło mi się w głowie, jakbym się nawdychał dymu, zrobiło mi się niedobrze, ale stały rytm, wybijany na Tamburynach, nie pozwalał na pogrążenie się w tych doznaniach.

**Otrzymałeś małe Błogosławieństwo Szamanów.**
**Opis: wszystkie parametry rosną o 10%.**

Wszystkie parametry – analog błogosławieństwa Eluny? Elżbieta zwiększyła je o piętnaście procent, a Krąg Szamanów tylko o dziesięć? Słabo trochę, ale tak też jest dobrze. Pobieżnie spojrzałem na właściwości i już zamierzałem je zamknąć, kiedy w oczy rzuciło mi się coś niezwykłego. Przejrzałem właściwości dokładniej i zrozumiałem, że Elżbieta ze swoimi piętnastoma procentami to pikuś w porównaniu z Szamanami... Małe błogosławieństwo Kręgu podkręciło moje parametry – przy czym nie tylko podstawowe jak wszystkie standardowe buffy, ale ogólnie wszystkie, w tym Wydolność, Charyzmę, Duchowość i... Rzemiosło. Plus dziesięć procent oznaczało dla mnie zaledwie plus jeden do tej pożytecznej składowej mojej postaci, ale to teraz, kiedy mam Rzemiosło na bardzo niskim poziomie. Jeśli za każdy rodzaj figur szachowych Karmadonta będę dostawał po jednym punkcie do Rzemiosła, to już za rok mogę mieć około szesnastu jednostek, które z takim wzrostem dadzą już plus dwa! A czym jest pełne błogosławieństwo i gdzie je można otrzymać?

– Wesoło tu macie. – Kalatea uśmiechnęła się, kiedy ocknęliśmy się na placu treningowym.

Spojrzałem mimochodem na zegarek – za dziesięć dziewiąta. Jeśli natychmiast nie pobiegnę do „Złotej Podkowy", to nie zdążę na spotkanie i Nastja mnie zamorduje. Ale z orczycą też chciałbym porozmawiać!

– No, trochę. Słuchaj, muszę teraz uciekać. O dziewiątej mam spotkanie, na które nie mogę nie pójść. Możemy się spotkać jutro?

– Nie ma takiej konieczności, wszystko, co powinnam wiedzieć, już wiem. Zrozum, musiałam sprawdzić, czy Smokiem został prawdziwy Szaman, a nie ktoś, kto zainwestował w grę ogromne pieniądze, kupując wszystko i wszystkich. Nie chcę ci ani przeszkadzać, ani pomagać; powinieneś rozwijać się sam. Jeśli zechcesz wstąpić do Zakonu Smoków, nasze drzwi zawsze będą dla ciebie otwarte. Poproszę Natali, żeby przesłała ci informacje na temat zakonu, zapoznaj się z nimi i podejmij decyzję. Wtedy porozmawiamy. Nie żegnam się, tylko mówię: „Do szybkiego zobaczenia". Będzie dla mnie ciekawe śledzić twoje poczynania z boku. Przy okazji: odkąd pamiętam, nikt jeszcze nie obalał zwierzchnika Rady. Nawet boję się pytać, gdzie zdobyłeś taki scenariusz. Powodzenia, Najwyższy!

Kalatea objęła mnie i rozpłynęła się w moich ramionach. Bardzo wygodna właściwość, muszę też taką zdobyć dla siebie. A teraz na zebranie klanu!

# ROZDZIAŁ 3

## ZAGADKA ZAMKU

– Czekają na pana, proszę za mną.

„Złota Podkowa" cały czas dbała o poziom elitarnego miejsca Barliony – nawet w roli kelnerów występowali gracze, którzy przeszli ostrą selekcję. Dopasowani, ulizani, od czasu do czasu poprawiający nieistniejące fałdki; niczym nie odróżniali się od NPC-ów, tak samo nagle znikali i pojawiali się, gdy była taka konieczność. Nie mogę powiedzieć, że podobałoby mi się tracenie ośmiu godzin dziennie w grze na usługiwanie innym graczom, ale ci ludzie sprawiali wrażenie zadowolonych z życia. Najważniejsze to nie pytać, ile dostają, żeby niepotrzebnie nie przeżywać traumy – plotka głosi, że miesięcznie stu tysięcy Złotych Monet w „Złotej Podkowie" nie dostaje nawet młodszy pomocnik zastępcy kelnera. Wszystko tu jest drogie i patetyczne.

– Proszę, oto pana stolik! – Kelner odsunął zasłonę i zapraszającym gestem wskazał wejście do wnętrza otwierającej się niszy.

Anastarija, Plinto, Barsine, Eryk, Leyte i Ciapa. Sześciu nowych Baronów Barliony – cały mój niezbyt liczny klan – wszyscy siedzieli za stołem, z ciekawością oglądając mnie od stóp do głów. Zgodzę się, że w porównaniu ze zwyczajnym wyglądem w skórzanej odzieży, którą zrobił dla mnie Rik, w tych ciuchach prezentuję się całkiem inaczej.

Na każdego, kto wchodził do „Złotej Podkowy", system automatycznie nakładał standardowy strój, który sprawiał, że klient wyglądał odpowiednio. Jednakże jeśli Symulator doszedł do wniosku, że gracz może wyglądać lepiej, to, za trzysta Złotych Monet, pozwalał graczowi popopisywać się przed swoimi przyjaciółmi-kompanami-współbiesiadnikami i podkreślić to, co należy.

– Jakbyś zszedł prosto z obrazu, Hrabio! – uśmiechnął się Eryk, wracając do dania.

Krasnolud zamówił jakąś dziwną zieloną maź, która bardzo przypominała kleik z Pryka, i zajadał ją z ogromnym apetytem. Jeśli dobrze rozumiem, to dla niego dzisiaj druga wizyta w „Podkowie", co zupełnie nie dziwi, bo jedzenie w restauracji było świetne.

W odróżnieniu ode mnie Anastarija przyjęła propozycję systemu i odziała się już nie w tę wspaniałą śnieżnobiałą suknię, w której była u Imperatora, lecz w zwykłą kieckę ze „Złotej Podkowy". Za to ja po kliknięciu *Nie* wyglądałem jak dziwadło. Gdzie ja miałem głowę?

– Tak, jakoś tak – powiedziałem coś bez ładu i składu, żeby powiedzieć cokolwiek, po czym usiadłem na jedynym wolnym miejscu: u szczytu stołu. Wiedziałem, że wszyscy są pochłonięci jedzeniem i dopóki nie skończą, to o żadnej rozmowie nie może być mowy, więc wezwałem kelnera.

– Jest pan gotowy złożyć zamówienie? – Dosłownie po kilku sekundach obok zmaterializował się pracownik tawerny i spojrzał na mnie pytająco. Jak dżinn z butelki, naprawdę!

– Proszę nalewkę firmową i pieczeń ze szczura. – Zdecydowałem, gdy przypomniałem sobie, co jadłem ostatnim razem. Jak już zdążyłem się nauczyć, eksperymenty w „Złotej Podkowie" to niebezpieczna sprawa i dlatego nie warto ryzykować.

– Zamówienie zostało przyjęte – potwierdził kelner i natychmiast zniknął, jakby się teleportował. Nie, dokładnie jak dżinn!

– Hrabia i pieczeń ze szczura – skomentował moje zamówienie Ciapa. – Jakoś tak niezgodnie ze statusem, wasza ekscelencjo! Chociaż nie, nie tak: wasza ekscylencyjo! Dodając dla siebie: „jak z koziej dupy trąba"... Opowiadaj! Czekając na ciebie, wysnuliśmy setki hipotez, tylko Nastja siedzi i milczy, jakby coś wiedziała!

– Ja też jestem ciekawa, jak ci się to udało – odezwała się Barsine. – Spotkałam się z jednym z potencjalnych rajderów, widziałam, że kręci nosem na nasz niskopoziomowy klan, aż tu nagle przyszła aktualizacja! Baronessa Barsine... Magdiej, tak miał na imię ten gracz, praktycznie od razu wstąpił do klanu, obiecał znaleźć jeszcze kilku graczy i w ogóle rajderzy zaczęli się zgłaszać. Tak więc do armii pragnących usłyszeć interesującą historię możesz zaliczyć także i mnie...

– Fantastycznie cię wrobiono, nie ma co – powiedziała Anastarija, ledwie skończyłem opowieść o swoich przygodach.

Musiałem opowiedzieć swoim bojownikom wszystko, rozpoczynając od „Łez Tawii", a kończąc na spotkaniu u Imperatora, po czym usłyszałem taki komentarz. Co jest?

Najwyraźniej ostatnią myśl powiedziałem na głos, bo Anastarija zaczęła wyjaśniać:

– Właśnie tym zamkiem wydalono cię z Anchursu na trzy miesiące. A te dwa tygodnie dostałeś, jakby to miał być jakiś prezent... Tak... Sądząc po waszych minach, nikt nie rozumie, o czym mówię, więc zacznę od samego początku. Kiedy klan dostaje zamek, to albo jego lider, albo wcześniej wyznaczony zarządca jest zobowiązany do spędzenia w nim trzech miesięcy. Dopiero po tym czasie zamek staje się prawdziwą własnością klanu. Zamek, oczywiście, można opuszczać, ale nie dłużej niż na dobę. Graczowi daje się dwa tygodnie, żeby uregulował wszystkie sprawy i udał się objąć panowanie. Tak było ze wszystkimi trzema zamkami Feniksa, więc dla nas raczej nie zmienią reguł. Wychodzi na to, że Machana właśnie wyłączono na trzy miesiące ze wszystkich zadań, które są związane z podróżowaniem. Na przykład zniszczenia kindżału Gieraniki, wetkniętego w tron Imperatora. Do końca tego zadania zostały nieco ponad dwa miesiące. Podziemie, w którym są ukryte relikwie, właśnie zostało odnalezione, szturmują je teraz Feniks, Smoki i Spadkobiercy. Tak, ale to temat nie na teraz. Ogólnie rzecz ujmując, przez trzy miesiące bez dwóch tygodni Machan powinien zachowywać się jak zarządca, na zmianę czegokolwiek jest już za późno. Tej funkcji i tak nie może delegować...

– Bardzo zabawne – powiedziałem ze smutkiem, oceniając perspektywę najbliższych trzech miesięcy. Jeszcze jeden areszt i znów na trzy miesiące! Ile można?! Nagle uświadomiłem sobie kolejną „pocieszająca" rzecz. – Przy tym moja obecność w zamku i tak może być bezużyteczna, jeśli nie zabijemy potwora? Zabiorą mi zamek i tytuł, a i tak będę musiał siedzieć jeszcze trzy miesiące w Drangorze?

– Dlatego musisz wyznaczyć zarządcę. Gracza, który będzie opiekował się zamkiem i zajmie się jego rozwojem.

– Rozwojem?

– Urusaj to zamek na pierwszym poziomie tak jak wszystkie zamki, które były przekazywane Feniksowi. Zamek, podobnie jak gracze, nie ma maksymalnego poziomu, ale osiągnąć każdy kolejny jest o wiele trudniej niż wcześniejszy. Mogę się mylić, ale dostały się nam zwykłe ruiny ze swoim, biorąc pod uwagę potwora, Podziemiem. Aby osiągnąć poziom drugi, zamek trzeba w pełni odbudować, przywracając mu pierwotny wygląd. Do tego są potrzebni Kamieniarze, Rzeźbiarze, Artyści... Trzeba będzie sporo zainwestować! Trzeci poziom można osiągnąć, poszerzając terytorium zamku mniej więcej dwukrotnie. Czwarty poprzez stworzenie nowych budowli, upgrade istniejących i tak dalej, do nieskończoności. Na plus: miejsce na przechowywanie wydobytych materiałów i przedmiotów. Na minus: stracone pieniądze. Z minusów należy jeszcze wymienić możliwość ataku na zamek graczy i rabunek składu, dlatego wszyscy zwykle starają się ulepszyć go, jak się da, w maksymalnie jak najkrótszym czasie.

– Po kiego ten skład jest w ogóle potrzebny? – zdziwił się Leyte. – Jeśli trzeba coś przechować, tworzysz wiadomość z załącznikiem i przechowujesz wszystkie przedmioty w taki sposób.

– Wszystko się zgadza, można i tak – zgodziła się Anastarija. – Tylko trzeba pamiętać, że jednocześnie w skrzynce pocztowej gracz nie może przechowywać więcej niż sześćdziesiąt przedmiotów. To, co najcenniejsze, można przechowywać w taki sposób. Jeśli jednak trzeba gdzieś pomieścić górę materiałów, to już poczta ci nie wystarczy. W korporacji też nie pracują idioci; dla graczy bez klanu poczta jest swoistą przechowalnią. Malutką, ale oni więcej nie potrzebują. Jednak klanom pozostają tylko zamki. Na przykład za Mroczny Las Feniks jest nam winien mnóstwo rzadkich zasobów. Gdzie mielibyśmy je przechować, gdyby Echkiler zażądał zabrania należących do nas przedmiotów natychmiast? Do poczty wszystko się nie zmieści! Wyjście jest więc tylko jedno: zamkowy magazyn. Albo własny, albo płatny klanu. Mam kilka kontaktów, które oferują usługi przechowywania. Podzielę się, jeśli będziecie chcieli.

– Na razie nie trzeba, ale dzięki – rzekłem. – Tak więc z zamkiem mniej więcej wiadomo. Pozostało podjąć decyzję, co zrobić z potworem.

– Co zamierzałeś z nim robić? – zdziwił się Plinto. – Wpuszczasz mnie i Anastariję do Podziemia, czekasz, jeszcze trochę czekasz i pstryk: potwora nie ma! Skąd w Narlaku bossy na czterechsetnym poziomie? Maksimum, co tam będzie, to dwieście pięćdziesiąt. Ja sam go zarżnę, ale na wszelki wypadek healer nie zawadzi, tym bardziej taki, który sam może w pojedynkę bossa załatwić. Ja widzę inny problem...

– Problem?

– Trzy miesiące w takiej odległości od Anchursu to trochę długo. I daleko. Za dwa miesiące zacznie się drugi trening u Patriarchy, który, Machanie, ciebie ominie. To fakt. Zatem do tego czasu trzeba się przygotować, ponieważ kiepsko będzie wypaść z gry aż na miesiąc; pierwszy trening zbyt wiele mnie kosztował. Będziemy musieli cię opuścić wcześniej, mniej więcej o miesiąc. Biorąc pod uwagę, że do teleportacji do naszego zamku zostały dwa tygodnie, ja będę mógł tam z tobą pobyć najwyżej dziesięć–piętnaście dni.

– Zgadza się – wsparła Łotrzyka Anastarija. – Nie damy rady być z tobą przez cały czas, ja też będę musiała uporządkować wszystkie sprawy.

– Tak po prostu mnie teraz porzucacie? – zapytałem lekko zagubiony.

Trzeba przyznać, że w słowach Plinto była logika, można powiedzieć żelazna logika, jednak świadomość, że pozostaniemy bez takiego wsparcia...

– Nikt cię nie porzuca – odpowiedziała Anastarija. – Zabijemy potwora, ale trzy miesiące siedzenia w takiej odległości... Machanie, powinieneś zrozumieć: to jest gra i nie mam ochoty dobrowolnie iść do niewoli do lokacji na niskim poziomie.

– Ja też mam ograniczenia – wtrąciła się do rozmowy Barsine. – Zaczęłam szkolenie u Druidów i zgodnie z warunkami zadania powinnam przebywać w okolicy Anchursu. Nawet nie będę mogła polecieć do potwora; dla mnie to w tej chwili niewykonalne. Za półtora miesiąca proszę bardzo, ale potem Patriarcha ze szkoleniem...

– Minus trzy – ponuro podsumowałem, po czym spojrzałem na siedzących cicho Oficerów. – Co powiecie? Czy chociaż wy będziecie ze mną?

– Minus cztery – niechętnie, jakby każde słowo przychodziło mu z trudem, powiedział Leyte. – Machanie, rozumiesz... Jeśli mam być szczery, to nie mam tam czego szukać; nie czuję biegania po rajdach. Za to tutaj, na miejscu, mogę przynieść klanowi o wiele więcej korzyści. Finanse wymagają stałego doglądania, kontroli, obrotu... Co kupić taniej, co sprzedać drożej... Jeśli pojawią się w klanie pracownicy produkcji, to co zbyć, co zachować, co dokupić... Na to trzeba czasu i... jeszcze więcej czasu. Jeśli będę biegał po rajdach, to z niczym nie zdążę. Ogólnie rzecz biorąc, o finanse trzeba dbać i jestem gotowy wejść w to całym sobą. Ale Skarbnikiem nie będę, za skarbiec powinien odpowiadać lider. Czyli ty.

– Ale zadania... – zacząłem, jednak Leyte mi przerwał:

– Prawie pięćdziesiąt lat przeżyłem baz Barliony i uwierz mi, z powodzeniem przeżyję jeszcze drugie tyle. Bieganie, zabijanie mobów to nie mój świat. Za to uwolnię sobie kilka slotów parametrów, zdobędę Handel i Elokwencję, zajmę się levelowaniem finansów klanu... Generalnie, jeśli się zgodzisz, to ja jestem gotów tego wszystkiego doglądać.

Słowa Leyte'a były dla mnie tak nieoczekiwane, że przez chwilę nie wiedziałem, co zrobić – myśl o tym, że gracz może dobrowolnie porzucić rozwijanie się i zająć się wyłącznie kwestią finansową gry, nie mieściła mi się w głowie. A rajdy, zadania, scenariusze, łupy? Patrzyłem na pozostałych graczy i ze zdziwieniem zobaczyłem, że Barsine i Anastarija w pełni popierają taką decyzję Leyte'a. Dziewczyny doskonale rozumieją, że aby klan mógł się normalnie rozwijać, niezbędny jest oddany temu człowiek i najlepiej, gdy można temu człowiekowi zaufać...

– Dobrze! – niechętnie zaakceptowałem fakt, że Leyte stanie się „domatorem". – Będziesz też odpowiadał za zaopatrzenie. Wszyscy pracownicy produkcji, których, mam nadzieję, przyjmiemy, muszą pracować jak maszyny i zawsze powinni mieć zasoby.

Górnicy zawsze powinni być w grze, inaczej okaże się, że dostają wypłatę za nic. Skoro płynnie przeszliśmy do budowania klanu, to lećmy dalej. Anastarija powiedziała mi, jakie są wnioski po wczorajszym spotkaniu. Czy coś się zmieniło od tego czasu?

– To ja zacznę – odezwała się Barsine. – Poczty, którą mi przesłałeś, nie zdążyłam dokładnie przejrzeć, ale jest tam kilka ciekawych możliwości. Jak już mówiłam, spotkałam się z Magdiejem, Łowcą na poziomie sto dziewięćdziesiątym pierwszym. W mojej ocenie może być niezłym Liderem Rajdu, ale trzeba to sprawdzić. Jeszcze przed wstąpieniem do klanu, kiedy byłam najemnikiem, pod jego dowództwem przeszłam kilka Podziemi. Ze wszystkich graczy, z którymi grałam, jest najbardziej normalny, do tego jego styl zarządzania jest podobny do stylu Anastariji: czytelne rozkazy, żadnej paniki i zarozumialstwa. Postawił warunek: chce być Baronem, ale wcześniej jest gotów udowodnić swoje umiejętności jako Lider Rajdu. Obiecał, że znajdzie kilku bojowników i przejdzie z nimi dowolne Podziemie, jakie wybierzemy i jakie będzie odpowiednie dla ich poziomu, żebyśmy mogli przekonać się, co potrafi. Co jeszcze? Oprócz Magdieja nie udało mi się z nikim więcej zobaczyć, jednak na jutro mam zaplanowanych jeszcze dziesięć spotkań. Przy okazji daj mi opcję przyjęcia gracza do klanu, bo teraz tylko ty masz takie prawo. Albo znajdź czas i wysyłaj zaproszenia osobiście, nie mam nic przeciwko.

– Zgoda, już masz – zgodziłem się, zmieniając ustawienia klanu.

– Mam już swoją stronę, na której zajmowałam się autoreklamą, dopóki byłam najemnikiem. Teraz nie mam odwiedzających, ale nie trzeba płacić za hosting; jest już wykupiony. Mam znajomego, który może zaprojektować layout i samą stronę, ale nie będzie pracował za darmo. Oj! Zupełnie zapomniałam: kwestia rajderów! Podstawowe pytanie, które mi wszyscy zadają i na które obiecałam dzisiaj odpowiedzieć. W jaki sposób będą rozdzielane łupy i co z zapłatą?

– O ile pamiętam niepisaną tradycję, którą wymyślił nie wiadomo kto i nie wiadomo kiedy, to połowa zdobytych z bossa Złotych jest do podziału pomiędzy rajderami – odpowiedziałem dziewczynie. – Wszystko pozostałe, włączając zasoby i amunicję, idzie do klanu, ale połowa Złota to święta krowa, której nie wolno ruszać. Nie będę niczego zmieniał ani wymyślał na nowo. Tylko nieco uściślę: chcę, żeby ludzie byli maksymalnie wyposażeni, dlatego zanim łup zostanie przekazany do magazynu, Lider Rajdu powinien go przejrzeć i podzielić pomiędzy graczy, jeżeli zdobyte przedmioty mogą kogoś ulepszyć. Podpiszemy porozumienie, według którego, jeśli gracze wystąpią z klanu, to albo zwrócą odzież i broń z powrotem klanowi, albo je wykupią. Naprawy na koszt klanu, eliksiry i wzmocnienia na etapie początkowym niech gracze kupują sami, o ile nie znajdziemy godnych zaufania Alchemika i Czarnoksiężnika. Na razie ich nie mamy. A jeśli chodzi o zapłatę...

– Tutaj ja mogę pomóc – wyręczył mnie Plinto. – Chociaż w Mrocznym Legionie byłem słabym kierownikiem, to stawki wypłat w zależności od poziomu znam doskonale. Trzymajcie, nie ma sensu ukrywać takich informacji, klan jako taki już nie istnieje.

– Może powinienem zostać rajderem? – powiedziałem w zadumie, kiedy zobaczyłem, ile mógł dostawać Plinto, będąc zwyczajnym bojownikiem.

– Jasne! Nie przyjmie cię żaden klan – wyśmiała mnie Barsine, która też analizowała listę. – Ty masz przecież wymalowane na twarzy „nie stać was na mnie". Dobra, u mnie to wszystko. Jutro zdam relację z wyników.

– Od razu pytanie do wszystkich: czy jest sens przyjmowania do klanu każdego jak leci? Niezależnie od poziomu, rasy, ulubionego stylu gry? Jestem przekonany, że dla hologramu wielu do nas przyjdzie i wtedy będziemy mogli wybrać najlepszych...

– Ja jestem przeciwna! – odpowiedziała Anastarija. – Im więcej ludzi w klanie, tym trudniej się nimi zarządza. Jeden człowiek może zarządzać dziesięcioma–dwudziestoma graczami, nie więcej. Z masowości nie ma pożytku ani dla klanu, ani dla klanowej kasy; wręcz przeciwnie, bo wszyscy będą żądać pieniędzy na naprawy. Poziomy klanu rosną jedynie podczas wykonywania zadań lub przechodzenia Podziemi, przy tym w grupie rajdowej powinno być minimum ośmiu graczy z jednego klanu. Ponadto na zadaniach zyskuje się tak mało, że nawet ciężko o tym wspominać. Skoro już mam głos, to jeszcze dopowiem, że rozmawiałam z kilkoma rzemieślnikami i odmówili oni wstąpienia do klanu. Jesteśmy zbyt małym i nieznanym klanem. Bieżący rating klanu to 35 774, a i to dzięki mnie i Plinto. Taka sama sytuacja jest z górnikami; niskopoziomowi są gotowi wstąpić do klanu choćby zaraz, ale nam oni nie są potrzebni. Będziemy im płacić przez minimum dwa–trzy miesiące, nie dostając tak naprawdę niczego w zamian. Wartość materiałów początkowego poziomu na aukcji waha się od Srebrnej Monety do Złotej za paczkę, a wypłata – dwadzieścia–trzydzieści tysięcy na miesiąc. Żadnej korzyści. Teraz na temat aukcji: mam propozycję. Znajdźmy aktywnego licytatora i współpracujmy z nim, żeby nie utrzymywać własnego człowieka, ponieważ to trochę kosztuje. Od każdej transakcji biorą dziesięć procent, ale uwierzcie, że ich usługa bardzo się opłaca. Do pomocy Leyte'owi proponuję kupić klanowy Symulator Księgowego, który zajmowałby się raportami i wypłatami. Jeśli kogoś zatrudnimy, to będziemy musieli liczyć koszty i płacić podatki specjalnym organom, naliczać wszystkim wypłaty i prowadzić księgi. Jeśli jest możliwość zautomatyzowania tej funkcji, to nie ma sensu robić inaczej. Na dłuższą metę wydalibyśmy więcej na opłacenie kar!

– Przyjmuję, daj namiary, podpiszemy umowę. Jak rozumiem, to na razie wszystko, dlatego możemy...

– Nie wszystko – przerwała mi Anastarija. – Jak mówiłam, trzeba mnie odwołać z funkcji zastępcy klanu. Nie radzę sobie. Mam dwie kandydatury: Ciapę i Barsine.

– Rozumiem, że samych nominowanych nikt nie raczy nawet zapytać? – rzucił Ciapa, patrząc z ciekawością na dziewczynę. – Jako zastępca będę jeszcze bardziej nijaki niż ty, więc od razu rezygnuję. To nie dla mnie!

– Barsi? – wszyscy spojrzeli na naszą maleńką Druidkę.

– Nie... nie wiem – zająknęła się dziewczyna, czerwieniąc się z powodu takiego zainteresowania. – Nigdy nie byłam zastępcą lidera klanu, mogę coś przeoczyć...

– Ale nie masz nic przeciwko? – upewniła się Anastarija.

– Nie, dla mnie to wyzwanie, kiedyś chciałam stworzyć swój klan, dużo czytałam, jak to zrobić, żeby przynosił dochód, ale teraz, kiedy jest realna możliwość... Boję się...

– Barsi, jeszcze raz: zgadzasz się zostać zastępcą? – zapytałem ponownie.

Niech mnie uważają za nudziarza, ale nie chciałem przysparzać graczowi, do tego wolnemu graczowi, zbędnego bólu głowy.

– Tak! – odpowiedziała Druidka, gwałtownie podnosząc głowę, jakby coś sobie właśnie obiecała. – Jestem gotowa zostać zastępcą i zrobię wszystko, żeby dobrze wypełniać swoją funkcję!

Wyszło nieco patetycznie z głośnymi obietnicami, ale cel został osiągnięty – odwołałem Anastariję z funkcji zastępcy. Od momentu jej powołania nie minęły jeszcze dwa miesiące, dlatego nie dostanie zadania z Szachami Karmadonta. Głupio, ale chcę się zabezpieczyć. Barsi zaproponuję bardzo dobrą wypłatę, napiszę sensowne porozumienie, które zabezpieczy klan przed jej nieoczekiwanym odejściem – pamiętam Eleniuma... Generalnie będę przewidywać wszelkie możliwe ryzyko. Paranoja, ach, paranoja...

– Jeszcze jedno pytanie – nalegała Anastarija. – Dziś rano dostałam propozycję wywiadu. Jakiś nieznany kanał robi serię audycji o Barlionie, chcą porozmawiać. Dbamy o PR? Jeśli tak, to spotkanie z nimi jest konieczne.

– Zorganizuj je w tym tygodniu – zgodziłem się. – Spotkanie nas nie zabije, a dodatkowy szum wokół klanu nie zaszkodzi. Ciapo i Eryku, jakie jest wasze zdanie w kwestii zamku? Lecicie ze mną?

– Ciapy nie oddam – oświadczyła Nastja. – Dopóki mamy czas, chcę z nim poćwiczyć w pewnej sali treningowej. Co do Eryka...

– Mnie też nie licz, wybacz – dobił mnie krasnolud. – Chcę zrezygnować z Celności, jednego z moich parametrów, i spróbować otworzyć Rzemiosło. Tak dużo mówiłeś o tworzeniu, że aż mnie ręce świerzbią, żeby samemu spróbować. Ale w tym celu muszę otrzymać dostęp do Imperatora i stale przebywać u nauczyciela.

– Nauczyciele do tego nie są potrzebni – burknąłem posępnie.

– Tobie nie są, ale ja jak na razie bez nich nie dam rady. Zrozum, do treningu u Patriarchy zostały tylko dwa miesiące, potem znów czeka nas miesiąc wycięty z życiorysu. Jeśli w ciągu tych dwóch miesięcy nie uda mi się niczego osiągnąć, to może nie powinienem być rzemieślnikiem. Muszę to poukładać...

– Tym sposobem, podsumowując: Anastarija i Ciapa pracują według programu indywidualnego, Plinto przygotowuje się do treningu u Patriarchy, Barsine leveluje się jako Druid, Leyte jest naszym finansowym geniuszem, Eryk zaczyna doświadczać męki tworzenia. Dobrze rozumiem?

– Wezmę na siebie wszystkich rajderów – dodał Plinto po chwili zastanowienia. – Podkręcić im tempo, żeby biegali, to jak raz splunąć i znaleźć się w Anchursie, a wyjdzie im to na plus!

– Ja się zajmę rzemieślnikami i górnikami – ponownie wtrąciła się Anastarija. – W ciągu miesiąca z pewnością znajdę około setki. Tylko daj mi uprawnienia do przyjmowania do klanu.

– Mnie też – poprosił Łotrzyk. – Mam kilku znajomych, pogadam z nimi.

– Wszystko super, ale nie zapomnieliście przypadkiem, że mamy niewykonane zadanie od Księcia?

– Przecież mamy na nie dwa tygodnie. Stracimy tydzień, żeby znaleźć ludzi, potem Leyte otworzy teleport do miejsca przeznaczenia i wszystko będzie dobrze.

– W takim razie smacznego, nie mam nic więcej do powiedzenia. Spotykamy się tutaj za cztery dni. Łapcie zaproszenie. Dziękuję wszystkim.

Wgryzając się w pieczeń ze szczura, nie mogłem się opędzić od myśli, że właśnie zostałem wyrolowany. Zostawili mnie samego na trzy, a niechby nawet na dwa miesiące w zamku, który, jeśli wierzyć Anastariji, przypomina ruinę...

Moim zdaniem w tym świecie sprawiedliwości już nie ma...

– Dzień dobry, śpiochu! – W amulecie rozległ się radosny głos Anastariji.

Czas systemowy pokazywał zaledwie siódmą rano, dlatego, delikatnie mówiąc, niezbyt ucieszył mnie tak wczesny telefon dziewczyny.

Głosem, w którym nie było nawet śladu entuzjazmu i dobra, burknąłem:

– Nastjo, z byka spadłaś? Co jest tak pilne, że nie mogłaś poczekać do obiadu?

– Mogę poczekać do obiadu – odpowiedziała takim samym radosnym głosem Anastarija. – Jednak Echkiler jest gotów zaprowadzić cię do Trójlistnika tylko teraz! Sam decyduj!

– Do Trójlistnika?!

– A czy nie powinieneś się do końca ubrać? Ale jeśli jesteś zmęczony i chcesz spać, to przekażę Echkilerowi, że Machan jest zajęty: śpi!

– Gdzie jesteście? – Sen odszedł jak ręką odjął i w tym momencie w głowie pojawiło się drugie pytanie, którego nie omieszkałem zadać: – Ile będzie kosztowała taka usługa?

– Jesteśmy w domy Trójlistnika; myślę, że nie muszę ci wyjaśniać, jak się tu dostać. Co się zaś tyczy pieniędzy, Kiler daje ci możliwość zakupu przedmiotów, resztą zajmiesz się sam. Decyduj!

– Biegnę! Będę za pięć minut!

Przedmiot Skalowalny... Z jednej strony to największe marzenie każdego początkującego gracza, z drugiej – przedmiot zupełnie bezużyteczny. Podwyższał swoje parametry z poziomu na poziom, pozwalając graczowi pozbyć się trosk związanych z ubiorem. Tak do poziomu dwieście pięćdziesiątego, kiedy to parametry przedmiotów zdobywanych w Podziemiach są tak dobre, że Skalowalne można śmiało wyrzucać z powodu nieprzydatności. Jednak do dwieście pięćdziesiątego poziomu trzeba jeszcze dojść, dlatego nie miałem szczególnego wyboru...

Napierśnik, naramiennik i płaszcz... Patrząc na zmienione parametry, zupełnie nie żałowałem wydanych pieniędzy. Pozostało mi wykonanie pierścieni, nie na darmo mam już otwartą drugą rangę specjalizacji i mogę pokonać każdego, kogo zechcę. Teraz przypominałem bananowego chłopca, który zainwestował w grę ogromne pieniądze – ładnie, fajnie i, co najgorsze, zupełnie bez sensu w długoterminowej perspektywie. No i dobrze! Najważniejsze, że przedmiotów od Trójlistników nie można zepsuć i nie trzeba ich naprawiać, a naprawa wysokopoziomowego przedmiotu najczęściej kosztuje więcej niż kupienie nowego. No to zastanów się, co lepsze: raz wydać na ubranie i zapomnieć czy za każdym razem co 5–8 poziomów je zmieniać i głowić się, jak je naprawić i gdzie znaleźć mocniejsze? Co by jeszcze wymyślić, żeby samego siebie przekonać do takiego wydatku? Półtora miliona złotych poszło w odległą niepamięć...

– Nastjo, a jak ty w ogóle zdobyłaś reputację wśród Trójlistników? – zapytałem, gdy tylko Echkiler zostawił nas samych. Gdyby ktoś zadał mi pytanie, dlaczego dostąpiłem tego zaszczytu, że lider najlepszego klanu Malabaru osobiście pomagał mi w kupnie ubrań, to byłoby mi skrajnie ciężko odpowiedzieć. Jedyny powód, jaki dostrzegałem, to że on już wiedział o braku możliwości podarowania mi zwoju Imperatora o Szachach Karmadonta, dlatego robił wszystko, co w jego mocy, żebym przyjął inną nagrodę. Skoro porozumienie zostało zawarte, to wymaga wykonania. – Wiesz, ile razy tu byłem; do dzisiaj na mojej liście napotkanych frakcji oni się nie pojawili! A może to tajemnica Feniksa, ukryta za siedmioma pieczęciami?

– Oczywiście, że nie – uśmiechnęła się dziewczyna. – Nie ma tu żadnej tajemnicy, ale wśród klanów jest w dobrym tonie nie rozpowiadać o tym na każdym rogu. Draenei, bo tak nazywa się rasa Trójlistników, nie są podobni do nikogo z Barliony, przy tym mieszkają tylko w Malabarze. W bibliotece Anchursu jest książka, w której wspomniana jest ich historia. Trzeba ją przeczytać i iść do Trójlistników z propozycją zebrania kawałeczków ich świata. Trzymaj link; Draenei zaczynają rozmawiać na ten temat, dopiero gdy przeczytasz ten tytuł. Same szczątki znajdują się w Podziemiach i są wydobywane tylko przez rajd. W tym, tak *à propos*, tkwi tajemnica przekazywania reputacji wśród Trójlistników wewnątrz klanu. Ale znów, podstawowy warunek: ten, któremu zostaje przekazana, powinien przeczytać książkę. Ja z Trójlistnikami w rubryce dotyczącej „napotkanych frakcji" mam... nic. Kiler wszystko wziął dla siebie. Jeśli jednak zwrócę się do Draenei, ponownie dadzą mi możliwość rozpoczęcia wszystkiego od nowa. Koniecznie przeczytaj to dzieło – warto...

**Dodałeś do listy napotkanych frakcji Trójlistników.**

Nie zamierzałem odkładać rady Anastariji do szuflady i od razu udałem się do biblioteki. Książka, którą radziła przeczytać Nastja, znajdowała się w najdalszym i rzadko odwiedzanym kącie. Strażnik tylko machnął ręką gdzieś w głąb, kiedy poprosiłem go o przyniesienie potrzebnej mi pozycji, wysyłając mnie samego na poszukiwania.

Tom okazał się niezbyt obszerny, miał około stu stron opowiadających o wybuchu rodzimej planety błękitnoskórych. Na jedynym statku kosmicznym dolecieli do Barliony, jednak przed lądowaniem miał miejsce taki wybuch, że wszystko, co Trójlistnicy mieli, rozleciało się po całym kontynencie w postaci niewielkich odłamków. Na miejscu nieudanego lądowania teraz znajduje się ogromne Jezioro Boleści, nazywane też wewnętrznym morzem naszego kontynentu. Przedstawiciele Trójlistników, znajdujący się w specjalnych kapsułach, przeżyli, jednak cały ich majątek został utracony. Właściwie zebranie tych kawałków i pomoc błękitnoskórym – jeśli nie w zbudowaniu, to chociaż odtworzeniu części ich poprzedniej historii – to sens levelowania reputacji. Ach, ci programiści! Jeśli nie wiesz, że jest taka książka, to nigdy nie domyślisz się, żeby jej szukać! Ale nawet jeśli ją znajdziesz i zaczniesz czytać, to napisano ją tak nudnym językiem, jakby utalentowany pisarz starał się, żeby opowiadanie było maksymalnie złe. I dopiero kiedy przeczytasz tytuł od deski do deski, Trójlistnicy są dodawani do spisu frakcji. Sprytnie wymyślone!

– Szanowny, może macie książkę o zamku Urusaj? – zapytałem gnoma bibliotekarza, jak tylko skończyłem czytać o Trójlistnikach. Według tego, co mówiła Anastarija, o takim zamku jak Urusaj nie ma żadnej wzmianki, jakby programiści stworzyli go od zera, specjalnie pod mój klan. Ale w podobne prezenty, biorąc pod uwagę obecność potwora, nie wierzę.

– Urusaj? – powtórzył zdziwiony kustosz biblioteki. – Dziś już drugi raz słyszę tę nazwę i śmiem twierdzić, że jej nie znam.

– Drugi raz?

– Jedna z przedstawicieli twojego klanu, Wielka Anastarija, wpadła dzisiaj wcześnie rano i przeszukała wszystkie zapisy o zamkach! Musiałem jej pomóc w zorientowaniu się w różnorodności majątku naszego świata i z pewnością mogę teraz powiedzieć, że zamek Urusaj nie istnieje!

– Dobrze. – Upór Nastji mnie zaskoczył. Biorąc pod uwagę, że obudziła mnie o siódmej rano, to o której musiała być w bibliotece? – Czy istnieje spis zamków, które znajdują się niedaleko Narlaku?

– Na to pytanie także mam odpowiedź: wokół Narlaku są cztery zamki, z których jeden jest niemal całkiem zniszczony, ale pośród nich nie ma ani jednego, którego nazwa chociaż odrobinę przypominała „Urusaj". Anastarija też zadawała to pytanie, dlatego dokładnie przeanalizowaliśmy wszystkie ziemie.

– Proszę powiedzieć: czy zamki mogą zmieniać nazwę? – Zarzuciłem ostatnią wędkę. Jeśli nawet Nastja była tutaj i zgodnie z tym, co mówi bibliotekarz, nie udało jej się niczego dowiedzieć, to co może prosty Szaman?

– Skrajnie rzadko, ale zdarza się – usłyszałem zaskakującą odpowiedź. – W ciągu całej historii Malabaru takich przypadków było może zaledwie dwie dziesiątki. To zagadnienie też rozgryźliśmy: ani jeden z zamków, które zmieniły nazwę, nie miał niczego wspólnego z zamkiem Urusaj.

Bardzo zabawnie! Wychodzi na to, że nie zamek, lecz suseł – nikt go nie widzi, a on istnieje! W to, że Imperator mógł podarować mi nieistniejący majątek... Stop!

– Dobrze, a proszę powiedzieć, czy istnieje zamek Drangor?

– Od razu widać, że jesteście z Anastariją sobie bliscy – uśmiechnął się kustosz biblioteki. – Zadała takie samo pytanie, właściwie już wychodząc, i wróciliśmy do poszukiwań. Tak, taki zamek istnieje niedaleko Sintany, stolicy krasnoludów. Zamek na pierwszym poziomie, obecnie należący do Imperium, jednak podjęto decyzję o przekazaniu go w posiadanie wolnym obywatelom. Jak rozumiem, jest pan jednym z kandydatów?

– Wszystko się zgadza, jednak mnie interesuje Urusaj. Przypuśćmy, że zamek zmienił nazwę. Jak wiele jest zamków na pierwszym poziomie, w których mieszkają potwory?

– Nie ma takich w Malabarze – już otwarcie się uśmiechając, odparł NPC. – Nie uwierzy pan, ale także ten problem dokładnie przeanalizowaliśmy. Powinien pan porozmawiać ze swoimi ludźmi, zanim oderwał mnie pan od ważnych spraw.

Porażka, porażka i jeszcze raz porażka. Jak mogłem wątpić w kompetencje Nastji? Prawdopodobieństwo, że wyciągnęła z kustosza wszystko, co tylko można, jest praktycznie stuprocentowe, jednak zajmuję się nikomu niepotrzebnymi poszukiwaniami, jakbym był mistrzem wodolejstwa.

– I pośród zamków Kartosa też nie ma zamku Urusaj? Dlatego że jeśli... – zacząłem pytać, jednak napotkałem zły wzrok bibliotekarza, który wyrażał jawne oburzenie.

– Młody człowieku! – powiedział kustosz, poprawiając okulary – mam katastrofalnie mało czasu, żeby grać z panem w grę „znajdź zamek"! Powtarzam: Urusaj w Malabarze nie istnieje! Teraz proszę mi wybaczyć, mam swoje sprawy! Jeśli będzie pan miał jeszcze jakieś pytania na temat tego majątku, proszę je zadać przedstawicielce pańskiego klanu! Posiada znacznie więcej informacji niż ja! Do zobaczenia!

Bibliotekarz wyskoczył zza swojego stołu, chwycił stos książek i pewnym krokiem udał się w głąb magazynu. Na jego miejscu od razu pojawił się zmiennik – gracz, który postanowił przestudiować jakiś język gry. Jeśli gracz chce mówić w jakimś innym języku i rozumieć coś więcej niż tylko ogólną gwarę, jest zobowiązany przez miesiąc pracować w bibliotece. Zmienia NPC-a za ladą, odkłada książki na miejsce, przynosi je – pracy jest wystarczająco, biorąc pod uwagę, że odwiedzających zawsze było dużo, zarówno graczy, jak i NPC-ów. Chociażby teraz – zwyczajowym gestem otworzywszy księgę ewidencji, gracz spojrzał na mnie pytająco, jakby oczekiwał prośby o przyniesienie książki. Poziom siedemdziesiąty piąty, Mag, klan Lwy Normandzkie. Pokręciłem głową, pokazując, że już niczego nie potrzebuję, i udałem się do wyjścia.

Nie udało mi się zdobyć w bibliotece informacji o zamku Urusaj. Nie szkodzi – znam jeszcze jedno miejsce, gdzie ona może być!

– Czy mogę panu w czymś pomóc? – Ledwie wszedłem do pałacu, a obok mnie zmaterializował się administrator: NPC ubrany we wspaniały wielobarwny garnitur.

Na wszelki wypadek upewniłem się, że mam dostęp do gabinetu Imperatora – nawet jeśli nikt mnie nie wpuści, bo drzwi będą zamknięte – ukłoniłem się mężczyźnie z szacunkiem i powiedziałem:

– Chciałbym spotkać się z Księżniczką i podziękować jej za pomoc.

– Był pan umówiony?

– Nie, ale... – zdziwiłem się, że aby spotkać się z Tiszą, trzeba przejść taką samą procedurę jak z Imperatorem. Czyżby znaczenie miał fakt, że moja Atrakcyjność spadła tak nisko? Żal...

– W takim wypadku nie mogę panu pomóc! Księżniczka jest teraz zajęta. Najbliższe okienko, biorąc pod uwagę jej stosunek do pana, będzie za dziewięć dni o szesnastej. Czy chce pan zarezerwować termin?

– Proszę jej po prostu przekazać, że Machan chce się z nią spotkać! – powtórzyłem, próbując ukryć emocje. – Jestem przekonany, że ucieszy się z mojej wizyty!

– Rozumiem, nie chce pan rezerwacji. Przykro mi, że nie mogę pomóc! Księżniczka jest zajęta! Czy chce pan odwiedzić sad? – zapytał zarządca na wszelki wypadek, doskonale znając stopień mojego dostępu do pałacu.

Miałem dostęp do pięćdziesięciu czterech procent pomieszczeń, więc mogłem bez przeszkód chodzić tam, dokąd miałem ochotę. Ważne, żeby te same pomieszczenia były otwarte i aby się do nich dostać, nie trzeba było przechodzić przez obszary zablokowane. Na przykład jedno z pierwszych pomieszczeń, do którego gracze otrzymują dostęp, to Sala Tronowa znajdująca się w głębi pałacu. Aby się do niej dostać, należy przejść przez salę audiencji, pomieszczenie administracyjne, poczekalnię i jeszcze kilka innych pokoi, do których dostęp otwiera się praktycznie na samym końcu. Gracze mogą swobodnie poruszać się po zamkowym sadzie, podziwiając jego piękno, odwiedzić muzeum imperatorskie, do którego trafiały najlepsze eksponaty Malabaru, ale poruszać się po pałacu jak po własnym domu mogła bardzo ograniczona liczba graczy.

– Myślę, że pospaceruję. – Przyjąłem propozycję zarządcy, chwytając się jej jak tonący brzytwy.

Bardzo rzadko, ale z prawdopodobieństwem nieco większym od zera procent, mieszkańcy zamku też spacerowali po parku. Można było tutaj spotkać Zwiastunów, Radców; nawet Imperator nie gardził spacerami po własnym sadzie, pozwalając sobie czasem na rozmowy z graczami, których tam spotkał. Z pewnością Tisza także lubi ten zielony zakątek pałacu, skoro wychowała się na wsi. Kto wie, może będę miał szczęście?

– Hrabio – powiedział jakiś starszy NPC i nie od razu dotarło do mnie, że zwraca się właśnie do mnie. – Pozwoli pan, że dotrzymam panu towarzystwa?

Byłem w sadzie już trzy godziny, jednak Księżniczka się nie pojawiła. Najwyraźniej nie jest moim przeznaczeniem dowiedzieć się, jaki to zamek, aż do chwili, kiedy zobaczę go osobiście. Ku mojemu zdziwieniu dzisiaj w sadzie było pustawo, jakby i gracze, i NPC-e zgodnie postanowili odpocząć od pięknej zieleni zamku. Starszy człowiek, który zwracał się do mnie, był chyba poza mną jedynym odwiedzającym sad.

– Proszę usiąść. – Wskazałem na puste miejsce na ławce. – Proszę wybaczyć, jeszcze nie przywykłem do tytułowania mnie, dlatego proszę się do mnie zwracać po prostu: Machan.

– Wobec tego proszę nazywać mnie Krantius – powiedział mój rozmówca ni to z uśmiechem, ni to z grymasem, siadając obok.

Wiedząc, że nie należy oczekiwać długich wypowiedzi od NPC-a, zajrzałem do jego statystyk – zawsze warto wiedzieć, z kim ma się do czynienia.

**Krantius, Książę Urwaliksu, poziom 420, Kartos.**
**Atrakcyjność - 22.**

Na sekundę straciłem mowę – ojciec Trediola we własnej osobie!

– Sądząc z pana miny, zobaczył pan zjawę – teraz już Krantius z pewnością się uśmiechnął, dając mi chwilę na zebranie myśli.

– Nieczęsto Książęta Kartosu zaszczycają mnie tak po prostu rozmową – powiedziałem szczerze. – Nawiasem mówiąc, jest pan pierwszy.

– Od czegoś trzeba zacząć. Doszły mnie słuchy o prawdziwych przyczynach tak gwałtownej zmiany stosunku mojego syna do założenia rodziny, dlatego chcę wyrazić ojcowską wdzięczność. Imperator, hmm... spodobało mi się wyrażenie „nawiasem mówiąc". Tak więc, Imperator, nawiasem mówiąc, źródło tych właśnie słuchów, oznajmił, że dostał pan prawdziwie imperatorską nagrodę za swoje działania, dlatego nie ma sensu proponowanie czegoś dodatkowego. Ale, jak arystokrata arystokracie, proszę powiedzieć, co znaczy „imperatorska" nagroda? O ile pamiętam, Naatchi jeszcze jak był Mistrzem Kartosa, dał się poznać jako skrajnie... mmm... powiedzmy, że pozostaniemy przy określeniu „niezbyt szczodry" władca. Zdaję sobie sprawę, że moje pytanie jest nieco nietaktowne, dlatego zrozumiem, jeśli nie zechce pan odpowiedzieć. Jednak bardzo mnie to ciekawi...

Bingo! Trafiony zatopiony! Potrójne salto przez głowę i ponownie bingo! Aż trudno sobie wyobrazić, z jak wielkim trudem udało mi się utrzymać emocje na wodzy i nie rzucić się na Krantiusa z milionem pytań. Jeśli NPC takiego poziomu zaczyna rozmowę o nagrodzie, na której temat według wszelkich zasad nie powinien się nawet zająknąć, to może oznaczać jedno z dwojga – albo informację, która jest mi tak potrzebna, albo zadanie, które tak lubię. Nie umiem nawet powiedzieć, co jest ciekawsze i bardziej pociągające. Najwyraźniej nie udało mi się w pełni zapanować nad emocjami, ponieważ Krantius, źle zrozumiawszy moją reakcję, powiedział, wstając z ławki:

– Hrabio, proszę o wybaczenie! Moja wypowiedź była niestosowna i jestem gotów oficjalnie pana przeprosić. Proszę pozwolić, że się pożegnam. Jeśli pana uraziłem, to...

Chwilunia! Poczekaj! Nie odchodź!

– Drogi Książę... – Wstałem z ławki i położyłem jedną rękę na przedramieniu Krantiusa, przerywając jego wyjaśnienia. – „Przeprosić"? To ja proszę o wybaczenie mi tak gwałtownej reakcji; proszę uwierzyć, że nie ma ona żadnego związku z naszą rozmową. Sama nagroda nie stanowi żadnej tajemnicy, wręcz odwrotnie, tajemnica jest związana z nagrodą.

– Najmocniej przepraszam, ale nie rozumiem twego ostatniego zdania – nachmurzył się Krantius, nie odchodząc jednak. – W jaki sposób tajemnica jest związana z nagrodą, a przy tym nagroda nie stanowi tajemnicy?

– Cóż, wyraziłem się niezbyt jasno, ale proszę mnie zrozumieć: spieszyłem się, aby pana zatrzymać. Usiądźmy. – Wskazałem ławkę, z której dopiero wstaliśmy. – Postaram się wszystko wyjaśnić.

– Masz, Hrabio, umiejętność zaciekawiania. – Sposępniała twarz Księcia złagodniała i NPC ponownie usiadł. – Teraz zdecydowanie bardziej jestem ciekawy pana nagrody niż kilka minut temu.

– Fantastycznie – powiedziałem, siadając obok. – Sprawa wygląda tak, że Imperator podarował mi zamek i tytuł hrabiego, więc, jak pan widzi, żadna to tajemnica. Jednak z samym zamkiem związana jest taka tajemnica, że nawet nie mam pomysłu, jak ją rozwikłać...

Opowiedziałem Księciu wszystko, czego udało mi się dowiedzieć na temat zamku Urusaj. A dokładniej to, że niczego nie udało mi się dowiedzieć – żadnych powiązań z zamkiem, żadnych wzmianek czy zmian nazwy. Zupełnie jakby zamek nie istniał do tego momentu.

– Jak dawno barbarzyńcy zaczęli napadać na ziemie krasnoludów? – zapytał Krantius, bardzo mnie zaskakując. Jakie to ma znaczenie?

– Zadanie polegające na tym, żeby ustalić przyczynę ich ataków, dostałem jakiś miesiąc temu. Przypuszczam, że maksimum jeszcze miesiąc krasnoludy cierpiały, mając nadzieję na samodzielne odparcie ataków.

– Zwiadowcy wysłani do zamku nie wrócili, prawda? – zadawał dalej pytania Książę, jakby coś wiedział. Czyżbym jednak znalazł niteczkę, która pomoże rozplątać kłębek tajemnic zamku Urusaj?

– Prawda. Według słów Imperatora nie wróciło trzydziestu zwiadowców.

– Wszystko jasne. – Nagle twarz Księcia zamieniał się w spokojną i nieobecną maskę. Patrząc gdzieś w dal, powiedział, zwracając się wyraźnie nie do mnie: – Szanowni Zwiastuni! Proszę o możliwość rozmowy z Imperatorem! Temat jest poważny; na szali leży honor Kartosa!

– Krantiusie, przesadzasz – po krótkiej chwili rozległ się do bólu znajomy głos. Naatchi, Imperator Malabaru, były Mistrz Kartosa, zaszczycił nas swoją obecnością. – Honor Kartosa nie może ucierpieć. Mroczny Władca wspierał mnie jeszcze w Mrocznym Lesie.

– Wasza Wysokość doskonale rozumie, że nikt i nigdy nie będzie mógł zasiąść na tronie Altamedy! – Trzymał się swego Książę, patrząc na uśmiechającego się Imperatora bez mrugnięcia okiem.

Z boku ta scena wyglądała tak zabawnie, że nie udało mi się powstrzymać uśmiechu. Niestety, nie pozostał on niezauważonym.

– Machanie, dziękuję ci za to, co zrobiłeś, ale pozwól, że rozwieję twoje nadzieje. Nie masz powodu ani do uśmiechu, ani do radości: nagroda Imperatora jest straszna!

– Krantiusie! – Usłyszałem jeszcze jeden, też znajomy głos.

Władca!

– Nie wiem, dlaczego postanowił nazwać zamek Urusaj, skoro w całym pozostałym świecie jest on znany jako Altameda, Zamek Widmo, przekleństwo Kartosa! Wiele tysięcy lat temu opiekun zamku został przeklęty, ponieważ zdradził swojego pana. Władca w tamtym okresie był bardzo surowy, nienawidził zdrajców, dlatego zamek dotknęła straszna kara: wszyscy jego mieszkańcy stali się Upiorami, a sam zamek stracił prawo nie tylko do znajdowania się na ziemiach Kartosa, ale w ogóle w jednym miejscu! Straszne przekleństwo przenosiło Altamedę z miejsca na miejsce raz na pół roku, nie dając szans jego mieszkańcom na zaznanie spokoju. Przecież wiadomo, że Upiór dopiero po roku przywiązuje się do miejsca, w którym się znajduje. I teraz postanowił Altamedę oddać tobie! Zamek z Upiorami! Tak, uważam, że to straszny prezent i niesprawiedliwość ze strony Imperatora, że ukrył przed tobą całą prawdę!

– Cóż, Książę zawsze był miłośnikiem prawdy i na nasze nieszczęście jest jednym z niewielu rozumnych, którzy znają historię Altamedy – niewesoło przemówił Władca. – Machanie, Krantius ma rację, nazwa „Urusaj" została wymyślona przez Imperatora, ponieważ tak w przekładzie z kartoskiego brzmi „Altameda", czyli Zamek Widmo. Zamek bez imienia. Zamek, który utracił swą nazwę. Przez trzy tysiące lat latał w głębi Wolnych Ziem, jednak z niewiadomych przyczyn przeskoczył na ziemie Malabaru, przepędzając barbarzyńców. Na to można przymknąć oko i za trzy miesiące Altameda zniknie, przemieszczając się na nowe miejsce, jednak chcę dać Upiorom szansę. Szansę na odrodzenie. Krantius nie wszystko ci opowiedział. Do zamku może wejść jedynie jego prawdziwy zarządca, właśnie dlatego otrzymałeś tytuł Hrabiego. Dla pozostałych zamek będzie nieosiągalny. Poza tym jeszcze nigdy Zamek Widmo nie przeganiał ze swoich miejsc żadnego ludu. To może oznaczać tylko jedno: poza Upiorami zamieszkał w nim jeszcze ktoś. Ktoś na tyle silny, że udało mu się stawić opór przekleństwu zamku. Nie wiemy, kto to jest... Wydarzenia w Mrocznym Lesie pokazały mi i mojemu ojcu, że wyróżniasz się niestandardowym myśleniem, dlatego chcemy dać ci szansę. Szansę na poznanie sekretu Altamedy i uwolnienie moich byłych poddanych spod klątwy. W pełni zapłacili już za swoje grzechy...

– Nie można było powiedzieć tego od razu? – wydusiłem, pozbywając się pierwszego szoku. – Po co było wymyślanie nazwy „Urusaj"?

– Dlatego że to jeszcze niecała prawda – powiedział mrocznie Imperator. – Doskonale znam historię Altamedy, dlatego absurdem jest wierzyć, że wysłałem swoich zwiadowców na pewną śmierć. Jak ci mówiłem, to bardziej skomplikowane, niż wydaje się na pierwszy rzut oka... Zamek Widmo nie pojawił się na moich ziemiach tak po prostu; on pojawił się dokładnie w centrum Glarnisu, jednego z zamków Narlaku, przykrywając go sobą. Ze wszystkimi mieszkańcami... Trzem rannym, przeklętym, pozbawionym części kończyn wieśniakom, którzy znajdowali się w tym momencie przy Glarnisie, udało się dostać do patrolu. Z uporem powtarzali tylko jedno, jakby zostali pozbawieni rozumu: „Urusaj"... Dopóki nie pomarli. Ich ciała, jakby od czarnej zgnilizny, w oczach rozpadały się na kawałki. Wówczas pomyśleliśmy, że Altameda, pochłonąwszy zamek, przyjęła nowe imię: Urusaj. Ty jesteś wolnym obywatelem, który potrafi wrócić z Szarych Ziem bez Znaku Śmierci. Z tobą w jednym klanie są dwaj najwięksi wojownicy kontynentu: Plinto i Anastarija. Obronią cię przed Upiorami na zewnątrz zamku, jednak do środka Altamedy powinieneś wejść sam. Takie są reguły

Zamku Widmo i nie jest w naszych siłach je zmienić. Teraz już wiesz wszystko.

Imperator zamilkł i nagle poczułem na sobie pytający wzrok trzech par oczu. Naatchi, Władca i książę czegoś ode mnie oczekiwali, jednak ciągle nie rozumiałem czego, dopóki przed oczami nie wyświetlił mi się komunikat:

**Aktualizacja zadania „Nieuniknione Zło" – prawdziwa nazwa zamku to Altameda, Zamek Widmo... Zgadzasz się przystąpić do wykonania zadania?**

I dwa jasne przyciski: *Przyjmij* i *Odrzuć*. Wygląda na to, że zadanie stale podlega korekcie, jakby programiści sami jeszcze nie do końca wiedzieli, co chcą wykombinować. Teraz jakby coś zrozumieli i płynnie podprowadzili mnie do aktualizacji zadania... Albo wszystko było tak właśnie wymyślone, włączając spotkanie z Księciem? Nie bez przyczyny to on pierwszy się do mnie odezwał! Samotnie rozprawić się z bandą Upiorów? Wesolutka perspektywa, nie ma co...

– Czyli poza mną nikt nie będzie mógł wejść do zamku? – dopytywałem, ciągle jeszcze nie decydując się na kliknięcie *Przyjmij*.

Nie było żadnej kary, zamek niedaleko Sintany w każdym wypadku będzie dla mojego klanu – albo teraz, albo za trzy miesiące – dlatego niczym nie ryzykuję, klikając w *Odrzuć*. Jednak, jak zawsze, jest też „ale" – moje wewnętrzne zoo mi nie wybaczy, jeśli nie spróbuję zdobyć Altamedy albo przynajmniej dowiedzieć się, o co tam chodzi. Przecież to jest ciekawe, do diaska! Tym sposobem jednoznaczne *Przyjmij*, niezależnie od potencjalnych odrodzeń.

– W sumie – zamyślił się Imperator – do zamku może wejść tylko zarządca. Jednak zarządca nie musi być jeden! Śmiem twierdzić, że gdybyś miał żonę, to ona także mogłaby wejść do

Altamedy. Ona ma takie same prawa co zarządca. Szkoda, że nie masz narzeczonej... Zgodnie z prawem Malabaru Hrabia nie może nikogo poślubić tak po prostu w tydzień czy nawet miesiąc! Najpierw muszą być zaręczyny, potem pół roku oczekiwania i dopiero później ślub. Wniosek jest jeden – aktualnie do zamku możesz wejść tylko ty.

– W takim razie nie mam szczególnego wyboru – uśmiechnąłem się, klikając *Przyjmij*. – Urusaj, Altameda, Zamek Widmo... Jak wiele nazw może mieć jeden obiekt. Za wszelką cenę dowiem się, która z nich jest prawdziwa!

## ROZDZIAŁ 4

# PRZYGOTOWANIA DO RAJDU

– Bracie, tylko popatrz, jakie cudo! Mówię serio, nawet strach sobie wyobrażać, ile wysiłku trzeba było włożyć, żeby coś takiego stworzyć! Zupełnie nie czuję magii!

Drako krążył wokół jednego z kryształowych mostów Anchursu, ani na sekundę nie przestając zachwycać się jego pięknem. Uśmiechnąłem się i celując w odpowiedni moment, poklepałem go po grzbiecie – tak pobudzonego mojego Totemu jeszcze nie widziałem. Jeśli tak podoba mu się piękny obiekt, to muszę go zabrać do zamku; w Anchursie jest na co popatrzeć, ale tam…

Kiedy wyszedłem z pałacu, nie miałem najmniejszej ochoty na kontaktowanie się z klanem i „uradowanie" ich czekającą nas perspektywą walki o zamek. Doskonale wiedziałem, że Anastarija już na kolejny poranek mogłaby przygotować kilka wariantów wykonania zadania, ale nie miałem ochoty psuć sobie reszty dnia. Wezwałem Drako i pozwalając mu polatać po Anchursie, po prostu spacerowałem po okolicy, delektując się widokami stolicy. Muszę przyznać, że architekci, którzy zaprojektowali miasto, odwalili kawał dobrej roboty. Wygląd każdego budynku, poza, bodajże, „Złotą Podkową", miał zwiększać ogólną atrakcyjność miasta – arki, balustrady, bogate ornamenty, posągi, kryształowe mosty... Zadowolony Drako latał od arcydzieła do arcydzieła, wywołując pisk zachwytu u dzieciaków NPC-ów i zawistne spojrzenia graczy.

– Cze... cześć! – Nagle podeszła do mnie dziewczyna gracz.

Elfka, poziom dwudziesty czwarty, Rastiłana Najpiękniejsza, klan „Niezniszczalni".

– Cześć – odparłem oszołomiony, starając się zrozumieć, czego może potrzebować ode mnie ta miła dziewczyna.

– M-mogę... hologram? Smok... – powiedziała Rastiłana, kilka razy spoglądając nerwowo w kierunku niewielkiej grupy graczy stojących nieopodal.

– Drako, przyleć tutaj, jest sprawa! – krzyknąłem, starając się powstrzymać uśmiech.

Biorąc pod uwagę fakt, że na twarzy Rastiłany widać było kilka niewielkich szram, można było śmiało stwierdzić, że jeszcze nie ma osiemnastu lat. Jedna z podstawowych zasad Barliony głosiła, że gracze do osiemnastego roku życia nie mają prawa do poprawiania wizerunku swojej postaci. Około dziesięciu lat temu psychologowie udowodnili, że zdobycie „idealnego" wyglądu w grze negatywnie odbija się na graczu w realności – zaczyna on nienawidzić swojego cherlawego ciała, zbyt długich nóg, masywnego nosa. O ile pamiętam, zasada o zależności wizerunku niepełnoletnich w grze i w realu została umocowana w prawie, dlatego bardzo prawdopodobne było, że przede mną stała nastolatka. Myślę, że dorosła kobieta nie zostawiłaby nawet niewielkich skaz na swojej postaci.

– Czego chcesz? – zapytał Drako i dopiero wtedy zobaczył dziewczynę. – Oj, proszę o wybaczenie! Dzień dobry!

– Ta oto miła dziewczyna chce stworzyć z nami hologram, nie masz nic przeciwko?

– Ja? Przeciwko? Nabijasz się? Jak będziemy się holografować? Słuuuchaj! – przeciągał mój Totem, ciągle jeszcze będąc pod wrażeniem piękna miasta. – Dawaj, ty też przyjmij postać Smoka! Posadzisz Rastiłanę na szyi i polatasz z nią po Anchursie! To o wiele ciekawsze niż zwykły obrazek!

– Hmm... To jest pomysł! Zgadzasz się na przejażdżkę? – zapytałem zastygłą dziewczynę.

– Ja... Mama... Zapytam... – jąkała się Elfka, to czerwieniejąc, to blednąc.

– Uznamy, że się zgadza! – podsumował Drako. – Bracie, zmieniaj się w Smoka!

**Uwaga! Naruszyłeś prywatną przestrzeń niepełnoletniego gracza. Zgodnie z punktem 1372 zasad Barliony został wysłany monit do rodziców dziewczyny, oczekuj na decyzję... Decyzja została podjęta - udzielono dostępu do postaci, czas - 60 minut. Ograniczenie - nie wolno wam opuszczać granic Anchursu...**

Przyszedł moment, że sam zamarłem – nigdy się jeszcze nie zetknąłem z takim tekstem. Zgodnie z wszelkimi normami należałoby się zatrzymać i pomyśleć, ale mój mózg już się przeobraził i miał ochotę na latanie.

– Oj! – Elfka nie mogła powstrzymać okrzyku, kiedy zmieniłem się w Smoka.

Sfrunąłem na ziemię i podstawiłem szyję Rastiłanie, mając nadzieję, że dziewczynka nie będzie pełzać po mnie jak Ciapa, pragnąc jak najszybciej znaleźć się na ziemi. Gdyby tak się stało, to bardzo trudno byłoby utrzymać ją w powietrzu...

– Leć za nim! Szybciej, bo ucieka! – krzyknęła Rastiłana, zupełnie zapominając o jąkaniu i wskazując ręką na oddalającego się od nas Drako.

Ostrożnie uderzając mnie piętami jak prawdziwy jeździec swojego konia, dziewczynka w pełni delektowała się lotem.

Uśmiechnąłem się, podkurczyłem łapy i już zupełnie nie myśląc o swoim pasażerze, popędziłem za Totemem. Przez pierwsze minuty Elfka kurczowo trzymała się mojej szyi, bojąc się spaść. Kiedy jednak przywykła, nabrała odwagi i poprosiła mnie, abym wzlatywał i opadał, ale lecąc do przodu. Tylko pomalutku... Latający tam i z powrotem Drako pokazywał jej swój długi język i stopniowo strach dziewczynki malał, zamieniając się w zapał. Z każdą minutą prędkość mojego lotu była coraz to większa, dopóki ostatecznie nie stało się jasne, że Rastiłana nie zamierza spadać, a jej błyszczące oczy świadczyły o tym, że jej się to podoba.

– Wystarczy, dłużej nie mogę być Smokiem. – Kiedy wróciliśmy na ziemię, delikatnie zdjąłem dziewczynkę i ponownie stałem się człowiekiem. – To lepsze od zwykłego hologramu?

Zamiast odpowiedzieć, Rastiłana rzuciła mi się na szyję i objęła mnie, wcale nie ukrywając swoich uczuć.

– Dziękuję, panie Machanie – rozległ się jeszcze jeden kobiecy głos.

Kolejna Elfka, tylko teraz poziomu sto czterdziestego czwartego. Widząc, że należy do tego samego klanu co dziewczynka, która nie wypuszczała mnie z objęć, mogłem przypuszczać, że dołączyła do nas krewna tej miłej dziewuszki.

– Nie ma za co – odparłem łagodnie, odprawiając Drako. – Jego czas też się skończył.

– Łano, chodźmy. – Kobieta sto czterdziestego czwartego poziomu przykucnęła przed Rastiłaną. Dopiero teraz zauważyłem, jaki mój jeździec był maleńki. – Biegnij do siostry. Ona chce usłyszeć opowieść o lataniu na Smoku! Może sprawisz jej radość?

– Dobrze, mamusiu... Kati! – W całym Anchursie można było usłyszeć zadowolony i przeszywający dziewczęcy krzyk. Rastiłana ruszyła z kopyta, pędząc gdzieś w bok i wciąż krzycząc: – Nie uwierzysz, na kim dopiero co latałam!

– Jest za co. – Nargalina odprowadziła córkę wzrokiem i ponownie zwróciła się do mnie. – Jest pan pierwszym, któremu pozwoliła się dotknąć od kilku miesięcy, nawet jeśli tylko w grze. Rok temu, kiedy miała dziewięć lat, zdarzył się wypadek, który pozostawił w niej uraz psychiczny. Lekarze poradzili mi, aby od nowa przyzwyczajać ją do społeczeństwa poprzez grę, dlatego Łana dostała pozwolenie na wejście do Barliony, chociaż nie ma czternastu lat. Nie po to, żeby grać, ale żeby wrócić do ludzi. Przez cały rok chodziła milcząca, samotna, dopóki nie zobaczyła filmu korporacji o otwarciu nowego Imperium. Smok wywarł na niej takie wrażenie, że po raz pierwszy od wielu miesięcy wypowiedziała słowo. Słowo „Smok"... Od tego czasu Smoki są dla niej wszystkim: książki, filmy, bajki, obrazki... Nie mieliśmy nadziei na spotkanie pana, a tym bardziej na to, co pan zrobił... Nie mam tylu pieniędzy, ale mimo wszystko chciałabym...

– Stop! – przerwałem kobiecie, kiedy zrozumiałem, do czego zmierza. – Nie ma mowy o żadnych pieniądzach! Nie wiem, jak długo będę w Anchursie, ale z radością znów polatam z pani córką. Mieszkam w hotelu „Skrzydła Galaharta", więc jeśli jutro, powiedzmy o dziewiątej, zobaczę Łanę, to polatamy, bo dzisiaj i tak nie udało nam się dogonić Drako. Jesteśmy umówieni?

– Dziękuję! – W oczach kobiety pojawiły się łzy, objęła mnie, pocałowała w policzek, po czym odwróciła się i szybkim krokiem poszła do córek.

Z tego, co mogłem zobaczyć, Łana, żywo gestykulując, opowiadała coś siostrze, stale wykrzykując słowo „Smok". Niech krzyczy! Ważne, żeby nie zamknęła się ponownie...

Wieczorem, kiedy wróciłem z Pracowni Jubilerskiej do hotelu, padłem zmęczony na łóżko. Dwadzieścia trzy Złote Pierścienie, każdy na plus trzydzieści jeden do Intelektu, przyszły mi z trudem – brak praktyki dawał się we znaki. Muszę rzucić to kiepskie przedsięwzięcie, jakim jest rozwijanie klanu, i zająć się wreszcie tworzeniem. Otworzyłem listę aktywnych członków klanu i zobaczyłem, że w grze są tylko ci, którzy nie mogą jej opuścić ze względów religijnych – Eryk, Leyte i Ciapa. Pozostali wyszli do realu, dlatego nie opowiem im już o Altamedzie. Cóż, jutro jest nowy dzień, nowa karma, nie mogę tylko zapomnieć o nastawieniu budzika na wpół do dziewiątej. Przecież mam wystąpić w charakterze Smoka do jazdy...

Już zasypiałem, kiedy w głowie zaczęły mi się pojawiać pytania, które nie pozwalały na wyłączenie się. Co stało się powodem takiego „zabetonowania" świadomości dziecka, że zazwyczaj nieidąca na ustępstwa korporacja pozwoliła dziesięcioletniej dziewczynce wejść do Barliony? Czy to ma związek z mężczyznami? Przecież to ona podeszła do mnie spokojnie i nawet pierwsza zaczęła rozmowę. Strach? Bardzo prawdopodobne, ale też wątpliwe. Dziwna sytuacja, dobrze, że zobaczyła Drako. Kiedy byłem w skórze Smoka, nie zauważyłem żadnego otępienia ani obsesji, ale za to kiedy była obok... Co się stanie, kiedy wrócę do swoich spraw, a ona zostanie sama ze swoimi krewnymi...? Czy latać z nią każdego dnia? Dla mnie to nic trudnego, ale nie jestem pracownikiem socjalnym, tu trzeba pomyśleć nad innym rozwiązaniem problemu...

Jak oparzony wyskoczyłem z łóżka. Właśnie! Inne rozwiązanie! Opanowały mnie emocje tak silne, że zacząłem nerwowo chodzić po pokoju z kąta w kąt. Jeszcze w Kołotowce stworzyłem dla Szprychy figurkę psa, która – gdy zaszła taka potrzeba – ożyła i obroniła kluczowego NPC-a. Jeśli Łana ma fioła na punkcie Smoków, to dlaczego nie miałbym jej sprawić przyjemności?

Usiadłem przy stole, wyjąłem zestaw jubilerski i kawałek Malachitu – dzisiejsza noc zapowiada się długa. Witaj, konstruktorze...

***

– To dla ciebie. – Rano, ledwie wyszedłem z hotelu, natychmiast podbiegła do mnie Łana i podała różowy skrawek papieru. – Smoku, czy razem ze mną może polatać siostra?

– Dobrze, ale po kolei – odpowiedziałem, otwierając, jak się okazało, kartkę z życzeniami. Przeczytałem napis i nie mogłem powstrzymać uśmiechu: „Wszystkiego najlepszego z okazji Dnia Zakochanych, najfantastyczniejszy Smoku ze wszystkich Smoków, jakie znam!". Niezdarny charakter pisma wskazywał na to, że tekst został napisany w Barlionie, przy tym odręcznie, a sama kartka prawie krzyczała, że dziewczyna zaczyna wracać do normalnego życia...

– Ja też mam dla ciebie prezent, ślicznotko – powiedziałem, kiedy odebrałem następną porcję uścisków, teraz już od dwóch dziewczynek i jednej zadowolonej mamusi. – Proszę, to dla ciebie.

Kucnąłem przed maleńką dziewczynką i podałem jej Malachitowego Smoka – figurkę, którą wystrugałem w nocy.

– Jaki on śliczny – wyszczebiotała Łana, złapała Smoka i zaczęła skakać po całym placu, wymachując figurką na wszystkie strony. – Mam Smoka! Mam Smoka! – Usłyszeliśmy jej radosny i stopniowo oddalający się okrzyk.

– Przepraszam, muszę... – zawahała się jej mama, chcąc pobiec za córką, ale ja tylko się uśmiechnąłem i powiedziałem:

– Niech pani biegnie, bo schowa się tak, że będziemy musieli wzywać Zwiastunów na poszukiwania tej trzpiotki...

*Zbieram grupę do wykonania zadania związanego z dostawą kwiatów! Poszukuję jedynie graczy z latającymi chowańcami!*

*Szukam Elfa-Druidki na prezent! Płacę trzysta Złotych Monet!*

*Poszukuję kilku graczy w celu levelowania repy z Amorami! Zajmujemy się jedynie dostarczaniem listów!*

Pozostając we względnym odosobnieniu od świata, otworzyłem czat miejski i się uśmiechnąłem. Dzień Zakochanych! Sens wydarzenia był dosyć prosty – z realu do Barliony przeniesiono święto czerwonych serduszek, płatków kwiatów, różowych liścików i kiczowatych wyznań miłosnych. Z roku na rok w ten dzień w miastach zaczyna się odgrywanie scenariusza „Łączymy serca", podczas którego gracze przekazują wiadomości obiektowi płci przeciwnej. Przy tym niekoniecznie miłosne – może to być cokolwiek: od „Kocham cię!" po „Masz piękne włosy!". Nieważne co, ważne, że w klimacie święta. Każdy napisany list podwyższa graczowi reputację z Amorami. Skrzydlate anioły tylko w tym dniu pojawiają się w miastach i przyglądają się z ojcowskim uśmiechem temu podnieceniu, które ogarnia ulice. Warto zaznaczyć, że kawałeczek papieru, na którym można napisać list, sporo kosztuje... Korporacja na wszystkim stara się zarobić, nawet na słabości ludzi do wyrażania swoich uczuć.

Listy napisane przez graczy, a i przez niektórych NPC-ów, trzeba dostarczać do adresatów. W tym celu tworzy się oddzielną pulę zadań, które kurierzy z radością przyjmują. Żadnych wynagrodzeń w postaci wypłat – tylko reputacja. Trzeba przyznać, że Amory mają bardzo piękne zwierzaki – puszyste kotki i zajączki, dla których gracze są gotowi tracić cały dzień, wykonując głupie polecenia i bazgrząc na papierze o swoich uczuciach... Generalnie – święto dla zakochanych ludzi. Może ja też powinienem napisać list? Nadam pocztą, jakiś gracz dostarczy do Anastariji, dostanę repę...

– Machanie, znajdziesz chwilę? – zwrócił się do mnie ze szczerym uśmiechem jeden z żeńskich NPC-ów. Dziewczyna, około dwudziestu lat albo i mniej, dość sympatyczna, z włosami związanymi czerwoną wstążką i w prostej sukience wieśniaczki.

– W sumie nie spieszy mi się – odpowiedziałem, rozumiejąc, że chodzi tu o dostarczenie listu.

– Oj, jak dobrze! – Klasnęła w ręce dziewczyna i zaszczebiotała: – Dzisiaj jest wielkie święto, a ja nie zdążyłam wysłać listu. Chcę wyznać pewnemu pięknemu, przystojnemu, męskiemu i praktycznie idealnemu człowiekowi, że kocham go z całego serca. Możesz mi pomóc?

**Dostępne zadanie: „Dostarczenie listu miłosnego".**
**Opis: Dostarcz wiadomość od Dominiki El do jej ukochanego.**
**Klasa zadania: scenariusz „Łączymy serca".**
**Nagroda: +100 do Reputacji wśród frakcji Amory.**
**Kara za odmowę/niepowodzenie: Brak.**

– Daj – odpowiedziałem uśmiechającej się dziewczynie, przyjmując zadanie. Dziesięć minut mnie nie zabije! Za to podniosę reputację. Ani się obejrzę, dostanę puszystego kotka, podaruję go Anastariji, niech się bawi... – Dokąd dostarczyć?

– Do miasta Krispa – odpowiedziała dziewczyna, patrząc na mnie ciągle ze szczerym i dobrodusznym uśmiechem. – Trochę daleko, wiem, ale w kilka tygodni obrócisz!

Kilka tygodni? W tym momencie przed moimi oczami pojawiła się mapa Malabaru. Spojrzałem na nią i głośno zakląłem, zawstydzając stojącą przede mną dziewczynę, która aż poczerwieniała. To nie jest śmieszne! Nawet więcej – to dorodna, ogromna część zadu jakiegoś okropnie śmierdzącego zwierzęcia! To nie jest zwyczajna prowokacja – to jedna z najbardziej epickich ustawek! To... Brakuje mi słów, żeby wyrazić całą gamę uczuć, które napłynęły do mnie w tym momencie. Miasto Krispa znajdowało się na samej granicy z Kartosem, a dokładniej na przejściu granicznym. Jeśli mam wykonać to zadanie, to strach myśleć, ile pieniędzy stracę na teleport tam i z powrotem.

– Oj, dziękuję, bo wszyscy Wolni Mieszkańcy, jak tylko mówię, dokąd trzeba dostarczyć list, od razu odmawiają – kontynuowała dziewczyna, nie rozumiejąc mojego stanu. Skoro stoję i milczę, to znaczy, że się zgadzam. Logiczne. – Frist jest strażnikiem w Krispie, szybko go znajdziesz. Przekaż mu, że jego ukochana Dominika tęskni i czeka na powrót swojego bohatera! Bardzo dziękuję!

Dziewczyna bez zastanowienia podeszła, pocałowała mnie w policzek i w tym momencie odfrunęła jak dmuchawiec pod wpływem silnego porywu wiatru – pstryk i już jej nie ma. Krispa... Otworzyłem mapę jeszcze raz i ze smutkiem spojrzałem na odległość – dziesięć tysięcy Złotych Monet w jedną stronę jak nic, a i to, jeśli uda mi się przekonać Maga do zniżki. Fantastyczne zadanie socjalne! Z jednej strony sto do reputacji w tej frakcji, której, tak naprawdę, w ogóle nie potrzebuję, z drugiej – minimum dwadzieścia tysięcy Złotych Monet, jeśli dodać teleport powrotny... Zrezygnować?

Nie zamykając mapy, otworzyłem listę z zadaniami, zaznaczyłem dopiero co otrzymane i prawie już kliknąłem *Usuń*, gdy w oczy rzuciło mi się coś dziwnego. Niedaleko od Krispy, w odległości dosłownie kilku dni podróży, zaznaczono niewielką kropkę, widoczną na każdym poziomie mapy – znacznik numer 1. Miejsce, do którego Renoks, mój jakby barlioński smok ojciec, radził mi udać się w pojedynkę. Taaak... Teraz na pewno naiwnie uwierzę, że Dominika zwróciła się do mnie zupełnie przypadkiem i nikt do tego nie przyłożył ręki... Właśnie delikatnie i nienachalnie napomknięto mi, że powinienem koniecznie wejść do Podziemia. Przy czym sam... Dobrze, zobaczymy!

– Barsine, co z rajderami? – zadzwoniłem do dziewczyny.

– Aktualnie mamy dwudziestu trzech graczy. Trzech tanków, trzech healerów i siedemnastu wojowników. Wszystkich zaproponował Magdiej, dlatego jakoś szczególnie ich nie sprawdzałam. Ufam temu człowiekowi. Więcej ludzi nie ma, właśnie odrzuciłam kolejnego, który pragnął dostać projekcję. Kompletnie niczego nie potrafi, ale honorarium chciał takie, że... A tak w ogóle, dlaczego pytasz?

– Dwudziestu trzech graczy. Jaki mają średni poziom?

– Sto siedemdziesiąty. Gdyby nie jeden ze znajomych Magdieja, Wojownik na czterdziestym drugim poziomie, to byłoby nieco wyżej, ale nasz potencjalny Lider Rajdu bardzo mocno go rekomendował. Mówi, że Kifat, bo tak nazywają tego niskopoziomowego gracza, jeszcze pokaże, co potrafi. Jak zrozumiałam, jeden z jego dawnych oficerów czy przyjaciół zmienił postać i zaczyna od początku. Jak na razie doszedł dopiero do poziomu czterdziestego drugiego. Zamierzam go przyjąć do klanu dzisiaj wieczorem... Nie masz nic przeciwko przyjęciu takiego rajdera?

– Dlaczego miałbym mieć? Jeśli LR twierdzi, że jest gotowy, to dlaczego by go nie sprawdzić? O której zamierzasz go przyjąć?

– O osiemnastej czasu serwera.

– Super! Będę czekał na informacje od ciebie...

– Nastjo, jakie masz plany na wieczór? – Wykonałem jeszcze jeden telefon.

– Plany? – usłyszałem zdziwiony głos, w którym zaraz rozbrzmiała złośliwość: – Chcesz mnie gdzieś zaprosić?

– Dlaczego by nie? Jesteś sympatyczną dziewczyną z wieloma zaletami, dlaczego nie mógłbym cię zaprosić?

– Co znaczy: z wieloma zaletami? Tak delikatnie dajesz mi do zrozumienia, że jestem gruba? – W głosie dziewczyny zabrzmiały stalowe nuty, ale mnie nie oszuka.

– Fuj, Anastarijo, nie pasuje ci taka gra... Krótko mówiąc, zapraszam cię dzisiaj na spacer po Malabarze. Czy nie mogę cię tak po prostu zaprosić na spotkanie?

– Też mi spotkanie! – W głosie dziewczyny było tyle sarkazmu, że gdyby była obok, tobym się nie powstrzymał przed jej uduszeniem.

– O osiemnastej Barsine przyjmuje wojowników, chcę to zobaczyć... O dziewiętnastej?

– Strój?

– Zwyczajny. Po prostu pospacerujemy. Jeśli nie masz nic przeciwko. W końcu mamy święto.

– To święto zakochanych, pamiętasz?

– O dziewiętnastej na rynku – powtórzyłem, zamiast odpowiedzieć, i się rozłączyłem.

Pomysł, aby zabrać Nastję do Krispy, przyszedł mi do głowy nieoczekiwanie. Dawno chciałem pobyć z nią sam na sam, ale takiej szczęśliwej chwili nie doświadczyłem od momentu jej wstąpienia do klanu – ciągle ktoś potrzebował czegoś ode mnie albo od niej. Teraz polecimy na skraj Malabaru, pospacerujemy po przygranicznym mieście. W rzeczy samej, głupia randka, łatwiej jest zamówić stolik w „Złotej Podkowie", ale znudziły mi się już te wszystkie nasiadówy. Chcę na powietrze, a nie do pudełka z czterech ścian z dżinnem w roli kelnera...

– Magdieju, zgadzasz się wstąpić do klanu Legend Barliony na zasadach, które wcześniej omówiliśmy? – zapytała Barsine, zwracając się do naszego przyszłego Lidera Rajdu.

Czarnowłosy mężczyzna o wyraźnie tatarskim wyglądzie stał prosto i z nieukrywaną przyjemnością patrzył, jak Barsine się denerwuje. Nic dziwnego – moja Druidka dzisiaj po raz pierwszy oficjalnie przyjmuje ludzi do pracy, dlatego czuje się nieco nieswojo. Trzeba przyznać Magdiejowi, że powstrzymał się od kpin i złośliwości, które mogłyby speszyć dziewczynę. Przyjął tylko szczery uśmiech starego znajomego albo nawet bardziej – starszego człowieka, który patrzy na to, jak jego wnuk stawia swoje pierwsze kroki.

Sama ceremonia przyjęcia do klanu wyszła nieco patetycznie – myślałem, że Barsine spotka się z każdym oddzielnie, wyśle zaproszenie do klanu, podpisze wcześniej uzgodnione umowy i wyznaczy funkcję w klanie. Wyszło jednak trochę inaczej. Zebrała wszystkie dwadzieścia trzy osoby, po czym zaczęła pracować z każdym po kolei, każąc pozostałym czekać na swoją kolej.

Wyszło na to, że gracze oczekują na taki wielki zaszczyt jak przyjęcie do Legend, co osobiście podałbym w wątpliwość – zgodnie z rankingiem mój klan nie był nawet w pierwszych dziesięciu tysiącach.

Skonfigurowałem ustawienia klanu, które pozwalały wszystkim rajderom na otrzymywanie hologramów od razu przy wstąpieniu do klanu, i patrzyłem, jak na surowych twarzach graczy rozkwitały uśmiechy, gdy tuż obok nich pojawiały się maleńkie hologramy ludzi, elfów, gnomów, krasnoludów... Szczególnie ucieszył się Kifat – niskopoziomowy Wojownik. Dostał hologram najprawdziwszego barwnego klauna, balansującego na monocyklu i żonglującego przy tym pochodniami, kulami i pierścieniami. Wyszło tak zabawnie, że też nie mogłem powstrzymać uśmiechu... Proszę, w moim klanie pojawił się osobisty klaun! Jeśli ktoś zapragnie się z nas pośmiać, bardzo proszę...

– Gotowa? – zapytałem Anastariję, gdy tylko obrzęd przyjęcia do klanu dobiegł końca.

Wzbogaciliśmy się dziś od razu o czterdzieści siedem osób – dwudziestu trzech rajderów i dwudziestu czterech wydobywców i rzemieślników. Nieźle jak na pierwszy dzień, trzeba będzie podsumować wyniki.

**Otrzymałeś osiągnięcie klanowe:**
**Klan Górników na pierwszym poziomie.**
**(Przedstawiciele klanu wydobyli 1000 jednostek rudy).**
**Szybkość wydobycia zasobów wzrosła o 1%.**

Potrzebowałem kilku minut, aby zrozumieć, jak moje słowa doprowadziły do otrzymania osiągnięcia klanowego – to nasi pracownicy zaczęli pracować na swoją wypłatę! Z uwzględnieniem ogromnych bonusów, jakie dają Pierwsze Zabójstwa, to dosyć średni wynik. Chociaż może się czepiam, gracze musieli jeszcze dolecieć do kopalni... Nie, nie czepiam się – na polanie Strażnika w Mrocznym Lesie już byliśmy klanem i sami wydobyliśmy połowę zasobów. Dobrze, pożyjemy, zobaczymy. Wkrótce powinni się podciągnąć Zielarze i Drwale.

– Gotowa – radośnie odpowiedziała Anastarija, patrząc na mnie tajemniczo i z zainteresowaniem.

Wręcz strasznie jest wyobrażać sobie, jakie myśli krążą w jej głowie na temat tego, dokąd ją zabiorę.

– W takim razie proszę. – Aktywowałem kupiony zawczasu u Maga portal, który kosztował mnie, zgodnie z moimi przypuszczeniami, dwanaście tysięcy Złotych Monet, i podałem Anastariji rękę.

– Ależ pan szarmancki – odpowiedziała Nastja, przyjmując moje zaproszenie, i niemal jednocześnie weszliśmy w błękit portalu. Miałem nadzieję, że mnie nie zabije, kiedy dowie się, dokąd ją zabieram...

*Ludzie! Anastarija jest tutaj! Na nią!*

Ledwie pojawiliśmy się na rynku przygranicznego miasta, czat eksplodował od komunikatów. Rozejrzałem się i bardzo nie spodobała mi się sytuacja w mieście. Już nawet nie dlatego, że komunikaty wszystkie były w języku kartoskim. I nie dlatego, że Nastja właśnie wyciągnęła miecz i odbiła nadlatujący kindżał – dziękuję jej za reakcję. I zupełnie nie dlatego, że strażnicy, zazwyczaj znajdujący się przed wejściem do Merostwa, teraz leżeli z jednym Punktem Życia na ziemi i jęczeli, a prawie dziesiątka graczy w tym czasie wyłamywała drzwi. Nie da się zabić kluczowych NPC-ów, można jedynie zmniejszyć liczbę ich Punktów Życia do jednego. Kiedy chaos się skończy – a prędzej czy później się skończy – medycy postawią na nogi wszystkich rannych. Najbardziej nie podobał mi się nieprzyjemny komunikat, który majaczył mi przed oczami:

**Miasto Krispa zostało napadnięte przez wolnych obywateli Kartosa!**

Zaprosiłem dziewczynę na randkę!

– Wzmocnienie! – krzyknęła Nastja, blokując tarczą cios Wojownika na poziomie sto osiemdziesiątym trzecim, który podbiegł, po czym wysłała go na odrodzenie czterema szybkimi machnięciami miecza. Rynek miasta był już stosunkowo pusty; poza usuniętymi z gry strażnikami i handlarzami, a także dziesięcioma graczami, którzy forsowali drzwi Merostwa, nie było na nim nikogo. Najprawdopodobniej Kartosjanie dokonywali grabieży miasta, dlatego nie mieli czego szukać na rynku. – Merostwo mamy na wprost, przebijamy się tam! Trzymaj się z tyłu!

– Dobrze! – krzyknąłem w odpowiedzi, wykonując rozkaz dziewczyny.

W zasadzie mężczyźni nie powinni chować się za plecami przedstawicielek słabej płci, jednak we mnie nie pojawiły się żadne sprzeczne uczucia. Biorąc pod uwagę poziom, doświadczenie i ekwipunek, Nastja nie należała do słabej płci, lecz tylko do niszczycielskiej siły, której celem jest dostanie się w bezpieczne miejsce.

Wokół Merostwa znajdowała się bardzo różnorodna grupa – zombie, wampiry, mroczni ludzie i nawet ogry. Jednakże taka różnorodność nie uratowała graczy Kartosa przed unicestwieniem – zamiast spokojnie przepuścić dziewczynę, delikatnie zastukać do drzwi, prosząc w jej imieniu o otwarcie, i wpuścić Nastję do środka, oni z jakiegoś powodu zaczęli na nią napadać... Najbardziej wylevelowany z nich był na sto dziewięćdziesiątym drugim poziomie, dlatego dziewczynie wystarczyło odrobinę powyżej minuty, aby w pełni wyczyścić plac przed drzwiami Merostwa. Do mnie należało jedynie nie plątać się pod nogami i zbierać wypadające zdobycze – złoto i przedmioty. Po tym, jak otwarto możliwość grania po stronie Kartosa, zasady przejmowania miast mogły zostać zmienione, ale wcześniej było tak, że podczas ataku ze wszystkich NPC-ów, których powalono na ziemię, obowiązkowo wypadał przypadkowy przedmiot, odpowiedni do poziomu NPC-a, a także niewielki woreczek ze złotem jako bonus. Przy tym był jeden szczegół – jeśli napadający gracz umrze w ciągu trzech godzin od momentu napadu na miasto, to cały łup spada na ziemię. Wówczas mogą go podnieść inni Kartosjanie – ja nie dostarczę im tej radości!

– Proszę o pomoc! – krzyknęła Anastarija, podbiegając do drzwi. – Wpuśćcie, zostaliśmy napadnięci!

– Podaj imię! – Zza drzwi dobiegł nas wystraszony głos.

– Anastarija, Paladyn-Generał Malabaru, i Machan, Najwyższy Szaman Malabaru! Plac jest pusty, ale lada chwila mogą się pojawić kolejni napastnicy! Wewnątrz pomożemy wam zorganizować obronę!

– Wchodźcie, tylko szybko. – Dało się słyszeć odgłos odsuwanych mebli, skrzypienie drzwi i nagle zobaczyliśmy dosyć zabawnego Mera.

Kto by pomyślał, że w Krispie – jednej z Prowincji Lestran – okaże się nim roztrzęsiony i bojący się wszystkiego zielony goblin? Praktycznie kopia Kornika, z wyjątkiem uszu, które lokalny Mer miał ogromne, zupełnie jak Czeburaszka, a budową ciała przypominał bardziej kulę niż człekokształtnego. Takich tłustych goblinów jeszcze w grze nie widziałem!

– Gdzie straż? – zapytała od razu Anastarija, pomagając merowi podeprzeć drzwi ogromną szafą.

– Wala się po placu! Pokonali ich w pierwszych minutach walki! Atakiem kierują niejaki Kurdupel i Zygfryd, Łotrzyki, wolni obywatele odpowiednio na poziomach dwieście dwudziestym czwartym i dwieście trzydziestym siódmym. Ogólnie w mieście w tym momencie znajduje się tysiąc trzystu czterdziestu sześciu przedstawicieli Kartosa, którzy ciągle nacierają... – zaczął sprawozdanie goblin, ale nagle wyraźnie zbladł – ...nadciągają na plac... To koniec dla miasta... – Ostatniego zdania Mer nawet nie wypowiedział wyraźnie, lecz wyszeptał z rezygnacją.

Anastarija odwróciła się w moim kierunku, przez kilka sekund analizowała mój zdezorientowany wyraz twarzy, po czym powiedziała:

– Machanie, odpowiedz, tylko uczciwie: wiedziałeś o tym, co się tu dzieje?

– Skąd?! Dzisiaj dostałem zadanie dostarczenia tutaj listu miłosnego. Tyle! Nawet nie spodziewałem się, że spotka nas coś takiego... Nastjo, szczerze, nie...

– Nieważne. Nie takiej randki się spodziewałam, ale niech będzie. Masz portal.

– Aha, powrotny do Anchursu.

– Aktywuj. Pod naporem półtora tysiąca graczy Merostwo nie wytrzyma nawet godziny, ściany zwyczajnie popękają.

– Poczekaj. Dlaczego od razu nie wzięli Merostwa? Jaki jest sens zostawienia takiego strategicznie ważnego punktu?

– Dlatego, że nie chcą stracić łupów! Gdy tylko Merostwo zostaje zdobyte, wszyscy strażnicy i handlarze stają się odporni na cios. Uznają, że miasto padło i nie ma sensu dalej się bronić. Dlatego zgładzili wszystkich, z wyjątkiem Mera, i poszli grabić. Teraz, kiedy usłyszeli, że jesteśmy w mieście...

– Masz z nimi szansę? O sobie nie mówię, jestem za cienki, ale, przyznam, nigdy nie widziałem masowej bitwy wysokopoziomowego gracza z małymi. Chodzą słuchy, że każdy na poziomie powyżej trzechsetnego może sam zniszczyć armię setek. To prawda?

– Pewnie, jedną ręką, drugą dłubiąc w nosie! Kontrola i wszystkie debuffy są odporne na różnicę w poziomach, dlatego każdy normalny gracz, występując przeciwko takiej armii, kieruje się jedną taktyką: „nogi za pas i uciekać!". Na rynku się nas nie spodziewano, dlatego nie dali rady się zorganizować. To nam pomogło. Ale teraz dobrze wiedzą, że jestem tutaj, dlatego będą próbować różnych sztuczek. Moja zapora nie wytrzyma magii zastosowanej jednocześnie przez setkę czy dwie setki bojowników. Nie jestem tankiem. Gdyby byli mniej liczni, tobym zaryzykowała, ale półtora tysiąca... To zbyt dużo, biorąc pod uwagę fakt, że minimum dwójka to gracze powyżej dwusetnego.

– To oznacza, że zostawicie miasto na pożarcie temu tłumowi? – żałośnie wybełkotał tłuścioszek, którego oczy natychmiast napełniły się gorzkimi łzami, a ja szybko próbowałem wymyślić, co robić.

Rzeczywiście, nie chciałem porzucać miasta, ale we dwoje – biorąc pod uwagę, że miałem zakaz zadawania ciosu graczom – niczego nie zrobimy. Nastja ma rację, mówiąc o sztuczkach – niezależnie od różnicy w poziomach mogą ją zmieść w ciągu kilku minut. Skupienie się na jednym graczu jest popularnym chwytem w walkach PvP. Sens jest prosty – gracze koncentrują się na jednym przeciwniku, który znajduje się w promieniu ich ataku, i wysyłają go na odrodzenie dosłownie po jednym, może dwóch ciosach. Jeśli nie jesteś tankiem, nie masz szans na przeżycie, chociażbyś był o trzysta poziomów wyżej; liczba ciosów z łatwością niweluje tę dysproporcję.

– Proszę was, bohaterowie – ciągnął goblin, po którego pulchnych policzkach łzy lały się już strumieniami – wyzwólcie moje miasto!

**Dostępne zadanie: „Obrona Krispy".**
**Opis: Na miasto napadli gracze Kartosa.**
**Wyzwól miasto od najeźdźców.**
**Klasa zadania: Rzadkie klanowe.**
**Nagroda: +24000 do Reputacji w Prowincji Lestran,**
**+500 do Reputacji w Imperium Malabaru.**
**Kara za odmowę/niepowodzenie: Brak.**

Wystarczyło mi zaledwie kilka chwil, żeby podjąć decyzję – zainspirowała mnie klasa zadania. Ostatecznie co to takiego tysiąc trzystu graczy? Pikuś!

*Magdieju! Szybka zbiórka rajdu! Leyte – kupuj teleporty do Krispy, ale nie na plac, tylko do budynku Merostwa! Barsi – spróbuj zebrać jeszcze jedną grupę graczy. Ograniczenie – poziom powyżej dwusetnego, czas zbiórki – dziesięć minut. Za dziesięć minut czekam na was w Krispie! Jest tu tysiąc trzystu graczy z Kartosa; Mer wydał zadanie, żeby ich wykurzyć. Do boju, ludzie! Będziemy mieć Uwielbienie Prowincji! Czy mam mówić, jakie bonusy za to można dostać?*

– Teraz ta randka zaczyna mi się podobać! – uśmiechnęła się Nastja, jak tylko przyjąłem zadanie. Najwyraźniej od razu objęło cały klan, bo na czacie pojawiły się entuzjastyczne wiadomości. – Czekałam, czy zaproponujesz walkę czy nie. Nasza dwudziestka to za mało; sugeruję wykorzystać siły Feniksa. Kiler nie odmówi walki z Kartosjanami. Jeśli się zgodzisz, zadzwonię i za około dwadzieścia minut oni tu będą.

– Nastjo, jesteś wspaniała – odpowiedziałem z zachwytem i pocałowałem dziewczynę. Może i czyn był impulsywny, ale rezultat dodał mi otuchy: Nastja nie stała jak Królewna Śnieżka, lecz odwzajemniła mój pocałunek. – Dzwoń! Nikt nam teraz nie przeszkodzi!

Chciałem jej powiedzieć jeszcze kilka dobrych i przyjemnych słów, ale w tym momencie drzwi Merostwa zatrzęsły się od ciosu. Nad nimi pojawił się pasek Trwałości, pokazujący, że dosłownie za kilka minut wejście do budynku będzie zupełnie wolne.

*Plinto! Ty masz oddzielne zadanie! Nie czekaj na wszystkich, skacz od razu na rynek Krispy. Na nim jest mnóstwo ludzi, dlatego bądź ostrożny... Trzeba odciągnąć chociaż część z nich jak najdalej od nas, poza tobą nikt tego nie zrobi – na ciebie nie działa kontrola. Mamy zaledwie trzy minuty, potem drzwi trafi szlag.*

*Mogę razem ze swoimi ludźmi zjawić się za minutę* – odpisał Magdiej. – *Trzech tanków pod healerami to o wiele lepsza zapora niż jakieś tam drzwi! Potrzebuję tylko teleportu!*

*Leyte, w trymiga do Maga! Za minutę widzę rajd u siebie!*

*Biegnę już, biegnę... Połowę schodów już pokonałem. Magdieju, zbierajcie się na placu, pojawię się tam.*

*Plinto, wiesz, co masz robić! Odciągnij stąd część najeźdźców!*

*Wszyscy mają taki sam poziom?* – zapytał mój Łotrzyk.

*Dwóch liderów na dwieście czterdziestym czwartym i dwieście trzydziestym siódmym, pozostali poniżej dwusetnego. Ogółem nieco mniej niż półtora tysiąca* – odpisała Anastarija. – *Nie mają jakiejś szczególnej zapory ani buffów. Ja z aktywowanym healerem wykończyłam gościa na sto dziewięćdziesiątym drugim czterema ciosami, kilku na sto siedemdziesiątym – dwoma–trzema. Drzwi pięćdziesiąt procent. Została nam mniej niż minuta, potem je zniszczą. Wytrzymam jakieś trzydzieści sekund, nie więcej... Pośpieszcie się!*

*Proponuje kupić zwój zakazujący teleportu! Jak tylko wszyscy przelecimy, odetniemy możliwość wydostania się z miasta* – dodał Magdiej. – *Nawet jeśli przegramy, to zrobimy tym bydlakom niespodziankę!*

*Leyte?*

*Dziesięć sekund! Kupiłem zwoje, aktywuję portal na plac!*

*Barsi, co u ciebie?*

*Nie ma nikogo albo wszyscy się przede mną pochowali! Nie dam rady znaleźć ludzi w dziesięć minut!*

– Nastjo, co z Feniksem? – zapytałem dziewczynę, która zdążyła już porozmawiać z Echkilerem.

– Dwie setki powyżej sto osiemdziesiątego za pięć minut będą przy głównej bramie miasta. W Merostwie nie mają czego szukać, wszyscy się tam nie pomieszczą, a poza tym zanim ostatni wyjdą, to pierwsi już zostaną zabici. Nawet jeśli nam się uda uciec, to ich tutaj wszystkich wybiją!

– Jak dostaną zadanie?

– Kiler przyleci tutaj za kilka minut, tylko weźmie ze sobą kilku ochroniarzy. Najważniejsze to się utrzymać i nie pozwolić Merostwu upaść!

– Jasne... *Powodzenia wszystkim* – napisałem na czacie. – *Nie odejdziemy z niczym!*

– Cześć! Chyba zdążyliśmy! – dosłownie po kilku sekundach przywitał się ze mną Magdiej, który pierwszy wyszedł z portalu. Ocenił sytuacje i zaczął wydawać komendy: – Najl, Litan i Chwaleb, zapory i blokujcie drzwi! Wszyscy healerzy, pełna koncentracja! Anastarijo, twoja pomoc też się przyda! Wszyscy bojownicy, którzy mogą walczyć na odległość: ognia!

Ledwie trzech naszych tanków na sto dziewięćdziesiątym poziomie zajęło swoje pozycje, gdy drzwi z głośnym hukiem zniknęły, a przez lukę, która powstała, ruszyli gracze Kartosa. Zdążyli zrobić może ze trzy kroki, po czym napotkali nową ścianę z zapór moich tanków i w tym momencie zostali wysłani na odrodzenie. Magdiej ze swoimi wojownikami nie leniuchował.

– *Plinto – ruszaj!* – wydałem komendę Łotrzykowi po minucie.

Przez niewielkie okna Merostwa doskonale było widać rynek Krispy, który wypełniał się graczami po same brzegi. Rozumiejąc, że zniszczenie zapory trzech tanków jest znacznie łatwiejsze niż zburzenie ściany budynku, zaczęli nas atakować bardzo umiejętnie. Ale z drugiej strony, co warto zauważyć, to walczyli doborowi gracze, a nie zgraja niedoświadczonych dzieci!

– Zdjęli Najla! Eryku, na jego miejsce! Żercy, podnieście tanka! – Nie udało się z zaskoczenia zaatakować trzech tanków, więc fala Kartosjan odpłynęła, umożliwiając walczącym z odległości na rozstrzeliwanie moich tarczowników. – Anastarijo, jesteśmy w pułapce, załatwią nas na odległość. Sugeruję wyjść i odrodzić się z pieśnią!

– Stać! – Dziewczyna odrzuciła propozycję. – Tanki, cztery kroki w tył w głąb korytarza! Magdieju, przygotuj się, bydlaki nie będą miały innej możliwości, jak tylko podejść bliżej! Skupiacie się na jednym, na tanki nie zwracamy uwagi. Priorytetem są healerzy i wojownicy!

– *Jestem na pozycji! Widzę was! Zaczynam tańce srańce obściskiwańce!* – pojawiła się wiadomość od Plinto, po czym na przeciwległym do Merostwa skraju placu zagrzmiał wybuch, który zmusił do ucichnięcia całe miasto.

Gracze zwrócili się w kierunku białego dymu, który pojawił się na miejscu wybuchu, i nagle, wieszając na twarzy jeden ze swoich krwiożerczych uśmiechów i bawiąc się Legendarnymi Kindżałami, z kłębów dumnie wynurzył się Łotrzyk. Spojrzawszy na tłum, Plinto uśmiechnął się ohydnie i czystym językiem kartoskim powiedział:

– No co, dzieciaczki! Pobawimy się w zabijanie? – Po czym mój Wojownik włączył Przyspieszenie i róg placu zamienił się w ogromny wentylator, szatkujący graczy Kartosa niczym kapustę.

Nawet z daleka było widać, że na jednego gracza Plinto tracił tylko jeden cios, a biorąc pod uwagę prędkość obrotu – ani jeden walczący nie mógł się do niego zbliżyć. Młynek wyszedł wyborny...

– *Plinto, uciekaj!* – wydałem komendę, kiedy poziom Życia Łotrzyka spadł do połowy. Znów trzeba oddać hołd Kartosjanom: dosłownie w ciągu kilkudziesięciu sekund przegrupowali się i zaczęli bombardować Łotrzyka strzałami i zaklęciami. – *Prowadź ich do głównej bramy! Tam wkrótce powinno pojawić się wsparcie!*

– Eryku, zmiana! – nieopodal krzyknął w tym momencie uniesiony Najl i dosłownie odrzucając Oficera w tył, zajął jego miejsce.

Na placu rozległ się jeszcze jeden wybuch, który utrudnił ogląd i ukrył Plinto przed graczami Kartosa, po czym czat miasta wypełniły komunikaty:

*Gdzie on się podział?*
*Pobiegł do bramy! Wszyscy tam!*
*W Merostwie zostaje grupa Kurdupla! Pozostali za Plinto!*
*Kto zada mu śmiertelny cios, ten dostanie sto tysięcy!*

Ostatni komunikat należał do Zygfryda, lidera najazdu.

Plac wypełnił się pohukiwaniem, świstami i krzykami, po czym około połowa graczy udała się w kierunku bramy.

– Witam! – Rozległ się trzask otwierającego się portalu i w otoczeniu dwudziestu graczy do Merostwa wszedł Echkiler. – Wybaczcie, ale wszyscy pozostali wysokopoziomowi akurat przechodzą Podziemie i nie ma możliwości, aby ich stamtąd zabrać... Pozwólcie, że pomożemy, jak możemy – zwrócił się do goblina, nie chcąc tracić ani sekundy.

Mimochodem spojrzałem na poziomy wojowników i omal nie dostałem zawału – z dwudziestki Feniksa dwaj gracze byli na dwieście siedemdziesiątym siódmym, a jeden to w ogóle na trzysta drugim! Teraz można powalczyć...

– Trwałość ścian dziesięć procent! – usłyszałem głos Anastariji. – Jeśli nie wyjdziemy, to przegramy! Trzeba będzie zaryzykować! Wszyscy, którzy mogą, od razu ściągajcie debuffy i uzdrawiajcie; siła uderzenia będzie diabelska. Cóż... Kiler, postaraj się połączyć healerów! Legendy, do ataku!

*Ludzie! Przy bramie są Malabarczycy! Na nich!*

Super – ostateczny skład Feniksa zjawił się w najbardziej odpowiednim momencie.

Najważniejsze, żeby ten moment nie okazał się dla mnie i mojego klanu ostatnim...

Nigdy nie widziałem Anastariji jako bojownika. W Kołotowce i Mrocznym Lesie zawsze była głównym healerem, zostawiając możliwość zadawania ciosu innym, podobnie wylevelowanym graczom. Teraz, kiedy umiała wzbudzić we wrogu strach tylko swoim poziomem, jako wojownik Nastja była niezastąpiona. Wdarła się w szeregi Kartosjan i była nie mniej efektywna niż trójka Feniksa. Połyskujący tam i siam miecz, spiczasta tarcza, stałe zbijanie zaklęć przeciwnika i ekspresowe wysyłanie na odrodzenie – śmiercionośna walkiria na rynku Krispy wyglądała fascynująco...

Ale, ale – trzeba oddać hołd Kartosjanom. Przeciwko nam stanęły nie byle chłystki. Pięciuset graczy – mniej więcej tylu ich zostało na placu – organizowało sensowną i bardzo skuteczną obronę, podobnie jak my skupiając się na pojedynczych wojownikach po kolei. Tam jeden z graczy Feniksa zawahał się i praktycznie natychmiast przemienił się w ulotne widmo, tu drugi, atakowany jednocześnie przez siedmiu Wojowników, krępujących jego ręce i nogi, upadł na ziemię i więcej się nie podniósł. Mieszkańcy Kartosa ponosili ogromne straty, ale było ich tak wielu, że stawało się jasne, iż setka na sto dziewięćdziesiątym to o wiele lepiej niż jeden czy dwóch na trzechsetnym. Cóż... Wygląda na to, że pomysł z obroną Merostwa się nie udał, i trzeba przyznać, że nie zdołamy obronić miasta...

*Wszyscy obecni na placu równo za pięć sekund padnijcie na ziemię twarzą do niej!* – Na czacie pojawił się komunikat od Nastji i zaczęło się odliczanie: – *5, 4, 3*...

Nie potrafię wyjaśnić dlaczego, ale zamiast upaść na ziemię, jak zrobili to wszyscy wojownicy z naszej grupy, w ostatnich sekundach odliczania zmieniłem się w Smoka. Dziewczynki, które dosiadały mnie dzisiaj z samego rana, zostawiły mi całe pięć minut w postaci Smoka, które teraz zamierzałem w pełni wykorzystać. Zdążyłem zrobić dosłownie kilka kroków w kierunku Nastji, przepuszczając lecące strzały obok, kiedy nagle zrozumiałem, że plac pogrążył się w przerażającej ciszy. Gracze Kartosa zamarli, usta zombie, znajdującego się najbliżej mnie, otworzyły się, jakby zobaczył idącego do niego Mrocznego Władcę w pełnym Stroju Epickim i z trzema setkami poziomów w prezencie. Spojrzałem jednak na plac i zrozumiałem, co było powodem takiego dziwnego zachowania graczy. Praktycznie w samym centrum rynku, unosząc w górę ręce i śpiewając piękną pieśń, stała Anastarija w postaci Syreny. Znów odwróciłem się w kierunku stojącego obok zombie i spojrzałem na właściwości – „Zakochanie" na sto dwadzieścia sekund, który to parametr blokuje wszystkie ruchy gracza...

– Machanie... – rozległ się ochrypły i rozpaczliwy głos Nastji. – Zabierz... Ja wszystko... Powiedz wszystkim... Można...

Usłyszałem krótki jęk i Anastarija runęła na kamienie, jakby wyciągnięto z niej wszystkie kości.

– Magdieju! Kilerze! Macie dwie minuty, żeby wszystkich wyrżnąć! – wrzasnąłem dziko, machnąłem skrzydłami i znalazłem się przy Anastariji dosłownie w ostatniej sekundzie. Energia: zero, Życie: dwadzieścia procent i stale opada, liczba debuffów... Lepiej nie liczyć... – Healerzy! Żwawo, tutaj!

– Machanie, jej się nie da uleczyć! Dopóki nie jest człowiekiem, zaklęcia nie zadziałają! – wychrypiała Barsi, próbując leczyć Anastariję.

– Ludzie, nie stójcie tak! Czas płynie! – wrzeszczałem, organizując wszystkich, żeby w pięknym stylu wycięli zastygłych Kartosjan.

Nawet Eryk, którego zdążyli dopaść, stał jak na razie w szeregu tanków i pomagał bojownikom.

Jeszcze raz spojrzałem na Nastję i zakląłem siarczyście. Energia – zero, Poziom Życia – osiemnaście procent. Biorąc pod uwagę trzydzieści procent odczuć, które ma uruchomione, to nie jest jej teraz zbyt dobrze... Dać jej możliwość odrodzenia? Chwilunia!

– Merze! – wrzasnąłem do wychylającego się z Merostwa goblina. – Pilnie potrzebuję mapy Krispy!

– Ale jak... – zaczął się jąkać, podczas gdy mnie było już wszystko jedno, kto przede mną stoi. Niechby to był sam Imperator.

– NATYCHMIAST DAJ MI MAPĘ! – Mój ryk został z pewnością usłyszany w całym mieście.

**Zastosowałeś umiejętność „Grzmiący Krzyk". Odwaga wszystkich członków rajdu wzrosła o 20, wszystkie podstawowe parametry: +20%. Czas działania: 5 minut.**

Mer pomknął do budynku z taką prędkością, jakby od tego zależało jego życie. Minęło zaledwie dziesięć sekund, jak stałem się właścicielem dokładnej mapy nie tylko miasta, ale i pobliskich terenów, jednak teraz miałem gdzieś kopalnie, poletka i plantacje. Dla mnie znaczenie miało jedno konkretne miejsce – świątynia Eluny. Jeśli ktoś może pomóc Anastariji, to tylko Żerczyni bogini. Nawet po moim okrzyku Energia nie wzrosła – dziewczyna pozostała bezwolną lalką w moich łapach. Trzeba będzie się koniecznie dowiedzieć, co w tym momencie dzieje się z samym graczem – czy po prostu następuje blokada sterowania, czy jest odłączany od postaci?

Ciekawe...

Gdy podlatywałem do Świątyni, coraz bardziej docierało do mnie, że to nie jest mój dzień. Według wszystkich standardów podczas ataku napastnikom pozwala się na zniszczenie około trzydziestu procent miasta. Jeśli miasto jest w pełni zaanektowane – łącznie z Merostwem – to pięćdziesięciu, ale nie więcej. I tak się „szczęśliwie" złożyło, że potrzebny mi budynek znalazł się wśród tej jednej trzeciej, która uległa zniszczeniu – ogromne języki płomieni, które wydobywały się z okiem Świątyni, zawalony dach, leżący Żercy, którzy nie zdołają nic zrobić, nawet gdyby spróbować ich teraz ratować... Nadzieja, że Nastji tutaj pomogą, jako Porucznikowi Paladynów, z histerycznym chichotem uleciała precz. Wyglądało na to, że odrodzenie jest nieuniknione...

*To jest pułapka zastawiona przez Malabarczyków! Okrążyli nas! Co, do cholery, robi tutaj Feniks?!*

Krzyki pojawiały się na czacie jeden po drugim i w swojej mnogości sprowadzały się do jednego – gracze Kartosa jakby zapomnieli, co robią w Krispie i kim są ci wszyscy gracze dookoła. Obchodziło ich tylko, kiedy będą mogli wrócić do domu.

Położyłem Anastariję na stopniach Świątyni, wyszedłem z postaci Smoka i nie dowierzając healerom, sam spróbowałem wezwać do niej Uzdrawiającego Ducha Wody. Bez rezultatu... Duchy przybywały, jednak zupełnie nie miały wpływu na pięć procent Życia Anastariji w postaci Syreny. Jeszcze minuta i po raz kolejny zobaczę swoją dziewczynę dopiero za sześć godzin...

Dziewczynę?!

Do diabła ze wszystkimi!

*Drako, przybądź! Potrzebuję pomocy!*

– Cześć, Bracie! Co się stało? Znów będziemy się bawić w berka? – odezwał się mój Totem, natychmiast zjawiając się obok.

– Czy Smoki mogą leczyć? – zapytałem, przerywając Drako.

– Nawet nie wieeem – przeciągnął zamyślony Drako, przestając się kręcić i podpierając głowę ogonem. – Wydaje się, że tak, tylko... Kogo trzeba wyleczyć?

– Ją. – I wskazałem na Syrenę.

– Wroga? Twoja sprawa, oczywiście, ale ja bym najpierw spróbował z Żercami. Może się uda?

– Nie ma czasu na próby, trzeba działać! Ja nie mam umiejętności leczenia, a ty możesz leczyć?

– Serio mówię, że nie wiem! Kiedy przycisnę łapę, to dmucham na nią zwykłym ogniem i już.

– Zwykłym ogniem? – zapytałem zaskoczony.

– Nie całkiem zwykłym. W tym celu trzeba gardło nieco wykręcić i wydychać nie piersią, lecz dosłownie brzuchem.

– Działaj!

– Ale jak, tak od razu? A jeśli mój oddech na Syreny działa inaczej?

– To wtedy wyślesz ją na Szare Ziemie. Ona wróci i bądź pewien, że ci nie podziękuje!

– Ha. Ha – zaśmiał się Drako. – Powiedz, po co...

– Drako, Syrenie zostało zaledwie dwa procent Życia! Albo teraz, albo nigdy! Działaj!

– Jak sobie chcesz. Uprzedziłem cię, że jakby coś, będziesz mnie bronił...

– Machanie, to boli! Przestań!

Żyje!

– Zmień się w człowieka, trzeba cię uzdrowić! – poprosiłem dziewczynę, przerywając Drako. Proces leczenia przy pomocy Smoka był bardzo zabawny.

Z jednej strony Syrena zaczęła płonąć w dosłownym znaczeniu. Z drugiej – podczas spalania poziom Życia nie obniżał się, lecz przeciwnie, rósł. Z trzeciej... Nastja ma włączone odczucia, dlaczego czuła część bólu... Może nas nie pozabija...

– Nigdy więcej tak nie rób! – powiedziała groźnie, wstając. – Z bólu omal nie doznałam wstrząsu! Wiesz, to niezbyt przyjemne, kiedy płoniesz żywcem!

– Nastjo, ale za to żyjesz – powiedziałem uradowany, odsyłając Drako.

– Całkiem niedawno zdobyłam trzysta czterdziesty trzeci poziom, mam bardzo mało Doświadczenia. Ty byłeś obok i gdyby wypadł ze mnie Legendarny, oddałbyś mi go po moim powrocie. Wyjaśnij mi, analfabetce, po kiego było mnie tak dręczyć? Dla trzydziestu procent zerowego Doświadczenia?

– Nastjo, ale mnie się wydawało... – wyjąkałem zszokowany, nie oczekując takiej agresji.

– A niech cię! To diabelsko bolało! Dziękuję ci, że pomogłeś mi przeżyć, ale mam ogromną prośbę: więcej tak nie rób!

– Wybacz – wymamrotałem, ale zaraz wziąłem się w garść i zaproponowałem: – Jesteś gotowa na ciąg dalszy bankietu? Plinto z Feniksem rządzą; praktycznie połowę Kartosjan już załatwili, teraz biegają za drugą połową. Lecimy?

– Widzę. – Sądząc po biegających oczach Nastji, czytała czat. – Lecimy. Przyszedł czas poznęcać się nad młodzieżą!

Rzeź niewiniątek trwała jeszcze całe trzydzieści minut. W zasadzie nie należy nazywać rzezią walk graczy, którzy są na podobnym poziomie, szczególnie kiedy jednych jest dwa razy więcej niż drugich, jednak już po pięciu minutach od naszego powrotu stało się jasne, że rajd Kartosa nie pożył długo. Połączenie wysiłków Plinto i Anastariji z jednej strony, silnej grupy Feniksa z drugiej, stałe wsparcie healerów, nasi wojownicy do walki na odległość, dziesiątkujący siły przeciwnika... Zgadzam się, że przeciwnicy nie byli niedoświadczonymi dziećmi, ale z taką drużyną nie mieli żadnych szans. Nawet biorąc pod uwagę ich przewagę liczebną...

– Healerzy, zaopiekujcie się NPC-ami! – Już po pięciu minutach Anastarija zaczęła wydawać rozkazy, gdy gracze Kartosa zniknęli. – Barsi, bierz healerów Kilera i sprawdźcie prawą stroną miasta. Ja wezmę healerów Magdieja i lewą stronę. Kiler, Magdiej, zajmijcie się zaporą. Kto wie, ilu jeszcze bydlaków pochowało się w domach w nadziei, że przeczekają. Strażników bierzemy ze sobą, niech sami sprawdzają domy. Do roboty!

*Do wszystkich graczy! Potrzebuję lokalnego strażnika o imieniu Frist. Jeśli go spotkacie, wyślijcie do mnie, będę w Merostwie. Magdieju, wyznacz kilku graczy, by zebrali łupy, które wypadły z Kartosjan. Niech też je przyniosą do Merostwa!*

W lokalnej administracji królował chaos – drzwi jeszcze nie przywrócono, więc wiatr zwiewał wszystkie papiery ze stołu Mera. Sam goblin, ledwie zobaczył mnie i Echkilera, podbiegł i zaczął zapewniać o wiecznej miłości i przyjaźni, oznajmiając, że w mieście do tego momentu przebywa siedemdziesięciu trzech wolnych obywateli Kartosa. Wyznaczyłem jednego gracza do podawania na czacie współrzędnych partyzantów, po czym usiadłem na cudem ocalałym krześle i zmęczony zamknąłem oczy. Coś mi podpowiadało, że Anastarija już więcej nie pójdzie ze mną na randkę!

Po tym, jak wszyscy przeciwnicy zostali odnalezieni, reputacja klanu w Prowincji Lestran zwiększyła się do maksimum. Teraz koniecznie trzeba przysłać tutaj Leyte'a, żeby nawiązał więzi gospodarcze – w Lestranie z pewnością jest dużo złóż minerałów, którymi bym nie pogardził. Żal, że trzeba będzie się podzielić z Feniksem, ale szczególnego wyboru nie miałem. Nie miałem możliwości zebrania w ciągu pięciu minut setki wysokopoziomowych graczy. Echkiler ma, dlatego większa część nagrody należała się jemu. Zapewniłem Mera o przyjaźni, dałem zadanie swojemu geniuszowi finansowemu i udałem się na odpoczynek. Powinienem wkrótce zakończyć sprawy tutaj i udać się do Podziemia. Mam nadzieję, że tam nie będzie żadnych problemów.

– Szukał mnie pan? – Nie minęło pięć minut, a podszedł do mnie przystojny strażnik, który wzbudzał skrajnie ambiwalentne uczucia: zawiść i szacunek. Gdyby Frist był człowiekiem, to cieszyłby się ogromnym powodzeniem. Przede mną stał brutalny, pewny własnej siły mocarny mężczyzna, któremu chciało się zaufać i schować za jego plecami, wiedząc, że natychmiast cię ochroni. Tacy zawsze są kochani... Ciekawe, jaki parametr ma wyśrubowany? Na pewno nie Charyzmę, ona wywołuje inny efekt.

– Szukałem – odpowiedziałem mu, podając kopertę. – Mam dla ciebie list, który był powodem naszego pojawienia się w mieście. Powinieneś więc swojej ukochanej nie tylko odpowiedzieć, ale i podziękować. Przy okazji, dziewczyna prosiła, abym ci przekazał, że tęskni za tobą i czeka na twój szybki powrót.

Frist spojrzał na mnie z niedowierzaniem, otworzył kopertę, szybko przeczytał list, skrzywił się i zdumiony powiedział:

– Dominika? Ale... To niemożliwe! Ona doskonale wie, że mam narzeczoną, której już się oświadczyłem! Dominika zawsze była dla mnie jak siostra, ale ukochana... Żałuję, że musieliście pokonać taką drogę, żeby odejść z niczym; nie mogę odwzajemnić jej uczucia! Może pan jej tak przekazać!

**Zadanie „Dostarczenie listu miłosnego" zostało zakończone.**
**+100 do Reputacji wśród Amorów.**

## ROZDZIAŁ 5

# PIERWSZE PODZIEMIE SMOKÓW

Przez kilka chwil patrzyłem na Frista z niedowierzaniem, zastanawiając się, czy zabić go natychmiast, czy zostawić to na później. Dla tego strażnika przyleciałem do tego miasta, straciłem górę złota, dorobiłem się tłumu wrogów w Kartosie – i wszystko to za stówę reputacji wśród Amorów? Gdzie logika?

– Jeśli nie ma do mnie więcej pytań, to już pójdę – zakończył Frist i odszedł zamaszystym krokiem, zostawiając mnie samego z wciąż rosnącą po najeździe górą przedmiotów.

– Skończyliśmy – zaraportował Magdiej po dwudziestu minutach. – Dwa tysiące trzysta czterdzieści siedem sztuk odzieży, trzysta dwadzieścia jeden sztuk broni, dziewięćdziesiąt trzy tysiące Złotych... Średni poziom przedmiotów: sto siedemdziesiąt plus, ale jest też jeden na dwieście dwudziestym poziomie, Legendarny Płaszcz zwiększający Zręczność. Co zrobić z całym tym dobytkiem?

– Panie Merze? – zwróciłem się do goblina, który wrócił do Merostwa razem z Echkilerem i teraz z nieokreślonym wyrazem twarzy patrzył na wejście.

Cały łup został złożony w jednym pomieszczeniu, zawalając je od podłogi po sam sufit. Zgodnie z wszelkimi regułami należy on do nas i Feniksa, jednak... Może istnieją jakieś zasady, zgodnie z którymi trzeba będzie to wszystko oddać... Lepiej się zabezpieczyć, niż potem udowadniać Zwiastunom, że nie jesteś wielbłądem. Po ataku zostało...

– To wasz łup – powiedział goblin, przerywając mi. – Zdobyliście go nie z moich wojowników, tylko z wrogów, którzy napadli na miasto. Wszystkie przedmioty i złoto są wasze, ja mam tylko jedną, ogromną prośbę: zabierzcie je jak najszybciej i oczyśćcie moją sypialnię! Kto wymyślił zrzucanie wszystkiego do tego pokoju?

– Ja, ale...

– Zabierajcie – powtórzył dobitnie Mer. – I im szybciej, tym lepiej.

– Proponuję skorzystać z usług Symulatora-Sortowni. – Podszedł do mnie Echkiler i spojrzał na zapełniony pokój. – Samodzielnie możemy nie dojść do porozumienia zbyt szybko...

– Aha – burknąłem w odpowiedzi, starając się uciszyć własną chciwość.

Jak wyjaśnić zielonemu stworzeniu, że nie wszystko, co znajduje się w pokoju, jest moje? Przecież ona tego nie przeżyje!

– Chyba mam ciekawszą propozycję – powiedział nagle Echkiler. – Machanie, jak się zapatrujesz na to, żeby wprowadzić korektę do jednego z naszych porozumień?

– Którego nie jesteście w stanie wypełnić? – Natychmiast do mnie dotarło, do czego zmierza Echkiler.

– Otóż to – uśmiechnął się Mag. – Muszę przyznać, że nie oczekiwałem, że znasz się z Reptilem. Kiedy dowiedziałem się, że zwój już jest u ciebie, zupełnie nie wiedziałem, co robić. Byłem pewien, że nie będziesz trąbił na cały świat o niewypłacalności Feniksa, ciągle wierzę, że mamy relacje partnerskie, jednak porozumienie jest i trzeba się z niego wywiązać... Proponuję, abyś ty zabrał cały łup.

– Aha, rozwiązując od razu dwa problemy: nieprzyjemności z porozumieniem i skupienie całej uwagi mieszkańców Kartosa, którzy zapragną odzyskać swoje rzeczy, na moim klanie.

– Przy tym zyskując możliwość zarobienia dzięki tej samej uwadze, i to zarobienia niemało...

– Przy tym zdobywając sobie kilka klanów zaciekłych wrogów, niechby i przeciwnej frakcji.

– Wychodzi na to, że się nie dogadamy?

– Ależ dlaczego, dogadamy się. Tylko zaproponowana zamiana nijak się ma do unikalnego zwoju Karmadonta.

– Masz konkretną propozycję?

– Tak. Cały łup z dzisiejszej walki należy do mojego klanu. Ponadto będę miał możliwość trzykrotnego zaproszenia bojowników Feniksa na analogiczne wydarzenia: bitwy z graczami albo z mobami. Przy czym bitwy ze wszystkimi graczami, włączając w to, na wszelki wypadek, waszych. I ponownie: cały łup z przyszłych walk będzie mój. Wydaje mi się, że taka zamiana w pełni zrównoważy wartość unikalnego zwoju.

– Jednorazowego zaproszenia – poprawił mnie Echkiler – do pozostałych punktów nie mam uwag, poza tym, że bojownicy mieliby walczyć przeciwko swojemu klanowi. Tak się nie robi. Trzystu bojowników Feniksa na poziomie powyżej dwusetnego stawi się do twojej dyspozycji przy pierwszej potrzebie. Czas zbiórki: dwadzieścia minut.

– Echkilerze, nie poznaję pana! – Klasnąłem w dłonie ekspresyjnie. – Czyżby Feniks zamierzał odmówić pomocy swojemu, jak to pan powiedział, partnerowi, kiedy ten zostanie mocno przyciśnięty? Przecież nie zabieram poziomów, które zdobędą pana gracze. Zwyczajna pomoc, której i tak by pan nie odmówił, gdyby poprosiła Anastarija. Przy tym, znów, podczas pomagania Feniks może zdobyć bardzo wiele dodatkowych i nietypowych bonusów jak Uwielbienie w danej Prowincji. Wszystkie minusy w reputacji biorę na siebie, zapiszmy to jasno w porozumieniu. Tak więc trzy pełne zbiory łupów przy takich wezwaniach to doskonała cena za jeden unikalny zwój. Co się tyczy walki przeciwko swoim...

Załóżmy, że wybieram się na rajd przeciwko jakimś zbirom, na miejscu widzę, że potrzebuję pomocy, wzywam waszych i nagle okazuje się, że pośród atakujących mnie ludzi jest kilku bojowników Feniksa. Czy może pan zagwarantować, że żadnego gracza Feniksa nie będzie podczas, powiedzmy, nieoczekiwanego ataku na mój klan? Nie mówię o głównych graczach, ale macie wielu rekrutów, bojowników... Wówczas porozumienie będzie natychmiast zerwane i ja jeszcze będę miał coś płacić Feniksowi? Tak też się nie robi. Napiszmy w porozumieniu, że wezwani bojownicy nie będą wykorzystywani do zaplanowanych ataków na Feniksa i jego majątek. Zgadzam się, że to należy doprecyzować. Ale jeśli będę potrzebował wsparcia i wezwani bojownicy będą musieli walczyć przeciwko swoim... Echkilerze, to jest gra i nie da pan rady kontrolować wszystkich.

– W takim razie zmieńmy ten warunek. – Po chwili zastanowienia przytaknął Echkiler. – Po pierwsze proponuję kompromis: tylko dwa wezwania. Żeby nie było ani na moje, ani na twoje. Po drugie żadnych ataków na majątek Feniksa, żadnych podstępnych ataków na przedstawicieli Feniksa moimi ludźmi, tylko ochrona majątku twojego klanu. Po trzecie cała ujemna reputacja przechodzi na twój klan, dodatnia zaś na oba. Co ty na to?

– Zgadzam się w pełni. – Wyciągnąłem rękę, żeby przypieczętować porozumienie.

– W takim razie jestem gotów zrobić ci prezent: Krispa jest twoja na miesiąc. Feniksa tutaj nie będzie, niezależnie od Uwielbienia w Prowincji.

– Bardzo przyjemnie się z panem współpracuje – uśmiechnąłem się do Maga, po czym rozpoczęła się procedura zmiany porozumienia.

Było warto dla miesiąca monopolu w Prowincji, chociaż to odległa perspektywa...

*Magdieju, spójrz na przedmioty i określ, które z nich przydadzą się twoim bojownikom. Leyte, potrzebuję cię tutaj natychmiast. Dopóki Mer nie zresetował skryptów, trzeba go maksymalnie docisnąć w kwestii dostępu do zasobów. Pamiętaj, że będziemy mieć miesiąc wyłącznego korzystania z Uwielbienia, potem zjawi się tutaj Feniks. Wyciśnij z niego, ile się da!*

*Już lecę...*

*Barsi, zorganizuj kilka Podziemi dla ludzi Magdieja. Trzeba się zająć rozwojem klanu.*

*Dobrze...*

*Legendy! Dziękuję wszystkim za wspaniały rajd, jestem wam wdzięczny za pomoc i reputację w Prowincji Lestran! Całe zdobyte dzisiaj Złoto zdeponuję na funduszu premiowym w charakterze nagrody za walkę, Symulatory rozdzielą je w dniu wypłaty. Nie zatrzymuję was dłużej, możecie zająć się swoimi sprawami...*

– Nasza randka dobiegła końca? – spytała Anastarija, kiedy miasto stopniowo zaczęło wracać do codziennego życia.

– Wyszła zupełnie inaczej, niż zaplanowałem, ale tak jakby – uśmiechnąłem się w odpowiedzi, jednak wzrok Anastariji pozostał poważny. – Coś się stało?

– Znajomi zaprosili mnie do restauracji, dzisiaj przecież jest święto. Przyznaję, że to najbardziej oryginalna randka, na jakiej byłam. Jak rozumiem, już przekazałeś kartkę strażnikowi?

– Uhm – mruknąłem, rozumiejąc, że Nastja mnie zaraz zostawi. Chociaż to upokarzające się przyznać, ale bardzo nie chciałem, żeby sobie poszła, jednak nie umiałem znaleźć żadnego sensownego powodu, dla którego miałaby ze mną zostać.

– W takim razie widzimy się za dwa dni. Polecimy do Metamorfów.

Dziewczyna mnie objęła i dosłownie zaczęła się rozpuszczać w rękach jak śnieżynka. Początkowo awatar gracza stał się przezroczysty, następnie stopniowo rozpłynął się w otaczającym świecie, informując, że gracz jest zajęty wychodzeniem do realu.

– Poczekaj, jest jeszcze jedna sprawa! – krzyknąłem, zanim Nastja zupełnie zniknęła. Cholera, zachowuję się jak zakochany nastolatek, no naprawdę... – I bardzo nie chcę z tym czekać!

– ...? – Ponownie nabrawszy kształtów i barw, dziewczyna spojrzała na mnie pytająco.

– Rozumiesz, ja... – zacząłem i natychmiast zamilkłem.

Nie miałem jej niczego do powiedzenia, ale musiałem jej coś koniecznie powiedzieć!

– Machanie? – z uśmiechem zapytała Nastja, podnosząc pytająco brew.

– Słuchaj... Nie wiem, co wymyślić, żebyś została ze mną, ale nie chcę, żebyś wychodziła... Rozumiem, że masz sprawy w realu, ale... Nastjo, może chcesz pójść ze mną na spacer po Krispie?

– Jeszcze jeden rajd się szykuje? – powiedziała Anastarija, jakby delektując się moją bezradnością.

– Nie, ale...

– Machanie, naprawdę na mnie pora. Obiecałam, że będę na tym nieszczęsnym spotkaniu. Ale jutro w ciągu dnia... albo wieczorem, nie powiem ci dokładnie, będę cała do twojej dyspozycji, dobrze? I jeszcze... – Anastarija zamyśliła się, przez kilka sekund patrzyła na mnie nieruchomo, a potem powiedziała: – Bardzo mi się spodobało, jak wyrażasz uczucie radości... Tam, w Merostwie. Dlatego...

Anastarija zrobiła dwa małe kroki i znalazła się obok mnie. Poprawiła ręką grzywkę, dała mi lekkiego prztyczka w nos i kiedy jeszcze byłem w szoku z tego powodu, przywarła ustami do moich ust, pokazując, jak powinno się szybować po niebiosach.

Pocałunek trwał, jak mi się wydawało, wieczność, dopóki nie zdałem sobie sprawy, że dziewczyna rozpłynęła się w moich rękach. Wszystko, co mi pozostało, to szum w uszach, nogi trzęsące się ze szczęścia, Plinto, który z aprobatą kiwał głową, i kilku graczy Feniksa, którzy zamarli w totalnym szoku z włączonymi kamerami. Z całą pewnością jutro rano cały Malabar będzie wiedział o tym pocałunku...

**Komunikat dla gracza! Otwarto nowe terytorium: Podziemie „Smoki Błękitnego Płomienia". Prawdopodobieństwo zdobycia cennego przedmiotu z przeciwnika wzrosło do 49,999%, otrzymywane Doświadczenie o 20%.**

Pierwsze Podziemie Smoków.

– Ciekawe, czy Renoks naprawdę niczego nie pomylił, proponując mi przejście go w pojedynkę? – zapytałem głośno, choć nie było nikogo obok, i uważnie wpatrywałem się w długi korytarz ginący w ciemnościach. Rzadkie połyskujące kamienie dawały niewiele światła na całej jego długości, jednak już po trzydziestu metrach niczego nie było widać. Normalnie „Dolma 2"!

Kiedy teleportowałem się według współrzędnych podanych na mapie, spodziewałem się, że zobaczę wszystko, tylko nie bardzo wysoką stromą górę i maleńką pieczarę, zakrytą migoczącą zasłoną – wejście do Podziemia. Jakby ktoś myślał o designie, to można było chociaż zamek w rejonie stworzyć, wrzucić jakieś zwierzęta czy potwory, wydać kilka zadań, aby na koniec... Niczego takiego dookoła nie było – tylko ogromna góra, las i... Postałem kilka minut przed wejściem, uważnie wpatrując się w skraj lasu i oczekując ataku ze strony jakiegoś moba, po czym wróciłem do wejścia do Podziemia. Nikt nie zamierzał ani nic nie zamierzało na mnie napadać, żadnych strażników wejścia nie było w zasięgu wzroku. Nawet w „Dolmie", kopalni dla więźniów, były szczury... Tutaj natomiast...

Rozumiejąc, że siedzenie w jednym miejscu nic mi nie da, wszedłem w głąb korytarza. Będę musiał uwierzyć Renoksowi na słowo. Skoro powiedział, że jestem w stanie sam przejść Podziemie, to znaczy, że tak właśnie jest!

Przeszedłem około pięćdziesięciu metrów korytarza, zanim zdałem sobie sprawę, że nie wolno mi iść dalej pod żadnym pozorem. Absolutnie. A jeśli pójdę, to stracę wszystko, co mam, wszystko, co zgromadziłem i na co zasłużyłem, wszystko... Stop! Co za brednie?

*Drako, przyjdź!*

– Cześć, znowu będziemy leczyć? – zapytał Totem i w tym momencie ze zdziwieniem spojrzał na korytarz. – Oho! Dokąd zawędrowałeś? To coś znajomego i bliskiego, ale dokładnie nie umiem powiedzieć... Pozwolisz, że zobaczę, co jest tam dalej?

– Zobacz – zgodziłem się, wstając. Psiakrew, jeszcze mi się upadek przytrafił! Jak tylko pojawił się Drako, wrażenie pełnej bezsilności i paniki zniknęło, jakby go nigdy nie było. Ale nas jest dwóch! Czyżby Renoks mnie okłamał? – Pójdę za tobą.

Jeszcze około pięćdziesięciu metrów przeszliśmy bez żadnego problemu, dopóki Drako nagle nie powiedział:

– Jakoś tak już się napatrzyłem... Może dalej nie idźmy? Tu w ogóle nie ma czego oglądać: ściany, podłoga, sufit... Żadnej różnorodności!

– Drako, wszystko w porządku? – zapytałem zdziwiony, ponieważ wycofywanie się nie było w stylu tego wiecznie interesującego się wszystkim NPC-a. Czyżby na niego pieczara też oddziaływała?

– Oczywiście, zwyczajnie już się napatrzyłem... – powiedział Totem, próbując wcisnąć się za mnie.

– Drako!

– Bracie, nie mogę dalej iść! Tak mi jakoś źle. Tu jest strasznie. Mam wrażenie, że jeśli zrobię jeszcze jeden krok, to mnie rozerwie ze strachu... Nie. Nie ze strachu... Nawet nie wiem, jak to opisać – wypalił Totem, spuściwszy wzrok.

Rozumiem – to oznacza, że na niego też wpływa to obrzydlistwo. Ale je przestałem czuć, jak tylko Drako szedł przodem! Może znów powinniśmy się zamienić?

– Chodź za mną – zaproponowałem, chcąc sprawdzić swoją teorię, przeciskając się obok Drako. Ożeż! Okazuje się, że mój Totem to nie balerina!

– Jak się czujesz? – spytałem po kilku metrach.

Czułem się dobrze, mogłem iść dalej, ale nie chciałem zostawiać Drako samego w tunelu.

– Jak tylko poszedłeś do przodu, od razu lepiej! Jakby wielki ciężar spadł mi z serca!

– Zamieniamy się – powiedziałem po kolejnych pięćdziesięciu metrach, kiedy wróciły zagubienie, poczucie bezwartościowości, panika i strach. – Wszystko jasne! Każdy z nas dostaje po pięćdziesiąt metrów, po czym tego, który idzie z przodu, zalewa fala paniki. Okrutnej paniki. Będziemy się zmieniać i zobaczymy, co nam zaproponują w odpowiedzi. Nie rozumiem, jak miałbym przejść to Podziemie w pojedynkę. Renoks mi czegoś nie powiedział.

– Renoks? – Drako przestał się wiercić i z zainteresowaniem spojrzał na mnie. – Kto to jest? To coś znajomego, jak i to miejsce, ale... Bracie, powiedz, kto to jest. Coś mi podpowiada, że to ważne!

– Ważne? – powtórzyłem, zastanawiając się, co odpowiedzieć. Z jednej strony wcześniej czy później Drako pozna prawdę, jak tylko osiągnie poziom dwusetny, z drugiej: czy mam prawo opowiadać Totemowi prawdę o Smokach? Dlaczego by nie? – Zróbmy tak: przejdźmy korytarz i jak tylko znajdziemy jako tako normalne miejsce, w którym można porozmawiać, na pewno opowiem ci wiele ciekawego o Renoksie i o tym, jak zostałeś moim Totemem. Teraz powiem tylko, że Renoks jest twoim ojcem. Jego prawdziwe imię, dodaj mi, Eluno, pamięci... Aarenoksitolikus, i on jest jednocześnie też moim...

**Twój Totem zwiększył poziom!**
**Twój Totem zwiększył poziom!**
**Twój Totem zwiększył poziom!**
**Totem otrzymuje nową umiejętność: „Grzmiący Krzyk" – wszyscy przeciwnicy w promieniu 40 metrów są ogłuszeni na minutę. Czas odnowienia umiejętności – 50 minut.**
**Czas przebywania Totemu w Barlionie zwiększa się do 5 godzin na dobę.**

– Ojciec! Dokładnie! Pamiętam, ogromny zielony Smok! Bracie! To znaczy, że ty nie tylko jesteś moim bratem z nazwy, ale i prawdziwym! Mój... Nasz ojciec jest zwierzchnikiem Smoków! – pokrzykiwał podekscytowany Drako, zastygnąwszy w miejscu.

Dosłownie w ciągu sekundy poziom Totemu urósł o trzy jednostki, pozwalając mu wejść na poziom pięćdziesiąty pierwszy i zdobyć pierwszą zdolność bojową. Muszę przyznać, że wzrost Totemu postępuje dosyć zaskakująco. Teraz stało się jasne, że nie tylko nie uniknę tej rozmowy, ale sam stanę się jej inicjatorem. Przy tym opowiem Drako wszystko, czego do tej pory dowiedziałem się o jego historii.

– Drako, najpierw przejdźmy ten korytarz, później na pewno porozmawiamy – próbowałem nastawić mój Totem bojowo. – Nie znam logiki tego Podziemia; może się okazać, że przejście tego nieszczęsnego korytarza jest na czas. Jeśli upewnię się, że nie ma żadnych ograniczeń czasowych, wtedy pogadamy.

– Dobrze – Totem zgodził się z moimi argumentami. – Teraz moja kolej na prowadzenie!

Po trzydziestu zmianach zaczęło do nas docierać, że coś robimy źle. Wydawało się, że korytarz nie ma końca, prowadził gdzieś w głąb góry. Mogło się jednak też okazać, że korytarz donikąd nie prowadził, a my staliśmy w miejscu. Kilka razy i Drako, i ja próbowaliśmy zignorować pojawiające się odczucia i przejść więcej niż pięćdziesiąt metrów... Na sześćdziesiątym metrze musiałem łapać Totem, z dziko wytrzeszczonymi oczami pędzący z powrotem, sam natomiast mogłem pochwalić się siedemdziesięcioma trzema metrami... Co prawda potem zwyczajnie upadłem i przez jakieś pięć minut nie mogłem wstać, ale najważniejsze, że zdałem sobie sprawę, że wybrany przeze mnie sposób przemierzania korytarza jest niewłaściwy.

– Zupełnie nic nie rozumiem! – wymamrotałem, siadając na kamiennej podłodze. – Co robimy źle?

– Bracie, a możesz mi dokładnie powtórzyć słowa Ren... naszego ojca? – zapytał Totem, który przeszedł do przodu i uwolnił mnie od fali paniki.

– Powiedział: „Popatrz na te dwie mapy. Na nich są zaznaczone prastare skarbce Smoków. My ich już nie potrzebujemy, ale tobie mogą się przydać. Jeśli do pierwszego miejsca możesz wziąć ze sobą towarzysza, to do drugiego udaj się sam". Koniec! Więcej ani słowa nie powiedział! Chwileczkę! Ale ze mnie głupiec!

– W jakim sensie? – zdziwił się Drako.

– Dosłownym! Odsuń się na bok, żebym cię nie zmiażdżył! Jeśli to są prastare skarbce Smoków, to może trzeba do nich dotrzeć w postaci Smoka? Dlaczego nie pomyślałem o tym wcześniej?

– Zadziałało! Bracie, spójrz! – powiedział Drako, pokazując mi łapą za plecy.

Odwróciłem się i zobaczyłem masywne dwuskrzydłowe drewniane rzeźbione drzwi, stopniowo wyłaniające się z mroku. Powoli, dosłownie jakby jeszcze nie wierząc, że w podziemiu znajdują się tylko Smoki, stawały się widzialne. Z każdą chwilą drzwi – wręcz wrota – nabierały coraz wyraźniejszych kształtów, ujawniając detale, których nie widać na pierwszy rzut oka: osobliwy ornament w postaci dwóch lecących sobie na spotkanie smoków, masywne pierścienie-uchwyty, wykonane jakby z grubego kutego pręta. Nie dostrzegałem żadnych zamków ani rygli, jakby drzwi pokazywały, że powinienem wejść do środka i że nic mnie nie będzie zatrzymywać.

– To jak, braciszku, zobaczymy, co zebrali dla nas przodkowie? *Simsalabim*, sezamie, otwórz się – powiedziałem, po czym z jękiem stanąłem na łapach i podszedłem do drzwi.

Usiadłem na ogonie, chwyciłem przednimi łapami za uchwyty i pociągnąłem w swoją stronę – wątpię, żeby drzwi otwierały się do wewnątrz. Przyszedł czas dowiedzieć się, co schowały Smoki Błękitnego Płomienia w tym Podziemiu...

– Witam cię, Smoku! – rozległ się cichy i taki dźwięczny głos, że zawibrowały nie tylko moje zęby, ale wydawało się, że nawet ściany zadrżały.

Tuż za wrotami, przez które przeszedłem, znajdowała się ogromna sala, której ściany były ukryte za zwisającymi z sufitu czerwonymi wstążkami. W całym pomieszczeniu leżały ogromne kopce złota, zbroi, książek, kosztowności... Dawno śpiące wewnętrzne zoo leniwie otworzyło oczka, rozejrzało się po wnętrzu i natychmiast usiadło na tylnych łapkach, wysuwając język. Ropucha chciwymi łapkami już zagarnęła wszystko, co leżało w sali, i zajęła się dokładnym podliczaniem łupu, a chomikollo napisał petycję, że jeśli odejdę stąd, nie zabierając wszystkiego co do kamyczka, to on nigdy mi tego nie wybaczy. Czyżby Renoks był tak wdzięczny za syna, że wpuścił mnie do takiego miejsca? Przecież dla gracza to bajka!

– Wszedłeś do świętości świętych Smoków: skarbca. Przez tysiące lat Smoki Błękitnego Płomienia zapełniały go, zbierając po całym świecie arcydzieła i przedmioty unikalne. Złoto, kamienie szlachetne to marność w porównaniu z Boską Czapką Centariusa czy Mieczem Ła. Mogą być twoje, jeśli przejdziesz próbę. Jesteś gotowy?

Próbę? Wewnętrzne zwierzaczki natychmiast posmutniały i ponownie poszły spać do odwołania. Czy naprawdę byłem aż tak naiwny, by pomyśleć, że deweloperzy dadzą mi możliwość wzięcia wszystkiego z pieczary? Mogłem dać głowę, że programiści, po tym jak uwiedli mnie jej wyglądem zewnętrznym, teraz zacierają ręce zadowoleni, że dawno zastawiona pułapka właśnie zadziałała. Jeśli jakimś cudem dam radę wynieść stąd chociaż jedną Miedzianą Monetę albo jakiś przedmiot, to już będzie niebywały sukces. Chociaż chwileczkę! Dlaczego nagle stałem się takim pesymistą? Przeszedłem próby u Szamanów, przeszedłem Gieranikę! A niby ze Smokami sobie nie poradzę?

– Jestem gotowy! – krzyknąłem do nieznajomego głosu, spojrzałem, jak Totem zaczyna kręcić się wokół przedmiotów, oglądając je z zainteresowaniem, i w tym momencie tuż przede mną pojawił się hologram małej dziewczynki, siedmio-, może ośmioletniej.

– Pewnego razu w osadzie zapomnianej przez bogów Malabaru urodziła się dziewczynka, która niczym nie różniła się od pozostałych dzieci. Kiedy miała sześć lat, na osadę napadł Smok. Czy miał do tego prawo, czy nie, to już nie ma znaczenia. Ważne jest sedno: spalił wszystko do cna, zabił wszystkich mieszkańców z wyjątkiem tej dziewczynki, którą rodzice ukryli w głębokiej piwnicy, nie pozwalając żarowi ognia Smoka jej dosięgnąć. Po dwóch latach dziewczynka unicestwiła krzywdziciela. Unicestwiła za pomocą magii, chociaż Smoki są przed nią praktycznie w pełni chronione. Krew za krew, oko za oko. Smoki nie szukały zemsty za śmierć jednego z nich, chociaż stało się coś, wydaje się, nie do pomyślenia: niższa rasa podniosła rękę na jednego z nich. Palenie wiosek nie było zabronione, ale podobne czyny traktowano z pogardą; zresztą jaki był sens walki z tymi, którzy nie zdołają się obronić, jeśli od wschodu nadciągały Syreny? Smoki odpuściły, ale po sześciu latach na rachunku dziewczynki było już trzydzieści pięć zabitych Smoków. Zbyt późno zrozumiano, że w Malabarze urodził się potwór. Zaczęła się jedna z najstraszniejszych bitew Malabaru: wszystkie Smoki przeciwko jednemu maleńkiemu człowiekowi... Po śmierci stu pięćdziesięciu Smoków pozostali w strachu uciekali z pola bitwy, zostawiając na nim swoich umarłych. Nieprawdopodobne, ale to fakt: im nas było więcej, tym silniejsza stawała się dziewczynka. Przeżyła na świecie zaledwie dwadzieścia siedem lat, aż w pełni się wypaliła. Nienawiść do Smoków, która spalała ją od środka, nie pozwalała jej znaleźć swojego miejsca pod słońcem. Właśnie dlatego wyślę cię do przeszłości. Do momentu, w którym Dżuma, jak w efekcie nazwały ją Smoki, pokonała swojego pierwszego oprawcę, a jej zemsta się dokonała. Możesz wszystko; możesz ją zabić i w ten sposób uratujesz trzysta czterdzieści dwa Smoki, unicestwione przez nią podczas jej krótkiego życia. Możesz jej nie dotykać i pozwolić, aby wypełniło się wszystko, co już zaszło w historii. Możesz zrobić wszystko, co chcesz. Uważaj! Od podjętej decyzji zależy twoja próba!

Zobaczyłem błysk i sam, bez Drako, znalazłem się w lesie iglastym. Pośród ogromnych sosen, które wznosiły się wysoko do nieba jak maszty, na ziemi siedziała zakrwawiona dziewczynka, opierając się o ciało martwego Smoka, i spode łba patrzyła w moją stronę.

– Przyszedłeś się mścić za tego zabójcę? – ochrypłym, zupełnie niedziecięcym głosem zapytała Dżuma, z każdym słowem wypluwając krwawe szczątki. Dopiero teraz zauważyłem żebra sterczące z rozbebeszonej klatki piersiowej, nienaturalnie wykręcone nogi, doszczętnie spaloną rękę, która zwisała z ramienia jak czarny badyl. Bitwa ze Smokiem nie była dla dziewczynki łatwa.

Poziom Życia Dżumy wynosił zaledwie dwa procent, dlatego działając intuicyjnie, wyszedłem z postaci Smoka i zacząłem wzywać Duchy Uzdrowienia. Unicestwić ośmioletnią dziewczynkę będę mógł też później – chociaż nawet sama myśl o tym jest okropna. Mam obowiązek ją wyleczyć. Chociaż to tylko gra, a nawet pojedynczy epizod z jej historii, to zobaczyć śmierć dziecka, niechby tylko wirtualnie, jest ponad moje siły. Psychicznie nie jestem na to gotowy.

– Na dodatek jesteś zmiennokształtny – dodała dziewczynka po minucie, kiedy poziom jej Życia, podobnie jak jej wygląd zewnętrzny, wrócił do normy.

Co dziwne – w Barlionie ani krew, ani obrażenia nie są pokazywane. Uważa się, że to źle wpływa na psychikę graczy. Jeśli gdzieś używa się widoku krwi, to tylko w scenariuszach, aby oddać potrzebną atmosferę. Wychodzi na to, że według tego scenariusza miałem stanąć przed dziewczynką w postaci człowieka – jako Smok nie umiem leczyć. Albo gdyby był ze mną Drako, to powinienem poprosić jego o wyleczenie, tylko że on leczy ogniem... To mogłoby się dziewczynce bardzo nie spodobać. W to, że według pomysłu programistów powinienem był wyleczyć dziecko, w ogóle nie wątpiłem. Tylko skończony psychopata mógł zrobić coś innego.

– Nazywam się Machan – przedstawiłem się. – Jak mam nazywać ciebie?

– Po co ci to, chcesz wyryć moje imię na nagrobku? – odburknęło to cudo, nawet nie spojrzawszy na wyciągniętą przeze mnie rękę, żeby pomóc jej wstać z ziemi.

Jakoś tak to dziecko mówi zupełnie nie jak dziecko. A i spojrzenie drapieżnych, złych oczu nie przypomina spojrzenia ośmioletniej dziewczynki. Tak patrzy... nawet nie wiem... doświadczony galernik, który większą część życia spędził w kamieniołomach. Zło, które jest groźne i, co mnie niepokoiło najbardziej, zupełnie niedające nadziei. Dziecko NPC wierzyło, że przyszedłem je zabić, i było na to psychicznie gotowe. Dokąd zmierza ta gra?

– Jesteś cała i zdrowa – ciągnąłem, nie zwracając uwagi na negatywny stosunek interlokutorki. – Jeśli tak, to możesz spokojnie iść w swoją stronę.

– Chcesz, żebym się dłużej męczyła? – znów odburknęła dziewczynka, ciągle nie wstając z ziemi.

– Dziwna jesteś. – Niezależnie od powagi sytuacji, nie mogłem powstrzymać uśmiechu. Byłem nieco zdezorientowany, bo oczy widziały jedno, a uszy słyszały zupełnie coś innego. – Zabić cię, źle; wyleczyć, źle; powiedzieć ci, żebyś szła swoją drogą, też źle. Zdecyduj się, co ci pasuje, a co nie, i daj mi znać; zrobię, co zechcesz.

– Umrzeć jest źle – odpowiedziało po chwili zamyślenia siedzące cudo. – Im więcej Smoków zdołam zniszczyć, tym lepiej będzie całej Barlionie!

– Co masz do Smoków? Zgadzam się, że ten postąpił źle, niszcząc osadę, ale co zawiniły inne? Na przykład ja też jestem Smokiem. Wyleczyłem cię, nakarmić nie mogę, wybacz, nie mam czym; zamierzam cię dostarczyć do ludzkiej kolonii, żebyś sama nie chodziła po lesie. Mnie też zabijesz?

– Tak! – ryknęła dziewczynka i znów zaczęła patrzeć na mnie spode łba. – Dla Smoków nie ma miejsca w Barlionie! Jesteście złem! Dla was zupełnie nie ma znaczenia, czy chodzi o osadę, wieś, miasto czy kraj! Myślicie, że jesteście nietykalni i jeśli ktoś próbuje się bronić, to przylatuje was całe stado i niszczy wszystko w okolicy! Im mniej was będzie w Barlionie, tym lepiej!

– Nie wiem, skąd takie pomysły. – Ciągle jeszcze się uśmiechałem, ale coś w słowach tej okruszynki mnie zaintrygowało. Świadomość, że należę do rasy zabójców, jest nieco nieprzyjemna. Jestem przyzwyczajony do wizerunku Smoków jako wielkich i mądrych istot.

– To nie są pomysły; ja to wszystko widziałam na własne oczy! Poza moją osadą ten gad... – Nadal siedząc, dziewczynka ze złością uderzyła łokciem w ciało martwego Smoka, pokazując swój stosunek do tej rasy. – ...zniszczył doszczętnie jeszcze trzy wsie i jedno miasto. Miasta nie spalił sam: cztery Smoki podzieliły terytorium na równe części i zabawiły się w wyścigi „Kto potraktuje ogniem więcej osób w ciągu dziesięciu minut"! Stałam na wzgórzu niedaleko miasta i patrzyłam, jak płoną ludzie, zwierzęta... Ziemia stała w płonieniach i łkała, ale Smoki dobrze się bawiły! Najważniejszy z nich, zielony Smok, patrzył na to i wytykał błędy atakującym: źle zrobiłeś zwrot, odwróciłeś głowę, za mały obszar spaliłeś podczas jednego ataku... Byliśmy niczym mrówki! Smoki powinny zostać unicestwione!

– Najważniejszy? Kto? – zapytałem.

Zielony smok? Do tego główny? Dziwne, zupełnie nie znam historii swojej rasy. Muszę koniecznie uzupełnić tę lukę.

– Aarenoksitolikusa zna każdy rozumny w Barlionie – powiedziało dziecko, a mnie zamurowało. Renoks? – Jeśli w ciągu tygodnia człowiek nie wypowiada jego imienia, natychmiast przylatują Smoki i go za to karzą. Na każdego rozumnego raz na pięć lat nakładane jest zaklęcie, które zobowiązuje do wielbienia tego zielonego potwora! I nie udawaj, że dla ciebie to nowość! Tylko Syreny i Cyklopy znalazły w sobie siłę, żeby się sprzeciwić!

Powiedzieć, że dziewczynka mnie zszokowała, to nic nie powiedzieć. Mądry Renoks, który zgodnie z logiką gry jest moim ojcem, według słów tej małej jest jednym z największych postrachów tego świata? Nogi zaczęły mi drżeć, dlatego usiadłem nie ziemi w głębokiej zadumie. Przed oczami płynęły minione sceny z gry – poznanie Renoksa, jego żarty z Kornikiem, moje narodziny jako Smoka... Ani razu Renoks nie dał powodu do zwątpienia w jego rozum, potęgę i obiektywizm. Nawet kiedy przyleciał, żeby powstrzymać Gieranikę, odwoływał się do jego uczuć, ale go nie atakował. Teraz wychodzi na to – a ja nie miałem wątpliwości, że to prawda – iż Renoks trenował swoich bojowników na ludziach, każąc im niszczyć miasta. Chociaż nie! Sodoma i Gomora też zostały zniszczone, ale nikt nie ma nic przeciwko! A co, jeśli w tym mieście mieszkali ci, którzy nie powinni żyć w Barlionie? Dziewczynka zapewne nie odpowie mi na to pytanie, będę musiał iść do ojca i mu je zadać. Nawet nie wiem, od czego powinienem zacząć rozmowę... „Renoksie, mam informację, że jesteś mordercą..." Taaak... Rzeczywiście zmyślna próba. Czego chcą ode mnie Smoki? Co powinienem zrobić zgodnie z logiką gry? Gdybym był prawdziwym Smokiem, miałbym obowiązek zabić dziewczynkę, dopóki nie wyrządziła większych szkód. Biorąc pod uwagę niski współczynnik urodzeń, ponad trzysta zabitych Smoków to trochę dużo, żeby zignorować ten fakt. Ale ja... najwyraźniej nie jestem prawdziwym Smokiem, skoro nie czuję litości względem zabójców. Ten, który leży teraz przede mną, zasłużył na śmierć. Ta czwórka, która spaliła miasto – także, jeśli nie ma okoliczności łagodzących w postaci Upiorów, które schwytały wszystkich mieszkańców, albo strasznej choroby, która groziła rozprzestrzenieniem się po całej Barlionie.

– Powtarzam, jesteś wolna i możesz iść, dokąd zechcesz – powiedziałem, podejmując decyzję. Niech się spełni to, co się spełniło. Nie będę zmieniał historii. – Tylko zapamiętaj, że nie wszystkie Smoki są takie, jak powiedziałaś. Niesłuszne jest zabijanie każdego tylko za to, że umie latać, i zamiast skóry ma łuski. Mogę ci w czymś pomóc?

– Zdechnij!

– Wszyscy kiedyś umrzemy. Ktoś wcześniej, ktoś później.

– Smoki umieją tylko niszczyć! Nie ma z was żadnego pożytku! Wydajecie rozkazy i zabijacie tych, którzy nie skłonią przed wami głowy! Nienawidzę was wszystkich!

– Mylisz się! Miłość do niszczenia jest charakterystyczna nie tylko dla Smoków! Weź dowolną rasę, nawet ludzką! Po co było niszczyć Szachy Karmadonta?

– Karmadonta? Jeszcze jeden Smok? Smoki nie mogą stworzyć niczego pięknego, tylko broń i zbroje. Zbroje i broń. To jedyne rzeczy stworzone przez Smoki!

– Karmadont to Imperator ludzi – odpowiedziałem w zamyśleniu. Jeśli dziewczynka go nie zna, to najwyraźniej rzuciło mnie w takie głębiny historii, że nawet strach pomyśleć. – On stworzył takie oto szachy, które ja teraz staram się odtworzyć. – Wyjąłem figurki i położyłem na ziemię przed dziewczynką, która ciągle jeszcze opierała się o ciało pokonanego wroga.

– Oj, jakie cudowności! – wykrzyknęła Dżuma zupełnie innym tonem, po dziecięcemu, z takimi emocjami, że mimowolnie robiło się ciepło na sercu. Zaczęła oglądać figurki krasnoludów i orków, lecz po minucie odłożyła je na bok i stanowczo, ponownie poważnym i dorosłym głosem, powiedziała: – Ty jesteś Smokiem! Dlatego ty ich nie stworzyłeś, ty je ukradłeś! Smoki nie potrafią stworzyć niczego pięknego! Potrafią tylko niszczyć!

– Czyżby? – Podniosłem pytająco brwi, nagle zrozumiawszy, co powinienem zrobić. – Patrz, to jest Gichin. – I zbliżyłem się do dziewczynki, która wcisnęła się w ciało Smoka, jakbym miał zamiar ją zabić. – On jest znany z tego, że... – Brałem figurki po kolei i opowiadałem dziewczynce historię, jak to się stało, że dana postać jest figurą szachową. Początkowo niepewnie, jakby nie rozumiejąc, co się dzieje, mała coraz bardziej i bardziej odsuwała się od pokonanego wroga, z zainteresowaniem, a po chwili nawet jak zaczarowana patrzyła na szachy.

– To byli wielcy bohaterowie! – skomentowała na koniec opowieści dziewczynka; i to z takim uczuciem, że wydawało się, iż ona sama jest orkiem, a ja teraz przypomniałem jej tylko o wielkich przedstawicielach tego plemienia.

– To byli wielcy mistrzowie! – powiedziała dziewczynka nie mniej emocjonalne, kiedy opowiedziałem jej historię krasnoludów.

Zupełnie przestała się mnie bać, usiadła obok i z otwartymi ustami słuchała bajek.

– Powiedz, nie słyszałaś przypadkiem przypowieści o dwóch wojowniczych ograch?

– Nie – odparła, kręcąc głową Dżuma.

Gdyby nie ubiór, którego uzdrowienie nie jest w stanie odbudować, nic by nie zdradzało, że dziewczynka jest zabójcą Smoków. Ogromne niebieskie oczy, dosłownie żądające kolejnej bajki, fikuśne kucyki, sterczące w różne strony... Przede mną siedziała najzwyklejsza ośmioletnia dziewczynka, jaką tylko mogli stworzyć deweloperzy.

– Szkoda tylko, że nie wiem, dlaczego Karmadont umieścił je w swoim Zestawie Szachowym. Ale mam pomysł! Wymyślmy ich historię sami!

– Czy tak wolno? – zdziwiła się dziewczynka.

– Nie wiem! – odpowiedziałem szczerze. – Ale możemy spróbować! Zatem: dwa ogry...

– Chłopiec i dziewczynka – wtrąciła Dżuma i spuściła wzrok. – Niech to będzie ogr chłopiec i ogr dziewczynka.

– Zgadzam się. Dwa maleńkie ogry pewnego razu poszły na spacer do lasu. Wtedy nagle...

– Zostały wzięte do niewoli! – znów wtrąciła dziewczynka.

– Dobrze, zostały wzięte do niewoli przez wrogów, którzy chcieli zniszczyć plemię ogrów.

– Rrorg! Nie wolno nam spacerować po tym lesie! Tu jest niebezpiecznie! – powiedziała dziewczynka, której kły jeszcze nawet się ostatecznie nie wykształciły, co świadczyło o tym, że ich właścicielka nie ma jeszcze dziesięciu lat.

– Gragza, nie nudź! Przecież jesteśmy ogrami! – odpowiedział jej brat, uważany za starszego, ponieważ pojawił się na świecie minutę przed siostrą.

– Posłuchaj! Jeśli ojciec dowie się, że wyszliśmy z wąwozu, to przez tydzień nie będziemy mogli usiąść!

– Daj spokój! Zielonoskórych już od miesiąca nie widziano w naszej okolicy. Nie mamy się ani czego, ani kogo bać w tym lesie. Chodźmy, słyszałem o pewnej polanie, na której rosną takie smaczne owoce, że zwiadowcy aż przełykali ślinę, kiedy opowiadali ojcu o tym miejscu!

– Oj, dostanie się nam! – Westchnęła dziewczynka, ale pokornie poszła za bratem. Z wąwozu do polany było daleko, należało się spieszyć...

– Już mówiłem, że to nie owoce, tylko czysty odlot! – wymamrotał zadowolony Rrorg, wkładając do ust kolejną garść malin.

– Aha! Pychotka! – odpowiedziała mu z pełnymi ustami dziewczynka.

Takich słodkich owoców nie jadła ani razu w swoim życiu!

Wydawało się, że tak wygląda szczęście, kiedy nagle...

– Oddział pierwszy! Sprawdzić, czy są osobniki dorosłe! W przypadku obecności: zniszczyć! Szamani, odświeżamy polanę, może jeszcze któreś z tych zwierząt skusi się na maliny! Oddział drugi, pojmać tych dwoje brudasów i dostarczyć na przesłuchanie! Wykonać!

Nagle Rrorg pojął, że te pyszne maliny to nic więcej jak sztucznie stworzona przez Szamanów orków iluzja. Wrogowie! Dzieci próbowały uciec, ale senność, która pojawiała się nie wiadomo skąd, zwalała je z nóg. W jednej chwili ich oczy się zamknęły i ta dwójka pogrążyła się we śnie...

– Powtarzam pytanie! – krzyknął ork w twarz. – Jak obejść waszych strażników? No?

Przesłuchanie trwało drugą godzinę. Rrorg milczał uparcie, doskonale rozumiejąc, że jeśli powie, jak wejść do wąwozu, to ich plemię może przestać istnieć. Dawno temu Magowie zamknęli wejście specjalnym zaklęciem, teraz takich nie ma, dlatego orkowie, gospodarze tutejszych ziem, nie mogli nic zrobić z ich sąsiedztwem pod bokiem. Szamani tylko rozkładali ręce, nie potrafiąc złamać pieczęci.

– Jeśli nie odpowiesz, zabijemy ją! – ryknął kat i odsunął zasłonę.

Za nią znajdowała się Gragza, spętana tak jak Rrorg.

Dzieciom wystarczyło jedno spojrzenie, żeby zrozumieć, że nie wolno wpuścić orków do ich ukochanej mamy, młodszej siostry, która dopiero co zaczęła uczyć się chodzić, dziadka, który nauczył je posługiwać się bronią. Nawet jeśli będą ją lub Rrorga torturować. Lepiej, żeby to byli oni niż cały ród.

– Jak chcecie – uśmiechnął się ork drapieżnie, biorąc jakiś ostry przedmiot. – Zobaczymy, jak kwiczą prosięta ogrów...

– Zabito ich, ale nie zdradzili swojego narodu – powiedziała dziewczynka, ziewając.

Chociaż starałem się złagodzić wydźwięk naszej wspólnej bajki, to na koniec mi się to nie udało – w ostatnim zdaniu krwiożercze dziecko i tak zabiło małe ogry. Ja raczej chciałem opowiedzieć jej o tym, jak rodzice wyszli na bitwę z orkami i oswobodzili dzieci, ale...

– Tak, zabito. Od tej pory wszystkie ogry czczą dwoje dzieci, które oddały życie za własny naród, ale go nie wydały – zakończyłem bajkę i ze zdziwieniem spojrzałem na spokojnie posapującą Dżumę.

Po tym, jak wymyśliła takie krwiożercze zakończenie, zasnęła z głową na moich kolanach. Najwyraźniej dziewczynce śnił się dobry sen – taki spokojny uśmiech nie towarzyszy koszmarom. Może śniła jej się rodzina, która znów była obok, jakby żadnego horroru w postaci Smoków nigdy nie było? Kto wie...

Ponieważ nie chciałem zakłócać snu dziecka, nie zmieniłem pozycji, tylko wydostałem z worka Aleksandryt, założyłem wszystkie przedmioty działające na Rzemiosło i wszedłem w tryb konstruowania. Dlaczego nie spróbować stworzyć dwóch Bojowych Ogrów, tak naprawdę maleńkich dzieci, które nie posłuchały rodziców, ale przezwyciężyły ból? Dwa malutkie ogry, które poszły na śmierć, aby ocalić życie swojego narodu... To bajka naprawdę godna tego, aby znaleźć się na szachownicy.

Przed oczami natychmiast pojawiły się hologramy dwóch maleńkich ogrząteк. Zazwyczaj posępne, teraz się uśmiechały, jakby czerpiąc radość ze świata. Jak gdyby dopiero co najadły się pysznych malin, a życie zaczęło się wydawać pogodne i piękne. Nie musiałem dopracowywać obrazów – figurki od początku były doskonałe. Dodałem do konstruktora Aleksandryt, chwilę się wahałem, bojąc się obudzić dziewczynkę, a następnie połączyłem kamień z hologramami. Zazwyczaj na jedną figurkę schodzi mi kilka dni, dlatego dziewczynka już dawno powinna się obudzić i uciec. Przecież jestem Smokiem.

**Gratulacje! Kontynuujesz drogę rekonstruowania Legendarnego Zestawu Szachów Imperatora Karmadonta, założyciela Imperium Malabaru.**
**Mądry i sprawiedliwy Imperator proponował swoim przeciwnikom, żeby wszelkie spory rozwiązywali na szachownicy, a nie na polu bitwy. Każdy rodzaj Figur Szachowych został wykonany z innego kamienia.**
**Piony: Orkowie Wojownicy z Malachitu (Twórca: Machan), a Krasnoludzcy Wojownicy z Lazurytu (Twórca: Machan).**
**Wieże: Ogry Bojowe z Aleksandrytu (Twórca: Machan) i Giganty z Tanzanitu.**
**Skoczki: Jaszczurki Bojowe z Turmalinu i Konie Bojowe z Ametystu.**
**Gońce: Trole Łucznicy ze Szmaragdu i Elfy Łucznicy z Akwamarynu.**

**Królowe: Ork Szaman z Perydotu i Arcymag Żywiołów – Człowiek z Szafiru.**
**Króle: Głowa Klanu Białego Wilka – Ork z zielonego Diamentu oraz Imperator Imperium Malabaru – Człowiek z niebieskiego Diamentu.**
**Szachownica: czarny Onyks i biały Opal, oprawione w białe i żółte Złoto.**
**Cyfry i litery na szachownicy: Platyna.**
**Po śmierci Imperatora Zestaw Szachów został zniszczony.**
**Teraz wyłącznie od twoich umiejętności zależy, czy Barliona ujrzy ponownie ten naprawdę wspaniały cud świata – Legendarny Zestaw Szachów Imperatora Karmadonta.**
**Stworzyłeś Aleksandrytowe Ogry Bojowe z Legendarnego Zestawu Szachów Imperatora Karmadonta. Dopóki masz ze sobą figurki, dodatkowo do regeneracji standardowej otrzymujesz co minutę 1% Życia, Many i Energii, +30 do Atrakcyjności ze wszystkimi NPC-ami poniżej osiemnastego roku życia.**
**Zdobyłeś ulepszenia umiejętności:**
**+1 do Rzemiosła. Łącznie: 9.**
**+5 do specjalizacji głównej Jubilerstwo. Łącznie: 114.**
**Stworzyłeś Przedmiot Legendarny. Twoja Reputacja wśród wszystkich wcześniej spotkanych frakcjach wzrasta o 500.**

– Ty nie jesteś Smokiem – rozległ się obok mnie dziecięcy głosik. Odwróciłem głowę i zobaczyłem przyglądającą mi się uważnie Dżumę. – Jestem Gerda. Tak nazwała mnie mama.

– Witaj, Gerdo, miło cię poznać. Jak już mówiłem, jestem Machan. Smok.

– Smoki nie mogą się zmieniać w ludzi! – oznajmiła Gerda kategorycznie, jakby była głównym specjalistą od tej rasy. – Dlatego ty nie jesteś Smokiem. Nie oszukuj mnie!

– Dobrze, a jeśli tak? – Podniosłem się i zmieniłem postać. Usłyszałem stłumiony pisk, Gerda upadła na ziemię i zaczęła odpychać się nogami, starając się odpełznąć ode mnie jak najdalej. Na twarzy dziecka był taki szczery strach, że od razu stałem się ponownie człowiekiem i pokiwałem głową, nie zbliżając się do dziewczynki. – Proszę. Kiedy jestem człowiekiem, to się mnie nie boisz. Wystarczy, że staję się sobą, i od razu czujesz strach.

– To naprawdę byłeś ty? – niepewnie spytała Gerda, zatrzymując się.

– Powtarzam: nie wszystkie Smoki są złe, nie wszyscy ludzie dobrzy. Jeszcze raz zmienię się w Smoka, a ty postaraj się nie wystraszyć. Umowa stoi?

– Ja... spróbuję – odpowiedziała dziewczynka, prawie płacząc.

To, co podobało mi się najbardziej – zniknął ten dorosły ton, który przestraszył mnie w pierwszych minutach rozmowy. Teraz przede mną stało dziecko, które okropnie bało się Smoków. To normalne.

– Oj! – znów usłyszałem okrzyk, ledwie stałem się Smokiem, jednak Gerda nie padła na ziemię i nie zaczęła odpełzać. – P-p--powiedz c-c-coś! P-p-proszę! – jąkając się ze strachu, który ciągle jeszcze ją paraliżował, poprosiła dziewczynka.

– To też ja, tylko w innej postaci – zapewniłem ją. – Możesz podejść i dotknąć mnie palcem. – Chcesz, to polatamy razem. Pofruniemy jak ptaki! – Przypomniałem sobie epizod z Łaną i przywróceniem jej chęci do życia.

– Polatamy! – Jej oczy zapłonęły i zrobiła krok w moją stronę. – Jak ptaki?

– Przysięgam na Elunę: ja, Smok Machan, zrobię wszystko, żebyś wróciła na ziemię cała i zdrowa, jeśli zgodzisz się ze mną polatać. Jeśli będziesz się bała, od razu wrócimy na ziemię. Niech Eluna będzie mi świadkiem: nie chcę ci zrobić krzywdy!

Nie wiem, co programiści założyli w logice tego Symulatora, ale prawdopodobieństwo, że dziewczynka może pomyśleć o mnie źle, było ogromne. „Zaproponował latanie, żeby zrzucić mnie w dół. Albo tak mnie nastraszy, że serce samo stanie. Smoki przecież takie są!" Kiedy wokół mnie powstała biała poświata, która była świadectwem, że bogini przyjęła moje słowa, dziecko nieufnie zrobiło drugi krok w moim kierunku. Potem jeszcze jeden. I kolejny. Kolejny...

Drżąc jak listek na wietrze, bojąc się podnieść głowę, stała przy mnie ta mała i przestępowała z nogi na nogę. Milczałem, nie chcąc jej zmuszać do podjęcia ostatecznej decyzji, i czekałem, co zwycięży: nienawiść do Smoków czy chęć latania wśród obłoków?

– A jak na ciebie wleźć? – zapytała Gerda po kilku minutach, kładąc drżącą rękę na mojej łapie.

Rozłożyłem się na ziemi i pozwoliłem jej wspiąć się na szyję, po czym ostrożnie, bojąc się, żeby nie spadła, wzleciałem.

Dzyń!

– Próba nie została zaliczona! – powiedział donośny głos. Ledwie wylądowałem i pozwoliłem dziecku całemu w skowronkach zejść na ziemię, przed oczami błysnęło światło i obudziłem się w ogromnej sali wypełnionej skarbami. – Nie jesteś godzien tytułu „Smok Błękitnego Płomienia"! Jesteś miękki, dobroduszny i polegasz tylko na sumieniu i uczuciach, a nie na rozumie i przywiązaniu do rasy. Zresztą, tak samo jak twój ojciec w podeszłych latach. Jako synowie Smoka, który kiedyś założył ten zakon, możecie zabrać jego zbroję i wybrać sobie tylko po jednym przedmiocie! Potem drzwi tego skarbca zostaną dla was zamknięte na zawsze!

**Otrzymałeś zadanie: „Rozmowa od serca".**
**Opis: Udaj się do Wilteraksu i porozmawiaj z przywódcą Smoków – dowiedz się prawdy o czasach ich potęgi.**
**Klasa zadania: Unikalne rasowe.**
**Nagroda za zadanie: Wariantywna.**
**Kara za odmowę/niepowodzenie: Brak.**

Zbroja Renoksa i jeden dodatkowy przedmiot?! Lub, biorąc pod uwagę, że Drako jest moim Totemem – dwa przedmioty? Zamiast wszystkiego, co jest w skarbcu, dostaję tylko dwa przedmioty? W jaki sposób powinienem był przejść tę nieszczęsną próbę, żeby ją zaliczyć? Zabić dziewczynkę? Jaki w tym sens? Ona już nie nienawidzi Smoków i pozostali bracia powinni przeżyć. Źle, że ją przekonałem? Jaki jest sens stwierdzenia, że nie jestem godzien tytułu „Smok Błękitnego Płomienia"? W czym przejawiła się moja miękkość? Jakieś bzdury. Renoks jest mi winien bardzo nieprzyjemną dla niego rozmowę.

**Otrzymałeś kompletną Zbroję Smoka.**
**Opis: zestaw jest związany z postacią Smoka, nie można go zdjąć ani zmienić, będąc człowiekiem. Postać nosząca zestaw otrzymuje złagodzenie każdego otrzymywanego ciosu o 40%, prędkość lotu wzrasta o 30%.**
**Klasa zestawu: Unikalny rasowy.**
**Wymagania: ranga Smoka 5 lub wyższa.**

Kwestia zestawu jest zrozumiała. W zasadzie programiści, pozwalając mi przekroczyć piątą rangę Smoka, odziali mnie odpowiednio do rangi. Nie mogę zdjąć tego uniformu, zamienić też nie mam na co. Z jednej strony efekt mnie cieszy. Ale z drugiej, a niech to, z każdej strony będę musiał zostawić skarbiec praktycznie nienaruszony. Nikt nawet nie zauważy braku jednego przedmiotu!

Głos milczał, dlatego ruszyłem po stertach przedmiotów, starając się nie patrzeć w kierunku złota. Moje serce czuje, że to będzie jeden przedmiot, ale złoty. Całej góry nikt mi nie da. Dlatego muszę wybrać taką rzecz, która na pewno mi się przyda – zarówno teraz, jak i potem, kiedy podrosnę. Wniosek jest jeden: przedmiot z Rzemiosłem!

– Czy mogę stworzyć zbiór? – zadałem pytanie, rozumiejąc, że można długo kopać w tych drogocennych złożach. – Wszystkie przedmioty z Rzemiosłem muszę umieścić na oddzielnej kupce, żeby dokonać wyboru świadomie, nie wskazując palcem na pierwszy z brzegu łańcuszek czy pierścień. Czy to można zrobić?

– Sam wybieraj! – Usłyszałem odpowiedź, w której czuło się prawdziwy ubaw z tego, co się działo.

Cholera! Do tego jeszcze mam do czynienia z okropnym typem! Wystarczyło mi jedno spojrzenie na Rzadki Płytowy Napierśnik, który miał takie parametry, że dech zapierało, żeby zrozumieć – czeka mnie kilka wyjątkowo nieprzyjemnych godzin. Napierśnik na Intelekt, który zobaczyłem, był dla gracza na poziomie trzysta trzydziestym, dlatego Nastja nie odmówiłaby jego przyjęcia. Jeszcze dostałbym całusa za taki hojny prezent – ale chciałem raczej coś dla siebie. Tylko jak wybrać z tych gór przedmioty z Rzemiosłem? Naprawdę przyjdzie mi przekopać wszystko po kolei?

– Bracie, zobacz, jaką dostałem zbroję! – Obok mnie pojawił się radosny Drako, połyskujący zaktualizowanym wyglądem. Sądząc po właściwościach, otrzymał taki sam zestaw jak ja, więc teraz będzie o czterdzieści procent trudniej niż dotychczas unicestwić mój Totem. Bardzo przyjemna aktualizacja, nie powiem! – Słyszałem, że szukasz przedmiotów z Rzemiosłem? – rzucił Drako, kiedy już ostatecznie miałem popaść w depresję. – Kiedy ty przechodziłeś próbę, ja przejrzałem większą część tego, co się tutaj wala, i z Rzemiosłem znalazłem tylko jeden przedmiot. Za to taki okaz, że nawet nie wiem, jak go opisać. Sam musisz zobaczyć! Chodź!

Zmieniłem się w Smoka, spojrzałem na timer i zdziwiłem się, że już dawno minął mój czas, czyli zgodnie z wszelkimi zasadami nie powinienem już móc się przeobrazić w Smoka, po czym poleciałem za Totemem.

– Proszę – wyszczerzył się Drako radośnie, pokazując łapą na niewielkie źródło światła, przykryte kawałkiem tkaniny.

Podleciałem bliżej i zobaczyłem, że źródłem światła jest młot kowalski, podobny do tego, który znajdował się w moim Zestawie Kowala. Kiedy odrzuciłem tkaninę na bok, musiałem zmrużyć oczy – takie ostre było jego światło w porównaniu z mrokiem skarbca. Kiedy światło przestało oślepiać, spojrzałem na właściwości przedmiotu i zamarłem:

**Gładyr Borcha Złotorękiego.**
**Opis: W Czarnym Gardle Borch Złotoręki spotkał mądrą istotę, która pomogła mu posiąść Mądrość i wykuć Młot.**
**Siedmiu Mistrzów Podgórskiego Królestwa za pomocą Gładyra stworzyło Zestaw Jaśniejący, który jest dumą krasnoludów.**
**+5 do Rzemiosła.**
**Klasa przedmiotu: Legendarny.**

– Drugi z synów dokonał wyboru! – powiedział głos i wokół mnie zaczęło wirować powietrze, jakbym znalazł się w samym centrum maleńkiego tornada. – Od tej chwili drzwi niniejszego skarbca są dla ciebie zamknięte na zawsze! Teraz wyboru musi dokonać pierwszy syn założyciela. Ten, który zginął, ale odrodził się w postaci Totemu... Ten, który nie powinien żyć...

– Nie powinien żyć? – zdziwił się Drako i natychmiast przestał zataczać koła.

– Co wiecie o wygnaniu Smoków? – zapytał nagle głos, jakby chcąc porozmawiać. Biorąc pod uwagę jego poprzedni ton, było to bardzo dziwne.

– Żadnego wygnania nie było. – Przyszła moja kolej na zdziwienie. – Smoki odeszły z tego świata, ponieważ jako Opiekunowie wypełnili wszystkie powierzone im funkcje.

– Smoki nigdy nie były Opiekunami tego świata – zripostował niewidzialny rozmówca. – Wszystkie rasy, które zalewały Malabar w odległych czasach, kiedy Smoki latały pod niebem, były ich niewolnikami. Nie można być Opiekunem niewolników, można być tylko poganiaczem, i Smoki nimi były. Zabijały czarne owce bez żadnej litości; gospodarze nie potrzebują nieposłusznych. Tamten świat powinien był ostatecznie zmienić się w świat, w którym Smoki są uważane za bóstwa, ale wtrąciła się Eluna. Nikt nie wie, co wydarzyło się między nią a Aarenoksitolikusem, ale nagle zmienił się on w tego, kogo sam niszczył. Stał się miękki, uczuciowy, refleksyjny... Zebrawszy w ciągu kilku wieków współwyznawców, lider najpotężniejszego klanu odszedł z tego świata, zostawiając w nim wszystko. Eluna zakazała ich powrotu, a w Barlionie zaczęło się polowanie na tych, którzy zostali. Dosłownie w ciągu dwóch tysięcy lat niemal wszystkie Smoki zostały wytępione...

– Niemal? – znów się zdziwiłem. – Chcecie powiedzieć, że w Barlionie gdzieś jest do dziś żywy Smok?

– I to niejeden! Na tym kontynencie, jak również na innych. Ucichły, zmieniły się, ale tak samo jak kiedyś są wierne ideałom Smoków Błękitnego Płomienia! Nie to, co wygnańcy!

– A co mają z tym wspólnego wygnańcy? Smoki odeszły, i to jest fakt! Ale nawet w pańskich słowach nie ma mowy o wygnaniu! Renoks sam odszedł, zabierając ze sobą Smoki, które wybrały drogę rozumu. Nikt go nie wygnał.

– Został wypędzony przez własny ród! Kiedy Smok zaczyna się kierować uczuciami, traci prawo do życia. Renoks, jak go nazywasz, wiedział to lepiej od innych. On sam wymyślił to prawo i egzekwował je w ciągu tysiącleci. Nie mając możliwości powrotu do tego świata, Renoks zaczął na niego wpływać, wyrzucając z pamięci rozumnych każde wspomnienie o potędze Smoków, zamieniając je bajkami o Opiekunach. Ci, którzy żyją krótko, mają taką właściwość, że szybko wszystko zapominają: i własne poniżenie, i własną wielkość, nawet gdyby tego ostatniego nie doświadczyli. Dwa pokolenia później zapomniano już o niewolnictwie i uwierzono, że Smoki to Opiekunowie Barliony, którzy na zawsze zapomnieli o własnym niewolnictwie. Nawet Elfy usunęły ze swoich kronik wzmianki o panowaniu Smoków, zostawiając jedynie krótką informację na temat ich istnienia. Renoks jest jednym z głównych winowajców upadku rasy Smoków i teraz dwaj jego synowie, jeden przybrany, a drugi odrodzony, stoją i żądają nagrody!

– Dlaczego ja nie powinienem żyć? – Drako powtórzył pytanie.

– Zapytaj ojca! Opowie ci wiele ciekawych historii, na przykład tę o twojej śmierci!

– On zginął w walce z Lodowymi Gigantami! – krzyknąłem, przypominając sobie rozmowę z Renoksem.

– Nie chcę ani wybielać, ani oczerniać apostaty. Sam powinien powiedzieć prawdę o wygnaniu i o roli swojego syna w tej sytuacji! – powiedział Strażnik, kończąc rozmowę.

Świetnie!

Wszystko, co do tej pory wiedziałem o Smokach, sprowadzało się do jednego – że to były mądre, troskliwe i w żadnym razie nie złe latające jaszczurki, z jakiegoś powodu wojujące z Syrenami, Cyklopami i, jeśli mnie pamięć nie myli, Tytanami. Pierwsze spotkanie z Renoksem tylko potwierdziło ten fakt – zielony wydawał się nie tylko mądrym, ale też naprawdę hojnym Smokiem. Dał mi współrzędne dwóch Podziemi, w których mogły znajdować się skarby zgromadzone przez Smoki przez kilka pokoleń, a to naprawdę królewski prezent dla gracza. W efekcie – pierwszego Podziemia nie przeszedłem, zawalając próbę. Coś mi podpowiadało, że nie zaliczyłbym jej niezależnie od tego, co bym zrobił – programiści nie mogli sobie pozwolić na taki błąd jak podarowanie więźniowi klucza do wolności. Sprzedaż połowy tego, co znajdowało się w Sali, pozwoliłaby wykupić się nie tylko mnie samemu, ale i podarować wolność moim Oficerom. Dlatego to Podziemie z założenia było nie do przejścia i zostało wymyślone tylko w jednym celu – po to, abym zyskał odzienie jako Smok. Nawiązanie kontaktu z dziewczyną zaowocowało bonusem w postaci Gładyra, a także jeszcze jednym, wciąż niewybranym przedmiotem. Ale nawet po pijaku nie mógłbym wymyślić, że Smoki to dżuma Malabaru. Że z ich powodu łkały wszystkie narody i rasy; że niegdyś zobaczenie Smoka oznaczało nieszczęście... Nawet nie wiem, czy pokazywać Anastariji nakręcony filmik – nie mam ani odrobiny ochoty na rozprzestrzenianie prawdy. Niech wszyscy myślą, że Smoki to Opiekunowie. Do tego Renoks próbował powstrzymać Gieranikę, kiedy ten zamroził graczy niedaleko Kołotowki... Ogólnie rzecz biorąc, muszę porozmawiać z ogromną zieloną jaszczurką i dopiero później wyciągać wnioski!

– Jak tylko Totem wybierze przedmiot, drzwi tego skarbca zostaną dla was na zawsze zamknięte. Nilirgnisie, dokonaj swojego wyboru! – I głos zaczął dąć w swoje dudy.

Nilirgnisie?

**Twój Totem podwyższył poziom.**
**Twój Totem podwyższył poziom.**
**Twój Totem podwyższył poziom.**

– Ni...lir...gnis... – powiedział mój pięćdziesięciooczteropoziomowy Totem, powoli sylabizując.

Drako w ciągu ostatniej godziny urósł do trzech metrów od nosa do koniuszka ogona i teraz zupełnie nie przypominał tej malutkiej jaszczurki, którą dostałem kilka miesięcy temu. Wciąż powtarzając z lubością swoje imię, które pasowało bardziej do Elfa niż do Smoka, w zadumie patrzył na mnie i zarazem gdzieś daleko. Nigdy nie widziałem swojego Totemu tak zamyślonego – najwyraźniej stary Symulator jest w tym momencie formatowany, a nowy – instalowany. Ten, który będzie odpowiadał za działania zaktualizowanego Smoka.

– Bracie, ja... – zaczął Dra... Nilirgnis... Nie, Drako!, zawahał się, westchnął ciężko, jakby nabierając śmiałości, po czym wypalił: – Nazywaj mnie jak wcześniej Drako, dobrze? Wierzę, że Nilirgnis to moje prawdziwe imię, jednak... Podoba mi się to, które ty wymyśliłeś... Jestem Drako, Totem Smoka! Jeśli nie masz nic przeciwko...

– Oczywiście, że nie mam – odparłem. – Dla mnie zawsze będziesz Drako! Przy okazji: mówiłeś o jakiejś drugiej superfajnej rzeczy? Pokażesz?

– Dokładnie! Prawie zapomniałem! Lećmy, to niedaleko. Nigdy wcześniej czegoś takiego nie widziałem! Ona w tym skarbcu wygląda jak diament w kupie śmieci! Co ci będę opowiadał, zaraz sam zobaczysz! Weźmiemy ją?

Kiedy zobaczyłem przedmiot, wokół którego krążył Drako, nie mogłem powstrzymać się od śmiechu. Programiści dali radę – nie spodziewałem się po nich tak pięknego ruchu. Metalowa kula srebrnego koloru, rozmiarem przypominająca piłkę do koszykówki, nietknięta, bez żadnego śladu dziur, rowków, pęknięć. Po prostu ogromna metalowa kula od ogromnego łożyska. Totem miał rację – w skarbcu wypełnionym bronią, strojami i złotem taka sztuka wygląda nienaturalnie.

– Dokonano wyboru! – powiedział strażnik skarbca i unieśliśmy się z Drako w powietrze.

Bezpośrednio pod sufitem powstał portal, do którego chciał nas wepchnąć szalejący wokół huragan, jednak przed oczami miałem ciągle jeszcze właściwości przedmiotu, który trafił do mojego worka, dlatego nie przejmowałem się efektami towarzyszącymi wyjściu z pierwszego Podziemia Smoków. Wybrał przez Drako przedmiot był po prostu zbyt cudowny:

Krastił Szłarnosti.
Opis: Rastukał, który chliukał prakrat w rurnie,
poradził sobie i głassi pralisa kuruleks.
Tylko rymzy kryżopliks gurugurt,
może wziąć Krastił Szłarnosti.
Klasa przedmiotu: Unikalny.

Mam nadzieję, że ten tekst ma jednak jakiś sens...
Bo w innym razie...

## ROZDZIAŁ 6

# RYTUAŁ KRWI

*Stryjaszek mój, poczciwiec sobie,*
*Gdy nie na żarty opadł z sił,*
*Służąc chwalebnie i wytrwale,*
*My wszyscy uczym się po trosze,*
*Mknąc śród zielonych niw kobierca,*
*Długami ojciec jego żył,*
*Co roku dawać zwykł trzy bale,*
*A gdy w młodzieńczej burzy porę,*

*Szanować kazał się w chorobie,*
*Hulaka młody dumał tak,*
*I to i owo pomnim z klas,*
*Więc wykształceniem — bardzo proszę! —*
*Krewniaków wszystkich spadkobierca,*
*To wcale niezły pomysł był!*
*Wszystko, co umiał mój Eugeniusz.*

(tłum. Leo Belmont)

Kilkakrotnie przeczytałem zagadkę od ogrów, nie rozumiejąc, jaki związek ma wielkie dzieło Puszkina *Eugeniusz Oniegin* z Szachami Karmadonta. Nie dość, że wersy utworu nie były po kolei, to także ich kombinacja nie dawała takiego rezultatu, który znałem na pamięć. Co jeszcze mi się podobało w zagadce – pierwsze osiem wersów było w jednym ogrze, kolejne wersy – w drugim, dodatkowo nie było pola na wpisanie odpowiedzi. Jakby odpowiedź jako taka nie istniała!

– Machanie, cześć, to ja. – Pod wieczór Anastarija skontaktowała się ze mną za pomocą amuletu. – Masz plany na wieczór?

– Mam, pewna dziewczyna obiecała mi randkę, siedzę i czekam na zaproszenie od niej.

– Zapomnij o tej nieroztropnej, zamierzam cię jej ukraść! Co powiesz na wycieczkę kanałami wieczornego Anchursu?

– Gdzie i kiedy?

– Jeśli chcesz rozmawiać, wynoś się z biblioteki! – zaczął warczeć siwowłosy strażnik Księgi Szamanów. – Tutaj zdobywa się wiedzę, a nie strzępi język!

– Któż jest tam taki groźny? Jesteś w ogóle w Anchursie?

– Tak, u Szamanów.

– W takim razie za pięć minut przy wejściu. Zrobię ci kurs mistrzowski, jak prawidłowo organizować i przeprowadzać randki! Czekam...

Kiedy dziewczyna się rozłączyła, wstałem z jedynego krzesła w tym pomieszczeniu i przeciągnąłem się – straciłem prawie cały dzień na zapoznanie się z książką, ale rozwinąłem Duchowość do siedemdziesięciu dwóch jednostek. Wciąż została mi jedna czwarta książki, więc mogłem jeszcze nieznacznie zwiększyć ten parametr.

Nie miałem najmniejszego pojęcia, co później. Czyżby dalszy rozwój głównej cechy Szamanów miał przebiegać wyłącznie poprzez użycie kombinacji Duchów? To potrwa wieki...

– Jak długo chciałeś się bawić w ciszę? – zapytała Anastarija, gdy tylko zajęliśmy miejsca w sterowanej magią łodzi spacerowej.

– Ciszę? – zdziwiłem się, wciąż będąc pod wrażeniem przeczytanej książki.

Tak złożony, ale jednocześnie interesujący język nieczęsto można było spotkać. Aby dotrzeć do sedna, do właściwego znaczenia słów, trzeba było kilkakrotnie przeczytać ten sam tekst, żeby pojąć, co chciał powiedzieć autor. To przypominało proces ciągłego trawienia wirusowej reklamy jakiegoś taniego produktu. Najwyraźniej nad tekstem tej książki pracował niejeden pisarz.

– Wczoraj jeden z graczy stworzył ogry z Zestawu Karmadonta. Czy przypadkiem wiesz, kto to mógł być? Przydałby się klanowi...

– A, mówisz o tym – uśmiechnąłem się, wyjmując figurki i podając je Nastji. – Jak ci się podoba to zadanie?

– Hmm... – mruknęła dziewczyna, zupełnie ignorując piękno miasta wieczorową porą. Mogę dać głowę, że teraz istniał dla niej tylko jeden świat, a w tym świecie nie było nic poza dwiema małymi figurkami... – Tak... Hmm... Gdzie trzeba wpisać odpowiedź?

– Już to rozgryzłaś? – Słysząc słowa Nastji, prawie dostałem zawału. Czy naprawdę wystarczyło, że dwa razy powiedziała „hmm" i raz „tak" i rozwiązała zagadkę? To niemożliwe! Człowiek nie może być takim... ideałem, zarówno jeśli chodzi o wygląd, jak i wnętrze!

– Nie, ale jeśli pojawi się rozwiązanie, to gdzie je wprowadzić? – Dziewczyna wyrwała mnie z osłupienia. Czyli jednak też jest człowiekiem! Zwróciwszy mi figurki, Nastja powiedziała: – Daj mi dobę, a rozwiążę tę zagadkę! Posłuchaj, Machanie, powiedz mi, proszę, jak masz na imię?

– Jak mam na imię?

– Dziwnie jest ciągle zwracać się do ciebie przy użyciu pseudonimu w grze... Osobiście nie lubię, gdy ktoś nazywa mnie Anastariją. Nastja, Anastazja, dla bardzo ograniczonej liczby osób

Nasia... To jest moje imię i bardzo je kocham, więc przywykłam do nazywania innych graczy ich prawdziwymi imionami, a nie wymyślonymi. A może je ukrywasz?

– Nie, dlaczego, po prostu nikt wcześniej o nie mnie nie pytał. Jestem Dmitrij, możesz mi mówić po prostu Dima.

– Dobrze! Więc, Dimo, pokaż, co jeszcze masz ciekawego.

– ...?

– Okej, sama mogę po to sięgnąć.

Nastja usiadła obok mnie i włożyła rękę w święte miejsce każdego gracza – do mojej torby. Właśnie tam! Zamierzałem zaktualizować ustawienia dostępu do niej, ale nie zdążyłem... cóż, nie ma już czego żałować – nie zauważyłem, żeby Nastja cierpiała na kleptomanię.

– Dimo, nie masz ochoty opowiedzieć, jak stałeś się właścicielem przedmiotu, za który król krasnoludów jest gotów oddać połowę swojego królestwa? – zapytała Nastja, wyciągając na światło Barliony Gładyr Borcha i wymachując nim nad głową jak pochodnią.

Płonąc jak słońce i rozpraszając zapadający mrok, Gładyr zmienił wieczór w jasny dzień, pozwalając zobaczyć najdrobniejsze szczegóły łodzi i kamiennych brzegów kanału. Nie mogąc się opanować, włączyłem nagrywanie wideo – widok, który ukazał się naszym oczom, był oszałamiający.

– Dobrze już, schowaj go. – Dziewczyna obejrzała młot i oddała mi go, nie otrzymawszy ode mnie odpowiedzi, skąd mam taki cud. Albo odłożyła tę rozmowę na później, bo oprócz Gładyra miałem też... – Boję się nawet zapytać, co to jest – powiedziała Nastja i wyjęła Krastił Szłarnosti. Obróciwszy kilka razy kulę w dłoniach, nadal nie wiedziała, jak jej użyć, i natychmiast włożyła ją do worka. – Powiesz mi, czy chcesz zgrywać buntownika, którego zły oprawca będzie torturować? Ale torturować w najbardziej sadystyczny sposób, jaki jest mu znany... – Ostatnie słowa

Nastja wyszeptała prosto w moją twarz, ogrzewając mnie swoim gorącym oddechem.

– Wiesz, nie miałbym nic przeciwko byciu buntownikiem – wydusiłem, starając się nie wykonywać żadnych gwałtownych ruchów.

Ta piękność jest dosłownie kilka centymetrów ode mnie, więc jeśli zrobię choćby jeden fałszywy krok, urok chwili się ulotni, a ja pewnie obudzę się w swoim łóżku w hotelu. Wybitnie trudno jest bowiem uwierzyć, że Anastarija jest nie tylko obok – dziewczyny na ogół uwielbiają towarzystwo – ale też nigdzie się stąd nie rusza.

– Cóż – wymruczała moja oprawczyni; wyciągnęła zwój i baldachim Niewidzialności otoczył łódź. – Więc zacznijmy tortury...

Mogę tylko powiedzieć jedno – nie sprawdziłem się w roli buntownika...

– Altameda... – powiedziała w zamyśleniu Anastarija, wpatrując się w sufit Domu Schadzek. – Szkoda, że nie powiedziałeś mi o tym od razu...

– Nastjo, wszystko już wyjaśniłem. – Leżąc obok dziewczyny, spojrzałem w to samo miejsce, w którym ona utkwiła wzrok, jednak widziała coś zupełnie innego. Przed moimi oczami tańczyły jednorożce, latały motyle, kwitły kwiaty i migotała tęcza. Było mi dobrze...

– Wiem... Po prostu... Jak myślisz, co robiłam dziś rano, zamiast wejść do świata gry? Szukałam jakiejkolwiek wzmianki o zamku Urusaj. Nie tylko o zamku; szukałam czegokolwiek.

– I co?

– Tylko jedno. Urusaj to jeden ze starożytnych demonów w mitologii Nag. Wiadomo o nim tylko to, że był przerażający. Ani słowa więcej!

– Czyli najwyraźniej...

– Nie inaczej: właśnie ten demon siedzi w naszym zamku i wyczekuje naszego przyjazdu. Szkoda, że nagrodzono nas tytułami. Moglibyśmy wziąć ślub i razem wejść do Altamedy. Będziesz musiał postępować stosownie do okoliczności... Czyli jak zwykle. – Dziewczyna odwróciła się do mnie i nagle zapytała: – Dimo, powiedz mi, czy gdzieś w rzeczywistości czeka na ciebie pani Machan, ze smutkiem wykreślająca dzień po dniu daty w kalendarzu? Muszę wiedzieć, z kim będę musiała się tobą dzielić...

– Nie musisz się mną dzielić; jestem niepodzielną całością. A jeśli chodzi o panią Machan... niestety przez trzydzieści lat nie miałem szczęścia jej poznać. W realu nie mam już nikogo...

– A co z rodzicami?

– Nie żyją od siedmiu lat. Symulatory zostały wprowadzone do transportu dopiero pięć lat temu, choć nie, już sześć, wcześniej ludzie sami prowadzili pojazdy... Moi rodzice...

– Przepraszam, nie wiedziałam...

– W porządku... Nastjo, mam do ciebie podobne pytanie: mogę nazywać cię moją dziewczyną czy to, co dzisiaj między nami zaszło, jest wielkim sekretem zapieczętowanym siedmioma pieczęciami, o którym nie daj Eluno, żeby dowiedział się pan... hmm... Anastar? Wychodzi na to, że nawet nie znam twojego prawdziwego nazwiska.

– Niewiele osób je zna – rzekła dziewczyna, zbliżywszy się do mnie. – Nazywam się Anastazja Zwacka i zgadzam się zostać twoją dziewczyną. To... Brzmi jak jakaś deklaracja...

– Nie odpowiedziałaś.

– Nie wiem, co mam powiedzieć. Oficjalnie jestem wolna, ale jest człowiek, który przywykł myśleć o mnie jak o swojej narzeczonej.

– Narzeczonej? – Słysząc to wyznanie Nastji, odwróciłem się w jej stronę.

– Aha... W skrócie: miałam trzech chłopaków, najsłynniejszym z nich jest Helfajer. Nie patrz tak na mnie; kiedy zbyt długo jesteś obok jakiegoś mężczyzny, prędzej czy później zaczynasz czuć do niego sympatię. Spotykaliśmy się prawie cztery lata, aż w końcu zrozumiałam: Hela nie da się zmienić. Helfajer i kompromis to koncepcje z zupełnie innych galaktyk, więc się rozstaliśmy. A raczej ja z nim zerwałam, ale Hel nadal nie chce pozwolić mi odejść. On wciąż myśli, że należę do niego, zasypuje mnie prezentami, oferuje spotkania w grze i w realu... Kiedyś chciałam nawet odejść z Feniksa, ale tata mnie powstrzymał...

– Tata? – Powtórzyłem, próbując zrobić zdziwioną minę.

Pomimo charakteru naszej obecnej relacji nie chciałem podzielić się z nią tym, co wiem.

– No tak... Echkiler, głowa Feniksa. Nie wiem, czy cokolwiek bym osiągnęła w tej grze, gdyby nie on. Od pierwszych dni gry zabierał mnie na spotkania klanowe, uczył, zmuszał do myślenia... To on nalegał, żebym zrobiła dwa fakultety i zaczęła trzeci, to on mianował mnie szefem działu analityki w Feniksie, choć siedem lat temu, kiedy zajęłam to miejsce, popełniałam takie logiczne błędy, że wstydzę się na samą myśl... To on stworzył tę Anastariję, którą zna Barliona, więc nie mam innego wyboru, jak tylko mu podziękować...

– Jak to możliwe, że pozwolił ci odejść do mnie?

– Czy miał inny wybór? Już dawno zdecydowaliśmy, że w każdej chwili mogę iść swoją drogą, ale drzwi do Feniksa będą zawsze dla mnie stały otworem. Swoją drogą, wiesz, dlaczego klan nazywa się Feniks? Będziesz trzecią osobą wtajemniczoną w tę wielką tajemnicę. Tak nazywał się pies, który był z nami przez około trzydzieści lat. Umarł kilka lat przed premierą Barliony. Ojciec tak bardzo kochał tego staruszka, że nazwał klan na jego cześć... Wszyscy nazywają nas smażonym kurczakiem, ale on i ja po prostu się śmiejemy, wspominając Feniksa. On bardzo lubił kurczaki...

Rozmawialiśmy ponad trzy godziny. Zrobiliśmy sobie improwizowane wakacje, nie tracąc czasu ani na czat klanu, ani na wiadomości; pytaliśmy się nawzajem o wszystko. Zaczynając od tego, kto ukończył jaką szkołę, a kończąc na tym, kto co pomyślał w pierwszych minutach znajomości, kiedy Anastarija i Helfajer złapali mnie na Żyle Cyny niedaleko Kołotowki. Leżeliśmy objęci w Domu Schadzek i graliśmy w „Powiedz prawdę". Nigdy nie myślałem, że to interesująca gra, dopóki nie zagrałem w nią z kimś, kto bardzo mi się podobał. Nie wiem nawet, co było fajniejsze – odpowiadanie czy słuchanie... I to, i to było niesamowicie przyjemne!

Następny poranek przywitał mnie w Pracowni Jubilerskiej. Zostały jeszcze dwa dni do lotu do Metamorfów. Barsi i Anastarija aktywnie rekrutowały graczy, Plinto robił coś mało przyjemnego z rajderami, co od czasu do czasu na czacie powodowało komentarze na temat jego rozkazów Eryk zapisał się na audiencję u Imperatora i teraz pilnie pompował Kowalstwo... Co robili Leyte z Ciapą – tego nie wiedziałem, ale oni też pewnie nie uchylali się od pracy, więc jako głowa klanu rzuciłem wszystko, włożyłem przedmioty zwiększające Rzemiosło, w tym dopiero co otrzymany Gładyr, i zacząłem tworzyć. Po nocy spędzonej z Nastją przepełniały mnie takie emocje, że nawet barman NPC, który na co dzień stał za ladą, ze zdziwieniem zapytał, co tak cały promienieję...

Konstruktor przywitał mnie typową dla siebie ciemnością. Podzielony na kilka bloków, zawierał wszystkie stworzone wcześniej przedmioty i obrazy. Drut, pierścienie, łańcuszki, amulety... – wszystko, co można było odtworzyć, zajmowało większość miejsca. Każdy blok był podzielony ze względu na klasę przedmiotów – Rzadkie, Epickie, Niezwykłe – co pozwalało błyskawicznie znaleźć wymagany przedmiot w celu jego zaimplementowania. Osobny blok stanowili gracze, których stworzyłem w Przeklętych Szachach – wszystkie trzydzieści dwie postaci, z których prawie połowy już nie ma w Malabarze.

Obok bloku z graczami znajdowała się półka Przedmiotów Unikalnych, których nigdy nie powtórzę: wirtualne wizerunki figur szachowych, Kameamia, pierścień Drialla, Przeklęte Szachy. Pomimo swojej prostoty przedmioty te przyciągały wzrok tak bardzo, że trudno było się oderwać.

Wpadło mi do głowy ciekawe określenie – krwawica. Tak się cieszyłem, że nie można mi odebrać tych wirtualnych obrazów, iż na myśl przyszedł mi Kościej Nieśmiertelny, będący w posiadaniu niezliczonych skarbów i cieszący się ich pięknem. Musiałem coś z tym zrobić, w przeciwnym razie za chwilę pojawi się ktoś z igłą w jajku albo może jakiś Głupi Jasio, w skrajnych przypadkach carewicz, i będę musiał pożegnać się z moim konstruktorem. Byłoby słabo...

Wcześniej kilka razy pracowałem z wizerunkiem Anastariji, więc przed oczami natychmiast stanęły mi dwie dziewczyny – jedna z Przeklętych Szachów, patrząca na świat wyniosłym spojrzeniem, a druga – prototyp Amuletu Nowicjuszek, miła, biała i mięciutka. Teraz zdecydowałem się popracować z tym ostatnim obrazem.

Nie miałem konkretnego celu, który chciałem osiągnąć – postanowiłem poddać się przypływowi kreatywności i możliwościom Symulatorów Jubilerstwa. Czas ocenić swoje możliwości jako Jubilera. Wszystko, co do tej pory stworzyłem, było niczym, ponieważ powstało w wyniku wykonanych zadań lub pod starannym okiem deweloperów. Teraz chciałem zrobić coś naprawdę bezprecedensowego, coś, co naprawdę pokazałoby moje uczucia do najpiękniejszej dziewczyny, jaką spotkałem w życiu...

Przede wszystkim potrzebna jest podstawa – splecione ze sobą gałęzie drzew z liśćmi, tworzące... nie, to jakieś bzdury... Niech to będą kwiaty.

Bingo!

Długie kwiaty splecione jak wianek. Róże? Spróbujmy...

Nie, róże nie pasują... Chabry! Dokładnie! Kiedyś ten kwiat był symbolem klanu, zdążyłem już do niego przywyknąć, więc teraz posłuży jako coś innego – misterne kwiatostany, długie łodygi, wystarczające do zaplecenia wianka, i kolor tak niebieski, jakby odbijało się w nim niebo... Cóż może być piękniejszego? Chaber natychmiast ukazał się moim oczom, jakby tylko czekał, aż o nim pomyślę.

Pierwsze trudności pojawiły się, gdy tylko zacząłem formować wianek – nie wiedziałem, jak prawidłowo przeplatać kwiaty. Powielanie chabrów nie było trudne, ale stworzenie z nich jednego obiektu... Drut przyszedł na ratunek – po prostu skręcałem nim kwiaty, układając je jeden za drugim. Hmm... W efekcie wianek okazał się nie okrągły ani owalny, ale... najwyraźniej mój podświadomy stosunek do Anastariji wyszedł na jaw – wianek miał kształt litego chabrowego serca. No tak, co ja plotę... Dobra, na razie wszystko mi się podoba.

Postanowiłem zrobić brzeg powstałego serca z grubego plecionego drutu. Po wykonaniu uszka na łańcuszek zmierzyłem się z najtrudniejszą częścią mojego pomysłu – dodaniem wizerunku dziewczyny na serduszku z kwiatów.

Biała, mięciutka i wspaniała Anastarija. Gdy tylko skupiłem wzrok na projekcji dziewczyny, ona odpłynęła, zmieniając się w znany mi wizerunek Żerczyni Eluny. Przy dziesiątej próbie uzyskania pożądanego rezultatu zdałem sobie sprawę, że to nie zadziała. Trzeba od razu umiejscowić obraz na kwiatach, a dopiero później skorygować resztę...

Pomysł nie wypalił. Umieściłem projekcję dziewczyny na sercu z kwiatów i skrzywiłem się – fałszywie, brzydko i banalnie. Nastja w ogóle nie pasowała do tła z niebieskich kwiatów, była jak... Wyrażenie „słoń w składzie porcelany" tutaj nie pasuje, ale chodzi o to samo – przedstawianie gracza na elemencie gry nie jest najlepszym pomysłem, chyba że chce się uzyskać przedmiot osobisty. Już miałem się wycofać, gdy przyszła mi do głowy świetna myśl! Nie muszę tworzyć przedmiotu przeznaczonego wyłącznie dla niej! Można to zrobić zupełnie inaczej!

Obraz Anastariji wrócił na swoje miejsce, a ja znowu zająłem się wiankiem. Z przykrością muszę przyznać, że przesadziłem – środek serca powinien być pusty, w nim zostaną umieszczone figurki. Przygryzając wargę z rozczarowaniem, że zniszczyłem dzieło stworzone z takim trudem, szybko wyciąłem środek, zostawiając jednak dość gruby pasek kwiatów. Mimo wszystko zostało wystarczająco dużo chabrów. W wolną przestrzeń postanowiłem włożyć dwie postacie – siebie i Anastariję. Nie wykazałem się skromnością, ale...

Ku mojemu zdziwieniu trudności pojawiły się nie z wizerunkiem Anastariji, ale moim – widziałem się z boku tylko kilka razy, więc zapomniałem niektóre szczegóły: długość skrzydeł, kształt pyska, uszy... doskonale pamiętałem, jak wygląda Syrena, ale ja w postaci Smoka... Musiałem fantazjować.

Kiedy we wnętrzu kwiatowego serca umieściłem splecionych Smoka i Syrenę, wisiorek był skończony. Pozostawał jedynie drobiazg – dodanie do konstruktora przedmiotów, z których mam zamiar wykonać wisior. Obręcz zrobię z brązu, kilka sztabek w worku jeszcze mam. Chabry z Lazurytu, którego też wystarczy. Jeśli chodzi o wizerunek Smoka i Syreny...

Najwyższe Duchy „ukarały" mnie, dając mi Yin-Yang. Kamień, który pozostanie ze mną do końca moich dni lub do czasu, aż wymyślę, gdzie go użyć... Spojrzawszy raz jeszcze na postacie Syreny i Smoka, stojące obok siebie, zdałem sobie sprawę, że wiem, gdzie trzeba wykorzystać kamień przeciwieństw. Trudno wyobrazić sobie bardziej przeciwstawne byty niż Smok i Syrena...

**Stworzony przedmiot: „Monteletti, Wisior Przeciwieństw"...**
**Opis: Smoki i Syreny są wrogami od niepamiętnych czasów,**

**usiłującymi zniszczyć się nawzajem przy pierwszej okazji. Ale pewnego razu Smok Julianox spotkał Syrenę Romeolix. Wybuchło między nimi niesamowite uczucie, dzięki któremu pokonali wszystkie przeszkody na drodze swojego szczęścia. Jeśli przedmiot jest w ekwipunku lub na postaci: +15 do Atrakcyjności wśród wszystkich NPC-ów, +5% do wszystkich głównych parametrów postaci. Przedmiot może być noszony jako dekoracja; nie zajmuje oddzielnego slotu.**
**Klasa przedmiotu: Unikalny.**
**Ograniczenia: Wykonany z kamienia Yin-Yang.**
**Stworzyłeś przedmiot Unikalny. Reputacja wśród wszystkich napotkanych frakcji wzrasta o 500.**
**+5 do Jubilerstwa. Łącznie 119.**
**+1 do Rzemiosła. Łącznie 10.**

Rozległ się trzask teleportu i w pracowni, kilka kroków ode mnie, otworzył się portal, z którego wyszła Anastarija.

– Dziękuję, Reptilu – zwróciła się w stronę ściany, przy której nikogo nie było. A raczej wydawało mi się, że nikogo tam nie ma, bo dosłownie chwilę później ściana zaczęła się poruszać i nagle moje oczy spotkały się z jednym z moich znajomych. Kobold Reptil, poziom sto czterdziesty siódmy, Asasyn. Szybko gość rośnie; zaledwie kilka miesięcy temu, kiedy spotkaliśmy się w Dalgorze, był sporo poniżej setki. – Dlaczego sam tu siedziałeś, zamiast przysłać jednego z twoich ludzi?

– Ponieważ w moim klanie wszyscy są sobie równi – odszczeknął krokodyl. – A głowa klanu musi pełnić wartę tak jak zwykli bojownicy, w przeciwnym razie traci umiejętności. Wykonałem zadanie; przekazuję ci to ciało całe i zdrowe, w czasie jego ochrony nie było żadnych incydentów. Był cichym obiektem obserwacji...

– Powodzenia – powiedziała Anastarija już do pleców kobolda.

To dziwne – o ile dobrze pamiętam, ten facet był fanem Anastariji, ale teraz zachowywał się tak spokojnie w jej towarzystwie, jakby udało mu się już spotkać tę jedyną i niepowtarzalną, która stała się jego ideałem. Tylko jedno nie dawało mi spokoju – z jakiego powodu Nastja zatrudniła dla mnie ochronę?

– Skończyłeś? – Dziewczyna zapytała spokojnie, ale jej słowa wybrzmiały z siłą gromu. Ani cienia emocji, ani cienia zainteresowania tym, co zrobiłem; patrzyła mi w oczy, a w jej spojrzeniu nie było nawet śladu radości ze spotkania. Wręcz przeciwnie: widziałem w nim wyrzut i... – Zbieraj się, czekają na nas!

– Ja chyba już pójdę – rzekł nagle nauczyciel Jubilerstwa, jakby przypomniał sobie, że w sąsiednim pokoju ma niewydojone krowy i nienakarmione świnie, po czym zostawił Nastję i mnie samych.

– Nastjo, co się stało? Tak, wypadłem z gry na jeden dzień, ale to nie wymaga przysyłania ochrony dla mnie, i naprawdę nie zasłużyłem sobie na takie traktowanie!

– Nie wymaga? – prawie zapiała Anastarija, lekko pochylając głowę na bok. – Czy uważasz, że sześć dni nieobecności to za mało, żeby zacząć się martwić?

– CO?! – Przyszła moja kolej na zdziwienie.

Natychmiast wyświetliłem kalendarz i tępo wpatrywałem się w aktualną datę... Jeśli dobrze pamiętam dzień, kiedy usiadłem do pracy, to rzeczywiście minęło sześć dni... W kalendarzu świeciło zaległe spotkanie klanowe, które sam zorganizowałem, i na którym, zgodnie z utrwaloną już praktyką, się nie pojawiłem... Ale jak to się stało?!

– Dimo, ile można? Tak, wynajęłam strażnika i jednocześnie informatora, który miał mi donieść o twoim powrocie do gry. – Sądząc po oskarżycielskim tonie, Nastja właśnie zaczęła się lekko rozluźniać. – Już trzeciego dnia wszystkie fora wypełniły się wiadomościami, że głowa Legend Barliony się zawiesił, że właściwie ty nie jesteś graczem, tylko Symulatorem...

– To jakieś bzdury – odpowiedziałem bez pośpiechu, próbując zrozumieć, gdzie podziało się sześć dni. W moim odczuciu proces tworzenia wisiorka trwał najwyżej kilka godzin, a w Barlionie w tym czasie minął tydzień! Biorąc pod uwagę, że klan teraz cierpi na deficyt czasu, świetny moment sobie wybrałem na takie wypady... – Robiłem prezent dla ciebie...

– Prezent?

– Trzymaj – wręczyłem dziewczynie stworzony amulet. – Nie wiem, co zwykle mówi się w takich sytuacjach, więc... Proszę, trzymaj!

Nic nie zapowiadało kłopotów. Jednak gdy tylko Anastarija wzięła wisior w dłonie, w sklepie jubilerskim rozpoczął się dosłownie koniec świata – wokół nas powstały złote trąby powietrzne, zrobiło się jasno jak podczas tworzenia przedmiotów unikalnych. Wicher rozrzucił na boki stoły, narzędzia, materiały, zburzył półki, a elegancki żyrandol wiszący w warsztacie został bezlitośnie wyrwany z korzeniami i wyrzucony przez okno. Wszystko, co po nim zostało, teraz powoli zsuwało się na podłogę w postaci kawałków świec.

– Co tam się dzie... Cholera! – poniósł się głos gnoma, który usłyszał niezidentyfikowane odgłosy, ale gdy tylko otworzył drzwi, natychmiast został odrzucony z powrotem przez masywne koło szlifierskie, po czym drzwi zatrzasnęły się i zostały zawalone stołem i krzesłami.

Kilka minut później w samym centrum tornada, które rozniosło warsztat w strzępy, stało dwoje ludzi – ja i Anastarija. Przedmioty przelatywały przez nas jak przez duchy. Wiatr, który w tej chwili zdmuchnął dach, całkowicie ignorował nas dwoje, patrzących sobie w oczy. Kiedy podłoga pod stopami z potwornym trzaskiem zerwała się i odleciała w ślad za dachem, zostawiając nas wiszących w powietrzu, zrobiłem krok w stronę dziewczyny. Jakby to przeczuwając, Nastja w tym samym momencie zrobiła krok w moim kierunku. Obok zaczęły przesuwać się kawałki ziemi – podłoga już całkowicie odleciała – ale ściany, o dziwo, wytrzymywały. Drzwi, za którymi ukrył się Jubiler, zostały wyrwane i stało się jasne, że w sąsiednim pokoju panował nie mniejszy chaos, chociaż podłoga i sufit pozostały nienaruszone. Ale gnoma nigdzie nie było widać. Albo uciekł, albo odleciał, albo schował się za ogromną szafą – jedynym nienaruszonym meblem.

– To dla ciebie, kochanie – rzekłem, biorąc Anastariję za rękę.

Kiedy patrzyłem w jej orzechowe oczy, nie obchodziło mnie, że jeszcze kilka chwil temu dziewczyna była na mnie zła, że w przypływie złości może odrzucić mój prezent... W tej chwili było to absolutnie nieważne. Po raz pierwszy w życiu szczerze wyznałem kobiecie moje uczucia, nie martwiąc się wcale o odpowiedź.

– Dziękuję, kochanie – powiedziała Nastja i chociaż może banalnie i oklepanie to zabrzmi, zanurzyliśmy się w słodkim świecie pocałunku...

On trwał wiecznie... Przytuliłem do siebie Anastariję, z przyjemnością zamknąłem oczy i unieśliśmy się do nieba. Kręciło mi się w głowie, jakby dziewczyna znów użyła zaklęcia miłosnego, które w teorii nie powinno na mnie zadziałać. W głowie rodziły mi się kolejno dziwne obrazy Smoków, Syren, kupidynów i serc, w końcu dotarł do nas studzący wiatr, ale nie porywisty...

Teraz zrozumiałem, co znaczy wyrażenie „być w siódmym niebie" – czułem, jakbym wylądował od razu na czterdziestym piątym. Nawet noc spędzona z dziewczyną nie sprawiła mi takiej przyjemności jak ten pocałunek...

– Jak zimno! – wyszeptała po chwili Anastarija, próbując mocno się przytulić i owijając mnie ogonem. Okryłem ją skrzydłami, chroniąc przed zimnym, przeszywającym wiatrem.

Stop! Ogon?! Skrzydła?! Zimno?!

– Mój synu! Odważyłeś się wprowadzić do naszego świata Syrenę?! – Dudniący ryk Renoksa odbijał się echem wśród pokrytych śniegiem gór, powodując lawiny.

Dotarło do mnie, że było to w czterdziestym piątym niebie. – Wilteraks! Dom Smoków Malabaru!

– Zabić ją! – rozkazał mój wirtualny ojciec i stado Smoków, które do tego momentu krążyło kilkaset metrów obok, rzuciło się w naszą stronę.

– Nie ważcie się jej dotknąć! – Rzuciłem na Anastariję złotą tarczę, chroniącą ją przed zimnem, wzbiłem się w powietrze i zablokowałem drogę do Syreny. Smoki zwolniły, trzepocząc skrzydłami i spoglądając w oszołomieniu na ogromnego zielonego Renoksa. Widział ktoś coś podobnego? Smok stanął w obronie swojego arcywroga. – Kocham Anastariję i nie chcę, by stała się jej krzywda!

Kilka Smoków było tak zaskoczonych moimi słowami, że zapomniało nawet poruszać skrzydłami i zaczęło spadać jak ogromne kamienie na pokryte śniegiem zbocza gór. Jeden ze Smoków z impetem machnął skrzydłami i dosłownie w jednej chwili znalazł się obok nas. Drako! Zrobiwszy piruet, z wdziękiem odwrócił się i stanął ze mną ramię w ramię.

– Bracie, jestem z tobą! – zapewnił mnie mój Totem, groźnie jeżąc kolce na szyi. – Kochankowie, którzy sprawili, że Yin-Yang rozkwitł, zasługują na walkę o swoje szczęście! Słyszysz, ojcze? – krzyknął Drako do Renoksa. – Oni sprawili, że Yin-Yang zakwitł!

– Wycofać się! – Z gór zeszła kolejna fala lawin, po czym Renoks ciężko opadł na ziemię. – Synu, jesteś pewien?

– Tu nie ma czego być pewnym? Sam zobacz! – powiedział zadowolonym głosem Drako, po czym wskazał gdzieś w okolice mojej szyi, a potem szyi Anastariji.

Zrozumiałem, że bez lustra się nie zobaczę – ciało mi na to nie pozwala – spojrzałem na dziewczynę.

Na szyi Syreny wisiał amulet, który powiększył się i transformował wraz z Anastariją. Na tle niebieskich chabrów Syrena i Smok byli spleceni w namiętnym tańcu. Biorąc pod uwagę, że zrobiłem amulet, w którym te dwa stworzenia stały obok siebie, na pewno można było powiedzieć jedno – to już nie jest ten sam wisior.

Ale to nie była jedyna zmiana. Według wszystkich znanych mi przewodników i instrukcji Yin-Yang był dwukolorowym kamieniem. Kolory przenikały się, były w ciągłym ruchu, ale nie mieszały. Teraz jednak...

Co się stanie, jeśli zbierzesz kolory tęczy i pozamieniasz między sobą ich kolejność? Ładnie, ale dość nietypowo. A co, jeśli postacie wykonane z tej chaotycznej tęczy będą się nieustannie poruszać, jakby oddawały się zmyślnemu tańcowi? Wyjdzie z tego to, co teraz wisi na szyi Anastariji.

Kierując się impulsem, otworzyłem właściwości tego cacka i zdałem sobie sprawę, że są one nie mniej niesamowite.

„Żeńska Esencja Monteletti, Wisiora Przeciwieństw"
Opis: Smoki i Syreny od niepamiętnych czasów są wrogami... Jeśli przedmiot znajduje się w ekwipunku lub na postaci:
+15 do Atrakcyjności wśród wszystkich NPC-ów,
+5% do wszystkich głównych parametrów postaci.
Przedmiot może być noszony jako akcesorium; nie zajmuje oddzielnego slotu. Jeśli w promieniu stu metrów znajduje się Męska Esencja Wisiora, wspólne parametry właścicieli wisiora wzrastają o kolejne +15%. Właściciele wisiora mogą się wzajemnie przyzywać, ale nie częściej niż raz dziennie. Właściciele wisiora otrzymują osobisty kanał komunikacji poprzez telepatię.
Klasa przedmiotu: Unikalny.
Ograniczenia: Przekazanie przedmiotu innemu graczowi jest niemożliwe. Przedmiot jest wykonany z kwitnącego kamienia Yin-Yang.

*Więc to nie są plotki?* – „usłyszałem" stwierdzenie Anastariji. – *Dimo, powiedz coś!*

*Jakie plotki?!* – wyobraziwszy sobie wizerunek Anastariji, krzyknąłem w myślach.

Właściwie nie mam pojęcia, co Nastja miała na myśli, kiedy poprosiła mnie, bym coś powiedział. Jej głos rozbrzmiewał blisko mojego ucha, ale również gdzieś we mnie. Jednocześnie dobrze wiedziałem, że nie jest to wytworem mojej chorej wyobraźni, a ona naprawdę do mnie mówiła.

*Nie krzycz tak! Technologia kapsuł pozwala z powodzeniem wykorzystywać telepatię, jednak korporacja wszelkimi możliwymi sposobami odmawiała jej wdrożenia, powołując się na wewnętrzne regulacje i ograniczenia. Najwyraźniej nam się to udało – mamy szczęście! Po prostu niesamowite szczęście! Taaak... Spójrz na poziom Energii!*

*A co z nią?* – udało mi się zapytać, gdy przed oczami błysnęło mi prawie zapomniane ostrzeżenie:

**Poziom Energii: 30. Zatrzymaj się, wściekły Szamanie!**

– Szkoda – powiedziała Nastja już swoim głosem. – Okazuje się, że telepatii można używać tylko w skrajnych przypadkach, gdy jesteśmy daleko lub trzeba szybko coś omówić. Moje ponad czterysta Energii wystarczy mniej więcej na trzy minuty rozmowy, później konieczna będzie przerwa. Dzisiaj poszukam informacji, co to za amulet i jak go rozgryźć. Chciałabym przetestować przywołanie, ale trochę później, teraz...

– Nie zapomnieliście o nas?! – grzecznie ryknął Renoks, zbliżywszy się do nas. – Syrena w Wilteraksie... Jak to komuś powiem, to mnie wyśmieje! A kto ją przyprowadził? Mój syn! Nie wiem nawet, czy się cieszyć, że za jego sprawą Yin-Yang rozkwitł, czy denerwować, że zakochał się w Syrenie...

– Pozwól, że zapytam, Wielki Władco Nieba. – Anastarija z szacunkiem pokłoniła się Renoksowi, z jakiegoś powodu odwracając głowę w prawo. Biorąc pod uwagę anatomię Syren, teraz jej szyja, choć chroniona przez łuski, była dostępna dla Smoka. – Co to znaczy: „Yin-Yang rozkwitł"? Co takiego osiągnęliśmy z pana synem, zamieniając kamień w tęczę?

– Uczcie się, synowie! – powiedział z zadowoleniem Renoks, spojrzawszy na dziewczynę innymi oczami. – Chociaż jest Syreną, zna zasady zwracania się do starszych lepiej niż niektóre Smoki!

Drako tylko parsknął na takie stwierdzenie i wzbił się w powietrze. Renoks prześledził lot syna, po czym znowu odwrócił się do dziewczyny.

– Kamień Yin-Yang został pierwotnie wymyślony przez Ewiskeratora, najstarszego syna założyciela Barliony, jako jeden ze sposobów pomagania rozumnym w znalezieniu bratniej duszy. Kamień nigdy się nie mylił. Jeśli jeden kochanek dawał Yin-Yang drugiemu, a jednocześnie kamień rozkwitał wszystkimi kolorami tęczy, oznaczało to, że sami bogowie błogosławią takiemu związkowi. Nikt i nic nie mogło zerwać więzi między kochankami, ale... kiedy Ewiskerator zniknął, kamień stracił część swojej dawnej siły. Wciąż rozkwitał w rękach kochanków, ale w tym celu musieli w pełni otworzyć się na siebie. Zaufać, jak sobie samemu, poczuć część siebie w swoim partnerze; to czyni dwie istoty jednością. Przez kilka tysięcy lat Yin-Yang nie kwitł, więc Eluna uciekła się do pewnej sztuczki: „nakazała" naturze się radować, jeśli w pobliżu znajdą się kochający się rozumni, a jeden z nich jest w posiadaniu Yin-Yang. Jednocześnie im bardziej rozumni do siebie pasują, tym silniejsza jest radość natury. Mówią, że uczucia czasem osiągają taką siłę, że natura nie tylko się weseli, ale szaleje jak ogromny szczeniak, który nie zdaje sobie jeszcze sprawy ze swojej siły, więc może nieumyślnie zmiażdżyć to, co znajduje się w pobliżu lub coś złamać. Nie martwcie się, w całej historii Barliony takich przypadków było tylko kilka. Po sztuczce Eluny kamień zaczął coraz częściej rozkwitać, jednocząc kochające się serca. Ani razu jednak, wedle mojej pamięci, nie rozkwitł między dwojgiem wolnych obywateli. Ani razu!

Smok zbliżył się do nas, przez kilka chwil nie odrywał oczu od Anastariji, po czym zwrócił się do mnie:

– Synu! Jestem dumny, że odnalazłeś kawałek siebie, nawet jeśli znalazłeś go we wrogu! Od teraz i aż śmierć was nie rozłączy, troszcz się o nią jak o samego siebie! – Smok zwrócił się do Syreny, która stała obok mnie i przemówił: – Wrogu! Chętnie bym cię zgładził, gdybyśmy spotkali się wcześniej, ale ty znalazłaś część siebie w moim synu! Od teraz, aż śmierć was nie rozłączy, bądź godną towarzyszką Smoka!

**Chcesz złożyć przysięgę wierności?**
**Uwaga! Przysięga nie nakłada żadnych zobowiązań w realnym świecie!**

Jedno spojrzenie na Anastariję wystarczyło, żebym zrozumiał, że dostała podobne powiadomienie. Szaleństwo! Na pewno się tego nie spodziewałem – nieplanowany wirtualny ślub! Przez całe swoje dorosłe życie uciekałem przed czymś takim jak przed ogniem, bojąc się odpowiedzialności, ale Barliona wszystkie moje lęki ucieleśniała w obrazie jednej, cudownej, słodkiej i tak drogiej mi dziewczyny.

*Tak!* Kliknąłem bez większego namysłu. Jak mógłbym w tej chwili zrezygnować? Nie ma mowy! Słowa przysięgi natychmiast pojawiły się przed moimi oczami, sugerując, że Nastja również zignorowała przycisk *Nie*...

– Anastarijo! Ja, Najwyższy Szaman Machan, Smok, przysięgam kochać cię i dzielić z tobą radość i smutek...

– Machanie! Ja, Paladynka Generał Anastarija, Porucznik Paladynów, Syrena, przysięgam kochać cię i dzielić z tobą radość i smutek...

Wypowiadaliśmy te słowa w tym samym czasie, prawie synchronicznie, a gdy tylko ostatnie słowo wypłynęło z naszych ust, amulety wzleciały ku sobie jak dwa gigantyczne magnesy. Przez kilka chwil stawiałem opór, ale przyciąganie stało się tak silne, że jednym szarpnięciem rzuciło mnie do dziewczyny. Zdążyłem jedynie rozłożyć łapy, żeby wziąć w ramiona Anastariję, którą przyciągnął do mnie jej amulet. Gdy tylko dwie esencje się zetknęły, na ułamek sekundy oślepił mnie błysk i tuż przed naszymi oczami powstało miniaturowe słońce. Gdy znowu mogłem widzieć, zobaczyłem, że znaleźliśmy się w środku ogromnego, głębokiego na trzy lub cztery metry krateru, który kiedyś był warsztatem jubilerskim. Co więcej, obydwoje byliśmy w naszych ludzkich postaciach, a na naszych szyjach wisiały amulety. Spojrzawszy na Nastję, nie mogłem powstrzymać uśmiechu – czy nam się to podoba, czy nie, teraz nie ma już odwrotu: obok mnie stała Hrabina Anastarija, towarzyszka Machana. Odpowiednio moja nazwa w ustawieniach brzmiała – Hrabia Machan, towarzysz Anastariji. No to jesteśmy, oto my...

– Szybko do portalu, zanim strażnicy nas pojmą – wyszeptała Anastarija i natychmiast aktywowała teleport.

– Machanie! – Krzyk nauczyciela Jubilerstwa rozniósł się zapewne po całym Anchursie. – Zdołałeś roz...

Nie czekaliśmy na informację o tym, co udało nam się rozwalić, tylko zanurkowałem do portalu otwartego przez Nastję. Mam nadzieję, że wyprowadzi nas z Anchursu...

Owszem, z Anchursu wyprowadził... Ale trafiliśmy prosto na spotkanie poświęcone zbliżającej się walce...

– Obudziłeś się? – zapytał Magdiej, mierząc mnie badawczo od stóp do głów. – Machanie, nie ma czasu, więc odpowiedz krótko: możesz leczyć?

– Nie – odpowiedziałem natychmiast, widząc dość poważne twarze ludzi z klanu.

– Nie masz żadnych nieudokumentowanych zdolności związanych z zadawaniem masowych obrażeń lub leczeniem?

– Też nie. – Zacząłem się dziwić takiemu przesłuchaniu.

– Rozumiem... Przestudiowałem zdolności Szamanów; na pięćdziesiątym pierwszym poziomie nie będziesz w stanie nam w niczym pomóc, więc staraj się pozostać w środku i cały czas rzucać uzdrawiającą kałużę...

– A możecie mi powiedzieć, o co chodzi? Jeśli czytałeś o Szamanach, powinieneś wiedzieć, że nasze umiejętności można łączyć, a moc przywołania zależy od Ducha. Nie bardzo rozumiem, skąd pomysł, że jestem na pięćdziesiątym pierwszym poziomie. Mam dziewiątą rangę przywołań.

– Powtórz – przerwał moją tyradę Magdiej i zapytał: – Dziewiąta ranga? Poziom dziewięćdziesiąty trzeci?

– Jaka różnica, na jakim jestem poziomie. Chociaż nie mam Leczenia, to jako uzdrowiciel nie będę gorszy od Barsi.

– Świetnie! W takim razie idziesz w drugiej grupie z Plinto!

– Już czas! – obwieścił ogromny włochaty mężczyzna i dopiero teraz zdałem sobie sprawę, że jesteśmy w dość osobliwym miejscu: na niegdyś zielonej, ale teraz wydeptanej, gołej ziemi, wielkiej polanie otoczonej wysokimi drzewami. Jak wskazała mi mapa, jesteśmy w Lesie Skalistym...

Pośrodku polany znajdował się ogromny drewniany krąg lub podest, wokół którego wznosiło się kilkadziesiąt rzędów krzeseł tworzących rodzaj amfiteatru. Na brzegach polany stały ogromne namioty – naliczyłem dwanaście sztuk – nad którymi dumnie powiewały kolorowe sztandary. Wokół każdego namiotu ze sztandarem znajdowała się ogromna liczba mniejszych namiotów, tak jakby dwanaście wrogich klanów zdecydowało się na tymczasowy rozejm i obejrzenie przedstawienia. Dlaczego wrogich? Cóż, obóz, który znajdował się najbliżej nas, widziałem jak na dłoni, więc doskonale dostrzegłem nie tylko pośpiesznie wykopany okop nabity kolcami jak jeż, ale także uzbrojone oddziały wojowników, rozglądające się z napięciem w poszukiwaniu wrogów.

Mój klan był częścią obozu trzynastego, który nie miał flagi na głównym namiocie. Nie było nawet samego namiotu – na jego miejscu wiało pustką – nikt nie odważył się postawić namiotu na pustym miejscu przywódcy.

– Czy jest pan gotów udowodnić swoją krwią, że Rytualny Krąg powrócił?! – Znów rozległ się krzyk wielkiego mężczyzny.

– Gotów! – odezwał się stary człowiek.

– W takim razie niech wojownicy klanu Srebrnej Ręki wyjdą na ring! Klany są zmęczone oczekiwaniem!

– Idziemy! – krzyknął Magdiej zamiast starca i pewnie skierował się w stronę amfiteatru. Hmm... nie Anastarija, nie Plinto... tylko Magdiej! Najwyraźniej sześć dni, podczas których mnie nie było, klan wykorzystał bardzo owocnie.

Wszyscy inni podążali za Liderem Rajdu, w tym Eryk i Ciapa. Zastygłem, nie rozumiejąc, czego się ode mnie wymaga – mam iść z wszystkimi czy stać. Zostałem więc nieruchomo, ale natychmiast poczułem na ramieniu przyjazne klepnięcie Plinto:

– Co, szefie, nie spodziewałeś się po nas takiego zapału? Chodźmy, opowiem ci, co się tutaj dzieje. Ogólnie rzecz biorąc, twoim zadaniem jest stanąć w centrum mojej grupy, więc od razu ustaw to sobie w ramkach, i zająć się aktywnym uzdrawianiem i wzmacnianiem. Nie zwracaj uwagi na moby, my się nimi zajmiemy.

– Dlaczego tu jesteśmy? – zapytałem, widząc, że pokonaliśmy już połowę drogi między obozem a areną.

– Dlatego, że zadanie Księcia zostało wykonane. Dostarczyliśmy Rytualny Krąg. Jednak natychmiast otrzymaliśmy aktualizację z zaproszeniem do walki. Naradziliśmy się i wyraziliśmy zgodę. Przeczytaj opis, póki idziemy; u Ciebie też powinno się zmienić...

**„Eskorta Księcia"**
**Opis: Zwróciłeś Rytualny Krąg Worgenom z klanu „Srebrnej Ręki", ale inne klany odmawiają przyjęcia wygnańców z powrotem do rady. Udowodnij, że krąg jest prawdziwy, walcząc z przedstawicielami siedmiu klanów na Arenie Próby.**
**Nagroda: Wariantywna.**
**Kara za odmowę/niepowodzenie: Wariantywne.**

– Przeczytałeś? – uśmiechnął się Plinto, widząc wyraz mojej twarzy. – Przeciwko nam wystąpiło siedem klanów, pięć nas poparło. Musimy wytrzymać cztery bitwy i będzie dobrze. Magdiej i Nastja wymyślili taktykę, wzięli pod uwagę spadek poziomów, więc twoim zadaniem jest stać i leczyć każdego, kogo możesz dosięgnąć. Nic skomplikowanego.

– O jakim obniżeniu poziomów mówisz?

– Słuchaj, pomówimy o tym później? Gdy pierwsza bitwa się zakończy, wtedy porozmawiamy, dobrze?

– Pasuje...

*Nastjo?* – natychmiast zwróciłem się w myślach do dziewczyny.

*Plinto miał ci wszystko wyjaśnić. Czegoś nie rozumiesz?*

*Wszystko jasne, tylko...*

*Dimo, nie marnuj Energii, przyda ci się. Porozmawiamy później; i tak przybyliśmy spóźnieni, bo musiałam po ciebie lecieć...*

Gdy zbliżyliśmy się do areny, zobaczyłem miejsce dla lokalnych VIP-ów – ogromna loża udekorowana skórami, tarczami, flagami i wielokolorowymi tkaninami, w której znajdowały się dwa masywne fotele. Jeden z nich był pusty, a na drugim siedział olbrzym... Mężczyzna, który przyszedł do nas i zażądał wejścia do kręgu, na tle miejscowego władcy wyglądał jak dziecko – nie wiem, jakiego wzrostu był ten cudak, ale moim zdaniem miał ze trzy metry. Takiego mastodonta nie widziałem nigdy. Już same potężne ramiona, które wydawały się przerażające i zwierzęce, wielkością mogły konkurować z moim ciałem – byłem węższy niż jego łapy! Pierś, którą można spokojnie wybijać bramy zamków zamiast taranów, groźne spojrzenie czerwonych oczu aggro bossa spod gęstych brwi... Maszyna do zabijania na czterysta pięćdziesiątym poziomie...

– Niezły piękniś! – Obok mnie pojawił się Magdiej, uważnie obserwując wodza. – Jeśli dożyjemy do czwartej rundy, on będzie nasz!

– Co masz na myśli, mówiąc nasz? – Byłem zaskoczony. – Ten krokodyl zje nas wszystkich i nawet tego nie zauważy!

– Zje – zgodził się ze mną Magdiej. – Żeby ukończyć scenariusz, co najmniej jeden gracz musi dożyć do czwartej rundy. Później może nas nawet zjeść; nie mam nic przeciwko. Machanie, przepraszam za ostre słowa na spotkaniu, nie było czasu na dodatkowe grzeczności.

W tle zapowiadacz obwieszczał jakiś tekst, którego istota sprowadzała się do tego, że gdy klan Srebrnej Ręki stracił swój rytualny krąg, został za to wydalony z rady, a jego członkowie stali się wyrzutkami wśród Worgenów. Jednak klan odzyskał relikwię i teraz chce udowodnić swoje prawo do ponownego otrzymania flagi klanu.

– Słuchaj, od trzech dni budujemy różne taktyki, w zależności od tego, kogo przeciwko nam wystawią, więc proszę, jeśli chcesz jeszcze trochę pożyć, patrz uważnie, co robi Barsi lub inni uzdrowiciele.

– Dobrze – zgodziłem się. – Jeszcze jakieś życzenia?

– Nie złość się – skrzywił się Magdiej, odebrawszy moje słowa za sarkazm. – Jesteśmy po tej samej stronie. Rytuał Krwi to czteroetapowy konkurs. Runda pierwsza: my wszyscy przeciwko podobnej liczbie Metamorfów. Sześćdziesięciu dwóch przeciwko sześćdziesięciu dwóm. Druga: resztki naszych sił walczą z odnowionym składem Metamorfów. Ale tych ostatnich będzie taka sama liczba co w pierwszej rundzie. Trzecia jest podobna do drugiej. Czwarta runda to walka z wodzem. Zadanie polega na przetrwaniu przynajmniej jednego gracza do samego końca. Na arenie nie można umrzeć. Gdy tylko Punkty Życia spadają do jednego, przegrany się teleportuje, a jego parametry odbudowują. Taki gracz nie ma prawa wchodzić ponownie do kręgu. W zasadzie nic nie ryzykujemy, poza tym, że jeśli przegramy, droga do Lasu Skalistego będzie na zawsze zamknięta.

– Rozumiem, ale czy skład naszych przeciwników jest zdeterminowany przez...

– WEJDŹCIE DO KRĘGU! – Przerwał mi zapowiadacz. Krata blokująca wejście na arenę podniosła się. – ROZPOCZYNA SIĘ RYTUAŁ KRWI!

Rozległ się dźwięk bębna. Początkowo rzadkie uderzenia stopniowo zaczęły przyspieszać, coraz szybciej, jeszcze szybciej, aż w jednej chwili zamieniły się w jedno ciągłe dudnienie. Miejsca dla widzów wokół areny zaczęły się zapełniać i po raz pierwszy zobaczyłem Metamorfa płci żeńskiej. Spojrzałem w oczy pewnej ładnej dziewczyny siedzącej kilka metrów ode mnie, sądząc po amulecie – Niedźwiedzicy. Uśmiechnąłem się, też otrzymując w zamian uśmiech. Żeńska część miejscowej ludności nie różniła się niczym od zwykłych ludzi, jeśli nie wspominać o właściwościach – nikt nie domyśliłby się, że przed nim stał Niedźwiedź czy Worgen.

**Wkroczyłeś na Arenę Próby. Ze względu na ograniczenia scenariusza poziom postaci zostaje obniżony do 51 poziomu. Wszystkie statystyki przedmiotów, zdolności i umiejętności zostaną skorygowane. Na czas przebywania w kręgu blokowany jest dostęp do następujących umiejętności: przywoływanie Duchów Spowolnienia (dostępne od poziomu 75), przywoływanie Duchów...**

Długa lista Duchów, z których nie mogę korzystać na arenie, obejmowała cały ich przegląd, więc tylko rzuciłem na nią okiem, zaskoczony taką różnorodnością Duchów w Barlionie. Po przeczytaniu powiadomienia, że podczas pojedynku nie wolno wskrzeszać przy pomocy Żerców i przy użyciu zwojów, zrzuciłem przeszkadzający mi tekst. Najważniejsze dla siebie zanotowałem – mogę leczyć, a także zadawać obrażenia. Wszystko inne jest drugorzędne, bo tym zajmą się Plinto i Magdiej.

– Czy ci, którzy zdecydowali się udowodnić prawo klanu Srebrnej Ręki do zajęcia swojego starego miejsca wśród klanów, są gotowi? – zwrócił się do nas zapowiadacz.

– Gotowi! – natychmiast dało się usłyszeć odpowiedź Anastariji.

– Czy ci, którzy zdecydowali się ukarać śmiałków i pokazać klanowi Srebrnej Ręki jego prawdziwe miejsce, również są gotowi?

– Gotowi! – rozległ się dźwięczny krzyk sześćdziesięciu dwóch gardeł i na przeciwległy kraniec areny wyszły Metamorfy z głowami ozdobionymi opaskami z numerem „1". Jak rozumiałem, zjednoczeni przedstawiciele wszystkich siedmiu klanów naraz wystąpili przeciwko Srebrnej Ręce.

– Niech walka się rozpocznie! – rozkazał wódz ochrypłym głosem, a futrzana lawina Niedźwiedzi i Worgenów rzuciła się w naszym kierunku, ich paszcze wykrzywiały się w złowieszczym uśmiechu.

Rozpoczęła się pierwsza bitwa o „honor" klanu Srebrnej Ręki...

Zgodnie z taktyką zostałem zepchnięty w sam środek uformowanego kręgu z graczy, na którego obwodzie szły tanki i walczyli gracze zbrojni – Wojownicy i Rycerze Śmierci albo zwinni i szybcy bojownicy jak Plinto i Ciapa. Oni mieli tylko jedno zadanie – nie dopuścić wroga do uzdrowicieli i walczących na dystans. Anastarija i Magdiej, każdy odpowiedzialny za swój oddział, byli zajęci umieszczaniem znaczników na kolejnych ofiarach, które natychmiast trafiały w centrum zainteresowania kilkunastu wojowników. Metamorfy przeszkadzały sobie nawzajem, próbując dostać się do nas jak najszybciej, popychały się i walczyły o najlepsze miejsca, więc nie sprawiały nam żadnych specjalnych problemów. Przeciwnik był zbyt zdezorganizowany. Z pierwszej fali zapamiętałem tylko nasz krąg i ich trójkątny klin, migoczący i znikający niemal natychmiast. Sześćdziesiąt dwa do zera to druzgocący wynik między klanem Legend Barliony a Niedźwiedziami. Wysłanie wszystkich na zasłużony odpoczynek zajęło nam tylko pięć minut.

– Zakończyła się pierwsza runda! – podsumował zapowiadacz, gdy ostatni Metamorf wyparował i pojawił się poza Rytualnym Kręgiem. – Wojownicy z klanu Srebrnej Ręki udowodnili, że przybyli tutaj z poważnymi zamiarami i nie zamierzają się wycofać. Czy ci, którzy zdecydowali się ukarać śmiałków i pokazać klanowi Srebrnej Ręki, gdzie ich miejsce, są gotowi do walki? – powtórzył swoje pytanie starzec, zwracając się do Metamorfów z numerem „2" na opasce, które właśnie zbliżały się do krawędzi kręgu.

– Gotowi! – odpowiedzieli jednocześnie i na sygnał wodza rozpoczęła się druga runda.

– Działamy według wypracowanego schematu – rozkazał Magdiej, kiedy lawina „dwójek" rzuciła się, by zmiażdżyć nasze tanki. – Na mój znak skupiamy się na...

Zdarzyło się jednak coś, czego nie spodziewał się mój RL – wśród Metamorfów tym razem byli Magowie...

– Żercy, kopuła! – krzyknęła w panice Barsine, gdy tylko nad naszymi głowami zerwał się deszcz lodu, a sople, ostre jak włócznie, zaczęły spadać na ziemię. Sytuację pogarszał fakt, że nadeszło kilka fal takiego deszczu, a pomiędzy spadającymi soplami a ziemią znajdował się mój rajd. – Machanie, lecz masowymi! Niech ktoś zdejmie Magów!

*Skąd oni się wzięli? Wczoraj dokładnie sprawdziłem – wśród Metamorfów nie widziałem Magów!* – Na czacie pojawiła się wiadomość od Magdieja.

*Ja też nie widziałam* – zgodnie potwierdziła Nastja.

Jeśli dobrze zrozumiałem, nasza taktyka została oparta na założeniu, że wszystkie Metamorfy są prostymi bojownikami bez umiejętności walki na dystans. Właśnie dlatego zgrupowaliśmy się w olbrzymim kręgu, który teraz aktywnie wypełniał się różnymi paskudztwami...

„Dwójki", w przeciwieństwie do pierwszej fali, działały według zupełnie innego schematu – zatrzymawszy się kilkadziesiąt metrów od nas, potężne Niedźwiedzie wystąpiły do przodu. Najwyraźniej to były miejscowe tanki, przyjmujące ciosy naszego wojska dalekiego zasięgu.

– Nie mogę dobrać się do jego wątroby! Nic nie widzę! – krzyknął jeden z Łowców w odpowiedzi na znacznik, który Magdiej umieścił na przeciwniku; ogromne Niedźwiedzie swoimi tuszami nie tylko zasłaniały widok, ale też nie pozwalały celować w znaczniki.

– Magowie, zróbcie lodowe przedstawienie! – rozkazała Anastarija. – Wszyscy wojownicy! Ostrożnie dziesięć kroków w stronę Metamorfów! Tanki w pełnej gotowości; nasz szyk bojowy może zostać naruszony, a oni tylko na to czekają! Uzdrowiciele! Dlaczego rajd opada z sił? Leczcie! Na „trzy" robimy dziesięć kroków! Raz! Dwa! Trzy!

Okazuje się, że zsynchronizowany ruch dużej grupy wymaga przygotowań. Na przykład umiejętne ominięcie uzdrowicieli, którzy starają się podnieść Punkty Życia rajdu do akceptowalnej wartości. Albo niepotykanie się i nieupadanie na ziemię pod stopami swoich towarzyszy... Przy piątym kroku, gdy potykający się gracz upadł na plecy jednego z naszych tanków, przerywając jedność uformowanego szyku, deszcz lodu ustał, a grupa uderzeniowa Metamorfów rzuciła się na nas... Sami zmniejszyliśmy dystans i teraz...

– Zewrzeć szyk! – Anastarija zdołała krzyknąć, zanim nasz krąg faktycznie został rozdarty na dwie połowy.

Ogromny Niedźwiedź, który prześlizgnął się nad próbującym się podnieść tankiem, natychmiast wrył się w jednego z Łuczników i niczym taran przetoczył się dalej, prawie nie zauważając po drodze graczy ubranych w materiałowe i skórzane zbroje. Ten klin nikomu nie zrobił nic złego, poza tym, że powalił na ziemię i lekko nadszarpnął Życie, natychmiast przywrócone przez masowe leczenie. Ale za tym Niedźwiedziem ruszyły inne z ostrzejszymi pazurami, szybsze i z większymi zdolnościami zadawania obrażeń... Krąg utworzony przez graczy dosłownie w kilka chwil rozerwał się na dwie części, po czym zaczęło się najmniej przyjemne...

Jako pierwszy na przymusowy odpoczynek poza kręgiem został wysłany tank, który się przewrócił, i jeden z Łotrzyków, który tak niezdarnie na niego wpadł – tych gości dosłownie stratowano, nawet nie pozwolono im podnieść się z ziemi. Chwilę po nich polegli Łowca, dwóch Magów, Rycerz Śmierci i kolejny tank, którzy osłaniali przeciwległy brzeg naszego kręgu. Metamorfy, pędząc z dużą prędkością, po prostu miażdżyły graczy pod sobą, a nie sposób było wyleczyć tak koszmarnych obrażeń. Nawet Nastja tylko zgrzytała zębami, obserwując szarzejące ramki graczy – dla paladynów bańka jest dostępna od setnego poziomu, więc nie była w stanie chronić gracza nawet przez dziesięć sekund. Minus siedmiu...

– Przegrupowanie! Zbroje skórzane i kirysy: na obwód, formować mały krąg! Uzdrowiciele, dajcie wsparcie! Tanki, spróbujcie zdjąć moby z graczy w skórzanych zbrojach!

– Plinto! Dziesięciu Magów przed tobą! Bierz Ciapę i zarżnijcie ich! Lorgasie, ubezpieczasz! Eryku, zdejmij ze mnie moba! Machanie i Barsi, do środka kręgu i uzdrawiajcie wszystkich! Pomóżcie drugiemu kręgowi! Skupiamy się na zaznaczonych napastnikach!

Mimo klina i podziału na dwie grupy LR nadal próbował zapracować na swój kawałek chleba – na mobach pojawiały się znaczniki, raz po raz słychać było rozkazy, okrzyki zagrzewające do walki i podnoszące statystyki... Jeśli spojrzeć obiektywnie, to nic strasznego się nie stało, poza tym, że trochę nas to wszystko nadwyrężyło i teraz nie tylko musiałem bez przerwy przywoływać moje Duchy – ja nie miałem czasu na dokończenie jednego przywołania, bo od razu musiałem przechodzić do kolejnego. Nigdy nie zaznałem takiej gorączki przywołań, ale nawet to nie pomogło, gdy Metamorfy zaczęły zrywać się z tanków – pompowanie Punktów Życia Łowcom i Magom, w których wgryzały się Niedźwiedzie, było bardzo problematyczne...

– Dobiegła końca runda druga! – ogłosił zapowiadacz po dziesięciu minutach. – Klan Srebrnej Ręki udowodnił, że jest w stanie się obronić. Dlatego znowu pytam: czy ci, którzy chcą odrzucić naszych braci i zabronić im zajmowania ich prawowitego miejsca wśród nas, są gotowi?! – krzyknął spiker, zwracając się do Metamorfów z numerem „3" na opasce, które zbliżyły się do krawędzi kręgu.

– Przywracajcie manę! – rozkazała tymczasem Anastarija, gdy tylko zapowiadacz rozpoczął swoją mowę.

Druga runda drogo nas kosztowała – podzieleni na dwa oddziały straciliśmy dziewięciu graczy. Nie było najmniejszej możliwości wyleczenia ich podczas bitwy – gdy tylko przysiedliśmy na ich Magów, Metamorfy ześwirowały i dosłownie przeobraziły się w zwierzęta. Ładowały trójkami w jednego Maga lub Łotrzyka i w ciągu kilku chwil wysyłały naszych poza krąg, torując sobie drogę do następnej ofiary.

– Gotowi! – krzyknęła grupa z numerem „3" na opaskach i na arenę weszli Bohaterowie.

Pięćdziesięciu dwóch Bohaterów i dziesięć zwykłych Metamorfów, z których część nie przybrała zwierzęcej formy. Z laskami w swoich łapskach, zwarte w jednej grupie, Metamorfy zaczęły rzucać zaklęcia wzmacniające. To była ostatnia rzecz, której potrzebowaliśmy! Nie dość, że przeciwko nam występowali Bohaterowie, to jeszcze mieli w grupie uzdrowicieli, którzy dawali im wzmocnienie? Nie tak się umawialiśmy!

Deweloperzy wprowadzili Bohaterskie moby w celu testowania poziomu zaawansowania graczy – po co zabijać sto krów, żeby zdobyć wymagane doświadczenie? Zabij Bohaterskiego byka i ciesz się, że w tak krótkim czasie udało ci się zdobyć wiele cennych i przydatnych fantów. Gracze nigdy nie zabierali się samotnie za te miniaturowe bossy, zwłaszcza jeśli mieli porównywalny poziom. Zawsze gromadziła się pięcioosobowa grupa, w której musieli być tank i uzdrowiciel. Bohaterskie moby zadawały tak ogromne obrażenia i miały takie parametry, że nawet przewaga dwudziestu poziomów nie chroniła przed ich atakami. Trzeba przyznać deweloperom, że takie moby można było spotkać albo w Podziemiach, albo w specjalnych lokacjach, w których zwykły gracz nigdy by się nie kręcił. Zwłaszcza trzeźwy gracz i przy zdrowych zmysłach...

– Cóż, panienki, zatańczymy! – natychmiast odezwał się Magdiej. – Bohaterowie to nie zwykłe moby, ich Symulatory są o poziom lepsze pod każdym względem! Zwłaszcza jeśli chodzi o zadawane obrażenia! Uzdrowiciele, szybko wlewajcie w tanki, ile tylko się da! Nie oszczędzajcie, nie ma czasu na zastanawianie się, które zaklęcie jest odpowiednie!

Pięćdziesięciu trzech graczy przeciwko sześćdziesięciu dwóm Metamorfom. Zasadniczo brzmi jak uczciwa walka, ale pięćdziesięciu dwóch Bohaterów... To już dużo...

– Przygotujcie się! – krzyknęła Anastarija, gdy trzecia fala ruszyła w naszą stronę. – Atakujemy ściśle według znaczników!

Nawet ja poczułem uderzenie Bohaterów – mimo że byłem praktycznie w centrum naszego zaimprowizowanego kręgu, dosięgła mnie fala w postaci zmiecionych graczy. Trzech rzędów zmiecionych graczy... Mogę sobie tylko wyobrazić, co czuły tanki, które przyjęły uderzenie na swoje tarcze. Zwłaszcza Eryk – tank z doznaniami na sto procent.

– W powietrzu! – krzyknęła osłupiała Barsine, ale Magdiej natychmiast zareagował:

– Kopuła! Powoli wycofujemy się...

– To nie są Magowie! To... – Tyle Anastarija zdołała wykrzyczeć, zanim pierwszy Bohater wylądował w samym środku naszego oddziału.

Metamorfy nie uderzały w tarcze naszych tanków, nadstawiając własną skórę... Zamiast tego Bohaterowie zaczęli wskakiwać w krąg tuż nad głowami graczy niczym ogromne pociski masowego rażenia. I kto po tym wszystkim nazwie Symulatory zwykłym programem?

Pierwszy Metamorf w postaci Niedźwiedzia wylądował pomiędzy Barsine a mną i rozrzucił nas w różne strony. Gdyby nie zagęszczenie graczy wokół nas, które uchroniło nas przed upadkiem, lot trwałby długo. Cios łapą był przytłaczający. Tuż nad głową Metamorfa pojawił się piktogram „Zawroty Głowy" z cyfrą „3", która natychmiast zmieniła się w „2" – to lądowanie odbiło się również na Bohaterze i trzeba to wykorzystać!

*Szaman ma trzy ręce...*

Duch Odrętwienia jest dostępny od czterdziestego poziomu, nie widziałem go na liście zakazanych na arenie, dlatego kierując się raczej instynktem i refleksem niż logiką i świadomością, wlałem tego Ducha w moba, który wyskoczył jak z tabakiery.

– Machanie, dobra robota! – Sądząc po reakcji Barsi, moje działanie nie pozostało niezauważone. Metamorf zamarł bezpośrednio nad nią z rozwartymi groźnie szczękami, które właśnie miały wysłać mojego uzdrowiciela poza krąg. Jeszcze czego!

– Barsi, przejmij rajd! – krzyknąłem do niej. A do Nastji:

*Nie możesz przemienić się w Syrenę i zamrozić wszystkich jak w Krispie?*

*Nie! Ta umiejętność odblokowuje się od poziomu sto pięćdziesiątego! Dimo, uzdrawiaj! Wyrzucili już trzech z naszych!*

Anastarija miała rację – Punkty Życia graczy wyświetlane w ramkach zaczęły dynamicznie topnieć. Trzy, nie, już cztery ramki zszarzały; gracze zostali wyrzuceni z kręgu. Nie zanotowałem żadnych strat w szeregach Metamorfów, ale stale przemieszczające się znaczniki celu wskazywały, że u nich też były ofiary. Naprawdę nie chciałem wierzyć, że bestie są tak zwinne, że biegają po całym moim rajdzie i nie pozwalają graczom zranić się czymś ciężkim i ostrym. To byłby zbyt duży cios w moje morale...

*Cholera!*

Myśl Nastji nie tylko pojawiła się w mojej głowie – ona była materialna i odczuwalna przez każdą cząstkę mojej świadomości. Wyszedłem na chwilę z trybu ciągłego leczenia, spokojniej popatrzyłem na ramki i doznałem szoku – mimo nieustającej pracy uzdrowicieli sytuacja zmieniła swój status z „Krytycznej" na „Katastrofalną". Połowa rajdu już odpoczywała poza kręgiem, a poziom Życia drugiej połowy pozostawiał wiele do życzenia – ja miałem największy i było to tylko trzydzieści procent.

*Dobra, Dimo, już po mnie... Zrób wszystko, żeby przeżyć...*

CO?!

Natychmiast odwróciłem głowę w stronę miejsca, w którym stała Anastarija, i zawyłem z niemocy – otoczona przez pięciu Bohaterów dziewczyna zamachnęła się mieczem, wysyłając kolejnego z nich poza krąg, i natychmiast zniknęła. Rytualny Krąg stracił uzdrowiciela, cholernie dobrego...

– Machanie, co z maną? – warknęła ochryple Barsine, bez ustanku wywołując leczniczy deszcz.

Wokół dziewczyny utworzyła się żywa tarcza z graczy, próbujących z całych sił zablokować mobom dostęp do Druidki.

– Z maną słabo – odpowiedziałem krótko, przedłużając czas na arenie kilku wojownikom.

Przywołanie masowego uzdrowienia byłoby teraz bezskuteczne – przywraca zbyt mało zdrowia na sekundę, więc nie pozostawało nic innego, jak tylko leczyć zawodników pojedynczo. Pocieszające było to, że dzięki mojej randze udawało mi się zapełniać pasek Życia o czterdzieści–pięćdziesiąt procent każdemu z graczy podczas jednego przywołania.

– W takim razie już po nas – wybrzmiał radosny głos, wyraźnie kontrastujący z obecną sytuacją. Plinto! – Ech... Chciałbym ich wszystkich zamrozić choć na minutę, ja bym im... Dobra, jedziemy dalej!

Minutę... Skąd wziąć minutę? Wokół mnie, tak samo jak dookoła Barsi, utworzył się krąg graczy, nawet Eryk był jednym z wojowników broniących mojego ciała, a to oznaczało, że nie miałem już czasu na zastanawianie się. Albo ich wyleczę, albo trzeba się poddać i opuścić Las Skalisty... Albo...

*Drako, przyjdź!*
*Idę!*

**Wezwałeś Totem.**
**Poziom Totemu został obniżony do 51.**

– Łał! O co tu chodzi? Oj! To boli! – krzyknął Drako, gdy tylko pojawił się obok mnie.

Od razu wleciała w niego kula ognia, przypominając, że poza Bohaterami mamy do czynienia też z Magami, którzy nie zamierzają czaić się gdzieś na tyłach.

– Drako, Grzmiące Uderzenie! Teraz!

– Ale to boli! – zagrzmiał Smok, gdy wleciały w niego trzy kolejne kule ognia, a jego straszliwy ryk rozbrzmiał w całym Lesie Skalistym.

– Zrobiłem to, bracie! Udało...

**Z powodu zmęczenia czas przywołania Totemu dobiegł końca. Kolejne przywołanie Totemu jest możliwe za 6 godzin.**

– Do tych, co jeszcze walczą! Macie minutę! – krzyknąłem, próbując złapać oddech. Mam pełną minutę na odbudowanie many. Bez niej nic nie zrobimy...

Piętnastu graczy, wśród których było tylko dwóch uzdrowicieli i jeden tank, zaczęło dynamicznie wyrzynać resztki Bohaterów... Chociaż nie można nazwać takiej liczby resztkami – z pięćdziesięciu dwóch Metamorfów wyższej klasy Grzmiące Uderzenie pomogło usunąć mniej więcej połowę...

– Plinto, zostaw Bohaterów! – znów krzyknąłem. – Zabij uzdrowicieli i Magów! To jest priorytet!

– Wedle rozkazu, mój panie! Kifacie, za mną! – Natychmiast usłyszałem odpowiedź Łotrzyka, po czym dwóch graczy przemknęło obok mnie.

Do Łotrzyka dołączył Wojownik, protegowany Magdieja, którego już nie było na arenie. Biorąc pod uwagę, że miał zbroję płytową i stał w pierwszych rzędach wraz z tankami, można przypuszczać, dlaczego RL wziął do grupy tak niskopoziomowego gracza – Kifat walczył za trzech.

– Formujemy krąg! – Pod nieobecność obu Liderów Rajdu nie pozostało mi inne wyjście, jak tylko osobiście przejąć zarządzanie. – Plinto, Kifacie, zostawcie Magów; mamy pięć sekund! Krąg!

W ciągu minuty udało nam się z Barsi całkowicie wyleczyć rajd, a Wojownikom – wyeliminować dziesięciu Bohaterów i połowę Magów. Przy czym Metamorfy nie miały już więcej uzdrowicieli – to jedyna dobra wiadomość z ostatnich kilku minut. Martwiło jedno – z tanków został nam tylko Eryk, który miał włączone doznania. Rozkład sił nie był dla nas korzystny...

*Dimo, słyszysz mnie?* – nagle usłyszałem myśl Anastariji.

*Wygląda na to, że słyszę.*

*Dobrze! Słuchaj uważnie! Z siedemnastu pozostałych Bohaterów tylko czterech jest niebezpiecznych, to oni do tej pory strzegli uzdrowicieli. Reszta jest zbita poniżej pięćdziesięciu procent, więc szybko ich wykończycie. Powiedz Erykowi, żeby wziął tę czwórkę na siebie i uciekał im po całym obwodzie. Będziesz musiał ich spowolnić, jakkolwiek najważniejsze jest to, żeby moby nie dogoniły naszego tanka, nie przestały go gonić i nie przełączyły się na ciebie lub Barsi. Natychmiast wyślij Plinto i Barsi do Magów – niech się nimi zajmą! Gdy tylko skończycie...*

**W związku z ograniczeniami areny wszelki kontakt ze światem zewnętrznym jest zabroniony. Na czas pojedynku możliwość telepatii zostaje zablokowana.**

– Eryku, weź na siebie zaznaczone moby i uciekaj przed nimi po całym obwodzie, niech cię gonią! Plinto, ty... – Umieszczenie znaczników nad głowami Metamorfów i delegowanie zadań zajęło mi tylko kilka sekund. – Wszyscy pozostali pracują ściśle według zaznaczonego celu! Kifacie, będziesz tankiem! Jedziemy!

Jakby czekając na moje rozkazy, Metamorfy przełączyły się ze stanu czuwania i ruszyły do ataku. Uwielbiam walczyć z mobami i nienawidzę kompetentnych PvP-ersów! Bez względu na to, jak bardzo zaawansowane są Symulatory naszych obecnych przeciwników, nie są niczym więcej niż tylko kodem programu z pewną logiką pracy i ograniczeniami. Większość aktywnych graczy PvP już dawno szalałaby w samym środku naszego oddziału, całkowicie ignorując tanki. Czy wykorzystałeś przeciwko graczowi zdolność „Prowokacji", która zmusza moba do atakowania tanka przez dziesięć sekund? Dobra robota, zmarnowałeś kilka dodatkowych sekund, nie powodując żadnych obrażeń. Zrób to samo jeszcze kilka razy, tak dla pewności, a w tym czasie wróg potnie cię na drobne kawałki... Ani jako Szaman, ani jako Łowca nie lubiłem walczyć z graczami, dla mnie ten proces był zbyt... realny, można tak powiedzieć. Byli jednak gracze, którzy nie wyobrażali sobie dnia w Barlionie bez przynajmniej dziesięciu ofiar... Ludzie bywają różni!

*Szaman ma trzy ręce...*

Duch Spowolnienia w Bohatera, Duch Uzdrowienia w Kifata, Duch Uzdrowienia w Kifata, Duch Spowolnienia w Bohatera, Duch Wzmocnienia w Kifata, Tarcza na Kifata, Duch Uzdrawiania w Kifata, Duch Spowolnienia w Bohatera, Duch...

Jeśli podczas drugiej fali wydawało mi się, że pracuję na maksimum, to znaczy, że jeszcze mało wiedziałem o tej grze. Wcześniej nie miałem czasu dokończyć jednego przywołania Ducha, bo już musiałem zaczynać wzywać kolejnego, a teraz, jak mi się wydawało, byłem w stanie przywołać dwa Duchy jednocześnie. Odnowiony pasek many zaczął stopniowo topnieć, ciągle słychać było jakieś okrzyki, pytania, ale ja nie miałem czasu oderwać się od ramek graczy. Lantir stracił połowę swojego Życia – najwyraźniej jeden z Bohaterów go stratował. Łap trochę zdrowia! Kifat, działając jako tank, ponownie spadł ze stu do dziesięciu procent swojego Życia. W ciągu sekundy. Masz dwa uzdrowienia! A tu Machan dostał w głowę i teraz ma pięciosekundowe ogłuszenie... Łap... Chwila! Machan to ja! Doigrałem się...

Jakieś pięć sekund ogłuszenia i mamy minus trzech Wojowników... Plinto nie przebił się do Magów, utknął na dwóch Bohaterach. Barsi robiła wszystko, co w jej mocy, żeby zapobiec przedwczesnemu odprawieniu Łotrzyka, pracując tak jak ja bez przerwy. Eryk...

– Machanie! – rozległ się dziki krzyk Oficera, zmuszając mnie do otwarcia oczu i rozejrzenia się.

Byłoby lepiej, gdybym tego nie zrobił – prosto na mnie szła ściana ognia! Magom Metamorfów udało się stworzyć i wystrzelić ogromną kulę ognia o średnicy trzech metrów. Wystarczyło, że drasnęła dwóch graczy i zmniejszyła ich Punkty Życia o połowę. Nie miałem czasu ani na ucieczkę, ani na robienie uników – kula była tak blisko, że czułem jej ciepło... Teraz będzie bolało... Chyba nawet za bardzo!

– Dobijcie ich! – głos Eryka zabrzmiał ponownie i ciało tanka wpadło na mnie, odrzucając mnie kilka metrów w bok.

Ramka mrugnęła i natychmiast zszarzała – krasnolud wypadł z kręgu. Nawet z Wydolnością bałem się wyobrazić sobie, co czuł Oficer, który mnie odepchnął. Spłonąć żywcem, nawet jeśli nie trwało to długo – to musiało być straszne...

– Magowie załatwieni! – krzyknął natychmiast Plinto.

Wreszcie w jego głosie nie było cienia żartu ani kpiny. Nie ułatwiało to sprawy, ale pocieszająca była myśl, że nawet „żelazny" Plinto może się zmęczyć. Wszyscy jesteśmy tylko ludźmi, wszyscy jesteśmy ludźmi. Pozostaje udowodnić to Symulatorom.

– Formujemy krąg! – rozkazałem od razu, zrzuciwszy powiadomienie, że nie mam już many. Energia została nienaruszona, więc mana powróci w ciągu kilku chwil. Tylko skąd wytrzasnąć te kilka chwil? – Barsi! Do kręgu! Plinto, zabierz ją!

Druidka wpadła we wściekłość. Zdawało się, że w ogóle nie dostrzega, co się dzieje wokół, koncentrowała się tylko na jednym – leczeniu, leczeniu i jeszcze raz leczeniu.

Właśnie w tym momencie zostało nas siedmioro...

Dwa niedobite bohaterskie Niedźwiedzie uderzyły w Barsine z obu stron, wymachując pazurami. Dziewczyna jęknęła, wzbiła się w powietrze, żeby już nigdy nie spaść na arenę – jej ciało dosłownie rozpłynęło się w powietrzu. Po tankach uzdrowiciele stwarzają najwyższy poziom zagrożenia, więc moby zawsze atakują tych, którzy aktywnie leczą. Biorąc pod uwagę, że nie mamy już więcej tanków, kolejną ofiarą Bohaterów będę ja. I faktycznie, nie było nikogo innego, kto mógłby mnie osłaniać, z wyjątkiem Kifata. Ciapa, Plinto, Kifat, ja, nieznani mi osobiście Czarnoksiężnik, Łowca i Mag – siedmiu przeciwko... Dziesięciu, z których pięciu miało mniej niż dziesięć procent życia...

– Atakujemy ściśle według znaczników! Kifacie, będziesz tankiem! Bijemy w najczulsze punkty!

Mana regenerowała się niezwykle wolno. Dwieście dwadzieścia jednostek Energii, które w normalnych warunkach mogły wywołać zazdrość u zwykłego gracza, w realiach rajdu mi nie wystarczały. Pierwszego załatwili Ciapę – nie zrobił uniku i na chwilę zgiął się z bólu, co wykorzystały Metamorfy. Zabiłbym tych, którzy włączyli nam wrażenia. W odwecie wykończyliśmy trzech, ale natychmiast straciliśmy Łowcę, który osłonił mnie własnym ciałem. Podczas gdy Bohaterowie próbowali zrozumieć, jak udało mi się przeżyć, Plinto dobił jeszcze dwóch. Wlawszy w niego uzdrowienie, prawie zawyłem z bezsilności – przez piętnaście sekund jako gracz byłem obezwładniony! Tymczasem przeciwko nam wciąż walczyło pięciu Bohaterów z ogromnymi wartościami poziomu Życia – od trzydziestu do siedemdziesięciu procent. Jak powiedział kiedyś William Shakespeare: „Many! Królestwo za manę!"... Jakże aktualne jest to zawołanie w naszych czasach!

Maga i Czarnoksiężnika wymieniliśmy na tylko jednego Bohatera, ale za to z maksymalnym poziomem Życia. Kifat nadal bardzo mocno opadał z sił, powstrzymując dwóch przeciwników naraz, Plinto był stosunkowo wolny – miał tylko jednego Bohatera – ale w końcu moby dobrały się do mojego cennego tyłka. Nawet jeśli był to tylko jeden mob, to w pełni doświadczałem wszystkich rozkoszy doznań... Okazuje się, że pazury, niech je szlag, mogą dostarczać wyjątkowo nieprzyjemnych wrażeń, podobnych do ostrych poparzeń. Chociaż Plinto i Kifat przełączyli się na Niedźwiedzia, który się do mnie przedarł, to zanim udało się wyrzucić go poza krąg, ten zdążył zabrać osiemdziesiąt procent mojego Życia. Gdybym sam się nie uzdrowił, siedziałbym teraz obok Anastariji i obserwował daremne próby Łotrzyka i Wojownika. Ale kiedy zostało nas trzech przeciwko trzem, po raz pierwszy w trzeciej rundzie poczułem pewność, że wygramy. Nawet nie tylko pewność – absolutną gwarancję, bo po zniszczeniu kolejnego Niedźwiedzia poziom wszystkich trzech graczy wzrósł, przywracając nam wszystkie parametry... Zerknąłem na nie i uśmiechnąłem się – nawet nie zauważyłem, że mam poziom pięćdziesiąty dziewiąty... Plus osiem poziomów w piętnaście minut walki... Dla całej naszej trójki... Niezły dodatek do naszej emerytury! Pozostaje tylko sprawdzić, czy te poziomy zostaną z nami, czy znikną, gdy tylko wyjdziemy z kręgu...

– Trzecia runda dobiegła końca! – ogłosił zapowiadacz po minucie, gdy skończyliśmy z pozostałymi Bohaterami. Zdezorientowany, jakbym nie wierzył w moje szczęście, rozejrzałem się i napotkałem oczy Anastariji. Dziewczyna uśmiechnęła się i pokazała mi kciuk do góry, po czym wskazała na swoje uszy i pokręciła głową. Nasi zawodnicy świętowali, skakali, coś krzyczeli, ale my nie słyszeliśmy ani jednego dźwięku. Krąg był nieprzenikalny i tylko w przerwie między bitwami był wizualnie otwarty. Wzruszywszy ramionami, powtarzając jej gest, uśmiechnąłem się smutno: w trójkę przeciwko wodzowi, na dodatek bez tanka... – Klan Srebrnej Ręki udowodnił, że ma prawo do zasiadania w radzie!

– POTWIERDZAM! – Nagle wszystko zadrżało, jakby zaczęło się trzęsienie ziemi. Odwróciłem się w stronę obozu Srebrnej Ręki i zobaczyłem, jak Strażnik powoli wyszedł z lasu, machnął jakimiś sznurkami i w obozie pojawił się ogromny namiot, nad którym dumnie powiewał zielono-czerwony sztandar. – ZGODNIE Z PRAWEM NOWYCH CZŁONKÓW ZAPOWIADAM ROZPOCZĘCIE WALKI O TYTUŁ GŁOWY KLANÓW! WÓDZ MUSI UDOWODNIĆ SWOJE PRAWO DO TRONU!

– Wiesz, Machanie, jeśli teraz nas załatwią, a zdobyte poziomy znikną, zabiję cię. – Plinto stał po mojej prawej stronie, uśmiechając się. – Plus osiem poziomów, tak po prostu! Tak, dostanę udaru, jeśli poza polaną obudzę się znów na trzysta czterdziestym trzecim! Wpadnę w depresję, którą zwalczę w radykalny sposób: cały ten las wytnę w diabły i nieważne, ile mi to zajmie!

– Czy wódz jest gotowy udowodnić swoje prawo do tronu? – wybrzmiało pytanie zapowiadacza, ostrzegające, że za chwilę rozpocznie się ostateczny pojedynek.

Ogromny przywódca wszystkich Metamorfów zerwał się ze swojego tronu i sprężyście wyskoczył na platformę, a jego poziom spadł tylko o połowę – do stu siedemdziesięciu pięciu. Jak mamy go pokonać z naszym pięćdziesiątym ósmym, nie mam pojęcia! Spojrzawszy z lekceważeniem na pozostałości rajdu, wódz krzyknął:

– Nie będę bronił swojego prawa do bycia głową Metamorfów w walce z wolnymi obywatelami! Nikt nie może mnie zmusić, żebym zniżył się do poziomu tych robaków! Tylko godny przeciwnik może ze mną walczyć, ale tu nikogo takiego nie widzę! Prawo Metamorfów jest nienaruszalne!

– ON MA RACJĘ! – rozniósł się głos Strażnika. – WOLNY OBYWATEL NIE MOŻE ZASIADAĆ NA TRONIE LASU SKALISTEGO, DLATEGO RYTUAŁ KRWI NALEŻY UZNAĆ ZA NIEBY...

– Czy ja jestem godnym przeciwnikiem? – rozległ się znajomy głos, zmuszając wszystkich do odwrócenia się w stronę drugiego końca areny. Stał tam, otoczony niezrozumiałą mętną białą chmurą, a raczej mgłą, przezroczysty jak duch, Kondratij...

– Ty? Przecież nie żyjesz! – wymamrotał przywódca, dławiąc się przepełniającą go nienawiścią.

– Nawet śmierć nie jest w stanie przeszkodzić przywróceniu sprawiedliwości! – odpowiedział zbliżający się do nas Książę Malabaru. – Rytuał Krwi przywołał mnie z Szarych Ziem jako nosiciela Pieczęci Śmierci! Zdradzając mnie, bracie, wyrządziłeś zbyt wiele zła Metamorfom! Czas odpowiedzieć za swoje zbrodnie!

Czyli wódz jest jednocześnie bratem Kondratija, a także byłym przedstawicielem klanu Srebrnej Ręki? Ale jak?

– Dzięki mnie Metamorfy stały się potęgą! – ryknął wódz, zamieniając się w potężnego Niedźwiedzia. – Nie masz prawa mnie o to oskarżać! Dałem naszemu ludowi szansę na przeżycie!

– Dziękuję, Machanie! – zwrócił się do mnie Kondratij, ignorując przemianę swojego brata. – Tobie i wszystkim twoim wojownikom, którzy stanęli w obronie mojego klanu i pozwolili mi, choć na jedną bitwę, wyrwać się z Szarych Ziem. Kiedy powrócę, na pewno będę pamiętać twoją pomoc.

**Zadanie „Eskorta księcia" zostało zakończone.**

– A teraz idźcie już, zrobiliście wszystko, co w waszej mocy. Dalszy los mojego ludu jest tylko w moich rękach...

Rozległ się głośny ryk i wściekły Niedźwiedź rzucił się w naszą stronę. Obecny wódz przystąpił do bitwy, nie czekając na zaproszenie zapowiadacza.

**Przegrałeś walkę i zostałeś przeniesiony poza krąg.**

Radosną wiadomość, że gracz na pięćdziesiątym dziewiątym poziomie nie może nic zrobić wściekłemu mobowi na sto siedemdziesiątym piątym, zobaczyłem już poza kręgiem. Teraz zrozumiałem sedno planu deweloperów – gracze, którzy otrzymali zadanie, musieli wytrzymać tylko trzy rundy. Następnie miał pojawić się Książę, doszłoby do pojedynku, zatriumfowałaby sprawiedliwość, a Książę Malabaru zająłby swoje honorowe miejsce – objąłby tron Metamorfów z Lasu Skalistego. Biorąc pod uwagę, że Metamorfy nie występują nigdzie indziej w Malabarze, to automatycznie ustanowiłoby Kondratija przywódcą wszystkich zmiennokształtnych, czyniąc go godną partią dla Tiszy. Nie muszę nawet patrzeć na ten pojedynek, żeby przewidzieć jego wynik – najpierw obecny przywódca da duchowi Kondratija po mordzie, następnie wygnaniec zbierze resztki sił i w jakimś epickim zrywie zakończy walkę, pozwalając przy tym zranić się do granic niemożliwości. W tym momencie wkroczy ojciec, obejmie syna i wszyscy będą żyli długo i szczęśliwie, czekając na powrót Kondratija z Szarych Ziem...

**Zdobyłeś osiągnięcie „Setka nie jest limitem". Dostępnych jest 450 wolnych punktów do statystyk.**

To wszystko – bitwa się zakończyła, a zdobyte poziomy zostały z nami! Szkoda, że tylko nasza trójka awansowała. Przynajmniej jednego mogę sobie pogratulować – będąc Łowcą, nie udało mi się osiągnąć stu poziomów w ciągu dwóch lat gry, a grając Szamanem, osiągnąłem sto pierwszy w niecały rok. Oczywiście kluczowe były ostre skoki w Kołotowce i Mrocznym Lesie. Teraz udało się przypadkiem zdobyć dodatkowe osiem poziomów... Ale fakt pozostaje faktem. I jeszcze jedno – muszę coś zrobić z wolnymi punktami do statystyk. W czasie tak szaleńczej bitwy zwiększyłem Intelekt zaledwie o kilka jednostek, więc nie widzę już powodu, żeby trzymać wolne punkty – czas się rozwijać, i to szybko...

Nawiasem mówiąc, koniecznie trzeba zanotować, aby przysłać tu Leyte'a – w lesie muszą być przydatne i rzadkie zasoby. Zapytam Kondratija o...

– Jesteś słaby, bracie! – zabrzmiał rozbawiony głos obecnego wodza, zmuszając mnie do oderwania się od podziału punktów i zwrócenia uwagi na arenę. Widmo Kondratija z nienaturalnie skręconą szyją leżało na ziemi, a nad nim, triumfalnie kładąc łapę na zwłokach pokonanego wroga, górował aktualny przywódca Metamorfów. – Wracaj na Szare Ziemie i pamiętaj: Las Skalisty nie będzie już uznawać cię za jednego ze swoich! Jesteś wygnany nie tylko fizycznie, jesteś również wykluczony duchowo! Od teraz staniesz się zwykłym człowiekiem, słabym i bezsilnym jak cała ludzkość! Zgodnie z prawem wodza, który udowodnił swój tytuł, zwracam się do Strażnika Lasu! Wypełnij moją wolę!

– A co do was, żałosne imitacje rozumnych – rzekł do nas wódz – jesteście wygnani z Lasu Skalistego! Na zawsze! Uznaję klan Srebrnej Ręki, mój ojciec ponownie zasiądzie w radzie, ale was nie chcę w moim lesie! Jeśli Metamorf zobaczy kogoś z was, będzie wiedział, że jesteście wrogami! Daję wam trzydzieści minut na wydostanie się z tego lasu! W przeciwnym razie osobiście wyślę was wszystkich na Szare Ziemie!

**-24000 Reputacji wśród wszystkich Metamorfów.**
**Obecny poziom: Nienawiść.**

*Impreza się chyba jednak nie udała!* – Plinto na poziomie trzysta pięćdziesiątym pierwszym natychmiast napisał na czacie.

Łotrzyk pisał jeszcze coś bardziej jadowitego i ostrego, ale już nie czytałem, bo przed oczami wyświetlił mi się komunikat, w którym nie było logiki:

**Zaktualizowana lista frakcji -**
**dodano frakcję: „Księżniczka Malabaru".**
**+12000 Reputacji u Księżniczki Malabaru.**
**Obecny poziom: Poważanie.**
**Do Uwielbienia: 12000. Porozmawiaj z Księżniczką.**

– To niemożliwe! – mruknąłem. – Przecież on przegrał!

# ROZDZIAŁ 7

## NARLAK

– Taaak... Na takie odległości dobrowolnie jeszcze nigdy się nie wybierałem – zauważył Plinto filozoficznie, zamykając mapę. – Moim zdaniem programiści zwyczajnie nie mieli możliwości oddalenia zamku od Anchursu jeszcze bardziej, więc wrzucili go tutaj. Jeśliby Imperator miał możliwość obdarowywania zamkami Wolnych Ziem, to daję sobie głowę uciąć, że dostałby się nam ten położony w najodleglejszym zakątku.

– Przestań jęczeć! I tak nie mam humoru, a jeszcze ty beczysz – warknąłem, również zamykając mapę.

Chociaż bardzo chciałbym, żeby było inaczej, to jednak teraz muszę Plinto przyznać rację. Bardziej oddalonego miejsca od Anchursu niż Narlak nie było w Malabarze.

– Imperator prosił, bym przypomniał, że masz trzy miesiące, żeby zostać prawowitym właścicielem zamku. – Zadźwięczał dzwoneczek Zwiastuna, po czym otworzył on portal powrotny i zniknął, zostawiając mój klan kompletnie osamotniony.

Chociaż trudno ten stan, w którym się znajdowaliśmy, nazwać samotnością – w odległości stu kroków od nas znajdowały się wrota Narlaku, ku mojemu wielkiemu zdziwieniu wszędzie byli obecni gracze, co świadczyło o tym, że miasto cieszy się popularnością, rozlegały się krzyki handlarzy, zaproszenia do grup i inne głupoty... Narlak żył własnym życiem, zupełnie nie zwracając na nas uwagi.

– A ci tu skąd? – wyrwało mi się, kiedy przeleciało nad nami około dwudziestu graczy na gryfach.

Niskopoziomowi gracze, biegający po mieście, to jedno, ale właściciele latających dywanów sugerowali, że to miasto cieszy się większą popularnością, niż przypuszczałem.

– Narlak to jedyne miasto, przez które można dostać się do Malabaru bez użycia teleportu – odezwała się w tym momencie Anastarija. – Biorąc pod uwagę, że koszt teleportu pomiędzy kontynentami wynosi około trzech milionów, nie widzę niczego dziwnego w tym, że większość graczy woli stracić kilka miesięcy, żeby dostać się na drugi kontynent statkiem na własną rękę. Bezpłatnie i z przygodami, szczególnie jeśli napadną piraci albo morskie potwory. Przecież to gra...

– Dobra, dosyć stania, czas do pracy. Magdieju – zwróciłem się do naszego Lidera Rajdu – ty zajmiesz się trzema Podziemiami; możesz zacząć je podbijać, kiedy zechcesz. Tylko nie zapomnij mnie wezwać na finalnego bossa „Krwawa Kosa". Co tyczy się waszej trójki... – Spojrzałem na Plinto, Anastariję i Barsi – ...to im szybciej rozwiążemy problem rejestracji, tym szybciej pójdziemy zobaczyć Altamedę...

Ledwie wróciliśmy od Metamorfów, przyparłem Anastariję do muru i zażądałem pełnej i szczegółowej opowieści, co wydarzyło się w Lesie Skalistym. Jak to się stało, że nagle Legendy wystąpiły w imieniu klanu Srebrnej Ręki, jak – albo dokładniej: jakim prawem ona wzięła mój (i to słowo szczególnie zaakcentowałem) rytualny dysk i dlaczego nikt nie przewidział pojawienia się Magów i healerów w drugiej i trzeciej fali?

Pytania wypływały ze mnie jak potok, można wręcz powiedzieć, że tryskały jak z fontanny, ponadto bardzo poważnie podchodziłem do otrzymania odpowiedzi, dlatego Anastariji nie pozostało nic innego, jak zacząć odpowiadać. Co też zrobiła, uśmiechając się rozczulająco, przytulając się do mnie i mówiąc: „Bardzo ci dziękuję za zwycięstwo", po czym wpiła się we mnie namiętnym pocałunkiem. Przed oczami zaczęły przepływać komunikaty o wykorzystaniu Magii Miłości, jednakże... Doszedłem do siebie dopiero w Domu Schadzek, leżąc na plecach i jedną ręką obejmując śpiącą Nastję. To porozmawialiśmy...

*Dzyń! Dostałeś wiadomość od NPC-a. Chcesz przeczytać?*

*Witam lidera klanu Legendy Barliony, który użyczył swoich bojowników do obrony honoru mojego klanu! Nazywam się Klassius i jestem ojcem Kondratija. Potrzebowałem całej nocy, żeby uświadomić sobie, jak wielką przysługę wyświadczyliście mojemu synowi – pozwoliliście mu być przy ukochanej. Trudno żyć ze świadomością, że nigdy więcej go nie zobaczę. Od teraz wejście do Lasu Skalistego jest zamknięte dla ludzi, ale cieszę się, że znalazł on swoje szczęście z tą, którą kocha ponad wszystko na świecie. Dziękuje Tobie i Twoim wojownikom.*

*Nie myśl, że w taki sposób chcę zdjąć z siebie odpowiedzialność za dostarczenie fałszywych informacji – wśród Metamorfów nie było Magów i healerów, kiedy mój klan wchodził w skład rady. Kto mógł pomyśleć, że kiedy byliśmy na wygnaniu, Metamorfy zdołają w takim stopniu wzmocnić swoje siły. Chcę odkupić swoją winę i z czystym sumieniem zacząć nienawidzić Twój klan, jak nakazuje rozkaz wodza. Przyjmij ode mnie ten przedmiot – wydaje mi się, że będzie on godną zapłatą za pomoc i szczęście mojego już nieistniejącego syna. Od tej chwili Ty i wszyscy Twoi ludzie jesteście wrogami Metamorfów.*

*Klassius – lider klanu Srebrnej Ręki*

**Otrzymałeś przedmiot: Karta do gry - As karo.**
**Klasa przedmiotu: Unikalny składowy.**

W ręce pojawił się płaski kawałek ni to plastiku, ni to kartonu, z wizerunkiem karcianego asa karo. Unikalnego, składowego... Jeśli się nie mylę, analogiczną nagrodę otrzymało pięćdziesięciu dwóch graczy spośród tych, którzy wystąpili w obronie Metamorfów. W rezultacie powinna powstać pewna solidna talia, która... Która da nam kolejne zadanie! Programiści to szczwane bestie – rozbili możliwość otrzymania zadania na pięćdziesiąt dwa kawałki i rozrzucili je na wszystkich graczy. Jeśli chcesz dostać to zadanie, będziesz musiał zebrać wszystkie. A jeśli chociaż jedna osoba się sprzeciwi – możesz zapomnieć o sprawie.

– Nastjo, zbieramy się!

– Co... – mruknęła dziewczyna przez sen.

Nie zabraniano graczom spania w Barlionie, jednak według niepisanej reguły wszyscy starali się spać w realu.

– Odbierz pocztę, Metamorf powinien ci przysłać wiadomość. Interesuje mnie nagroda.

– Naprawdę coś cię interesuje? – burknęła Anastarija, otwierając oczy i klikając w Skrzynkę Pocztową. – Zazwyczaj jest dokładnie odwrotnie: wszystkich interesuje to, co ty masz i jak to „coś" dostać.

– Ciebie też?

– A w czym jestem gorsza? Tylko ja posunęłam się dalej; nie potrzebuję części ciebie, ja chcę dostać unikalny przedmiot w całości.

– Hmm... Jeszcze nigdy nie byłem porównywany do rzeczy.

– Nie prowokuj... Mam Asa kier. Przy okazji: list jest szablonowy, dlatego odpowiedzi na większość swoich pytań już dostałeś. Co ty masz?

– Karo.

– Taaak... Było nas pięćdziesięcioro dwoje, ty i ja mamy unikalne karty składowe... Wysłałeś już informację do klanu?

– Jeszcze nie, chciałem najpierw sprawdzić.

*Do wszystkich uczestników wyprawy do Lasu Skalistego! W wyniku ukończonego zadania każdy otrzymał unikalną kartę do gry. Jeśli zbierzemy je wszystkie, otrzymamy talię, która może otworzyć zadanie. Proszę, aby wszyscy wysłali mi swoje karty.*

– Ja bym nie posłuchała – zauważyła Anastarija, oddając mi Asa kier. – Dlaczego miałabym ci oddać to, co można sprzedać?

– Dlatego nie wspomniałem o wykupie. Ten, kto zażąda pieniędzy, nie pozostanie w klanie. Proponuję otwarcie zadania dla całego klanu, dlatego jeśli ktoś zechce mieć z tego coś tylko dla siebie, odkupię kartę i pożegnam się z delikwentem.

– Zgadzam się. Karta nie daje niczego poza informacją, że jest dla kogoś ważna. Nawet nie dla kogoś, a konkretnie dla klanu. Głupio próbować się na tym bogacić...

Minus troje... Siedmiu nowych Rajderów zażądało za kartę od dwudziestu do stu tysięcy Złotych, porozmawiałem z każdym, wyjaśniając, że w klanie to nie jest przyjęte, i czworo się ze mną zgodziło. Troje graczy upierało się przy swoim, przekonując, że karta do gry to nagroda za ich osobiste zasługi, a nie za zasługi klanu. Wszystkie próby wyjaśnienia, że bez klanu nigdy nie dostaliby zadania, rozbiły się o ścianę niezrozumienia. Dlatego – minus dwieście pięćdziesiąt tysięcy i troje graczy. Co mnie najbardziej ucieszyło, to że Magdiej w pełni mnie poparł w kwestii lojalności graczy wobec klanu. On też próbował porozmawiać z tą trójką, osiągając taki sam efekt jak ja – odmowa oddania karty bezpłatnie. Dobrze, nie ma co się smucić – jeśli ludzie chcą dostać tu i teraz sto tysięcy, nie jest moją rolą przeszkadzanie w tym dążeniu...

**Chcesz zebrać przedmiot: Talia kart do gry?**

Tak!

**Zebrano przedmiot: Talia kart do gry.**
**Opis: teraz możesz spędzać czas wolny nie tylko z korzyścią, ale i ciekawie.**
**Klasa przedmiotu: Unikalny.**

Tylko tyle?!

– Ha, ha, ha – zaniosła się śmiechem Anastarija, widząc rezultat połączenia. – Dimo, ktoś w korporacji naprawdę bardzo cię nie lubi! Znakomicie rozegrane!

– Przyszedłem powiedzieć, że nadszedł czas lotu do zamku. – Nie dając mi możliwości wymyślenia uszczypliwej odpowiedzi, pojawił się przy mnie Zwiastun. – Zostaniecie przeniesieni do głównej bramy Narlaku, miasta portowego i stolicy Prowincji. Musicie się najpierw zarejestrować jako walczący z Upiorami z zamku, wtedy dostaniecie prawo do przechodzenia przez kordony straży, które stoją wokół zamku. Jeśli przeniosę was od razu na zamek, to strażnicy mogą uznać was za Upiory i spróbować zabić. Proszę za mną.

Nagle uświadomiłem sobie, jak trafna była uwaga Nastji – mało tego, że na talię kart do gry wydałem dwieście pięćdziesiąt tysięcy złotych, mało tego, że zamek znajdował się w cholerę daleko, to jeszcze będziemy musieli się do niego samodzielnie dostać! Jeśli dobrze pamiętam mapę, to około dwóch dni podróży konno! Nawet trudno sobie wyobrazić, jak jeszcze można pogorszyć moją sytuację...

Trzeba przyznać, że mam bardzo kiepską wyobraźnię... Ale o tym miałem przekonać się później...

– Nastjo?! Co ty tutaj robisz? – Czyjś zaskoczony głos sprawił, że się ocknąłem. Głos gracza był zadziwiająco znajomy, jednak zupełnie nie pamiętałem, skąd go znam.

– Bez, dobrze cię widzieć! – uśmiechnęła się Anastarija i tuż nade mną pojawił się cień; gracz zamierzał wylądować.

Bezpaniki – zastępca lidera klanu Lazurowe Smoki, pomocnik Bezpalcego i drugi mózg Malabaru, jak go scharakteryzowała Anastarija, stawiając siebie, oczywiście, na pierwszym miejscu.

– Cześć wszystkim – powiedział Bez, zwijając gryfa do uzdy i chowając do torby. – Widzę, że się rozrastacie. – Kiwnął w stronę odjeżdżających rajderów. – Początek godny pochwały. Plinto! Udało ci się odebrać palmę pierwszeństwa w zakresie poziomów ścianie, której nie da się niczym przebić?

– Jeszcze nie zdążyłem – uśmiechnął się Łotrzyk – my z Helem jesteśmy teraz na tym samym poziomie. Nie szkodzi; przede mną zamek i tam się rozwinę!

– To znaczy, że ten bezimienny zamek to ów Urusaj, który wam obiecał Imperator? To z tego powodu się tu objawiliście, klanie arystokratów? Czyżbyście zdążyli obić barbarzyńcom gębę?

*Plinto, może ja i Machan z nim pogadamy?* – w tym momencie na czacie pojawiła się wiadomość od Nastji. – *Nie chcemy „sprezentować" Bezowi informacji.*

– Uprzedziła cię, żebyś milczał? – Niemal w tym samym momencie uśmiechnął się Bezpaniki. – Nie bójcie się, nie pretendujemy do zamku, wystarczą nam Upiory. Wiecie już, że w waszej własności latają trzysetki? Przezroczyste, obrzydliwe, bardzo boleśnie uderzające i przy tym odradzające się zawsze co dwadzieścia cztery godziny, jakby były kluczowymi NPC-ami. Zauważcie, że dzielę się z wami informacjami całkiem bezpłatnie. W odróżnieniu od niektórych...

– Hm... – uśmiechnąłem się, przeklinając pod nosem twórców filmu, którzy pokazali pełną mowę Imperatora o otrzymaniu przez nas zadania z barbarzyńcami. – Jednego nie mogę zrozumieć: my jesteśmy tu po to, żeby zająć się swoim nowym majątkiem i dowiedzieć się, dlaczego tak wielu graczy się wokół niego kręci. Ale co gracz na trzysta czternastym poziomie robi tak daleko od głównych wydarzeń? Przy okazji, też nieźle podrosłeś, jeśli się nie mylę, w Mrocznym Lesie byłeś na trzysta trzecim?

– Spaceruję, bo cóż innego? Tu jest takie powietrze, że chcąc nie chcąc, przyzwyczajasz się do takich miejsc! W stolicy tylko sad Imperatora może konkurować z tutejszą przyrodą! Dobra... Fajnie było was zobaczyć, ale, niestety, na mnie pora, sprawy wzywają! Piszcie, gdybyście potrzebowali pomocy.

– Na pewno! Bądź zdrów – odpowiedziała Nastja i odprowadziliśmy wzrokiem Rycerza Śmierci do bramy miasta. Nad dużymi miastami loty graczy są zabronione.

– Lazurowe Smoki okupują Altamedę, myśląc, że jest w niej ukryty przedmiot, który może pomóc Imperatorowi – powiedziała Anastarija, ledwie Bezpaniki wszedł do miasta. – I będą nam wszelkimi sposobami przeszkadzać w dojściu do zamku... Plinto, mam dla ciebie zadanie: za chwilę się zarejestrujemy i ty polecisz do Altamedy. Muszę wiedzieć, co dzieje się wokół zamku. My z Machanem przez kilka dni powłóczymy się po mieście, po czym niespiesznie udamy się do zamku. Jeśli Smoki postanowią wystąpić przeciwko nam i będą próbowały nie wpuścić nas do zamku... – Anastarija przerwała i po chwili wymruczała pod nosem: – Tylko ich nam brakowało do szczęścia...

***

– Proszę podać cel przybycia do miasta – zapytał rejestrujący z efektownymi podkręconymi wąsami *à la* Salvador Dalí.

Niezależnie od takiego imponującego wyglądu osoby pytającej sposępniałem – po raz pierwszy w Barlionie widzę, żeby interesowano się celem wizyty graczy! Od kiedy biurokracja weszła do wirtualnego wszechświata? Nawet do Mera nas nie wpuszczono, każąc rozmawiać z jego pomocnikiem!

– Nabycie tytułu prawnego do posiadania – powiedziała Anastarija i dodała w myślach:

*Dimo, to normalne. Nikt nie ma prawa do opuszczenia kontynentu bez rejestracji, takie są zasady gry zawarte w porozumieniu.*

– Tytułu prawnego? – zdziwił się rejestrujący do tego stopnia, że jego wąsy poruszyły się jak robaki. – Wokół Narlaku nie ma zamków, które mają zostać przekazane wolnym obywatelom!

– Teraz jest. – Skoro Anastarija rozpoczęła rozmowę, to niech ją skończy. – Zamek Urusaj, który przygniótł sobą Glarnis. Machan i ja będziemy prawowitymi właścicielami zamku, jak tylko unicestwimy potwora, który się w nim rozgościł. Taka jest decyzja Imperatora i jestem gotowa do potwierdzenia swoich słów wezwaniem Zwiastuna!

– To terytorium przygraniczne, Hrabino, tutaj Zwiastuni nie mają żadnej mocy. – burknął rejestrator, krzywiąc twarz w głębokim zamyśleniu. – Załóżmy, że uwierzę, że jesteście nowymi właścicielami. Przypuśćmy, że nawet pozwolę wam przejść za kordon straży. Tylko przypuśćmy, nic więcej. Czy mogę zobaczyć dokumenty, na podstawie których jesteście właścicielami?

– Imperator wydał nam polecenie; czy to nie wystarczy? – zdziwiłem się, nie rozumiejąc zachowania rejestratora.

Wydaje się, że zwykły człowiek – pomijając ozdobne wąsy – a zachowuje się jak prawdziwy goblin! To nienormalne!

– Znowu... Tylko słowa, niczym niepoparte. Na jakiej podstawie powinienem wam wydać przepustkę na przejście przez posterunki? Namnożyło się oszustów! Proszę opuścić budynek, inaczej będę musiał wezwać straże!

*Nastjo?*

*Dimo, spokojnie. Przede wszystkim Zwiastun dostarczył nas do bram miasta, a nie od razu tutaj, mówi o statusie miasta. Coś przegapiłam. Potrzebuję czasu, żeby zrozumieć, co się tutaj dzieje. Proponuję, żebyśmy spokojnie wyszli i zastanowili się, co dalej.*

Uśmiechający się rejestrator, zatroskana Anastarija, zły dzień i do tego jeszcze propozycja, byśmy zaczekali, żeby dziewczyna miała czas się zastanowić, wyprowadziły mnie z równowagi. Jak ten dureń, który nie osiągnął jeszcze nawet sto pięćdziesiątego poziomu, śmie się tak zachowywać? W Barlionie się takie rzeczy nie dzieją!

– Jak śmiesz mówić Hrabiemu, co ma robić?! – ryknąłem, podchodząc do rejestratora. – Jak śmiesz nie wpuszczać mnie do mojego zamku? Jak śmiesz sprzeciwiać się woli Imperatora i Władcy? Oni nie są dla ciebie autorytetem? Wezwijmy więc tego, kto jest! Nie odwracaj wzroku!

– Ale p-p-proszę po-pozwolić! Zgodnie... – zaczął wąsaty, jednak mnie poniosło już ostatecznie:

– MILCZ, NIKCZEMNIKU! JAK ŚMIESZ OBRAŻAĆ PRZEDSTAWICIELA SZLACHECKIEGO RODU? KTO DOWODZI W TYM RYNSZTOKU? ŻĄDAM POTWIERDZENIA MOICH PRAW!

– IGRASZ Z OGNIEM, SZAMANIE! – Zawibrowały ściany Merostwa.

Biorąc pod uwagę, że w taki sposób może się odezwać tylko Strażnik, oznacza to, że w Narlaku on dowodzi. Ale dlaczego? Przecież to terytorium Imperium?!

– MAM PRAWO! NIKT NIE MOŻE MI ZABRONIĆ NABYCIA TYTUŁU PRAWNEGO DO MOJEJ WŁASNOŚCI! URUSAJ JEST POZA NARLAKIEM! NALEŻY DO IMPERIUM I JESTEM GOTOWY WEZWAĆ IMPERATORA I WŁADCĘ, ŻEBY POTWIERDZIĆ SWOJE PRAWA!

– TEN ROZUMNY – Nad rejestratorem pojawiła się ognista kula. – JEST WINNY I ZOSTANIE UKARANY! PRZEPUSTKA DO ZAMKU URUSAJ ZOSTANIE WYSTAWIONA! POTWIERDZAM TWOJE PRAWO!

**+3 do Charyzmy. Łącznie: 75.**

Zrzuciłem komunikat i zobaczyłem, jak na stole rejestratora pojawiły się trzy zielone płytki, otwierające dostęp do zamku mnie, Anastariji i Plinto. Rejestrator opadł na swój elegancki fotel, jego wąsy zwiotczały, jakby ktoś wyssał z nich całą siłę, a wzrok tego nieprzyjemnego NPC-a stał się szklany – Strażnik rozpoczął wymierzanie kary.

– BĄDŹ OSTROŻNY, SZAMANIE! NIE WSZYSTKIE PROBLEMY MOŻNA ROZWIĄZAĆ PRESJĄ! – poradziły „ściany" w imieniu Strażnika, zupełnie nie oczekując odpowiedzi.

– Hrabio, zapraszam do mojego gabinetu – usłyszałem bas. – Chciałbym z panem porozmawiać. Proszę nie zapomnieć o zabraniu swoich przepustek.

– Panie Merze – powiedziałem, kiwając głową na powitanie NPC-owi, który pojawił się obok.

Surowy strój, dumnie podniesiona głowa, postawa zdradzająca byłego wojskowego, nawet cienia nadwagi i eleganckie baczki tworzyły obraz prawdziwego huzara. Dać mu szablę, konia, ostrogi na buty i będzie wykapany Rżewski!

– Hrabino – zwrócił się Mer do Anastariji – uznam to za zaszczyt, jeśli przyłączy się pani do naszej rozmowy. I ogromna prośba: proszę przekazać swojemu Łotrzykowi, który próbuje wedrzeć się przez okno na pierwszym piętrze, że to nie ma sensu. Budynek jest w pełni chroniony przez magię.

*Plinto, przestań się bawić w Tarzana, rozgryźli cię* – wrzuciła do czatu Nastja, ku memu ogromnemu zdziwieniu milcząca przez cały ten czas.

Nie zareagowała nawet wtedy, gdy zacząłem improwizować i opieprzać administratora... Z pewnością później się wypowie...

Mer odwrócił się i poszedł w stronę masywnych, otwartych na oścież, drzwi. Przyjmując za regułę, że w Narlaku jest wykorzystywany typowy plan merostwa, można śmiało stwierdzić, że udał się do swojego gabinetu i wypada nam iść za nim.

– Przepraszam za mojego podwładnego – powiedział zmęczony Mer, siadając na drewnianym krześle. Porównując warunki rejestratora i Mera, można mieć kłopot z określeniem, który z nich jest ważniejszy: w gabinecie rządzącego miastem było bardzo... bardzo prosto. Żadnych zbędnych statuetek, map, miękkich mebli, falbanek czy kokardek; nawet wewnątrz własnego gabinetu Mer pozostał żołnierzem. – Pozwólcie, że się przedstawię. Jestem Frantir, Mer tego miasta.

*Nie, dłużej nie mogę milczeć! Dimko, co tu się dzieje, do diabła?!* – W tym momencie pojawiła się myśl od Anastariji. – *Czy ty wiesz, kiedy naczelnicy NPC-e się przedstawiają?*

*Aha. Albo kara, albo zadanie. Na karę to nie wygląda, dlatego...*

*Psiamać!* – O! Nie wiedziałem, że Anastarija umie kląć. – *Tylko w skrajnym przypadku! Kiedy chodzi o coś bardzo rzadkiego! Ile można? Mam wrażenie, że kiedy się zbliżasz, wszyscy NPC-e od razu wspominają o ukrytych zadaniach i spieszą się, żeby się nimi z tobą podzielić! Przy tym, o ile widzę, nie masz żadnych unikalnych parametrów!*

*Charyzma plus Rzemiosło. Oficjalnie te dwa parametry nie są ze sobą w żaden sposób powiązane, ale mam podejrzenie, że opisana we właściwościach Charyzmy szansa na dostanie ukrytego i unikalnego zadania wzrasta dzięki Rzemiosłu.*

**Poziom Energii: 30. Zatrzymaj się, wściekły Szamanie!**

– Frantirze, czy mógłbyś nas oświecić i powiedzieć, co się tu wydarzyło? Dlatego że teraz dezinformacja wykracza poza skalę – zaczęła doić Mera Anastarija.

– Pęknie powiedziane, Hrabino, proszę, niech pani usiądzie. Rozmowa może chwilę potrwać.

– Jak wiecie, Narlak to praktycznie jedyny punkt komunikacji z Astrum, sąsiednim kontynentem, zarówno dla Malabaru, jak i dla Kartosa. Właśnie dlatego znajdujemy się poza jurysdykcją Imperatora i Władcy, a rządzi tutaj rada miejska. Pozycja Mera, jak smutno mieć tę świadomość, służy jedynie do wprowadzania postanowień rady w życie. Chociaż trochę skłamałem: w Narlaku jest miejsce, które w pełni należy do Imperium, a mianowicie rezydencja Gubernatora. Gubernator zajmuje się Prowincją, a ja, jak już powiedziałem, wypełniam wolę miejskiej Rady Bezimiennych, w której to rękach skupiona jest podstawowa władza w mieście.

– Rada Bezimiennych? – powtórzyła Anastarija, przekazując mi myśl:

*Wiesz, nie trzeba było szukać zamku Urusaj ani Altamedy, lecz dobrze pokopać w tym, co tutaj się dzieje.*

– Uważa się, że ci, którzy rządzą miastem, tracą swoje imiona i nigdy nie afiszują się z tym, że nami kierują. Nawet w prawach miasta jest zapisane, że jeśli prawdziwe imię któregoś z członków rady miejskiej zostanie rozsławione, to straci on stanowisko.

Właśnie dlatego wszyscy udają, że nie mają pojęcia, kto nami rządzi, a oni, jeżdżąc eleganckimi karetami i biorąc udział w pijackich burdach, zachowują się, jakby nie mieli żadnego związku z Bezimiennymi.

– Ale co ma z tym wspólnego wasz rejestrator? On zachowywał się tak, jakby...

– Nie rozmawiajmy o tych, których lepiej nie tykać – wtrącił Frantir, nie pozwalając mi skończyć myśli. – Każdy rozumny ma swoje słabości, dlatego czasami trzeba się z nimi mierzyć.

– Może pan powiedzieć, dlaczego przedsta... yhm... rada próbowała zamknąć dostęp do naszego zamku?

– Glarnis, czyli zamek, na który spadł Urusaj, był pod jurysdykcją Narlaku, a nie Prowincji. Właśnie dlatego rada, znając specyfikę zamku, podjęła się nad nim opieki.

– Specyfikę?

– Nawet nie wiem, jak to wyjaśnić... Zamek rodzi Upiory, mnóstwo Upiorów, które starają się zniszczyć wszystko, co żyje. Jednak w odległości dwustu metrów od ścian znajduje się niewidzialna linia, po której przekroczeniu Upiory tracą ponad połowę Życia, nakładane są na nie bardzo mocne debuffy, spowolnienia, jakby ktoś zabraniał im oddalania się od zamku. Nie, nawet nie linia: strefa o szerokości około dwudziestu metrów. Każdy metr tej strefy zadaje przechodzącym Upiorom kolosalny cios, jakby sama Eluna nałożyła zaklęcie ochronne, jednak strefa nie jest zdolna do zabicia ich. Właśnie dlatego wokół zamku stoją kordony straży, a jej zadanie polega na tym, żeby dobijać agresorów, którzy stracili część swojej siły.

– To nie jest odpowiedź na pytanie, dlaczego zamknięto dostęp do zamku – nakierowałem rozmowę na odpowiednie tory. – Właściwie moglibyśmy unieszkodliwiać Upiory przy strefie, jeszcze w drodze do zamku, pozwalając waszym wojownikom odpocząć...

– Mój mąż zadał nie do końca precyzyjne pytanie – wtrąciła się Anastarija. – Proszę pozwolić, że doprecyzuję: kordony stoją wewnątrz strefy?

– Tak. – Mer kiwnął głową, dziwnie się uśmiechając i jeszcze bardziej zagadkowo dodał: – Proszę kontynuować myśl.

– Właściwie już wszystko jest jasne – uśmiechnęła się Anastarija nie mniej zagadkowo. – Pozostało do wyjaśnienia kilka kwestii, które jakoś szczególnie nie wpływają na ogólny obraz. Po pierwsze: o ile wzrósł średni poziom strażników? Po drugie: co takiego wyjątkowego dla miasta zrobił klan Lazurowe Smoki, że z uwagi na niego wprowadzono zakaz dostępu do zamku? Po trzecie: jaką korzyść daje strefa wolnym obywatelom? Jeszcze raz powtórzę, że pytania są retoryczne i w żaden sposób nie wpływają na ogólny obraz sytuacji. Główny sens jest zrozumiały.

– Odpowiedź na pierwsze pytanie: dziesięć. Na drugie: ściśle tajne. Na trzecie: liczba punktów Doświadczenia wzrosła czterdzieści pięć razy.

W kwestii rozumienia sensu tego, co się dzieje, to Nastja lekko przesadziła – osobiście jak na razie niewiele zrozumiałem ze wskazówek, które zostały podane w gabinecie. Spotkali się, cholera, dwaj konspiratorzy! Jeśli zamek posiada takie fantastyczne właściwości, jak się do tego ma informacja od Imperatora, że barbarzyńcy opuścili swoje ziemie, ponieważ zaczęło ich coś zabijać? Albo to, że trzydziestu zwiadowców wyruszyło do zamku Urusaj i nie wróciło? Że chłopi, którzy wyszli z ziem zamku, zgnili żywcem? Niezbyt rozumiem logikę wydarzeń...

– Dziękuje za informacje. – Anastarija wstała z krzesła. – Jeśli dobrze zrozumiałam, będzie lepiej, jeśli bezzwłocznie opuścimy Narlak?

– Nic takiego nie powiedziałem. – Mer również się podniósł, zmuszając mnie do zrobienia tego samego. – Jednak... Lazurowe Smoki cieszą się w mieście uznaniem, dlatego istnieje prawdopodobieństwo, że strażnicy będą przymykać oczy na drobne nieporozumienia, których inicjatorami mogą stać się przedstawiciele tego sławnego klanu. Nasze więzienie jest bardzo niewygodne, zdecydowanie bym nie chciał... Zrozumieliśmy się, prawda?

– Prawda – kiwnęła Anastarija i wyciągnęła mnie na zewnątrz.

*Plinto, plany ulegają zmianie, lecimy do Altamedy natychmiast wszyscy razem.*

*Aha. Tylko wyciągnijcie mnie z więzienia* – pojawiła się wiadomość od Łotrzyka, upstrzona smutnymi emotkami. – *Jakoś mi nie poszło z tym oknem...*

– Nastjo, a może ma sens, żebyś nieco wprowadziła nas w zagadkową tajemnicę, która jest zrozumiała tylko dla ciebie? – zacząłem naciskać na dziewczynę, jak tylko wylecieliśmy z miasta.

Plinto osiodłał swojego szybkoskrzydłego feniksa, a Nastja swojego szybkoskrzydłego Smoka, czyli mnie.

– Poczekaj, analizuję fora. Jak się czegoś dowiem, od razu dam znać.

– Też nie miałeś kogo zapytać – uśmiechnął się Plinto. – Ta oto dama w tym momencie po cichu przeklina samą siebie, że wcześniej nie przeanalizowała wszystkich informacji o miejscu naszego pobytu. Złap mnie! – krzyknął Łotrzyk i jego feniks odleciał do przodu.

– Jasne, złap – burknąłem, ale zacząłem bardziej aktywnie machać skrzydłami. Jemu to dobrze – Plinto siedzi na ptaku i tylko chichocze. Ja nieco się pocę, utrzymując siebie i Nastję w powietrzu. Z boku może wyglądać to na łatwiznę, która przychodzi bez wysiłku, ale w rzeczywistości, biorąc pod uwagę, że ja wszystko czuję...

– Wylądujemy przy tym drzewie – powiedziała Anastarija, wracając do gry.

Akurat mijaliśmy gęste lasy i drzewo, które wskazywała dziewczyna, wydawało się umowną granicą między nimi a praktycznie idealną równiną. Żadnych pagórków, żadnych rowów, tylko zielony plac, usiany drogami, chałupami chłopskimi, zaoranymi polami i ogromną ciemną plamą kilka kilometrów od krańca. Urusaj.

Nawet z oddali zamek wszelkimi sposobami pokazywał, że nie wszystko jest z nim w porządku – ciemne kłęby mgły, wijące się nad wszystkimi wieżami i zupełnie zasłaniające go przed promieniami słonecznymi. Połyskujące białawe istoty, najwyraźniej Upiory, jasna świetlna aureola, dobrze widoczna nawet z takiej odległości, i ciągle pojawiające się wybuchy – gracze dawali „popalić" mieszkańcom zamku. Sam zamek zewnętrznie nie był podobny do ruin, wręcz odwrotnie – solidna forteca z wysokimi ścianami, wewnątrz było widać całe zabudowania i nawet jakieś czarne sztandary powiewały nad wieżami. Były też, oczywiście, minusy, na przykład: brak fosy, sam zamek stał przechylony, niezgrabnie wcisnąwszy pod siebie Glarnis, a na dodatek gracze z pewnością już obdrapali jego ściany swoimi zaklęciami. Moje ściany...

– Sytuacja wygląda następująco – zaczęła Nastja, jak tylko dotknęliśmy ziemi – w okolicy biega tłum PK-rsów. Mogę się założyć, że zostali wynajęci przez Lazurowych, żeby nikt nie dotarł do zamku na dwóch nogach. Mam podejrzenia, że sami PK-rsi podpisali porozumienia o dyskrecji, ponieważ na forach nie ma ani słowa o żadnym przyspieszeniu levelowania.

– Przestań opisywać bieżącą sytuację; powiedz, o czym rozmawialiście z Merem?

– Mer jest zależnym urzędnikiem i nie może powiedzieć niczego, co mogłoby zaszkodzić miastu lub jego gospodarce. Ale jedno jest jasne: Lazurowi, szukając sposobu na kindżał Gieraniki, natknęli się na ten zamek, szybko odkryli wszystkie uroki walki z Upiorami i jakimś cudem sprzymierzyli się z Bezimiennymi rządzącymi Narlakiem. Mam tylko jedną teorię: stara głupia łapówka w Barlionie też się zdarza. Dowiedziawszy się, że Feniks znalazł Podziemie, Bezpalcy porzucił próby zhakowania zamku i zajął się zwykłym przyspieszonym levelowaniem. Biorąc pod uwagę, że Bez jest już na trzysta czternastym, idzie im to całkiem nieźle. Co jeszcze trzeba ci wyjaśnić? Na początek potrzebujemy... PLINTO!!!

Wykonawszy jakiś niepojęty ruch, Anastarija wciągnęła mnie pod siebie, jakbym był dzieckiem, i przycisnęła do ziemi. Zrzuciłem komunikaty, że mam prawo zbić ją na kwaśne jabłko, ponieważ zadała mi cios, nieważne, że słaby, i zamieniłem się w słuch – moje oczy nie widziały nic poza ramką i pancerzem dziewczyny.

Ramka Nastji mignęła cztery razy, jakby ktoś starał się trafić w dziewczynę oszczepem, kolejny raz nie tylko mrugnęła, ale też osłabła o dziesięć procent, i prawie natychmiast się odbudowała, tak że moja pomoc nie była potrzebna. Przesiedziałem więc cały czas, przyciśnięty do ziemi przez Nastję, która nagle stała się ciężka jak ze stali. Bohater, cholera!

– Minus czterech! Dwóch uciekło, nie ścigałem ich. Chodźmy stąd, nie mamy tu czego szukać; nic wielkiego nie nawojujemy, a żal stracić Machana. On wypłaca mi pensję!

– Żyjesz? – zapytała dziewczyna, złażąc ze mnie i pozwalając spokojnie odetchnąć. – Wybacz, ale to był najłatwiejszy sposób, by zachować cię całego i zdrowego.

– A co oni mogli mi zrobić? Ja już jestem na setnym! A tobie nie zaszkodzi schudnąć. Omal mnie nie udusiłaś!

– Wiesz, sześciu graczy na dwieście trzydziestym poziomie, specjalizujących się w zabijaniu innych graczy, ma w głębokim poważaniu to, że ty jesteś już na setnym. Naprawdę. Ich zadaniem jest wysłać cię na odrodzenie, za to dostają pieniądze. Tworzę grupę i daję wam dostęp; jakoś nie pomyślałam o tym wcześniej. Teraz mamy znacznik PK, musimy gdzieś przeczekać osiem godzin. Proponuję lecieć nad ocean, tam na pewno nas nie będą szukać.

– Nie wiem, jak wy, ale ja już się nalatałem – burknąłem. – Zostało mi pięć minut lotu.

– Wszystko jedno, trzeba się stąd zabierać. Już wszyscy wiedzą, że tu jesteśmy. O! Bezpaniki przysłał wiadomość...

Nastja kliknęła Skrzynkę Pocztową, zamarła na kilka chwil, czytając list, po czym wybuchnęła histerycznym śmiechem.

– Pomijając lanie wody, Bezpaniki grzecznie prosi nas, abyśmy się nie pojawiali przy zamku jeszcze przez kilka tygodni. A najlepiej miesięcy. A jeszcze lepiej: żebyśmy w ogóle odlecieli stąd, póki jest miły. Jest mu przykro, ale w imieniu Bezpalcego jest zmuszony wypowiedzieć wojnę klanowi Legend.

– Nie rozumiem, dlaczego napisał do ciebie, a nie do mnie jako do lidera klanu?

– List jest do ciebie, ja jestem w kopii. Mam ustawiony natychmiastowy odbiór od Beza, a ty, najwyraźniej, standardowy. Przyjdzie, przeczytasz, razem się pośmiejemy. Drugi klan Malabaru właśnie wypowiedział wojnę klanowi na trzydziestotysięcznym miejscu! Dziś wieczorem na forach będzie gorąco, a Barsi będzie mieć dodatkową pracę. Gracze za nic nie przepuszczą okazji, żeby ponabijać się z tych, którzy już całkiem stracili kontakt z rzeczywistością. Przy okazji, Machanie, moja rada: jak tylko dostaniesz wiadomość od Bezpanikiego, napisz mu odpowiedź z propozycją wstąpienia do naszego klanu.

– Nie rozumiem. – Zbaraniałem, słysząc tę propozycję.

– Bez w liście wyraźnie napisał, że jest mu przykro i że w imieniu Bezpalcego... Przy czym on sam przecież ma pełne prawo do wypowiadania wojny nawet całemu Malabarowi. Najprawdopodobniej niezbyt chce z nami wojować, ale nie może się przeciwstawić. Zaproponuj mu wypłatę rekompensaty dla Smoków, jeśli nie będzie wyższa niż, powiedzmy, pięć milionów, powiedz, że nie będziesz wymagał od niego złamania umowy o zachowaniu poufności, daj link do Oka Mrocznej Wdowy, powiedz, że mamy kilka rzadkich scenariuszy... Bez już dawno wspominał, że może przejść do innego klanu, to dlaczego nie miałby tego zrobić teraz?

– Dlaczego pięć?

– Dokładnie tyle dałeś Plinto, więc jest się do czego odnieść – wzruszyła ramionami Anastarija. – Wysokość nie ma znaczenia, sam coś wymyśl. Nie muszę ci tłumaczyć, jakie są korzyści z Beza, sam je chyba doskonale rozumiesz. Biorąc pod uwagę, że wkrótce odbędą się zawody klanów, szansa jest naprawdę fantastyczna.

– Myślisz, że się zgodzi? – podałem w wątpliwość.

– Na pewno nie zaszkodzi spróbować. Czym ryzykujesz poza napisaniem wiadomości? Ale jeśli wszystko wypali, to zdobędziesz dla swojego klanu bardzo mądrego, wysokopoziomowego i po prostu dobrego człowieka. Poza tym tanka, nawiasem mówiąc. Pomyśl o tym... Dobra, odlećmy, nie mam najmniejszej ochoty na odrodzenie...

**Zdobyłeś osiągnięcie klanowe „Modliszki przeciwko...": klan Legendy Barliony przeszedł Podziemie Nirriany.**
**Nagroda za przejście: 100 000 Złotych Monet,**
**+7 500 000 punktów klanowych.**
**Następne przejście tego Podziemia będzie możliwe za siedem dni.**

Proszę... Magdiej z ekipą już zrobili pierwsze tutejsze Podziemie. Niezłe z nich kozaki. Chociaż na jego przejście stracili prawie cały dzień, rezultat mnie cieszył – biorąc pod uwagę bieżącą liczbę punktów klanowych, jeszcze jedno Podziemie i będziemy na drugim poziomie, który da przedstawicielom klanu +10% monet wypadających z mobów. Drobiazg, ale przyjemny.

– Dimo, mogę obejrzeć karty? – poprosiła Anastarija, kiedy wylądowaliśmy przy niewielkiej skale.

Feniks Plinto był fantastyczny – niósł nas dwoje, jakby nie zauważając nadmiernego ciężaru. Gryf Anastariji jedynie desperacko machał skrzydłami, kiedy frunęliśmy nad nim, pod nim, przed nim... Plinto pokazał mi wszystko, do czego zdolny jest jego ptak, i muszę przyznać, że do takiego poziomu jeszcze mi daleko. Przy tym rzecz nie w szybkości, lecz w umiejętności kontrolowania swojego ciała i sterowania lotem. Dla feniksa powietrze było rodzimym żywiołem, dlatego wyprawiał takie cuda, o których nawet mi się nie śniło!

– Oglądaj – zgodziłem się, wchodząc do worka, jednak siedząca obok mnie dziewczyna mnie wyprzedziła. Bez wyrzutów sumienia weszła do mojej torby i wyciągnęła karty. Zdecydowanie muszę coś zrobić z dostępem! Patrząc na pogrążoną w analizie kart dziewczynę, zrobiłem to, na co miałem ochotę od pierwszego dnia naszej znajomości, jednak do dzisiaj, chociaż miałem dostęp, nie udawało mi się tego dokonać – wreszcie wszedłem we właściwości Anastariji.

Tak oto...

Głowa – Epicka na dwieście dziewięćdziesiątym piątym poziomie, Szyja – Legendarna dwieście dziewięćdziesiątego dziewiątego poziomu, Ramiona – Epickie dwieście dziewięćdziesiątego piątego poziomu, Buty... Hmm... Same Przedmioty Epickie i Legendarne. Szczególnie ucieszyła mnie Broń – Legendarna, Glejwandir – miecz poza poziomami. Jego opis był tak zawiły i niezrozumiały, że bez konkretnego spożycia silnie działających substancji niemożliwe było się w nim połapać. Kwestia umundurowania jest jasna, idziemy dalej.

Osiemdziesiąt trzy napotkane frakcje, z których nad siedmioma palił się czerwony napis „Nienawiść". Odnośnie do charakterystyk, to Nastja miała Leczenie, Wiarę, Mądrość i Charyzmę. Niezły zestaw, szczególnie dla gracza, który aktywnie korzysta z boskiej magii. Kiedy zobaczyłem jej główne statystyki, to nie udało mi się powstrzymać i zakląłem. Chcę szybko poziom trzysta czterdziesty trzeci! Ale koniecznie z całym dobrodziejstwem inwentarza, który miała dziewczyna – nawet Imperator zaszczycił Anastariję wzmocnieniem o dwadzieścia procent!

– Nastjo, masz kilka punktów zaznaczonych na mapie. Powiesz, po co?

– Zastanawiałam się, kiedy zaczniesz we mnie kopać – uśmiechnęła się dziewczyna, oddając mi karty. – Zagramy w durnia?

– Zagramy. Ale nie odpowiedziałaś.

– Plinto, grasz z nami? – zapytała Nastja Łotrzyka, jakby znów nie słysząc mojego pytania.

Albo zwyczajnie pokazując mi, że nie zamierza na nie odpowiadać. No jasne!

– Rozdawaj!

*Nastjo, jeszcze raz zapytam, co to za markery oznaczyłaś na mapie?*

Na ile udało mi się zrozumieć zasady rozmowy za pomocą telepatii, niemożliwe było nieusłyszenie mojego pytania.

*Jesteś gotów na wykupienie mnie z więzienia Imperatora?* – spytała zagadkowo Anastarija. – *Dziesięć milionów Złotych Monet; taką karę nałożył Imperator za ujawnienie tej informacji. Jeśli tak, to nie ma tematu, opowiem. Nie, Dimo, naucz się mnie rozumieć. Wszystko, co mogę, mówię sama. Nawet jeśli byłaby za to kara, ale jej rozmiar nie byłby przytłaczający, tobym powiedziała. Ale dziesięć milionów... wybacz, nie chcę tracić takiej sumy tylko po to, żeby zaspokoić twoją ciekawość. Mogę powiedzieć jedno: to jednoosobowe scenariusze, takie jak twoje przejście Podziemi Smoka, związane tylko ze mną. Rozdajesz?*

– W durnia nie gra się pięćdziesięcioma dwiema kartami – zauważyłem i zacząłem wyciągać karty o niższej wartości, do piątki włącznie. – Może w pokera?

– Hold'em – zgodziła się Anastarija.

– Texas Hold'em – poparł Plinto. – Złota na małą ciemną. Gramy?

– Ciągniemy karty; ustalimy, kto będzie dealerem. – Rozłożyłem talię w wachlarz i wyciągnąłem waleta.

Plinto – ósemkę, Anastarija – króla, w czym zresztą nie było niczego dziwnego.

– Obstawiamy w ciemno – powiedział Plinto, zacierając ręce z zadowolenia, i pierwszy wrzucił Złotą do wirtualnego banku. W rzeczywistości trudno to było nazwać bankiem; zwyczajna przestrzeń wirtualna, w której nasze Symulatory notowały, kto i ile postawił. Dla nas takie rachunki były wystarczające, bo i tak nie mieliśmy normalnego stołu, na który można by rzucać żetony. – Nastjo, rozdawaj...

– Przepraszam, że przeszkadzam. – Dzwoneczek Zwiastuna rozległ się, zanim pierwsza karta zdążyła dotknąć ziemi. – Chciałbym uprzedzić, że zgodnie z zasadami wolni obywatele mają zakaz grania w gry hazardowe. Jeśli zdecydujecie się na kontynuację, zostaniecie ukarani. Przyjmijcie to do wiadomości.

– W takim razie ja pasuję – mówiąc to, ze smutkiem patrzyłem na rozdane karty. – Dziękuję, Zwiastunie, za ostrzeżenie – dodałem, jednak wysłannik Imperatora zniknął już w portalu.

Nastja zebrała karty, oddała je mnie i powiedziała:

– Tak się zastanawiam... Nie wolno ci grać w karty. Powstaje więc zasadnicze pytanie: po co ci je dali? Miałam taki pomysł, że jak tylko zagramy, używając wszystkich kart, otworzy się jakaś tajemnicza właściwość. Ale... Czyżby były jak puszka Pandory? Gdy tylko ich użyjesz, zostaniesz zesłany do kopalni... Są jednak plusy nawet w tej sytuacji.

– Plusy?

– Teraz na pewno wiemy, że jesteśmy stale obserwowani. Albo bezpośrednio przez korporację, albo przez Symulatory. Nie pozwolono ci nawet dotknąć rozdanych kart, ponieważ można je zaliczyć do gier hazardowych. Jednak przyfrunął Zwiastun i zatrzymał wszystkich w odpowiednim momencie. Czy ktoś chociaż raz powiedział ci, że masz zakaz grania w gry hazardowe?

– Coś było... – Przypomniałem sobie epizod z wyjściem do realu, kiedy przedstawiciel korporacji wyjaśnił, co mi wolno w grze, a czego nie.

Teraz pamiętam, że pozwolono mi na spędzanie maksymalnie dwudziestu czterech godzin w Domu Schadzek.

– W takim razie można stwierdzić tylko jedno: ktoś bardzo nie chce, żebyś wrócił do kopalni, Machanie. Pozostało ustalić przyczynę. Szachy, Oko, nasze hologramy, a może zamek... Trzeba to rozkminić.

Oko? Coraz częściej łapię Anastariję na tym, że mówi o Oku Mrocznej Wdowy – proponowała pokazanie go Bezpanikiemu, a teraz też, uznając, że może być zupełnie obiektywną przyczyną tego, iż administratorzy gry śledzą moje działania. Przy tym sama mówiła, że w Oku nie ma niczego szczególnie cennego – zwyczajny scenariusz zniszczenia jakiegoś bossa. Nastja coś kręci i nie podoba mi się to... Może ją zapytam wprost?

**Oko Mrocznej Wdowy.**
**Opis: sto tysięcy lat temu, jeszcze przed pojawieniem się ludzi, Barlioną rządzili okrutni i krnąbrni Władcy Tarantule, którzy całkowicie podporządkowali sobie pozostałe rasy. Po kataklizmie Władcy zniknęli, a wszystkie rasy próbowały wymazać z pamięci doświadczenie tysiąclecia ucisku Tarantul, skazując je po wsze czasy na zapomnienie. W głębi Wolnych Ziem nadal jednak istnieje kult uwielbienia Władców, których Patriarcha chce wskrzesić Tarantule i pogrążyć świat w pajęczynie strachu i bólu. Powstrzymaj ich, w przeciwnym razie będzie za późno. Skontaktuj się z Imperatorem w celu uzyskania dalszych instrukcji.**

**Klasa zadania: Legendarne.**
**Wymagania odnośnie do poziomu: nie niższy 100.**
**Wymagania dotyczące składu: nie mniej niż 20 uczestników.**
**Nagroda: niedostępne.**

Jak dużo tekstu... Zadanie Legendarne, które jest wydawane przez Imperatora. Stop! Sto tysięcy lat temu... Ale jak to się wiąże ze Smokami? To one były dżumą Malabaru w tamtym czasie!

*Dimo, jesteś tu?* – zapytała w myślach Anastarija, najwyraźniej zaniepokojona, że „się zawiesiłem".

*Nastjo, powiedz, dlaczego Oko jest takie ważne.*

*Już mówiłam.*

*Nastjo, powiedz prawdę, proszę...*

*Ojciec mnie zabije...*

*Nastjo.*

*Poczekajmy, aż Plinto wyjdzie do realu. W myślach ta opowieść potrwa za długo, nie wystarczy mi Energii.*

*Chociaż kilka słów.*

*To jeszcze jeden klucz do Grobowca Stwórcy. Karmadont stworzył szachy, ale sam trafił do grobowca nie tak po prostu – doprowadził go tam prawdopodobnie przedmiot podobny do tego.*

– Dużo jest takich przedmiotów rozrzuconych po Barlionie? – spytałem głośno, wyjmując Oko.

– Ja próbowałam przejść trzy Podziemia, jednak ani razu nie doszliśmy dalej niż do połowy. Plinto udało się w takim scenariuszu dojść najdalej, kiedy rajd Mrocznego Legionu został wybity, a on aktywował Skradanie i Przyspieszenie. Właśnie wtedy zdobył swojego feniksa, który jest nagrodą Imperatora za dotarcie do najdalszego punktu. Każde Oko, Ząb, Pazur czy inne części ciała Tarantul pozwalają przejść Podziemie tylko raz, dlatego za każdy błąd trzeba zapłacić bardzo wysoką cenę. W tej chwili nie możesz aktywować tego zadania; ludzie Magdieja potrzebują czasu, żeby się zgrać, podrosnąć w poziomach, zacząć czuć jeden drugiego. W Podziemiach potwory są zawsze o trzy poziomy mocniejsze od najlepszego gracza w grupie, dlatego ani ja, ani Plinto nie możemy pomóc, bo wtedy pozostali zostaną zwyczajnie pożarci.

– Czyli wszystkie przedmioty były związane z Tarantulami, czy tak?

– Tak. Coś cię niepokoi?

– Jakoś nie do końca pasuje mi opis, że sto tysięcy lat temu Tarantule rządziły wszystkim, czym się dało. O ile wiem, w tamtym czasie dżumą Barliony były Smoki.

– Proponuję zapytać Patriarchę. On na pewno będzie znał prawdę; pytanie tylko, czy zechce się nią z nami podzielić. Plinto, masz jakiś kanał komunikacji z twoim ojcem?

– Nie. – Rozłożył się na ziemi zadowolony Łotrzyk. – Powiedział, że przez dwa miesiące będzie przygotowywał nowe trenażery, dlatego teraz jest niedostępny. Jak zacznie się druga część szkolenia, to go zapytamy. Te informacje i tak nam się nie przydadzą w ciągu najbliższego półtora miesiąca. Pogruchajcie tu sobie, a ja wyjdę do realu. Osiem godzin w grze to trochę dużo.

– Nastjo, a teraz bez ogródek: czym jest Oko i do czego służy? – zapytałem, kiedy Plinto całkowicie zniknął.

– Dobrze... Jak wiesz, pomysł z dostaniem się do Grobowca Stwórcy krąży po Barlionie już od około dziewięciu lat. Z założenia jest to projekt długoterminowy, ale ciągle nie wystartował. Na ten moment najbliżej do tego miejsca udało się dojść przedstawicielom Podniebnej; muszą stworzyć jeszcze tylko jeden przedmiot i będą mogli otworzyć drzwi. Ty jesteś drugi z trzema już gotowymi przedmiotami, potrzebujesz jeszcze tylko trzech, żeby otworzyć drzwi grobowca. Przy czym pamiętajmy, że trzeba go jeszcze znaleźć. Nie zapominaj też, że zagadka ogrów jest ciągle nieodgadnięta. Na trzecim miejscu są od razu dwaj gracze: jeden z Astrum, drugi się ukrywa, ale wiadomo, że jest z Kaltua. Obaj stworzyli po dwa przedmioty legendarne z łańcuszka zadań, który prowadzi do otwarcia wrót Stwórcy, dlatego można o nich mówić jak o rywalach. Każdy z was ma półtora roku na wykonanie zadania, ty, o ile wiem, jesteś już trzeci na naszym kontynencie.

– Rozumiem, są rzemieślnicy znacznie szybsi ode mnie. Ciągle mi jednak nie wyjaśniłaś, czym jest Oko.

– W ciągu czterech lat ani jeden z rzemieślników nawet nie zbliżył się do stworzenia całości. Początkowo okres ten wynosił pół roku, potem rok, teraz półtora, jednak gracze nie dawali sobie rady z zadaniem programistów. I wtedy wymyślono Tarantule. Nie wiem, jak zostały wprowadzone do fabuły gry ani co mają wspólnego ze Smokami, ale ja sama miałam Dyski, Kieł i Ucho Mrocznej Wdowy z podobnym opisem do twojego. Mój wujek ma jeszcze kilka w swoim, oni przecież też zdobyli Pierwsze Zabójstwa. Istota tych przedmiotów jest prosta: ten, kto przechodzi Podziemie za pierwszym razem, dostaje klucz do Grobowca Stwórcy Barliony. Jaki jest rezultat, już mówiłam: Feniks nigdy nie trafił dalej niż na tamten świat, Plinto udało się przedrzeć, ale trzeci boss go zabił. Stąd wiemy, że w Podziemiu jest co najmniej czterech i są o kilka poziomów wyżej niż najbardziej wylevelowany gracz z rajdu. Ale to też już mówiłam.

– Kiedy zobaczyłaś Oko, to powiedziałaś, że to nic ważnego – uśmiechnąłem się.

– Dziwny jesteś! Co miałam ci powiedzieć? W tamtym momencie byłeś dla mnie nikim, nawet nie wiedziałam, jak się nazywasz. Otóż tak, ojciec stanowczo zabronił mi opowiadać ci o Oku, mając nadzieję, że uda mu się je od ciebie odkupić, jednakże... Nie chcę w naszej relacji kłamstw. Jeśli nie będę chciała ci czegoś powiedzieć, to powiem: mój miły, wybacz, ale to moja tajemnica. Teraz to żadna tajemnica; o Tarantulach jest mnóstwo informacji w otwartych źródłach.

– Możesz je zdobyć? – poprosiłem. – Bardzo chcę poskładać w całość historię swojego rodu.

– Dobrze, mam bardzo szczegółowy raport, dam ci przeczytać. Czy teraz zaspokoiłam twoją ciekawość, mój niedowiarku?

– Na to wygląda – uśmiechnąłem się. – Powiedz, czy znasz treść tego zwoju. – Wyjąłem zapis o Szachach Karmadonta i podałem dziewczynie. – Bardzo mi zależy na twoim komentarzu.

Ostatnia przeszkoda, która stała na drodze do pełnego zaufania wobec Anastariji, wypłynęła z głębin mojej torby na światło dzienne. Miałem w rękach niezbite dowody na to, że dziewczyna weszła do mojego klanu właśnie dla zadania, a nie dla... hmm... dla mojego czy jej klanu, a mój robak podejrzliwości ciągle drążył. On, ten robak, w ogóle jest dziwnym stworzeniem – zwykle stara się nie wierzyć nikomu, nawet swojemu gospodarzowi.

– Jaki interesujący świstek. – Anastarija szybko przeczytała tekst i zamyślona oddała mi go. – Jest jeszcze trzecia część, prawda? Dla twórcy.

– Jest. – Nie zaprzeczyłem oczywistemu faktowi.

– Nieźle... Wyobrażam sobie, co myślisz o moim wstąpieniu do naszego klanu... Niech Imperator będzie moim świadkiem, że nigdy nie widziałam tego dokumentu ani tekstu, który jest w nim zawarty – powiedziała dziewczyna i w tym momencie wokół niej pojawiło się białe światło. Imperator potwierdził prawdziwość jej słów. – Tak będzie o wiele bardziej efektywnie niż udowadniać ci, że nie jestem wielbłądem. Ojciec nigdy mi tego dokumentu nie pokazywał... To ci konspirator nikczemny! Nic to, już ja mu wygarnę! Pokażę, że nie warto przede mną niczego ukrywać! Wybacz, Dimo, emocje, ale... Mieliśmy umowę, że będą mi wszystko pokazywać, a tu coś takiego...

Robak nieufności parsknął pogardliwie, obrzucił Nastję niecenzuralnymi słowami, po czym popełznął do głębokiej norki spać, a ja po raz pierwszy po wielu latach, zarówno w realu, jak i wirtualu, objąłem ukochaną dziewczynę, czując tylko jedno – ogromne szczęście...

# ROZDZIAŁ 8

## SPOTKANIE Z ALTAMEDĄ

– Zamek przed nami! – radośnie wykrzyknął Plinto, jakby już nie mógł się doczekać zanurzenia w ogniu bitwy.

Pozostało nam do pokonania jeszcze około kilometra, ale już teraz było jasne, że wokół zamku wrze bitwa nie na żarty. Przy czym wrze nie w kręgu światła, tylko bezpośrednio przy bramie głównej. Sądząc po kołyszącym się białym potoku, który długim językiem ciągnął się z zamku, to Upiorów w Altamedzie było pod dostatkiem.

– Lądujemy przy kręgu! – przypomniała na wszelki wypadek Anastarija.

– O! Już do nas strzelają! – krzyknął Łotrzyk, ryzykownie wprowadzając feniksa w wiraż i tak przepuszczając strzały bokiem.

NPC-e nigdy nie zaczęliby strzelać bez powodu, stąd wiedzieliśmy, że przeciwko nam występują gracze. Najemnicy Lazurowych lub oni sami – nie miało to większego znaczenia. Ważniejsze, że wypowiedzieli wojnę mojemu klanowi i potwierdzili to wystrzałami.

Tak jak radziła Nastja, jeszcze wczoraj napisałem wiadomość do Bezpanikiego, zapraszając go do swojego klanu, ale dostałem odpowiedź negatywną – Rycerz Śmierci nie dał się skusić nawet pełnym wykupem jego zobowiązań wobec obecnego klanu. Jeszcze raz poradził, żebyśmy nie zbliżali się do zamku, w przeciwnym wypadku jego ludzie będą polować na nas dopóty, dopóki nie wtrącą się Zwiastuni. W porządku, jego wybór, sam go dokonał. Drugiej propozycji nie będzie...

– Zmiana taktyki, lecimy bezpośrednio do kręgu! Tam aktualnie walczą jacyś NPC-e, pomożemy im! Naszym zadaniem jest przekazanie przepustek!

– Lecimy – zgodził się Plinto, wpuszczając ptaka w jeszcze jeden wiraż, i wtedy wbiliśmy się w krąg światła...

**Wkroczyliście na świętą ziemię.**
**Otrzymujecie buffa „Dar Eluny". +45% do wszystkich parametrów, x45 do zdobywanego Doświadczenia, x45 do wzrostu statystyk.**
**Czas trwania buffa – 2 godziny.**

– Taaak... – przeciągle powiedział Plinto. – Dla takiej nagrody też bym wszystkich zabijał...

– Na ziemię! – Usłyszałem krzyk Nastji i nagle feniks Plinto zmienił się w uzdę.

My, wciąż jeszcze bezwładni, polecieliśmy w dół. Upadek ze stu metrów – bo wzbiliśmy się na taką właśnie wysokość – to w zasadzie gwarantowane odrodzenie...

Chwilunia!

Loty na chowańcach, jak właśnie się okazało, były zabronione nad terytorium zamku. Jeśli chcesz się dostać do wnętrza ochranianego obszaru, sforsuj bramę zgodnie z zasadami gry. Programiści postarali się, żeby gracze w pełni podelektowali się ich wymysłami...

Ale my przecież nie chodziliśmy standardowymi drogami...

– Plinto, złap się! – krzyknąłem, przemieniając się w Smoka. Sto metrów to mniej więcej sześć sekund swobodnego spadania, więc mam czas, żeby uratować wszystkich. Latać – nie, ale szybować albo powoli spadać z ogromnym przeciążeniem... Dlaczego by nie?

**Nie możesz nieść dwóch graczy.**

Zrzuciłem komunikat i z przerażeniem patrzyłem, jak moje łapy przechodzą przez Nastję, jakby była powietrzem. Nie miałem możliwości ani się jej uczepić, ani spowolnić jej koszmarnego upadku.

*Dimo, wszystko w porządku, schowam się w bańce, nie martw się.* – W głowie pojawiła się zbawienna myśl od dziewczyny, która pozwoliła mi się rozluźnić. A już zamierzałem pozbyć się Plinto! – *Dziękuję, że uratowałeś Plinto. Lądujcie obok mnie...*

Patrzenie na to, jak ciało ukochanego człowieka, chociażby tylko wirtualne, wbija się w tłum NPC-ów, walczących z Upiorami, przy tym rozrzucając Upiory na boki jak kula kręgle. To dopiero widowisko. W powietrze uniosła się ziemia, NPC-e, Upiory – lądowanie Anastariji wyszło genialnie.

*Chodźcie tu! Dimo, ty zajmij się wzmocnieniem! Wejdź w tłum NPC-ów. Postaraj się znaleźć tego, komu można oddać przepustki!*

– Plinto, idź do Nastji – przekazałem prośbę... chociaż kogo ja oszukuję, raczej rozkaz dziewczyny dla Łotrzyka. – Ja będę tuż obok.
– Przyjąłem. – Gdzieś w okolicach ogona dał się słyszeć głos Łotrzyka w tonie, przez który większość graczy Malabaru umierała ze strachu.

Łotrzyk wszedł w szał bojowy i teraz lepiej nie wchodzić mu w drogę. Biorąc pod uwagę, że wszystkie statystyki Plinto i Anastariji wzrosły o czterdzieści pięć procent, można powiedzieć, że spod nieba do wejścia do Altamedy przyfrunęły dwa potwory. I jeden niedorobiony, którego zadaniem jest po prostu przeżyć. Czyli ja.

– Nie wiem, kim jesteś – zwróciła się do mnie atrakcyjna NPC poziomu trzechsetnego; Mag, jeśli dobrze zinterpretowałem wylatujące z rąk błyskawice – ale zjawiłeś się bardzo w porę! Powiedz swoim bojownikom, że zamierzamy się wycofać; teraz nie da się przebić do środka. Trzeba ochronić ludzi. Odwrót! – zabrzmiał rozkaz i trzydziestu zakutych w zbroje wojowników zaczęło dosyć sprawnie, jakby ćwiczyli ten manewr latami, wycofywać się.

Pięciu healerów pokazywało klasę premium w umiejętności leczenia, utrzymując poziom Życia bojowników na poziomie dziewięćdziesięciu–stu procent, a troje Magów – w tym moja współrozmówczyni, która, jak wywnioskowałem, była również dowódcą oddziału – starało się niszczyć Upiory, jeszcze zanim te doszły do Wojowników. Chociaż nie bardzo im to wychodziło, to i tak do zakutych w zbroje Wojowników docierały już porządnie poturbowane istoty. Muszę spróbować zwerbować ten oddział w charakterze najemników – może się uda, nigdy nie wiadomo...

*Nastjo, odwrót!* – Coraz bardziej cieszy mnie ta nasza możliwość kontaktu. W ferworze bitwy nie ma kiedy czytać czatu ani słuchać amuletu, za to człowiek nigdy nie będzie mógł zignorować własnych myśli. – *Zabierz Plinto.*

*Aha* – przyszła odpowiedź. – *Wiesz, mam dopiero siedem Upiorów, ale nie rozumiem, dlaczego Bezpalcy pojawił się tutaj z całym swoim klanem. Plinto się rozkręcił...*

W pełni zgadzałem się z Nastją! Kiedy Plinto pojawił się na placu w Krispie, zamienił się w zabójczy wentylator, wysyłający graczy na odrodzenie jednym ciosem. Ale tam były normalne dwusetki, które dla mojego Łotrzyka są na jeden ząb. Tutaj – jak zdążyłem zauważyć – były Upiory na poziomie trzechsetnym, wypełzające ze wszystkich dziur, i tylko jeden Plinto, który dostał buffa dodającego czterdzieści pięć procent... Bojownicy Gejry, bo takie było imię dowódcy, już wystarczająco oddalili się od Upiorów, od czasu do czasu strzelając w nich z kusz, dlatego Łotrzyk został sam. Chociaż, jak widziałem, nie bardzo go to zmartwiło, wręcz przeciwnie – całkiem rozwiązało ręce.

Nie nadążałem śledzić za tym, co wyrabia Plinto – to nie był już nawet wiatrak, to... Dwa powoli znikające w powietrzu zielonkowate treny, które ciągną się za Legendarnymi Kindżałami mojego wampira, były jedynym widocznym namacalnym elementem, który udawało się dostrzec, wszystko pozostałe było rozmyte i wyodrębnienie z tego wiru jakichś detali nie było możliwe. Gdyby ktokolwiek mi powiedział, że gracz jest zdolny do pracy na takiej oszałamiającej prędkości, to roześmiałbym mu się w twarz, ale własne oczy mnie nie okłamywały – niedaleko Altamedy pojawiła się maszyna śmierci. Dziesięć, dwadzieścia, czterdzieści, pięćdziesiąt... Upiory pojawiały się przy Plinto i w tym momencie znikały, żeby odrodzić się za dwadzieścia cztery godziny... Zaczyna mi się podobać „Dar Eluny”!

**Zdobyłeś osiągnięcie klanowe: Najlepszy pośród najlepszych. Gracz na najwyższym poziomie w Malabarze jest w twoim klanie. Do tego momentu, dopóki dane osiągnięcie należy do klanu, ilość Doświadczenia zdobywanego przez wszystkich uczestników wzrasta o 5%.**

– Jeśli twój bojownik będzie nadal pracował na takiej prędkości, spłonie – powiedziała Gejra, obserwując taniec śmierci, wykonywany przez Wampira. – Zatrzymaj go. Dzisiaj na pewno nie wejdziemy do zamku, dlatego nie należy tracić tylu sił. „Dar Eluny" upomni się o zapłatę i dla tego rozumnego ona będzie ogromna. Nie pozwól mu płacić cierpieniem!

*Nastjo, trzeba wyciągnąć Plinto! Wpadł w szał i nas nie słyszy!* – napisałem na czacie, ponieważ ciągłe wzmocnienie i leczenie obniżyło Energię o połowę.

Jeśli zacznę komunikować się przez telepatię, to zwyczajnie padnę bez sił.

*Dobrze, cooldown bańki właśnie się skończył. Zaraz go wyciągnę!* – odpisała Anastarija, jednak w tym samym momencie Plinto dokonał jeszcze jednego szalonego czynu: jednym skokiem pokonał około dziesięciu metrów i znalazł się obok bojowników Gejry, osłoniętych najeżonymi kopiami.

– W nic nie wpadłem! – powiedział zadowolony, skoczywszy jeszcze raz, tylko teraz już za głowy bojowników, lądując przy mnie i Gejrze. – Szefie, widziałeś? Siedemdziesiąt dwa Upiory i praktycznie połowa słupka Doświadczenia! Jestem najlepszy! Po raz pierwszy w ciągu dziesięciu lat Helfajer jest drugi!

– Nie chcę cię denerwować, ale dostałem informację, że czeka cię bolesna regeneracja. – Ściągnąłem na ziemię fruwającego w obłokach Łotrzyka.

– Straszysz jeża gołą... – zaczął Plinto, ale nie zdołał skończyć. Przewrócił oczami, z nosa i ust polała się krew, poziom Życia w ekspresowym tempie poszedł w dół, a sam Łotrzyk padł na ziemię, jakby wyrwano z niego wszystkie kości za jednym zamachem. Taaak... Krew pojawia się u postaci w grze tylko w jednym przypadku – warunki scenariusza... Czułem, że Plinto nie ma teraz możliwości wyjścia do realu, a system zmusza go, aby poczuł całą słodycz „wyzdrowienia" po otrzymanym buffie.

– Nastjo! – wrzasnąłem, wlewając w Plinto uzdrowienie.

Gejra też wydała rozkaz swoim bojownikom i dwoje z nich chwyciło Plinto pod ręce i zaczęło wyciągać ze świetlnego kręgu. Cholera! Tam przecież są Lazurowe Smoki!

*Dimo, pomóż nam* – wydusiła Anastarija, która tak jak Plinto runęła na ziemię. Cieszyło jedno: dziewczyna nie straciła przytomności. – *Wyjście z gry jest możliwe dopiero po wyzdrowieniu po „Darze Eluny". Nie używaj go!*

– Ją też trzeba wyciągnąć poza krąg – rzekła Gejra, wysyłając do Nastji jeszcze dwóch bojowników. W tym momencie przeszliśmy już połowę świetlnego kręgu, stale odpierając napadające Upiory, dlatego mogliśmy sobie pozwolić na taki luksus jak wyciąganie rannych. – Chodź z nami. Leczyłaś zbyt aktywnie, rekonwalescencja po „Darze Eluny" dotknie też ciebie.

– W imieniu Imperatora jesteście aresztowani! – krzyknął jeden z wąsatych strażników, kiedy już stanęliśmy na zwyczajnej ziemi. Przywitał nas na samym skraju świetlnego kręgu, zdążył związać Plinto, który ciągle nie doszedł do siebie, skierować włócznie w kierunku Anastariji i wziąć mnie na cel dziesięciu kusz. – Za naruszenie granicy zamku Urusaj pozostaniecie pod strażą przez okres...

W tym momencie strażnik zaczął odczytywać mi wyrok, jakby był jednocześnie sędzią, prokuratorem i oskarżycielem w jednej osobie, jednak w moich planach nie przewidywałem bycia schwytanym. Nastja próbowała im coś odpowiedzieć, jednak z jej ust wydobył się tylko ochrypły bełkot, Plinto leżał na ziemi, bojownicy Gejry pomalutku wykopywali go poza świetlisty krąg, jakby jedynie poza tym polem było możliwe schodzenie buffa, dlatego z tą sytuacją będę musiał sam sobie poradzić. Cieszyło mnie jedno – ogromny tłum graczy Lazurowych Smoków, stojący za świetlnym kręgiem, nie odważył się z nami walczyć. Nawet jeśli teraz polecą w nas strzały i zaklęcia, to żadne z nich nie dosięgną celu, ponieważ strażnicy Barliony zamierzają odprowadzić nas do więzienia, więc nikt nie może im w tym przeszkodzić. Jeśli ktoś jednak spróbuje, to będzie siedział w celi obok.

– Według prawa, które zostało mi przyznane przez Imperatora Malabaru, jestem właścicielem tego zamku! – krzyknąłem, nie pozwalając strażnikom na związanie mi rąk za plecami. – Mam zgodę na przejście przez ochronne kordony strażników, obejmującą mnie i tych ludzi. – Wskazałem Plinto i Nastję. – Dlatego żądam natychmiastowego uwolnienia! I proszę o ochronę dla nas! Proszę o ochronę przed napaścią ze strony wolnych obywateli, którzy krążą wokół mojego zamku!

– Proszę okazać przepustki, Hrabio! – zażądał bojownik, który pojawił się przy mnie, sądząc po właściwościach: Kapitan lokalnego garnizonu. – Dla pana i pańskich ludzi!

O proszę! Jeszcze minutę temu chcieli mi wykręcać ręce, a teraz: Hrabio! Nie można tak było od razu? Religia nie pozwala?

– Proszę – podałem mu trzy zielone plakietki, które natychmiast rozpłynęły się w rękach kapitana. W tym samym momencie nad głowami Plinto i Anastariji pojawiły się dodatkowe zielone markery; najwyraźniej posiadanie przepustki jest oznaczane w taki właśnie sposób.

– Prosił pan o ochronę, Hrabio – kontynuował kapitan, a jego ludzie zaczęli rozwiązywać Plinto i Anastariję. – Dostaniecie ją. Od tej chwili pan i pańscy ludzie znajdujecie się pod ochroną mojego garnizonu. Jednak proszę uwzględnić, że mam rozkazy, i ani ja, ani moi wojownicy nie mamy prawa oddalać się od zamku dalej niż na pięćset metrów. Proszę więc zapamiętać, że ma pan ochronę jako właściciel zamku. Jak tylko przestanie nim pan być, nie będę miał obowiązku chronić was przed atakami wolnych obywateli. Wszystkiego dobrego. Moi healerzy obejrzą Plinto i Anastariję.

**Jest dostępny buff „p.o. Właściciela" - gracze nie mogą zadać ci ciosu w promieniu 500 metrów od zamku Altameda. Czas trwania - 62 dni. Chcesz przyjąć?**

Też pytanie! Oczywiście, że tak!

– Plinto nie potrzebuje ochrony? – zdziwił się kapitan, kiedy ochrypły i wciąż jeszcze plujący krwią Łotrzyk zaczął się ruszać. Udało się go wypchnąć poza krąg światła, gdzie dołączyli do niego healerzy, dlatego Wampirowi nie groziło odrodzenie.

– To jego wybór – odpowiedziałem filozoficznie, doskonale rozumiejąc motywy Plinto.

Jeśli po każdych odwiedzinach w zamku będzie nim tak samo rzucało, to będzie musiał na kimś się wyżyć. Złapać oddech. Skoro Lazurowe Smoki wypowiedziały nam wojnę, to dlaczego nie dokonać małego ludobójstwa? Można się nie obawiać otwartego ataku – dookoła jednak są straże i z pewnością zainterweniują, a zadawane ukradkiem ciosy nie stanowią zagrożenia dla najbardziej wylevelowanego gracza Malabaru. Jestem przekonany, że nawet go ucieszą, ponieważ będzie miał pełne prawo do zemsty na swoim oprawcy. Jeśli dodać do tego jeszcze, że Plinto nie da się kontrolować, to nie zazdroszczę tym, którzy zaryzykują ostrzenie na nim swoich ząbków.

– W takim razie opuszczę was. Gejro! – kapitan zwrócił się do mojej znajomej. – Przecież uprzedzałem, że wchodzenie do wnętrza kręgu jest niebezpieczne! Chciałaś odejść w zapomnienie; może jesteś szczęśliwą nosicielką Znaku Śmierci?

– Kapitanie, musiałam! Doskonale wiesz, że musiałam!

– Przy tym odpowiadasz nie tylko za siebie, ale i za swoich ludzi! Jaki jest sens podkładania głowy tu i teraz? Chcesz uszczęśliwić Upiory?

Kapitan dokądś powlókł opierającą się Gejrę i w tym momencie prosto w moją twarz pomknęła strzała. A dokładniej – powinna była pomknąć, ponieważ dzięki odporności na ciosy zadawane przez graczy ja i ona znajdowaliśmy się w różnych wymiarach, dlatego poczułem jedynie powiew wiatru.

– Bełdar! Za próbę napaści na właściciela zamku jesteś aresztowany na dwadzieścia cztery godziny! – krzyknęli strażnicy, krępując pechowego strzelca i wysyłając go do Narlaku.

Najwyraźniej Lazurowe Smoki postanowiły sprawdzić skuteczność mojego buffa. Ciekawe, czy jeśli będą wśród nich najemnicy wywodzący się z NPC-ów, to „p.o. Właściciela" będzie działać, czy będę się musiał sam bronić? Jakoś nie mam ochoty sprawdzać tego na własnej skórze...

– Nastjo, mam dwa istotne pytania. – Sprawiając wrażenie, jakby nic poważnego się właśnie nie stało, i demonstracyjnie ignorując kłębiących się niedaleko graczy, podszedłem do dziewczyny.

Nastja jakby już doszła do siebie po „Darze Eluny" i mogła rozmawiać normalnie.

– Słucham cię.

– W jaki sposób aktywowaliście umiejętność i dlaczego ani ja, ani ty nie dostaliśmy Doświadczenia, które zdobywał Plinto? Przecież byliśmy w jednej grupie, jednak tylko jego poziom wzrósł.

– W tej chwili na oba pytania mam jedną odpowiedź: nie wiem, trzeba sprawdzić. Ty, jak widzę, nie doświadczyłeś bolesnej regeneracji. A tak przy okazji, gdzie jest Plinto?

– Wyszedł do realu, jak tylko pojawiła się taka możliwość.

– Ani razu nie widziałam u niego takiej prędkości. Miałam wrażenie, że zamienił się w wiatr i szalał wśród Upiorów jak coś nieważkiego i niematerialnego. Mam podejrzenia, że aktywacja następuje, kiedy gracz wychodzi poza swoje zwykłe ramy i granice. Ja na przykład wysiliłam się bardzo mocno, ale nie ze wszystkich sił, starając się utrzymać Plinto na poziomie chociaż sześćdziesięciu procent Punktów Życia. Może dlatego wyzdrowienie nie zwaliło mnie z nóg.

– Okej, dopytam o to jeszcze Gejrę, ona coś wie.

– Gejrę?

– To NPC, natknęliśmy się na jej oddział. Jej ludzie wyciągnęli ciebie i Plinto, dlatego i tak musimy z nią porozmawiać, trzeba podziękować. Jednocześnie dowiedzieć się, po co ona chce wejść do zamku i w jaki sposób planuje dostać się do wnętrza. Jednak kwestia Doświadczenia otrzymywanego w grupie jest bardzo ciekawa. W Kołotowce, jeśli pamiętasz, Doświadczenie było rozdzielane na wszystkich, a tutaj...

– Znajdę odpowiedź. W końcu Bez jest moim dłużnikiem, myślę, że odpowiedź na to pytanie nie naruszy żadnych porozumień o zachowaniu dyskrecji. Dimo, ja też wyjdę do realu, dobrze? Wyzdrowienie, jeśli mam być szczera, to dosyć poważna sprawa. Dawno nie czułam niczego podobnego.

– Zgoda. Ja na razie poszpieguję tutaj, sprawdzę, co i jak. Odpoczywaj...

– Jednak udało ci się przedrzeć – powiedział Bezpalcy, podchodząc do mnie i tak samo jak ja obserwując sprzeczkę między Kapitanem a Gejrą.

Biorąc pod uwagę, że dziewczyna zaczęła gwałtownie wymachiwać rękami, kłótnia nie była żartem. Żal, że NPC-e postanowili zawiesić kopułę izolującą dźwięki – osobiście z ciekawością bym ich posłuchał.

– Jak widzisz. – I wzruszyłem ramionami. – Po co przylazłeś?

– Żeby się dogadać, a po cóż by innego – uśmiechnął się lider Lazurowych Smoków. – O ile dobrze zrozumiałem, to właśnie ten zamek Imperator podarował ci w nagrodę, jednak samodzielnie go nie zdobędziesz; nikt nie zdobędzie. Możesz, oczywiście, wezwać Feniksa, ale to wbrew naszym interesom. Nie zamierzamy tu nikogo wpuszczać. A i Feniks raczej nie wejdzie w konflikt z powodu tego miejsca, bo więcej stracą. A zatem, znajdujesz się w niezbyt komfortowej sytuacji, jednak jesteśmy gotowi pójść na ustępstwa i zaproponować tobie i twoim rajderom dostęp do Upiorów bez przeszkód. Jest ich wiele, dlatego Doświadczenia wystarczy dla obu klanów.

– Jacy wy jesteście hojni. – Nie powstrzymałem się od sarkazmu. – Jakie stawiasz warunki?

– Do momentu, dopóki zamek pozwala na przyspieszone levelowanie, nie przejmiesz go. To znaczy, że on jest jakby twój, ale faktycznie jest wspólny. Możemy dodać warunek, że jeśli w okresie, powiedzmy, trzech miesięcy, sytuacja się nie zmieni, odejdziemy.

– Aha. Do tego momentu cały klan Lazurowych będzie na trzysta czterdziestym poziomie i Doświadczenie z Upiorów nie będzie wam już potrzebne.

– Jak miło słyszeć, że się zrozumieliśmy. Podpisujemy porozumienie?

– Co się stanie, jeśli odmówię?

– Nic.

– Nic?

– Nic dobrego dla ciebie i twojego klanu. Machanie, ja traktuję cię dobrze, ale polityka klanu jest taka, że musimy likwidować konkurencję. Za trzy miesiące odbędą się zawody międzyklanowe, dlatego będziemy się zębami chwytać każdej możliwości, żeby je wygrać. Jeśli twój klan stoi na naszej drodze, to go zmieciemy, zupełnie nie myśląc o konsekwencjach. Powtarzam, możemy pozwolić wam korzystać z tutejszych osobliwości zamku, jednak pod jednym warunkiem: nie podejmiesz żadnych działań prowadzących do jego przejęcia. Jeśli się nie zgadzasz, wojna będzie trwała. Bardzo nie polecam polegania na immunitecie, który ci zapewniono, w obronie przed ciosami od graczy. Uwierz, że zakazanie ci przebywania w tej lokacji jest znacznie łatwiejsze niż tracenie energii na wysłanie cię na odrodzenie.

– Sprzeciwisz się woli Imperatora? – Uniosłem brew zdziwiony.

– Ja nie. Klan też nie, ale Narlak nie podlega bezpośrednio Imperatorowi. To niezależne miasto wolnych obywateli i życzenia Imperatora czy Władcy nie są tutaj rozkazem. Kiedy będziesz starał się udowodnić, że nie jesteś wielbłądem, miną właśnie te trzy miesiące, o których mowa. To jak, dogadaliśmy się?

– Muszę to skonsultować wewnątrz klanu – odpowiedziałem Bezpalcemu, starając się mówić neutralnym tonem.

Nie miałem żadnej karty przetargowej poza decyzją Strażnika, o której nikt nie wie, dlatego musiałem pomówić z Nastją. A i Plinto mógłby zaproponować coś rozsądnego...

Ale dla samego siebie wyciągnąłem zdecydowany wniosek – na żądania Bezpalcego nie zamierzam się zgadzać, poza tym między klanami Legendy Barliony a Lazurowe Smoki trwa wojna. Może jeszcze niezbyt widoczna, ale nieunikniona. I jakoś szczególnie nie martwi mnie, że jest nas zaledwie stu trzydziestu trzech, włączając wydobywców, a Lazurowe samych bojowników mają około dziesięciu tysięcy. Nie ugnę się...

– Skonsultuj, nikt cię nie pogania. Wystarczy ci dzień? Myślę, że powinien. Równo za dwadzieścia cztery godziny oczekuję odpowiedzi. Jeśli jej nie dostanę, uznajemy, że odmawiasz. W takim wypadku zaczynamy działać...

– Kapitanie! Pozwól, że doprecyzuję jedną kwestię – zwróciłem się do naczelnika garnizonu, jak tylko lider Lazurowych zostawił mnie samego.

– Hrabio?

– Powiedz, proszę, czy jako właściciel mogę zakazać osobom postronnym przebywania w okolicy zamku? Co muszę zrobić?

– Może pan, do tego potrzebne jest pozwolenie rady Narlaku. Dane terytorium jest pod jej jurysdykcją. Jak tylko dostanie pan taką decyzję, w promieniu pięciuset metrów od zamku nie będzie ani jednego wolnego obywatela, którego obecność nie będzie z panem uzgodniona.

– Dziękuję za odpowiedź. Zajmę się tą kwestią. Jeszcze jedno pytanie. Kim jest Gejra? Jak zrozumiałem, nie należy do pańskich ludzi, nie jest też najemnikiem Lazurowych Smoków i...

– Zrozumiałem pytanie – przerwał mi kapitan. – Gejra jest potomkiem właścicieli Glarnisu, który został zniszczony przez Urusaj. Przechodziła szkolenie w wojskach Imperatora, dlatego, kiedy dowiedziała się o tym, co się stało, od razu się tu pojawiła, wcześniej zdobywając pozwolenie rady.

– Przez Urusaj? Zamek nazywa się Altameda – poprawiłem kapitana.

– Możliwe, ale ja mam informację o takiej nazwie. W każdym wypadku nie o nazwę chodzi. Jeśli chcesz kontrolować obecnych wokół zamku, musisz dostać pozwolenie rady Narlaku. Proszę wybaczyć, Upiory przystąpiły do kolejnego ataku...

Taaak... Bezpalcy nie byłby przekonany o swojej sile, gdyby nie miał dobrego powodu... Jeśli rada Narlaku jest w kieszeni Lazurowych, to nikt nie będzie mógł zbliżyć się do Altamedy – kordony straży natychmiast wyślą intruzów do więzienia. Zatem konieczny jest masowy atak z pełną świadomością, że atakujący zdobędą w Narlaku Nienawiść... Feniks się na to nie zgodzi... Ale wiem, kto może zaryzykować!

– Słucham! – W amulecie rozległ się znajomy głos.

– Ewoletcie, tu Machan. Nie będę ściemniał, przejdę od razu do rzeczy: jeśli będę potrzebował kilku tysięcy twoich bojowników na trzy miesiące, to jest to do zrobienia?

– Eee... – usłyszałem w amulecie, dlatego uśmiechnąłem się i kontynuowałem:

– Teraz szczegóły...

Uczciwie i otwarcie opowiedziałem wujkowi Anastariji o miejscu levelowania, jakie znaleźliśmy, i konflikcie z Lazurowymi Smokami. W odróżnieniu od Feniksa Mroczny Legion nie może mieć żadnych interesów w tym mieście. W każdym razie Gubernator Malabaru znajduje się w Narlaku, a o przedstawicielach Kartosa Mer nie powiedział ani słowa. Jeśli uda mi się wywrzeć presję na radzie, to Ewolett ze swoimi ludźmi będzie bardzo mile widziany. Jestem przekonany, że jeśli przegnać Bezpalcego z dala od Altamedy, to nie zatrzyma go Nienawiść w Narlaku.

– Twoje warunki? – Możliwość wzrostu zainteresowała Ewoletta.

– Nie potrzebuję konfliktów pomiędzy naszymi bojownikami. Upiorów wystarczy dla wszystkich. Potrzebuję za to ochrony i całkowitego wybicia wszystkich graczy, którzy kręcą się wokół zamku.

– Akceptuję. Coś jeszcze?

– Z Upiorów może coś wypaść i może to być cenne, nie chcę biegać z prośbą, żeby mi to pan pokazał albo oddał. Łup z graczy jest wasz.

– Też sensowny warunek.

– I jeszcze proponuję zawiązać sojusz. Jestem przekonany, że Imperatorowi i Władcy się to spodoba: dwa klany z przeciwstawnych frakcji zaczęły współpracować. Poza tym będę potrzebował sprawdzonych bojowników do zadania z Okiem.

– Nie oddałeś go jeszcze? – spytał z niedowierzaniem Ewolett, okazując swoje zainteresowanie.

– Przecież się umówiliśmy, że to zadanie zrobimy razem. Nie rzucam słów na wiatr.

– Moi prawnicy napiszą porozumienie i wyślą do Leyte'a, Barsine i Anastariji. Oni zajmują się u ciebie papierologią, prawda?

– Widzę, że dużo pan wie o moim klanie. – Nie mogłem się powstrzymać od złośliwej uwagi.

– Ludzie gadają, Machanie. – Nawet przez amulet było czuć, że Ewolett jest bardzo zadowolony, iż zrobił na mnie wrażenie. – Jak tylko zawrzemy porozumienie, możesz liczyć na trzy tysiące bojowników. Jednak mam dla ciebie radę: spróbuj dogadać się z Narlakiem. Lazurowych jest dużo, ale ja zaproszę najemników, więc damy radę ich wybić, strażnicy, niezależnie od tego, ilu ich będzie, to też nie problem. Ale nie bardzo chcę rujnować relacje w mieście. Tak więc postaraj się rozwiązać tę kwestię. Moi ludzie będą do twojej dyspozycji, dopiero jeśli zagwarantujesz, że nie rzuci się na nich gwardia. To też zawrzemy w porozumieniu.

– Jesteśmy umówieni. Mogę zadać pytanie nie na temat? Czy udało się wam już rozprawić z kindżałem Gieraniki?

– Jeszcze nie, ale, tak mi się wydaje, w ciągu tygodnia, może dwóch na pewno zakończymy ten scenariusz. Zlokalizowaliśmy Podziemie, zostały jeszcze dwa bossy, włączając ostatniego, i będzie po sprawie. Jakieś ostatnie nowinki od Feniksa? Przeszli swojego drugiego bossa?

– Niestety, nie wiem. To, że znaleźli Podziemie, to wiem, ale o bossach...

– Dobrze, zapytam wieczorem Echkilera. To wszystko?

– Chyba wszystko, chociaż... Powiedz, jak wam tam, w Kartosie? Nie żałujecie, że przeszliście?

– Nie mamy kiedy żałować! Nowe zadania, nowe umiejętności, nowe Podziemia. To jak obudzić się w nowej, zaskakującej bajce, w której za każdym krzakiem czai się cudo cudne i dziwo dziwne. Tu jest prawdziwy raj dla odkrywców, moi bojownicy tygodniami nie wychodzą z gry, próbując wszędzie być pierwsi. Przy okazji, mam zaproszenie na bal organizowany na cześć ślubu pewnego Księcia z dziewczyną z Malabaru. Zaproszenie na dwie osoby... Może macie z Anastariją ochotę przylecieć za tydzień w gości? Zobaczycie nasz pałac, porównacie z imperatorskim. Uwierz, że jest tego wart, żeby stracić na niego czas. Gwarantuję ci bezpieczeństwo.

– Nastja już wie? – zapytałem od razu.

– Jeszcze nie. Planowałem ją zaprosić na początku przyszłego tygodnia, ale skoro już zadzwoniłeś...

– Zgadzam się, ale mam prośbę: nie mów jej. Chcę jej zrobić niespodziankę.

– Nie ma sprawy. Podsumowując: ja przygotowuję porozumienie, ty zdobywasz rozporządzenie lokalnych władz, że mamy prawo przebywać na danym terytorium, i przesyłasz współrzędne, jeśli będziesz potrzebował naszej pomocy.

– Dokładnie tak. W takim razie rozłączam się i idę załatwiać papiery...

– Pozwolisz, że się przysiądę? – Przyjemny damski głos wyrwał mnie z głębokiej zadumy o sensie bycia i mojego miejsca w tym świecie; bez względu na to, jak bardzo się starałem wymyślić poprawną kolejność działań z radą Narlaku, rezultat zawsze był taki sam: zbombardować to miasto do fundamentów i zapomnieć o radzie jako takiej.

– Siadaj, Gejro. – I machnąłem ręką zapraszającym gestem. – Mów, w czym mogę ci pomóc.

– Wydaje mi się, że to ja mogę pomóc – uśmiechnęła się dziewczyna, siadając na ziemi. – Z pewnością jako nowy właściciel zamku Urusaj masz pytania. Przyszłam na nie odpowiedzieć.

– Ten zamek nazywa się Altameda – powiedziałem, jednak w oczach dziewczyny nie znalazłem ani jednej maleńkiej iskierki zrozumienia, dlatego dodałem: – Chociaż nieważne. Przyczynę, dla której chcesz zniszczyć Upiory, już znam, jednak nie bardzo rozumiem, jak zamierzasz wejść do wnętrza zamku? Imperator powiedział mi, że tylko właściciel ma takie prawo...

– Możliwe, że mówił o wolnych obywatelach, ponieważ każdy mój wojownik może wejść do środka. Najważniejsze to się przebić.

– Dobrze, zostawmy tę kwestię na później. Powiedz: jaki jest powód przebijania się do środka?

– Moi krewni już nie wrócą, jednak gdzieś w zamku powinien znajdować się przedmiot, który powoduje, że Upiory się odradzają. Przedmiot, który powoduje, że zamek przeskakuje z miejsca na miejsce. Chcę zniszczyć to coś...

– Zamek został przeklęty wiele stuleci temu przez Władcę. Właśnie to jest przyczyna jego przemieszczania się z miejsca na miejsce, a Upiory nie znajdują spokoju. Nie stoją za tym żadne przedmioty.

– W całej Barlionie nikt nie ma takiej mocy, może tylko poza Stwórcą, żeby rzucić podobną klątwę – odpowiedziała Gejra z pewnym fanatyzmem. – Z czasem klątwa sama by osłabła, ale musi tam być coś, co ją żywi.

– Jest – potwierdziłem. – Wewnątrz tego tworu... – Machnąłem ręką w stronę Altamedy. – ...znajduje się potwór, który zawładnął Upiorami. To właśnie on je wysyła, właśnie on jest odpowiedzialny za to, że zamek spadł na Glarins. W środku nie ma przedmiotu, który trzeba zniszczyć. W zamku siedzi potwór. Jeśli pomożesz mi go zabić, twoje miasto zostanie pomszczone.

– Jesteś pewien? – zapytała dziewczyna z niedowierzaniem.

– Taką informację dostałem od Imperatora i Władcy, a nie mam podstaw, żeby im nie wierzyć – odpowiedziałem, zostawiając sobie furtkę na wszelki wypadek.

– W takim razie... – Gejra wahała się przez chwilę, po czym wstała i uroczyście powiedziała: – Hrabio Machanie! Proszę o przyjęcie mnie i moich ludzi na służbę! Dopóki potwór jest w zamku, nasz miecz jest twoim mieczem!

**Oddział Gejry w liczbie 30 wojowników,**
**5 Żerców i 3 Magów pragnie przyłączyć się**
**do twojego klanu do chwili przejęcia Altamedy.**
**Chcesz ich przyjąć?**

– A jakie ograniczenia nakłada na mnie wasze przyłączenie się?

Niezależnie od dzikiej chęci naciśnięcia klawisza *Przyjmij* postanowiłem dopytać o ważne szczegóły. Pamiętając bolesne doświadczenia z zatrudnianiem brygady, doskonale wiedziałem, że darmowy ser jest tylko w pułapce na myszy, a i to tylko dla drugiej myszki.

– Sami sobie zabezpieczamy jedzenie, nie żądamy zapłaty, nie bierzemy udziału w konfliktach pomiędzy wolnymi obywatelami, zajmujemy się jedynie zniszczeniem potwora w zamku i niczym więcej. Żadne dodatkowe zobowiązania nie wchodzą w grę. Całe Doświadczenie, jakie zdobywamy, trafia albo do klanu, albo, jeśli tak zdecyduje właściciel zamku, zostaje przekazane na rozwój zamku. Wszelki łup, jaki zdobędziemy w okresie pracy dla właściciela, zostanie podzielony po połowie pomiędzy nami a nim – powiedziała oficjalnym tonem Gejra.

– To wszystko?

– Nie. Śmierć każdego bojownika to moja pełna odpowiedzialność, dlatego wypłacam klanowi za poległych od dziesięciu do pięćdziesięciu tysięcy Złotych Monet, w zależności od rangi zmarłego. Jeśli umrę ja, to pieniądze przyśle Bank, zaraz zajmę się tą kwestią.

Takie rzeczy się nie zdarzają! Wszystko we mnie krzyczało. Miałem przeczucie, że coś tu jest nie tak! Programiści nie robią takich bajkowych prezentów! Nie robią i kropka!

– A co z zarządzaniem?

– Twoje rozkazy to moje rozkazy. Samodzielnie nie podejmuję żadnych decyzji. Ja i moi ludzie bezwarunkowo wypełniamy wszystkie polecenia związane ze zniszczeniem potwora, który siedzi w zamku.

– Co zrobicie, jeśli słowa Imperatora i Władcy dotyczące potwora okażą się kłamstwem?

– Wezwij swojego Imperatora, żeby potwierdził prawdziwość twoich słów, i wtedy niczego nie zrobimy. Jeśli okaże się, że potwora nie ma w zamku, nie będzie to twoja wina.

– W takim razie, przyjmuję ciebie i twoich ludzi na służbę – powiedziałem i kliknąłem *Przyjmij*, instynktownie wciskając głowę w ramiona. Teraz powinien nastąpić wybuch. Co najmniej.

**Zdobyłeś osiągnięcie klanowe „Bajkowi najemnicy". Przyjmij na służbę oddział NPC-ów, który będzie liczył przynajmniej 30 rozumnych i którego wszyscy członkowie będą powyżej poziomu 200.**

*Niezły moment sobie wybrałeś na trwonienie majątku* – napisał Leyte. – *I tak nie mamy pieniędzy, a ty jeszcze nająłeś NPC-ów... Rozniesie się po świecie...*

*Mówisz, jakbyś nie znał naszego dusigrosza. Jestem przekonany, że jeszcze mu zapłacili za to, żeby ich przyjął na służbę!* – Ciapa nie pozostał obojętny wobec tego, co się wydarzyło. – *To przecież Machan! Od niego śniegu zimą się nie doprosisz, a co dopiero pieniędzy na najemników!*

– Będziemy gotowi na jutro rano – zapewniła mnie Gejra. – Upiory, które zostały dzisiaj zabite, jeszcze nie zdążą się odrodzić. Jeśli nie jestem ci potrzebna, zajmę się naprawami. Po dzisiejszym ataku wiele rzeczy ucierpiało...

Zajmę się naprawami...

Zerknąłem na swoje rzeczy i uśmiechnąłem się – poza łańcuszkiem, którego nie aktualizowałem, wszystkie pozostałe przedmioty były w idealnym stanie. Nawet nie wiem, jak levelować Sztukę Naprawiania. Wychodziło na to, że u mnie pozostanie ona nietknięta. A już to, że sześć jednostek wpompowałem w tę specjalność, to drobiazg. Jak mówią – pierwszy raz się nie liczy...

Dzwonek amuletu, który właśnie się rozległ, oderwał mnie od bardzo ważnego zajęcia – nicnierobienia. Nie widziałem sensu w locie do Narlaku bez Nastji, w wychodzeniu poza bezpieczną strefę też nie, dlatego po prostu siedziałem, patrzyłem na walkę strażników z Upiorami i próbowałem o niczym nie myśleć. Ku mojemu zdziwieniu całkiem nieźle mi to wychodziło.

– Słucham! – powiedziałem, wciskając klawisz przyjęcia rozmowy.

– Machanie, tu Magdiej. Prosiłeś, żeby wezwać cię na ostatniego bossa „Krwawa Kosa". Właśnie dotarliśmy, wszystko wyczyszczone, został tylko on. Ściągać cię?

– Pewnie!

– W takim wypadku Magowie zaraz utworzą portal wezwania i za jakieś trzy minuty cię ściągniemy. Rozłączam się!

Podziemie „Krwawej Kosy". Nieszczególne Podziemie na sto dziewięćdziesiątym poziomie, składające się zaledwie z trzech bossów i ogromnej liczby prostych mobów, gdyby nie jedno „ale" – w tym Podziemiu znajdowały się szczątki historii Trójlistników. Nie widziałem sensu w pokonywaniu z rajderami całego podziemia, za to dołączenie do akcji z finalnym bossem, żeby mieć możliwość dostania szczątków, już było dla mnie ważne. Muszę podwyższać reputację wśród Trójlistników, przyda się do rozwoju klanu...

– Magdieju, co jest do zrobienia? – zapytałem swojego Lidera Rajdu, gdy tylko wyszedłem z portalu.

Cała grupa rajdowa była wymazana czymś zielonym, powoli spływającym po ubraniach, ale jeśli spojrzeć na właściwości, nie niebezpiecznym ani dla graczy, ani dla ich przedmiotów. Jedynie niezbyt przyjemny dla oczu efekt wizualny.

– W zasadzie nic trudnego – zaczął wyjaśniać Magdiej, wycierając z twarzy zielony śluz. Widząc mój pytający wzrok, uśmiechnął się i wyjaśnił: – Dopiero co zakończyliśmy czyszczenie korytarza z roślin mięsożernych, a to jest ich sok. Nie zaleca się zmywania go, ponieważ boss dzięki niemu bierze nas za kwiaty i nie atakuje po raz kolejny. Też mógłbyś się zanurzyć, kałuża już się zebrała. – Pokazał gdzieś w dal. – Ale nie jest to konieczne. Stój z boku, kilka razy wylecz tanka i wystarczy; będziesz miał zaliczone Podziemie. Wysyłam ci zaproszenie do grupy...

Nie miałem najmniejszej ochoty smarować się zieloną mazią, dlatego Magdiej uśmiechnął się i zaczął wyjaśniać taktykę:

– Boss ma trzy fazy, które zmieniają się co minutę. Podczas pierwszej musimy się rozdzielić...

Kiedy słuchałem Magdieja, mój szacunek do niego wzrastał. Spokojnym tonem, bez zbędnych emocji wyjaśniał mi specyfikę boju. Zgodnie z wszelkimi zasadami rajdów taktykę powinien znać każdy uczestnik – bez oczekiwania, że Lider Rajdu mu ją wyjaśni. Jednak sześć lub dwanaście godzin odrodzenia to zbyt wysoka cena za to, że komuś nie chciało się zapoznać z dokumentacją. Ale w tym momencie Magdiej w żaden sposób nie okazywał swojego niezadowolenia moim brakiem przygotowania – po prostu wyjaśniał, co należy robić...

Bitwa z gigantyczną modliszką, która była końcowym bossem Podziemia, nie sprawiła żadnych trudności. Magdiej składnie i pewnie prowadził rajd, nakazując wszystkim w odpowiednim momencie albo zupełnie powstrzymać się od zadawania ciosów, kiedy boss zaczynał odbijać obrażenia zadawane przez graczy, albo skupić się na pojawiających się pomocnikach bossa – maleńkich żukach wybiegających ze szczelin w ścianach. Gdy tylko żuki dobiegały do bossa, uzdrawiały go o jeden procent, dlatego w tej fazie rajdu należało zniszczyć całą tę drobnicę. Bardzo przydały się moje Duchy Spowolnienia, które wstępowały w żuczki, zmniejszając prędkość ich przemieszczania się dwukrotnie. W efekcie po zaledwie piętnastu minutach od rozpoczęcia boju przed oczami pojawił mi się komunikat o dość pokrzepiającej treści:

**Zdobyłeś osiągnięcie klanowe: „Modliszki stawiają opór".**
**Klan Legendy Barliony zakończył przechodzenie Podziemia „Krwawej Kosy".**
**Nagroda za przejście: 100 000 Złotych Monet, +7 500 000 punktów klanowych. Następne przejście tego Podziemia będzie możliwe za 7 dni.**
**Klan Legendy Barliony zdobywa poziom drugi.**
**Zdobyłeś osiągnięcie „Ze świata po nitce". Ilość Złota wypadająca z mobów wzrasta o 10%.**

Nareszcie! Drugi poziom powinien nas mocno podnieść w ogólnym ratingu klanów. Może nawet wejdziemy do pierwszej dziesiątki! Niezależnie od ogromnej liczby klanów w Malabarze większość z nich nie przekroczyła poziomu pierwszego – proces podnoszenia poziomu klanu jest chwilami zbyt męczący i nie wszyscy potrafią zebrać pod swoimi sztandarami dwadzieścia osób do Podziemia. Z bossa wypadło około stu tysięcy Złotych Monet, Receptura Alchemiczna Niezwykłej Jakości, a także pięć przedmiotów, które Magdiej od razu rozdzielił pomiędzy graczy. Przyszedł komunikat, że jeszcze trzech graczy podpisało z klanem porozumienie dotyczące odzieży, jednak mnie już takie drobiazgi nie interesowały. Mnie kusił odłamek.

– Czy to jest coś, co dotyczy Trójlistników? – zapytał Magdiej, podchodząc do mnie i kiwając głową w stronę niewielkiej niszy w ścianie. Tam, na ziemi, znajdowały się kawałeczki kamienia, które z całą pewnością były kiedyś rzeźbą. – Naprawdę jakieś kamienie mogą ucieszyć tych nieprzystępnych niebieskich kolesi?

– To niezupełnie zwykłe kamienie – odparłem. – To mi przypomina rzeźbę... Mogę się mylić, ale odtworzenie jej może wpłynąć na naszą pozytywną reputację.

– Jesteś Rzeźbiarzem?

– Nie, ale wiem, gdzie ich znaleźć. Dobra, zabieramy kamienie i wychodzimy. Magowie mogą utworzyć portal powrotny?

– Nie, możliwy jest tylko portal wezwania. Portal powrotny otwiera się od poziomu dwusetnego i potrzeba do tego trzech Magów, a ja mam tylko jednego.

– W takim razie słuchaj... – opowiedziałem Magdiejowi o Altamedzie i szczegółach levelowania w niej, wspominając o konflikcie z Lazurowymi Smokami. – Jak myślisz, czy dacie radę zniszczyć mocno poturbowanego Upiora na poziomie trzechsetnym?

– Zobaczy się. – rzekł Lider Rajdu. – Różnica w poziomach jest bardzo duża, żaden z moich aktualnych tanków nie przeżyje więcej niż trzech ciosów niezależnie od buffa, który opisujesz. Ale... Jeśli podejść do sprawy rozsądnie... Zróbmy tak, zostało mi jeszcze jedno Podziemie w tym rejonie, przejdziemy je, myślę, że jutro lub pojutrze, a następnie przylecimy do Altamedy i spróbujemy. Jak się uda, to super, zarejestrujemy się tam. Jak się nie uda, to lepiej będzie, jeśli pobiegam ze swoimi ludźmi po Podziemiach. Będzie efektywniej.

– Jesteśmy umówieni – potwierdziłem, zszokowany taką rozważną odpowiedzią.

No naprawdę, Magdiej zaczyna mi się coraz bardziej podobać; doskonale rozumie urok zdobywania poziomów dzięki Upiorom, ale przy tym postanowił spojrzeć na sytuację z każdej strony. Gracze dwusetnego poziomu będą bardzo długo kopać się z Upiorami trzechsetnego... Przy tym są to zwykłe Upiory – jestem przekonany, że wśród nich jest taka sama gradacja, jak w zwyczajnej armii mobów – setka Sierżantów, dziesiątka Poruczników i jeden Generał. Inaczej być nie może, dlatego Magdiej od razu przeliczył, czy jego ludzie dadzą radę, czy nie... Lepiej, jeśli będą zarabiać i zbierać Doświadczenie dla klanu, niż odradzać się po każdej bitwie...

– Mam teleport do Narlaku, podrzucić cię? – zapytał Magdiej. – To Podziemie znajduje się w niezbyt wygodnym miejscu, praktycznie na granicy z Kartosem, dookoła jest dżungla, agresywne zwierzęta, do miasta około pół dnia lotu.

– Podrzuć – zgodziłem się na propozycję.

I tak muszę lecieć do Narlaku – dlaczego by nie teraz?

– Jeszcze moment... W kwestii tytułu. Ustalaliśmy z Barsine, że...

– Znam wasze ustalenia – przerwałem Liderowi Rajdu i wszedłem w ustawienia. Szczerze mówiąc, zdążyłem zapomnieć o tym, że Magdiej zgodził się wejść do klanu z powodu tytułu Barona. Dobrze, że o tym przypomniał...

**Lider klanu Legendy Barliony Machan nadaje Magdiejowi Amirskiemu tytuł Barona.**

– Teraz twoje warunki zostały spełnione? – zapytałem zadowolonego Lidera Rajdu, który w tej chwili, jeśli spojrzeć na rozbłyski świetlne, zdobył kilka osiągnięć.

– W pełni – powiedział Magdiej, po czym aktywował portal. Pochylając głowę, majestatycznie wskazał ręką połyskujący krąg: – Hrabio, proszę, ja za panem!

Czyżbym właśnie dodał do naszego klanu kolejnego Ciapę? Ja zwariuję z nimi wszystkimi!

– Machanie! Na podstawie decyzji rady miasta Narlak jesteś aresztowany! – Ledwie wyszedłem z portalu, od razu podszedł do mnie strażnik i wycelował we mnie ciężką włócznię. Nie zrozumiałem? Co to za żarty?

– Magdieju! Na podstawie decyzji rady miasta Narlak jesteś aresztowany! – powtórzył strażnik jak papuga i obok Magdieja, który wyskoczył z portalu, pojawił się jeszcze jeden strażnik.

– Leandrze! Na podstawie...

*Trzymajcie się z dala od Narlaku!* – Natychmiast na czacie pojawił się komunikat od Magdieja. – *Chcą nas tu wtrącić do więzienia!*

Z czterdziestu siedmiu rajderów do Narlaku zdążyło wejść zaledwie sześciu, włączając mnie, dlatego po raz kolejny ucieszyłem się z szybkości reakcji Lidera naszego pierwszego Rajdu. Co do tego, że takich rajdów będziemy mieć jeszcze wiele, nie miałem wątpliwości – jeśli chcemy zarabiać na przechodzeniu Podziemi, potrzebujemy wielu ludzi.

– Proszę o podanie przyczyny zatrzymania – powiedziałem do dowódcy strażników.

– Taka jest decyzja rady – odparł. – Zgodnie z nią wszystkich przedstawicieli klanu Legendy Barliony mamy trzymać pod strażą do wyjaśnienia.

– Wyjaśnienia czego?

– Tego nie wiem. Jeśli w ciągu dwudziestu czterech godzin, dopóki jesteście aresztowani, nic się nie wyjaśni i nie będzie żadnych ustaleń, to zostaniecie oficjalnie przeproszeni i otrzymacie rekompensatę za poniesione szkody. Taka jest decyzja rady i nie stoi ona w sprzeczności z normami przyjętymi w Barlionie.

Aż mnie język świerzbił, żeby powiedzieć, że takie normy są w Barlionie stosowane wobec tych, którzy mają z miastem lub prowincją Nienawiść, ale przemilczałem. Podejrzewałem, że im więcej będę się sprzeciwiał, tym dłużej posiedzę w celi. W Barlionie rzeczywiście było prawo, które pozwalało wsadzić gracza za kraty. Zazwyczaj za naruszenia, ale w oddzielnych wypadkach także profilaktycznie. Na przykład jeśli za graczem ciągnie się sława zabójcy i PK-rsa, to kiedy ów gracz odwiedza miasto, można go prewencyjnie zamknąć na dwadzieścia cztery godziny. Potem, oczywiście, przeproszą, zapłacą odszkodowanie, w naszym wypadku uciszą pieniędzmi i wypuszczą, ale teraz... Coś mi się widzi, że Bezpalcy porozumiał się z przedstawicielami rady w kwestii aresztowania wszystkich moich graczy... Nie, to już przekracza wszelkie granice! W końcu jestem Hrabią czy zwykłym parobkiem? Otrzymanie tytułu przez graczy było bezprecedensowe, dlatego możliwe, że NPC-e zwyczajnie nie wiedzą, jak się zachowywać w stosunku do takich wolnych obywateli. Nie szkodzi, zaraz im pokażę! Czy na darmo mnie Szprycha w swoim czasie uczył etykiety, zasad i protokołu postępowania z arystokracją? Przy okazji, ciekawe, czy programiści już wtedy zaplanowali, że kiedyś wepchną mnie to tego zamku, czy ten pomysł urodził się spontanicznie?

– Jeśli mnie albo moich ludzi tknie chociaż jeden strażnik – zacząłem swoją improwizację – uznam to za zamach na honor i godność Hrabiego Machana. W takiej sytuacji na podstawie rozporządzenia o arystokracji, które zostało zatwierdzone przez Karmadonta, będę miał prawo zabić każdego rozumnego, który podniesie na mnie rękę! Albo usłyszę konkretne zarzuty, przy tym z dowodami potwierdzającymi naruszenie przeze mnie prawa, albo żądam satysfakcji za próbę poniżenia przedstawiciela szlacheckiego rodu! Jeśli zarząd miasta pragnie przeciwstawić się prawu Barliony, które trwa od wieków, niech zaryzykuje! Żądam natychmiastowego zwołania rady i wyjaśnienia sytuacji, do której doszło! Strażniku! Proszę o potwierdzenie mojego prawa!

– POTWIERDZAM! ŻĄDANIA HRABIEGO MACHANA SĄ SŁUSZNE! RADA ZOSTANIE ZWOŁANA!

W Narlaku zrobiło się cicho, jakby w całym mieście wyłączono dźwięk. Milczało nawet pięcioro moich bojowników – patrzyli na mnie zdziwieni. Ani strażnicy, ani przebiegający obok gracze, z których wielu usłyszało Strażnika pierwszy raz w życiu – nikt nie wydał z siebie choćby jednego dźwięku.

– STĄPASZ PO KRUCHYM LODZIE, SZAMANIE! – powiedział po kilku minutach Strażnik i centralny plac Narlaku, dokąd zaprowadził nas portal, wypełnił się okropną wrzawą; zarówno gracze, jak i zwykli NPC-e zaczęli rozmawiać o tym, co się wydarzyło.

– Nic to, poradzimy sobie – wymamrotałem, patrząc, jak strażnicy zabierają włócznie i spoglądają na siebie skonsternowani. Mimo wszystko Symulatory są dobrze zaprogramowane – żadnych błędów systemowych, niebieskich ekranów śmierci czy innych absurdów przeszłości. Jeśli pojawiała się nieoczekiwana okoliczność – wystarczyło zatrzymać się i zaczekać na aktualizację algorytmów...

– Proszę za nami, Hrabio – rzekł wreszcie naczelnik oddziału. Najwyraźniej system został zrestartowany i teraz zacznie się dziać coś ciekawego. – Do końca posiedzenia rady pańscy ludzie mogą bez przeszkód przebywać w mieście. Rada zbierze się za godzinę...

– Magdieju, niech twoi ludzie przylecą do miasta. Radzę wam, udajcie się do trzeciego Podziemia. Teraz w mieście nie macie nic do roboty, a szkodliwe byłoby dla budżetu klanu, gdyby nagle zażądali od nas pieniędzy. Przy okazji, jeszcze jedna rada. Najlepiej, aby najpierw do portalu wchodził jeden z waszych, rozglądał się i dopiero za nim pozostali. Jednego czy dwóch graczy nie bardzo żal... – uśmiechnąłem się.

Strażnicy poprowadzili mnie dziwną drogą – okazało się, że rada miasta ma siedzibę nie na placu centralnym, ale gdzieś tam prosto, w prawo, prosto, w lewo, jeszcze trochę prosto, w lewo, jeszcze raz w lewo, jakimś zaułkiem, przez przewróconą furmankę, przez dom... Niestety nie miałem mapy miasta, dlatego brnąłem za gwardzistami jak turysta, odnotowując szczególne miejsca w mieście. Nie było ich zbyt wiele, ale to tu, to tam widać było dziwny znak – czterolistną zieloną koniczynę na tle żółtego słońca. Ni to zachodzącego, ni to wschodzącego, trudno to było stwierdzić. Przy siódmym znaku nie wytrzymałem i zapytałem jednego z gwardzistów, co znaczy ten symbol. Okazało się, że w tak oznaczonych domach mieszkają przedstawiciele Astrum, sąsiedniego kontynentu. Kiedyś, dawno temu, domy te zostały wykupione i teraz nie należą do miasta. Ziemie, na których znajdują się domy, są uważane za suwerenne terytorium Astrum i gwardia Narlaku nie ma żadnych praw do mieszania się w nie swoje sprawy. To ci dopiero! Trzeba zapamiętać, bo kiedyś może się ta informacja przydać. Stop! Mogę to sprawdzić!

Zatrzymałem się przy jednym z takich domów Astrum, wszedłem do poczty i nie zważając na powarkiwanie strażników, napisałem wiadomość:

*Witaj, Kalateo! Wybacz, że cię niepokoję z takiego powodu, ale chcę sprawdzić, jak bardzo są ograniczeni Heroldowie. Jeśli mnie pamięć nie myli, mogą przemieszczać się w granicach swojego kontynentu lub – jak jest to zapisane w zasadach – po terytorium swojego kontynentu. I pojawia się pytanie – w Narlaku jest kilka domów, które należą do Astrum. Należą i prawnie, i fizycznie, razem z ziemią. Współrzędne tego cudu: 55432664:44711331. Chociaż lepiej wziąć nie 44711331, tylko 44711332 – stoję kilka metrów od wejścia. Moje pytanie brzmi: czy Ty możesz się tutaj pojawić, czy Szamani są jednak ograniczeni jednym kontynentem? Przecież to ziemia Astrum! Podkreślam, że pytam wyłącznie z ciekawości. Dziękuję!*

*Szaman Machan.*

Wysłałem wiadomość, zrobiłem kilka kroków i wtedy spadła na mnie myśl zwalająca z nóg, przez którą znów zamarłem w miejscu – wiem, jak odgadnąć zagadkę Ogrów! Że też od razu się nie domyśliłem, że brak pola do wprowadzenia może oznaczać tylko jedno – że...

– Proszę o wybaczenie, Hrabio. – Dowódca oddziału przerwał to moje gratulowanie samemu sobie. – Musimy iść dalej. Rada zacznie się za około czterdzieści minut, a my nie przeszliśmy nawet połowy drogi!

Nie przeszliśmy nawet połowy?! To gdzie oni się zbierają, za miastem?! Według moich obliczeń w ciągu dziesięciu minut przeszliśmy połowę odległości od centrum do przedmieść i jeśli przed nami jest jeszcze większa część drogi... To sam już nie wiem... Może rada zbiera się w jakiejś tajnej pieczarze? Kto zrozumie tych lipnych konspiratorów?

Tajemnicza grota okazała się naprawdę tajemnicza. W tym sensie, że bardziej przytulnego domu nie widziałem nigdy w swoim życiu. Nawet na tle dobrze mi znanej elegancji Anchursu budynek, który zobaczyłem przed sobą po trzydziestu minutach spaceru, wyróżniał się jak słoń w chlewie...

Rzeczywiście wyszliśmy z Narlaku i przeszliśmy, w mojej ocenie, około kilometra w kierunku widocznych w oddali gór. To z prawej, to z lewej strony wznosiły się ogromne budynki albo raczej – wille. Monumentalne, otoczone posągami, z ogromnymi oknami, z doskonale przystrzyżonymi trawnikami, masywnymi kutymi bramami. Do domów prowadziły żółte ścieżki. I te hacjendy prawie krzyczały: „Mieszkają w nas worki z pieniędzmi!". Gdybym był w realu, to z przyjemnością nabyłbym, a jeszcze lepiej – dostał w prezencie taki domek, najlepiej z setką służby, bo nie bardzo sobie wyobrażam, jak samodzielnie wysprzątać coś takiego.

Stale rozglądając się i podziwiając te fantastyczne działki, przegapiłem moment, w którym się zatrzymaliśmy i jeden ze strażników zadzwonił dzwoneczkiem. Rozumiejąc, że wyglądam głupio jak wieśniak w centrum metropolii, skierowałem wzrok w kierunku celu naszej wycieczki i przekląwszy, próbowałem zebrać szczękę z podłogi. Moim oczom ukazał się szczyt dokonań lokalnych designerów – hacjenda hacjend, dom nad domami i nie lękam się tego słowa: po prostu „łał!". W zasadzie wszystko było podobne do rezydencji, które już widziałem – ta sama masywność, okna, figury, żółta droga, zadbane trawnik i krzewy... Ale, do diaska!

Jakie to było wszystko piękne! Sam tego nie chcąc, włączyłem nagrywanie; wyślę Nastji, powinna docenić piękno domu lokalnych magnatów. Teraz zacząłem rozumieć graczy, którzy tracą lata na zdobycie reputacji wśród Imperatorów wszystkich kontynentów, żeby tylko popatrzeć na ich pałace. Jeśli zwykły dom za miastem wywołuje takie wrażenie, to mogę tylko próbować sobie wyobrazić, co dzieje się w ogromnych posiadłościach. Będę musiał podziękować Ewolettowi za zaproszenie do pałacu Władcy.

– Hrabio, proszę za mną – powiedział wyprostowany lokaj bez żadnych emocji, wskazując ręką w stronę domu.

Oddział gwardzistów nie wchodził do środka, jakby nie miał do tego uprawnień. Nawet słowa nie zamienili ze sługą, który wyszedł mi na spotkanie, w milczeniu odwrócili się i udali z powrotem do Narlaku. Dziwne...

Jeszcze dziwniejszą rzecz zobaczyłem, kiedy podszedłem pod dom. Powozy. Siedem przepięknych karet, z których każda była zaprzęgnięta w cztery konie. Przy tym zasmuciło mnie nie to, że wszyscy wchodzący w skład zarządu miasta przyjechali konno, a mnie, Hrabiego, jak niemile widzianego krewnego, zmuszono do przyjścia na piechotę. Cóż, zdarza się, korona mi nie zleci ani nogi nie odpadną. Najbardziej zmartwiło mnie, że z ostatniego powozu, który podjechał, wysiedli Bezpalcy i Bezpaniki. Co oni tu robią? Gracze mają zakaz zarządzania miastami!

– Wnioskuję, że skoro jesteś tutaj, a nie przy Altamedzie, to odpowiedź jest negatywna – zauważył Bezpalcy mimochodem, nie zatrzymując się nawet i nie oczekując odpowiedzi.

Teraz zamurowało mnie ostatecznie – nie miałem podstaw, żeby wierzyć, że Bezpalcy jest krótkowzrocznym człowiekiem, który nie patrzy dalej niż na czubek własnego nosa; miał przecież Bezpanikiego. Zatem wszystko, co się dzieje, jest korzystne dla Lazurowych Smoków, niezależne od rozwoju scenariusza. Pora przestać wierzyć w złoczyńców, którzy tracą życie i cały majątek dla niezrozumiałego celu, i zacząć przyjmować wszystko, co tutaj się dzieje, z należytą uwagą. Lazurowe wiedzą coś, czego ja nie wiem, i dlatego czują się pewnie, nawet pomimo Strażnika. Przy tym Bezpalcy jest świadomym starym wilkiem, któremu udało się zostać przywódcą trzeciego – jeszcze przed podziałem – a teraz drugiego klanu Malabaru. I wszelkie moje wysiłki, żeby zmienić sytuację, już dawno zostały przekalkulowane, ocenione i posortowane...

Cholera, Nastjo, kiedy wreszcie wrócisz do gry?

# ROZDZIAŁ 9

## PRZYGOTOWANIE DO MANEWRÓW KLANOWYCH

– Hrabio, proszę usiąść – powiedział lokaj, wskazując mi jedyne wolne krzesło.

W ogóle jedyne krzesło...

Zostałem przyprowadzony do dość ciekawego pomieszczenia: do pokoju, który wyglądał jak arena, tylko zamiast trybun, wznoszących się jedna nad drugą, były w nim loże zarzucone poduszkami i pufami. Pośrodku tego oryginalnego miękkiego amfiteatru znajdowała się równa prostokątna platforma wielkości metr na dwa, także pokryta czymś miękkim. Nie sala, lecz marzenie właściciela poradni zdrowia psychicznego... Na platformie stało owo jedyne krzesło, które najwyraźniej zostało przygotowane dla mnie przez gospodarzy. Dobrze, nie krzesło – dosyć elegancki fotel. W każdym razie wszyscy pozostali znajdowali się jakby wyżej ode mnie, przy tym w pozycji półleżącej. Nawiasem mówiąc, sami obecni też zasługiwali na uwagę: dziesięć osób – jeśli nie liczyć Bezpalcego i Bezpanikiego – odzianych w eleganckie stroje haftowane złotem i perłami. Palce tych osobników były usiane pierścieniami, szyje – łańcuszkami, ręce – bransoletami, nawet na nogach im coś błyszczało, a ich twarze były zakryte śmiesznymi noworocznymi maskami zajączków, lisiczek, niedźwiadków. Cyrk odjechał, klauny zostały, przejmując władzę w mieście...

– Żądałeś zebrania Rady Bezimiennych! – powiedział głosem rejestratora merostwa ten w masce miśka, znajdujący się najbliżej mnie. – Zebraliśmy się i jesteśmy gotowi cię wysłuchać!

Łał! Okazuje się, że są gotowi mnie wysłuchać! Piękny początek, nie ma co! W porządku, dam radę!

– Nie rozumiem pana słów, rejestratorze! – Do diabła z tymi ich tajemnicami! Zobaczymy, jaki miasto ma stosunek do swoich własnych przepisów. – Prosiłem radę o zebranie się w jednym jedynym celu: aby mi wyjaśniono przyczyny podjęcia decyzji o aresztowaniu wszystkich przedstawicieli klanu Legendy Barliony. Co zrobiliśmy? O co jesteśmy podejrzewani? Dlaczego ja jako lider klanu nie usłyszałem oficjalnych zarzutów? I poza tym żądałem zwołania rady Narlaku, jednak pośród zebranych widzę dwóch wolnych obywateli. Czy oni są członkami rady? Jeśli nie, to proszę o usunięcie ich z sali!

– Widzi pan, szanowny Hrabio – powiedział „misiek" – możliwe, że gdzieś w Dalgorze albo w tak ukochanej przez pana Kołotowce pańskie słowa wzięto by za wypowiedź godną arystokraty, ale tutaj to nie wieś, dlatego proszę się postarać i uważać na to, co pan mówi! Przede wszystkim zanim pan czegoś zażąda, proszę przeczytać Statut Miasta, w którym wszystko jest dokładnie opisane. Mecenasi mają pełne prawo być na takim zebraniu. Na spotkanie z radą należy przyjść przygotowanym, Hrabio!

Wystarczyło mi jedno spojrzenie na zupełnie spokojnych Bezpalcego i Bezpanikiego, żeby zrozumieć, że bawi ich zaistniała sytuacja! Przedstawiciele Lazurowych Smoków mają prawdziwą satysfakcję z tego, co się dzieje, a piktogramy kamer, wiszące nad ich głowami, bardzo jasno dawały do zrozumienia, że wszystkim, co się dzisiaj wydarzy, uraczy się społeczeństwo. Nie szkodzi, ja też umiem nagrywać wydarzenia!

– Rejestratorze, nie na wszystkie moje pytania dostałem odpowiedź! – Podążałem swoją drogą.

– Jest pan podejrzewany o pomoc piratom – odpowiedziała zamiast rejestratora „lisiczka". Biorąc pod uwagę, że miała dość mocno przepity i przepalony głos samca, na imprezie dla dorosłych mogłaby zrobić furorę. – Mamy potwierdzenie, że po zabiciu kilku wolnych obywateli Anastarija dostała znaczek zabójcy, a pan odleciał w kierunku morza. Najwidoczniej postanowił pan przeczekać w swojej pirackiej kryjówce!

Pięknie, nie ma co. Nie dość, że Lazurowe przekazały im informację o Kołotowce, to jeszcze atak na nas przedstawiły w sposób korzystny dla siebie! Jeden zero dla rady, a rozmowa jeszcze nawet się nie zaczęła! Niezły początek!

– Macie niepotwierdzone informacje! – Chociaż bardzo tego nie chciałem, teraz przyjdzie mi się tłumaczyć. – Proponuję wezwać Zwiastuna, który potwierdzi, że...

– Zwiastuni nie mają tu władzy, Hrabio! – przerwał mi „misiek". – Doskonale wiemy, że oni zrobią wszystko, żeby ochronić przedstawiciela swojego Imperium! Przeprowadzimy dokładne śledztwo i ustalimy całą prawdę!

*Cześć, Dimo! Gdzie jesteś?* – Pojawiła się zbawcza myśl od Anastariji. Nareszcie!

*Jeśli w skrócie, to...* – Szybko, dopóki nie skończyła się Energia, zacząłem opowiadać bieżącą sytuację.

**Poziom Energii: 30. Zatrzymaj się, wściekły Szamanie!**

*Nie mów już nic! Będę za dziesięć minut!* – napisała już na czacie Nastja, od razu rozumiejąc przyczynę mojego milczenia.

*Lepiej nie! Wszystko wskazuje na to, że będziemy mieć napięte stosunki z Narlakiem. Nie powinno cię tu być.*

– Hrabio! Ignorowanie nas i komunikowanie się ze swoimi poddanymi nie przystoi przedstawicielowi tak wysokiego szczebla arystokracji – przywołał mnie z powrotem na zebranie rejestrator „misiek". Wskazał na mnie jednemu ze sług, kiwnął głową i protekcjonalnie rzekł: – Doskonale rozumiem, że został pan Hrabią całkiem niedawno i jeszcze może pan nie być zaznajomiony ze wszystkimi subtelnościami związanymi z tym tytułem, dlatego też ośmielę się zaproponować panu niewielki tomik praw i obowiązków przedstawicieli szlachty. Dopóki będzie pan przebywał w areszcie, będzie pan miał co czytać.

Przy mnie pojawił się sługa, który na wyciągniętych rękach podawał mi ogromną książkę. Jakieś dwa tysiące stron, nie mniej! Fascynujące to nasze zebranie! Robią ze mną, co chcą, nie dając przy tym ani jednej możliwości zaprotestowania – żadnych zniewag, ograniczania praw czy braku zarzutów. Wszystko godnie, szlachetnie i na temat!

– W związku z nieprawidłowym zwołaniem rady miasta na klan Legendy Barliony należy nałożyć karę. Jak sądzicie? – kontynuował „misiek", ledwie schowałem książkę do worka, kierując się myślą, że w gospodarstwie wszystko się przyda. – Proponuję głosowanie!

– Protestuję! – krzyknąłem, wiedząc, że po głosowaniu nie mogę się spodziewać niczego dobrego. – Przyczyny zwołania rady są uzasadnione, potwierdził je sam Strażnik! Nikt nie ma prawa oskarżać arystokraty bez dowodów. To po pierwsze! Po drugie daję słowo, że na czas śledztwa nie opuszczę granic Altamedy! Łatwo mnie znajdziecie. Po trzecie na podstawie statusu właściciela żądam przekazania mi praw do decydowania, kto może znajdować się na terenie należącym do mnie! Jako właściciel Altamedy zakazuję Lazurowym Smokom dostępu do mojego terytorium!

– Cóż – oparł się o poduszki „misiek" i jakoś dziwnie spojrzał na obecnych. – Przyjrzyjmy się tym punktom po kolei. Po pierwsze kto ci powiedział, że do oskarżenia arystokraty potrzebne są niepodważalne dowody? Kodeks praw Barliony, z poprawkami dotyczącymi Malabaru i Kartosa, masz pod ręką; znajdź chociaż jedną wzmiankę na ten temat i rada oficjalnie cię przeprosi! Widzisz, Hrabio, wydając taką decyzję, bardzo dokładnie zapoznaliśmy się z wszystkimi paragrafami kodeksu. Powtarzam: kodeks masz pod ręką. Po drugie twoje słowo... Wybacz, ale kim ty jesteś? Dosłownie kilka miesięcy temu nikt o tobie nie wiedział, a teraz ty powołujesz się na swoje słowo? Przepraszam, ale o ile mnie pamięć nie myli, sam Imperator ogłosił na ciebie polowanie! Czterdzieści tysięcy wolnych obywateli zostało wysłanych do Mrocznego Lasu, żeby cię zatrzymać, i ty jeszcze mówisz, że nie oddalisz się od zamku? Boję się, że jeśli cię wypuścimy, to więcej już cię nie zobaczymy, a to nie leży w naszym interesie. Po trzecie owszem, przez trzy miesiące będziesz prawowitym właścicielem. Co do tego nie ma wątpliwości, masz pełne prawo do decydowania, kto może znajdować się na terenie zamku. Jednak jest jedno „ale"! Twoja Altameda czy też Urusaj, to bez znaczenia, znajduje się na terytorium Glarnisu, zamku, który jest pod jurysdykcją rady Narlaku. I dostęp do tych ziem dajemy my i my, odpowiadając na twoje pytanie, oświadczamy, że Lazurowe Smoki mają pełne prawo do przebywania w okolicy Glarnisu! Jeśli chodzi o ich obecność przy twoim zamku, zakazuj! Ale na naszą polanę nie śmiej wchodzić!

Jaki piękny prawniczy wykręt! Jeśli będę kontynuował ten spór, to zacznie się pyskówka pt. „Czyje zamki wcześniej znajdowały się na tych ziemiach" i przegram z kretesem. Może jeszcze zażądają rekompensaty za szkody wyrządzone przez Altamedę! Co to, to nie!

– W takim wypadku informuję radę, że jutro przy moim zamku pojawią się moi wojownicy! – Nie zamierzałem ujawniać, że większa część tych wojowników będzie z Kartosa; niech myślą, że to Rajderzy.

– Przy Altamedzie... zmiłuj się, przecież to twój zamek. Ale w okolicy Glarnisu nie będzie nikogo! – wrzasnął „misiek", jawnie delektując się zwycięstwem. – Teraz, kiedy już doszliśmy do tego, że przyczyna zwołania rady była błaha, proponuję jednak głosowanie nad ukaraniem tego rozumnego!

– Nie ma mowy – uśmiechnąłem się. – Nawet jeśli głosowanie się odbędzie, to ty nie weźmiesz w nim udziału! Oświadczam, że pod maską Bezimiennego członka rady ukrywa się rejestrator Merostwa! I gotów jestem potwierdzić swoje słowa wezwaniem Strażnika! Żądam odebrania mu pełnomocnictw radnego miasta i...

– Wybacz, ale na jakiej podstawie ty składasz takie oświadczenie? – przerwała mi jakoś cicho „lisiczka". – Dobrze, wiesz, kim jest jeden z nas, i co z tego?

– Zgodnie z prawem miasta... – zacząłem, jednak „lisiczka" się nie poddawała:

– I jesteś gotów wezwać Strażnika na świadka, żeby wnieść takie poważne oskarżenie? Powołując się na prawo Narlaku?

Bip! Bip! Bip! Czerwona lampka zaczęła mi migotać w głowie, oznajmiając okropnym dźwiękiem, że coś jest nie w porządku. Ni to syrena, ni to alarm – w każdym razie zrozumiałem, że to pułapka. Prowadzą mnie jak cielę na ubój, dobrze wiedząc, że nie będę się sprzeciwiał.

– Rzeczywiście, czy wezwanie Strażnika jest konieczne do potwierdzenia moich słów? – zapytałem, starając się zrozumieć sytuację.

Przeczucie krzyczało, że wdepnąłem, i to po same uszy!

– Nie, niestety – odpowiedziała „lisiczka" i nawet przez maskę wyraźnie można było wyczuć grymas rozczarowania. – Wystarczy słowo rady... I ono mówi, że w Narlaku nie ma takiego prawa!

– Przepraszam, panie Merze – nagle z miejsca podniósł się Bezpalcy i podszedł do radnego w masce zajączka. – Przyznaję, że nie wierzyłem, że Machan będzie tak naiwny, że połknie pana haczyk. Oto pańska wygrana! – Lider klanu podał „zajączkowi" portfel z pieniędzmi i po sali rozszedł się chamski śmiech dziesięciorga ludzi.

Stojący na wprost mnie „misiek" zrzucił maskę i zobaczyłem plastyczne uszy rejestratora.

– Szkoda, byłoby ciekawie zobaczyć, jak Strażnik wymierza karę temu cwaniakowi... – wysyczał. – Dziękuję ci, bracie, że wymyśliłeś tę bajkę z Radą Bezimiennych, przyznaję, że ja też do końca nie wierzyłem, że Machan nie przeczyta Statutu Miasta. Przecież tam jest wszystko napisane!

Odwróciłem się i spotkałem wzrokiem z Merem – wciąż miał wojskową postawę, ale teraz w spojrzeniu NPC-a nie widziałem ani kropli dobroci, jedynie wyniosłość pomnożoną przez pychę. I pośród tej farsy dwóch uśmiechających się przedstawicieli klanu Lazurowe Smoki...

Szlag... W co ja wdepnąłem?

– Machanie! Jako zarządzający tym miastem aresztuję cię na siedem dni! Zostaniesz umieszczony w klatce, która tak samo jak ten pokój blokuje możliwość korzystania z teleportów! Klan Legendy Barliony uznaje się za niepożądanego w Narlaku i na wszystkich terytoriach należących do miasta! Wyrok nabiera mocy prawnej natychmiast!

– Sprzeciw! Strażnik uznał moje prawo do zwołania rady!

– Tę kwestię wyjaśniaj sam ze Strażnikiem, jak tylko odbędziesz swoją karę! Straż! Odprowadzić skazanego do miejsca odbywania kary!

**-1000 Reputacji z Narlakiem.**
**Poziom bieżący: Niechęć.**
**Do Braku Zaufania: 3000.**
**Uznano cię za winnego i zostałeś aresztowany na 7 dni.**

**Dany moment jest procesem gry i nie wiąże się z zablokowaniem możliwości zarządzania postacią. Dla warunkowo wolnych graczy to zamknięcie nie zalicza się do wykroczeń.**

Ocipieć można! (Proszę mi wybaczyć tak obcesowe i chamskie stwierdzenie). Ale ocipieć można do kwadratu! Mnie do aresztu? Jeszcze czego!

*Nastjo, wyciągnij mnie!*

*Daj współrzędne, zrobimy portal.*

*Portal nie będzie możliwy jeszcze przez tydzień! Wyciągnij mnie naszą umiejętnością Yin-Yang!*

*Znowu w coś wdepnąłeś? Dlaczego ty nie możesz spokojnie usiedzieć kilku godzin na miejscu? Już...*

**Twoja druga połówka chce cię do siebie wezwać. Akceptujesz zaproszenie?**

Druga połówka? O rany, ale nas nazwali... Dobra, skoro połówka, to połówka. Przyjmuję!

– Stój! Dokąd? Jak? – zdążyłem usłyszeć wrzask rejestratora, po czym moim oczom ukazał się komunikat:

**Zdobyłeś osiągnięcie klanowe: „Źli faceci" - Reputacja w Prowincji lub niezależnym mieście osiągnęła poziom graniczny „Nienawiść".**
**Wszyscy przeciwnicy tej Prowincji lub miasta są od teraz twoimi przyjaciółmi.**
**Dostępne zadanie: „Piracka Brać. Krok 1: Spotkanie".**
**Opis: Stając się wrogiem miasta Narlak, zdobyłeś potężnego przyjaciela - postrach mórz, zmorę handlarzy, czyli Pirata Grygza, Krwawe Kopyto. On już wie o twoim osiągnięciu i przyjmie**

**każdego członka twojego klanu jako swojego gościa.**
**Klasa zadania: Unikalny łańcuszek klanowy.**
**Nagroda/Kara: Wariantywna.**
**Ograniczenia: zadanie może przyjąć tylko lider klanu.**
**Liczba klanów, które jednocześnie wykonują zadanie: maksymalnie jeden z danego Imperium.**

– Machanie i Anastarijo! Jesteście aresztowani! – krzyknęli strażnicy, którzy stali najbliżej nas, ledwie pojawiliśmy się przy Altamedzie, po czym rzucili się w naszym kierunku.

Oto one – owoce reputacji „Nienawiść". Gdy tylko strażnicy danej lokacji widzą gracza, który ma Nienawiść w danym mieście, porzucają natychmiast wszystkie swoje sprawy i starają się wysłać szubrawca na godzinę do więzienia. Po czym wyprowadzają gracza poza kontrolowany obszar i jak znów się pojawi, to zamykają już na dwie godziny. I tak dalej, czas zamknięcia przyrasta wykładniczo. Ale ja nawet dwóch godzin nie chcę siedzieć w więzieniu, już się nasiedziałem!

– Nastjo, trzeba się stąd zabierać! Wykończ ich, pluć na reputację! – krzyknąłem, zmieniając się w Smoka i klikając *Akceptuj*.

Miałem zakaz wyrządzania szkód, ale zwiać mogę z łatwością. Pochwyciłem Anastarię w łapy i wzbiłem się wysoko w niebo, mając nadzieję, że Bezpalcy jeszcze nie wydał swoim bojownikom rozkazu polowania na nas. Gejro, wybacz. Nie wiem, jak reputacja działa na najemników, ale teraz nie mogę myśleć o tobie...

– Dimo, puść mnie, pójdę na nogach – powiedziała Anastarija po dziesięciu minutach. – Powiedz mi, mój kochany, skąd mamy Nienawiść w Narlaku i zadanie z piratami?

– Trzymaj nagranie – uśmiechnąłem się, wykonując kilka szybkich ruchów i podchodząc do lądowania. Ledwie dotknąwszy ziemi, dodałem: – Nagrywałem, jakby czując, że ci się spodoba.

– Aha! Skąd tutaj takie zadania? – nie powstrzymała się i wykrzyknęła Nastja, gdy zaczęła oglądać film. – Hmm... Bezpalcy i Bezpaniki? Skąd oni... Dimo?! Kto tak prowadzi rozmowę? Naprawdę... Czy ty naprawdę uwierzyłeś w tę bajkę o Radzie Bezimiennych?! Tak... Poczekaj chwilę. – Oczy Anastariji zrobiły się szklane na znak, że wyszła do realu. Najwyraźniej postanowiła przejrzeć fora Lazurowych Smoków...

– Uprzedziłam Plinto, kiedy wróci, od razu wskoczy w Niewidzialność. Dziwne, ale ani na stronie Lazurowych, ani na forach nie ma jeszcze choćby słowa o tym, że lider Legend poniósł porażkę na spotkaniu.

– Dlaczego poniósł porażkę?

– Dlatego! Gdybyś choć raz otworzył dowolny Statut Miasta, byłbyś mile zaskoczony, że każdy rozumny, czy to NPC, czy gracz, ma prawo do zwołania rady. I to takie samo prawo jak do tego, żeby przyjść do Mera i powiedzieć: „Dzień dobry"! Nic mu za to nie grozi! Ale skoro ty zgodziłeś się z żądaniami... Podpuścili cię! Gdzie jest odpowiedź na pytanie o podstawę aresztowania? Obejrzyj uważnie swój film, nie ma w nim ani jednego odniesienia do tego, za co mieliby cię posadzić na siedem dni, a ty uciekłeś! Nawet z sali sądowej by cię nie wyprowadzili; Strażnik by im przeszkodził! Jak wiele „by" się pojawia w tej historii! Za to teraz jesteś przestępcą: uciekłeś z rady, którą sam zwołałeś, a do tego nie wyszedłeś z gry. Jest w Statucie kilka paragrafów na ten temat... Do diabła! Narlak był jedynym punktem kontaktu z Astrumem, który nie kosztował kroci...

– Może powinienem wrócić i...

– Jesteśmy poza prawem! Teraz tylko Strażnik może nam pomóc pozbyć się Nienawiści w mieście! Nie wiesz przypadkiem, kto jest Strażnikiem Narlaku i gdzie go szukać? Nie? Cóż... Przyjmijmy porażkę jako fakt. Zobaczmy, skąd wzięli się piraci. W tym momencie nie ma ani... Stop! Dlaczego Bezpalcy i Bezpaniki zasiadali w radzie?

– Są kimś w rodzaju mecenasów...

– Jakich mecenasów? Poczekaj, chwila... – Nastja znów zamarła, zostawiając mnie samego.

– Machanie, dzień dobry! – Ledwie Nastja wyszła, gdy zawibrował mój amulet. – Mówi Gejra. Jeśli dobrze zrozumiałam, to na razie nie pojawisz się przy Altamedzie. Nie zostaliśmy aresztowani, ale nie dopuszczają nas do zamku, dopóki jesteśmy twoimi najemnikami. Możemy uznać, że nasze porozumienie zostało rozwiązane?

– Poczekaj! Wytrzymajcie kilka dni, wrócę do Altamedy i zniszczymy potwora! Daj mi kilka dni!

– Dobrze – zgodziła się Gejra jakoś tak bezproblemowo. – Przez dwa dni nie będziemy niczego robić, nawet oddalimy się od zamku, żeby nie przeszkadzać swoją obecnością ani strażnikom, ani wolnym graczom, jednak później, jeśli nie wrócisz, nasze porozumienie uznam za nieważne. Jak tylko będę ci potrzebna, zadzwoń na amulet, zaraz ci go wyślę pocztą, będzie w trymiga. Pamiętaj, dwa dni! Powodzenia!

– Dimo! – Jakby czekając, aż skończę rozmowę z najemnikami, pojawiła się Anastarija. – Gracze nie mogą być mecenasami miasta! To jest wbrew przepisom! Tak, jest w Statucie zdanie, że mecenasi mogą przychodzić na rady, ale też wołowymi literami zapisano, że gracze nie mogą być mecenasami! Rozumiesz?!

– Teraz nie – powiedziałem, siadając na ziemi. – Teraz już zupełnie nic nie rozumiem...

– Tak... Emocje na bok, porozmawiajmy o faktach. Po pierwsze Altameda pojawiła się na Glarnisie. Trzeba zapytać Władcę albo Imperatora, czy wcześniej już spadała na jakieś miasta lub zamki. Po drugie Lazurowe Smoki jakimś niezrozumiałym sposobem zasłużyły na Uwielbienie w mieście i dostały pełne prawo do eksplorowania Altamedy. Po trzecie Bezpalcy i Bezpaniki byli obecni na radzie miasta, wszystko nagrywali, ale do teraz filmu nie ma w sieci. Co prawda minęło zaledwie kilka minut, więc trzeba będzie sprawdzić jutro rano. Po czwarte: Piraci. Z tego, co pamiętam, gracze tylko z nimi wojowali, jeszcze nikt nie dostał od nich zadania. Tym bardziej z takim dziwnym ograniczeniem, że może je wykonywać tylko jeden klan z danego Imperium. Po piąte nie dopuszczą nas do Altamedy, dlatego trzeba sobie dawać powoli z nią spokój. Oczywiście, będziemy próbować się do niej dostać, ale lepiej od razu się nastawiać, że będziemy mieć zamek niedaleko Sintany. Obejrzałam rysunki: poziom pierwszy, w pełni zburzony, nawet ścian nie ma. Trzeba będzie w niego włożyć niemało złota. Po szóste z Altamedą związane jest jakieś wydarzenie, o którym z pewnością wiedzą Lazurowe. A my nie mamy możliwości wywarcia na nich presji. Niczego nie pominęłam?

– Po siódme: wiem, jak rozwiązać zagadkę ogrów.

– Ja też, nie było tam niczego trudnego. Są dwa rozwiązania i my, zauważ, powiedziałam „my", będziemy musieli sprawdzić dwie lokacje.

– Dwa rozwiązania?

– Nie zmieniaj tematu! Lepiej wymyślmy, jak we dwoje możemy dostać się do wnętrza zamku.

– Dlaczego we dwoje? Mamy najemników Gejry, którzy sobie z tym zadanie świetnie poradzą.

– Jeszcze raz...

– Najemnikom Gejry uda się wejść do zamku. Ograniczenie dotyczy jedynie graczy.

– A Gejra to? – spojrzała pytająco Nastja, po czym jej twarz się wygładziła, jakby przypomniała sobie, o kim mowa. – Postanowiłeś ją nająć?

– Razem z oddziałem. Oj, zapomniałem, przecież ty figurujesz jako zwykły bojownik i nie masz dostępu do wszystkich powiadomień dotyczących klanu... Łap opis. – Wysłałem tekst mojego porozumienia z Gejrą, wprawiając tym Nastję w konsternację.

– Po siódme oddział trzystupoziomowych NPC-ów, zazwyczaj kosztujący od stu tysięcy Złotych Monet na tydzień, przyłącza się do klanu bezpłatnie na czas szturmu zamku...

– Ilu? – zdziwiłem się, słysząc taką kwotę.

– Uwierz, że wiem, o czym mówię. W Feniksie często braliśmy najemników do ochrony Podziemi. Po ósme Krastił Szłarnosti, nie zapomniałam o nim. Tak po prostu taka rzecz nie mogła zostać wprowadzona, ma jakieś bezpośrednie powiązanie z zamkiem. Po dziewiąte karty... Nie, nie jestem przekonana, karty nie są stąd. Przecież zadanie z Kondratijem dostałeś znacznie wcześniej niż zamek. Przy okazji, daj mi je, proszę, przyjrzę się im dokładnie, może trzeba rozłożyć pasjansa, może zagrać z kimś, kto ma do tego prawo. I jeszcze raz po dziewiąte: prawo pierwszeństwa. Altameda zrównała Glarnis z ziemią i teraz zgodnie z prawem powinna zajmować to terytorium, Narlak nie powinien rościć sobie praw do tych ziem. Przedstawiciele rady wyraźnie dali jednak do zrozumienia, że ta kwestia została załatwiona. To też trzeba sprawdzić. Po dziesiąte bezczynność Zwiastunów i Imperatora. Niezbyt jest teraz zainteresowany aktywnymi działaniami, dopóki kindżał tkwi w tronie, ale Zwiastuni! Nie rozumiem, o co chodzi, i nie ogarniam tej układanki. Wychodzą z tego jakieś brednie...

– Brednie? – Wciąż niczego nie rozumiałem.

– Postanowione! Czas przestać udawać głupka! Tak się przyzwyczaiłam do tego, że nic nie robię w twoim klanie, że zaczęłam dopuszczać błędy i pozwoliłam, abyś ty je popełniał. Dość tego!

– To jeszcze jedna informacja, o której powinnaś wiedzieć... – Długo nie decydowałem się opowiedzieć Nastji o ustaleniach z Ewolettem, ale jeśli ten fakt wpłynie na jej plany, to mnie zeżre. Z kopytami!

– Zgodził się dać bojowników? – zapytała Nastja, nie dowierzając.

– Już sam nie wiem. Nasza umowa była uzależniona od zgody Narlaku, a teraz, kiedy tej zgody nie będzie... Tak przy okazji, nie dostałaś jeszcze porozumienia?

– Po Leyte'a i Barsine... Dzwoń do wujka! Masz rację, pluć na reputację! Wykopiemy Lazurowych z Altamedy!

– Słucham! – rozległo się w amulecie.

Ciekawe, czy on przez cały czas jest w grze, czy tylko od dziewiątej rano do szóstej wieczorem jak na etacie?

– Ewoletcie, tu Machan i Anastarija. Dzwonię w sprawie porozumienia...

– Cześć, wujku! Bardzo potrzebujemy wojowników. Pozwolenia od Narlaku nie dostaniemy, mamy aktualnie Nienawiść. Z ojcem się dogadam, nie będzie pomagał Lazurowym, ale Etamsylat ze swoimi ludźmi najprawdopodobniej wystąpi przeciwko nam. Weźmiemy jeszcze graczy najemników, ale bardzo potrzebujemy twoich ludzi! Pomożesz?

– Czytałaś porozumienie?

– Jeszcze nie, nie doszło do mnie, ale punktu dotyczącego zgody miasta z całą pewnością nie dotrzymamy.

– Nastjo, utrata reputacji neutralnego miasta to wielka sprawa... Gdybym miał pójść jako zwykły najemnik, to co innego, ale ja mam pociągnąć za sobą cały klan... Chyba sama rozumiesz...

– Rozumiem. A teraz posłuchaj tego... – I Nastja przeczytała treść zadania klanowego dotyczącego piratów. – Zastanów się. Z Malabaru będziemy my, pytanie: kto wystąpi po stronie Kartosa?

Na minutę zapadła cisza. Nawet się zaniepokoiłem, że straciliśmy połączenie, jednak połyskująca niebieska chmurka wokół amuletu wskazywała na to, że wszystko jest w porządku, po prostu druga strona milczy z jakiegoś powodu.

– Potrzebuję dnia – wreszcie usłyszeliśmy odpowiedź – a także trzech Magów, którzy stworzą teleport do Malabaru. Przylecimy na granicę Kartosa, trzeba będzie nas przerzucić do was. Trzy tysiące powyżej dwusetnego, plus najemnicy. Ilu ich będzie, nie wiem, ale postaram się wziąć maksymalnie wielu. Ustalmy od razu, że jeśli najemnik zdobędzie coś z Upiora, to jest to jego łup. Inaczej nikt się nie zgodzi.

– W porządku! – odpowiedziałem. – Z wyjątkiem przedmiotów wydających zadania klanowe. One obowiązkowo są przekazywane mnie.

– Zgadzam się, najemnicy takich rzeczy nie potrzebują. Nastjo... Jesteś pewna, że chcesz wywołać wojnę klanów?

– Tak! To, co się teraz dzieje wokół Altamedy, bardzo mocno przypomina Kołotowkę i Mroczny Las. Pamiętasz, jak to się wszystko skończyło?

– Jeden dzień! Jutro o osiemnastej czasu serwera czekam na wasz portal według współrzędnych...

Ewolett podał współrzędne, po czym rozłączył się i poszedł przygotowywać ludzi.

– Barsi, Leyte! – Nie tracąc ani sekundy, Anastarija wyjęła dwa amulety i wykonała dwa połączenia jednocześnie. – Wrzućcie ogłoszenie, że zatrudniamy! Opis jest następujący... – Tu Nastja podyktowała tekst, określający osobliwości Altamedy i warunki zlecenia. – Jutro o siedemnastej trzydzieści wyruszamy z placu centralnego w Anchursie. Do porozumienia obowiązkowo wpiszcie...

– Myślisz, że ktoś się skusi na bezpłatną pracę przez miesiąc? – zdziwiła się Barsine.

– Jestem pewna! Chodzi o tak ekspresowy wzrost w poziomach, o klan Legendy Barliony i o Machana, więc ludzie przyjdą. Ogłoszenie wyślijcie do wszystkich klanów, mam w nosie, że Lazurowe je zobaczą. Teraz nie czas na tajemnice. Rozłączam się!

Nastja odłożyła amulet do worka i na sekundę zamknęła oczy, jakby zastanawiając się, czy wszystko wzięła pod uwagę, po czym nieoczekiwanie powiedziała:

– Co wymyśliłeś z zagadką ogrów?

– Z zagadką? – Nie załapałem od razu.

– Dimo, pomyśl! Szachy, zagadka ogrów. Powiedziałeś, że ją rozwiązałeś. Opowiedz swoją wersję, porównamy z moimi dwiema.

– Wersy to współrzędne punktu, do którego trzeba polecieć. Przy tym widzę trzy warianty: numery wersu, numery wersu przy prawidłowym układzie wiersza, numery zwrotki.

– Jeszcze są numery zwrotek przy prawidłowym ułożeniu wersów wiersza i numery wersów pomnożone przez numery zwrotek. Tak naprawdę wariantów jest jeszcze wiele, ale tylko dwa wyniki dają współrzędne, które odnoszą się do Malabaru: numery wersów i numery zwrotek. Wszystkie pozostałe są gdzieś na oceanie albo w Kartosie, albo na Wolnych Ziemiach. Który z dwóch wariantów wybieramy?

– Jestem za drugim. Numery wersów są nieco zbyt oczywiste.

– Zgadzam się. Leyte! – Nastja ponownie wyjęła amulet.

– Już się robi! Prawie opłaciłem!

– Zuch, ale teraz dzwonię z innego powodu. Potrzebuję zwój teleportu do punktu 11352334:1255218.

– Dobrze, będzie zwój – westchnął smutno Wojownik i dodał: – Wiesz, zaczynam mieć wątpliwości w sprawie swojego wyboru! Cała moja robota to bieganie po Anchursie tam i nazad! W mojej ocenie dyrektor finansowy nie powinien tyle biegać!

– Jak nim zostaniesz, to od razu weźmiesz sobie pomocników – powiedziałem, słysząc w odpowiedzi ciche: „Cholera! On też tu jest!". Słusznie, myślał, że co, w bajce żyje? Do roboty!

– Dimo, nie zapomnij o kartach – powiedziała Nastja, wyłączając amulet, po czym usiadła na ziemi i tuż przed wyjściem podsumowała: – Chyba wszystko! Pozostaje poczekać do jutra!

– Trzymaj – podałem jej karty, siadając obok. – Dawno nie widziałem cię tak zaangażowanej. Nawet podczas rajdu jesteś spokojniejsza.

– Podczas rajdu wszystko zależy ode mnie, a tutaj jest bardzo wiele niewiadomych. Wyobraź sobie, co będzie, jeśli okaże się, że nie powinniśmy wyzwalać Altamedy? Prawdopodobieństwo, że programiści umieścili tam samego Urusaja, jest ogromne! Demon Nag to nie taka prosta sprawa! To straszna i okrutna siła! Krąg Eluny wokół zamku nie jest przypadkowy! Bogini nie zrobiłaby go ot tak sobie. Wrrr! Nienawidzę, kiedy czegoś nie rozumiem! Mam ochotę kogoś złapać i zabić! Profilaktycznie!

– Znam inną metodę na rozładowanie napięcia – uśmiechnąłem się, obejmując dziewczynę, jednak Nastja odrzuciła moją rękę na bok.

– Dimo, nie czas i nie miejsce! Decydują się losy klanu, takie siły ściągną do miasta, a tobie tylko jedno w głowie!

– Tak! Czegoś nie rozumiem: czy ty możesz w tym momencie coś zmienić? – Spojrzałem na dziewczynę pytająco.

– Już nie, machina poszła w ruch.

– W takim razie po co się martwić? Denerwować będziemy się jutro, równo o szóstej zero.

– Może i masz rację – uśmiechnęła się Nastja, odwracając się w moją stronę. – To jaką masz metodę?

Przyciągnąłem Nastję do siebie i postanowiłem, że nawet gdyby cała Barliona się rozpadała, to przez najbliższe dwie godziny nie ma nas dla nikogo...

– Czyżbyśmy się pomylili? – burknąłem, stojąc po kolana w błotnistej mazi.

Dwie godziny szczęścia trwały zaledwie czterdzieści minut, po czym przyszła wiadomość od Leyte'a ze zwojem portalu, zmuszając nas do ubrania się i wyruszenia na poszukiwanie przygód. Nie znając naszego bieżącego położenia, Leyte szczególnie się nie rozdrabniał i kupił zwój z promieniem działania w całym

Malabarze. Czterdzieści tysięcy Złotych Monet, żeby sprawdzić jedno marne przeczucie... Trochę drogo.

– Wygląda na to – odparła Nastja, brnąc w błocie podobnie jak ja – że albo musimy użyć innych współrzędnych, albo sprawdzamy, co się tutaj wyprawia. Lokacja zaledwie poziomu siedemdziesiątego, dlatego nieprędko cię zabiją. Jeśli zaczniesz tonąć, to niech stracę, wyciągnę cię.

– Połaźmy tutaj – zgodziłem się, zauważając niewielki spadek poziomu zdrowia i komunikat o ataku pijawki. Wezwałem Ducha Wodnego Ataku, przeganiając krwiopijcę, i dodałem: – W bardzo podobnym miejscu zdobyłem Suknię Ślubną Leary.

– Ciągle zapominam cię zapytać, dlaczego oddałeś ją Reptilowi. Jest oczywiście dobrym chłopakiem, ale wciąż nie rozumie, co tobą kierowało.

– Myślisz, że miałem wybór? Chciał ci udowodnić, że jest dobrym graczem, że jest ciebie wart. Suknia, którą ci podarował, to fantastyczny przedmiot, żeby to udowodnić.

– On nie podarował mi żadnej sukni! Skąd ci to przyszło do głowy?

Na sekundę straciłem kontakt z rzeczywistością, wpadając w błoto po sam pas – jak to nie podarował? Mam nawet list, w którym on pisze, że jest bezbrzeżnie szczęśliwy i że bardzo mi dziękuje...

– Dobra, mniejsza z tym. Powiedz, skąd wiedział, że jesteś Syreną? O ile zrozumiałem, ta informacja nie jest zbyt rozpowszechniona, w niektórych miejscach wręcz jest oznaczona jako tajna, dlatego dostęp zwykłego gracza do takich szczegółów na twój temat, osoby tak zagadkowej i pięknej, jest zaskakująca.

– On jest Asasynem, przy tym bardzo dobrym. Już na poziomie dwudziestym to cudo wymyśliło sobie, że wedrze się do naszego zamku, omijając wszystkie punkty kontrolne, i tam zobaczył mój trening. Kiedy zrozumiał, że został zdemaskowany, rzucił się do ucieczki. Musiałam zastosować magię kontroli, ale na niego ona nie działała... specyfika rasy... Gdybyś widział ten obrazek: toczący ślinę gracze Feniksa i zielone nieporozumienie, które biegało pomiędzy nimi i grzebało im wszystkim po kieszeniach. Generalnie kiedy został schwytany, pogadałam z nim od serca, poprosiłam, aby nie wyjawiał szczegółów dotyczących mojej postaci. Mogę ci podrzucić wideo z ucieczki, gdzieś je mam. Chłopak naprawdę jest bardzo dobry, nieco podobny do ciebie: tak samo niezdyscyplinowany, lider własnego klanu, odmówił wstąpienia do Feniksa, według informacji od moich znajomych jest już na sto pięćdziesiątym drugim poziomie, przy tym bez żadnych specjalnych akcji. Jak zapewne pamiętasz, kiedy wynajęłam go do ochrony twojego ciała, był zaledwie na sto czterdziestym siódmym. Bardzo bym chciała się dowiedzieć, gdzie się tak wylevelował. Przy okazji: aktualnie szuka go Etamsylat ze swoimi bojownikami. Reptil wyczyścił im skarbiec, wynosząc kilka ciekawych drobiazgów.

– Skarbiec klanu?

– Aha. Przecież mówię, że to bardzo interesujący młody człowiek z niestandardowym podejściem do rozwiązywania zadań. Wiedział, że sam sobie nie poradzi, postanowił więc nasłać na zamek ogromne stado ptaków Ruk. Przyniósł kilka ich jaj i ukrył wewnątrz zamku, wcześniej jedno rozbił. Powiem ci, że czterdzieści ptaków trzechsetnego poziomu w porywie szaleństwa jest zdolnych do wyrządzenia ogromnych szkód w zamku na dziewiątym poziomie. Te ptaszki zrównały ściany z ziemią, zniszczyły praktycznie do fundamentów wszystkie budowle, zrujnowały system komunikacji... W skrócie: po jednym ataku zamek spadł od razu na poziom czwarty.

– I co? Zburzyły ściany, narobiły hałasu. Jak się do tego ma skarbiec?

– Nie poganiaj mnie! Chcąc zapewnić sobie bezpieczeństwo, Etamsylat zabezpieczył zamek wszystkim, co najlepsze:

najmocniejszymi zaklęciami ochronnymi, pułapkami, przejściami portalowymi przypisanymi do określonego gracza. To był wirtualny Fort Knox, praktycznie nie do zdobycia. Loty graczy nad zamkami są zakazane, dlatego ataku z powietrza nikt się nie obawiał... Systemy ochronne mają bardzo, jak się okazało, nieprzyjemną osobliwość: wymagają minimum piątego poziomu zamku. Jak tylko ptaki zburzyły ściany i budowle, a poziom spadł do czwartego, było już po ochronie i Reptil, biorąc pod uwagę jego umiejętność działania w ukryciu, jako zwycięzca prześlizgnął się do skarbca. Stamtąd wyszedł już przez teleport, ale zdążyli go zidentyfikować przed samym skokiem. Teraz poszukują tego zielonego krokodyla, a za informacje o miejscu jego pobytu proponują sporo pieniędzy. Jeśliby Etam wiedział, że Reptil cię pilnował, rozebrałby pracownię deseczka po deseczce.

– A jest w ogóle sens go szukać? Przecie on po prostu się odrodzi. Rzeczy i tak nie odzyskają... Czy jednak się da?

– Nie da się, Reptil zdobył je bez łamania jakichkolwiek zasad gry. Jeśli zaś chodzi o sens złapania go, jest on oczywisty: to pożywka dla ich ego. Jak to możliwe, że jakiś samotnik zagiął cały klan! Na czarną listę z nim i dowalić mu przy pierwszej sposobności! Zagnać do punktu odrodzenia i trzymać, dopóki nie zacznie błagać o litość. Albo dopóki Zwiastuni nie przeszkodzą.

– Mógł przecież wyjść do realu i sprzedać na aukcji wszystko, co ukradł...

– Tak właśnie zrobił! – uśmiechnęła się Nastja. – Wszystko do ostatniej rzeczy wystawił na aukcji pod swoim imieniem z hasłem: „ekskluzywne od Spadkobierców Tytanów". Mówią, że Etam wrzeszczał jak obłąkany; to wówczas przyszedł mu do głowy pomysł takiej debilnej zemsty. Trudno wytrzymać taki policzek. Okej, ale dlaczego mówimy ciągle o Reptilu? W tym błocie raczej nie mamy czego szukać, dlatego proponuję, żebyśmy polecieli do drugiego punktu.

– Poczekaj. Stańmy jeszcze raz w tym miejscu, na które wskazują współrzędne.

– I? – zapytała Nastja, kiedy wróciliśmy do punktu początkowego.

– Nie zauważasz niczego dziwnego?

– A powinnam?

– Spójrz na mapę.

– Hmm... Rzeczywiście...

– Dopiero teraz zauważyłem, kiedy zaczęłaś opowiadać o Reptilu. O ile dobrze pamiętam właściwości siatki współrzędnych, to zwykle gracz przenoszony jest prosto do centrum trzymetrowego kwadratu, tak? Albo na wolne miejsce, jeśli centrum jest zajęte, ale mniejsza z tym. W każdym razie jeśli przeniesienie jest niemożliwe, czyli zajęty jest cały kwadrat, system o tym informuje. Tutaj przecież... Nas z jakiegoś powodu wysłało nie do wyznaczonego punktu, tylko do sąsiedniego. Dlaczego nie poszliśmy prosto, kiedy oglądaliśmy okolicę?

– Dlatego że z przodu wyraźnie widać bagno. I żaden normalny gracz nigdy w to nie wejdzie, ponieważ ludzkie odruchy w grze nie zanikają. Machanie, jesteś geniuszem! Umiesz pływać albo nurkować?

– Nie bardzo – przyznałem się. – Mam Nurka na zaledwie osiemnaście minut.

– To ja pójdę – orzekła Nastja, zmieniając się w Syrenę. – Jakby co, wezwij mnie do siebie...

*Widzę labirynt!* – Pojawiła się myśl od Anastariji, która zanurkowała w ciemnym i strasznym bagnie. – *Nic nie mów, oszczędzaj Energię. Sądząc z opisu, jest tu kilka poziomów. Moby na poziomie sześćdziesiątym, przechodzę obok. Boss... Był boss... Drugi poziom... Moby sto dwudziestego poziomu. Ożeż, zauważyły mnie! Boss... Dwa bossy... Trzeci poziom... To ostatni, tutaj jest tylko boss... Dimo, potrzebuję cię tutaj, sama sobie nie poradzę. Boss bawi się kontrolą. Solo nie da się go przejść. Mogę cię wezwać? Tutaj jest czym oddychać...*

*Wzywaj, co zrobić. Będę musiał ci pomóc...*

*Aha, jak to mówisz, „chwilunia"! Wezwanie przy pomocy Yin-Yang odnawia się po dobie, a ja cię wyciągałam niedawno z Narlaku! Wracam i zabiję po drodze wszystko, co żyje! Popłyniemy tradycyjnie!*

Po godzinie ciemne wody zawrzały i pod zachodzącym słońcem Barliony ukazała się straszna bestia – Syrena, cała w mule, błocie, pijawkach i jeszcze czymś dziwnym, wynurzyła się z głębin, ściskając w rękach swój trójząb. Gdybym nie wiedział, że drugim wcieleniem tej poczwary jest moja wirtualna żona, to ze strachu uciekłbym, gdzie pieprz rośnie!

– Droga wolna, znalazłam dwie kieszenie powietrzne, będziesz mógł złapać oddech – powiedziało to coś i ponownie zanurkowało pod powierzchnię.

Usuwając jeszcze jedną pijawkę z pomocą Ducha, ze smutkiem pomyślałem o tym, że w pojedynkę bym tu nigdy nie wszedł. Nawet teraz nie mam siły, żeby zanurkować w tym ciemnym czymś, a co dopiero, żeby potwory podczas zanurzania zabijać!

*Idziesz?* – Przyleciał magiczny kopniak od Nastji, zmuszający mnie do zamknięcia oczu i zrobienia kroku naprzód.

Hej, przygodo!

Przed oczami pojawiła się w tym momencie tarcza zegara ze wstecznym odliczaniem, pokazująca, na jak długo mogę wstrzymać oddech. 17:55... Niezbyt dużo, ale jeśli patrzeć na Nastję, to wystarczyło jej pół godziny, żeby wybić tutaj wszystko w pień...

*Idź w kierunku światła.* – Pojawiła się myśl i kilka metrów od siebie zobaczyłem ledwie widoczne światełko. Dobrze, skoro za światłem, to za światłem. To nie wygląda jak mroczny tunel...

*Pierwsza kieszeń, złap oddech* – napisała Nastja, odciągając mnie od ważnego zajęcia: zbierania trofeów.

Czy gracz na trzysta czterdziestym poziomie będzie sobie zawracał głowę zbieraniem łupów z mobów poziomu setnego? Nigdy! A dokładniej: nigdy z własnej woli, ponieważ złoto z każdego ślimaka i dziwnego maleńkiego potwora wypadało w liczbie zaledwie dwóch, może trzech monet. Za to ile z nich było smakołyków! Dla alchemików, dla nekromantów, dla... praktycznie dla każdej specjalizacji! Po co wydawać kasę na kupno rzeczy, jeśli można je zdobyć w taki sposób? Tym bardziej że z jednego humanoidalnego mieszkańca bagna wyleciał ciekawy tajemniczy przedmiot podobny do szczypiec. A jeśli to analog Oka Mrocznej Wdowy? Z tego, co widzę, w tej lokacji nie było graczy, dlatego nikt tu jeszcze nie zbierał łupów.

– Oto on... – wyszeptała Syrena, kiedy wynurzyliśmy się w wielkiej grocie wypełnionej powietrzem.

Na wprost stał niezwykły boss – niewielki, wysoki może na metr, z pokrytą mułem ogromną zieloną głową, która stanowiła jakąś połowę jego całego, z trzema maleńkimi tłuściutkimi nóżkami, sprawiającymi, że boss stawał się podobny do trójnogu z czterema rączkami. Beczułkowate ciało, pokryte siecią lub takim specyficznym pancerzem, stale wibrowało jak pierś u biegacza, który próbuje złapać oddech po biegu na sto metrów z maksymalną prędkością.

**Wielkooki. Poziom: 1. Liczba Punktów Życia: 1. Umiejętności: Kontrola, Diament: 10.**

– Nastjo, czego ja nie rozumiem? Przecież on ma tylko jedną jednostkę życia!

– „Diament 10" oznacza, że ma zdolność blokowania dowolnych dziesięciu ataków. Nawet jeśli wypuszczę serię ciosów, nie zdążę go zabić, zanim przejmie kontrolę. Potem on zanurzy mnie w wodzie i będzie tam trzymał, aż umrę.

– Przecież gracza nie można kontrolować dłużej niż minutę...

– Można, jeśli robi to nie drugi gracz, tylko wcześniej przygotowany boss albo mob. Plan jest następujący: ty wychodzisz, bierze cię pod kontrolę, zjawiam się ja, zabijam bossa, dostajemy bonusy. Pytania, propozycje? Nie? To idziemy, nie mam czasu na łażenie po bagnach.

– Nastjo... – Wyszedłem praktycznie na otwartą przestrzeń, kiedy uczucie, że robimy to źle, powstrzymało mój zryw.

Dzień dobry, przeczucie, gdzieś ty było wcześniej?

– Co?

– Coś mi podpowiada, że atak frontalny będzie błędem... Nie potrafię tego wyjaśnić, po prostu... Działamy nie tak. Nie trzeba go zabijać.

– Dimo, jeśli deprymuje cię liczba jego Punktów Życia, to nie przejmuj się, w grze widziałam już wystarczająco wiele takich bossów. Bardziej mnie niepokoi, ilu graczy może wziąć pod kontrolę. Jednego, dwóch, dziesięciu, stu? Im mniej życia, tym trudniej te paskudztwa zabić, o to programiści się postarali... Przy okazji... Nie chciałabym cię denerwować, ale niedawno dzwonił do mnie ojciec... Zawarł porozumienie z Bezpalcym. Jutro przeciwko nam wystąpi koalicja Feniksa i Lazurowych. Nie powiedział, czym go uwiedli, ale musi to być coś mocno odjechanego, inaczej tata nigdy by przeciwko nam nie wystąpił. I nie jest to kwestia levelowania... Upiorów są może trzy tysiące, odradzają się raz dziennie, to jasne, że nie wystarczy dla wszystkich. Tutaj chodzi o coś innego, przy tym takiego, że ojciec jest gotów poświęcić dobre relacje z naszym klanem. Ze mną... Z tobą... Czas ataku jest znany wszystkim, Barsi i Leyte zbierają najemników... Wujek pyta, czy zamawiać już wieńce. Przeciwko dwóm największym klanom nie mamy szans.

– Więc to tak? Dobrze, sprawdźmy – powiedziałem, wyciągając amulet.

Że też Feniks miał czelność zaangażować się w coś takiego.

– Słucham? – W amulecie rozległ się głos ojca Nastji.

– Echkilerze, dzień dobry! Tu Machan. Nastja właśnie opowiedziała mi bardzo ciekawą historię o tym, że Feniks zawarł umowę z Lazurowymi Smokami i postanowił wystąpić jutro przeciwko mojemu klanowi. Możesz powiedzieć dlaczego?

– Tato, tylko nie opowiadaj bajki o levelowaniu – wtrąciła Anastarija. – Nigdy byś na to nie poszedł!

– Skoro mamy takie nieoficjalne spotkanie, to pozwól, Dmitriju, że szczerze cię przeproszę. Interesy klanu wymagają jednak, żebyśmy powstrzymali ciebie i twoich ludzi przed przejęciem Altamedy do czasu zawodów międzyklanowych. Ludzie z Lazurowych dali nam pięćset Upiorów dziennie, żeby przyspieszyć zdobywanie poziomów, ale macie rację, nie to jest główną przyczyną. Bardzo mi przykro, ale jeśli jutro pojawicie się w okolicy Altamedy, zostaniecie zabici albo wysłani do więzienia; to zależy, jak się sprawy potoczą. To nic osobistego, po prostu biznes. Nastjo, nie ma sensu wzywać Zwiastunów, ochraniamy terytorium Glarnisu na polecenie rady Narlaku. Przeczytaj punkt 4 artykułu 748 ustaw Barliony. Tam jest opisany podobny przypadek: Urusaj jako majątek ruchomy z określoną aurą nie ma nadrzędnych przywilejów nad zamkiem, który był tam wcześniej. Zamek Widmo odleci, a Glarnis, chociaż zniszczony, pozostanie.

– Zapominasz, że zamek zgodnie z punktem piątym artykułu... – Nastja zaczęła sprzeczać się z ojcem, stale powołując się na jakieś niezrozumiałe paragrafy, dlatego straciłem wątek rozmowy.

Jedno jest jasne – Feniks jest przeciwko nam i wzywanie Zwiastunów, dlatego że odmawia mi się prawa do własności, byłoby przeciwskuteczne. Tylko rozłożą ręce...

– Rozumiem, że nie bardzo chcecie stracić taki zamek, ale niedaleko Sintany też jest całkiem dobre miejsce – podsumował rozmowę Echkiler. – Powtarzam; proszę, nie przychodźcie ani jutro, ani pojutrze, ani w ciągu trzech miesięcy do zamku Urusaj czy Altamedy. Przy okazji: jak jest prawidłowo?

– Altameda – odburknąłem.

– Nie pojawiajcie się przy Altamedzie. Nawet nie pozwolimy wam się zbliżyć. Już dzisiaj siedem tysięcy moich bojowników zajmie pozycje wokół zamku, jeszcze dziesięć przybędzie jutro. Pięćset Upiorów na trzechsetnym poziomie, dających Doświadczenie tylko tym, którzy zadali powyżej pięćdziesięciu procent obrażeń, to zbyt poważny bonus, żeby nim gardzić. Nastjo, Dimo, znajdźcie sobie inne zajęcie... Rozłączam się...

– Przynajmniej teraz już wiem, dlaczego tylko Plinto dostawał Doświadczenie za Upiory – powiedziała do siebie zamyślona Nastja.

– A Doświadczenie zdobyte przez ludzi Gejry pójdzie tylko na rachunek klanu lub zamku, ale nie gracza – dodałem, bezmyślnie patrząc na bossa.

Co, do cholery, dzieje się w Barlionie!?

– Nastjo, zostań tutaj – rzekłem, wychodząc z ukrycia i idąc w kierunku Wielkookiego.

Przyszedł czas chociaż w jednej kwestii postawić kropkę!

**Jesteś kontrolowany, efekt jest częścią mechaniki gry...**

*Idę!*

*Nie! Zostań na miejscu! To mój boss i niczyj więcej!*

Kontrola awatara. Zajęło mu to mniej niż sekundę. Tylko Plinto mógłby przeciwstawić się temu bossowi, a i to wyłącznie dlatego, że ma swój amulet. Zresztą nieważne; na darmo tu przyszedłem czy jak? Zaznaczyłem bossa i wysłałem, jak zazwyczaj robię to z Nastją, wiadomość w myślach:

*Cześć! Jestem twórcą Szachów Karmadonta. Zagadka figur doprowadziła mnie do ciebie! Pomożesz mi ją rozwiązać?*

*Dimo, atakuję!* – wtrąciła się ponownie Anastarija, kiedy mnie wciągnęło z głową pod mętną wodę.

*Nie waż się!* – zdążyłem krzyknąć w myślach, gdy Anastarija udała się w kierunku bossa.

*Ups!*

„Uradowała" mnie myśl dziewczyny, kiedy jej zastygły awatar zaczął poruszać się w moim kierunku – boss chyba chce nas utopić.

*Teraz to dopiero jest „ups"!* – odpowiedziałem jej, po czym skupiłem się tylko na bossie, starając się nie zauważać tykającego w odwróconym porządku czasu do utonięcia: 18 minut i 40 sekund: – *Pomóż nam! Potrzebujemy rozwiązania zagadki ogrów! Rrorg i Gragza by nas nie zabili!*

– KLUCZ! – Głos Wielkookiego okazał się mocny jak u Strażnika (co nie szło w parze z niewysokim wzrostem i szczupłą budową ciała); był tak samo ciężki, naciskający, żądający szacunku i czci. Skończyło się dekorowanie Podziemi powtarzalnymi bossami.

*Nastjo, co może być kluczem?*

*Cokolwiek! Zaczynając od jakiegoś kryształu, a kończąc na bajce na dobranoc! Ile ci zostało czasu?*

*Szesnaście minut.*

*W takim razie siedź, ja wyjdę do realu, zerknę, co jest na ten temat. Mam jeszcze dwadzieścia pięć minut.*

Co może być kluczem do bossa, o którego istnieniu nigdy nie słyszeliśmy? Tylko to, co jest w Szachach, inaczej zadanie byłoby nie do rozwiązania. A w ograch mamy...

*Stryjaszek mój, poczciwiec sobie...*

Puszkin. Aleksandr Siergiejewicz. Jeszcze w instytucie zajmowaliśmy się przekładem oryginalnego utworu na język współczesny. Oj, namęczyliśmy się z tekstem oryginału! Każde słowo ma w nim kilka znaczeń i czasem musieliśmy zwoływać konsylium, żeby podjąć decyzję, które z tych znaczeń miał na myśli autor. Według wszelkich zasad teraz musiałbym przeczytać wersy, które znajdowały się w Szachach, w kolejności, w jakiej je otrzymałem, ale chciałem się wygadać. Energia wyparowała do zera przy czwartym wersie, jednak moja mowa w myślach nadal trwała. Albo myślałem, co powodowało, że do bossa były wysyłane jakieś obrazy, kiedy recytowałem *Oniegina*. Pamiętałem go do listów do Tatiany włącznie, pozostałą część tłumaczyli moi koledzy. Pierwszą część znałem jednak na pamięć i najwyraźniej zapamiętałem na całe życie.

– KLUCZ ZOSTAŁ PRZYJĘTY!

**Zakończyła się Kontrola wywołana przez mechanikę gry.**
**Ponownie zarządzasz swoim awatarem.**

Aha... Biorąc pod uwagę, że mam zero Energii i woda w bagnie nie nadaje się do regeneracji, muszę poleżeć kilka minut. Ciekawe, co było kluczem – wydanie bossowi całego utworu czy to, że podczas czytania wypowiedziałem wersy w konkretnej kolejności? Nie wydaje mi się, żeby programiści wymyślili zadanie zobowiązujące do nauczenia się całego *Oniegina*. Chociaż z nimi nigdy nie wiadomo...

*Rodzi ogień, opiekując się nim jak matka,*
*Ekstatyczne źródło niebezpieczeństwa, złości, marazmu i strachu,*
*Droga prowadzi przez pięciu sławnych wojowników gigantów,*
*I pragnie jedynie łyka ciemnej wody.*

– Giganci opowiedzą więcej – powiedział Wielkooki i po prostu wyparował, jakby go nigdy nie było.

Z goryczą spojrzałem na swoje statystyki i zacząłem wychodzić z wody – powietrza zostało mi tylko na sześć minut. Dobrze, że moja Energia szybko się odbudowuje; już po minucie było około siedemdziesięciu jednostek.

– Dimo, trzeba przeczytać wersy w odpowiedniej kolejności – rzekła Anastarija, wynurzając się z wody. Ekspresem oceniła sytuację i zapytała: – Co powiedział? Nagrywałeś?

– Nie. Recytował wiersz tak samo jak pozostali. Co prawda, wszyscy mówili po osiem wersów, a ten cudak zaledwie cztery.

– Jakie wersy? – zapytała Anastarija, wstając.

Nie było sensu ukrywania czegokolwiek przed dziewczyną, dlatego pewnie wydeklamowałem dopiero co usłyszany fragment.

– Rozumiem... Wróćmy do naszych spraw: co zrobimy z jutrzejszym atakiem? – zapytała Nastja, kładąc się na plecach obok mnie. Nie miałem siły, żeby wstać i zacząć normalnie funkcjonować, chociaż Energia się zregenerowała. Chęci też nie miałem. – Rezygnujemy?

– Jeszcze czego! Jutro przedrzemy się do Altamedy. Atak nastąpi o osiemnastej trzydzieści i nikt nam w tym nie przeszkodzi. Nawet Feniks.

Pomyślałem chwilę, po czym wyjąłem amulet i wybrałem Leyte'a.

– Przy aparacie. – Wojownik rozbawił mnie niezwyczajną odpowiedzią.

– Leyte, nowe wytyczne. Przygotuj ogłoszenie, że jutro o osiemnastej trzydzieści odbędzie się bitwa Legend Barliony z Feniksem i Lazurowymi Smokami. Ci, którzy chcą się przyłączyć, niech piszą do ciebie i Barsine; zbieramy się o siedemnastej trzydzieści na placu centralnym. Tam otwieramy teleport i zaczynamy akcję.

– Przygotuję – potwierdził zdziwiony Leyte. – Nastja wie?

– Wie, wie – rzuciła dziewczyna. – Pisz, co Machan powiedział.

– To aż tak? – z uśmiechem powiedziałem do dziewczyny, gdy tylko wyłączyłem amulet. – „Czy Nastja wie?"

– Oczywiście! Aby zrobić takie ogłoszenie, trzeba mieć stalowe... hmm... rozumiesz mnie. Mało kto decyduje się otwarcie wystąpić przeciwko Feniksowi.

– Jeszcze nie wiesz wszystkiego – uśmiechnąłem się złośliwie, wybierając abonenta na amulecie.

– Słucham! – ponownie rozległ się głos Echkilera.

Nastja spojrzała na mnie zdziwiona, nie rozumiejąc przyczyny kolejnego połączenia z jej ojcem, dlatego zacząłem przemawiać:

– Dzień dobry jeszcze raz! Mówi Machan.

– Czyżbyśmy nie wszystko omówili? – Echkiler zdziwił się tak samo jak Nastja.

– W kwestii Altamedy wszystko. Jednak mam jeszcze do ciebie prośbę. Jutro zamierzam trochę powojować, muszę ochronić mój majątek, i potrzebuję zgodnie z naszym porozumieniem grupy bojowej w liczbie trzystu osób powyżej dwusetnego poziomu. O siedemnastej trzydzieści powinni być dostępni celem przerzucenia ich według współrzędnych, które przekażę ci później. O! Zapomniałem! Z pewnością poproszę Zwiastunów o dopilnowanie, żeby bojownicy w pełni wypełnili warunki naszego porozumienia, by nie próżnowali, nie dezerterowali, walczyli, jak przystoi wojownikom na ich poziomie. Chociaż zgodnie z porozumieniem masz trzydzieści minut na zebranie wojska, to postanowiłem poprosić cię o to z dużym wyprzedzeniem. Być może nagle stwierdzisz, że wystąpił lokalny konflikt. Kto wie, czego można się spodziewać po Feniksie. Zauważ, proszę, że bojowa grupa jest mi potrzebna tylko do ochrony własnego zamku, przekazanego mi przez Imperatora. O żadnym zawłaszczeniu nie ma mowy!

– Pięknie, nie spodziewałem się... – Usłyszałem odpowiedź z drugiej strony. – Trzy setki graczy takiego poziomu to już bardzo poważna siła. Ale i tej nie wystarczy, aby utrzymać zamek.

– Jeśli nie utrzymamy, to nic się nie stanie. Nie martw się o reputację w Narlaku, zgodnie z naszym porozumieniem mój klan bierze ją w całości na siebie, więc... Generalnie, jesteśmy umówieni: jutro o siedemnastej trzydzieści Barsine lub Leyte podadzą współrzędne, dokąd powinny udać się trzy setki bojowników celem ochrony mojego zamku. Echkilerze, rozumiesz, że nie ma w tym niczego osobistego, to tylko biznes. Rozłączam się.

– Postanowiłeś ostatecznie pokłócić się z najważniejszymi klanami Malabaru? – zapytała zaskoczona Nastja. – Skąd masz takie porozumienie z ojcem?

– Jest mi coś winien – odparłem, wzruszając ramionami. Wybrałem na amulecie kolejnego abonenta. – Nastjo, rzucono nam wyzwanie. Albo je przyjmiemy, albo chowamy się głęboko i na długo. Jakoś znudziło mi się uciekanie...

– Machanie, witaj – powiedział Ewolett, który usłyszał moje ostatnie słowa i wiedział już, kto do niego dzwoni. – O ile zrozumiałem, jutrzejszej bitwy nie da się uniknąć?

– Nie. Mało tego, potrzebuję twojej pomocy w jeszcze jednej kwestii. Powiedz, ile kosztują trzy zwoje Armageddonu i tyle samo kamikadze, gotowych do ich użycia?

## ROZDZIAŁ 10

# SZTURM ZAMKU

– Dimo, masz chwilę?

– Do szóstej jestem wolny. – Oszołomiony spojrzałem na leżącą obok mnie Nastję. – Powinniśmy zebrać siły i zbadać Jaskinię Wielkookiego, pewnie można w niej znaleźć ciekawe rzeczy, ale po negocjacjach za pośrednictwem amuletu poczułem się przytłoczony. Ewolett miał tylko jeden zwój z Armageddonem, za który zażyczył sobie siedem milionów Złotych, by zrekompensować koszty włożonej w niego magii. – A co, potrzebujesz czegoś?

– Prześledzić z tobą otrzymane wersy. Zauważyłeś coś nietypowego?

– Eee...

– Może to ci pomoże, wysyłam ci kartkę; wejdź w swoje logi i skopiuj na nią osiem wersów, które otrzymałeś z orków. Ale upewnij się, że skopiowałeś wszystko dokładnie. Nigdy mi ich nie udostępniłeś. Zobaczysz coś ciekawego.

Rozłożywszy otrzymaną kartkę, z zainteresowaniem przeczytałem dwanaście wersów, których sens był mglisty. Pogrzebałem w swoim dzienniku, szybko wkleiłem osiem brakujących linijek i przekazałem całość Nastji.

– Dobra, sprawdźmy, co z tego wyszło – powiedziała Nastja, rozwijając kartkę i zacierając ręce w oczekiwaniu na coś niezwykłego.

*W **dzień**, w którym niebo pokryło się mgłą i spadł silny grad*
*Wielki Stwórca **wszechrzeczy** zrozumiał, że nadszedł jego czas*
***A** ponieważ nie mógł umrzeć, odszedł w stan spoczynku*
*Zamknąwszy na wieki swoje **drzwi**, by nikt go nie niepokoił*
*Stwórca ukrył w jaskini **wszystko**, co znał, posiadał i stworzył*
***A** ten, kto znajdzie do niego drogę, obdarzony zostanie łaską*
*Tandemu bogów. Karmadont tę **drogę** odnalazł*
*I urodzony jako sługa, został Imperatorem **wsród** Lśniących Gór*
***A** dzień, w którym świat **zrozumiał**, że przybył wielki*
*Nad Rzeką, w której wodach codziennie się spotykają*
***Eranium**, wychwalana przez setki Twórców ludzkich dusz*
*głoszących o życiu w miłości i dostatku*
*I Yranium, jej brat bliźniak, który całe życie poświęcił*
*na stworzenie...*
***Roślin**, których piękno przyćmiłoby świat*
*Spoczywa człowiek, którego los jest nierozerwalnie związany ze*
*światem*
*Tym, z którego Smoki **odeszły** na zawsze*
*Rodzi **ogień**, opiekując **się i** nim jak matka*
***Ekstatyczne** źródło niebezpieczeństwa, złości, **marazmu***
*i strachu*
*Droga prowadzi przez pięciu **sławnych** wojowników-gigantów*
***I** pragnąc jedynie łyka ciemnej wody*

– Co ty na to?

– Puszkin to to nie jest – odpowiedziałem bez zastanowienia.

– To prawda. Ale spróbuj przejść kolejno przez pierwsze litery wyrazów, które są wyróżnione. Po prostu przeczytaj je na głos!

– DWA... No dalej! Dwa-dwa-dwa-zero-osiem-si... najwyraźniej siedem...

– Sześć z ośmiu cyfr odciętej w układzie współrzędnych. Nawet nie znając dwóch ostatnich wartości, możemy ogólnie założyć, gdzie szukać jaskini. Spójrz na mapę...

Otworzywszy mapę, narysowałem wirtualną linię i zakląłem cicho – prawie na całej długości mojej czerwonej linii była mgła; część Barliony, której jeszcze nie znałem.

– Rozumiem... Łap, mój prezent dla Ciebie na walentynki. Ja też umiem robić niespodzianki...

**Otrzymałeś część mapy Malabaru i Wolnych Ziem. Pobrać?**

Część mapy? Oczywiście, że pobrać! Przyda się...

**Pobrano mapy Malabaru i Wolnych Ziem.**
**Aktualny stan map: Malabar - 87%, Wolne Ziemie - 32%.**

– Jak ci się podoba taki prezent? – zapytała żartobliwie Nastja, roześmiawszy się na widok mojej reakcji. Szczerze mówiąc, musiałem mieć niezły wyraz twarzy: malował się na niej totalny szok! To, co właśnie od niej dostałem, może być warte na aukcji od dwudziestu do trzydziestu milionów Złotych Monet! Sądząc po szybkości, z jaką Nastja przesłała mi mapę, nawet niczego z niej nie usunęła. – Mam tylko jedną prośbę: lepiej od razu usuń obszary oznaczone jako „Strefa Feniksa". I tak cię tam nie wpuszczą, a chwalenie się wiedzą na ich temat nie jest dobrym pomysłem. Dobrze, otwórz mapę, później zajmiesz się tym, co usunąć, a co zostawić. Dimo! Przestań się tak dziwić! Przecież masz pełny dostęp do mojej mapy, od dawna mogłeś wszystko skopiować! Lepiej mi wyjaśnij, dlaczego ja nie mam dostępu do twojej mapy Kartosa?

– Umowa z Ewolettem... – wyszeptałem, próbując dojść do siebie. Są na świecie dobre prezenty, są doskonałe, są też imperatorskie... Teraz będę musiał wprowadzić nową skalę – prezenty od Anastariji... Prezenty od Imperatora nawet nie stały przy tych od Nastji!

– Rozumiem, pójdę uśmiechnąć się do wujka... Otworzyłeś już mapę?

– Tak.

– Spójrz, ostatnie dwie współrzędne dają nam margines błędu około trzystu metrów, więc możemy je chwilowo zignorować. Z pierwszych ośmiu linijek wiersza wynika, że mowa o górach. Linia na mapie przecina tylko jedno pasmo górskie: Elmę. Góry, które rozciągają się od samego południa kontynentu do skrajnego punktu na północy. Rankiem jej szczyty lśnią jak latarnie.

– Rzeka, jak już kiedyś ustaliliśmy, to Altair.

– Zgadza się. A teraz cztery nowe wersy; daję głowę, że mowa o wulkanie! Lawa przepływa obok pięciu ogromnych szczytów, wpływając albo do oceanu, albo do Altairu!

– Nie jestem tego pewien – powiedziałem po chwili zastanowienia. – Spójrz: „Rodzi ogień, opiekując się i nim jak matka". Zgadzam się, to wulkan, tylko... Powiedz mi, czy istnieje coś takiego jak wulkan wewnętrzny? Który nie wychodzi na powierzchnię?

– Hmm... Może masz rację... Bingo! Spójrz, Sintana też jest w Elmie! Jeśli masz rację, to jest to erupcja wewnątrz góry, której boją się krasnoludy! Dowiem się, co wiadomo na ten temat. Zatem ciemne wody nie są oceanem ani Altairem. To są wody wewnętrzne! Tam nie ma światła!

– Pozostaje stworzyć jeszcze trzy figurki, zdobyć współrzędne i będzie można polecieć do grobowca – powiedziałem, zarażony entuzjazmem Nastji.

– Pierwsze trzy cyfry rzędnej nam nie pomogą, już teraz mogę ci je podać: 1, 1 i 2. Więc będziemy musieli poszukać wejścia...

Dobrze, poszukam czegoś na temat lawy, później zastanowimy się nad tym mocniej. Teraz pilnie potrzebujemy tych gigantów!

– Aha... Pozostaje tylko wziąć się do pracy i ich stworzyć. Nie wiem jak ty, ale ja chętnie rozejrzałbym się po jaskini. Dotychczas nikt tu nie zawędrował, dlatego pewnie można w niej znaleźć ciekawe rzeczy.

– Chętnie – powiedziała dziewczyna, zrywając się na równe nogi. – Razem zgarniemy tutejsze dobra!

Jaskinia, w której znajdował się Wielkooki, nie była duża – krok w jedną stronę, kilka kroków w drugą i kilka susów w poprzek. Przy czym nie było tu absolutnie żadnych skrzyń z przyjemnymi dla oka łupami, jakby boss postanowił zakpić z graczy, którzy pokonali wszystkie przeszkody. Czyli z nas.

– Pusto – powiedziała ze smutkiem Anastarija, aktywując nietypowy amulet, który działał jak wykrywacz skarbów. – Żadnego Złota, żadnych przedmiotów. Tylko goła jaskinia...

– Nastjo, ale to niemożliwe.

– Najwyraźniej teraz jest możliwe. Amulet prawdziwego widzenia pozwala zobaczyć wszystkie ukryte przejścia, składnice, skarby, ale tu nie ma absolutnie nic.

– Może na ścianach są jakieś rysunki? Albo na podłodze? – zapytałem, wciąż nie wierząc w załamanie się wszelkich nadziei na reanimację mojego wewnętrznego zoo, które po Skarbcu Smoków zapadło w śpiączkę.

Biedny chomik nadal nie mógł uwierzyć, że nie udało mu się położyć swoich łapek na wszystkich przedmiotach, które pokazali mi deweloperzy. Ropucha wciąż jakoś rechotała, trzymając Gładyr Borcha, ale robiła to nader cicho i z wahaniem, jakby automatycznie i z przyzwyczajenia. Zoo zapadło w śpiączkę i zdecydowanie potrzebuje czegoś, co mogłoby je rozruszać...

– Również nic – odpowiedziała dziewczyna po minucie, dokładnie zbadawszy powierzchnię w świetle pochodni. – Jeszcze jakieś sugestie?

– Brak. Najwyraźniej nagrodą dla gracza, który tu trafi, są wersy wiersza. Z pewnością ktoś uznał, że w porównaniu z takim arcydziełem wszystko, co materialne, jest niczym.

– Szkoda, że nie nagrywałeś. Może Wielkooki, kiedy recytował wiersz, pokazywał jakieś znaki.

– Oczywiście, że nagrywałem, tylko że już obejrzałem zapis: poza wodorostami i jego głosem nie ma tam niczego. Przecież on mnie wciągnął do wody... Zaczekaj!

Stałem jak wryty. Wielkooki wyrecytował wiersz, w dodatku tym samym tonem, którym zażądał klucza! Poprzednio to orkowie wydali mi wersy, podobnie jak krasnoludy! Dlaczego teraz nie zjawiły się dwa małe ogry? Czy twórcy zdecydowali się nie wprowadzać dzieci? W końcu wymyśliliśmy je razem ze Smoczą Dżumą...

Wyciągnąwszy z torby dwie figurki, położyłem je na ziemi. Nie było żadnych zmian ani we właściwościach, ani w ich wyglądzie, ale czułem, że idę w dobrym kierunku! A więc – kluczem do bossa była recytacja *Oniegina*. Ale to dotyczyło relacji między graczem a przedmiotem. Co trzeba zrobić, żeby zainicjować relację między przedmiotem a NPC-em?

– Dimo? – zaciekawiła się Nastja, gdy usiadłem obok figurek i zacząłem „medytować", zastanawiając się, co robić.

Wiersz? Nie działa. Bajka? Nie działa. Kołysanka? Nie...

Może zapytać tych, którzy powinni wiedzieć na pewno? Dlaczego nie?

– WITAJ, BRACIE! – W przeciwieństwie do poprzednich wizyt w Astralu tym razem Najwyższe Duchy obu Światów rozpoczęły rozmowę jako pierwsze. – ŚLEDZIMY TWOJE KROKI, DLATEGO CHCEMY CIĘ UPRZEDZIĆ: NIE POZWÓL, ABY TWÓJ ROZUM TŁUMIŁ UCZUCIA. OSTROŻNIE Z ALTAMEDĄ!

– Ostrożnie? Czy coś z nią nie tak?

– WIEDZA KARMI UMYSŁ. WIERZ SWOIM UCZUCIOM I PODĄŻAJ DROGĄ SZAMANA! – Najwyższe odpowiedziały bez dwuznaczności i z wieloma odniesieniami do dokumentów regulacyjnych wyjaśniających istotę nadchodzących wydarzeń. Lepiej byłoby, gdyby nic nie powiedziały! – JESZCZE NIE JESTEŚ GOTOWY DO PRZEJŚCIA PRÓBY. ZDOBĄDŹ DZIESIĄTY POZIOM DUCHÓW WODY, A CIĘ WEZWIEMY.

– Pochylam głowę przed mądrością Najwyższych – zacząłem, stawiając w myślach krzyżyk przy punkcie, który mówił o jak najszybszym zdobyciu dziesiątej rangi.

Znowu będę musiał wypruwać żyły – ale potrzebuję pomocy. Jak przywołać esencję uwięzioną w Szachach Karmadonta?

– WEWNĄTRZ SZACHÓW NIE MA ESENCJI! SZACHY SĄ TYLKO KLUCZEM. JEŚLI SZUKASZ TEGO, KOGO SYMBOLIZUJĄ, POZBĄDŹ SIĘ OGRANICZEŃ!

– Dimo, ostrzegaj mnie, że planujesz zniknąć nie wiadomo gdzie. – Gdy tylko Najwyższe Duchy wyrzuciły mnie z Astralu, Anastarija natychmiast rzuciła się na mnie jak psotliwy kot. Ile można? Jestem praktycznie Heroldem, a Duchy tak mnie traktują?! – Nie miałam nawet dostępu do telepatii. „Nie można przywoływać drugiej połowy, kiedy jest w Astralu" – prześmiewczo powiedziała Nastja, modulując głos tak, że brzmiał piskliwie i metalicznie.

– Przepraszam. Mam tylko duże podejrzenia... chodzi o to... trzeba znaleźć sposób, żeby przywołać byty tych dwóch ogrów. I wydaje mi się, że najlepiej przywołać je tutaj. Poleciałem więc do Astralu, mając nadzieję, że tam uzyskam pomoc. Ech... Tak mi pomogły, że nie wiem, co dalej...

– Co powiedziały Duchy?

– Że Mroczny Las ze swoimi wyborami był pestką w porównaniu z Altamedą. Wtedy Najwyższe mnie nie ostrzegały, teraz wyraźnie powiedziały: podążaj Drogą Szamana.

– Drogą Szamana? – Anastarija zadawała pytania szybciej, niż mogłem na nie odpowiedzieć.

– Gdybym tylko wiedział... Według Najwyższych podążam nią. Dlaczego i jak, to dla mnie wielka zagadka. Mam kilka przemyśleń, ale wszystkie są związane z Doświadczeniem na poziomie zmysłów. Trzeba pamiętać, że od setnego poziomu część wrażeń system generuje po to, by zmylić gracza. Krótko mówiąc, nie wiem, co robić. Jedno jest pewne: nie możesz stąd wyjść.

– Potrzebujesz esencji tych dwóch ogrów i nie wiesz, jak je sprowadzić, tak? – podsumowała Nastja.

– Tak. Gdyby były Duchami, prawdopodobnie dałoby się je przywołać, ale esencje rozumnych... To zupełnie coś innego...

– Może ja spróbuję, ale nie gwarantuję, że mi się uda – powiedziała tajemniczo dziewczyna, a jej śpiew poniósł się po jaskini.

Nastja próbowała zwrócić się do bogini. Pamiętam tylko jeden raz, kiedy jej się to udało, mimo że we wszystkich opisach było jasno powiedziane, że Paladyni nie mają zdolności przywołania bogini. Nastja przeszła już samą siebie, gdy zdobyła stopień Porucznika, dlaczego nie miałaby spróbować ponownie? Jedyne, czego się obawiałem, to że gdyby Eluna do nas zstąpiła, mogłaby być zła na Nastję za przywołanie jej z tak błahego powodu.

– Witaj, moja córko. – Łagodny powiew wiatru otulił nas ze wszystkich stron, natychmiast niwelując specyficzny zapach bagien, na który przestaliśmy już zwracać uwagę.

– Wzywałaś mnie?

– Tak, mamo – powiedziała Anastarija, pochylając głowę. Starałem się nie patrzeć na boginię, ponieważ wiedziałem, że kiedy zobaczy się jej twarz z bliska, to każda dziewczyna, nawet Anastarija, będzie się wydawać zupełnie przeciętna. Nie mogę sobie tego zrobić... – Potrzebujemy z mężem twojej pomocy.

– Wiem, czego potrzebujecie – rzekła zamyślona Eluna i zobaczyłem, jak spomiędzy kamieni zaczynają przebijać łodygi trawy. Nawet głęboko na bagnach przyroda upajała się bliskością z Wyższym Światłem. – Nie mam jednak tego, co może wam pomóc. Ci, którzy są związani z Szachami Karmadonta, na zawsze opuścili cykl odrodzeń. Ani ja, ani Tartar nie mamy do nich dostępu.

– Wybacz, że wezwaliśmy cię z tak nieistotnego powodu, matko... – Nastja jeszcze bardziej pochyliła głowę, chociaż wydawało się, że niżej już się nie da.

– Słusznie uczyniłaś, moja córko, że postąpiłaś wbrew zasadom. Sama zaczęłam szukać sposobu, żeby skontaktować się z tobą i twoim małżonkiem, a ty wyszłaś mi naprzeciw. Twoje wezwanie było słuszne, więc nie mam powodu do gniewu, wręcz przeciwnie: teraz zabiorę cię do moich komnat, żeby cię wyszkolić. Moi Paladyni od dawna potrzebują Kapitana, a ty udowodniłaś, że obowiązki Porucznika cię nie przytłoczyły. Machanie, czy długo będziesz jeszcze wpatrywać się w moje sandały?

*Dimo... Mam zadanie do wykonania... Unikalne... Klasowe... Zajmie mi to tydzień, może dwa. Mam pozwoleniem na codzienne trzygodzinne przepustki do realu... Diiimo?!* – Nastja nie wypowiedziała ostatniego słowa; ona je wykrzyczała. Jasne, było to osobiste zaproszenie od bogini. Ale przecież jutro ma się odbyć bitwa i dziewczyna doskonale wiedziała, co znaczy dla nas strata gracza na trzysta czterdziestym trzecim poziomie.

*Przed nami jeszcze wiele bitew, ale taka oferta może się już nie zdarzyć... Zaakceptuj.*

Byłbym ostatnim draniem, gdybym poprosił ją, żeby odmówiła. I nie chodziło mi tyle o reputację u bogini, ile o reputację u samej Nastji.

– Wybacz mi, Eluno, że nie odważyłem się na ciebie spojrzeć – nagle wypłynęły ze mnie słowa szczerości, choć próbowałem ukryć gorycz, gdy uświadomiłem sobie jutrzejszą porażkę. – Jestem żonaty z najpiękniejszą kobietą na świecie i nie chcę wystawiać się na próbę, nieświadomie porównując ją do ciebie. Nie jestem z żelaza. Poza tym masz bardzo ciekawe sandały; nie widziałem takich w Barlionie.

– Nic się nie zmieniłeś, Szamanie! – Jaskinię wypełnił dźwięczny śmiech bogini. Z sufitu zaczął spadać pył, rzucający miękkie światło na nagie kamienie ścian. Szybki rzut oka na właściwości tego dziwnego piasku sprawił, że znów zamarłem. „Boski Pył". Unikalny bonus do wszystkich specjalności, który może zastąpić absolutnie każdy składnik! Nawet jeśli Nastja teraz zniknie, wiem, czym zajmę się przez kilka najbliższych godzin: będę ostrożnie chodzić po jaskini na czworakach z kolbą. Brzmi nie najlepiej! – Mam bardzo mało czasu, więc powiem ci tylko jedno: zrezygnuj z Altamedy.

– Dlaczego? – zapytałem spontanicznie, chociaż już znałem odpowiedź.

– Nawet ja nie mogę ci tego powiedzieć; naruszyłoby to strukturę wszechświata.

Prawie słowo w słowo! Zastanawiam się, czy programiści przeanalizowali mój profil psychologiczny i teraz popychają mnie w wybranym przez siebie kierunku. Najwyższe powiedziały – podążaj Drogą Szamana. Eluna – trzymaj się z dala od zamku. O co chodzi z tym Urusajem, że zstąpiła do nas z ostrzeżeniem sama bogini? I zapobiegawczo usunęła Nastję na kilka tygodni! Eluna dobrze wie, że bez dziewczyny nie wejdę do środka. Sam, nawet z chłopakami Gejry, w zamku nie mam czego szukać, a brać najemników... Nie jestem tak bogaty.

– Wybacz, bogini... Ale... Nie mogę tego zrobić. Albo Altameda będzie moja, albo zostanie zniszczona.

– W takim razie... – powiedziała smutno bogini. – Kieruj się radami swoich Najwyższych: nie schodź z Drogi Szamana! – Z tymi słowami Eluna i Anastarija zniknęły.

– Nastjo?! – zawołałem w myślach, ale od razu otrzymałem odpowiedź systemu:

**Gdy twoja druga połowa znajduje się w Boskich Komnatach, nie możesz się z nią skontaktować.**

To aż tak! Nastja była w Komnatach Boga? A raczej bogini? Jeśli za tydzień nie pokaże mi nagrań, to ją zjem. Ze wszystkimi jej bonusami. Ale czym właściwie jest Droga Szamana?

Dałem sobie całe dwadzieścia sekund na samobiczowanie i poszukiwanie odpowiedzi na odwieczne pytanie „co robić?", po czym na czworakach zacząłem zbierać „Boski Pył" – kontemplacja cierpienia może być przyjemna, ale ekonomicznie nieopłacalna.

Po napełnieniu ostatniej, dwunastej kolby drogocennym składnikiem usiadłem naprzeciw figurek ogrów i się zamyśliłem. To dziwne – od momentu powstania klanu minęło zaledwie kilka miesięcy, a ja już zapomniałem, jak się przechodzi Podziemia, zbiera i dzieli łupy; jak leveluje się postać. Nawet rozwój mojego Jubilerstwa jakoś ostatnio wyhamował. Ogry i nasze amulety, mój i Nastji, się nie liczą – to są prezenty od programistów, a nie moje dzieło. Od dłuższego czasu nie zrobiłem nic, z czego mógłbym by dumny. Nie było kiedy... naprawdę – po prostu nie mogę tak sobie odlecieć na kilka dni i tworzyć. Teraz z prostego gracza, którym tak bardzo lubiłem być, zamieniam się w samego Echkilera lub Bezpalcego – zarządzanie klanem wymaga ciągłej i niestrudzonej kontroli pracy twoich graczy, trzeba zapomnieć o własnej postaci. Ciągle mam przed oczami raporty Leyte'a, który mnie bardzo zaskakuje – w ciągu ostatnich dwóch tygodni klan osiągnął stabilny wzrost we wszystkich wskaźnikach i zarabia na czysto półtora miliona tygodniowo.

Nawet jeśli to dopiero początek, podoba mi się fakt, że młody klan pewnie podąża pozytywną ścieżką finansową. Na czacie klanowym pojawiła się wiadomość od Magdieja, że grupa rajdowa zbliżyła się do ostatniego bossa trzeciego Podziemia. Łowca zapytał, czy chciałbym dołączyć. Jakby czuł, w jakim stanie się znajduję! Musiałem odmówić pomimo silnej chęci ciągłego zdobywania poziomów. Boss z Podziemia „Krwawej Kosy" pomógł mi podnieść się praktycznie o poziom, ale do całkowitego szczęścia nie wystarczyło dziesięciu procent. Powtórzę – nie było kiedy! A teraz absolutnie nie mogę stąd wyjść, w przeciwnym razie mogę stracić nagrodę. Ona musi być gdzieś w tej jaskini! Co jeszcze nie dawało mi spokoju? O! Drako, którego nie wzywałem od wielu dni, już stał w boksach. Dla niego też nie mam czasu. A skoro mowa o łuskonośnym ptaszku! Co stoi na przeszkodzie, żeby teraz go przywołać?

– Cześć! Przyjdź, pogadamy!

– Idę!

– Łał, gdzie cię znowu poniosło! Umiesz pływać? – zapytał mój Totem na pięćdziesiątym czwartym poziomie, gdy pojawił się w jaskini i zatoczył już kilka kółek nad wodą.

– Nie umiem. Syrena pomogła mi tu dotrzeć.

– Czyli ciągle bratasz się z wrogiem?

– Jakim wrogiem? Posłuchaj, co się ostatnio wydarzyło. Zrobiłem coś takiego... – Zmusiwszy Drako, żeby wylądował obok mnie, usiadłem na ziemi. Oparłem się o niego i zacząłem opowiadać kolejną bajkę. Bajkę o księżniczkach, Smokach, kamieniach Yin-Yang i nieziemskiej miłości dwóch serc. Przypomniałem Drako też o tym, że to on stanął przeciwko swoim krewnym, by nas chronić przed atakiem.

– Świetnie... Czyli ona nie jest twoim wrogiem, tylko twoją żoną? Nigdy bym nie pomyślał. Zaczekaj, byłeś w Wilteraksie; czy zapytałeś ojca o historię rasy?

– Nie, szybko dali nam ślub i natychmiast wróciliśmy do Barliony. Nie pozwolili mi powiedzieć ani słowa.

– Szkoda... Nadal nie mogę przestać myśleć o tym, że Smoki były plagą tego świata. My nie mogliśmy...

– Wszystkiego się dowiemy, teraz najważniejsze jest, żebyś nigdzie mi nie zniknął.

– A jak ja miałbym ci zniknąć? Oj, dlaczego rzuciłeś figurki ogrów na ziemię?

– Chciałem przywołać ich esencje, ale okazało się, że esencji nie ma ani w figurach, ani w komnatach bogów, ani u Duchów. Gdzie są? Oto jest pytanie.

– A psik! – kichnął Drako jak żywy i zawstydzony zapytał: – Powiedz mi, czy mogę odejść. Śmierdzi tu bagnem i wilgocią, aż łaskocze mnie w nozdrzach! Jak ty wytrzymujesz ten zapach?

– Idź. – Puściłem Totem, spoglądając ze zdziwieniem na interfejs Drako. Mimo że opowiadałem historię przez trzydzieści minut, poziom Totemu nie wzrósł nawet o jednostkę, chociaż bardzo liczyłem na coś przeciwnego. Czy ktoś wyjaśni mi zasady levelowania tego cudaka?

– Dziękuję. – Drako polizał mnie po policzku, czego nigdy wcześniej nie robił, i zanim zniknął, dodał tajemniczo: – Bracie, tylko jednego nie mogę zrozumieć: jeśli potrzebujesz esencji ogrów, to dlaczego próbujesz je przywołać? Przecież one zawsze są z tobą...

Drako zniknął, pozostawiając mnie przeklinającego. Przestańcie mówić do mnie zagadkami! Każdy, kto chce mi jakoś pomóc, zamiast dać jasny algorytm działań, próbuje tylko coś sugerować. Muszę zrobić sobie tabliczkę, napisać na niej: „Nie rozumiem sugestii. Mów wprost!" i przypiąć ją do pleców, żeby hasło wznosiło się nad głową.

Siadłem ponownie przed figurkami i nie przywoływałem już Drako. Najwyższe powiedziały, że mam zapomnieć o ograniczeniach. Drako – że esencje są obok. Zapomnieć o ograniczeniach... Hmm... Łatwo powiedzieć...

Nagle wibrujący sygnał połączenia przychodzącego w amulecie oderwał mnie od próby zahipnotyzowania figurek.

– Machanie, cześć! Jest sprawa! – Usłyszałem wyjątkowo tajemniczy głos Plinto.

Zwykle Łotrzyk załatwiał wszystkie sprawy za pośrednictwem czatu, więc powód użycia amuletu powinien być poważny. I nawet domyślam się jaki!

– Zgadnijmy – wypaliłem emocjonalnie. – Patriarcha właśnie do ciebie przyleciał i zaproponował ci zdobycie epickiego tytułu Wampirów? Na przykład ssącego krwiopijcy...

– Eee... Tytuł ma trochę inną nazwę, ale właściwie... zgadłeś. Chce mnie zabrać na kilka tygodni, ale biorąc pod uwagę, że jutro jest bitwa...

– Czekaj. Ja i Nastja zmienialiśmy klasę, a nie rasę. Czy ty będziesz rozwijać się jako Łotrzyk?

– Nie, właśnie jako Wampir. Jako Łotrzyk już dawno temu osiągnąłem najwyższy możliwy stopień, jestem Mistrzem Skradania. Teraz proponują mi rozwój rasy.

– Hmm... To jak będziesz się nazywać?

– Patriarcha powiedział, że zrobi ze mnie Adepta. Następnym krokiem będzie Kleryk, Biskup i Patriarcha. Okazuje się, że będę mógł podróżować po całym naszym kontynencie, kiedy nim zostanę! Jeśli chodzi o stopień Najwyższego Wampira, to jest to poziom początkowy, najsłabszy.

– Te stopnie bardziej pasują do Żerców – mruknęłam, słysząc znajome słowa.

– Niezupełnie, ale coś w tym jest. Więc co powiesz? Przed oczami wiszą mi dwa przyciski, Patriarcha już przebiera nogami, muszę podjąć decyzję.

– Dwa tygodnie?

– Półtora, może mniej.

– Po prostu nie okalecz tam nikogo – powiedziałem głosem pozbawionym emocji.

Minus Plinto...

Pozostaje czekać na telefon Kornika lub Renoksa i to wszystko – jutrzejsza bitwa dobiegła końca, nawet się nie rozpoczynając.

– Machanie, słyszysz mnie? – Plinto nadal nie wyłączył amuletu i dotarł do mnie głos Patriarchy.

– Trochę – odpowiedziałem Wampirowi, doskonale wiedząc, że po raz kolejny usłyszę: zrezygnuj z Altamedy.

– Świetnie, postaraj się wyłapać główną myśl: nawet pod postacią Smoka nie wlecisz do Altamedy. Wisi na niej bardzo specyficzne zaklęcie, kiedyś sam pomagałem Władcy rzucić ten czar, więc jeśli pomysł o lataniu przeszedł ci przez głowę, będziesz musiał zmienić swoje plany. Kolejną sprawą jest brama wykonana z imperatorskiego dębu. W całości. Jak rozumiesz, przebicie się przez nią jest nierealne, łatwiej będzie się przebić przez ściany. W Altamedzie wszystkie drewniane przedmioty są wykonane z tego Dębu: schody, drzwi. I ostatnie: zanim zaatakujesz, dowiedz się, dlaczego zamek opuścił Wolne Ziemie. Dla mnie jako jednego z twórców tej klątwy jest to niezrozumiałe: nałożyliśmy wyraźne ograniczenie, które miało zatrzymać zamek na Wolnych Ziemiach, na których nie ma rozumnych. Przed skokiem w nowe miejsce zamek ma brać poprawkę na aktualne granice imperiów, więc nie mógł popełnić błędu. Ani ja, ani dawny Władca w klątwie nie umieściliśmy niczego, co doprowadziłoby do takiego błędu. Coś poszło nie tak, ale co, nie wiadomo. Wewnątrz zamku nie ma pułapek, możesz spokojnie się poruszać, ale pamiętaj, Upiory swobodnie przechodzą przez ściany, podłogi i sufity pomieszczeń. Budynek mogą opuścić tylko przez drzwi. Ściany są chronione przed przenikaniem takich bytów, ale wewnątrz Upiory mogą się poruszać, jak im się podoba. Bądź ostrożny. Aby zdjąć z zamku klątwę, konieczne jest zniszczenie Korony Przeklętego, którą nosi Książę; hańbiące piętno przeszłości. To wszystko, co wiem o Altamedzie. Powodzenia, Szamanie.

Wreszcie! Chociaż jeden z wyższych bytów raczył mi powiedzieć coś więcej na temat Altamedy niż „nie wchodź tam, zginiesz"! Teraz poza bezpośrednim atakiem, którego i tak jutro doświadczę – bo muszę pokazać Bezpalcemu, że nie zamierzam zmieniać zdania – planuję jeszcze wycieczkę do barbarzyńców. Trzeba się dowiedzieć, dlaczego opuścili swoje ziemie...

Tryb konstruowania przywitał mnie dobrze znaną ciemnością. Kolejne pół godziny tańczenia i hipnotyzowania figurek nic nie dało, a Drako, którego poprosiłem o wyjaśnienia, tylko parskał, bił ogonem i przekonywał, że esencje figurek są zawsze ze mną, ale nie może mi tego wytłumaczyć i ogólnie: dziwnie tu śmierdzi i chce już do domu, mama woła na papu. Niewdzięczna jaszczurka... Ale moja własna jaszczurka...

Dla mnie konstruktor był ostatnim możliwym sposobem znalezienia logiki w tym, co się dzieje. Byłem przygotowany nawet na to, że ominie mnie jutrzejsza bitwa, jeśli ponownie utknę w procesie twórczym – otrzymanie należnej nagrody stało się kwestią zasad. Deweloperzy nie mogli jej nie przewidzieć, nie mogli i kropka!

Rrorg i Gragza – dwa małe ogry – pojawiły się na środku obszaru roboczego konstruktora z migającym napisem „Unikalne"; nie można ich już powtórzyć.

Unikalne... Nie można powtórzyć... Jeszcze raz – unikalne, których nie da się powtórzyć... Myśl jakby łapała trop, ale ciągle urywała się jak ryba z haczyka, nie przybrawszy świadomej formy. Czuję, że idę w dobrym kierunku, ale brakuje jakiegoś szczegółu... Brakuje... TAK!

Umiejętność „Esencja rzeczy", rzucona w najdalszy zakątek konstruktora jako element niepotrzebny i nieciekawy, znowu ukazała się moim oczom.

***Esencja rzeczy****: można poczuć istotę przedmiotów, niezależnie od ich wyglądu. Uwaga! Ta umiejętność nie pozwala ci poczuć* *esencji rzeczy ukrytych przez zaklęcia na poziomie „Osłona Esencji" i wyższym. Poziom umiejętności zależy od poziomu postaci.*

Jestem głupcem! Umiejętność nabyta na samym początku mojej kariery Szamana, która na pierwszy rzut oka nic nie znaczyła. Co mi to da, że poznam specyfikę, powiedzmy, kamienia? Czy to naprawdę jest kamień, czy może ukryta część jakiejś ściany? Co deweloperzy w niego włożyli, tym on jest, ale tak to wygląda tylko z pozycji zwykłego gracza. Spójrzmy teraz na ten sam kamień z innej strony – przede mną jest ogromna ściana z kamieni. Przy czym kilka kamieni w ogóle nie „chce" być częścią tej ściany; jeśli zastosować do nich umiejętność Szamana „Zmiana esencji" i zmienić je, powiedzmy, w wodę, ściana sama runie! Gdzie był mój mózg przez cały ten czas?! Miałem w rękach realnie taką umiejętność, ale jej nie używałem! Zerknąłem na opis drugiej umiejętności, związanej z esencją przedmiotu:

***Zmiana esencji:*** *można zmienić istotę rzeczy. Uwaga! Dana umiejętność działa tylko na przedmioty nieożywione i nie pozwala na zmianę esencji rzeczy chronionych zaklęciami poziomu „Osłona Esencji" i wyższego. Poziom przedmiotu, dla którego zmiana esencji jest możliwa, zależy od poziomu postaci.*

Kiedy otworzyłem oczy i wyszedłem z konstruktora, wiedziałem już, co muszę zrobić – wszedłem w tryb pracy z Duchami, odnalazłem obie umiejętności i dodałem je do aktywnych slotów – od teraz powinny być dostępne w każdej chwili i nie tylko w konstruktorze! Dodałem do tej umiejętności Ducha Wzmocnienia i już chciałem wracać do figurek szachowych, gdy inna myśl nawiedziła moją dziurawą głowę i po prostu krzyknąłem w przypływie nieludzkiego żalu:

– Dlaczego wszystko jest nie tak?!

Wszechświat nie przyszedł mi z odpowiedzią, więc starałem się uspokoić i spróbować podejść do tego ze zdrowym rozsądkiem – po prostu właśnie do mnie dotarło, że nie korzystam z najciekawszej możliwości, jaką daje mi moja klasa. Uczepiłem się tego, że Szamani tylko przyzywają Duchy i pracując wyłącznie z nimi, w ogóle nie zwracałem uwagi na inne cechy klasy – nawet o nich nie myślałem. Z pewnością oprócz pracy z esencją przedmiotów jest też morze wszelkiego rodzaju tarcz, aur, wzmocnień i osłabień... Prawdopodobnie Szamani mogą rozmawiać nawet z drzewami, ale nigdy nad tym się nie zastanawiałem! Książka mówi, że jesteśmy przewodnikami duchowymi. Naszym celem jest zapewnienie równowagi w świecie, przywracanie harmonii – zarówno w świecie wewnętrznym, jak i zewnętrznym... Dopiero teraz do mnie dotarło, że przywracanie tej harmonii to chyba kolejna umiejętność pracy z esencją, której nie mam. I nigdy się nie pojawi, jeśli będę zajmować się klanem w takim stopniu, jak ma to teraz miejsce.

Decyzja podjęta! Najpierw Altameda – później zajmę się sobą! Zostawię wszystko i pójdę z Drako połazić po Barlionie! Muszę zrozumieć, kim jestem: prawdziwym Szamanem czy tylko przypadkową osobą!

Figurki ogrów nadal patrzyły na mnie, jakbym był chory, jakby nie rozumiały, dlaczego wciąż są na kamieniach, a nie w wygodnym worku, ale zanim poznam ich esencję, zdecydowałem się jeszcze podjąć pewne ryzyko.

**Uwaga! Wezwanie Ducha aerokomunikacji nie może zostać przerwane. W związku z tym, że ten typ Ducha jest poza twoją rangą, co minutę poziom Życia będzie spadać o 5%.**

– Uczniu? Czyżbyś potrzebował pomocy starego goblina? – W głowie usłyszałem dokuczliwy głos Kornika.

– Mam kilka pytań, nauczycielu – odpowiedziałem mu w tym samym duchu. – Powiedz mi, proszę, jaką masz rangę Duchów?

Cisza... Przez moje ciało przeszły dwa bolesne ciosy, zwiększając moją Wydolność o jeden procent za każde uderzenie, ale ja uparcie czekałem na odpowiedź – połączenie nie zostało zerwane, czułem to, ale Kornik milczał. Nic, poczekam, teraz wiele zależy od jego odpowiedzi. Wreszcie usłyszałem wydumaną odpowiedź:

– Pierwszą...

– Dziękuję, nauczycielu. Teraz wszystko rozumiem...

– Kiedy nadarzy się okazja, odwiedź mnie – dodał Herold i opuścił połączenie, jakby dosłownie odłożył słuchawkę.

Kiedyś zastanawiałem się, jakim cudem on, Gieranika, i sama Kalatea odłączają się od połączenia, ale teraz to już nie tajemnica – umiejętność. Dla nich połączenie to nie jest zabawa Duchami, ale prosta umiejętność klasowa...

**Dostępne zadanie: „Droga Szamana. Krok 4. Szkolenie".**
**Opis: Zwróć się do Kornika.**
**Klasa zadania: Klasowe.**

Cóż... Jeśli wyrażenie „zwięzłość jest siostrą talentu" pozostaje prawdziwe, to autor tego zadania jest geniuszem. Po co cokolwiek wyjaśniać, skoro można po prostu odesłać do nauczyciela? Tam wszystko ci wyjaśnią... Swoją drogą to jest zadanie, które zgodnie z wszelkimi zasadami powinno pozbawić mnie szansy pojawienia się jutro na polu bitwy... Chwila!

Zadzwoniłem do Druidki.

– Barsi, jak postępy z najmem?

– Jak już mówiłam, niewiele osób chce walczyć za darmo. Według raportu Symulatora dotychczas swój udział potwierdziło siedem tysięcy trzysta czterdziestu dwóch graczy. Zobaczymy, co będzie jutro.

– Siedem i pół? To świetne!

– Nie całkiem. Zasadniczo zgadzają się poziomy od setnego do sto pięćdziesiątego. Rzadziej gracze między sto pięćdziesiątym a dwusetnym. Graczy powyżej dwusetnego nie ma. Dla Feniksa to zwykłe mięso armatnie...

– Czasami nawet mięso potrafi oddać, pamiętaj o Krispie. Uda nam się! Rozłączamy się...

Włożyłem amulet do torby, zaznaczyłem w widoku obie figurki ogrów i aktywowałem umiejętność „Esencja Rzeczy". Czas się z nimi zapoznać...

Gdy tylko użyłem tej umiejętności, wszystko wokół mnie pociemniało. Przed oczami pojawił się pasek ładowania lokacji, który w Barlionie widziałem tylko raz – chwilę przed tym, gdy wyrzuciło mnie do realu, więc aż się cały spiąłem. Czy przypadkiem znowu nie czeka mnie porażka? Ostatnio miałem portal, teraz niczego takiego nie było! O co chodzi z tym pobieraniem? Stan paska osiągnął sto procent, byłem już psychicznie przygotowany, że się obudzę i zobaczę wieczko kapsuły, gdy nagle znalazłem się w małym kwadratowym pokoju, pomalowanym na szaro i pozbawionym drzwi i okien. Siedziałem przy prostym metalowym stole, przy którym już czekał na mnie mój rozmówca – człowiek niewyróżniający się, pozbawiony jakichkolwiek charakterystycznych cech. Jak manekin...

– Dmitriju, dzień dobry – odezwał się do mnie wesołym, żywym, całkowicie niepasującym do swojego wyglądu głosem. – Powiem od razu: nie naruszyłeś żadnych przepisów, a teleportacja do strefy projektowej to inicjatywa Korporacji, uzgodniona z wydziałem do spraw nieletnich. Nazywam się Igor i jestem odpowiedzialny za całe to szaleństwo, które ostatnio wydarzyło się na naszym kontynencie.

– Szaleństwo?

– Uruchomienie Kartosa, stworzenie trzeciego Imperium, kataklizm w Wulstorze, zbliżające się... nieważne co; finalnie twoje

Szachy również przekazano mnie. Ogólnie wszystkie aktualizacje Barliony przechodzą przez moje ręce. Bój się i drżyj przede mną, śmiertelniku!

– O! Chyba już wiem, kto był pierwowzorem Gieraniki – uśmiechnąłem się w odpowiedzi.

– Świetnie, nie spodziewałem się niczego innego. Moi chłopcy mówią, że wszystko już gotowe, więc możemy cię już odesłać. Oczywiście, mogliśmy znowu wyłączyć na kilka minut twoją świadomość, ale chciałem cię poznać osobiście.

– Wyłączyć świadomość?

– Wiedziałem, że to cię zaintryguje. – Igor zacisnął usta.

– No więc?

– Generalnie za każdym razem, gdy gracz tworzy dziwne rzeczy na powierzonym mi terenie, zaczyna za nim podążać specjalnie wyszkolony Symulator. Kiedy gracz w końcu formułuje swoją myśl, próbując ją zmaterializować, wtedy podłączamy się my i usiłujemy wpasować przedmiot do obrazu świata. Zwykli gracze nie mogą wcielić przedmiotu, dopóki nie otrzymają na niego licencji od gildii mistrzów, a gracze tacy jak ty, którzy są już trochę za kratkami, zostają po prostu tymczasowo wyłączani lub idą spać, jak lubimy to nazywać. Kiedy się budzą, historia danego przedmiotu jest już opracowana, tak jak jego miejsce w Barlionie i bieżące wydarzenia. Jednocześnie od razu przygotowujemy licencję, dlatego nigdy nie musiałeś nigdzie jeździć. Nawiasem mówiąc, wisisz mi butelkę! To była moja decyzja!

– Nawet nie wiem, jak ci dziękować, łaskawco – wymamrotałem w odpowiedzi.

– Ach... – Mój rozmówca machnął ręką. – ...rozliczymy się! Więc! Widzisz, początkowo to nie ja projektowałem Szachy, dlatego są źle zrobione; jakby dziurawe, a część mechaniki jest całkowicie pozostawiona graczowi. Teraz już nie można wprowadzać żadnych zmian w obecnym scenariuszu, bo spowoduje to, że reszta się posypie i coś gdzieś nie wyjdzie. A ty właśnie teraz robisz coś, czego nie przewidziano: próbujesz skomunikować się z figurkami. Twórcy Szachów tego nie przewidzieli. Dlatego nie da się tego zrobić, chociaż Symulatory wokół ciebie popychają cię do tego, żebyś jednak próbował. Nawymyślali algorytmów, do cholery, i weź to teraz ogarnij... Generalnie moi chłopcy załatali, co trzeba, na szczęście to nic skomplikowanego i już zostało poprawione; teraz esencje są dostępne, możesz rozmawiać z nimi, ile chcesz. Jak powiedziałem, można było to zrobić bez wyciągania cię tutaj, ale nie mogłem nie zadać pytania: jak ci się podoba Altameda?

– I ty też o tym?! – krzyknąłem. – Ile można mówić o tym samym?! Wymyśliliście Bóg wie co, a teraz jeszcze mnie pytacie, jak mi? Super! A po co ci moja opinia?

– Jak to po co? To jest mój pomysł i rozmowa z głównym królikiem doświadczalnym jest bardzo kusząca, zwłaszcza gdy nadarzyła się okazja! Testy nie dają pełnego obrazu, a to, co się teraz dzieje... Czy chcesz, żebym zdradził ci strategicznie ważne informacje?

– Które radykalnie zmienią moje wyobrażenie o esencji bytu?

– Zgadza się!

– Dawaj! Ostatnio wszyscy próbują mnie zaskoczyć, nadeszła twoja kolej.

– Im więcej graczy zginie w pobliżu miasta, tym silniejsze będą Upiory. Uruchomiliśmy eksperymentalny typ mobów, które potrafią się samodzielnie rozwijać. Każdy Upiór zyskuje tyle do Doświadczenia, ile Punktów Życia odebrano graczom w promieniu pięciuset metrów od zamku. I tu nie ma znaczenia, czy to Upiory ich zabiły, czy sami gracze powybijali się nawzajem: Doświadczenie i tak trafia na ich konto. Ciekawa zdolność, prawda? Jutro masz zaplanowaną bitwę pod murami Altamedy, więc... No dobrze, system gotowy, historia zapisana, możesz wracać. O! Zapomniałem o najważniejszym: dziękuję ci! Zarobiłem już tak dużo pieniędzy na twoich przejściach, że ludzie nie chcą się ze mną zakładać! Mówią, że jestem z tobą w zmowie! Heh! A przecież ty działasz jak generator liczb losowych! Powodzenia!

Znowu ciemność z paskiem ładowania. W rezultacie znalazłem się z powrotem na bagnach. Hmm... Drako ma rację – tu naprawdę okropnie śmierdzi...

**Otrzymany przedmiot: „Fotel bujany".**
**Opis: Wykonany z najmocniejszego imperatorskiego dębu, ten fotel bujany będzie ci służył dobrze, gdy wspominając swoje dokonania z przeszłości, będziesz siedzieć przed kominkiem w długie zimowe wieczory.**
**Klasa przedmiotu: Unikalny.**
**Ograniczenie: Tylko dla graczy z tytułem szlacheckim.**

Po aktualizacji przywołanie małych ogrów było łatwizną – zrobili w Szachach przycisk *Przywołanie Esencji*. Nawet nie zawracali sobie głowy niepotrzebnymi, ukrytymi algorytmami... Pojawiły się dzieci, wyrecytowały ten sam wierszyk co boss, a potem rozpłynęły się w powietrzu, zostawiwszy na ziemi fotel. Ponowne przywołania ogrów, orków i krasnoludów nie dały mi drugiego fotela, więc jedno z nas, ja lub Nastja, będzie musiało stać. Owszem, fotel okazał się niesamowicie wygodny, przyjemny w dotyku, idealnie mieścił się w torbie, ale do cholery jasnej! FOTEL? Po co mi to?! Szczególnie podoba mi się opis – „wspominając swoje dokonania z przeszłości". Czyli co? W przyszłości dokonania już mi nie grożą? Cholerne klauny...

– Machanie, potrzebujemy więcej zwojów teleportacji. – Barsine przekazała mi dobrą wiadomość. – Albo skok do Altamedy zajmie nam kilka dni. Dziesięć tysięcy trzystu siedemdziesięciu trzech graczy ze strony Malabaru. Ewolett napisał coś niezrozumiałego, ale liczby mówiły za siebie, ma jeszcze nadejść około siedmiu tysięcy. Jeden czy dwa portale tego nie załatwią! Potrzeba co najmniej dziesięciu, a najlepiej dwudziestu. Niech Leyte ładuje wszystkie!

– Ile potrzeba na jeden zwój?

– Siedem tysięcy.

– Taak... Bitwy nie należą do tanich przyjemności. Dobrze, zgadzam się na kupno zwojów. Kiedy transfer?

– Postanowiłam zacząć już teraz; w wyznaczonym terminie na miejscu będzie już znaczna część naszych, w przeciwnym razie zrobi się tłok. Czy Magdiej powiedział ci wszystko, co myśli o zbliżającej się bitwie?

– Mhm. – Skinąłem głową, przypominając sobie poranną rozmowę z Łowcą.

Może nawet nie rozmowę – tylko monolog mojego Lidera Rajdu. A jeśli usunąć nienormatywną leksykę, to on po prostu stał, głównie milczał i patrzył na mnie, wypowiadając co pewien czas wykrzykniki i spójniki. Parafrazując słowa Magdieja, był bardzo zaniepokojony, czy rozumiem stopień trudności zarządzania dziesięcioma tysiącami graczy. Żadnej organizacji, żadnego porządku, żadnej solidarności – to jak zarządzanie po prostu durną kupą mięsa, która zebrała się w jednym celu: żeby zaistnieć w filmie. Nikt nie wątpił, że korporacja nakręci film o naszym ataku – korporacja nie omija tak masowych bitew... W rezultacie Magdiej, po wielu przekleństwach, poprosił o zawarcie umowy z wszystkimi graczami, że nikt nie będzie atakował innych graczy, dopóki on lub ja nie damy takiego rozkazu. Musiałem się na to zgodzić...

– Ja też coś dodam: Machanie, to jest głupie. Pokłócić się z dwoma głównymi klanami na kontynencie to niezbyt mądry pomysł, a według moich informacji Spadkobiercy też będą pomagać Lazurowym, co sprawia, że mamy przeciwko sobie od razu trzy klany. Najemnicy są tylko najemnikami; pojawiają się na wezwanie lidera klanu, walczą i po robocie idą w swoją stronę, a my będziemy musieli poradzić sobie z konsekwencjami.

– Barsi, doskonale to wszystko rozumiem. Ale ja jako głowa klanu dokonałem wyboru. Kupcie zwoje, za pięć godzin powinniśmy być pod Altamedą...

Wieczór był zaskakująco jasny i słoneczny. Słońce przyjemnie grzało, nawet nie próbując wyjść za linię horyzontu, motyle fruwały z kwiatka na kwiatek, czasem między dwoma drzewami, jakby zaspokajając kaprys deweloperów, przebiegały zające, które zdawały się nie przeczuwać zbliżającego się niebezpieczeństwa... Zagrożenia w postaci czterech armii znajdujących się w okolicach Altamedy... Z jednej strony strażnicy i najlepsi wojownicy czołowych klanów. Z drugiej gracze Malabaru i Kartosa oraz trzystu wojowników Feniksa. Dwadzieścia tysięcy przeciwko siedemnastu... Rozkład sił, delikatnie mówiąc, nie był na moją korzyść, ale trzeba sobie radzić z tym, co jest. W przeciwnym razie jaki byłby sens w ogóle to zaczynać?

– Machanie, jesteśmy gotowi. – Zadzwonił do mnie Magdiej, rozstawiwszy naszą armię na miejscach. Postanowiłem umieścić punkt wyjścia z teleportu dwa kilometry od zamku, poza zasięgiem strażników i obrońców, by nikt nam nie przeszkadzał w przygotowaniach. – Jesteśmy gotowi!

– Chodźmy, ale powoli! – zgodziłem się i przed oczami pojawiła się wiadomość od Lidera Rajdu:

*Uwaga! Zaczynamy się przemieszczać! Atakujemy tylko na mój rozkaz! Nie wychodźcie poza znaczniki, które postawię przed zamkiem – w przeciwnym razie strażnicy zaatakują!*

Kiedy patrzyłem, jak piętnaście tysięcy graczy idzie na zamek, mimowolnie przełknąłem ślinę – w tłumie jest siła! W Mrocznym

Lesie, gdzie było ich aż czterdzieści tysięcy, skala tego, co się działo, nie była tak uderzająca – las skrył większość graczy. Tutaj, na otwartym polu... Zaproponowany przez Ewoletta zwój Armageddonu mógł zabić prawie każdego. Promień gwarantowanego zniszczenia wszystkich żywych istot wynosił trzysta metrów od epicentrum. W zasadzie nie tylko żywych istot – również reszty wytworów gry wraz z całą zawartością z wyjątkiem toreb. Każdy przedmiot z parametrem „Trwałość" natychmiast odleciałby w siną dal, pozostawiając gracza w śnieżnobiałych pieluchach. Właśnie z powodu efektu ubocznego starano się nie używać tego zaklęcia. „Ostatni argument" – jak nazywano wśród graczy Armageddon – niszczył nie tylko przeciwników, ale także sojuszników. Z wszystkim, co mieli...

Magdiej nie kombinował z taktyką – wszyscy gracze zostali umownie podzieleni na trzy grupy: środek, lewe i prawe skrzydło. Na lewym skrzydle ustawił graczy wysokolevelowych, w tym swoich ludzi i trzystu z Feniksa. Złych, niezadowolonych, ale milczących i skupionych – mieli robotę do wykonania i doskonale to rozumieli.

Prawe skrzydło składało się wyłącznie z żołnierzy Ewoletta z nim na czele, Magdiej się do nich nie wtrącał. Środek okazał się naszym słabym punktem – byli tam gracze poniżej sto pięćdziesiątego poziomu, którzy chcieli się przekonać, jak to jest wziąć udział w bitwie na dużą skalę. Z tego tłumu nie będzie żadnego pożytku, ale przynajmniej ściągną na siebie część sił wroga, co jest mi na rękę. A jeśli uda im się wysłać kogoś na Szare Ziemie, to ich rola będzie nieoceniona.

Przed zebraniem graczy ogłosiłem, że podczas bitwy wydam komendę, po której muszą zaprzestać działań i w ciągu dziesięciu sekund albo umrzeć – wtedy ich rzeczy będą nietknięte – albo zedrzeć z siebie wszystkie rzeczy tak szybko, jak to możliwe. Takie ogłoszenie kosztowało mnie prawie dwa tysiące graczy i, co zaskakujące, przyniosło mi kolejne trzy. Dziwna ludzka logika – niewielu wierzyło w nasze zwycięstwo, ale wielu chciało przyjrzeć się niemal pierwszemu użyciu Armageddonu w bitwie między graczami. Nawet jeśli istniało ryzyko utraty ubrania.

Głośno reklamowaliśmy Armageddon – musiałem nawet udostępnić właściwości zwoju, ponieważ wielu mi nie wierzyło. Szkoda, że ten zwój miał pewne ograniczenie; nie można go używać poza polem bitwy i zaklęcie nie było dostępne przez pierwszą minutę walki. Szkoda, bo aż się prosiło o ustawienie teleportu bezpośrednio do centrum wojsk wroga i użycie zwoju. Raz a dobrze – można by spokojnie zdobyć zamek bez ani jednego wroga. Ale nie, zwój ma takie głupie ograniczenia, więc musimy wymyślić, jak sobie z tym poradzić...

Kilka godzin przed przerzuceniem wojsk cała nasza trójka – ja, Magdiej i Ewolett – opracowaliśmy pewien bardzo podstępny plan, przy pomocy którego moglibyśmy nie tylko wytrzymać minutę, ale także wyeliminować wszystkie wady odrodzenia. A nasi dzielni przyjaciele z Feniksa mieli nam w tym pomóc...

– Słucham! – odpowiedziałem na wezwanie amuletu, gdy do zamku zostało około ośmiuset metrów.

Ściana nacierała na ścianę – to słaby opis tego, co teraz widziałem – naszym przeciwnikom udało się zrekrutować w swoje szeregi około dwudziestu tysięcy. Taki wynik w każdym razie pokazało mi okno analizy sytuacji. Nawet liczebnie jest ich więcej...

– Machanie, tu Gejra. Jak mówiłam, nie bierzemy udziału w bitwach między graczami, więc chcę wypowiedzieć naszą umowę.

– Gejro, zaczekaj! – zatrzymałem porywczą dziewczynę. – Atak to tylko odwrócenie uwagi. Naszym głównym zadaniem jest wprowadzenie mnie i twoich żołnierzy do zamku. To jest cel nadrzędny! Poczekaj chwilę!

– Dobrze... Dwie godziny! Jeśli nie przedrzemy się do zamku, ja odchodzę. Jedno weź pod uwagę: nie będę walczyć z wolnymi obywatelami!

– Zrozumiałem! Mam dwie godziny! Dotrzemy do zamku! – Wyłączyłem amulet, po czym spojrzałem na Magdieja i uśmiechając się, powiedziałem: – Jazda!

*Rajderzy! Likwidujemy każdego, kto nie jest z nami!*

I zaczęło się piekło...

*Skrzydła naprzód! Centrum stoi w miejscu! Walczący na dystans – zróbcie im jesień średniowiecza! Uzdrowiciele, kopuła! Jazda, ludzie!*

– Machanie, może jakiś zakład? – Obok mnie stanął Lider Rajdu z uśmiechem na ustach.

Jako osoba wymagająca szczególnej opieki zostałem umieszczony na lewym skrzydle pod czujnym okiem naszej grupy rajdowej. Zgodnie z planem pod takim samym nadzorem znajdował się również kamikadze Ewoletta – pilnowało go trzynastu paladynów, którzy podtrzymywali bańkę. Ten gracz absolutnie nie może zginąć, w przeciwnym razie nasza kampania militarna straci rację bytu...

– Minus trzystu z centrum. Prawe skrzydło za bardzo zbliżyło się do zamku, strażnicy wkroczyli do bitwy. Lewe utknęło, ale straty są nadal niewielkie – raportował jeden z graczy, którego Magdiej wyznaczył do roli obserwatora. – Zabiliśmy czterdziestu pięciu wrogów. Czterdziestu dziewięciu... Nasze straty...

– Machanie! – natychmiast zadzwonił zadowolony Ewolett. – Przepraszam, celowo zaczepiłem strażników, dzięki temu mam teraz Nienawiść w Narlaku i wpadło nam zadanie z piratami! Strażnicy nie mogą odejść dalej niż pięćset metrów od zamku, więc wycofujemy się i rozpoczynamy rzeź! Bez odbioru!

– Minus trzystu z centrum, dwustu z lewego. Prawe skrzydło naciera na wroga i zabiło dwudziestu strażników...

– Magdieju, zaczynaj! – rozkazałem i zaczęliśmy wprowadzać w życie nasz plan.

*Rajderzy – mgła!*

Wiadomość od Lidera Rajdu rozbłysła tuż przed oczami, a wszystkie nasze oddziały zostały ukryte za gęstymi chmurami tworzonymi przez Magów. Przyjmując graczy Feniksa, nie mogłem ich nie ostrzec, że na mój rozkaz będą musieli zdjąć wszystkie ubrania, chociaż i tak przyszli w najprostszych mundurach, albo będą musieli pożegnać się ze swoimi rzeczami. Gdybym tego nie zrobił, Echkiler miałby wszelkie podstawy, by złożyć zażalenie, że zniszczyłem milion Przedmiotów Legendarnych jego graczy. Jeszcze czego!

Na każdym skrzydle za mgłę odpowiadał specjalny oddział zadaniowy, którego celem było nie tylko osłonięcie naszych wojsk przed wrogiem, ale także tworzenie tarcz redukujących obrażenia, póki mgła się nie rozproszy. Co więcej, gracze, którzy byli najbliżej brygady Feniksa, a tak się składa, że przypadkowo byli to moi Rajderzy, musieli podczas każdej mgły zdejmować wszystkie ubrania i kucać, jakby spodziewając się masowej zagłady. Czysta psychologia, jak z podręcznika...

Zgodnie z wszelkimi zasadami gieroje z Feniksa powinni ostrzec swoich, że za kilka sekund huknie, a ci z kolei zdjąć tarcze ochronne – do podparcia tarcz potrzebne są laski, które właśnie w tym momencie też mogą zniknąć. Dodatkowo, jeśli dopisze nam szczęście, wrodzy gracze nie tylko ukryją swoją broń, ale także zdejmą zbroje, chcąc zaoszczędzić kilka tysięcy sztuk Złota. A wtedy chłopcy Ewoletta zaczną swój taniec...

Armageddon to bardzo niebezpieczne zaklęcie, przed którym praktycznie nie ma ochrony. Błyskawiczna fala, która porusza się z prędkością dźwięku i niszczy wszystko na swojej drodze, w tym umundurowanie i zbroje. Ratunkiem jest jedynie bańka lub zaklęcie „Zaprzeczenie", którego koszt również był dość przytłaczający. Jednak „Argument" miał tak wiele wad, że praktycznie nigdy nie był używany. Podczas wielkich bitew gracze używali miniaturowych zamienników „Argumentu", na przykład zaklęcia „Deszcz meteorytów". Jego istota była prosta – dziesięciu Magów tworzy krąg, w ten krąg każdy, kto ma możliwość, zaczyna wlewać manę i dosłownie po chwili na wroga nadciąga piekło – z nieba spadają ogromne rozpalone do czerwoności kawałki lawy, powodując kolosalne obrażenia (choć na niewielkim obszarze). Każda sekunda takiego zaklęcia całkowicie opróżniała słupek many Maga z poziomu dwusetnego, więc niewielu ludzi mogło sobie pozwolić na długotrwałe utrzymanie zaklęcia. Dodatkowo każdy atak z boku chociażby jednego Maga również przerywał zaklęcie, czyniąc je niezwykle nieopłacalnym i kosztownym środkiem walki w bitwach. Ale mamy niezwykłą bitwę ze szczególnymi graczami, którzy mają nieograniczone zasoby many... Dlatego...

– Wróg zrzucił ubranie! Zdjęli kopuły! – powiedział obserwator spokojnym głosem.

– Ewoletcie, twój ruch! – natychmiast rozkazałem do amuletu, uśmiechając się przebiegle. Czasami warto mieć żołnierzy wroga w swoim obozie...

– Leci „Deszcz meteorytów" – nadal raportował obserwator. – Straty wroga: sto osób, sto osiemdziesiąt, kopuła ochronna... trzysta czterdzieści... półtora tysiąca... dwa dwieście... W miejscu uderzenia nie ma już nikogo żywego, możemy kończyć...

– Ewoletcie, zwolnij! – Natychmiast zatrzymałem transfer many, zwróciłem się do Magdieja i uruchomiłem drugą część planu. – Zaczynaj!

*Centrum, wsiadać na chowańce i do ataku! Skrzydła – ochronne kopuły i odwrót!*

Przeciwstawienie się Deszczowi Meteorytów jest trudne, ale nie niemożliwe... W tym celu kopuły ochronne muszą być zawieszone nad graczami, sami gracze mają być ubrani w dobre zbroje, poziom Życia każdego powinien zostać podniesiony do stu procent. Wtedy tak, nie zginąłby ani jeden gracz. Ale kiedy jesteś nagi, bez kopuły, a zaczynają na ciebie spadać ogniste kamienie... Nawet jeśli obszar działania nie jest zbyt duży – zaledwie sto metrów – i nie da się go przesuwać, nie było szans na to, żeby gęsto upakowany tłum wyszedł z tego cało... Realizacja pierwszej części planu wyszła nam świetnie, chociaż teraz Echkiler z braćmi nie dałby się nabrać na mgłę... Tym gorzej dla nich...

Druga część naszego planu była prosta jak konstrukcja cepa – środek zapomina o obronie, siada na chowańce i pędzi do przodu. Nawet jeśli nie zdołają zaszkodzić wrogowi pod względem obrażeń, to i tak wykonają swoją robotę – powalą przeciwnika na ziemię i podzielą jego siły na dwie części. Taki manewr nie zrobi żadnego wrażenia na Rajderach przyzwyczajonych do bitew, ale na zwykłych bojownikach i najemnikach... Widzieć lawinę graczy pędzących na swoich rumakach wprost na ciebie, z wytrzeszczonymi oczami i rzucających bluzgami... Można zapomnieć, że jest się w grze, i wpaść w panikę. A panikujący wróg to nasz przyjaciel, brat i sprzymierzeniec, który bardzo nas cieszy. Nasi kamikadze zapewne szybko zginą – jestem tego pewien – ale przynajmniej raz na pewno zaorają Lazurowych i innych im podobnych, rozbijając wroga na dwie części. A właśnie to jest mi teraz potrzebne.

*Skrzydła, połączyć się! Atak na lewą flankę! Rajderzy – Mgła!*

Nie zdołamy wybić wszystkich – to fakt. Za zabijanie graczy nie ma Doświadczenia – to też jest fakt. Co trzeba zrobić, żeby cokolwiek zyskać? Zgadza się – wykończyć strażników. Nawet minus trzydzieści procent Doświadczenia za odrodzenie można spróbować kompensować, jeśli dobrze zająć się NPC-ami, zapominając na chwilę o graczach – dla nich mam „Argument". Skoro strażnicy i Upiory to bardzo przydatne istoty, to dlaczego tego nie wykorzystać?

– Centrum zostało osłabione o trzydzieści procent, trzydzieści trzy – niestrudzenie raportował obserwator mimo trwającego w naszych szeregach błyskawicznego przegrupowania. – Wróg został podzielony na dwie części. Centrum osłabione o sześćdziesiąt siedem procent. Podczas ataku zabito...

*Grupo Feniksa, do ataku! Waszym celem jest przebicie się przez wroga! No dalej, pokażcie, za co was wszyscy chwalą! Nie pozwólcie im zewrzeć szeregów nawet na minutę!*

Przepraszam, ale dla dobra mojego klanu musicie jakby trochę umrzeć. Trzystu wojowników, choć nie najlepszych w Malabarze, ale zdecydowanie jednych z najlepszych z mojej strony, musi utrzymać przerwę zrobioną w szeregach wroga. Wyszło idealne, po jednej stronie byli gracze, a po drugiej – praktycznie sami strażnicy. Nie, graczy również było tam wystarczająco dużo, ale zdecydowanie przeważali strażnicy, dlatego zajmiemy się tą stroną, a graczy Feniksa nam nie żal. Już odegrali swoją rolę...

– Centrum już nie istnieje, skrzydła się połączyły. – Znowu usłyszeliśmy głos obserwatora. – Obecna sytuacja: siedem tysięcy siedemset po naszej stronie, dziesięć dwieście, nie licząc strażników, po stronie wroga.

Znowu mgła i znowu kopuły ochronne. Nie da się już powtórzyć wyczynu z Meteorytami, ale nie jest to konieczne – zadaniem mgły na teraz jest ukrycie nas przed bezpośrednimi atakami wroga i zmuszenie go do ataku na cały obszar. Nie bałem się rewanżu Lazurowych – jesteśmy dostatecznie chronieni. I wróg to wie.

I my wiemy, że wróg to wie. I wróg wie, że my wiemy, że on... Tak, zaczynam odlatywać.

– Piorun łańcuchowy: dwustu zabitych. Z bojowników Feniksa zostało tylko dwieście sztuk... Sto siedemdziesiąt... Osiemdziesięciu strażników zostało zabitych... Czarna Plaga: trzystu zabitych...

Raport obserwatora był suchy i wbijał każdym słowem w ziemię – było nas coraz mniej, wróg używał coraz potężniejszych zaklęć, ale okazało się, że są też pozytywne aspekty: zaczęło spływać Doświadczenie za strażników. Co więcej, zaczęło spływać tak bardzo, że dosłownie kilkanaście sekund później przed oczami pojawiła się radosna wiadomość o zdobyciu kolejnego poziomu. Mam sto drugi poziom...

*Utknęliśmy*! – Na czacie klanowym pojawiła się wiadomość od Magdieja, który wraz ze swoimi ludźmi zajął miejsce na pierwszej linii frontu. – *Nie przejdziemy dalej*!

– Już po grupie Feniksa – ogłosił ponownie obserwator.

Sprawdziłem czas i uśmiechnąłem się – wytrzymali minutę dłużej, niż się spodziewałem. Podarowali nam dwie minuty walki ze strażnikami, a teraz cała masa graczy rzuci się na nas... Wygląda na to, że to tyle... Powalczyliśmy... Ale, trzeba przyznać, chłopaki z Feniksa obronili swoje imię... Muszę podziękować Echkilerowi, że ich przysłał...

*Bańka na kamikadze!*

Hmm... Dziwna wiadomość, chyba się na to nie umawialiśmy... Dlaczego Magdiej zaczął improwizować? To do niego niepodobne...

Okryło nas coś czarnego. Wydawało się, że ktoś w jednej chwili zabrał słońce i zapomniał zawiesić oba księżyce Barliony. Jak również gwiazdy. Ciemność była tak nieprzenikniona, że zrobiło się nawet trochę przerażająco – a co, jeśli za chwilę przyjdzie Baba Jaga?

Baba Jaga nie przyszła... Nadeszło tornado...

Wrodzy Magowie przywołali w sam środek naszej armii huragan niewiarygodnej siły, który rozniósł nas jak bezbronne kocięta. Po raz pierwszy w życiu doświadczyłem tego, co czuje pranie w bębnie pralki – rzucało mną na boki, ciągle uderzałem w ciała innych graczy, upadałem na ziemię i z każdą sekundą traciłem pięć procent Życia.

Nie potrafię wyjaśnić, jak przeżyłem – wydawało mi się, że moje żałosne próby przywołania Duchów Uzdrowienia prowadziły donikąd. Kilkakrotnie rzucano na mnie bańkę, „zęby" zmniejszające obrażenia o pięćdziesiąt procent i inne gadżety – nawet pomimo szalonego wiru Rajderzy do końca wykonywali rozkazy. Wszystko, żebym tylko przeżył. Trzeba dać całemu klanowi premię. Symulatorze, zapisz to! Po pięćdziesiąt procent do miesięcznego wynagrodzenia!

– Siedmiuset dwudziestu trzech graczy w szeregach – zameldował spokojnie gdzieś spode mnie obserwator.

Tornado nie rozrzuciło nas po ogromnym terytorium, wręcz przeciwnie – zrzuciło wszystkich na jedną kupę. Być pogrzebanym pod dziesiątkami poruszających się ciał, przeklinających organizatora bitwy, to wątpliwa przyjemność, biorąc pod uwagę, że pode mną również się wili. To zaklęcie jest dość demoralizujące, muszę się dowiedzieć, jak się nazywa. Może się przyda...

– Straty wroga...

*Rajderzy, plan B! 10 sekund, rozpoczęło się odliczanie! Mgła!*

W grze podoba mi się to, że w przeciwieństwie do rzeczywistości nie trzeba zdejmować przez głowę ogromnego napierśnika, odpinać zapięć butów, paska. Zwłaszcza gdy znajdujesz się pod stosem ciał i we mgle. Wystarczy napisać przed bitwą mały program, który zdejmie i włoży do worka wszystko, co może zostać zniszczone. Dosłownie na moich oczach gracze, na których spoczęło moje spojrzenie, stawali się „nadzy" – nikt nie chciał stracić ubrań. Zastanawiam się, czy Lazurowi przejmą się mgłą.

**Z powodu śmierci poziom Doświadczenia zostaje zmniejszony o 30%. Obecna wartość Doświadczenia...**

– Jesteś, draniu! – syknął zaciekle jakiś gracz, gdy tylko pojawiłem się w punkcie odrodzenia. Sądząc po jego reakcji, nie zdążył się rozebrać na czas. Uznaję to za mały sukces naszej bitwy! – Odpocznij sobie, palancie!

**Z powodu śmierci poziom Doświadczenia zostaje zmniejszony o 30%...**

– Moja kolej! – krzyknął jeden z Magów na poziomie dwieście siedemdziesiątym.

Zdążyłem tylko unieść głowę, gdy wleciał we mnie ogromny sopel lodu. Zabolało! Dobrze, że nie mam przedmiotów Legendarnych...

**Z powodu śmierci poziom Doświadczenia zostaje zmniejszony o 30%...**

– Jest, znowu! – rozległ się radosny głos.

– Ludzie, jeszcze się wam nie znudziło? – udało mi się zapytać, zanim trzy topory od razu wysłały mnie w niebyt...

Zdążyłem zauważyć, że wokół punktu odrodzenia było wielu graczy z symbolami klanowymi Feniksa i Lazurowych Smoków. Chyba nieprędko mnie stąd wypuszczą...

**Z powodu śmierci poziom Doświadczenia zostaje zmniejszony o 30%...**

– Odrodziłeś się! – krzyknął kolejny.

Nie, naprawdę zacząłem mieć ich dość! Biorąc pod uwagę moje pierwsze odrodzenie, od dwóch dni nic innego nie robię – tylko umieram i się odradzam. W przeciwieństwie do zwykłych graczy, którzy dla zabicia czasu mogą wyjść na kilka dni i przespacerować się w rzeczywistości, czas mojego odrodzenia był ściśle regulowany – co dwanaście godzin... Dupki...

**Z powodu śmierci poziom Doświadczenia zostaje zmniejszony o 30%...**
**Dzięki interwencji Zwiastuna zyskujesz dwudziestoczterogodzinny immunitet chroniący przed atakami innych graczy.**

– Znowu się pojawił!

– Przepraszam, że się mieszam... – W końcu rozległ się głos, na który czekałem od samego początku. Dzwoneczki Zwiastuna oznajmiły, że moja bitwa definitywnie się skończyła. W każdym razie na dobę. – Wolny obywatel Machan zyskuje status gracza tymczasowo niewrażliwego na obrażenia. Przypomnę, że zgodnie z zasadami panującymi w Barlionie umyślne, złośliwe przetrzymywanie wolnego obywatela w punkcie odrodzenia można uznać za łamanie prawa.

– Niczego nie łamiemy, Zwiastunie – powiedział głos, który już gdzieś słyszałem. – Po prostu chcemy sobie nabić licznik PK. Kto by pomyślał, że ten obywatel jest taki słaby?

*Machanie, żyjesz?* – nagle na czacie pojawiła się wiadomość od Magdieja. – *Przykro mi, ale nikogo z nas nie przepuszczają do punktu odrodzenia; kryją wszystkie przejścia. Poczekaj na Zwiastuna, wkrótce powinien się pojawić.*

*Już...*

*Świetnie, tworzymy portal, za chwilę cię stamtąd wyciągniemy! Dwadzieścia sekund!*

*A co z rajdem? Co z Altamedą?*

– W takim razie proszę wziąć pod uwagę moje słowa przy dalszym zwiększaniu licznika – powiedział w tym momencie Zwiastun i zniknął w portalu.

– Cóż, Machanie, jesteś zadowolony? Jeśli sam nic nie ugrasz, to innym też nie pozwolisz, tak? – powiedział ten sam znajomy głos.

Tak ciasno otaczał mnie wielki tłum ludzi, że ledwo mogłem się ruszyć. W ten sposób postanowili zagrać mi na nerwach? Naiwni... Przyjrzałem się uważnie i zdałem sobie sprawę, kto mówi – jeden z uczestników rajdu do Mrocznego Lasu. Nawet nie sprawdziłem imienia tego gracza, należącego do klanu Spadkobierców Tytanów, nie interesuje mnie.

*Gotowe, zasysa* – napisał Magdiej i gniewne twarze graczy się rozpłynęły. Zostały zastąpione zwykłym szumem miasta.

– Jak to się skończyło? – rzuciłem, ledwo wyszedłem z portalu. Byłem w bezpiecznej strefie Anchursu, z Barsi, więc natychmiast przyczepiłem się do dziewczyny, zostawiając Magdieja w spokoju.

– Czterdziestu dwóch graczy z naszej strony nie zdążyło się rozebrać, poprosili o pomoc przy zakupie nowych ubrań. Zgodziłam się pomimo umowy. Poza tym wszyscy są zadowoleni. Doświadczenie ze strażników w pełni zrekompensowało im minusy odrodzenia, około dziewięćdziesięciu dziewięciu procent obrońców zostało zlikwidowanych, około stu lub dwustu przeciwników było poza zasięgiem... Altameda jest nietknięta, strażników brak; garnizon był blisko kamikadze. Twoja najemnica, chyba Gejra, skontaktowała się ze mną i pytała, kiedy się pojawisz. Wyjaśniłam jej wszystko, więc powiedziała, że nie zerwie porozumienia, dopóki z tobą nie porozmawia... Co jeszcze... Wszystkie trzy klany przesłały nam swoje roszczenia... Na około czterdzieści milionów Złotych Monet i... – Barsi zawahała się, jakby nie chciała czegoś powiedzieć, więc musiałem ją trochę pociągnąć za język.

– I?

– Wszystkie trzy klany umieściły nas na czarnej liście i nieustannie wysyłają nas na odrodzenie. Ewolett chciał cię wyciągnąć, ale Feniks zaciekle nas tępi za to, że zabrałeś im sprzed nosa taki bonus, taki zamek...

– Zabrałem? – zdziwiłem się.

– Dzień po naszej walce Feniks i Lazurowe ruszyli w pogoń za Upiorami, teraz okazuje się, że zjawy urosły do poziomu trzysta osiemdziesiątego. Te moby mają bardzo ciekawy algorytm dystrybucji Doświadczenia: trafia ono tylko do tych, którzy zadali obrażenia większe niż pięćdziesiąt procent. Jest to trudne do zrobienia w pojedynkę, więc tempo levelowania bardzo zwolniło. Można powiedzieć, że levelowanie jest już po prostu niemożliwe. Poza tym gdy tylko Upiór wchodzi na pobłogosławioną ziemię, można już dać sobie z nim spokój, bo praktycznie sam umiera. Polowanie na Upiory jest możliwe tylko w kręgu Eluny, a warunki pracy są tam bardzo trudne. Na dodatek obowiązuje jeszcze CD* umiejętności... Krótko mówiąc, wszyscy są na ciebie źli; uważają, że to dzieło twoich rąk. Teraz zaczęli nas tępić wszędzie, gdziekolwiek nas zobaczą, łącznie z kopalniami... Pod twoją nieobecność

* Cooldown – czas, po którym gracz może użyć danej umiejętności ponownie (przyp. tłum.).

w klanie zostało tylko trzech wydobywców i pięciu pracowników produkcyjnych. Z Rajderów nikt nie odszedł. Ani Nastji, ani Plinto do tej pory nie ma; jak się z nimi skontaktować, nie wiadomo, amulety nie działają, poczty chyba też nie odbierają. Jest kilka plusów: w rankingu wpływowych graczy tygodnia zająłeś drugie miejsce zaraz po Echkilerze. Rzucone wyzwanie, twórcza taktyka uwzględniająca zwiadowców wroga, dotarcie do końca, świadomość konsekwencji... Wczoraj w telewizji była nawet transmisja o naszej bitwie. Czy wiesz, jak ją nazwali? „Słoń i Mops". Nasz klan teraz nazywa się „Legendarne Słonie Barliony".

– Słonie?

– To zabawne, prawda? Bezpalcy jako najbardziej dotknięty Armageddonem rozpoczął dynamiczną kampanię przeciwko naszemu klanowi. Atakują nas w każdy możliwy sposób... Twierdzą nawet, że bierzemy od graczy opłaty za zadania... Mówię o Mrocznym Lesie. Jego klan teraz nazywany jest „Lazurowym Mopsem"... Ale wybacz, nie mam ani minuty więcej; dostaliśmy ponad siedemdziesiąt tysięcy wniosków o dołączenie do klanu, mimo czarnej listy.

– A co z Ewolettem?

– Nic. Jego wojownicy się odrodzili, nikt ich nawet nie tknął, więc wrócili do siebie do Kartosa. Są zadowoleni i przeszczęśliwi, że dostali zadanie z piratami. Ewolett skontaktował się już ze mną i powiedział, że bez Ciebie nie zaczną go realizować; jeśli w ogóle zaczną, to tylko razem. Imperator przysłał zaproszenie, sprawdź pocztę. W końcu utworzyliśmy pierwszy oficjalny sojusz klanów dwóch różnych Imperiów. Na pewno bardzo nam podziękuje. Ach, prawie zapomniałam: Eryka, Leyte'a i Ciapę wezwano wczoraj do Imperatora, wręczono im nagrodę za Pierwsze Zabójstwo. Byłeś trochę zajęty, więc Imperator obiecał spotkać się z tobą osobno; tak powiedział mi Zwiastun. Co chłopcy dostali, nie wiem, milczą, ale są zadowoleni jak nigdy. A wracając do słoni... Generalnie wszystkim bardzo podobała się wspólna bitwa, pojawiają się głosy, żeby to powtórzyć; przecież zamku jeszcze nie wygraliśmy. Według rankingu klanów jesteśmy obecnie na cztery tysiące siedemset siedemdziesiątym szóstym miejscu.

– Rozumiem... Jakie są plany?

– Teraz Magdiej namiętnie goni nowych graczy po Podziemiach, zamierzamy zrekrutować siedem lub osiem grup rajdowych. Wciąż mamy mały kłopot z rzemieślnikami i wydobywcami, ale wydaje mi się, że to tymczasowe. Za tydzień wszystkim znudzi się polowanie i o nas zapomną. Tylko jedna prośba: nie atakujmy ponownie w tym momencie. Co prawda teraz mielibyśmy o wiele więcej graczy, ale skarbiec klanu nie wytrzyma kolejnego Armageddonu. A bez tego sobie nie poradzimy.

– Zapomną o nas... Serio? – burknąłem, odwracając się od dziewczyny w kierunku dwóch wysokopoziomowych Łotrów, stojących na samej granicy strefy bezpiecznej i demonstracyjnie przesuwających kciukiem po gardle. Patrzą na mnie. Najwyraźniej będę musiał wydostać się z Anchursu za pomocą portali i trzymać się z dala od zaludnionych obszarów... Ale najpierw...

– Gejro, witaj! Mówi Machan! Tak, właśnie się odrodziłem i chciałbym z tobą porozmawiać o przedłużeniu naszej współpracy... Co się stało?! Jak? Do wewnętrznej bramy? Ilu poległo? Świetnie, co dalej? Dobra, spotkajmy się! Podaj współrzędne...

Oszołomiony spojrzałem na amulet, jakbym nie wierzył w to, co właśnie usłyszałem – kiedy nastąpił wielki wybuch, grupa Gejry znajdująca się z dala od bitwy była w stanie włamać się do zamku, nie tracąc przy tym ani jednego wojownika. Co prawda dzień później zostali wyrzuceni, ale wizja, że Armageddon będzie w stanie dokładnie wyczyścić całą Altamedę bez uszkadzania budynków, bardzo mnie cieszyła. Można kupić jeszcze jeden zwój, huknąć, a później wrócić i spić śmietankę. Muszę porozmawiać z Ewolettem – może okazać się, że w jego magazynach jest jeszcze jeden zwój...

## ROZDZIAŁ 11

# TAJEMNICA TRÓJLISTNIKÓW

– Machanie, teraz jestem pewna na sto procent: nie da się przebić bezpośrednio do centrum zamku – powiedziała smutno Gejra. – Upiory zdołały nas powstrzymać, kiedy były na zaledwie trzechsetnym poziomie, a teraz, kiedy są na trzysta osiemdziesiątym... Można je zabijać pojedynczo, ale nie cały tłum... Nie masz przypadkiem jeszcze jednego Armageddonu?

– Niestety. – Pokręciłem głową.

Ewolett tylko się uśmiechnął, kiedy zaproponowałem, żeby kupił jeszcze jeden zwój.

Przy okazji wreszcie się dowiedziałem, dlaczego w Barlionie jest niewiele zwojów z takim pożytecznym zaklęciem. Po pierwsze zaklęcie zapisywane jest na specjalnej kartce, która raz w miesiącu wyrasta z jakiegoś rzadkiego drzewa. Każdy szanujący się klan ma takie drzewo, zazwyczaj rośnie ono bezpośrednio w centrum zamku, dlatego jako takiego problemu z materiałem podstawowym nie ma. Problemy pojawiają się na innym etapie – zwój należy „naładować", czyli wlać do niego około dwudziestu milionów jednostek many w ciągu dnia; to nieprzerwany transfer od kilkuset wysokopoziomowych Magów. Ale nawet to nie stanowi problemu, bo znaleźć Magów, gotowych postać nad zwojem z wyciągniętymi rękami, nie jest trudno. Główny kłopot polega na tym, że po przygotowaniu zwoju i napełnieniu go maną należy pójść do Najwyższego Maga, który nanosi strukturę zaklęcia na zwój, a następnie do Imperatora lub Władcy, którzy w ów zwój tchną życie. Dopiero wtedy można go wykorzystać. Biorąc pod uwagę fakt, że możliwość dostania się na audiencję do najwyższych tego świata graniczy z cudem, śmiało można stwierdzić, że Armageddon to naprawdę droga przyjemność.

– W takim wypadku pozostanie nam tylko śmierć – ponuro powiedziała Gejra. – Obowiązek gna mnie do ścian zamku, rozum każe uciekać... Nie da się żyć z takim wewnętrznym rozdarciem...

– Czyżby nie było innych możliwości dostania się do zamku? Skok za pomocą katapulty albo po prostu wdrapanie się po ścianie...?

– Jeśli chodzi o katapultę, nie wiem, ale na ściany już się wdrapywaliśmy. Dobrze, że nie są zbyt wysokie; dzięki temu przeżyłam upadek. Ledwie dochodzi się do krawędzi, kiedy jakieś zaklęcie odpycha od ściany i z przyspieszeniem wysyła na ziemię. Bardzo wygodna ochrona przed złodziejami, ale w naszym wypadku to przeszkoda nie do pokonania. Do zamku są tylko dwa wejścia: jedno nierealne, drugie przez bramę, z której stale wychodzą Upiory na trzysta osiemdziesiątym poziomie...

– Poczekaj, co znaczy: nierealne? – złapałem ją za słowo. – Do Altamedy można wejść jeszcze w jakiś inny sposób niż przez bramę?

– Zapominasz, że jestem spadkobierczynią Glarnisu... – Dziewczyna uśmiechnęła się ze smutkiem w oczach. – Sala Tronowa mojego miasta została wykonana z imperatorskiej stali, dlatego do tej pory jest cała, bez żadnych uszkodzeń. Gdyby zacząć wierzyć w bajki, to moglibyśmy wejść do Altamedy przez to pomieszczenie... Ale trzeba myśleć realistycznie: dostanie się do zamku przez bramę jest o wiele bardziej realne.

– Wyjaśnisz? – Ledwie się hamowałem, nakierowując Gejrę na właściwe tory.

Teraz rozumiem, po co programiści podrzucili mi tych bojowników – po to, żebym dostał się do Altamedy przez Glarnis! Nie ma w Barlionie niewykonalnych zadań!

– Z Sali Tronowej Glarnisu za pomocą tajemnego przejścia można dostać się do pewnego ustronnego miejsca, które znajduje się kilka kilometrów od teraz już martwego miasta. Ja nie znam sekretów tego przejścia, ale jak wiem, bez mapy nie da się go pokonać. Trzeba wziąć pod uwagę, że sekretne drzwi może otworzyć jedynie przedstawiciel panującego rodu. Czyli ja. Ale z fragmentów wypowiedzi mojego ojca, które kiedyś przez przypadek usłyszałam, można dojść do niepokojącego wniosku, że w Podziemiu mieszkają niebezpieczne i straszne potwory, które wyciągają duszę z żywego człowieka. Ja się nie boję śmierci za swoją ojczyznę w walce z Upiorami, ale boję się zgasnąć na wieki. Ostatecznie odejść w niebyt...

– Poczekaj. Powiedz, czy jeśli z oddziałem wolnych obywateli przejdę Podziemie i wyczyszczę je z potworów, to będziesz mogła otworzyć drzwi do Sali Tronowej? Doskonale wiesz, że my mamy zdolność powracania z Szarych Ziem, a zniszczenie albo wyciągnięcie naszej duszy jest bardzo trudne, praktycznie niemożliwe. Moi bojownicy oczyszczą przejście do Altamedy, zabijając po drodze wszystkie potwory, a ty pójdziesz z tyłu, przyłączysz się do nas przed wejściem do Sali Tronowej. Jak ci się podoba taki plan?

– Nie wszystko jest takie proste, Szamanie – znów smutno odparła Gejra, jednak w jej oczach rozbłysła tak lubiana przez graczy iskierka zainteresowania, która mówi o jednym: bardzo szybko pojawi się zadanie, najważniejsze to nie zwalniać tempa. Jak ja lubię takie momenty! – Droga do Glarnisu od wejścia w Podziemie jest prosta jak strzała. Nie ma w niej nic trudnego, już tam byłam... Straciłam dwunastu bojowników w labiryncie, który zaczyna się od razu pod zamkiem... Zdołaliśmy przejść zaledwie dwa poziomy, gdy natknęliśmy się na strasznego potwora, wysysającego duszę... Dwunastu moich braci zostało w labiryncie, swoją śmiercią dali nam szansę na niechlubną ucieczkę... Na wszelki wypadek przypomnę: nad Glarnisem znajduje się Altameda, do której dostęp ma wyłącznie jej zarządca... Czyli ty. Co może zrobić Szaman sto drugiego poziomu z potworami trzechsetnego? Odpowiem: NIC.

– Tu masz rację! – Omal nie tańczyłem z powodu przepełniających mnie emocji. – Ja niczego z nimi nie zrobię. Ale nie masz racji, zakładając, że właściciel zamku jest sam. Anastarija jest moją żoną i ma takie same prawa. Nada się na naszego przewodnika?

– Anastarija to Porucznik Paladynów? Oślepiająco piękna kobieta, z którą walczyliśmy ramię w ramię przeciwko Upiorom w dniu naszego pierwszego spotkania?

– Dokładnie tak – potwierdziłem. – Teraz zostanie Kapitanem Paladynów, co jeszcze bardziej zwiększy jej siłę, więc... Ona sobie poradzi! Pójdziemy we dwoje, wyczyścimy Podziemie, a ty będziesz mogła otworzyć nam wejście do Sali Tronowej Glarnisu. Jak ci się podoba taki pomysł?

– Kiedy zaczynacie? – zapytała dziarsko Gejra, już gotowa, jakby te kilka minut wcześniej to nie ona szykowała się do walki na śmierć i życie. – Potrzebuję dwóch dni, żeby przygotować klucz do drzwi, one nie otwierają się tak po prostu, i już za trzy dni ja i moi ludzie będziemy gotowi! Przez Salę Tronową Glarnisu można dostać się do dowolnego miejsca w Altamedzie!

– Nie tak szybko – ostudziłem jej zapał. – Anastarija wraca za tydzień, teraz jest na szkoleniu u Eluny. Dasz radę przeżyć jeszcze jakiś czas, nie wypowiadając naszego porozumienia i nie szukając śmierci z rąk Upiora?

– Teraz przynajmniej mam cel – powiedziała rozzłoszczona Gejra – dlatego dam radę! Tydzień czy dwa to nie tak długo, żeby pozbawiać się możliwości dokonania zemsty...

Tak... Odkryłem sposób na dostanie się do Altamedy, teraz muszę posłuchać rady Patriarchy i spróbować dowiedzieć się, dlaczego barbarzyńcy odeszli. Programiści nie udzielają bezużytecznych rad, dlatego należy ich słuchać uważnie. Nie miałem ochoty wymyślać koła na nowo, dlatego sięgnąłem po amulet i wybrałem swojego Lidera Rajdu.

– Magdieju, jesteś mi potrzebny ze swoimi bojownikami. Jest pewna sprawa...

Nie było żadnego sensu w tym, żeby lecieć samemu do barbarzyńców i dowiadywać się, dlaczego uciekli. Nie znam poziomu tych NPC-ów ani języka – jeśli okaże się, że nie mówią w uniwersalnym. Nie mam też Mądrości, żeby zrozumieć, co mówią... Z punktu widzenia rajdów jestem słabym ogniwem, od którego należy się jak najszybciej uwolnić. Jak mam przetrwać w tych okolicznościach? Dałem zadanie Magdiejowi, zobowiązując go, że cokolwiek by się stało, dowie się, jakie są przyczyny ucieczki, po czym poleciałem przyjrzeć się Altamedzie – gracze nie mogą mnie zabić, a NPC-om nie wystarczy zwykły rozkaz, żeby na mnie napaść. Potrzebują poważnej przyczyny, a zwykła czarna lista klanu do nich nie należy. To oznacza, że mam teraz unikalny immunitet, z którego mogę skorzystać. Strażnicy złapią mnie, gdy tylko zbliżę się do zamku na odległość mniejszą niż pięćset metrów, ponieważ buff „p.o. Właściciela" zniknął w momencie, gdy moja reputacja w Narlaku osiągnęła poziom Nienawiści, dlatego nie mam co liczyć na miłe przyjęcie. Ale chciałem spojrzeć na zamek; byłem ciekaw, co się z nim stało po Armageddonie...

– Ty nie jesteś zwyczajnym draniem, ty jesteś aroganckim draniem! – Ledwie pojawiłem się przy Altamedzie, jak podleciała do mnie grupa graczy.

Gracze wystrzelili we mnie na wszelki wypadek po kilka strzał i zaklęć i przekonawszy się, że mój immunitet jest aktywny, otoczyli mnie ściśle ze wszystkich stron – nie można atakować, to chociaż mnie nie przepuszczą. Naiwni... Do zamku było zaledwie siedemset metrów, a ja mogłem przybrać formę Smoka na całe trzydzieści minut, dlatego natychmiast się przeobraziłem, wzleciałem i udałem się na oględziny zamku. Pobłogosławiony przez Elunę pas ziemi, którego nawet ja nie mogłem przekroczyć, znajdował się zaledwie sto metrów od zamku. Strażnicy coś krzyczeli z ziemi i groźnie wymachiwali mieczami, próbując zmusić mnie do lądowania, ja jednak nie miałem najmniejszej ochoty do wykonywania ich rozkazów. Niech krzyczą, to korzystne dla zdrowia płuc...

Co mogę powiedzieć... Armageddon, chociaż jest najbardziej niszczącym zaklęciem Barliony, spowodował jedynie pięć procent uszkodzeń ścian i bramy zamku. Odruchowo zacząłem obliczać, ile pieniędzy trzeba włożyć w rozwój zwykłego zamku, żeby doprowadzić go do takiego poziomu – i prawie dostałem skrętu kiszek. Strasznie wyobrazić sobie tę kwotę, z pewnością cena mojego zwolnienia z więzienia zbladłaby na jej tle...

– Dmitriju, mogę zapytać, co ty tutaj robisz? – zapytał zdziwiony Echkiler.

Mówienie podczas próby utrzymania się w powietrzu było niezbyt dogodne, dlatego wyjąłem amulet i odpowiedziałem, nie tracąc przy tym wysokości:

– Sprawdzam, czy za bardzo nie zaszkodziłem swojemu zamkowi, wykorzystując Armageddon. Ale nie jest tak źle, dlatego oczekujcie mnie znów w niedalekiej przyszłości...

– Przecież nie masz kolejnego zwoju, brzydko tak okłamywać starego człowieka. – Nagle w głosie ojca Nastji usłyszałem... zadowolenie...? radość...? Nie mogłem znaleźć odpowiedniego słowa, ale wydawało mi się, że Echkiler spodziewał się, że powiem coś takiego. – Chociaż... Mogę ci jeden sprzedać po kosztach. Dziesięć milionów i zwój należy do ciebie. Chcesz od razu dwa? Czy na dwa już nie będziesz miał pieniędzy?

– Pośmialiśmy się – powiedziałem poważnie, doskonale rozumiejąc, że Echkiler mnie właśnie przechytrzył. Potrzebny jest talent, żeby tak pięknie przywołać gracza do porządku, i staruszek go miał. – Słuchaj, skoro wy też jesteście w sytuacji patowej, to może połączymy siły, usuniemy Upiory i pomożecie mi przejąć zamek?

– Nie, Machanie! To nie moja walka. Mój klan jest tutaj tylko pionkiem. Za to, że nie dopuszczę cię do zamku, zaproponowano mi bardzo dobrą nagrodę. Przy czym mogę ci zdradzić, że mam cię nie puszczać jeszcze tylko przez parę tygodni. Trzy tygodnie i dwa dni, by być ścisłym. Wystarczy już, i tak stąpam po cienkim lodzie. Powodzenia, i nie pojawiaj się przy Altamedzie. Koniec połączenia!

Trzy tygodnie i dwa dni? Co to za dziwny termin?

Nie zaryzykowałem lotu do błogosławionego kręgu. Zrobiłem tylko rundę honorową wokół Altamedy, odleciałem za strefę wpływu strażników i wykorzystałem jeden z ostatnich zwojów teleportacji. Witaj, Anchursie...

– Znalazłeś odłamki – potwierdził przedstawiciel Trójlistników, widząc wyłożone na stole fragmenty rzeźby. – Nasz lud jest ci wdzięczny za poszukiwania.

W tym momencie zobaczyłem komunikat, że reputacja wśród Trójlistników wzrosła o trzysta jednostek. Błękitnoskóry przedstawiciel Draenei wyciągnął rękę, pragnąc zebrać odłamki, ale powstrzymałem go, mówiąc:

– Proszę wybaczyć, ale wydaje mi się, że z tych cząstek może powstać bardzo interesująca postać. Sami je sklejacie?

– Niestety... – Twarz Draenei dosłownie w momencie stała się smutna. – ...to ponad nasze możliwości. Pośród Draenei nie pozostał żaden rzemieślnik, który potrafiłby połączyć cząstki, jak je nazwałeś, w jedną całość. Wolny obywatel w pojedynkę także nie da rady nadać przedmiotowi pierwotnego kształtu; aby to zrobić, potrzebna jest jedność. Były już próby pod nadzorem samego Imperatora, niestety nieudane. Trzykrotnie wolni obywatele próbowali połączyć odłamki, trzy razy zmieniły się one w proch, na zawsze pozbawiając nas jakiejś cząstki naszej historii.

– Jedność? – upewniłem się, wertując przewodniki.

Tak, co my tutaj mamy... Aha... A jednak!

Jedność to jedna z umiejętności rzemieślnika, odblokowywana automatycznie na dwusetnym poziomie rozwoju specjalizacji. Sens tej prawdziwie unikalnej sztuki jest zaskakujący – świadomości graczy jakby się łączyły, otrzymując dostęp do swoich wzajemnych twórczych zasobów. Jedność jest możliwa jedynie z pomocą Sfery Negacji, która znajdowała się w osobistym władaniu Imperatora. Gracze, którzy pragnęli poeksperymentować, zapisywali się na audiencję, oczekiwali na swoją kolej, po czym tworzyli arcydzieła: posągi, broń, zbroje... Dalej w przewodniku znajdowały się ilustracje przedstawiające efekty prac z wykorzystaniem jedności – przedmioty z jakimiś obłędnymi statystykami. Zrozumiałem za to podstawową kwestię – nie powinienem oddawać odłamków rzeźby. Chociaż do dwusetnego poziomu Jubilerstwa mam jeszcze daleko, to jednak... Chwileczkę, kto powiedział, że do jedności potrzebny jest dwusetny poziom specjalizacji? Przewodniki? Chwilunia!

– Proszę o wybaczenie... – Nie pozwalając Draenei położyć łap na odłamkach, zebrałem je z powrotem do torby.

Znów komunikat o zmianie reputacji, tylko teraz w odwrotną stronę (minus trzysta), jednak wiedziałem, co robię. Potrzebuję Rzeźbiarza. A najlepiej dwóch...

– Cześć, Barsi! – wywołałem dziewczynę, ledwie wyszedłem z budynku Trójlistników. – Nie wiesz przypadkiem, który z rzemieślników w Malabarze ma najwyższy poziom?

– Sward – odpowiedziała moja zastępczyni bez chwili namysłu. – Ten gracz bez klanu ma Zaklęcia wylevelowane z pewnością powyżej poziomu czterechsetnego, w galerii sław jest o nim wzmianka.

– Zaklęcia, to dobrze... Ale źle sformułowałem zadanie: potrzebuję Architekta albo Rzeźbiarza.

– Rzeźbiarz? Kirona z Feniksa. Jest jednym z niewielu graczy, którzy otrzymali możliwość wprowadzania zmian w zamku Imperatora.

– Kirona... Dziękuję, zapamiętałem. Przy okazji, skąd masz taką wiedzę o rzemieślnikach? Przecież zajmujesz się tylko bojownikami, prawda?

– Kiedy u nas zaczęły się masowe odejścia graczy, musiałam szukać nowych. Tych dwoje stało na szczycie swoich specjalizacji, dlatego czytałam na ich temat. Pytanie do ciebie: po co ci oni? Znów coś wymyśliłeś?

– Tak trochę – uśmiechnąłem się. – Dobrze, spróbuję porozumieć się w kwestii współpracy...

– Pamiętaj, że Feniks jest naszym wrogiem – przypomniała dziewczyna, zanim się rozłączyła.

– Jak to wrogiem... – zdziwiłem się do już wyłączonego amuletu, po czym wybrałem Echkilera.

Zaraz sprawdzimy, jak naprawdę wygląda...

– Słucham!

– Echkilerze, tu znów Machan. Potrzebuję Kirony, która pracuje u ciebie jako Rzeźbiarz. Chcę odbudować rzeźbę Trójlistników.

– To niemożliwe – odpowiedział ojciec Nastji, jakby pomiędzy naszymi klanami nie było żadnych niesnasek. – Kirona z jeszcze kilkoma Rzeźbiarzami w trybie jedności próbowała je połączyć, ale nic z tego nie wyszło.

– Właśnie dlatego jest mi potrzebna; dla niej jedność nie będzie czymś zaskakującym. Co się tyczy niemożliwości...

– Załóżmy, że coś wiesz... Załóżmy, że poproszę ją, aby ci pomogła... Nawet załóżmy, że zdobędziesz Sferę Negacji. Ale nigdy nie uwierzę, że osiągniesz dwusetny poziom specjalizacji, niezależnie od wzmożonej pracy nad Szachami.

– Echkilerze, nie będę się przechwalał, przekonując, że wszystko mi się uda, ale chcę spróbować. Jeśli moja próba będzie nieudana, to będziesz miał powód do nazwania mnie nieudacznikiem, ale jeśli okaże się, że mam rację, i uda mi się odtworzyć rzeźbę...

– Nie zapomniałeś przypadkiem, że jakby mamy wojnę pomiędzy klanami? – Z tonu głosu mężczyzny wnioskowałem, że się uśmiecha.

– Jak o tym zapomnieć? Stale przed oczami majaczy mi licznik immunitetu.

– Poza Kironą jeszcze kogoś potrzebujesz?

– Z tego, co wiem, najmocniej wylevelowanym rzemieślnikiem w naszym Imperium jest Sward, jeszcze z nim będę próbował się porozumieć. Co prawda, on może nie jest Rzeźbiarzem... Krótko mówiąc, poradzę sobie.

– Chcesz zrobić jedność trzech graczy?

– Tak.

– Kirona napisze do ciebie i przyśle ci swój amulet. Jeden warunek: nie przekupisz jej. Żadnych propozycji pracy... Proszę, aby Zwiastun odnotował moje żądanie.

– Zgadzam się! Proszę Zwiastunów o potwierdzenie mojej zgody na warunki Echkilera. Tak przy okazji: nie wiesz, gdzie można znaleźć tego Swarda?

W tym momencie mignął komunikat o zawarciu porozumienia, który od razu zrzuciłem.

– Kiedy jest w grze, stale siedzi w swojej pracowni w Anchursie. Zapytaj strażników, jak znaleźć Mistrza Swarda. Podpowiedzą ci. Powodzenia w tworzeniu...

Tak wygląda wojna pomiędzy naszymi klanami... Specyficzna jest i okrutna... Co wydarzy się za trzy tygodnie i dwa dni?

– W czym mogę pomóc postrachowi klanów? – zapytał Sward, kiedy zobaczył, kto przyszedł do jego pracowni.

Głos rzemieślnika był tak ochrypły i niski, że miało się wrażenie, jakby zjadł na mrozie kilka paczek lodów, zmarzł, a potem długo, długo krzyczał. Sward nawet nie miał chrypy – on charczał, z trudem wydobywając z siebie dźwięki. Bardzo dziwne zjawisko dla zazwyczaj idealnych postaci w Barlionie.

Sward okazał się dosyć ekstrawaganckim Zaklinaczem sto osiemdziesiątego trzeciego poziomu. Ekstrawagancja błękitnookiego i kudłatego gracza bez symbolu klanu polegała na całkowitym ignorowaniu jakiejkolwiek logiki w stroju – stalowy kirys był pomalowany w żółte kwiatuszki, materiałowe spodnie przylegały do skórzanych butów we wściekłym kolorze, do tego pas ze stalową sprzączką, skórzany naramiennik, czerwona czapka jak prezent od Dziadka Mroza. Chłopak doszedł do poziomu sto osiemdziesiątego trzeciego, ale chyba nie rozumie, że rodzaj odzieży powinien być jednolity i tylko w taki sposób uzyskuje się dzięki niej maksymalną korzyść. Siedzący przede mną gracz miał najwyraźniej w głębokim poważaniu swój wygląd, ponieważ czuł się świetnie.

– Potrzebuję pomocy – odpowiedziałem po prostu, rozglądając się po pracowni.

Gdyby usunąć różne szczegóły – probówki, moździerze z proszkiem, pędzle z farbami – to pracownia niczym nie różniłaby się od Jubilerskiej.

– Zaklęcia na Trójlistników nie działają – rzekł Mag, uważnie patrząc na mój strój – jeśli nie masz charakterystycznego znaku, że przedmiot można integrować z innymi. Ale, jak widzę, nosisz standardowe ubranie, chociaż kupione z napompowaną reputacją...

– Standardowe? – przyczepiłem się. – Czy to oznacza, że gdzieś są niestandardowe Skalowalne?

– Właśnie. Masz na sobie kilka rzeczy od Imperatora, kilka od Trójlistników. Znam przedmioty, które są wydawane za zwycięstwo na arenie, za Pierwsze Zabójstwo... Te ostatnie właśnie mają atrybut „Integrowalne". Ale nie po to tutaj przyszedłeś?

– Nie. Chcę utworzyć jedność. Jesteś zainteresowany?

– Masz specjalizację na poziomie dwusetnym?

– Nie.

– To jestem zainteresowany – powiedział Sward. – O ile wiem, Szachy Karmadonta są dziełem twoich rąk, dlatego chciałbym spróbować stworzyć jedności. Od razu powiem, że mam Rzemiosło zaledwie na dziewiątym, ale z uwzględnieniem przedmiotów, więc jakoś bardzo na mnie nie licz. Swoją drogą, czy wiesz, że podczas jedności tryb konstruowania jest widoczny dla wszystkich innych? Z całą zawartością.

– Zdarza się. – Wzruszyłem ramionami, w myślach stawiając przy Swardzie ogromny plus. Dziewięć jednostek Rzemiosła! To bezcenny pracownik! Dlaczego Feniks ani inny klan dotychczas nie przygarnęli go do siebie, to nie pojmuję. Muszę koniecznie się dowiedzieć.

– Kiedy otworzyłeś tryb konstruowania?

– Przepraszam, nie zrozumiałem...

– Masz aktywowany tryb pracy z konstruktorem, prawda?

– Zgadza się. – Nie było sensu zaprzeczać takiemu oczywistemu faktowi.

– Otworzyłeś go, jak zresztą wszyscy normalni gracze przed sto pięćdziesiątym poziomem, kiedy gracz dostaje zadanie. Nie patrz na mnie jak na wroga narodu... Chcesz, to ci opowiem, do czego jest podobny twój tryb. Jesteś Szamanem? Poczekaj chwilę, moment... – Oczy Maga stały się szkliste, pokazując, że czasowo wyszedł z gry. A dokładniej nie z gry, lecz z pełnego zanurzenia.

– Już! – Dosłownie po kilku minutach Sward wrócił do Barliony. – Twój konstruktor ma zupełnie czarną obudowę, nie wiem, jak rozkładają się w nim sektory wykonanych przedmiotów, ale najprawdopodobniej w formie bloków dla przedmiotów unikalnych, rzadkich i zwyczajnych. Oddzielnie stoją postaci graczy, jeśli je wykonywałeś... Chociaż, kogo ja okłamuję, na pewno robiłeś! Przeklęte Szachy pamiętają wszyscy! *Á propos*, specjalizujesz się w szachach?

– Skąd...? – zdołałem wydusić, zupełnie nie rozumiejąc, jak to możliwe, że ten człowiek opisał mój unikalny tryb, który, jak się okazało, wcale nie jest aż tak unikalny.

– Jeszcze się nie domyśliłeś? Specjalnie wyszedłem do realu, żeby zobaczyć, jak wyglądają obudowy Szamanów. Przypomnij sobie, jak pracujesz z Duchami. Niczego ci to nie przypomina?

Dokładnie! Gdyby zabrać z trybu pracy z Duchami wszystko, co zbędne, dodać półki, to rezultatem będzie właśnie konstruktor. Wychodzi na to, że każdy gracz może go otworzyć w dowolnym momencie, niezależnie od poziomów? Wystarczy tylko mieć pragnienie i wiarę we własne siły?

– To ty też? – zapytałem zdziwiony.

– Naturalnie! Na poziomie dwudziestym, kiedy tylko zacząłem studiować Zaklęcia. Wzmocnienie +5 do wszystkich statystyk na napierśniku z możliwością naniesienia zmian to moje pierwsze Rzemiosło i konstruowanie. Dopiero później, kiedy wynająłem klan Feniksa, żeby pomógł mi wykonać zadanie, dostałem oficjalną wersję konstruktora. Do tego momentu pracowałem tak samo jak ty; tylko u Magów on nie jest czarny, lecz srebrzysty. Rozumiem, że nie wybieramy się do Imperatora?

– Nie, będziemy tworzyć na miejscu. Nie masz nic przeciwko, żebyśmy skorzystali z twojej pracowni?

– Pod jednym warunkiem: jeśli rozniesiesz ją jak Jubilerską, to pokrywasz koszty odbudowy.

– O tym też wiesz?

– A jakże! Jako właściciel pracowni jestem zobowiązany do obecności na spotkaniach gildii rzemieślników i tam mistrz Jubilerstwa chwalił się, że jego uczeń sprawił, że Yin-Yang rozkwitł! W jego pracowni! Powiedzieć ci, jak uczeń miał na imię, czy sam sobie przypomnisz?

– Chwalił się?

– Oczywiście! Yin-Yang dawno nie rozkwitał, a graczowi to w ogóle po raz pierwszy! Specjalnie się dowiadywałem. Pokryto mu wszystkie koszty i teraz gnom nie może się doczekać, kiedy jego ulubiony uczeń przyjdzie w gości.

– Bałem się do niego zaglądać...

– Spróbujmy jedności, jeśli się nie uda, to szczerze ci radzę, żebyś do niego poszedł!

– Nie, potrzebujemy jeszcze jednego człowieka.

Zobaczywszy komunikat o otrzymaniu kolejnej paczki listów, otworzyłem skrzynkę i zacząłem szukać wiadomości od Kirony. Przyjęcie do klanu... przyjęcie do klanu... zapoznanie z Anastariją... wyniki konkursu Miss Malabaru... CO?!

*Uwaga! Uwaga! Uwaga! Najwspanialsza Ransida została zwyciężczynią szesnastego konkursu piękności Miss Malabaru! Pozdrawiamy zwyciężczynię i życzymy jej wszystkiego najcudowniejszego w tym świecie! Ceremonia koronacji odbędzie się w Pałacu Imperatora za 4 dni, 12 godzin, 23 minuty i 12 sekund.*

*11 sekund.*

*10 sekund...*

– Miss Malabaru? – wyrwało mi się.

– Przeczytałeś komunikat o tym, że twoja żona już nie jest najpiękniejszą dziewczyną na naszym kontynencie? – zapytał Sward. – Rzeczywiście, wszyscy się zdziwili, kiedy Anastarija odmówiła wzięcia udziału; w końcu przez ostatnie trzy lata nie miała konkurencji... Teraz mamy Ransidę...

W końcu znalazłem list od Kirony, w którym był jej amulet, dlatego bez zbędnych ceregieli wezwałem ją do pracowni Swarda. Jeśli próbować, to od razu.

Dlaczego Nastja odrzuciła szansę otrzymania czwartej nagrody z rzędu dla najpiękniejszej dziewczyny? I kim jest ta Ransida?

– Zaczynam się domyślać, co wymyśliłeś – stwierdził Sward, ledwie do jego pracowni weszła Kirona. Skinął jej głową na powitanie i powiedział: – Kirono, miło cię widzieć. Jak prace w Zamku?

– Ludzie, przystąpmy od razu do rzeczy. – Zdusiłem w zarodku rozmowę dwóch mistrzów, wykładając na stół odłamki Trójlistników. Sądząc po rozpalonych oczach Swarda, dokładnie tego się spodziewał. – Poprosiłem was, abyśmy się spotkali w jednym celu: trzeba odtworzyć tę rzeźbę. Kirono, o ile wiem, ty już kilka razy próbowałaś to zrobić, ale bez efektu. Proponuję spróbować jeszcze raz. Musimy stworzyć jedność.

– Po pierwsze – dodał szybko Sward – jak już mówiłem, do jedności trzeba spełnić warunki specjalne, ale jak rozumiem, zamierzasz je jakoś obejść, po drugie: nie jestem Rzeźbiarzem. Do czego więc jestem potrzebny?

– Doświadczenie pokazuje, że zbyt wielu Rzeźbiarzy nie zawsze jest dobre. Wydaje mi się, że nie potrzebujemy połączenia kilku Rzeźbiarzy, tylko Rzeźbiarza i jeszcze kogoś. Dlaczego by nie Zaklinacza i Jubilera? Nie umiem tego wyjaśnić, proponuję po prostu spróbować. Co się tyczy warunków specjalnych, mam pewien pomysł, ale potrzebuję oficjalnego pozwolenia na częściowe zarządzanie waszymi awatarami. Bez żadnych blokad, abyśmy mogli połączyć nasze świadomości.

– Co za brednie?! – krzyknęła Kirona. – Nie da się połączyć świadomości bez Sfery!

– W słowach naszej koleżanki jest ziarno prawdy – zgodził się Sward. – Nie da się tego zrobić, ale jestem zaciekawiony. Daję swoją oficjalną zgodę! Doprecyzuję, że bez przeglądania danych osobistych, myśli, pamięci i innych rzeczy, które można uznać za dane osobowe. W pozostałym zakresie jestem otwarty.

– Ja też nie mam nic przeciwko – poddała się Rzeźbiarka – ale to jest niemożliwe!

Dwie pary oczu wbiły się we mnie. Moi towarzysze oczekiwali działania, ale nie wiedziałem, jak zabrać się za realizację mojego pomysłu. Zgodzili się na możliwość kontroli – to dobrze, ale jak to zrobić... Całe moje przedsięwzięcie bazowało na jednym tylko postulacie – podczas przejścia Mrocznego Lasu Symulatory w postaci Najwyższych Duchów obu światów przyznały się, że wzbudziły we mnie odczucia i przeczucia. Wówczas poszedłem do zamku Upadłych, po czym rozpętała się akcja z inicjacją na Mrocznego Szamana. A co, jeśli istnieje analogia wśród graczy? Co, jeśli jeden gracz może narzucić coś drugiemu? Na przykład Anastarija – ma Jad Syreny, za którego pomocą może stłumić wolę każdego gracza. Tak, potem zostanie za to ukarana, ale jeśli wcześniej poprosi graczy o pozwolenie na kontrolowanie postaci i przekroczy uprawnienia, łącząc świadomości... może z tego nie powstanie żadna jedność – może to wyłącznie moja wizja. Może zaczniemy pracować jak jedna całość... Nie wiem! Generalnie:

*Szaman ma trzy ręce...*

Zamknąłem oczy i zanurzyłem się w wezwaniu. Muszę „przekonać" moją kapsułę, aby przyjmowała nie tylko sygnały od swojego użytkownika, ale też od dwóch innych, którzy znajdują się czort wie gdzie. Czy jest do tego zdolna, czy nie... To pytanie retoryczne na poziomie *Hamleta*. Ale warto spróbować...

– PODEJMUJESZ OGROMNE RYZYKO, SZAMANIE! – Metaliczny głos, który rozległ się w mojej głowie, omal nie pozbawił mnie koncentracji.

Odrzuciłem na bok wszystkie napływające uczucia i udało mi się pozostać w stanie granicznym pomiędzy Astralem a rzeczywistością. Po plecach tabunem przebiegły ciarki, pokazując, że znam ten głos – słyszałem go, kiedy Imperator, Władca i Strażnik Mrocznego Lasu skazali Midiala na wieczne uwięzienie w centrum świata.

– Mam pozwolenie tych rozumnych na częściowe zarządzanie ich świadomością – rzuciłem pierwsze, co przyszło mi do głowy. Kto by to nie był, stoi wyżej niż Imperator, Władca i Strażnik razem wzięci, dlatego muszę uzasadnić każdy swój krok. Po co, nie wiem, ale świadomość tego była bardzo wyraźna. – Nawet nie o zarządzanie chodzi; staram się połączyć nasze umiejętności, żeby odbudować cząstkę historii Trójlistników. Nic więcej!

– WOLNI OBYWATELE MAJĄ ZAKAZ WPŁYWANIA NA SIEBIE! WEŹ TO POD UWAGĘ! – Dostałem dobitną odpowiedź. – JEŚLI ZASZCZEPISZ KŁAMLIWE ODCZUCIA, WSPOMNIENIA LUB MYŚLI, ZOSTANIESZ WYDALONY! SZAMAN MACHAN NA ZAWSZE OPUŚCI TEN ŚWIAT!

– Rozumiem – oznajmiłem, jednak odpowiedź już nie nastąpiła.

Symulator Barliony, a jestem przekonany, że to był właśnie on, ostrzegł mnie i zamilkł. Jakie ciekawe Symulatory można znaleźć w tych stronach... Stop! On nie powiedział, że to, co wymyśliłem, jest niemożliwe! On uprzedził, że nie wolno wpływać na graczy! To oznacza, że...

**Ducha Wodnego Połączenia nie można umieścić w wolnym slocie.**
**Uwaga! Wezwanie Ducha Połączenia jest ograniczone do 60 minut.**
**W związku z tym, że ranga danego Ducha jest wyższa niż twoja, zaczyna naliczać się kara.**
**-2 do Duchowości. Łącznie: 74.**
**Kara została nałożona! Wezwałeś Ducha 100 rangi. Ostrzeżenie:**

**podczas tworzenia połączenia twój awatar będzie miał w pełni wyłączone filtry doznań. Prosimy o zwrócenie uwagi, że w procesie tworzenia połączenia będziesz czuł prawdziwy ból. Do twojej kapsuły podłączono Symulator Medyczny, który w razie problemów z funkcjonowaniem twojego organizmu, wywołanych wezwaniem Ducha, odłączy cię od połączenia.**
**Fakt, że to czytasz, został odnotowany. W wypadku przekazania sprawy do sądu będzie brany pod uwagę przy rozpatrywaniu skargi. Do graczy, którzy znajdują się w kapsule więziennej – podczas połączenia nie działają specjalne funkcje statystyk Wydolność, Blokowanie i Unik.**
**Prosimy o potwierdzenie, że jesteś gotowy na wezwanie Ducha Wodnego Połączenia.**

Nie umiem powiedzieć, ile czasu poświęciłem, żeby przywołać tego Ducha. Kilka razy chciałem przerwać wezwanie i przeprosić ludzi, ale za każdym razem ośli upór kazał mi iść dalej. Głowę miałem jak z ołowiu, język plątał się w znajomych słowach, oczy próbowały wyskoczyć z orbit, ale ja z uporem ciągle wzywałem Ducha. Nawet nie wiedząc, który z Duchów jest mi potrzebny. Teraz, kiedy przed oczami pojawił się komunikat uprzedzający o bólu, westchnąłem z ulgą. Z pewnością jestem masochistą, ale zgadzam się na wezwanie Ducha. Wspomnienia o bólu, który odczuwałem przy analogicznym przywołaniu, odłożyłem na bok. Później będę ochrzaniać samego siebie. Teraz trzeba odbudować posąg...

**Gracz Sward przyłączył się do jedności.**
**Gracz Kirona przyłączył się do jedności.**

*Wiedziałem! Udało mu się!* – pomyślałem Ja-Sward.

*Wariactwo!* – Ja-Kirona. – *To zupełnie eliminuje konieczność zdobywania reputacji u Imperatora!*

*Ludzie, za 55 sekund będzie atak bólu, mogę wylecieć. Dajcie dostęp.*

Ja-Sward otworzyłem konstruktor, do którego Ja-Kirona od razu przerzuciłem fragmenty rzeźby. Wreszcie zobaczyłem prawdziwy tryb konstruowania, tak jak go wymyślili programiści – kolorowy, z półeczkami, stołami, różnymi grafikami, był nawet link do osobistego worka i otaczającego świata, żeby nie wychodzić bez powodu kolejny raz z trybu w celu wcielenia przedmiotu. W zasadzie wirtualny pokój, wyposażony we wszystko, co niezbędne. Chcesz coś wcielić, to znajdź przedmiot w worku lub otaczającej przestrzeni, zaznacz i już – przedmiot jest w konstruktorze! Cholera! Chcę taki sam!

*Gotowe* – powiedziałem Ja-Kirona i w tym momencie „poczułem" swoje myśli: – *Wypełniam puste miejsca.*

*Pięć sekund do ataku bólu. Przygotujcie się, wszyscy możemy oberwać* – uprzedziłem w myślach pozostałych graczy.

*Hmm... Machan miał rację, zapraszając mnie. Kamienie trzeba modernizować przed wstawieniem. Kirono, zobacz, gdyby tutaj...*

Nie usłyszałem, co chciał powiedzieć Ja-Sward, ponieważ właśnie w tym momencie zakończyło się pierwszych sześćdziesiąt sekund naszej jedności. Pierwszy atak bólu...

*I tak co minutę?* – doprecyzowałem Ja-Kirona.

*Tak* – pomyślałem bez sił, rozumiejąc, że maksymalnie wytrzymam jeszcze kilka ataków.

Okazuje się, że kiedy byłem przeżuwany przez Żółwika, kiedy wyciągałem strzały, kiedy byłem bity przez Cienie, nawet kiedy używałem Przyspieszenia podczas bitwy z Sziamem – odczucia były znośne. Za każdym razem ból był podobny – uciskający, rozrywający, palący. Z odpowiednim skupieniem można było przez jakiś czas go ignorować, ale teraz... Każdy mięsień był rozrywany z niewyobrażalnym trzaśnięciem, aby następnie z odrażającym chrobotem wrócić na swoje miejsce. Było mi gorąco i zimno jednocześnie, było... Po ciele przebiegł dreszcz, ku mojemu zdziwieniu zacząłem czuć własne serce, pospiesznie bijące w piersi, a oczy z ledwością patrzące bardzo ucieszyły się z komunikatu:

**Uwaga! Ból przewyższył maksymalny poziom dopuszczalny dla Twojego organizmu. Szacunkowy stan organizmu – 85% normy. W wypadku osiągnięcia 50% tryb jedności zostanie odłączony. Prosimy o zaprzestanie wezwania Ducha Wodnego Połączenia – to niebezpieczne dla Twojego zdrowia!**

*Gotowe!* – ledwie odzyskałem świadomość, pomyślałem Ja-Sward. – *Ale i tak czegoś brakuje!*

Kiedy skoncentrowałem się na rzeźbie, poczułem oszołomienie. Chociaż nie, nie oszołomienie, wydaje mi się, że to nie mój stan. Z niezadowoleniem skrzywiłem się, widząc, że coś nie pasuje – błękitnoskóry, trzymający w dłoniach długą pałkę podobną do kopii, był nienaturalny. W niego trzeba było tchnąć nieco życia i...

*Zrozumiałam* – powiedziałem Ja-Kirona – *poprawiam. Teraz sama widzę.*

*Aha. Ja też* – wtórowałem jej Ja-Sward. – *Magia życia i...*

**Uwaga! Ból przewyższył maksymalny poziom dopuszczalny dla Twojego organizmu. Szacunkowy stan organizmu – 65% normy. W wypadku osiągnięcia 50% tryb jedności zostanie**

**odłączony. Stanowczo prosimy o zaprzestanie wezwania Ducha Wodnego Połączenia - to niebezpieczne dla Twojego zdrowia!**

Poza doznaniami związanymi z sercem, które już nie tylko czułem, ale dokładnie wiedziałem, że ono istnieje, zaczęło mi brakować tchu. To było bardzo dziwne, ponieważ gracze wewnątrz Barliony oddychają wyłącznie odruchowo. W grze każdy astmatyk może spokojnie wstrzymać oddech na kilka minut, jeśli ma dobrze rozwinięte odpowiednie osiągnięcie. W tej chwili działo się ze mną coś niezrozumiałego. No dobrze, później się nad tym zastanowię.

*To ciągle jeszcze nie to.* – Ja-Sward oceniłem rzeźbę i z niezadowoleniem zacisnąłem usta. – *Brakuje jakiegoś drobiazgu, ale nie potrafię powiedzieć jakiego.*

*Wiem* – powiedziałem. – *Teraz potrzebny jest Szaman i na szczęście mam jednego pod ręką...*

Nadawanie esencji... Szamańska zdolność, którą wciągnąłem na główną listę zaklęć. Umiejętność, która czyniła z Szamanów prawdziwe bestie, jeśli dobrze nią zarządzać. Odrzuciłem na bok myśl, że za czterdzieści sekund nastąpi ostatnia fala bólu – więcej nie wytrzymam – i zacząłem nadawać rzeźbie zdolność poruszania się, a dokładniej kawałkom kamienia, połączonym ze sobą roztworem i czarami. Gdyby mnie ktoś zapytał, w jaki sposób powinny poruszać się kamienie wewnątrz skończonej rzeźby, nie odpowiedziałbym. Po prostu wiem, że powinny być jeśli nie żywe, to na pewno nie martwe. Sam nie rozumiałem, co chcę zrobić, ale Ja-Sward jakoś mnie wspierał, dodając zaklęcia i kierując moimi działaniami...

**Uwaga! Ból przewyższył maksymalny poziom dopuszczalny dla Twojego organizmu. Szacunkowy stan organizmu – 55% normy. Tryb współdziałania został odłączony.**

– Nie-wia-ry-god-ne! – powoli, sylabizując, powiedział Sward. Przed oczami wyświetlały się jakieś komunikaty systemowe, ale nie nadążałem ich czytać – było mi tak źle, że tylko dzięki niesamowitej sile woli zmuszałem się do utrzymania świadomości.

– Zabierajcie rzeźbę i twórcę! – Przez szum w uszach przebił się nieznajomy głos. Próbowałem zaprotestować, że rzeźba jest moja, ale otaczający świat zdradziecko zabarwił się na czerwono i nagle pociemniał. Mrok pochłonął wszystko...

– Witam cię, przyjacielu mojego ludu... – Przebijając się przez ciemność, dotarł do mnie słaby, ledwie słyszalny starczy głos. Z trudem otworzywszy oczy, zobaczyłem siebie leżącego na niewielkiej kanapie. Półmrok pokoju, rozpraszany dwiema przygaszonymi lampami, tworzył atmosferę tajemniczości i zagadkowości. Zasadniczo lampy nie są charakterystyczne dla Barliony; pochodnie stanowią 99,99% rynku usług oświetleniowych, reszta to łuczywo albo świece. Wyglądało na to, że teraz jakąś część rynku zajmują lampy zasilane magią. – Zrobiłeś wielką rzecz, nie tylko znalazłeś odłamki i nam je oddałeś, ale odbudowałeś utraconą historię. Chcę ci osobiście podziękować. Światło!

Cały pokój oświetlony już był większą liczbą przyćmionych lamp, co wystarczyło, abym mógł zobaczyć mojego rozmówcę. W wielkim fotelu, nawet nie fotelu – na łóżku w formie krzesła leżał stary przedstawiciel Trójlistników na pięćsetnym poziomie. Głowę daję sobie uciąć, że miałem przed sobą przywódcę błękitnoskórego ludu. Prawdę mówiąc, istota leżąca na łóżku straciła swój błękitny kolor, zmieniając się w coś szarego, pomarszczonego i słabego. Wyblakłe białe oczy patrzyły w moją stroną, ale nie czułem wzroku – miałem wrażenie, jakby mój interlokutor był niewidomy.

– Przez cały czas, kiedy jesteśmy obecni na tej ziemi – zaczął lider Trójlistników powoli, jakby każde słowo przychodziło mu z ogromnym trudem – tylko jedna istota potrafiła odbudować przedmiot należący do mojego ludu. Karmadont, lider, człowiek, któremu było przeznaczone połączenie narodów w jedno Imperium.

Karmadont? Imperator, poza wszystkim, był także mistrzem rzemiosła? A to nowina. Trzeba będzie poprosić Nastję albo Barsi, żeby odkopały całą historię tej postaci – już dawno powinienem był sprawdzić, kim był pierwszy Imperator Malabaru.

– Dzięki prostemu wojownikowi Karmadontowi przedstawiciele mojej rasy pozostali sobą – kontynuował starzec – dlatego podziękowaliśmy mu, opowiadając o znalezionym przez nas Grobowcu Stwórcy tego świata. Wychodząc z niego jako przyszły Imperator, Karmadont stworzył Szachy i zapieczętował wejście. Musiałem złożyć przysięgę, że nikt więcej nie dowie się, gdzie jest Grobowiec. Przez długi czas nikomu nie udawało się odtworzyć utraconego fragmentu naszej historii; doszło do tego, że cieszyliśmy się, kiedy ktoś przynosił zwykłe odłamki. Praktycznie straciliśmy nadzieję, kiedy... Sam zobacz! – Ręka starca drżała, gdy wskazywał na ścianę.

Podążyłem za nią wzrokiem i po raz kolejny podziękowałem sobie, że włączyłem kamerę – ściana stała się przezroczysta i moim oczom ukazało się wnętrze statku kosmicznego. Bardzo dziwne to uczucie, kiedy idziesz do odległej wsi na zwykłą imprezę dla dzieci, a trafiasz na bal kostiumowy w pałacu Imperatora. Mam na myśli to, że Barliona słynęła ze swojego umiarkowanego entourage'u średniowiecza i pełnego braku technologii. Jakieś dziesięć lat temu, zanim Barliona stała się najpopularniejszą i tak naprawdę jedyną grą w naszym świecie, było jeszcze kilka projektów, pozwalających poczuć się jak pilot statku kosmicznego, szturmowego desantowca, atakującego blasterami ostatnich Draksów, lub broniący się przed ich atakiem. Patrząc przez przezroczystą ścianę na wnętrze statku Trójlistników, miałem *déjà vu* – przed oczami stał, chociaż uszkodzony, ale bardzo dokładny analog kabiny kapitańskiej statku pasażerskiego z pewnego popularnego emulatora wojen kosmicznych. Złe było tylko jedno. Barliona stopniowo „uśmiercała" wszystkie konkurencyjne gry, nawet sama tego nie chcąc – pomiędzy produktami korporacji i tymi, które robiły pozostałe firmy, była zbyt duża różnica. Gry nie zniknęły, nadal są gracze, którzy w nie grają, ale w tym momencie już nic nie stanowi konkurencji dla Barliony.

Po całym ciele przebiegł mimowolny dreszcz, skrzywiłem się jak przy bólu zęba – wspomnienia o pracy w jedności były jeszcze zbyt świeże. Dokładnie pośrodku kabiny kapitańskiej stała odtworzona przez nas postać – wyglądała jak bramkarz przyglądający się piłce, którą złapał tuż przy swojej piersi. Tylko zamiast piłki w rękach postaci znajdowała się zielona błyszcząca kula, od której ku ścianom kabiny rozchodziły się nieważkie mgliste niteczki jakby kołysane wiatrem.

– Konserwator – wyjaśnił przywódca Trójlistników. – Pierwszy konserwator, odkąd wylądowaliśmy na tej planecie. Aby naprawić nasz statek, będzie potrzebował około tysiąca lat. Teraz jednak mój lud ma nadzieję. Nadzieję na to, że uda nam się wrócić do domu.

– Wasz świat został zniszczony – przypomniałem.

– Dom to miejsce, gdzie mieszka Griana, nasza bogini. Każdy przedstawiciel naszego ludu ją czuje i wie, dokąd się udać. Kiedy naprawimy statek, opuścimy te ziemie i połączymy się z tymi, którzy też przeżyli. Bardzo ci dziękuję, Machanie! Mój naród nigdy nie zapomni tego, co zrobiłeś!

**+24000 do Reputacji wśród Trójlistników.**
**Poziom bieżący: Uwielbienie.**

– Nie leży w mojej naturze łamanie danej przysięgi, ale powinienem zrobić coś, abyś na zawsze pamiętał o naszym ludzie. Dlatego podaruję ci to, co najcenniejsze w tym świecie. Podaruję ci wiedzę. Bycie Szamanem Najwyższym to ogromna odpowiedzialność, nie tylko za własny rozwój, ale... Nie ma znaczenia, ile czasu spędzisz na samodoskonaleniu i rozwijaniu się; ta droga prowadzi do upadku. Prawdziwe przeznaczenie Szamana leży gdzie indziej... W Anchursie jest szkoła Szamanów, w niej znajduje się książka. Czytałeś ją?

– Tak, jeszcze nie do końca, ale wkrótce...

– Zapomnij – przerwał mi starzec. – Jak można przekazać doświadczenie poprzez kartki papieru? Jak można nauczyć kogoś bycia duchowym mentorem za pomocą liter? Ta książka nigdy nie da odpowiedzi na główne pytanie: na czym polega prawdziwe przeznaczenie Szamana. Można latami wykonywać polecenia Najwyższych Duchów obu Światów, robić bezmyślne kroki, które będą rozsławiać cię w całym świecie, nie dając Duchom innej możliwości, jak tylko uznać cię za Herolda. Ale czy na tym polega przeznaczenie Szamana? Czy taka jest prawdziwa Droga, którą chcesz podążać? Powiedz mi, staremu i choremu, jaki jest sens Drogi Szamana?

– Ja... mnie...

– Nie możesz odpowiedzieć, ponieważ sam nie wiesz. Pogubiłeś się w tym świecie, przyjmując białe za czarne, a czarne za białe. Zszedłeś z Drogi... Za to, że pomogłeś mi odrodzić mój naród, pomogę ci wejść na nią z powrotem...

Niesamowite! Dostać wykład o tym, jak Szamanom szkodzi palenie od lidera frakcji, która specjalizuje się w sprzedaży

Przedmiotów Skalowalnych, to dopiero moc! Nigdy bym nie pomyślał, że Trójlistniki mają swojego wodza na pięćsetnym poziomie, a on w dodatku twierdzi, że jako Szaman jestem taki sobie!

– Nie mam zbyt wiele siły, dlatego powiedz, co łączy wszystkich znakomitych Szamanów, których znasz. W czym są podobni?

– Obaj są Heroldami – odpowiedziałem, próbując grać w grę zaproponowaną przez Draenei.

– Jeszcze.

– Oni... hm... – Utknąłem już na drugim podobieństwie.

Co łączy orka Pronto z goblinem Kornikiem? Lub człowiekiem Almisem, niezależnie od tego, że on jest dopiero Najwyższym... Kolor? Rasa inna niż ludzka? Wieczna złośliwość? Wytrwałość? Upór? To, że wszyscy trzej byli moimi nauczycielami?

NAUCZYCIELAMI!

Proszę! Zrozumiałem, na co naprowadza mnie błękitnoskóry. Nieważne, jak daleko dojdziesz Drogą Szamana – ważne, że będziesz mógł wziąć współtowarzysza! Nauczyć innego rozumnego, jak nie schodzić z Drogi! Z Drogi przeczuć, z Drogi uczuć... Drogi samopoznania... Prawdziwe przeznaczenie Szamana nie polega na tym, żeby stać się zajefajnym i silnym! Prawdziwe przeznaczenie Szamana to przygotowanie kogoś, kto jest godny! Właśnie dlatego Pronto został Heroldem – dokonał mojej inicjacji, nie będąc nauczycielem! Ale niezależnie od tego, że nie miał prawa do uczenia, właśnie on był moim pierwszym nauczycielem! Właśnie dlatego otrzymał...

Tak! Pilnie potrzebuję uczniów!

Ale dlaczego mówi mi to Draenei, a nie Kornik czy Pronto? Także Kalatea, która stworzyła naszą klasę, nie może tego nie wiedzieć! Czyżby to był sekret jej zakonu? W takim razie po co dostaję taką strategicznie ważną informację?

– Po twojej minie wnioskuję, że ujrzałeś już zakręt, który sprawi, że wrócisz na właściwą Drogę. Niczego więcej nie mogę ci dać.

Od tego momentu nasze drzwi zawsze będą dla ciebie otwarte, a przedmioty będziesz mógł kupić po najniższej cenie. Idź już, nagadałem się na najbliższe sto lat...

Uczniowie... Do diaska, potrzebni mi są uczniowie! Gdzie ich szukać?

Opuściłem Trójlistników z mieszanymi uczuciami. Z jednej strony jedynie za jedną rzeźbę dostać Uwielbienie – maksymalną reputację u frakcji – to bardzo dobry wynik. O ile pamiętam, Anastarija miała Szacunek, więc chociaż w czymś jednym przewyższyłem tę niesamowitą kobietę. Z drugiej – dlaczego o uczniach mówi mi nie Szaman, tylko jakiś postronny czło... hm... Draenei?

– Korniku! – zamknąwszy oczy, wysłałem w myślach wiadomość do nauczyciela.

Teraz jak nigdy potrzebowałem rady tego wrednego goblina. Nawet nie rady, lecz po prostu spojrzenia mu w oczy i poczucia, że wszystko wróciło na swoje miejsce. Nie wiem, czy moje wezwanie zadziała bez Duchów, jednak raz po raz wysyłałem w przestrzeń pragnienia spotkania. Jak do Zwiastuna...

**Aktywowana zdolność klasowa „Głos Nauczyciela":**
**teraz możesz rozmawiać z nauczycielem,**
**nie wykorzystując Duchów.**
**Uwaga! Dana zdolność zniknie, jak tylko ukończysz szkolenie.**

– Uczniu?! – Nawet w moich myślach dało się dobitnie poczuć, że zdziwienie zielonoskórego paskudztwa jest bezgraniczne.

Minęła dosłownie chwila, jak tuż przede mną pojawił się Kornik w całej swojej okazałości. Wygodnie być Heroldem – można latać, dokąd się chce...

– Nauczycielu... – Pokłoniłem się nisko jak szanowanemu starszemu, czym jeszcze bardziej zadziwiłem goblina i spowodowałem, że oczy prawie wylazły mu z orbit.

Kiedy Kornik już się opanował, powiedział:

– Dojrzałeś w końcu? Jeszcze dzisiaj wyślę apel do wolnych obywateli naszego kontynentu i oznajmię, że Najwyższy Szaman Machan szuka ucznia. Na razie jednego, a potem się zobaczy... Sam się domyśliłeś czy ktoś ci podpowiedział? Myślę, że nie Kalatea; ten sekret jest kamieniem węgielnym jej zakonu. Pronto albo Alims? Też nie sądzę... Czyżbyś sam załapał?

– Z wami to faktycznie da się coś załapać. Czytaj książkę, czytaj książkę. Podążaj Drogą Szamana, nie schodź z niej...

– Dziwne, czyżby nikt ci nie powiedział, że bycie Szamanem to nie bułka z masłem? A w ogóle to od kiedy interesuje cię czyjeś zdanie? Od czego masz własną głowę na karku? Do jedzenia i gadania? Nie, uczniu, sam powinieneś był odnaleźć sens.

– Ja nie sam...

– Właśnie pytam: kto? Rozpowiem wszędzie, że mi psuje ucznia.

– Przywódca Trójlistników...

Dosłownie na sekundę oczy Kornika znów przypominały dwa szerokie szare spodki, jednak natychmiast doszedł do siebie i kontynuował, jakby nic się nie stało:

– Ucznia na razie nie bierz, najpierw załatw sprawę zamku. Na razie ci pomogę, to moja rola, ale dalej będziesz działać sam. – Kornik zamilkł na minutę, patrząc gdzieś w dal, po czym dodał, najpewniej do siebie: – Dokąd ty tak pędzisz? Chodźmy, muszę cię wiele nauczyć... Nauczycielu niedorobiony...

**Aktualizacja zadania: „Droga Szamana. Krok 4: Szkolenie".**
**Opis: Przejdź szkolenie pod kierunkiem Kornika.**
**Okres szkolenia: 10 dni.**
**Klasa zadania: Klasowe.**

**Otrzymałeś zadanie: „Droga Szamana. Krok 5: Uczeń".**
**Opis: Przygotuj ucznia, który przejdzie inicjację na Szamana.**

**Klasa zadania: Klasowe.**
**Nagroda: tytuł Herolda. Ograniczenia zostaną określone w momencie zdobycia ucznia.**

Zanim położyłem swoją dłoń w dłoni Kornika, sprawdziłem swoje parametry i statystyki, żebym potem miał z czym porównać. A i bardzo byłem ciekaw, co dostałem za rzeźbę. O ile pamiętam, wyświetliła się cała litania powiadomień, dlatego muszę na to spojrzeć! Szybko otworzyłem właściwości i zacząłem analizować. Tak... Rzemiosło się nie zmieniło; jak było dziesięć, tak zostało – na nie rzeźba nie wpłynęła. Szkoda, oczywiście, ale jestem w stanie to zrozumieć – pracowałem nie ja, tylko Sward z Kironą. Ja wezwałem Ducha i jakimś cudem tknąłem w posąg życie, to wszystko, czego dokonałem. Wydolność – 154. Hmm... A ile było? Szczerze mówiąc, nie pamiętam, a nie chce mi się przeglądać logów. Wyobrażam sobie, że była słaba, a teraz urosła. Duchowość – 85. Tutaj dokładnie znam wynik: +11. Bardzo dobrze! Podstawowe cztery statystyki, podobnie jak Charyzma, nie wzrosły – ich wielkość świetnie znałem. Za to... Ranga Duchów Wody – 12. Za jedno wezwanie dostać od razu +3 do przywołania Ducha, to... to wynik, który wart był, żeby stracić przytomność z bólu. Teraz rozbieżność między Duchem Połączenia a moją rangą wynosi zaledwie osiem, a nie jedenaście jak wcześniej, dlatego przy następnym wezwaniu zdołam wytrzymać cztery uderzenia... Z pewnością... Jeśli nastąpi następne wezwanie...

– Długo będziesz się gapić na swoje statystyki? Jeszcze się napatrzysz! – Chwyciwszy mnie za rękę, Kornik wykonał tajemniczy ruch i Anchurs zniknął.

**Na czas szkolenia wszystkie kanały komunikacji ze światem zewnętrznym zostają zablokowane. Umiejętność rozmów w myślach zostaje zablokowana.**

– Cóż mogę ci powiedzieć, Smoku – rzekł Kornik jakoś zagadkowo, wpatrując się w ogromne lazurowe morze. – Witaj wśród krewnych swojej żony. Jeśli ktoś może cię teraz czegoś nauczyć, to tylko oni...

Dosłownie kilka metrów od nas w piasek wbił się trójząb i z morskiej głębiny zaczęli wynurzać się ci, którzy pragną widzieć Smoka tylko w jednej postaci – na rożnie nad ogniem.

– Dawno cię nie widzieliśmy, Korniku – powiedziała Syrena z diademem.

Biorąc pod uwagę, że ta Syrena była na poziomie pięćsetnym, można było przypuszczać, że przede mną stoi przywódczyni plemienia. Będę musiał Nastji powiedzieć, że nie jest sama na tym świecie.

– Nie było nikogo godnego, kogo mogłem ci przyprowadzić, Naszlazar – rzekł goblin i ku mojemu wielkiemu zdziwieniu pokłonił się. – Mój uczeń wie, jak pracować z Duchami, ale nadal korzysta przy tym z rozumu. Nikt poza tobą nie zdoła go tego oduczyć.

Czerwone oczy Naszlazar wbiły się we mnie, rozrywając na drobne kawałeczki i analizując każdy z nich oddzielnie. Wreszcie powiedziała zadowolona:

– Nauczyć wroga czuć świat... Co może być bardziej interesujące?

## ROZDZIAŁ 12

# LABIRYNT PRAGNIEŃ

*Korniku, oszalałeś?* – zapytałem goblina, wykorzystując otrzymaną umiejętność komunikacji telepatycznej z nauczycielem. – *Przecież jestem Smokiem!*

*Właśnie dlatego cię tu przyprowadziłem* – odpowiedział natychmiast Herold. – *Gdybyś był zwykłą osobą, Najwyższy Szaman-Ork zaopiekowałby się tobą. Ale jesteś Smokiem! Dlatego tylko Naszlazar może nauczyć cię odpowiednio odczuwać świat. Ani ja, ani Pronto, ani Patriarcha. Tylko ona!*

*Korniku, jeśli twój uczeń nadal będzie krzyczeć na cały Astral, będzie trzeba go uciszyć.* – Nagle „usłyszałem" apel Naszlazar do mojego nauczyciela.

*Dobrze, nauczycielu, ostrzegę go* – odpowiedział goblin i w tym momencie całkowicie się zagubiłem.

Czy Syrena jest nauczycielem mojego nauczyciela? Szok! Zawsze uważałem, że Kornik jest jednostką samowystarczalną, która rozwija się samodzielnie, a tu takie kwiatki...

*Naszlazar, jak to możliwe, że się słyszymy?* – od razu zapytałem w myślach, zwracając się nie do goblina, lecz do Syreny.

*Ponieważ, Wrogu, jesteś gotowy, aby zostać moim uczniem* – ciężki głos Syreny zabrzmiał jak klakson w mojej głowie – *musisz przejść próbę i bardzo dobrze, że mnie słyszysz. Będę cię zwodzić i rozpraszać, podpowiadać złe pomysły, kłamać, kusić, robić wszystko, żeby ci się nie udało. Zobaczymy, jak bardzo jesteś gotowy, aby zostać Szamanem Najwyższym...*

*Ale ja już jestem Najwyższy!* – odparłem.

*Pod względem mocy jesteś Wielki, pod względem doświadczenia: Elementarny, a jeśli chodzi o osiągnięcia: Początkujący! Przechodzisz przez kolejne stopnie, nie myśląc wcale o tym, co one reprezentują, czemu służą, jakie stanowią wyzwanie. Zdobywasz je siłą dzięki pewności siebie, dzięki przeczuciom... Czas pokazać, gdzie naprawdę jest twoje miejsce. Moja opinia w tej sprawie jest jednoznaczna: nie dorosłeś do Szamana Najwyższego. Twój obecny poziom oceniam na Początkujący i jestem gotowa to udowodnić, pozwalając ci przejść próbę. W związku z tym...*

Dźwięk klaksonu w mojej głowie ucichł, ale Naszlazar wykonała tajemniczy ruch i znalazła się obok mnie. Wisząc nade mną swoim dwumetrowym ciałem, spojrzała na mnie, jakby patrzyła na... coś bardzo nieprzyjemnego. Coś, co sprawiło, że chcesz pokręcić nosem i zmarszczyć czoło.

– Najwyższy Szamanie Machanie! – powiedziała głośno Syrena. – Nazywam się Herold Naszlazar i proponuję, żebyś został moim uczniem! Aby to było możliwe, musisz przejść próbę; koniecznie trzeba ustalić twoją prawdziwą klasę, a nie tę, którą dali ci rozumni zawdzięczający ci życie.

Zawdzięczający mi życie? Chodzi jej o Kornika czy o Pronto? Ale to Duchy obu Światów uczyniły mnie Najwyższym, a nie oni! Syrena nie może sprzeciwić się ich woli! Nie ma moralnego prawa!

I pojawiła się wiadomość, jakby ktoś szydził z moich myśli:

**Zaproponowano ci przejście przez „Labirynt Pragnień" – poligon doświadczalny dla Szamanów. Na podstawie wyników z poligonu zostanie określony poziom klasy odpowiadający twojej aktualnej mocy i umiejętnościom. Czy chciałbyś przyjąć zaproszenie? Ostrzeżenie! W wyniku próby możesz zostać zdegradowany i stracić klasę „Najwyższy".**

– A może chcesz nadal żywić złudzenia co do swojej wyjątkowości? – Syrena zażartowała, gdy cisza się przedłużała, a ja wciąż nie zaakceptowałem zaproszenia.

– Przyjmuję twoją ofertę! – krzyknąłem, odprowadzając wzrokiem powiadomienie o tym, że Krok 5, w którym miałem przyjąć ucznia, zostaje zablokowany, dopóki Naszlazar nie ogłosi mnie Szamanem Najwyższym; a Krok 4, w którym miałem przejść szkolenie pod okiem Kornika, zmieniono na przejście Labiryntu Pragnień i szkolenie pod kierunkiem Naszlazar.

– W takim razie – powiedziała Syrena, zwracając się do Kornika – zabieram go, uczniu. Od teraz to jest mój ból głowy...

– Nauczycielu... – Goblin skłonił głowę i natychmiast zniknął. Nie rozumiem – kto pomoże mi wrócić do domu?

– Stań tutaj – Naszlazar wskazała trójzębem na mały płaski kamień leżący przy samej linii wody. – Zacznijmy próbę...

**Czy jesteś gotowy rozpocząć próbę „Labiryntu Pragnień"?**

Wystarczyło jedno spojrzenie na Syrenę, by zrozumieć, że triumfuje. Jakby celem całego jej życia było zdegradowanie mnie i ta szczęśliwa chwila wreszcie nadeszła... Chrzanić to! Jestem Szamanem!

Szeroki kamienny korytarz, co pięć metrów oświetlany pochodniami wmontowanymi w ścianę, po około trzydziestu metrach skręcał ostro w prawo, nie pozwalając zobaczyć, co dalej.

*Drako, chodź, bez ciebie nie dam rady...*

*Idę...*

– Cześć, bracie – powiedział Drako, który pojawił się, rozejrzał i... zawiesił: wielkimi oczami pełnymi przerażenia patrzył w dal, jakby doskonale widział, co jest za zakrętem.

– Wszystko w porządku? – zapytałem Totem, gdy stało się jasne, że ten nie zamierza się odwiesić.

– G-gdzie my jesteśmy? – zapytał przestraszony Drako. – Nie czuję połączenia ze światem... B-bracie, boję się... Czuję, że mogę tu umrzeć... Umrzeć na zawsze...

– Możesz stąd wyjść? – zapytałem natychmiast zaniepokojony.

Nie mogę stracić Drako, nawet pod groźbą zrujnowania mojej postaci.

– Nie, coś nie pozwala mi odejść! – odparł Drako z wyczuwalną nutą paniki. – Widzę drzwi, ale wokół nich jest zasłona!

– Drzwi?

– Kiedy wychodzę, przechodzę przez drzwi... Albo przez to, co postrzegam jako drzwi, ale teraz to nie działa. Na drzwiach wisi zasłona! Bracie, boję się! – Drako zwinął się wokół moich nóg i zaczął wyć jak zbity pies.

Pierwszy raz widziałem Totem w takim stanie!

– Nilirgniuszu, posłuchaj mnie uważnie... – Usiadłem na Drako, złapałem go za głowę oburącz i obróciłem ją w moją stronę. – Nikt i nic nie może cię skrzywdzić! Jesteś moim Totemem i zanim coś lub ktoś dobierze się do ciebie, najpierw będzie musiał pozbawić mnie wszystkiego!

Dziwne – wcześniej nie zauważyłem, że Drako ma zielone oczy. Jasne, niemal płonące nieziemskim ogniem, były tak hipnotyzujące, że dosłownie w nich zanurkowałem, połączywszy się z moim Totemem świadomością... Zielona ściana szmaragdowych oczu Drako rzuciła się w moją stronę, malując cały świat wiosennymi kolorami i...

**Aktywowana umiejętność klasowa „Scalenie z Totemem": możesz połączyć świadomość z Totemem. Wynik użycia tej funkcji jest wariantywny i zależy od tego, co chcesz osiągnąć...**

Cóż za niejasny opis umiejętności – coś masz, ale na co to „coś" ma wpływ, przekonaj się sam. Ale nie to jest najważniejsze. W końcu udało mi się sformułować najważniejsze pytanie. Ile takich umiejętności jest ukrytych w Szamanach? Praca z esencją przedmiotów, komunikowanie się z nauczycielem i scalenie z Totemem. Czego jeszcze nie wiem? Dlaczego żaden nauczyciel nie prowadzi pełnego kursu wszystkich umiejętności, zamiast zaganiać mnie do pracy z Duchami?

*Bracie, słyszysz mnie?* – Usłyszałem głos Drako w mojej głowie. – *O ja! Czy tak właśnie wygląda ojciec?*

*Aha, ogromny zielony Smok.*

Najwyraźniej Symulator mojego Totemu uzyskał dostęp do logów i odtworzył moment spotkania z Renoksem. Niech ogląda – to przydatne dla jego rozwoju. Rozejrzawszy się, zauważyłem, że jeden z obszarów mglistej zieleni, w której się znaleźliśmy, bardzo mocno wyróżnia się w otaczającej przestrzeni, jakby krzyczał: „Spójrz na mnie!". Gdy tylko skoncentrowałem się na tym fragmencie rzeczywistości, zobaczyłem ekran jak w kinie, na którym widniały kolejno tytuły nagrań: „pierwsze wezwanie", „drugie wezwanie", „trzecie wezwanie"... Sądząc po migoczącej aureoli wokół tytułów, można było je nacisnąć, więc wcisnąłem „pierwsze wezwanie" i...

...przerażone, ale jednocześnie pełne żaru oczy Szamana patrzyły na mnie i zahipnotyzowana ręka wyciągnęła się w moim kierunku. Gdy tylko ręka przekroczyła pewną granicę, zabłysła zielonym kolorem – dostęp przyznany... Fala błogości spłynęła na mnie – ręka właśnie pogłaskała moje ciało... Nagle zniknęła, by natychmiast wrócić z garścią groszku! Mmm! Jakie smaczne! Zieloną poświatę ręki zastąpiła przyjemna niebieska aura. Miałem przed sobą nie tylko właściciela ramienia, miałem przed sobą przyjaciela!

Nasze pierwsze spotkanie z Totemem... Okazuje się, że tutaj można zobaczyć nie tylko historię życia Drako – a raczej to, co pamięta od chwili, gdy został moim Totemem – ale także poznać jego uczucia! Zrozumieć, co mu nie przypadło do gustu, co się podobało, określić, w jakim kierunku powinien się rozwijać... Dlaczego wcześniej nie wiedziałem o tak fajnej funkcji?

*Ech, jesteśmy u Syren? Ale one są naszymi wrogami! Dlaczego głowa wrogów chce cię szkolić?*

*Ponieważ chce mnie wszystkiego pozbawić. Ta urocza Syrena ma jedno zadanie: udowodnić, że nie zasługuję na miano Szamana Najwyższego. Pokaż mi drzwi, przez które wychodzisz...*

*Patrz.*

Otaczający zielony świat w mgnieniu oka zastąpiła ciemność, którą przeszywało światło migoczącego portalu. Jednak teraz z portalem było coś nie w porządku – znajdowała się na nim zapora, jakby ktoś postawił wielką szybę, pozbawiając Drako możliwości opuszczania tego świata.

*Nie mogę przez to przejść.*

*Próbowałeś to rozbić?*

*Tak, trzęsie się, ale zostaje nienaruszone. Nie mogłem tego nawet zarysować...*

Trzęsie się? Wyobraziwszy sobie, że mam dwie ogromne wirtualne dłonie, wyciągnąłem je w kierunku szklanej zapory. Jeśli się trzęsie, to trzeba nią potrząsać... Lub przestawić na bok, żeby Drako mógł wsunąć się do środka...

*Pomóż mi!* – wydusiłem z siebie, siłą woli opierając się o krawędź szyby.

Co za różnica, czy naprawdę pomagam Drako, czy tylko mój mózg uległ przegrzaniu, a chora wyobraźnia podrzuca różne obrazy; teraz najważniejsze jest odesłanie Totemu z powrotem. On absolutnie nie może umrzeć w tym Labiryncie.

*Potrzymaj to chwilę, spróbuję się prześlizgnąć!* – rozległ się głos Drako po minucie.

Niezależnie od tego, że byliśmy wirtualnie scaleni, i chociaż obaj znajdowaliśmy się w grze komputerowej – pot lał się ze mnie jak z kranu, zalewając oczy i wywołując nieodpartą chęć ich potarcia. Jednak po chwili w miejscu tego pragnienia pojawiło się inne – żeby w tej chwili zrzucić z siebie niesamowity ciężar. Plecy mi pękały, ręce same odpadały, nawet zęby zaczęły się kruszyć z powodu niesamowitego napięcia, kiedy Drako próbował przesunąć ekran, więc w mojej głowie zaczęły pojawiać się zdradzieckie myśli – dlaczego mam cierpieć, skoro Totem to tylko program? Dlaczego gram masochistę, skoro mogę przejść z Totemem do końca Labiryntu i przy okazji po drodze go wylevelować? Nawet jeśli umrze, najwyżej straci dziesięć poziomów, nic więcej!

*Jeszcze trochę, bracie!* – Dotarła do mnie myśl Totemu. – *Praktycznie się poślizgnąłem! Wytrzymaj jeszcze trochę!*

Wytrzymaj! Łatwo powiedzieć „wytrzymaj", kiedy to nie ty jesteś rozrywany na kawałki! A wszystko przez to, że ktoś trochę urósł w ciągu ostatnich kilku miesięcy! Kiedy Drako był maleńki, zwinny, miniaturowy, mieścił się wszędzie, a teraz, po osiągnięciu pięćdziesiątego czwartego poziomu... Stał się grubym i mało zwrotnym jaszczurem! Może naprawdę warto cofnąć go o dziesięć poziomów?

Oblał mnie zimny pot, gdy zdałem sobie sprawę, co przed chwilą dopuściłem do myśli. To nie są moje pomysły! Muszę trzymać! Umrzeć, ale trzymać! A nawet jeśli umrę, muszę trzymać, podczas gdy Drako przeciska się do portalu! Labirynt Pragnień... To raczej labirynt kuszenia, a nie pragnień! Jakim trzeba być potworem, żeby pomyśleć o wysłaniu Drako na odrodzenie?!

*Jestem w środku, dzięki bracie!* – Błysnęła myśl Totemu, po czym świat wokół się zmienił; wróciłem do kamiennego korytarza z pochodniami.

Uff! Drako wrócił do siebie, teraz mogę iść dalej!

Udało mi się zrobić tylko jeden krok, gdy przed oczami pojawił się komunikat:

**Klasa Szaman Elementarny została potwierdzona.**

Więc to był test?! Ale skąd twórcy tego Podziemia wiedzieli, że wezwę Totem? A może są w stanie dostosowywać swoje ruchy w zależności od moich działań?

*Smoki od niepamiętnych czasów były słabymi, bezwartościowymi i zależnymi stworzeniami!* – Głos Syreny zaczął rozbrzmiewać w mojej głowie, gdy tylko usunąłem powiadomienie. – *Będąc niewolnikami, zabijały każdego wskazanego przez Tarantule. Miliony niewinnych dusz złożono w ofierze na ołtarzu pajęczaków, panów Barliony, by nakarmić ich siłę. Tarantul już nie ma, ale Smoki wciąż są niewolnikami; wolność jest dla nich nie do pomyślenia.*

Zacisnąwszy zęby, ruszyłem korytarzem. Bardzo chciałem odpowiedzieć, ale powstrzymałem się, doskonale wiedząc, że Syrena mnie prowokuje. Kiedy nadarzy się okazja do rozmowy z Renoksem, dowiem się prawdy. Teraz nie warto słuchać tego, co mówi mój nowy nauczyciel.

Gdy tylko wszedłem w zakręt, od razu musiałem się zatrzymać – korytarz się skończył i zastąpiło go czworo drzwi. Coś mi podpowiadało, że muszę wybrać tylko jedne z nich...

*Dawno temu wielka władczyni Syren, niezrównana Szaldange, zaproponowała głowie Smoków sojusz przeciwko Tarantulom, który miał doprowadzić do zniszczenia pająków. Syreny otrzymały wsparcie od Cyklopów, Tytanów, Minotaurów, Almagerian. Gdyby dołączyły Smoki, już wtedy Tarantule mogły zostać unicestwione... Strach... Strach i pragnienie władzy, chęć bycia pierwszym po panach... Smoki zgodziły się pokazać siedlisko Tarantul... Krwawi zdrajcy... Tego dnia Barliona prawie zyskała nowego boga. Tak wielu ofiar świat jeszcze nie widział. Minotaury i Almagerianie zostali całkowicie wytępieni, po Tytanach i Cyklopach pozostał tylko cień. Jedynie Syreny, żyjące głęboko pod wodą, przetrwały. Wtedy narodziło się przysłowie: „Ufaj katowi, który zaciska ci pętlę na szyi, ale nie Smokowi, który chce ci pomóc"...*

Furiatka! Zdrajcy byli, są i będą we wszystkich rasach, niezależnie od tego, czy latają, czy siedzą jak myszka pod miotłą w pałacach. Taka już jest natura rozumnych – chcą dla siebie tego, co najlepsze, zupełnie nie myśląc o uczuciach innych ludzi, Syren czy Tytanów. Ale nienawidzić z tego powodu całą rasę to moim zdaniem przesada. Weźmy chociażby Dżumę – dziewczynkę, która pasjami zabijała Smoki. Z powodu jednego bezmózgiego Smoka zabić kilkaset latających jaszczurek to chyba zemsta ponad miarę. We wszystkim trzeba mieć umiar, nawet we własnym gniewie, w przeciwnym razie przejmie on całą świadomość i na zawsze stłumi umysł.

Siedząc przed drzwiami i starając się nie zwracać uwagi na mamrotanie Syreny, wyłączyłem się i spróbowałem dojść do tego, które z czworga drzwi będą dobre.

*À propos*, co to znaczy dobre? Co jest dobre dla mnie, gracza, Szamana, męża, głowy klanu i kogokolwiek innego, kim jeszcze byłem? Złoto? Rozpoznawalność wśród NPC-ów? Graczy? Pierwsze miejsca w rankingach? Wyjście na wolność? Poparcie Kornika? Tytuł Herolda? Jak się okazuje, istnieje wiele przymiotów, które kwalifikują się jako „dobre". Jestem prawie pewien, że w procesie przechodzenia przez ten labirynt będę musiał wybierać między tym, co jest naprawdę dobre, a tym, co pozostaje tylko echem przyzwyczajeń i ogólnie przyjętych standardów.

Więc...

Gdy tylko zamknąłem oczy, pojawiła się myśl: nie mogę iść do drzwi najbardziej po lewej. To niesamowite uczucie – odrzucić drzwi jako złe bez żadnego powodu. To tak, jakby... Nawet nie wiem, do czego to porównać. O! To tak, jakby z zamkniętymi oczami określić, która z czterech świec przed tobą jest zapalona. Wystarczy tylko wyciągnąć rękę i zaczynasz czuć ciepło, a tu – wystarczyło zamknąć oczy i dać prowadzić się odczuciom, gdy te wykrzyczały: „Nie otwieraj drzwi po lewej!"...

Odrzuciłem następne drzwi, ledwo tłumiąc odruch wymiotny. Nie wiem, co tam nawyrabiali programiści, ale wyobraziwszy sobie troje pozostałych drzwi, w myślach otworzyłem te skrajnie po lewej, zrobiłem wirtualny krok do środka i natychmiast otworzyłem oczy, próbując odpędzić przytłaczającą falę obrzydzenia. Nigdy w życiu nie doświadczyłem tak podłego, brudnego i obrzydliwego uczucia, nawet wtedy, gdy zdradzili mnie ludzie, których można określić dumnym słowem „przyjaciel". Jedno jest pewne – przez te drzwi też nie mogę przejść.

Jeszcze przez dziesięć minut patrzyłem ze zdziwieniem na czworo drzwi i nie pojmowałem, czego się ode mnie wymaga. Nawet Syrena zamilkła – przestała śpiewać swoje pieśni o tym, że jestem słabym Szamanem i nigdy nie przejdę przez ten labirynt. Byłem zagubiony, ponieważ po otwarciu w myślach pozostałych dwojga drzwi w pierwszym wypadku omal nie zemdlałem z powodu bólu głowy, w drugim zdrętwiałem na minutę, nie mogąc ruszyć nawet palcem. Wszystkie cztery wyjścia zawierały jakąś niespodziankę i nie miałem pojęcia, które wybrać. Na wszelki wypadek wróciłem do początku Podziemia, trzymając się ścian i naiwnie próbując zbadać je zmysłami – a może gdzieś ukryte jest sekretne przejście? Ech… Przydałby mi się teraz amulet, którego Nastja użyła w jaskini Wielkookiego, ale…

Zu-peł-nie nie szko-dzi.

Korytarz wydawał się monolityczny, solidny, bez żadnych sekretnych przejść i zakończony czworgiem drzwi, do których nie można było wejść. Świetny labirynt!

Tak… Miałem mocne przeczucie, że nie wolno mi wchodzić; nudności, odrętwienie i ból głowy. Jeśli miałbym sobie wyobrazić, że muszę iść naprzód i coś wybrać, to co byłbym skłonny znieść? Wybór jest oczywisty – odrętwienie lub ból głowy, reszty nie powinienem nawet brać pod uwagę. Chociaż… Jak można rozpatrywać odrętwienie? Jeśli nie zdołam się poruszyć, to co dobrego zrobię? Zdecydowałem. Idę w skrajną prawą stronę!

*Kiedyś głowa Smoków postanowił zorganizować konkurs – który z jego bojowników przyniesie więcej głów ludzkich młodych, nie zabijając przy tym wojowników. Dzieci zawsze były ukrywane głęboko w jaskiniach, więc trzeba było wykazać się pomysłowością, aby je zdobyć bez rozlewu krwi innych ludzi. Głowa Smoków również wziął udział w tych „ekscytujących" zawodach, chcąc pokazać innym swoje męstwo. Ludzie dopiero co pojawili się w Barlionie, wciąż gnietli się w jaskiniach, nawet nie myśląc o budowaniu miast... Zwykła zabawa Smoków prawie kosztowała ludzi ich miejsce na tym świecie. Głowy dwudziestu tysięcy dzieci złożono w ogromny kopiec, na który nałożono zaklęcie wieczności. Czy znasz takie miejsce jak pustynia Dalmaszar? W samym jej sercu wciąż znajduje się straszny pomnik szaleństwa Smoków...*

Gdy tylko podjąłem decyzję, Syrena natychmiast znowu pojawiła się w mojej głowie, opowiadając o „wielkich" zwycięstwach rasy Smoków. Zastanawiam się, po co to wszystko. Dobitnie do mnie dotarło, że Smoki nie były dobre, jak się powszechnie uważa, lecz złe, narcystyczne i zazdrosne, ale to zanim Renoks postanowił się zmienić. Jeśli chodzi o dzieci, to moim zdaniem jest to kompletna dezinformacja – jakoś nie mogę uwierzyć, że deweloperzy odważyli się na taki krok, a badacze świata Barliony już dawno trąbiliby na cały świat, że na środku jednej z największych pustyń na Wolnych Ziemiach znajduje się tak straszny pomnik. Tak, Barliona zostałaby z tego powodu natychmiast zamknięta!

Wybrane drzwi otworzyły się z tak obrzydliwym skrzypieniem, że zęby mnie zabolały. Znowu jakiś scenariusz – w normalnych warunkach gry nie czuje się zębów. Okej, dokonałem wyboru, pozostaje tylko iść do przodu i mieć nadzieję, że będzie dobrze – nic innego nie wymyślę.

Już prawie uniosłem nogę, żeby wejść w korytarz, gdy zdałem sobie sprawę – rzeczywiście jako Szaman nie jestem zbyt bystry... Dlaczego miałbym samodzielnie wchodzić w głąb tej niezrozumiałej pułapki, skoro formalnie władam Duchami? Dobrze – może nie władam, ale potrafię się z nimi komunikować. Dlaczego od razu nie przyszła mi do głowy taka myśl?

*Szaman ma trzy ręce...*

Aby przywołać Duchy, Szaman Najwyższy nie musi tańczyć z Tamburynem i uderzać głową w ścianę, usiłując wejść do

Astralu. Dla mnie ten rytuał zaczął działać jak rodzaj klucza psychologicznego, który przygotowywał moją świadomość do pracy z Duchami. Prawdopodobnie z biegiem czasu trzeba będzie się pozbyć tego nawyku, ale nie teraz – w tej chwili nie ma najmniejszego znaczenia, jak pracuję z Duchami. Najważniejsze, że działa...

– NIE MOŻEMY POZWOLIĆ, ŻEBY SZAMAN ELEMENTARNY PRZYWOŁAŁ SWOJE ODBICIE! – ryknęły Najwyższe Duchy Świata Górnego i Dolnego, doprowadzając mnie do rozpaczy.

O co znowu chodzi?

Przez około dwadzieścia minut próbowałem przywołać odpowiedniego Ducha, a raczej wyobrażałem sobie, jaki powinien być ten Duch, i starałem się go wezwać, ale nic z tego nie wychodziło. Tylko głowa mnie rozbolała, jakby podpowiadała: drzwi są otwarte, trzeba iść do przodu. Ale iść samemu, a nie puszczać przodem niewinne stworzenia. Kiedy ból głowy stał się nie do zniesienia, przerwałem przywołanie i udałem się do Astralu – jeżeli dalej działać, to tylko tam. Jednak nawet nie przypuszczałem, że Duchy będą tak złośliwe...

– Same przyznałyście mi tytuł Najwyższego! – próbowałem im przypomnieć, ale od razu mi przerwano:

– NASZLAZAR MA RACJĘ. ZBYT SZYBKO PRZESZEDŁEŚ KOLEJNE SZCZEBLE, NIE ROZUMIEJĄC DO KOŃCA ICH CELU. STAŁEŚ SIĘ PRAWDZIWYM SZAMANEM ELEMENTARNYM, SCALIWSZY SIĘ Z TOTEMEM, ALE MUSISZ DOWIEŚĆ, ŻE JESTEŚ GOTOWY, BY ZOSTAĆ WIELKIM NIE DZIĘKI POWOŁANIU, TYLKO DZIĘKI WŁASNYM CZYNOM. PODĄŻAJ DROGĄ SZAMANA, A PONOWNIE ZOSTANIESZ NAJWYŻSZYM!

Po raz kolejny, dosłownie jak niesfornego kotka, Duchy wykopały mnie z Astralu do zwykłego świata, manifestując w ten sposób swoje stanowisko. Chyba przestałem je rozumieć – kiedy im pasuje, to jestem spoko, bohaterem i tak dalej. Kiedy nie – okazuję się zwykłym Elementarnym, i paszoł won! Co więcej, po prostu właśnie otwarcie wyparły się własnych słów, kiedy przy ważnych świadkach przyznały mi stopień Szamana Najwyższego! Wydaje mi się, że wśród deweloperów jest ktoś, kto naprawdę mnie nie lubi i przy każdej okazji próbuje mi szkodzić. Biorąc pod uwagę spotkanie z Igorem, to bardzo prawdopodobne. A jeśli się założył, że wygramy bitwę pod Altamedą?

Najwyraźniej nie dam rady normalnie przejść tego labiryntu – nawet zadanie dla ucznia mi zablokowali. Skoro tak... Jaki jest sens wchodzenia w korytarz, w którym będzie mnie bolała głowa? Jeśli upadnę z bólu, nie będzie ze mnie żadnego pożytku... A więc...

Kiedy złapałem za klamkę skrajnych lewych drzwi, wzdrygnąłem się – już wcześniej doświadczyłem strachu w swoim życiu, więc mogę śmiało powiedzieć, że nigdy nie był taki jak teraz. Strach był tak wyraźny, że ledwo udało mi się opanować zmysły i otworzyć drzwi. Ręka mi drżała zdradziecko, nogi się uginały, ale zacisnąłem zęby i wszedłem w korytarz. Idźcie do diabła z waszymi testami! Sam się przetestuję!

Kiedy robiłem piąty krok, upadłem na ziemię i zwinąłem się w kłębek. Zamknąwszy oczy, próbowałem sobie wytłumaczyć, że wszystko, czego teraz doświadczam, nie jest rzeczywiste, że nic z tego nie istnieje, ale nie potrafiłem wytłumaczyć swoim nogom z waty, że muszą iść dalej. Poza tym gdybym miał możliwość załatwienia potrzeb fizjologicznych, już teraz moje pieluchy straciłyby nieskazitelny wygląd. Strach paraliżował, niszczył, przytłaczał, więc zawstydzony, jęcząc, zacząłem czołgać się z powrotem do drzwi – przebywanie w korytarzu było ponad moje siły.

Wyleciałem z korytarza jak korek z butelki szampana, uderzając boleśnie w przeciwległą ścianę. Uff! Chyba odpuściło i znowu mogę trzeźwo myśleć... Jedno jest jasne – pierwszy korytarz jest dla mnie zamknięty, bo żeby jeszcze raz przeżyć to... Nie, tak się spraw nie załatwia! Gdzie są logi! Czas zacząć zachowywać się jak gracz, a nie mieszkaniec tego świata!

**16:45:23 Wybrano korytarz testowy: Strach.**
**16:45:24 Gracz poddany atakowi psychicznemu: Strach na poziomie 1.**
**16:45:26 Gracz jest poddawany atakom psychicznym: Strach na poziomie 2. Paraliż na poziomie 1.**
**16:45:31 Gracz jest poddawany atakom psychicznym: Strach na poziomie 3. Paraliż na poziomie 2. Stres na poziomie 1.**

Atak psychiczny... Łajdaki!

Spojrzałem ze złością na pierwsze drzwi. Od teraz pozostałe dla mnie nie istnieją – jeśli nie przejdę przez ten korytarz, nie będę już mógł nazywać się Szamanem. Do diabła z całym treningiem i testami; mam przed sobą test samego siebie. Mój osobisty test...

Nie mogłem przywołać Ducha, który blokowałby ataki psychiczne, chociaż próbowałem to zrobić przez jakąś godzinę. Znowu rozbolała mnie głowa, ale teraz rozumiałem dlaczego – panowie deweloperzy umieścili blokadę na interwencję Duchów. Muszę przejść ten korytarz wyłącznie o własnych siłach, bez uciekania się do nieudokumentowanych funkcji.

*Kiedyś głowie Smoków urodził się syn. Postanowiono uczcić to wielkie wydarzenie w charakterystyczny sposób – zniszczyć kilka osad na cześć panów, przynosząc im w ofierze dusze rozumnych mieszkańców miast. Dwadzieścia miast zostało całkowicie unicestwionych, ale Tarantulom było mało – miały już dość dusz wszystkich ras, potrzebowały nowej esencji. I właśnie wtedy zapragnęły zakosztować Smoka. Głowie Smoków przedstawiono żądania – albo on, albo jego syn... Następnego dnia, po złożeniu ofiary, głowa Smoków ze swoim zakonem latał po Barlionie, jakby nic się nie stało. Poświęcił dwadzieścia miast i własnego syna – był gotów oddać cały świat w szpony Tarantul, byle tylko nie stracić mocy...*

Syrena nie zamierzała przestać, ciągle opowiadała historie o Smokach. Teraz wymyśliła bajkę o tym, że Drako został złożony w ofierze Tarantulom, które pochłonęły jego esencję. Kłamstwa i prowokacja – w takim przypadku nie byłoby sposobu na reinkarnację Drako w postaci Totemu! Gdy dusza zostaje zniszczona, nie ma już co się odradzać! Z drugiej strony – gdyby ta historia naprawdę się wydarzyła, z pewnością czułbym się trochę nieswojo jako Smok. Kto chciałby być synem zabójcy, zdrajcy i po prostu słabego stworzenia? Rodziców się nie wybiera – ale można się ich wyrzec... Tak! Co ja mówię?! Przecież widziałem logi, muszę uporać się z atakiem psychicznym, a nie zmieniać mój stosunek do rasy Smoków!

Z wielkim trudem ugasiłem chęć wejścia w tryb konstruowania i zrobienia sobie przedmiotu chroniącego psychikę. Z całym szacunkiem dla samego siebie, nigdy nie uwierzę, że ze względu na mnie deweloperzy stworzyli osobne Podziemie. Nie – na pewno kilku Szamanów już je przechodziło, a Syrena jest tylko postacią drugoplanową, stworzoną specjalnie dla mnie. Mogły się zmienić dekoracje, ale sedno pozostało niezmienne. Tak więc jeśli użyję Jubilerstwa, będę mógł przejść przez korytarz, ale nie zdołam potwierdzić, że jestem Szamanem. Dopiero teraz zdałem sobie sprawę, co tak naprawdę jest „dobre" – nie złoto, nie opinia innych graczy czy NPC-ów na mój temat ani nawet nie związek z Nastją – ważne jest dla mnie przede wszystkim to, kim naprawdę jestem. Nie w błyskotkach i ozdobach. Nie schowany przed sobą za zasłonami codziennego życia, zasad i nawyków, wymówek w rodzaju „zacznę w poniedziałek" lub „jutro rano". Ale taki, który może sobie odpowiedzieć na pytanie Dostojewskiego: „Czy jestem drżącym stworzeniem, czy mam prawo?".

Kim ja naprawdę jestem?

Drugie podejście do korytarza było dla mnie łatwiejsze – dzięki emocjom, złości i pewności, że muszę przejść, udało mi się pokonać strach. Warto zauważyć, że według logów nie było jeszcze ataku psychicznego, ale ostatnio ledwo chwyciłem za klamkę. Teraz jednak bez trudu otworzyłem drzwi i spojrzałem na długi korytarz, gubiący się gdzieś w ciemnościach. Wygląda na to, że będę musiał przejść całą tę drogę...

**17:21:11 Wybrano korytarz testowy: Strach.**
**17:21:15 Gracz poddany atakowi psychicznemu: Strach na poziomie 1.**

Przeszedł mnie dreszcz, mięśnie się napięły, jakby spodziewając się uderzenia, usta zacisnęły, oddech się zatrzymał, ale Strach na poziomie pierwszym był do zniesienia. Jednocześnie stało się jasne, że jeśli po prostu będę szedł prosto, znowu dostanę ataku dzikiej paniki. Coś trzeba zmienić...

„Klasa Szaman Elementarny została potwierdzona..."

Przeglądając logi w nadziei na pomoc, natrafiłem na frazę, która pojawiła się przed godziną. Zacząłem przewijać dalej, ale coś w kółko kazało mi wracać do tego wpisu: „...Szaman Elementarny...". Duchy potwierdziły, że dla nich jestem teraz tylko Elementarny, a nie Najwyższy, dlatego... Dlatego logiczne będzie oparcie pracy z Duchami na możliwościach mojej aktualnej klasy...

Sięgnąłem do torby i wyjąłem Tamburyn. Pierwszy przedmiot, który definiuje mnie jako Szamana i który pozwala wywołać Duchy... Chwila! A jeśli Tamburyn nie jest po to, żeby przywoływać Duchy? A jeśli ma inne przeznaczenie? Przecież w kopalni udawało mi się wzywać Duchy zwykłym kilofem, Tamburyn dostałem dopiero później. Ponadto jest on głównym atrybutem Szamana aż do rangi Wielkiego Szamana...

Wycofałem się z korytarza strachu i usiadłem przed drzwiami, próbując uporządkować myśli – coś mi podpowiadało, że zacząłem podążać we właściwym kierunku.

Podsumujmy!

Po pierwsze Szaman potrzebuje Tamburynu, za pomocą którego przywołuje Duchy. Ale jednocześnie przywołanie można przeprowadzić bez Tamburynu, co zostało wielokrotnie potwierdzone.

Po drugie Szaman musi koniecznie posiadać Tamburyn. To jeden z głównych atrybutów odróżniających tę klasę od innych. Kiedy Szaman osiągnie poziom Wielkiego Szamana, nie musi już używać Tamburynu, ponieważ coś się dzieje. Tylko co? Na to pytanie muszę teraz znaleźć odpowiedź.

Po trzecie Ołtarz... Pomimo możliwości przyzywania Duchów Szaman dostaje karę, która może zostać złagodzona, jeśli złoży Duchom ofiarę na ołtarzu. Powstaje naturalne pytanie: co ma z tym wszystkim wspólnego Tamburyn, skoro kary i tak są nakładane?

Podstępna myśl natychmiast wkradła się do mojej głowy – a jeśli Tamburyn służy nie tylko do przyzywania Duchów? A jeśli służy do czegoś zupełnie innego? Przywódca Trójlistników powiedział, że zszedłem z Drogi Szamanów i mogę na nią wrócić, jeśli pomogę innemu graczowi stać się Szamanem. Ale co, jeśli źle go zrozumiałem?

*Szaman ma trzy ręce...*

Kamłanie... Proces charakterystyczny dla tej klasy, który pozwala Szamanowi wywoływać Duchy. Moim oczom ukazał się tryb pracy z Duchami, ale natychmiast przestałem bić w Tamburyn, poczekałem, aż tryb zniknie i ponownie uderzyłem w Tamburyn. Przywódca Trójlistników powiedział, że muszę zapomnieć to, co przeczytałem w książce, ponieważ niemożliwe jest przekazanie mądrości za pomocą papieru. Nie można być Szamanem tylko z nazwy, a nie duchem.

On jednocześnie miał rację i jej nie miał. Zgadzam się – zrozumienie, a co najważniejsze zaakceptowanie tego, co spisano w książce, jest trudne, a czasem niemożliwe. Dlatego czytałem ją bardziej w celu rozwijania Duchowości, żeby być silniejszym. Ale co, jeśli wszystko, co zapisano w książce, jest prawdą? A co, jeśli o Szamanizmie możemy mówić tylko wtedy, gdy dusza Szamana potrafi latać i poszukiwać w sferze rzeczywistości psychicznej? Może kamłanie służy temu, żeby człowiek wprowadził się w odpowiedni stan podobny do snu, a tryb pracy z Duchami nie ma tu absolutnie żadnego znaczenia?

„Kamłanie jest aktem twórczości artystycznej. Jeśli pisarz czy artysta odkrywa nową wiedzę poprzez swoją sztukę, to Szaman zdobywa ją dzięki kamłaniu. Potrzeba kamłania jest potrzebą wewnętrzną. Milcząco prosi się o uzewnętrznienie jak każda inna ludzka potrzeba, a jej zaspokojenie przynosi ulgę i dobre samopoczucie; zignorowanie potrzeby skutkuje męką..."

Wersy z Księgi Szamanów pojawiły się w mojej głowie, nagle nabierając sensu. To właśnie robiłem, wypowiadając moje kluczowe zdanie, nawet będąc Szamanem Najwyższym! Na poziomie instynktu czułem, że potrzebuję kamłania, chociaż miałem możliwość pracy z Duchami bez tego rytuału! Właśnie dlatego stoję jedną nogą na Drodze Szamana, nie zdając sobie z tego sprawy! Kamłanie nie jest funkcją klasy – to wewnętrzna potrzeba Szamana! A jedną z głównych trudności jest uświadomienie sobie i zaakceptowanie tej potrzeby! Gracz może grać Szamanem nawet sto lat, nie zdając sobie sprawy z głębi, jaką Kalatea włożyła w tę klasę – teraz jestem pewien, że nawet w prawdziwym życiu jest albo Szamanką, albo, biorąc pod uwagę jej środowisko, czarownicą. Tylko osoba, która głęboko rozumie zasady Szamanizmu, może umieścić takie rzeczy w wirtualnej grze.

„Ten, kto rozpoczyna kamłanie, musi być w stanie poczuć lub zobaczyć Duchy. Dzieje się to w stanie wyostrzenia czucia i aktywnej wyobraźni. Często pomaga w tym strach, niezależnie od przyczyn. Szaman nie może rozpocząć pracy z Duchami w zwykłym stanie świadomości, do stanu percepcji trzeciej rzeczywistości może dojść w wygodny dla siebie sposób. Widzi w nim Duchy i pracuje z nimi, podczas gdy jego świadomość odbiera również nasz świat. Szaman to osoba zafascynowana swoją wyobraźnią. W przeciwieństwie do wszystkich innych ludzi on jej ufa..."

Otworzyłem oczy i spojrzałem na ścianę przede mną, zupełnie jej nie zauważając. Ależ byłem głupcem! Nie ma znaczenia, jak silne Duchy mogę przywołać – ich moc jest drugorzędna! Tryb pracy z Duchami został wymyślony jako przykrywka dla tych, którzy nie są w stanie pojąć prawdziwych możliwości Szamana, wykraczających daleko poza umiejętność przyspieszonego wezwania ośmiu istot ze slotów. Jeśli mam rację, to Kalatea wymyśliła dla naszej klasy coś zupełnie innego i teraz muszę sprawdzić, czy to prawda. Albo pozostanę według standardów Syreny zwykłym Szamanem, albo zostanę jej uczniem pomimo wojny pomiędzy naszymi rasami!

*Szaman ma trzy ręce...*

Moje nogi zdradziecko zachwiały się, dreszcze i napięcie ogarnęły moje ciało, ale udało mi się przejąć kontrolę i uderzyć w Tamburyn. Buch! Odbijało się echem w korytarzu, przerywając wielowiekową ciszę. Buch! W ślad za pierwszym uderzeniem nastąpiło drugie. Buch!...

*I skrzydło za ramieniem...*

Krok – buch! Drugi – buch! Trzeci – buch! Jednostajne uderzenia w Tamburyn hipnotyzowały, wypełniając umysł. To dziwne: widzę korytarz, wiem, że idę nim, a jednocześnie jestem dosłownie w innym miejscu, do którego psychiczne ataki tego korytarza nie mają dostępu.

*Od jego oddechu...*

Dziesięć kroków – buch! Buch! Było już znacznie trudniej iść dalej, jakby wiał w moją stronę silny wiatr, który próbował powalić mnie na ziemię, więc przyspieszyłem rytm uderzeń. Ta część świadomości, która pozostawała w korytarzu, odchodziła od zmysłów – przeraźliwie się bała, zaszła mgłą i zaczęła wytwarzać fantastyczne obrazy, malowała różowe słonie i latające krokodyle, ale kamłanie pozwoliło mi zachować drugą część siebie. Tę, która była gdzieś daleko, w miejscu, którego ataki korytarza nie były w stanie przeniknąć...

*Zapala się świeca...*

– Witaj, Wielki Szamanie! – zabrzmiał potężny głos, zmuszając moją rozszczepioną świadomość do scalenia się; tę, która praktycznie umarła w korytarzu strachu, i tę, która była niedostępna. Korytarz zniknął, a ja znalazłem się w okrągłym kamiennym pokoju, pozbawionym jakichkolwiek dekoracji. Naprzeciw mnie, w chaotycznym na pierwszy rzut oka tańcu, pląsał przezroczysty wodny wir. Podobnie jak żywiołak, z którym walczyliśmy w Mrocznym Lesie, chociaż był bardziej przezroczysty i nieco innego kształtu. – Miło cię widzieć w moich włościach. Jestem Najwyższym Duchem Wody i wszystkie Duchy, które przywołujesz, są moimi dziećmi.

**Aktywowano nową umiejętność klasową:**
**Komunikacja z Najwyższym Duchem Żywiołów.**
**Od teraz możesz rozmawiać z Duchem**
**twojego żywiołu i przywoływać za jego pośrednictwem**
**istoty, które mają znacznie wyższą rangę od ciebie.**

– Długo do mnie szedłeś, Szamanie!

– Długo – przytaknąłem. – Mogłem w ogóle nie dojść, gdyby nie Syrena.

– Naszlazar jest bardzo mądrym Szamanem – zaszumiał wicher. – Kiedy zostaniesz jej uczniem, wsłuchuj się w każde jej słowo, obserwuj każdy gest. Jest jedyną osobą, która może pomóc ci zostać Heroldem. Kornik i Pronto, jej uczniowie, zrobili już wszystko, co było w ich mocy. Nie poprowadzą cię do wyższej klasy niż Wielki Szaman. Przechodzisz teraz test, więc wracaj już do swojego świata. Mam nadzieję, że nauczyłeś się, w jaki sposób możesz mnie odwiedzać, i że jeszcze nieraz cię zobaczę. Do zobaczenia wkrótce, Wielki Szamanie!

**Klasa Wielki Szaman została potwierdzona.**

Przed oczami znowu błysnęło, pokój z Najwyższym Duchem zniknął, a zamiast niego pojawił się korytarz strachu, w którym nie było już strachu – prosty kamienny korytarz biegnący gdzieś w dal. Odwróciłem się i zobaczyłem otwarte drzwi, przez które tu wszedłem – udało mi się przejść tylko dziesięć, najwyżej piętnaście kroków... Przerażała mnie myśl, jakiego poziomu psychicznych ataków gracz mógł doświadczać sto metrów od wejścia. Można postradać zmysły!

„Kiedy Karmadont wywołał kataklizm, który pochował wszystkie Tarantule, Smoki próbowały przejąć władzę nad tym światem. Łzy i jęki tysięcy rozumnych wznosiły się do nieba, zmuszając Elunę do zejścia do naszego grzesznego świata. Dzieci, starcy, kobiety byli paleni żywcem tylko dlatego, że nie mieli skrzydeł. Eluna przepędziła większość Smoków do innego świata, ale niektóre z nich zostały. Rozpoczęło się krwawe polowanie..."

Ciekawa interpretacja wydarzeń, o których już słyszałem od Strażnika Skarbu. Wychodzi na to, że Smoki odeszły, ponieważ Eluna ich o to poprosiła? A jednak były zamieszane w eksterminację ras? To, co zrobiły, było złe, oczywiście, ale... Żadnych „ale", po prostu było złe i doskonale rozumiem Dżumę, która poświęciła swoje życie, by walczyć z tymi skrzydlatymi potworami. Przypomniałem sobie, jak dziewczyna zareagowała, gdy zamieniłem się w Smoka; przypomniałem sobie jej oczy pełne przerażenia...

Deweloperzy dotknęli tych strun duszy, których nie wolno dotykać – troski o dzieci.

Szedłem dalej korytarzem, ale ostatnie stwierdzenie Syreny nie dawało mi spokoju. Karmadont wywołał kataklizm, dzięki czemu zjednoczył podzielone narody w jedno Imperium. Wynika z tego, że ludzie żyli już w tamtych czasach, kiedy na świecie rządziły jeszcze Tarantule... Kult Tarantul... No właśnie! Teraz jest jasne, skąd się wziął – niektórzy ludzie skupieni na władzy (zupełnie jak Smoki) postanowili wskrzesić byłych mistrzów. Ta część opisu Oka Czarnej Wdowy jest jasna. Dlaczego jednak nie mówi o tym, że to Karmadont wywołał kataklizm? Jak mało wiem o historii obu moich ras... Ale za to jak ciekawie jest je teraz poznawać...

– Przeszedłeś Labirynt Pragnień, Szamanie!

Dwieście metrów dalej korytarz skręcił w bok i wpadłem na Naszlazar. Syrena nadal patrzyła na mnie z góry, jakby moje sukcesy w ogóle jej nie ucieszyły. Nawiasem mówiąc, to dziwne – w rzeczywistości miałem dwa testy: Drako i drzwi. Jak udało mi się przegapić tytuł Najwyższego Szamana? Czy naprawdę mnie zdegradują?

– Heroldzie – powitałem starszą stopniem.

– Nie mogę w to uwierzyć – uśmiechnęła się Syrena. – Smok pochyla głowę przed Syreną!

– Fakt, że jestem Smokiem, nie czyni mnie lepszym ani gorszym niż Syreny – odpowiedziałem. – Teraz nie jestem Smokiem, lecz Wielkim Szamanem, który chce zostać Najwyższym.

– Tak, teraz jesteś Wielkim Szamanem. To niezwykłe, że udało ci się zajść w labiryncie aż tak daleko. Jednak nie pomyliłam się co do jednego: twoje pragnienie zdobycia rangi Najwyższego było zbyt słabe na trzecią próbę. W końcu jesteś Smokiem, tak samo słabym, bezsilnym, zawistnym okazem krowiego placka jak ci, których znałam! Nigdy nie zostaniesz Najwyższym Szamanem, ponieważ w tym celu musisz mieć coś, co jest całkowicie obce Smokom: pragnienie i zdolność do poświęcenia tego pragnienia.

– Mylisz się, Heroldzie – powiedziałem tak spokojnie, jak to tylko możliwe. Syrena lubi się wyzłośliwić, niech jej będzie; najważniejsze, żebym czerpał z tego korzyści. – Jestem gotowy, aby zdać egzamin na Najwyższego Szamana.

– To ty się mylisz, Wielki Szamanie – powiedziała Naszlazar bez cienia arogancji w głosie i ze smutkiem pokiwała głową. – Dobrze zrozumiałeś istotę rangi Wielkiego Szamana. To umiejętność komunikowania się z Duchem swojego żywiołu, ale Smoki... Możesz przybrać postać Smoka i spróbować przywołać dowolnego Ducha, zapewniam cię, odkryjesz wiele ciekawych rzeczy. Okazałeś się bardzo zdolnym Szamanem, być może jedynym po Kalatei, który potrafił zrozumieć podstawy Szamanizmu, ale wyżej już nie podskoczysz. Przykro mi...

**Przywoływanie Duchów w postaci Smoka jest zabronione.**

Hmm, rzeczywiście... Zabijcie mnie, ale nie pamiętam, czy wzywałem Duchy w postaci Smoka, lecz jeśli Syrena nie kłamie, to...

– Rozumiem, że nie masz powodu mi ufać – ponownie przemówiła ze smutkiem Naszlazar. – Przed testem ostrzegłam cię, że będę cię okłamywać i prowadzić na manowce, ale takie są zasady przejścia. Nie zostałbyś Wielkim Szamanem, gdybyś nie poradził sobie z własnymi emocjami i dał się sprowokować. To był test, który zdałeś śpiewająco. Ale nawet w labiryncie ani razu cię nie okłamałam.

– Ani razu? – Nie mogłem powstrzymać się od sarkazmu. – Szczególnie ani razu nie skłamałaś, kiedy w swojej opowieści wysłałaś syna Renoksa w ofierze Tarantulom. Gdyby jego esencja została skonsumowana, on nigdy nie stałby się moim Totemem!

Syrena bardzo uważnie spojrzała mi w oczy, po czym powoli i z rozmysłem powiedziała:

– Przysięgam na swoją moc, niech mi Najwyższe Duchy i Eluna zaświadczą, że podczas przechodzenia próby przez Smoka nie powiedziałam ani jednego kłamliwego słowa!

Jasna aura otoczyła Syrenę, potwierdzając jej słowa i wprowadzając mnie w stan całkowitego oszołomienia. Jak to?

– Przysięgam na swoją moc, niech mi Najwyższe Duchy i Eluna zaświadczą... – Syrena nie poprzestała na osiągniętym efekcie. – ... że przywódca Smoków, nazywany przez Machana Renoksem, osobiście oddał swojego jedynego syna, który w tym czasie miał już roczek, w szpony Tarantul, po czym patrzył, jak pająki pochłaniają duszę jego potomka.

Wokół Syreny pojawiła się kolejna jasna aura, co zmusiło mnie do zweryfikowania stosunku do Renoksa. Patrzył, jak zabijają Drako? Jeśli to prawda, to ja już niczego nie rozumiem...

– Przysięgam na swoją moc, niech mi Najwyższe Duchy i Eluna zaświadczą... – Najwyraźniej Syrena postanowiła mnie dobić. – ...że za dokonane okrucieństwa i niesioną przez Smoki śmierć bogini Eluna je przeklęła, pozbawiając podziału na klasy. Od tej pory Smoki to tylko Smoki, nie Wojownicy, Paladyni, Szamani. Wywoływanie Duchów jest dla nich niedostępne!

Kiedy po raz trzeci wokół Naszlazar pojawiła się jasna aura, nie wiedziałem, co robić. W Barlionie takich przysiąg nie rzuca się na darmo.

– Ale syn Renoksa jest przecież moim Totemem... – wyszeptałem zmieszany.

– Tylko Totemem, ale nie żywym wcieleniem. Potwierdziłeś tytuł Szamana Elementarnego i przekonałeś się, że Totem jest tylko odbiciem esencji jego właściciela. Mój uczeń postarał się dodać do tego naprawdę wyjątkowego Totemu niezwykłe dla niego funkcje, na przykład umiejętność rozmawiania z innymi, nie tylko z jego właścicielem, oraz częściową pamięć. Twój Totem na zawsze jednak pozostanie tylko Twoim Totemem, a nie synem

Renoksa. Jesteś wyjątkowym Smokiem, masz drugą esencję. To dzięki niej komunikujesz się z Duchami, to dzięki niej przeszedłeś labirynt. To tej esencji Najwyższe Duchy nadały rangę Najwyższego Szamana, mimo że nie zasłużyłeś nawet na poprzednie stopnie. Chylę czoła przed ich mądrością; one wiedziały, że jesteś w stanie przejść tę trudną drogę. Myliłam się, przyznaję. Twoją ludzką esencję można wyszkolić i uczynić z niej Herolda, Smoka się nie da. Szkoda, że esencja Smoka jest dominująca... Przyjmij moje kondolencje.

– Dominująca esencja?

– Jesteś Smokiem i nie ma od tego ucieczki, ale można cię skorygować. W praktyce nic się dla ciebie nie zmieni, poza tym, że główną rolę przejmie ludzka esencja. Muszę cię ostrzec, to bardzo bolesny proces. Jeśli go nie zniesiesz, pozostaniesz pod jarzmem swojej smoczej postaci...

– Poczekaj, mogę przejść przez modyfikację i ponownie stać się człowiekiem?

– Nie, ty jesteś Smokiem i pozostaniesz nim na zawsze. Ale, jak powiedziałam, jesteś wyjątkowym Smokiem, który ma dwie esencje. W tej chwili twoją dominującą postacią jest Smok, nie człowiek. Jeśli zgodzisz się przejść przez korektę, Smok stanie się wtórną esencją, a postać ludzka zacznie dominować. Powtarzam, dopóki jesteś Smokiem, nie możesz używać Duchów; kiedy staniesz się człowiekiem, nie będzie ci to przysparzało żadnych trudności.

– Jak to ma wyglądać?

– Zgódź się na ból, staw temu czoła bez słowa i odrzuć wcielenie Smoka.

– „Odrzuć"?

– Tak, to akurat najprostsza rzecz. Przecież opowiedziałam ci, kim były Smoki dla Barliony, więc musisz powiedzieć, że nie akceptujesz całego okrucieństwa, które uczyniły; że nie jesteś gotowy być Smokiem. Szaman nie może być okrutny i żądny krwi, Gieranika jest tego najlepszym przykładem... Gdy tylko uznasz, że nie jesteś gotowy zaakceptować okrucieństwa swoich przodków, że wyrzekasz się go, że wyrzekasz się wszystkich mrocznych rzeczy, które wyrządziły Smoki, ja przeprowadzę rytuał i zmienię twoją główną esencję... Ale powtarzam: Szamanem Najwyższym możesz zostać tylko poprzez ból. Tylko tak można dokonać zmiany. Potem nazwę cię moim uczniem i nauczę cię wszystkiego, co wiem. Powiedz, Smoku Machanie, czy jesteś gotów zostać moim uczniem?

– Już wcześniej proponowałaś mi, żebym nim został... – Wciąż się opierałem.

– Zgadza się; niezależnie od tego, czy zdecydujesz się na zmianę, czy nie, będziesz szkolony. Tylko nauczę cię zupełnie innych rzeczy. W jednym przypadku będę się odnosić do głębi Szamanizmu i przygotowywać cię do rangi Herolda, w drugim zaś po prostu sprawdzę, jak dobrze potrafisz pracować z Najwyższym Duchem twojego żywiołu. Sam zdecydujesz, jak zaawansowane będzie twoje szkolenie, i musisz wybrać już teraz. Ale czy jesteś gotowy porzucić swoje pragnienie bycia Smokiem? Wydaje mi się, że nie... Jak powiedziałam na samym początku: Smoki nie potrafią rezygnować ze swoich pragnień, dlatego przyjmij moje kondolencje. Byłeś obiecującym Szamanem...

**Czy chciałbyś przeprowadzić procedurę korekty esencji i zrezygnować z dominującej roli Smoka?**

Dwa przyciski *Przyjmij* i *Odrzuć* wisiały mi przed oczami, zmuszając mnie, żeby się mocno zastanowić. Czy jestem gotowy zostać Najwyższym i przygotować się do rangi Herolda, czy też wyżej Wielkiego w tej grze nie podskoczę? Z jednej strony: umiejętność szybkiego przemieszczania się po Malabarze, z drugiej:

dobre nastawienie NPC-ów przebywających w innym świecie. Możliwość poznania swojej klasy kontra akceptacja historii własnej rasy. Samodoskonalenie czy kontakt z dzieciobójcą...

Idźcie wszyscy do diabła!

Jestem Szamanem!

– Cóż... To jest twoja decyzja – powiedziała spokojnie Syrena. – Zanim wydam ostateczny werdykt, wyjaśnij swój wybór.

– Szaman nie ma prawa zapomnieć swojej historii. Jestem Smokiem! Nieważne, jak dobrzy czy źli byli moi przodkowie, są moi! Nie mogę zmienić historii, ale mogę ją zaakceptować. Zaakceptować i spróbować zrozumieć. Masz rację, te Smoki, które niegdyś żyły, są mi obce, ale... Wybacz, Naszlazar, to będzie dla mnie zaszczyt, jeśli nauczysz mnie być prawdziwym Wielkim Szamanem...

– Teraz rozumiem, dlaczego Kornik był ciebie pewien... – Naszlazar uśmiechnęła się tak szczerze i uprzejmie, na ile Syreny w ogóle są w stanie to zrobić. – Jesteś gotowy poświęcić samego siebie, broniąc własnych przekonań. Właśnie tak powinien postępować prawdziwy Szaman: nie powinien mieć żadnych innych autorytetów poza przodkami. I nie ma znaczenia, jacy ci przodkowie byli w życiu, dobrzy czy źli, to przede wszystkim przodkowie. Chodźmy, mój uczniu, musisz się wiele nauczyć...

**Herold Naszlazar proponuje ci, byś został jej uczniem. Zgadzasz się?**

Syrena po raz kolejny spojrzała na mnie z satysfakcją, odwróciła się i niespiesznie skierowała w stronę wyjścia z labiryntu. Zrobiłem tylko jeden krok w ślad za nią i się zatrzymałem. Znowu dwa przyciski i znowu zwrot w historii mojego niefortunnego Szamanizmu. Zdziwiłem się, gdy zdałem sobie sprawę, że w mojej duszy nie grają radosne dźwięki harf i nie słyszę triumfalnych fanfar; wręcz przeciwnie, doświadczałem strasznego uczucia zniszczenia i straty. Jakby pozbawiono mnie najcenniejszej rzeczy, jaka istnieje, zastępując ją podróbką...

– Uczniu, idziesz? – zapytała Naszlazar, zauważywszy moje wahanie.

– Wybacz, Heroldzie... – Zamknąłem oczy, żeby nie widzieć reakcji Syreny, i na ślepo nacisnąłem przycisk *Odrzuć*. – Dla mnie na tym świecie może być tylko jeden nauczyciel: Kornik. Możesz mu pomóc w wyszkoleniu mnie, pokierować go we właściwą stronę, poprowadzić, ale nie możesz nas rozdzielić. Przepraszam...

Spodziewałem się każdej reakcji poza ciszą. Krzyków, oskarżeń, kpin, sarkastycznych uwag, ale nie milczenia. Ono było jeszcze gorsze, więc otworzyłem oczy, żeby upewnić się, że Syrena nadal tu jest.

– Jesteś godnym przeciwnikiem... – wycedziła Naszlazar, zobaczywszy, że otworzyłem oczy. Jej cielsko wisiało nade mną. – Szkoda, że nie spotkaliśmy się w czasie wojny; ciekawie byłoby z tobą walczyć... Przyjmij ten dar, Najwyższy...

**Klasa „Szaman Najwyższy" została zatwierdzona.**
**Otrzymujesz Wisior Smoczej Furii.**
**Opis: Wisior jest przywiązany do twojej postaci Smoka i nie możesz go zdjąć ani zmienić, gdy jesteś w ludzkiej postaci. Czas, który możesz spędzić w postaci Smoka, zostaje podwojony.**
**Klasa zestawu: Unikalny rasowy.**
**Wymagania: ranga Smoka 5 lub wyższa.**
**Zaliczyłeś Labirynt Pragnień.**

CO?!

– Korniku! – zawołała Syrena, a obok niej pojawił się goblin. – Twojemu uczniowi udało się mnie zaskoczyć. Pozwalam ci wyjawić mu mechanikę labiryntu, ale dopiero po ponownej wyprawie do Altamedy; zostały mu już tylko dwie godziny. Gdy już wszystko mu opowiesz, czekam na was z powrotem. Musimy go wiele nauczyć. Nie jest dobrze, gdy nauczyciel nie ma już nic więcej do przekazania swojemu uczniowi... Idźcie już! I... Wrogu, pamiętaj, że jesteś Hrabią...

## ROZDZIAŁ 13

# NIESPODZIEWANE SPOTKANIE

– Korniku...? – naciskałem na nauczyciela, nie pozwalając mu wymigać się od odpowiedzi. – O czym mówiła Naszlazar?

– Może później? – wycedził goblin, wykręcając swój zielony pyszczek. – Wciąż masz do załatwienia sprawę zamku, a głupstwami głowę zawracasz...

– Korniku! – Nie poddawałem się. – O czym mówiła Naszlazar?

– Jesteś irytujący – burknął goblin, po czym rozpromienił się w uśmiechu – ale nie spodziewałem się po tobie niczego innego! Krótko mówiąc, a nie musisz wiedzieć więcej, labirynt służy po prostu do potwierdzenia rangi Szamana. Prawie każdy, kto sam wybrał Totem, przechodzi przez niego bez żadnych specjalnych problemów; nikt nie staje się Najwyższym bez zapoznania się z Duchem Żywiołów i scalenia z Totemem. Twój związek z Totemem jest trochę nietypowy dla Szamana, więc...

– Przestań mi opowiadać o tym, co już wiem! – przerwałem nauczycielowi. – Dlaczego Syrena nie została ukarana, kiedy powiedziała, że Renoks oddał swojego syna Tarantulom na pożarcie?

– A, o to ci chodzi... Widzisz... Nie mogę ci tego powiedzieć. Mam zakaz. Mogę powiedzieć jedno: Naszlazar nie powiedziała całej prawdy, tylko jej część...

– Zabierz mnie do Renoksa!

– Nie przypominam sobie, żebym zatrudnił się jako kierowca taksówki! – obruszył się goblin.

– Jeśli chciałbym dostać się do Altamedy lub Anchursu, to powiedziałbyś, że nie ma żadnego problemu, ale do starego zielonego potwora to już nie? Korniku, albo mi opowiedz, albo mnie do niego zabierz!

– Skoro nie chcesz rozmawiać o istocie Labiryntu Pragnień, to nie mam innego wyjścia, jak tylko się pożegnać. Nauczyciel na mnie czeka. – Z tymi słowami goblin, zapędzony w róg prywatnej loży w „Złotej Podkowie", zniknął. Nie tylko zostawił mnie z rachunkiem do opłacenia, ale też mi nie odpowiedział! Nie no, naprawdę!

*Nauczycielu, ja tego tak nie zostawię! Potrzebuję odpowiedzi i otrzymam ją za wszelką cenę!*

*Kiedy zapracujesz na dziesiątą rangę Smoka, polecisz do niego zdobyć jedenastą i sam o wszystko wypytasz! Nie ma powodu, żebyś zawracał głowę staremu, schorowanemu goblinowi! To wszystko, rozłączam się! Trochę odłożymy nasze szkolenie; muszę się dowiedzieć, w jakim kierunku cię rozwijać...*

Złośliwy konus zrobił coś takiego, że żadne z moich połączeń nie wychodziło – podobno istnieje umiejętność blokująca komunikację z uczniem... Jak ja mało wiem... Świadom, że uzyskanie czegokolwiek więcej od Kornika jest niemożliwe, udałem się do Najwyższej – już dawno trzeba było doprowadzić do końca sprawę pobłogosławionej rudy. Nigdy nie wiadomo, kiedy się przyda.

– Machanie, dawno cię nie widziałam! – powiedziała Elżbieta, wstając od stołu.

Patrząc na ten mebel wagi ciężkiej, nie mogłem powstrzymać uśmiechu – w porównaniu z moją ostatnią wizytą w gabinecie Najwyższej Żerczyni sporo się zmieniło.

– Co cię tak bawi? – skrzywiła się Liza, widząc moją reakcję. – Kto by pomyślał, że w ciągu pięciu lat mojej nieobecności zrobią z Najwyższej biurokratkę! Wcześniej wszystkie pytania rozwiązywał archiwista, do mnie trafiały wyłącznie sprawy nierozwiązywalne. A teraz... Zamawiam wosk, miód, szczotki, drewno potrzebne do napraw! Nawet Eluna się ze mnie śmieje. Mówi, że nigdy nie miała tak ciężko pracującej Żerczyni!

– Zatrudnij archiwistę – zasugerowałem.

– Och, dziękuję, co ja bym bez ciebie zrobiła! – warknęła Liza. – Jesteś moim wybawcą!

– Sarkazm też nie jest mile widziany. – Zrobiłem obrażoną minę podobnie jak Najwyższa.

– Przepraszam, po prostu tyle rzeczy się zebrało, głowa pęka. Dlaczego przyszedłeś?

– Chciałem cię o coś zapytać. Kiedyś opowiadałaś mi o znakomitych krasnoludach, które wchodzą w skład Szachów Karmadonta. Czy nie znasz przypadkiem podobnych historii o dwóch Gigantach?

– Gigantach? – powtórzyła zamyślona Najwyższa, napinając czoło. – Prawdopodobnie... Hmm... Nie pytałeś w bibliotece?

– Pytałem. Rejestrator mówi, że wszyscy Giganci byli świetni; potrzebuję konkretnych imion.

– W takim razie przepraszam, nic nie przychodzi mi do głowy. Mam teraz czym innym zaprzątnięte myśli...

– Nie powiedziałaś mi, co się stało z twoim archiwistą.

– Przepadł. Miesiąc temu wyszedł do miasta i wieść o nim zaginęła. Jego amulet pracowniczy pokazuje, że żyje. Zwiastuni twierdzą, że jest w mieście, że wszystko z nim w porządku, ale więcej nie mogą mi powiedzieć... Przez kolejne cztery miesiące nie mogę go zwolnić, więc siedzę i powoli tracę zmysły. Możesz obstawić, co stanie się pierwsze: wróci archiwista czy Eluna będzie miała nową Najwyższą...

– Może pomóc ci go odnaleźć? – zapytałem, czując, że kryje się w tym zadanie.

– Dziękuję, nie ma potrzeby, szuka go już ponad stu wolnych obywateli. To prawda, że szuka bezskutecznie już od trzech tygodni, ale to jest sprawa świątyni i nie chcę angażować w to Szamana. Nic strasznego mi się nie stanie...

– Dobrze. Słuchaj, czy możesz polecić swoim siostrom, żeby zrobiły mi więcej błogosławionej rudy?

– Dlaczego by nie. Sto Złotych Monet za sztukę lub dwa tysiące za paczkę.

– Lizo!

– Teraz nie jestem Lizą, ale Najwyższą Żerczynią! Naszym obowiązkiem jest zmiana esencji, ale nie wyczuwam, żebyś był w posiadaniu mrocznych przedmiotów. Jeśli podczas święcenia moje kapłanki nie mogą rozwijać swoich umiejętności, to taka praca jest płatna. I tak dałam ci ogromną zniżkę po koleżeńsku. Chcesz coś pobłogosławić?

– Dobrze... – zgodziłem się, wyjmując rudę z worka. – Dwadzieścia paczek Rudy Złota... Zapłata, mam nadzieję, po wykonanej pracy?

– Jak ci wygodniej – uśmiechnęła się Najwyższa i natychmiast wezwała jedną z sióstr, żeby oddać jej rudę. – Za trzydzieści minut będzie gotowe, możesz tu poczekać. Zaraz, przypomniałam sobie coś o Gigantach: w mieście mamy kilka posągów. Obejrzyj je, może to ci coś da...

Tydzień, który dzielił mnie od powrotu Nastji i Plinto, minął błyskawicznie. Dwa razy na dobę latałem do Altamedy, wydałem około dwustu tysięcy na teleport i tyle samo na zwój z zaklęciem „Skradanie", dzięki któremu miałem możliwość podejść do zamku niezauważony i odfajkować swoją obecność. Okazuje się, że posiadanie własnego zamku to kosztowna sprawa. Tyle już wydałem, a nawet nie mogę powiedzieć, że jestem już jego właścicielem. Przeraża mnie sama myśl o tym, co będzie później.

Spotkałem się ze Swardem i zawarłem z nim bardzo korzystne dla klanu porozumienie – teraz wszyscy moi Rajderzy będą biegać w zbrojach w kwiatowe wzory od czołowego Zaklinacza Malabaru. On i Kirona dostali za posąg +1 do Rzemiosła i kilka jednostek do ich głównej specjalności, musiałem więc obiecać, że jeśli znów pomyślę o tworzeniu jedności, Sward zostanie zaproszony jako pierwszy. Nie nalegał na natychmiastowe zjednoczenie – doskonale pamiętał, czym skończyło się dla mnie poprzednie naruszenie logiki gry.

Kowalstwa też nie pozostawiłem samego sobie, rozwinąłem je od razu do stu dwudziestu dziewięciu jednostek – na dzisiaj to maksimum. Nie miałem nastroju na tworzenie pierścieni ani łańcuszków, więc zająłem się wytapianiem sztabek; początkowo z Żelaza, a gdy tylko osiągnąłem poziom setny – ze Stali. Levelowanie wymagało sporo rudy, ale w rezultacie stałem się posiadaczem siedmiu Tanzanitów i dwóch Chryzolitów jednocześnie. Chociaż z tym drugim kamieniem nie miałem co zrobić poza sprzedażą, to własnoręcznie wydobyty Tanzanit pozwolił mi mieć nadzieję na stworzenie figurek Gigantów. Było jednak jedno „ale" – nie miałem pojęcia, o których Gigantów chodzi. W Anchursie było dziewięć pomników i kiedy poznałem ich historię, każdy z przedstawionych Gigantów mógł zająć miejsce wśród szachowych figur Karmadonta. Jednocześnie zwój z opisem Szachów uparcie przekonywał, że wizerunki postaci nie zostały jeszcze opracowane – więc musiałem to odłożyć...

Barsi nadal prężnie przyjmowała ludzi, więc pod koniec piątego dnia mojego przymusowego pobytu w Anchursie w składzie klanu było pięciuset członków, w tym trzystu pięćdziesięciu rzemieślników ku uciesze naszego magnata finansowego, Leyte'a. Wojownik najwyraźniej odnalazł swoje powołanie – z siedemnastu milionów klanowych sztuk Złota zdołał już zarobić dwadzieścia trzy, płacąc przy tym wszystkie rachunki z miesięcznym wyprzedzeniem, w tym opłacił moje skoki po kontynencie. Leyte nieustannie coś kupował, sprzedawał, wisiał na amuletach jak na telefonie, obsługiwał pocztę, a nawet wynajął chłopca na posyłki, żeby ten biegał do Maga po zwoje i wszystko, co było potrzebne, dzięki czemu sam nie odrywał się od ważnych spraw.

Tak samo zajęci byli Ciapa i Eryk. Ciapa zebrał własną grupę rajdową i zaczął biegać po Podziemiach jak szaleniec, w trybie 24/7. Oczywiście przesadzam, ale w ciągu ostatnich dwóch tygodni urósł do sto sześćdziesiątego siódmego poziomu i spędzał w Podziemiach ponad osiemnaście godzin dziennie. Początkowo gracze, których zwerbował, buntowali się, a skład jego grupy nieustannie ulegał zmianie, ale Łotrzyk zdołał znaleźć gdzieś pięćdziesięciu ludzi, którzy tak jak on kochali Podziemia. Ciapa jest na dobrej drodze, żeby dogonić grupę Magdieja.

Z Erykiem było zupełnie odwrotnie – ten całkowicie porzucił walkę i zajął się pracą kreatywną...

– Jak ci idzie z Rzemiosłem? – zapytałem Eryka, gdy spotkałem go w kuźni.

Gdy Imperator zaprosił go do siebie do pałacu – jak się okazało: wraz z żoną Oficera z prawdziwego życia, której Eryk dał drugi bilet – Wojownik zapłacił za usunięcie jednej umiejętności, dzięki czemu mógł wziąć sobie Rzemiosło.

– Nijak – mruknął Eryk, odwracając wzrok. – To wcale nie działa! Doskonale wiem, co trzeba robić, ale jak tylko zaczynam pracę, jakby coś się działo z moimi rękami! Jeden fałszywy ruch i przedmiot jest do wyrzucenia! Zniszczyłem już tyle sztabek, że postanowiłem się zatrzymać i zrobić sobie przerwę. Może powinienem trochę bardziej rozwinąć Kowalstwo... Sam nie wiem...

– Rozumiem – skinąłem głową. – Trzymaj! Może to pomoże ci wyćwiczyć zgrabiałe ręce!

Mrok otaczającej przestrzeni rozproszyło światło, gdy wyjąłem z torby Gładir i podałem go Erykowi. Trzeba było zobaczyć twarz krasnoluda – tylu emocji, od nieufności po zachwyt szczeniaka, mieszających się ze sobą, jeszcze w życiu nie widziałem, ani w grze, ani w rzeczywistości.

– To... to przecież jest... – mówił nieskładnie Eryk, oglądając Gładir i trzymając go w ramionach jak małe dziecko. – To przecież... Machanie! Przecież to jest...!

Nigdy bym nie pomyślał, że mój Oficer ma tak duży zasób słów. Eryk zaczął potrząsać moją dłonią z takim entuzjazmem, że zmartwiłem się, czy nie spowoduje niezamierzonych obrażeń. A jeśli Symulatory obserwujące więźniów pomyślą, że celowo zadał mi obrażenia?

– Eryku, przestań! – próbowałem wyrwać rękę, ale krasnolud wczepił się w nią stalowym uchwytem. – Zachowujesz się jak dziecko, któremu Święty Mikołaj podarował cukierka! Dość! – Z trudem, ale jednak udało mi się wyrwać rękę. – Masz dwa dni na aktywowanie Rzemiosła! Słyszysz? Dwa dni! Jeśli nie uda ci się, zabieram młot i powiem, że najwyraźniej tak miało być! Jeśli sobie poradzisz, to dam ci coś jeszcze!

– Machanie! Tak, ja już...! Tak, już dziś...! Już teraz...! – Oficer nie przestawał cieszyć mnie swoim kwiecistym językiem pełnym wyszukanych metafor.

Dwa dni później Eryk przyniósł Unikalne Zarękawia dla graczy do dwusetnego poziomu i uroczyście oznajmił, że mu się udało. Na twarzy krasnoluda było tyle radości, że nie powstrzymałem się, wyjąłem pas i rękawiczki i podałem je Erykowi. Plus jedenaście do Rzemiosła dla kogoś, kto będzie zajmować się wyłącznie tworzeniem, to bardzo opłacalna inwestycja dla klanu. Tym bardziej że na wszelki wypadek podsunąłem Erykowi porozumienie, że w razie czego... W końcu jesteśmy przestępcami – kto wie, może nagle wróci do kopalni... Zrobiłem to tylko po to, żeby się zabezpieczyć, tylko po to...

*Dimo, cześć, wróciłam!* – W końcu nadszedł szczęśliwy moment, kiedy Nastja zakończyła swoje szkolenie. – *Gdzie jesteś? Chcę ci tak wiele opowiedzieć! Nie uwierzysz, jestem teraz Kapitanem Paladynów i mogę dawać dziesięcioprocentowe wzmocnienie!*

*Przyleć do Anchursu. Zaczekamy na Plinto i przenosimy się do Altamedy.*

*Zaczekamy?*

*On, podobnie jak ty, przechodzi szkolenie. Przyleć tu, będę w „Złotej Podkowie", uczcimy Twój powrót...*

– Widzę, że nie próżnowaliście – zauważyła dziewczyna, zwróciwszy uwagę na poziom klanu.

Barsi namówiła mnie na spotkanie z kanałem telewizyjnym, który chciał przygotować reportaż z wydarzeń w Mrocznym Lesie, ale żeby to było możliwe, musiałem dokonać kilku zmian na stronie klanu. Teraz we właściwościach każdego przedstawiciela Legend Barliony pojawiła się informacja nie tylko o poziomie klanu oraz jego nazwa, ale także aktualizowany online oficjalny ranking statystyk. Ta przyjemność kosztowała tylko dziesięć tysięcy Złotych Monet miesięcznie, więc nie miałem powodu odmawiać dziewczynie. Teraz wszyscy bez zbędnych dociekań widzieli, że Legendy Barliony są klanem na czwartym poziomie i zajmują sześćset pięćdziesiąte dziewiąte miejsce w rankingu klanów w Malabarze. Jeszcze tylko kilka tygodni i...

– Rozkręcamy się powoli... Nastjo, potrzebuję twojej pomocy.

– Mów.

Nie zajęło mi długo powtórzenie historii Gejry o możliwości dostania się do Altamedy przez Podziemie, więc po kilku minutach przy naszym stoliku zapadła cisza. Nastja myślała o moich słowach – podobnie jak ja, tylko z innego powodu. Dlaczego wcześniej nie przyszło mi to do głowy? Imperator i Mroczny Pan ostrzegali, że tylko właściciel Altamedy lub jego małżonka może wejść do Podziemia. Ale nie powiedzieli nic o... Tak, muszę to sprawdzić! Otworzyłem księgę podarowaną mi przez Radę Narlaku, w której opisano prawa i obowiązki arystokratycznej klasy Barliony. Bingo! Jest pewna luka!

– Samej mi będzie trudno.

– Nikt cię nie zmusza, żebyś szła sama – uśmiechnąłem się, wciąż analizując sytuację w głowie. Ciekawe, czy deweloperzy pchnęli mnie do podjęcia takiej decyzji, czy to kolejny „przełom"? Prezent w postaci książki o arystokratach, niezrozumiałe słowa Syreny, że jestem Hrabią, w kółko wybrzmiewające ostrzeżenie, że tylko właściciele mogą wejść do zamku... Było zbyt wiele podpowiedzi, które popychały moje myślenie w jednym kierunku. – Zabierzemy ze sobą Plinto!

– Sam przecież powiedziałeś, że tylko właściciel i jego żona mogą wejść do zamku. Wejście jest zamknięte dla innych graczy...

– Przeczytaj to...

Podałem dziewczynie książkę, wskazując odpowiedni fragment.

– Kiedy on wraca? – Nastji wystarczyło tylko jedno spojrzenie na tytuł akapitu, żeby natychmiast się ożywić.

– Według moich obliczeń trening powinien się skończyć w ciągu kilku godzin, wtedy pewnie spędzi dzień w realu, w końcu nie był tam od tygodnia. Potem wróci do Barliony, gdzie my go powitamy...

– Przygotuję wszystko, czego potrzebujemy. – Nastja zrobiła zdjęcia strony w książce i odchyliła się na oparcie krzesła. – Najwyraźniej celowo nas wyciągnięto, żeby dostosować scenariusz dla trzech graczy... Dimo, a czy ty jesteś teraz zajęty? Mam propozycję nie do odrzucenia...

***

– Zboczeńcy – podsumował Plinto, kiedy opisałem mu sytuację z Altamedą i sposób działania, który wymyśliliśmy. – Jeśli myślisz, że zgodzę się na takie szaleństwo... To absolutnie masz rację. Kiedy zaczynamy?

– Spotkanie z Imperatorem zaplanowano na wieczór, tylko on może poprowadzić ceremonię.

– Czyli nie miałeś nawet najmniejszej wątpliwości, że się zgodzę, prawda?

– A masz coś przeciwko?

– Nie, ale...

– W takim razie przestań straszyć ludzi, wyłącz swoją czarną aurę i przygotuj się do drogi. Nastja uważa, że scenariusz został już dostosowany do konkretnych trzech graczy, więc będziemy musieli pokazać wszystko, na co nas stać. Ile czasu potrzebujesz?

Konsekwencją szkolenia zarówno Anastariji, jak i Plinto była aura, która ciągle ich otaczała. Jeśli na tle stale jaśniejącej i pozytywnej dziewczyny blask aury nie był od razu zauważalny, to wokół Łotrzyka wyraźnie wyczuwalna była straszna czarna aura śmierci. Gracze, spoglądając na Plinto z ukosa, próbowali go ominąć, ponieważ w połączeniu z czerwonymi oczami Wampir emanujący ciemną mgłą wyglądał przerażająco. Gdybym nie wiedział, że ten człowiek jest właściwie białym i puszystym króliczkiem, sam bym się bał...

– Kilka godzin – odpowiedział Plinto po chwili zastanowienia, po czym znowu się zamyślił i dodał: – ...i pięć tysięcy Złotych...

– Nie rozumiem...

– Trzeba będzie zapłacić za mnie mandat... Zamierzam się wyszumieć w mieście...

– Może odłożysz to, dopóki nie wrócimy? Po co ci to?

– Jak to po co? Kiedy tu szedłem, spotkałem Helfajera z jego Rajderami. Chcę przetestować umiejętności, które zdobyłem w półtora tygodnia. Manekiny i głupie potwory to jedno, ale Helfajer i możliwość odebrania mu trzydziestu procent Doświadczenia to już zupełnie coś innego...

Helfajer z Rajderami w stolicy? Przecież oni powinni szturmować Podziemie, w którym ukryte jest antidotum na sztylet Gieraniki. Imperatorowi zostały... – otworzyłem opis zadania na stworzenie błogosławionego przedmiotu – tylko cztery tygodnie życia, więc dlaczego Feniks nie był zajęty ratowaniem go? Nie było żadnego powiadomienia, że znaleziono sposób na uratowanie Imperatora... Nic nie rozumiem.

– Zgoda, przygotuj się. Napisz, kiedy będzie trzeba zapłacić karę. Najważniejsze, żebyś sam nie dał się wysłać na odrodzenie.

– Niedoczekanie! – Plinto uśmiechnął się, po czym dodał: – Jeśli ten ptak wygra, przebiegnę po całym Anchursie w samej przepasce biodrowej i będę krzyczał: „Helfajer jest najlepszy!". Przysięgam na moją moc!

Wokół Wampira uformowała się ciemna, błyszcząca chmura, po czym natychmiast wyparowała w otaczającej przestrzeni – Imperator przyjął jego przysięgę. Ale dlaczego chmura była ciemna, a nie jasna jak u wszystkich graczy? Czy Plinto przeszedł na ciemną stronę? Jedno było dobre – nawet pomimo jego aury strażnicy nie zwracali uwagi na Łotrzyka. Jakby czerwone oczy i ciemna aura dla nich nie istniały...

– Imperator jest gotów na spotkanie – rzekł uroczyście zarządca – proszę za mną...

Nastja pomogła mi po raz kolejny, wykorzystując swoje prawo do spotkania z tak ważną osobą jak Imperator. Ogólnie rzecz biorąc, nie jest normalne, że zwykły gracz praktycznie nie ma możliwości przebicia się do niego. Logika, którą kierowali się projektanci gry, wymyślając tę zasadę, nie jest do końca jasna.

– Anastarija z gośćmi! – Otworzywszy nam drzwi do gabinetu, zarządca dosłownie rozpłynął się w powietrzu.

W jednej chwili był – sekundę później nie było po nim śladu.

– Wielka Anastarija... – Imperator przywitał dziewczynę skinieniem głowy, nawet nie wstając z fotela, po czym zaszczycił pozostałych swoją uwagą: – Smok i Wampir. Co sprawiło, że tak wyjątkowa grupa chciała się ze mną spotkać, a Kapitan Paladynów poświęcił swoje prawo do odwiedzania pałacu w dowolnym momencie?

– Okoliczności związane z zamkiem – odparła dziewczyna, dygnąwszy. – Wiemy, jak przejąć Altamedę, ale to wymaga pomocy Imperatora.

– Hmm... Brzmi intrygująco. Jeśli zdołacie mnie zaskoczyć, zwrócę ci prawa do odwiedzin. Mów.

– Machanie, proszę – powiedziała Nastja, taktownie odsunąwszy się na bok.

Zgadza się – jestem głównym właścicielem, więc to ja powinienem rozmawiać.

– Do Altamedy mogą wejść tylko jej właściciele. Anastarija została moją żoną, ale we dwoje w Altamedzie nie mamy czego szukać. Po użyciu Armageddonu przy wejściu do zamku poziom żyjących w nim Upiorów wzrósł do trzysta osiemdziesiątego poziomu, więc nawet Kapitan Paladynów nie będzie w stanie ich pokonać. Pokonać w pojedynkę. Ale jeśli Wampir Adept pójdzie z nim...

– Plinto nie ma prawa wejść do Altamedy – przerwał mi natychmiast Imperator. – Pomysł na kamień Yin-Yang był piękny, ale w naszym Imperium nie wolno mieć więcej niż jednego męża. Nawet gdybym pozwolił Anastariji poślubić Plinto bez zrywania związku z tobą, Plinto i tak nie stałby się twoim krewnym. Nie może też zostać twoim adoptowanym synem, ma ojca i wydaje mi się, że Patriarcha tak łatwo go nie odda. Plinto nie wejdzie do Altamedy, przykro mi.

– Wszystko się zgadza, jeśli nie brać pod uwagę jednego punktu prawa dotyczącego szlachty Malabaru, w szczególności artykułu 583, ustęp drugi.

– Prawo do dziedziczenia. – Imperator natychmiast zorientował się, o czym mowa. – Ale Plinto nie może odziedziczyć tego, czego ty jeszcze nie posiadasz...

– A następnie dodajemy artykuł 334 i jego ustęp czwarty...

– Dziedziczenie w rodzinie założonej poprzez wymianę krwi... Jesteście pewni, że przeżyjecie wymianę krwi?

– Nie mamy wyjścia. Proste dziedziczenie nie umożliwi Plinto wejścia do Altamedy. Jeśliby przeprowadzić obrzęd, ale nie tylko na mnie i Plinto, ale także na Anastariji...

– Sam to wymyśliłeś czy Wampir cię namówił? – zapytał Naatchi cicho i wcale nie po imperatorsku, po czym uśmiechnął się i dodał: – Potrzebuję godziny na przygotowanie się, później będę czekał na was w laboratorium. Anastarijo, przywracam ci prawo do jednorazowej wizyty. Zarządca zaprowadzi was do ogrodu...

– Saszo, może powinniśmy już wracać do domu?

Po około dwudziestu minutach wędrówki po pałacowym ogrodzie usłyszałem dość przyjemny kobiecy głos. Nastja została z Plinto, żeby omówić jego zwycięstwo nad Helfajerem – Plinto wyzwał go na pojedynek, a Wojownik nie mógł sobie pozwolić na odmowę, mieli zbyt wielu świadków. A ja wybrałem się na samotny spacer i teraz, zdając sobie sprawę z tego, że nie wolno podglądać, aktywowałem jeden ze zwojów ze „Skradaniem" i zbliżyłem się do rozmawiających graczy.

Ciekawe, co to za ludzie... Zwłaszcza ta osoba z tak przyjemnym głosem...

– Aliso, wszystko w porządku! Imperator obiecał, że przyjmie nas dzisiaj, więc to zrobi! Czekamy tylko sześć godzin!

– Saszo, szczerze, mam wątpliwości... Moja skrzynka pocztowa pęka w szwach... Skąd w Barlionie jest tylu dziwaków? Cholera... Dlaczego wzięłam udział w tym głupim konkursie?

„Skradanie" trwało pięć minut, więc nie martwiłem się specjalnie, że w najbardziej niepożądanym momencie stanę się widzialny. Strażnicy i Zwiastuni i tak widzieli mnie doskonale, więc nie mogłem narozrabiać w pałacu, ale przysłuchiwać się w ukryciu rozmowie... Nigdy nie interesowały mnie plotki i cudze sprawy... Chyba się starzeję. Wkrótce zamienię się w podstarzałego zrzędliwego emeryta, będę siedzieć na ławce i obgadywać sąsiadów...

Gniewny Gnum, demonolog na dwieście sześćdziesiątym czwartym poziomie, i Ransida, Szamanka na czterdziestym piątym. Patrząc na dziewczynę, ledwo utrzymywałem szczękę na swoim miejscu – gdyby Anastarija i Eluna tu były, pewnie stałyby z boku, paląc nerwowo papierosa na spółkę, i porównywałyby się do tego czarującego stworzenia. Z trudem przełykając ślinę, zmuszając ciało do ponownego oddychania, z niesamowitym wysiłkiem woli odwróciłem od niej głowę. Przecież mam Anastariję i jakaś Ransida... Ale jak seksownie wygląda pieprzyk nad jej ustami...

– Wiedziałam, że cię tu spotkam! – Nagle rozległ się jeszcze jeden piękny kobiecy głos, przepełniony takim wachlarzem uczuć, że cały urok Ransidy natychmiast wyparował z mojej głowy, i odwróciłem się w poszukiwaniu jego właścicielki.

– Arien, odwal się – powiedział Gnum, stając między dwiema dziewczynami.

– Och, widzę, że Ransida ma już swojego pieska do zabawy! Szybko! – powiedziała dziewczyna i wtedy ją zobaczyłem: Mag, poziom dwieście osiemdziesiąty szósty. Łał!

Prawie trzechsetny poziom! Najwyraźniej Arien gra od bardzo dawna i z jej warunkami – prawie w niczym nie ustępowała Ransidzie – powinna była już kiedyś brać udział w konkursie.

*Nastjo, czy znasz dziewczynę o imieniu Arien?*

*Tę słodką dziewczynę?* – zapytała Anastarija. – *Oczywiście, że znam. Dlaczego zainteresowałeś się tak wstrętną osobą?*

*Dobrze ją znasz...*

*Wysyłam ci hologram, który Arien przysłała mi po moim ostatnim zwycięstwie w konkursie. Zachowuję to w charakterze wspomnienia...*

Wiadomość wpadła do skrzynki, więc natychmiast otworzyłem pocztę i spojrzałem na zdjęcie. Na pierwszy rzut oka było widać, że ta fotografia nie powstała w Barlionie, ponieważ nad głową dziewczyny nie było żadnych znaczników, a na jej ciele brakowało obowiązkowych opasek... Całkowicie naga dziewczyna klęczała i zakrywała swoimi długimi czarnymi włosami miejsca, które podczas przesyłania do Barliony wywołałyby sprzeciw cenzurujących Symulatorów. Najwyraźniej próbowała zamanifestować swój stosunek do zwycięstwa Anastariji. W jednej ręce dziewczyna trzymała plakat ze zdjęciem Nastji, przy którego pomocy Arien... Hmm... Rozumiem, że plakat był wystarczająco duży, a twarz Anastariji bardzo rozpoznawalna, ale używanie tak grubego i śliskiego papieru w takim celu nie jest zbyt wygodne. Do tego uniesiony środkowy palec drugiej ręki, pokazujący jej stosunek do tego świata... Dziwny hologram...

*A po co ci to?*

*Żeby nie zapomnieć, jacy naprawdę są ludzie. Czytam listy od moich fanów, unoszę się do nieba w swoim wyidealizowanym świecie, potem patrzę sobie na tę fotografię i przypominam, jaki świat jest naprawdę. Dlaczego nagle mówisz o Arien?*

*Jest teraz w ogrodzie, znęca się psychicznie nad Ransidą i jej chłopakiem...*

*Czekaj! Za chwilę tam będę!*

– Kogo widzą moje oczy! – zaśpiewała Anastarija dźwięcznym głosem, gdy weszła do altanki. Arien wciąż kpiła z Gniewnego Gnuma i jego Ransidy, więc zaczynałem przechodzić na stronę dziewczyny z pieprzykiem. Jeśli wygrała konkurs, to znaczy, że jej wygląd w grze był taki jak w rzeczywistości, więc można śmiało powiedzieć: Ransida miała trochę ponad dwadzieścia lat. Młodziutka, obłędnie piękna... Skąd biorą się takie dziewczyny? – Arien, czy naprawdę i w tym roku udało ci się zająć drugie miejsce?

– Anastarija... – zapiała Arien równie dźwięcznie, obierając sobie nowy cel. – A ty, złotko, co tu robisz? Zdecydowałaś się na spacer po miejscach twojej dawnej sławy? Biedactwo... Przegapiłaś konkurs, z Feniksa cię wyrzucono... Czy naprawdę jest ci tak źle, że musiałaś poślubić jakąś miernotę?

– Arien, Arien... Widzę, że mijające lata zbierają swoje żniwo... Zmarszczki, rozstępy, obwisłe piersi, starcza apatia... Biedulko... Nie jesteś już w stanie poradzić sobie z rówieśniczkami, więc uwzięłaś się na dzieci? Może idź pośmiać się z przedszkolaków, to przecież twój poziom...

Dalej zrobiło się nieprzyjemnie – dwie anakondy, nawet nie, nie anakondy, dwie kobry wczepiły się w siebie w śmiertelnym uścisku. Ale dziewczyny zamiast kłów i trucizny używały słów... Właściwie to też trucizna, tylko bardziej dotkliwa... Nigdy bym nie pomyślał, że Nastja jest w stanie tak umyślnie i dotkliwie niszczyć inną dziewczynę. Arien została zmielona na drobny pył. Wszystkie próby Maga przejęcia kontroli spełzały na niczym, a z każdym słowem Nastja wbijała swoją przeciwniczkę w ziemię, sprawiając, że ta raz po raz czerwieniła się ze wstydu i bladła ze złości. Hmm... Nie chciałbym zostać wrogiem mojej żony...

– Dziękuję, Anastarijo – powiedziała zszokowana Ransida, gdy Arien splunęła w kierunku Nastji, aktywowała portal i odleciała z pałacu. – Naprawdę mam już jej dość...

– To nic, dziewczyny powinny sobie pomagać. Jeśli znowu ją zobaczysz, po prostu zadzwoń do mnie na amulet, o ile tylko będę w grze, na pewno pomogę. Mam stare porachunki do załatwienia z tą pięknisią...

– Nastjo, mogę dołączyć do twojego klanu? Do Legend... Byłabym spokojniejsza.

– To nie jest mój klan, tylko Machana.

– Cała Barliona wie, że to twój mąż, a klan w zasadzie jest twój. Pisałam do Barsine, ale nie mam żadnych specjalnych umiejętności... Nie jestem wydobywcą ani Rajderem, tylko graczem...

Więc to tak? Cała Barliona wie? Super... Pracujesz na swoje imię, pracujesz, a później słyszysz coś takiego...

– Ransido... – zaczęła Anastarija, ale dziewczyna jej przerwała:

– Jestem Alisa.

– Aliso – poprawiła się Nastja. – Jesteś w błędzie. Głową Legend jest Machan, oto on... – Anastarija wskazała w moim kierunku. Do tego czasu osłona „Skradania" zniknęła, więc było widać, że stoję za krzakami. Cholera! – Jeśli chcesz dołączyć do naszego klanu, zapytaj jego, nie mnie...

– Ja... – wyjąkała zaczerwieniona ślicznotka.

Akurat w takim momencie musiał do nas podejść zarządca, mówiąc:

– Imperator jest gotowy was przyjąć. Proszę za mną...

– Spodobała ci się? – zapytała Nastja, gdy tylko ruszyliśmy za zarządcą. – Ładna, prawda? I na dodatek Szamanka...

– Zgadza się, niezły zawodnik. Szczególnie podoba mi się jej pieprzyk...

– Weźmiesz ją do klanu?

– Nie wiem. Jeśli zapyta, to wezmę, jeśli nie, to nie. Nie będę biegał za nią, krzycząc: „Ransido, chodź szybciutko do mojego klanu!".

– Słuchaj, mówiłeś, że zaraz po Altamedzie będziesz musiał przyjąć ucznia. Weź Ransidę!

– Nie, dziękuję. Moim zadaniem jest nauczyć gracza Szamanizmu, a nie patrzeć na niego maślanymi oczami i bać się, że przeoczę choćby jeden gest lub słowo.

– To aż tak...

– Proszę wejść – zarządca usłużnie otworzył drzwi, przerywając naszą niezrozumiałą rozmowę, a moim oczom ukazało się kolejne ciekawe powiadomienie:

**Otrzymałeś dostęp do Laboratorium Imperatora.**
**Obecny poziom dostępu do pałacu: 74%.**

– Córko, czy jesteś pewna tego, co zamierzasz zrobić? – rozległ się znajomy głos i przy jednej ze ścian zobaczyłem Naszlazar. A raczej nie samą Syrenę, lecz jej projekcję.

– Ty, mój synu, też powinieneś się zastanowić. – Przy ścianie obok stała projekcja Patriarchy, który z założonymi rękami patrzył zamyślony na Plinto.

Syrena, Wampir, Imperator... Odwróciłem się i spojrzałem w oczy znacznie zmniejszonej kopii Renoksa, który tylko cicho skinął głową na znak poparcia. Albo się po prostu ze mną przywitał. Hmm... Labirynt jednak odcisnął swoje piętno – patrząc na Renoksa, wbrew mojej woli wyobrażałem sobie, jak kiedyś przyglądał się śmierci własnego syna... Brrr... Koniecznie musimy porozmawiać. Im szybciej, tym lepiej.

– Jestem zdecydowana! – powiedziała Nastja, zajmując jedno z trzech miejsc obok dużego czerwonego kamienia.

– Który Wampir nie lubi ryzykować? – dodał Plinto, dołączając do Nastji.

Laboratorium pałacu uderzająco różniło się od podobnych pomieszczeń, które do tej pory widziałem. Oprócz stojącego na środku niecodziennego czerwonego kamienia o niezwykle wymownych właściwościach: „Kamień Filozoficzny", w pomieszczeniu nie było nic więcej. Żadnych krzeseł, kolb, żadnych szaf – gołe ściany z trzema projekcjami i Imperator z rytualnym kindżałem. Brakowało nam tylko czerwonych peleryn i moglibyśmy założyć pierwszą Lożę Masońską Barliony.

– Machanie, zajmij swoje miejsce – powiedział Imperator, wskazując na małe zagłębienie w podłodze obok kamienia. – Zacznijmy rytuał...

Trzy projekcje naszych rodziców (Naszlazar, jak zrozumiałem, była wirtualną matką Anastariji) zaczęły śpiewać lub nawet wyć jakąś znajomą melodię. Wykonując ją na trzy głosy, udało im się w jednej chwili zawładnąć naszą uwagą. Muzyka hipnotyzowała. Nagle zdałem sobie sprawę, że kołyszę się w jej rytm, położywszy jedną rękę na kamieniu.

Imperator zaczął coś mówić o tym, że nadano mu władzę, że jest teraz gotowy coś zrobić, ale ja znowu pogrążyłem się w niesamowitym śpiewie naszych przodków. Wszystko się w nim mieszało: urzekający głos Syreny, hipnoza Wampira, władczość Smoka. Pieśń była naprawdę majestatyczna – jak wszyscy trzej rozumni, którzy ją śpiewali...

– Zgadzasz się, Machanie? – przedarło się przez śpiew pytanie Imperatora. Mało prawdopodobne, że zapytał o coś, co miałoby mi zaszkodzić, więc powiedziałem: „Zgadzam się" i ponownie zanurkowałem w oceanie dźwięków.

– Od teraz i na zawsze Plinto jest bratem krwi Machana i Anastariji! – zakończył rytuał Imperator i nagle śpiew ustał.

Zapanowała głucha cisza, bez ostrzeżenia i powodu – dźwięki, które dopiero co urzekały i czarowały, nagle ucichły... Skrzywiłem się, niezadowolony, jakby pozbawili mnie czegoś drogiego, ciepłego i tak przyjemnego...

– Potwierdzam prawo Plinto do dziedziczenia wszystkiego, co posiada Machan, i ogłaszam go Hrabią! – kontynuował Imperator, nie zwracając uwagi na nasze jawne niezadowolenie z powodu przerwania pieśni. – Ceremonia się zakończyła!

CO?! Jak to się zakończyła?!

Przecież nic takiego nie robiliśmy! Chodzi mi o to, że nie było wymiany krwi, krojenia ciała i... Imperator opuścił laboratorium, zostawiając naszą trójkę – zniknęły też wizerunki naszych wirtualnych rodziców.

*Dimo, nakręciłeś film z tej ceremonii?* – Natychmiast usłyszałem myśl Anastariji.

*Tak, ale...*

*Prześlij mi... Jak ci się podobały „Dźwięki Barliony"?*

– Co to było? – zapytał Plinto, nie słysząc naszej wewnętrznej rozmowy. – Ledwo mogłem powstrzymać łzy... Cholera! – Plinto zadrżał, jakby z zimna. – To mi się nigdy nie zdarzyło! To jest... Cholera! To było ekstra!

– To były „Dźwięki Barliony", zestaw dźwięków generowany przez naszą świadomość. Każdy z nas słyszał to, co jego mózg powinien postrzegać jako pieśń idealną. Ja miałam coś w rodzaju symbiozy rocka i muzyki klasycznej. Za rockowe dźwięki odpowiadała Syrena, a Smok i Wampir za klasykę. To, co słyszeliśmy, zostało nagrane; zapis dotyczy również projekcji tworzonych przez mózg. Podeślecie, co słyszeliście?

– Wymieńmy się. Też jestem ciekawy, co według ciebie i Machana jest idealne. Wymiana?

– Wymiana – zgodziłem się i wysłałem im fragment nagrany w pałacu. – Plinto, skoro jesteś teraz moim spadkobiercą, to wisisz mi przysługę. Nie każdego dnia wampir zostaje Hrabią... Ale wróćmy do interesów. Proponuję nie tracić czasu i jak najszybciej udać się do Altamedy; w każdym razie ja i tak muszę zameldować tam swoją obecność. Łapcie zwoje, nie chcę, żeby widzieli nas strażnicy.

Rozdałem każdemu po dwa zwoje „Skradania", wyjąłem amulet i zadzwoniłem do Gejry:

– Jesteśmy gotowi, możemy zaczynać. Podaj mi koordynaty wejścia do Podziemia...

– Na chowańcach będzie szybciej – powiedział Plinto ze smutkiem, spoglądając w dal.

Nie kupiłem teleportów bezpośrednio do punktu przeznaczenia – i tak już za te zapłaciliśmy szalone pieniądze – a pokonanie na nogach pięciu kilometrów chyba nie stanowi problemu. W każdym razie dla mnie to nie kłopot.

– To prawda, będzie szybciej – zgodziła się Nastja – tylko że... jeśli pojawimy się przy wejściu, to nasze plany zdobycia zamku możemy spokojnie wyrzucić. Człap, człap, no dalej, ruszajmy!

– Pięć kilometrów! Chociaż pobiegnijmy, nienawidzę chodzić...

Dwukrotnie musieliśmy się zatrzymać, zaktualizować zwój niewidzialności, żeby na pewno ominąć wszystkie kordony graczy, i wreszcie weszliśmy do lasu.

Według mapy do wejścia zostały już tylko dwa kilometry i...

**Odniosłeś obrażenia...**

– To nie gracze! – krzyknęła Nastja, rzucając na mnie bańkę. W samą porę, ponieważ jednym ciosem odebrano mi około dziewięćdziesięciu procent Życia. Kto się ośmielił? – Plinto, drajw!

Zawsze chciałem wiedzieć, co znaczy ten „drajw". Z tego, co do tej pory zrozumiałem, znaczyło to mniej więcej tyle: „Zabij wszystko dookoła, nie oszczędzając nikogo i niczego". Pełna koncentracja i wykorzystanie wszystkich umiejętności. Nie miałem innego wytłumaczenia, a wiecznie zapominam zapytać...

Plinto, potwierdzając słuszność mojego toku myślenia, natychmiast użył Przyspieszenia, wyciągnął swoje jadowicie zielone kindżały i zniknął między drzewami, zostawiając Nastję, by osłaniała moją delikatną „tuszę", w której kierunku zaczęły sypać się strzały i zaklęcia. Dzięki zaklęciu od Nastji przeżyję jeszcze przez dziesięć sekund, a później, jeśli chcę przetrwać, będę musiał się wczołgać pod dziewczynę.

– Gejro, zostaliśmy zaatakowani! To nie są wolni obywatele, pomóż nam. – Nastja powaliła mnie na ziemię i przykryła tarczą, ale udało mi się wyciągnąć amulet i wezwać najemnicę. Zobaczmy, jak ci, którzy nas zaatakowali, poradzą sobie z ogromną grupą wojowników na trzechsetnym poziomie.

**Zdobyłeś Doświadczenie: +700 do Doświadczenia, do kolejnego poziomu zostało 402731.**

– STAĆ! – Niemal równocześnie z pierwszym powiadomieniem o otrzymanym Doświadczeniu rozległ się głośny krzyk kogoś wyraźnie przyzwyczajonego do dowodzenia. – Rzućcie broń i zaprzestańcie jakichkolwiek wrogich działań!

*Plinto, zatrzymaj się* – napisałem na czacie rajdowym, zgarnąwszy przypływ darmowego Doświadczenia. Kocham Doświadczenie, ale NPC-e nie proszą o zawieszenie broni z byle powodu – tu muszą kryć się bonusy... Bonusy kocham jeszcze bardziej.

– Machanie – ni to syknął, ni to splunął człowiek, który wyszedł zza drzew, a ja z trudem powstrzymałem się od wysłania Plinto, by oczyścił ten las aż po same korzenie.

Przynależność tego kogoś do Imperium była widoczna na pierwszy rzut oka – szare kłęby mgły spowiły ziemię, po której stąpał. Tak samo szare i zamglone oczy, absolutnie czarne włosy, surowy mundur. Wokół niego wirowały cienie. Nie musiałem nawet sprawdzać właściwości tej kreatury – bo to jednak była kreatura, a nie człowiek – żeby wiedzieć, że zaszczycił nas ze swoją wizytą jeden ze strażników Gieraniki.

– Sugeruję zawrzeć tymczasowy rozejm – zaproponował Kain, poziom trzysta pięćdziesiąty, wyraźnie zadowolony z wrażenia, jakie zrobił. – Jest mi wszystko jedno, co myślicie o mnie i moim mistrzu, ale mamy wspólnego wroga i możemy się sobie nawzajem przydać.

– Wspólnego wroga? – zapytałem.

– Zgadza się. Ty musisz przejąć Altamedę, ja mam zabić potwora, który zadomowił się w zamku. Zabiję go z tobą czy bez ciebie. Ale z tobą będzie mi łatwiej. Jak tobie ze mną. Decyduj!

– Do ataku! – zabrzmiał krzyk Gejry i moi najemnicy pojawili się dosłownie kilkadziesiąt metrów dalej.

– Gejro, zaczekaj! – krzyknąłem, powstrzymując rzeź. – Żadnych ataków aż do mojego rozkazu!

– To słudzy Gieraniki! Trzeba ich zabić!

– Najpierw ich wysłuchajmy, a później zdecydujemy, co dalej – zaproponowałem mojej najemnicy. – Schowaj broń.

– Pies na usługach – Kain nie mógł się powstrzymać od komentarza. – Mój Pan lubi takich... Machanie, jesteś do niego zadziwiająco podobny. Czuję, jakbym rozmawiał z synem mojego Pana. Szkoda, że go zdradziłeś; mój Pan czegoś takiego nie wybacza...

– W ogóle mnie nie interesuje, co o mnie myśli Gieranika – odparłem. – Gejro, otoczyć ich. Plinto, Kain jest twój, Nastjo, dołącz Gejrę do grupy... Teraz możemy porozmawiać...

Trzydziestu wojowników na trzechsetnym poziomie, z dużym doświadczeniem zebranym w niejednej walce, i Plinto, który był praktycznie na tym samym poziomie co dowódcy wojsk Gieraniki – to oznaczało, że mieliśmy przewagę.

Uwielbiam prowadzić negocjacje w takich warunkach.

– Porozmawiajmy – rzekł niewzruszony Kain. Powiedział to jednak w stylu Gieraniki, z uśmieszkiem, manifestując kontrolę nad sytuacją. – Powtarzam, mamy wspólny cel: zniszczenie potwora z Altamedy, dlatego proponuję sojusz. Trudno mi dostać się bezpośrednio do zamku, wokół niego jest zbyt wielu wolnych obywateli, ale wy jesteście w podobnej sytuacji. Widziałem, jak codziennie odmeldowujesz się przy zamku, odnawiając swój status właściciela. „Skradanie" nie jest najskuteczniejszym sposobem zachowania dyskrecji. Skoro tutaj jesteś, na dodatek w towarzystwie dwóch wolnych obywateli, z których jeden może wejść do Altamedy, a drugi oczyścić przejście do zamku, to możemy założyć, że brama nie jest jedynym sposobem na przedostanie się do środka. Proponuję wam współpracę do momentu opuszczenia przez nas zamku. Posiadanie w swojej grupie dodatkowych pięćdziesięciu wojowników na trzysta trzydziestym poziomie jest bardzo opłacalne, prawda? Biorąc pod uwagę, że w Altamedzie są Upiory na trzysta osiemdziesiątym. Nawiasem mówiąc, to twoja wina, zdajesz sobie sprawę?

Wśród drzew zamigotały cienie, a ramki moich najemników zaczęły pokazywać pięciominutowe „Odrętwienie". Szach mat... Kain wygrał partię.

– Nie zawieramy rozejmu z wrogami wszystkiego, co żyje – syknęła Gejra i dopiero teraz zobaczyłem, jak emocjonalnie dziewczyna reaguje na tak bliską obecność wojownika Gieraniki.

Rozszerzone nozdrza, zaczerwienione oczy, palce drżące na rękojeści miecza – najemnica z trudem się powstrzymywała, żeby nie rzucić się na Kaina.

– Jaką mamy gwarancję, że nie zdradzisz nas przy pierwszej okazji?

– Wezwę mojego Pana, a on będzie moim świadkiem. Do momentu, kiedy wrócimy do tego lasu lub przeniesiemy się ponad cztery kilometry od Altamedy, nie zobaczysz bardziej lojalnego sojusznika. Uwierzysz słowu Gieraniki?

Można powiedzieć, że Gieranika to taki zły Imperator, więc można mu zaufać. W każdym razie do tej pory nie było precedensu, żeby NPC na tym poziomie oszukał graczy. Ta zasada to jeden z fundamentów Barliony.

*Nastjo? Naprawdę mi się to nie podoba, ale oni mają rację – przydadzą nam się dodatkowe siły, gdy wejdziemy do Altamedy. Upiorów tam nie brakuje...*

*Dimo... Sama nie wiem... Poczekaj...*

– Napadliście na nas. Dlaczego?

– Musiałem sprawdzić, czy jesteście gotowi na to, co nas czeka w środku. Gdybym zdołał zabić Machana, wiedziałbym, że nie ma sensu przyłączać się do was, to by było samobójstwo. Jaką podjęliście decyzję?

– Jeśli odmówimy, zabijecie nas? – Plinto zapytał o to, czego sam się obawiałem.

– Po co? – Kain wzruszył ramionami. – Można powiedzieć, że mamy wspólny cel; jeśli uda wam się zabić potwora bez nas, i tak nam pomożecie. Jaki byłby sens zmarnowania dodatkowej okazji do wykonania rozkazu mojego mistrza? Jeśli odmówicie, po prostu się rozejdziemy, a ja dziś wieczorem zacznę szturmować bramę.

– Z pięćdziesięcioma wojownikami? – uśmiechnęła się Gejra. Nawet jeśli w jej słowach kryła się złośliwość, to wciąż przede wszystkim widzieliśmy uśmiech. I to była dobra wiadomość. – Zmiotą was z powierzchni ziemi; jeśli nie wolni obywatele, to Upiory.

– Wolni nie mogą wejść do zamku i wcale ich nie potrzebujemy. Co do Upiorów: nie proponuję wam współpracy z pustymi rękami. Jeśli pójdziemy razem, poznacie pełną moc Cieni. Nie zapominajcie, że one i Upiory są do siebie bardzo podobne...

*Dimo, jestem za współpracą... W labiryncie na pewno się przydadzą; skoro bossy wysysają esencję, to Cienie – jeśli prawdą jest to, czego się o nich dowiedziałam – będą bardzo przydatne... Ale zabij mnie, nie rozumiem: po co to wszystko Gieranice? Gdzieś tu jest haczyk!*

– Wiem, że jest tu haczyk – zgodziłem się głośno z Nastją.

– Bez niego byłoby nudno – znowu bez cienia zażenowania uśmiechnął się Kain. – Nie masz się czego obawiać, dopóki nie opuścisz Altamedy. Wtedy... Zobaczymy, co się wydarzy... Mój Pan jest bardzo niezadowolony z twojego powodu...

– Zgadzam się. Będziemy sobie nawzajem przydatni. Anastarijo, zajmij się warunkami porozumienia.

Bez względu na to, jak dumny byłem z mojego i tak już dużego doświadczenia w zawieraniu umów, nadal było mi daleko do dziewczyny. W tym momencie nikt lepiej od niej nie zabezpieczy nas przed kłopotami.

– Przysięgam na moją moc, że wypełnię wszystkie punkty naszego porozumienia – powiedziałem, a wokół mojego awatara uformowała się jasna aura.

Najwyższe Duchy przyjęły moje przyrzeczenie.

– Przysięgam na moc daną mi przez mojego pana, że wypełnię wszystkie punkty naszego porozumienia – powiedział Kain, a obok niego pojawił się Gieranika.

– Witaj, mój niewydarzony uczniu – uśmiechnął się były Szaman. – Anastarijo, pozwól, że pogratuluję ci awansu. Kapitanowie Paladyni nie pojawiają się często na tym świecie. Adepcie... – Gieranika nie pominął Plinto. – ...wkrótce będziesz miał wesołe życie. Zapytaj swojego ojca o Proroctwo. Przysięgam, że Kain i jego wojownicy wypełnią wszystkie punkty umowy między nimi a Machanem! I niech Barliona będzie mi świadkiem!

– POTWIERDZAM! – Usłyszałem tylko jedno słowo, ale kiedy się ocknąłem, klęczałem i drżałem. Po raz pierwszy słyszę o czymś takim jak przysięga Imperatora! To jest zupełnie nie do pomyślenia! Kto jest upoważniony do przyjęcia przysięgi Imperatora?

Sądząc po tym, że leżeliśmy na ziemi, oberwało się wszystkim poza Gieraniką.

*Dimo, uwielbiam cię! To jest kolejna zagadka tej gry! Czy wiesz, kto to był?*

*Najwyraźniej Symulator, który odpowiada za Barlionę...*

*To było echo Stwórcy! Stwórcy Barliony! Sprawdź logi, tam jest wszystko zapisane! On nie umarł! On żyje!*

– Teraz jesteśmy sobie potrzebni, Szamanie – kontynuował Gieranika, kiedy już wszyscy wstaliśmy. – Ale zapamiętaj, nie masz na tym świecie straszniejszego wroga ode mnie. Spotkamy się ponownie, obiecuję ci to, i mogę śmiało powiedzieć, że nasze następne spotkanie ci się nie spodoba. Do zobaczenia!

Z rąk Gieraniki wyleciały Cienie i zaczęły krążyć wokół mnie, Nastji, Plinto, Gejry, Kaina... wokół wszystkich obecnych, zwiększając jednocześnie nasze główne parametry o pięćdziesiąt procent – Imperator Cienia dał nam na najbliższe osiem godzin maksymalny możliwy buff w grze, po czym uśmiechnął się i zniknął...

– Jak zamierzaliście dostać się do Altamedy? – zapytał Kain – Później będziemy radować się z łaski mojego Pana – teraz mamy tylko 8 godzin na przejęcie tego świata...

– Gejro, opowiedz wszystko – poprosiłem najemnicę, a sam otworzyłem logi i odnalazłem moment, w którym ktoś potwierdził słowa Gieraniki:

**12:38:45 Stwórca Barliony użył ataku psychicznego – „Majestatyczność" poziom 500.**
**12:38:46 Gracz został poddany atakowi psychicznemu – „Majestatyczność" poziom 500.**

To jest szaleństwo! On żyje! Wirtualny Stwórca Barliony, o którym nawet w Szachach Karmadonta mówi się, że „odszedł w stan spoczynku", „zamknąwszy na wieki swoje drzwi" – żyje! W takim razie co lub kto jest w jego grobie?

Do czego otworzą dostęp Szachy Karmadonta?!

## ROZDZIAŁ 14

# URUSAJ ALBO TAJEMNICA ALTAMEDY

– Oto wejście – rzekła Gejra, wskazując na ogromny dąb. – Czekajcie tutaj...

Rzuciwszy jeszcze jedno groźne spojrzenie w kierunku Kaina, najemnica podeszła do drzewa, dotknęła jego kory i coś powiedziała. Wtedy nie miało to znaczenia, ale pomyślałem, że na wszelki wypadek muszę później przejrzeć logi. Tam powinno zostać zapisane zdanie wypowiedziane przez dziewczynę, kto wie, może kiedyś trzeba będzie jeszcze skorzystać z tego wejścia. Altameda musi być moja...

Kora dębu falowała jak powierzchnia jeziora, w które wrzucono kamień, po czym zaczęła się wciskać w drzewo, jakby zaczęto wpychać w nią niewidzialne pudełko. Stopniowo fala wygasała, tworząc przejście w kształcie prostokąta. Wewnątrz mogłem zobaczyć strome kręte schody prowadzące w dół...

– Witajcie w tajnym Podziemiu Glarnisu – powiedziała Gejra z entuzjazmem. W jej oczach widać było dumę ze swojej rodziny, która zbudowała to podziemne przejście. – Wchodzimy pojedynczo i niczego nie dotykamy...

– Nieco tu u was ciasno – burknął Plinto, idąc za najemnicą.

Przejście rzeczywiście można było zrobić szersze – musiałem iść bokiem, ponieważ moje nie największe ramiona nie mieściły się w ciemnym przejściu.

– Dojdziemy do labiryntu, tam będziesz mieć więcej miejsca – odparła najemnica. Zapaliła jeszcze jedną pochodnię i przekazała ją do tyłu. – Idziemy! Pięć kilometrów samo się nie przejdzie...

O ile łatwo nam było uciec od Altamedy, o tyle z trudem przychodziło przemieszczanie się bokiem z powrotem. Przy tym niemal w nieprzeniknionych ciemnościach – mieliśmy zaledwie dziesięć pochodni na osiemdziesiąt osób. A dokładniej – na trzydziestu ludzi i pięćdziesięciu nie-ludzi. I nie byłoby problemu, gdyby droga była równa, ale dziury lub kamienie ciągle utrudniały nam poruszanie się, szczególnie kiedy ktoś się potykał i wpadał na sąsiadów.

Po mniej więcej kilometrze korytarz wyraźnie opadał, powodując, że nasza podróż była jeszcze ciekawsza – musieliśmy trzymać się ścian, żeby nie zacząć się ześlizgiwać w dół. Gładkość podłogi przestała mieć znaczenie – najważniejsze było, żeby nie spaść.

**Wkroczyłeś na błogosławioną ziemię.**
**Otrzymany buff: „Dar Eluny..."**

– O, jak miło. – Gdzieś z tyłu dobiegła uwaga Kaina. Domyślam się, że błogosławiony krąg, który znajduje się nie tylko na powierzchni, ale i głęboko pod ziemią, działa nawet na sługi Gieraniki. – Wygląda na to, że prawie jesteśmy?

– Jeszcze sto metrów – rzuciła Gejra z czoła naszej kolumny. – Przyznaję, że miałam nadzieję, że błogosławiona ziemia was zniszczy...

– Nas trudno zniszczyć, Magu. Do tego potrzeba czegoś znacznie mocniejszego niż krąg Eluny.

– Plinto, jak się masz? – zapytałem Łotrzyka, przerywając ostrą wymianę zdań.

Plinto był obok najemnicy i według wszelkich przesłanek już powinien być w strefie Altamedy. Byłem bardzo ciekaw, czy mój chytry plan obejścia prawa zadziałał.

– Chyba żyję, żadnych komunikatów nie było. Jeśli wierzyć mapie, zamek jest bezpośrednio nad nami. Przebierajcie szybciej nogami, tutaj jest miejsce, żeby się trochę rozprostować...

Już po czterech godzinach od momentu zejścia do podziemnego korytarza doszliśmy do ogromnej pieczary, w której znajdowały się dwa wyjścia – ciemne przejście, przez które przyszliśmy, i masywne drewniane drzwi z zaokrąglonym szczytem.

– Właściwy labirynt zaczyna się za drzwiami. Nie ma dokładnej mapy, za to wiadomo na pewno, że obejmuje w sumie cztery poziomy. Nie wiem, jak zaprojektował go mój przodek ze swoimi Magami, ale można spodziewać się najgorszego: że on ciągle się zmienia i mapa, którą wykonałam, nam się nie przyda. Na wszelki wypadek jednak trzymajcie. Tak jak się umawialiśmy, ja pójdę z tyłu...

– Czyżby nieustraszona najemnica czegoś się bała? – skomentował Kain.

– Tutaj grasuje Pożeracz – powiedziała dziewczyna, a z twarzy Czarnoksiężnika zniknął uśmiech. Bodajże po raz pierwszy od czasu naszej niedługiej znajomości.

– To zmienia sytuację – powiedział sługa Gieraniki. – Machanie, wiedziałeś o tym?

– Właśnie dlatego idziesz z nami, a nie szturmujesz bramy zamku – odparłem. – Pożeraczem zajmie się nasza trójka z pomocą Żerców. Twoim zadaniem jest zabić wszystko, co się rusza i nie pochłania esencji. Z tego, co mówi Gejra, takich potworów też jest sporo.

– Przyjąłem. Komu oddawać łupy? – dopytywał Kain.

Przy okazji, dobre pytanie. Okazało się, że zgodnie z naszym porozumieniem wszystko, co wypadnie w labiryncie i Altamedzie, należy do mnie. Poza łupem z finalnego bossa – potwora Urusaja. Jeśli z niego wypadnie coś ciekawego, co będzie pasowało Czarnoksiężnikowi, to podział łupów będzie losowy. Kain nie ma prawa zabierać niczego innego do rozwiązania naszego porozumienia. Uwielbiam Nastję, która oczywiście nie zapomniała dodać tego punktu...

– Przedmioty oddawaj mnie, pieniądze Anastariji – odpowiedziałem, nie chcąc tracić trzydziestoprocentowego klanowego zysku.

Przedstawiciel innego Imperium nie może robić przelewów bezpośrednio na konto klanu, dlatego będziemy działać przez dziewczynę.

– Jasne, w takim razie...

– *ZJAWIŁEŚ SIĘ! NARESZCIE! CZEKAŁEM NA CIEBIE!* – W mojej głowie rozległ się nietypowy głos zagłuszający Kaina.

Niezwykłość głosu tkwiła w tym, że nie czuło się w nim żadnej złości, wręcz przeciwnie – jakby kochająca i troskliwa matka witała swoje dziecko. Naprawdę dziwne...

*Nastjo, słyszałaś to?*

*Co słyszałam?*

*Głos, dopiero co... W głowie...*

*Dimo, nie strasz mnie. Jaki znowu głos?*

*Taak... KIM JESTEŚ?* – zapytałem w myślach, zwracając się do nieznanego osobnika. Albo raczej myśląc, że się zwracam.

*Dimo, to ja, Nastja. Wszystko u ciebie w porządku?*

– Nie działa – powiedziałem na głos, widząc opadłą Energię. – Gejro, otwieraj przejście. Chodźmy, zobaczymy, co się tu wyprawia, Plinto – będziesz tankiem... Anastarijo, nie patrz na mnie jak na chorego, potem wszystko wyjaśnię...

**Komunikat dla gracza! Otwarto nowe terytorium: Podziemie „Glarnis". Prawdopodobieństwo wypadnięcia cennego przedmiotu ze zwykłego moba wzrasta o 49,999%, zdobywane Doświadczenie rośnie o 20%.**

– Czuję, że nadciąga Pierwsze Zabójstwo! – dodał Plinto, wyciągając otwartą dłoń do Nastji.

– Jeszcze go nie zdobyliśmy – odpowiedziała chłodno dziewczyna, jednak nawet jej wyraz twarzy mówił, że połyskująca zasłona, która pojawiła się od razu za drzwiami, nie sprawiła jej radości.

– Spokojnie, poczekam – cierpko skomentował Plinto. – Siedem lat czekałem, mogę poczekać jeszcze kilka godzin.

*Nastjo, co to za cyrk?* – Skorzystałem z dyskretnej formy komunikacji.

*Kiedyś obiecałam Plinto, że nigdy nie będziemy mieć wspólnego Pierwszego Zabójstwa... Nawet się pokłóciliśmy... teraz, jeśli je zdobędziemy, a zdobędziemy, będę mu dłużna skrzynkę najlepszego wina ze „Złotej Podkowy". Nie tyle pieniędzy mi żal, ile smutno, że przegrałam...*

– Wszystko się tutaj zmieniło – powiedziała Gejra, która pojawiła się obok nas. Ledwie przeszliśmy za połyskującą zasłonę Podziemia, gdy znaleźliśmy się w kolejnej pieczarze albo raczej komnacie, z której wychodziły trzy ciemne korytarze. – Kiedy byłam tutaj kilka tygodni temu, nie było żadnych odnóg. Moja mapa wam nie pomoże...

– W takim razie proponuję iść w prawo. Machanie, co radzisz jako naczelny jasnowidz? – zapytał Łotrzyk, wyciągając swoje kindżały i nacierając je czymś zielonym.

– Mój wewnętrzny prorok chwilowo się zawiesił – zażartowałem, nawet nie próbując wsłuchać się w przeczucia.

Zaczynająca dochodzić do siebie po Skarbcu Smoków moja rodzinka zwierzątek domagała się solidnego zastrzyku finansowego, dlatego zamierzałem konsekwentnie wyczyścić Podziemie poziom po poziomie. Jeśli Podziemie jest przeznaczone dla graczy trzechsetnego poziomu i skoro najemnicy nie zdołali go przejść, to łup powinien być solidny. Magdiejowi i Ciapie na pewno się spodoba.

Magdiej!

Jak ja mogłem o nim zapomnieć?! Przecież zleciłem, żeby poleciał do barbarzyńców i dowiedział się, dlaczego porzucili swoje ziemie i zaczęli terroryzować krasnoludów, ale byłem tak zaabsorbowany, że zapomniałem zapytać o wyniki. Dziurawy łeb!

*Cześć, Magdieju!* – napisałem na klanowym czacie. – *Napisz mi, proszę, jakie są rezultaty twojej wyprawy do barbarzyńców.*

*Cóż, wiadomość w tej sprawie masz od tygodnia w swojej skrzynce pocztowej.* – Dostałem natychmiastową odpowiedź. – *Czyżbyś z zasady nie zaglądał do poczty?*

Anastarija i Plinto patrzyli na mnie drwiąco, ale otworzyłem skrzynkę pocztową i ciężko westchnąłem – chociaż miałem ustawione filtry i przekazywanie, wciąż pozostawało około dwudziestu tysięcy nieprzeczytanych wiadomości. Nic dziwnego, że jeden niewielki e-mail się zawieruszył... Szkoda, że przypomniałem sobie o tym dopiero teraz, a nie wcześniej.

Zastosowałem wyszukiwanie po imieniu, po czym otworzyłem wiadomość od Magdieja i pogrążyłem się w lekturze.

*Cześć, Machanie! Barbarzyńcy uciekli ze swoich ziem, ponieważ nie mogli znajdować się po sąsiedzku z tak okropną istotą, jaka mieszka w zamku. Ona zatruwała ich życie, zabierała im siły, nie pozwalała niszczyć, grabić i napadać na innych. Nie sądzisz, że to trochę dziwne zajęcie dla tak strasznego potwora? Po złapaniu kilkudziesięciu barbarzyńców obraz nieco się rozjaśnił – to, co straszne dla nich, jest dobre dla nas, i odwrotnie. To, co siedzi w Altamedzie, nie pozwalało barbarzyńcom krzywdzić innych, dlatego odeszli ze swoich ziem. Jak to się ma do tego, co dzieje się w rzeczywistości, nie mam pojęcia, ale zapewne masz ludzi, którzy do tego dojdą. Uważam, że rozkaz wykonałem, proszę cię o potwierdzenie.*

*Magdiej*

*– Dziękuję Magdieju, przeczytałem. Zrobiłeś nawet więcej, niż było trzeba!*

Do diabła!

– Ej, chcecie poczytać bajki? – zapytałem retorycznie, przesyłając list Anastariji i Plinto. – Z takim cholerstwem mamy do czynienia w Altamedzie.

– Czy my jako sojusznicy też będziemy mogli się zapoznać? – zapytał Kain. – Zgodnie z naszym porozumieniem ukrywanie informacji niezbędnych do zniszczenia potwora jest zabronione...

– Pamiętam. – Musiałem zgodzić się z takim postawieniem sprawy i streścić Kainowi i Gejrze otrzymaną wiadomość.

– Czyli mam rozumieć, że Urusaj jest łagodnym potworem? Który w przypływie dobroci zniszczył Glarnis ze wszystkimi mieszkańcami i teraz wysyła Upiory, żeby zabijały wszystko, co żyje wokół zamku? Na tyle dobrym, że Eluna musiała stworzyć wokół zamku ścianę światła? – Gejra zareagowała na wiadomość bardzo emocjonalnie. – Byłam wewnątrz zamku, kiedy użyłeś Armageddonu! Nie ma żadnego dobrego potwora! Są tylko Upiory, mnóstwo Upiorów! Twoi wojownicy się pomylili!

– Albo nie do końca zrozumieli to, co przekazali im barbarzyńcy – ripostowała Nastja. – To prawda, że oni należą do złych i agresywnych przedstawicieli Barliony, ale zło może działać nawet na nich. Tym bardziej zło zupełnie innego rodzaju niż to, do którego są przyzwyczajeni. Kainie, przyszedł czas, żebyś podzielił się informacjami. Po co chcecie zniszczyć Urusaja? Kto to w ogóle jest?

– Kapitan Paladynów jest znany ze swojej przenikliwości i umiejętności wydobycia z góry śmieci błyszczącego brylantu wiedzy – odpowiedział pokrętnie Czarnoksiężnik. – Opowiem, kim jest Urusaj i dlaczego zamierzamy go zabić, gdy tylko wejdziemy do Sali Tronowej Glarnisu. Jeśli nie uda nam się przejść labiryntu, nie chcę wyposażać wrogów, a niezależnie od tymczasowego zawieszenia broni jesteście moimi wrogami, w dodatkowe informacje o moim mistrzu.

– W takim razie, Plinto, korytarz po prawej. – Zakończyłem dyskusję. – Kainie, twoi wojownicy idą w ślad za nim. Zaczynamy pracę, wystarczy już porównywania tego, co kto wie...

**Zdobyłeś doświadczenie: +1000 do Doświadczenia, do kolejnego poziomu zostało 401 731.**

Moby dawały o wiele więcej Doświadczenia niż bojownicy Gieraniki. Dosłownie w ciągu trzydziestu minut „pracy" zabiliśmy około pięćdziesięciu dziwnych stworzeń – ni to ślimaków, ni to ożywionych kawałków błota, w ten sposób zapełniając praktycznie jedną trzecią mojego paska z Doświadczeniem. Wreszcie prawy korytarz zakończył się salą z bossem.

– Pożeracz – wyszeptała Gejra, bojąc się zwrócić na siebie uwagę bossa. – Wcześniej był na poziomie drugim... Proponuję spenetrować pozostałe korytarze, nie ma sensu tu się pchać.

– Na pewno przeszukamy pozostałe korytarze – zapewniłem najemnicę, przyglądając się ogromnej galaretowatej masie.

Wygląd bossa pozostawiał wiele do życzenia.

**Karłowaty Chlup. Poziom: informacja niedostępna.**
**Umiejętności: Trucie, Plucie Kwasem, Pochłanianie.**

Ja, oczywiście, wiedziałem, na co się piszę, ale i tak robi się mało przyjemnie, kiedy poziom bossa jest niewidoczny, ponieważ to oznacza, że jest przynajmniej o trzydzieści poziomów wyżej niż ja. Zwykłe moby – proszę bardzo, a boss... Kto wymyślił takie głupie zasady?

– Jaki cudaczny potworek na trzysta dwudziestym poziomie – skomentowała Nastja, podając, najwyraźniej specjalnie dla mnie, poziom bossa. – Plinto, wiesz, co robić. Machanie, stój obok i staraj się spowolnić krople.

– Jakie krople?

– Zobaczysz. Takie zielone, które będą podpełzać do bossa. Im później do niego dotrą, tym szybciej sobie z nim poradzimy. Gejro... – zwróciła się Nastja do najemnicy – właśnie tego bossa nie przeszliście czy jakiegoś innego?

– Tego. Dwudziestu moich wojowników zostało u niego, nie pozwalając...

– Tak, resztę już znam – przerwała jej Nastja. – Plinto, uważaj na truciznę i gdy tylko...

– Jeszcze mi powiedz, z której strony mam trzymać noże i jak się poruszać – uśmiechnął się Łotrzyk, przerywając Nastji.

– Nie złość się. Gejro i Kainie, wy ze swoimi wojownikami stójcie tutaj i jeśli macie ochotę, uderzajcie z daleka. Od razu uprzedzam, że nie wiem, jaki jest mechanizm Pochłaniania, dlatego jeśli dołączycie do walki, może trafić na was. Żercy, jeśli coś pójdzie nie tak, przygotujcie się do ratowania nas; natychmiast. Kainie, masz Asasyna, niech on zajmie się wyprowadzeniem Żerców z walki. Wszyscy gotowi? To zaczynamy! Plinto, pełen gaz!

– *WYBRAŁEŚ TRUDNĄ DROGĘ!*

Omal nie przegapiłem momentu ataku, gdyż w głowie znów pojawiła się obca myśl. Generalnie zaczynałem rozumieć, dlaczego korporacja nie chce wprowadzić telepatii wśród graczy – z czasem zaczynasz mieć wątpliwości, czy to twoja myśl, czy twojego rozmówcy. Czy może twojego drugiego ja, które przemówiło innym głosem... Dobrze, że ta umiejętność pochłania tyle Energii, więc za wiele nie pogadasz, inaczej żegnaj normalny mózgu, witaj rozdwojenie jaźni.

Swoją drogą, to świetna okazja, żeby poeksperymentować ze zdolnościami przywoływania Duchów! Podczas gdy inni tłukli zwykłe moby, ja trzymałem się z tyłu, zbierając okruchy Doświadczenia za każde zabójstwo. Teraz na bossa na trzysta dwudziestym poziomie wyszło zaledwie trzech graczy – nie wolno mi przegapić takiej szansy wylevelowania się...

Plinto doskoczył do bossa, włączył Przyspieszenie i zaczął udawać helikopter – jedyne, po czym można było go rozpoznać, to zielony tren, który wlókł się za jego kindżałami. Oczywiście z Łotrzyka, delikatnie mówiąc, żaden tank, ale boss był o trzydzieści dwa poziomy słabszy od Plinto, dlatego obrażenia zadawane wampirowi były nie tylko mniejsze z powodu różnicy, ale też ciosy w dużej mierze nie uderzały w cel – trafienie Wampira było trudne.

Co dziesięć sekund ramka Łotrzyka świeciła na zielono, wskazując, że został otruty, ale niemal natychmiast Plinto neutralizował truciznę. Dobrze już, wystarczy tych opowieści o urokach walki – w ciągu czterdziestu sekund udało nam się obniżyć Życie bossa o całe dwa procent, dlatego ta bitwa raczej nie będzie krótka. Zaczynamy trening.

– Witam cię, Szamanie Najwyższy! – powiedział Najwyższy Duch Wody, zawisając nad ziemią kilka metrów ode mnie. Podczas przechodzenia ostatniej próby pokój z Duchem jakby się zmaterializował, teraz natomiast moja jaźń jak gdyby się rozdwoiła.

Pierwszy „Ja" znajdował się w pokoju z bossem, drugi „Ja" w okrągłym kamiennym pokoju. Dziwne wrażenie, zwłaszcza kiedy obie rzeczywistości istniały dla mnie jednocześnie i nie odczuwałem żadnego dyskomfortu z powodu tak silnego asynchronicznego stanu. – Zostałeś uczniem Naszlazar?

– Można tak powiedzieć. Teraz ona szkoli Kornika, a on zakończy moje szkolenie. Nie zmienia się nauczycieli.

– Wiedziałem, że nikogo nie będziesz słuchał i wybierzesz dobrą drogę. Co cię przywiodło do mnie? Potrzebujesz Duchów?

– Potrzebuję. Przy czym im więcej, tym lepiej...

*Dimo, krople! Zatrzymaj je!*

– Jaki Duch jest ci potrzebny, Szamanie Najwyższy? – zapytał majestatycznie Duch Żywiołu.

Nie, tak się nie da! Wcześniej pracowałem szybciej! Jeśli każde wezwanie będzie przekształcać się w taki dialog, to nie mam tu po co przychodzić. Przecież mnie zabiją! Chociaż... Co, jeśli źle się za to zabieram?

– Potrzebuję tylko jednego Ducha – odpowiedziałem nie mniej majestatycznie, powstrzymując emocje. – Najwyższego Ducha Wody!

– Nareszcie! – Nie spodziewałem się usłyszeć w głosie Ducha takiej ulgi. – Długo wybierałeś!

**Wszedłeś w tryb połączenia z Duchem Żywiołu.**

– Stać! – powiedziałem, podnosząc do góry ręce.

Dziewięć zielonych kropli, podobnych do tych, które zniszczyliśmy w korytarzu, podpełzało do bossa ze wszystkich stron. Nastja poprosiła, żebym tę ekipę spowolnił, ciekawe, co się stanie, jeśli je zatrzymam? Przecież to takie proste...

**Wezwałeś Wielkiego Ducha Ciśnienia Wodnego rangi 80. Ragrid chce cię wskrzesić. Akceptujesz?**

– Machanie! – krzyknęła Anastarija, ledwie pojawiłem się przy wejściu do pokoju bossa. Trzeba przyznać Żercom Mroku, że umieją wskrzeszać. – Nie rób tak więcej!

*Nie będę.* – Skruszony wysłałem dziewczynie myśl.

Skąd miałem wiedzieć, że łącząc się z Duchem Żywiołu, przyjmuję tę rangę Szamana, co ranga Ducha, którego wezwałem. Wezwałem Wielkiego Ducha – zmieniłem się w Wielkiego Szamana. Nie istnieje Najwyższy Duch Wodnego Ciśnienia. Nie istnieje i już! Tylko Wielki! Przy czym wybrałem maksymalną rangę dla tego Ducha – osiemdziesiątą! Jak się okazuje, klan Legendy Barliony ma zachłannego lidera. Ciągle mu mało, ciągle chce więcej... Kara za wezwanie Ducha była taka, że moje czterdzieści pięć tysięcy Punktów Życia uleciało hen daleko w ciągu jednego wezwania!

– Jedynie Herold może nie przejmować się rangą wzywanych Duchów – poinformował mnie wicher, kiedy ponownie złożyłem mu wizytę. – Jeśli jesteś gotów na wytrzymanie bólu, to takie Duchy powinieneś wzywać sam, bez mojego pośrednictwa.

– Przy tym, jak pokazuje doświadczenie, Najwyższych Duchów jest zaledwie sześć – burknąłem, poznając jedną z zaskakujących właściwości Szamanów.

Okazuje się, że Najwyższych Duchów jest bardzo mało: cztery Duchy Żywiołów, Duch Komunikacji i Duch Wzmocnienia. Ani jednego atakującego lub broniącego, ani jednego zamrażającego czy uzdrawiającego. Wielkich było około dziesięciu tysięcy, na wszystkie wypadki życiowe, a Najwyższych... Jakieś to smutne.

*A tak przy okazji, dziękuję za rozprawienie się z kroplami* – dodała Nastja w ramach zachęty. – *Bardzo pomogłeś...*

– Zawsze do usług – uśmiechnąłem się, biorąc się za porównywanie rangi wzywanych Duchów i poziomu własnego Życia.

Skoro mogę operować jedynie Wielkimi Duchami, to zacznę od rangi pierwszej. Chlupie, gdzie jesteś...?

Dwunasta ranga Duchów Wody pozwalała mi na stosunkowo bezbolesne wzywanie Duchów rangi osiemnastej. Duch dwudziestej czwartej rangi zeżarł praktycznie połowę mojego Życia, dlatego wyżej nie zaryzykowałem, pozostając na poziomie dwudziestym. Teraz wszystko szło dobrze – Duch Wodnego Ataku w bossa, Duch Wzmocnienia w Plinto, Duch Uzdrowienia w siebie.

UWAŻAJCIE!

– Na boki! – natychmiast zareagowała Anastarija.

Do tego momentu bossowi zostało jeszcze sześćdziesiąt procent zdrowia i mogłem powiedzieć z pełnym przekonaniem, że powyżej pięciu procent jest na moim koncie!

Boss miał zdolność Pochłaniania jedynie wtedy, gdy było się w jego pobliżu. Nad głową tej ogromnej zielonej kropli pojawił się okrągły znaczek sygnalizujący zastosowanie tej zdolności, który kawałek po kawałku zaczął maleć z szybkością wskazówki odmierzającej sekundy. Minuta. Zdolność Pochłaniania trwa zaledwie minutę i naszym zadaniem jest w tym czasie przetrwać. I tak się składa, że zupełnie przypadkiem mam tu coś do zaoferowania!

– Dziękuję! – krzyknął Plinto, w którego wleciał Duch Przyspieszenia.

I chociaż zaledwie o trzydzieści procent, ale szybkość Łotrzyka wzrosła, pozwalając mu zręcznie uciekać przed bossem po obwodzie sali. Na mnie i Nastję głupi Symulator nie zwracał żadnej uwagi, nawet kiedy przepełzał obok – dla Chlupa wrogiem numer jeden był Plinto, a pozostali to zwykłe robactwo.

Równo po minucie wyścig się skończył i boss wrócił na środek sali – wszystko zaczęło się od nowa... Jakoś nudno, na Dolmie bossy były bardziej interesujące...

**Osiągnąłeś kolejny poziom!**
**Osiągnąłeś kolejny poziom!**
**Osiągnąłeś kolejny poziom!**
**+2 do Intelektu. Łącznie: 204. Wolne punkty do statystyk: 435.**

Nareszcie! Bardzo męczące było to rozprawianie się z ogromnym cielskiem – praktycznie czterdzieści minut konsekwentnej i żmudnej pracy, w tym trzy ucieczki przed Pochłonięciem. Krople nie wróciły do bossa, nawet kiedy pędził nad nimi; ta umiejętność została zastosowana tylko raz. Muszę się dowiedzieć, co by było, gdyby te cząstki śluzu jednak dopełzły...

*To było łatwe, zbyt łatwe* – Usłyszałem myśl Anastariji. – *To prymitywny boss, nie rozumiem, dlaczego Gejra go nie pokonała. Pochłonięcia można było z łatwością unikać...*

– Coś mi mówi, że na tym poziomie nie będzie więcej bossów – dziewczyna dodała na głos. – Wyczyśćmy dwa pozostałe korytarze... Machanie, zbieraj łupy...

W skrzyni, która znajdowała się tuż za bossem, znaleźliśmy pięćdziesiąt tysięcy Złotych Monet i trzy przedmioty. Obejrzałem ich właściwości i nie mogłem powstrzymać uśmiechu. Wnioskując z poziomów i wymagań klasy, jeden z przedmiotów jest mój, dwa pozostałe pójdą do Nastji i Plinto.

**Pierścień „Szamański Palec Wskazujący".**
**Opis: Obniża karę za wezwanie Duchów o 30%.**
**Ograniczenie: tylko dla Szamanów.**

Uwielbiam Podziemia przygotowane wyłącznie pod konkretnego gracza. Nawet niezależnie od tego, że pierścień miał tylko jedną właściwość i nie podwyższał statystyk, założyłem go. Biorąc pod uwagę ostatnie zmiany w zasadach wezwania Duchów, jest to bardzo potrzebny pierścionek.

Ogólnie rzecz biorąc, oczyszczenie pierwszego poziomu przyniosło nam wiele dobrego – około stu tysięcy Złotych Monet, z których połowa znajdowała się w kufrze bossa. Dwa pozostałe korytarze okazały się w rzeczywistości jednym, mającym początek w tunelu centralnym, a koniec – w skrajnie lewym. Lub odwrotnie, jak się komu podoba. Bossów, tak jak przewidywała Anastarija, w korytarzach nie było, za to znajdowały się w nich dwie ukryte nisze ze skrzyniami, z których zabraliśmy pozostałe złoto. Nie ma sensu mówić o ogromnej stercie różnych kawałeczków ślimaków, które zajęły praktycznie dziesiątą część mojego worka – uporam się z nimi, jak tylko będę miał czas. Oko Mrocznej Wdowy dobitnie pokazało, że nawet z góry śmieci można wydobyć błyszczący brylant... Oj, niedobrze, zaczynam cytować Kaina.

– Gejro, lewe przejście jest twoje, Kainie, zajmij się prawym. – Rozdzieliłem grupy, gdy tylko weszliśmy na poziom drugi. – Czyścimy wszystko, a gdy tylko natkniemy się na bossa, wracamy.

Jazda...

Drugi i trzeci poziom Podziemia pomogły mojemu awatarowi wejść na kolejny level, a i to tylko dzięki temu, że mój pasek Doświadczenia był mocno wypełniony. Nie było już więcej bossów wysysających esencje, dlatego oddziały Gejry i Kaina zabijały wszystko, co się rusza, bez zbędnych pytań. Przy tym, ku ogromnemu rozczarowaniu, nie znaleźliśmy więcej przedmiotów, które by do mnie pasowały – cóż, Magdiej i Ciapa będą bardzo zadowoleni, nasi wytwórcy także, szczególnie Alchemicy. Ale nie ja.

– Wejście na poziom czwarty. – Gejra wskazała połyskujące schody. – Chyba już ostatni, dalej jest Glarnis.

*CORAZ BLIŻEJ I BLIŻEJ! CZUJĘ CIĘ!* Po raz kolejny pojawiła się myśl nieznanego stworzenia. Myślę, że to może Urusaj się tak zabawia, bo kto inny. Trzykrotnie próbowałem się z nim skontaktować, spotykając się jedynie z uśmieszkami Anastariji, ale bez efektów – połączenie było jednostronne.

– Zwiad! – rozkazał ośmielony Kain trzem bojownikom, którzy natychmiast zanurkowali w połyskującym wejściu.

Po przejściu trzech poziomów bez żadnej straty, bez bossów z umiejętnością Pochłaniania, Czarnoksiężnik zaczął czuć się pewnie. Niepotrzebnie...

Ramki trzech bojowników Kaina początkowo sczerniały, pokazując, że wojownicy znajdują się pomiędzy poziomami, następnie pozieleniały – dotarli na poziom czwarty, po czym zniknęli. Dosłownie zniknęli, jakby ich nigdy nie było, a nie zszarzeli z powodu śmierci. Ktoś właśnie jednym ruchem wyrzucił z Barliony trzech Zwiadowców na poziomie trzysta dwudziestym. Dobrze, że to nie ludzie Gejry...

– Plinto? – Spojrzałem pytająco na Łotrzyka.

– Zaraz sprawdzę – odpowiedział Łotrzyk, narzucił na siebie Niewidzialność i pociągnął duży łyk z jakiejś butelki. – Jeśli nie wrócę, uznajcie mnie za bohatera – zażartował Wampir i zanurkował w przejściu.

*Boss, szczęki...* – pojawiło się na rajdowym czacie, po czym ramka Plinto zrobiła się szara.

Mój bojownik na poziomie trzysta pięćdziesiątym pierwszym, który nie ma sobie równych na naszym kontynencie i w najbliższym czasie mieć nie będzie – nie bierzemy pod uwagę Helfajera – został zabity w ciągu trzech sekund, mimo że był maksymalnie dobrze zamaskowany...

Bardzo zabawne... Co takiego tam siedzi?

– Daj mi chwilę – powiedziała Anastarija i w tym momencie jej oczy stały się szkliste.

– Dziwne, ale nie czuję swoich wojowników – powiedział zaniepokojony Kain. – Mamy do czynienia z jeszcze jednym bossem Pochłaniaczem?

– Bardzo możliwe... – odpowiedziałem niechętnie.

Jeśli Plinto i trzech zwiadowców zabito w ciągu kilku chwil, to nie ma co się pchać na poziom czwarty. W każdym razie – nie w pośpiechu. Trzeba to przemyśleć...

– Ogólnie rzecz biorąc, sytuacja jest następująca – powiedziała Anastarija, wróciwszy do gry. Jeśli dobrze zrozumiałem, dopiero co rozmawiała z zabitym Plinto przez telefon. – Jak tylko wchodzisz na poziom czwarty, trafiasz do ogromnej paszczy z setką ostrych kłów. Poziom bossa jest nieznany, ale prawdopodobnie powyżej trzysta osiemdziesiątego pierwszego. Wolni obywatele odlatują na Szare Ziemie, lokalni znikają na zawsze. Paszcza usuwa ich z powierzchni Barliony. Tak to wygląda. Plinto odrodzi się za sześć godzin, za kolejne pięć będzie u nas. Jakieś pomysły?

– Zaczekajmy – odpowiedzieli Gejra i Kain. – Jeśli paszcza unicestwia wszystkich poza wolnymi obywatelami, to wy musicie się z nią rozprawić...

– Zgadzam się. W takim razie...

– Nastjo, jak wydam rozkaz, narzuć na mnie bańkę – powiedziałem, łącząc się z Duchem Żywiołu i nakładając na siebie rozliczne Wzmocnienia i Przyspieszenia. Najważniejsze to nie pozwolić teraz dziewczynie mówić; coś mi podpowiadało, że muszę iść i sam spojrzeć na tego bossa, niezależnie od jego szalonego poziomu. – Plinto po powrocie będzie o pięćdziesiąt procent słabszy. Nie zapominaj, że buff Gieraniki zniknie. Ja na przykład już go nie mam... Dobrze, jestem gotowy... Na trzy. Raz, dwa...

*Jeśli umrzesz, to cię zabiję!*

– Trzy! – Nie miałem żadnych wątpliwości, że wisi na mnie bańka, zrobiłem krok w połyskująca zasłonę oddzielającą poziomy.

Zobaczymy, co to za szczęki...

Zieleń, zieleń i zęby. Dużo zębów i dużo zieleni, przerywane białym podniebieniem i różowym językiem... Minęła dosłownie sekunda, jak szczęki z nieprzyjemnym ciumkaniem się zamknęły, usiłując rozetrzeć mnie na placek...

Bańka mnie uratowała...

Nawet nie miałem kiedy się zastanowić, jakich rozmiarów jest istota, która ma taką paszczę, i jak zmieściła się pod Glarnisem. Tracąc drogocenne sekundy, zakrywałem uszy, chroniąc je przed dzikim rykiem tego potwora – bańka, którą narzuciła na mnie Nastja, nie pozwalała szczękom mnie zmiażdżyć, jednak siła nacisku była tak ogromna, że zwyczajnie wybiłem część zębów bossa. Ten praktycznie natychmiast rozwarł paszczę i jego bolesny ryk wypełnił wszystko wokół, a z dwóch okrągłych dwumetrowych ran zaczął wypływać czarny śluz. Spadający śluz zaczynał dymić i jak kwas przeżerać różowy język... Spojrzałem na stan bańki – zostały cztery sekundy. Rozumiejąc, że nic więcej nie zdążę zrobić, zawróciłem i zanurkowałem w stronę poziomu trzeciego.

**Ragrid chce cię wskrzesić. Akceptujesz?**

– Co powiesz? – zapytała Nastja, gdy tylko zostałem wskrzeszony.

– Powiem, że to okropnie boli... – Najeżyłem się, wspominając odczucia, jakie miałem przed śmiercią.

Bańka zniknęła i zebrany śluz zaczął zewsząd na mnie spływać. Ból był tak piekielny, że nawet nie mogłem krzyknąć – zwyczajnie nie miałem na to siły. Wydawało mi się, że to trwało wiecznie, ale logi mówiły, że czarny śluz potrzebuje zaledwie dwóch sekund, żeby wysłać mnie na Szare Ziemie.

– Dobrze, ale wracając do bossa: jak można go przejść?

– Wydaje mi się, że trzeba...

**Osiągnąłeś kolejny poziom!**

**Osiągnąłeś kolejny poziom!**

**Osiągnąłeś kolejny poziom...**

Dziesięć komunikatów o podwyższeniu poziomu przepłynęło przed oczami, powalając mnie na kolana w słodkim omdleniu. Przez cały czas, kiedy jestem w Barlionie, już przywykłem do przyjemności, jaką daje zdobycie poziomów i specjalności, ale kiedy dostajesz od razu dziesięć... To za dużo nawet dla wytrenowanego człowieka...

*Dimo?* – Gdzieś na obrzeżach świadomości pojawiła się myśl Nastji. – *Dimo, przestań mnie straszyć!*

Boże! Jak mi dobrze! Dajcie mi wszyscy spokój!

– PRAKTYCZNIE DOSZEDŁEŚ! ZOSTAŁA JUŻ TYLKO JEDNA PRZESZKODA!

Właśnie słowa Urusaja, a nie Anastariji, przywróciły mi świadomość. Czekają już na nas i gdy tylko wyjdziemy z Glarnisu, cała armia Upiorów rzuci się do ataku. Muszę wszystkich ostrzec, ale zanim to zrobię, trzeba dowiedzieć się, kim jest Urusaj i co takiego zrobił Gieranice...

– Czysto – powiedział Kain, wysyłając jeszcze jednego bojownika w połyskującą zasłonę. – Ta kreatura sama się zniszczyła... Anastarijo, proszę o jeszcze kilka baniek dla moich wojowników, trzeba przebić się przez paszczę...

– Plinto miał już swojego bossa, tego, który powstrzymał naszych najemników. Boss, który zatrzymał ludzi Gieraniki, był zaprojektowany specjalnie dla mnie i mojej bańki – rzekła

Anastarija, gdy streściłem jej, co się stało. – Wychodzi na to, że został tylko jeden boss, dla Szamana. Szykuj się, Machanie, wkrótce twoja kolej. Pójdę powiedzieć Plinto, że za chwilę go wskrzesimy...

– Machanie, nie wiem, jak to uniesiesz, ale nie można czegoś takiego zostawić – powiedziała Gejra, pokazując na ogromną górę jakichś kawałeczków mięsa.

Straszną górę – można było się poczuć jak w sklepie mięsnym, kiedy wybiera się najbardziej soczysty kawałek. Nie wszystkim podoba się taki widok, i ja do tej grupy należałem.

Z bossa zostało bardzo dużo „mięsa". Kain poświęcił trzech wojowników, którzy przebili przejście przez szczęki – wyżarł ich czarny śluz. Jednak Żercy zwrócili umarłym życie – boss był już martwy i nie mógł wyssać ich esencji. Jego cielsko zajmowało trzy ogromne pokoje. Boss był bardzo zmyślnie zaprojektowany – czarny śluz znajdował się tylko w pierwszym pokoju, tam, gdzie były szczęki. Przy tym wydawało się, że szczęki nie były kontrolowane bezpośrednio, ale poprzez jakiś rodzaj telepatycznego sterowania, ponieważ nie dostrzegliśmy żadnej tkanki łączącej pomiędzy szczekami a językiem, który należał do istoty w drugim pokoju. Ogólnie rzecz biorąc, to trzy różne istoty, połączone w jedną całość. Trzecia część zajmowała się przerabianiem odchodów, które pozostawały po drugiej, dlatego tam nawet nie zaglądaliśmy. Niezależnie od ogromnej szansy na znalezienie przedmiotu unikalnego, pozostałego po nieznanych bohaterach z przeszłości i nieprzeżutego przez potwora, na wejście do okropnie śmierdzącego pokoju nikt się nie zdecydował, nawet Plinto.

– Po co to? – zapytałem Nastję, wskazując na Filety z Trzustki. – Czyżby dla Kuchmistrzostwa?

– W zasadzie tak. W tej chwili wiadomo o istnieniu dwudziestu takich filetów, które są na wagę złota, a nawet warte więcej. Istnieje unikalny Alchemiczny przepis Eliksir Merlina, który podwyższa jedną z podstawowych statystyk o pięć jednostek. Podwyższa na stałe. Aby przygotować ten napój, potrzebny jest taki kawałek i jeszcze kilka rzadkich składników. Wiem, gdzie zdobyć pozostałe, dlatego... Kain ma rację, musimy zabrać wszystko. Mam znajomego Alchemika, który zna Eliksir Merlina... Plinto, nie ma się co krzywić! Zabieramy stąd wszystko!

Filety z Trzustki nie tylko źle wyglądały, ale były też nieprzyjemne w dotyku. Miękkie, śluzowate, wijące się... Brrr... Dobrze, że Barliona nie uwzględnia objętości i wagi przedmiotów znajdujących się w worku – bez problemu zmieściłem jedną trzecią tej kupy. Zostawiłem sobie na wszelki wypadek trzy wolne sloty i wskazałem na część stosu należącą do Plinto, zapraszając go, by kontynuował zbieranie. Jeśli Nastja może zrobić Eliksir Merlina, to... Będzie z tego fantastyczna rzecz...

– Jeśli komuś powiecie, że tego dotykałem, zabiję – burknął Plinto, zagarniając pozostałą część do swojego worka.

– Naprawdę dobrze brzmi: „Adept Wampir Plinto Krwawy zbiera kawałki mięsa na eliksir". Niemal idealny tytuł dla jakiegoś horroru...

– Kainie, Gejro, jesteśmy na poziomie czwartym, jednak nadal stoimy na samym jego początku. – Nie chciałem wchodzić w słowne potyczki pomiędzy Plinto a Anastariją, do których wszyscy już się przyzwyczaili, więc wysłałem ludzi, żeby sprawdzili poziom. Gdzieś tutaj jest mój boss...

– Dowódco... – Po mniej więcej minucie wrócił jeden ze zwiadowców Kaina i zwrócił się do Czarnoksiężnika: – Musi pan sam na to spojrzeć...

– A cóż to takiego? – zapytał Kain, zwracając się w stronę dziwnej budowli.

– Z całą pewnością labirynt – powiedziała Anastarija, wpatrując się w konstrukcję wisząca przed oczami. – Trójwymiarowy...

Na wprost przed nami, w odległości mniej więcej dwudziestu metrów, łamiąc wszystkie prawa fizyki realnego świata, takie jak grawitacja czy zasady geometrii euklidesowej, w powietrzu wisiał sześcian. Nie dotykał podłogi, dlatego można było przypuszczać, że utrzymuje go sznurek, ale sześcian nieustannie obracał się wokół wszystkich trzech swoich osi. Dosłownie jak kawałeczek żelaza, który wpadł do pułapki magnetycznej. Sześcian był w pełni przezroczysty – było doskonale widać drzwi za nim, będące wyjściem z poziomu i w rezultacie z Podziemia, ale te szczęśliwe dla nas drzwi były oddzielone stałymi wybuchami ognia, ostrzami, wodą, czymś mrocznym i strasznym, stale pojawiającym się na całym obwodzie wewnętrznym sześcianu. W środku znajdował się jakiś dziwaczny labirynt, którego przejście – nawet gdyby ten dziwny sześcian był nieruchomy – byłoby niemożliwe. Płaszczyzny przejścia były bowiem rozmieszczone chaotycznie. Na pierwszy rzut oka.

Dodam, że sześcian miał boki długości około trzydziestu metrów, nie mniej. Należałoby zapytać programistów, jak taka machina znalazła się w Glarnisie.

– Miałem w dzieciństwie taką zabawkę – powiedział Plinto. – Trzeba znaleźć punkt startowy, włożyć tam kuleczkę, a następnie powoli i dokładnie, obracając kulkę, u mnie to była kulka, doprowadzić ja do punktu centralnego. Tutaj wygląda to podobnie; jeśli się nie mylę, w samym środku sześcianu są dźwignie sterowania, na które należy nacisnąć... Pytanie brzmi: w jaki sposób się tam dostać...?

– Szczególnie biorąc pod uwagę, że płaszczyzny przejścia nie są statyczne, lecz stale się zmieniają, przy czym patrzę na nie już minutę i nie widzę powtórzeń – dodała Anastarija. – A ogień, woda, kindżały i pozostałe umilacze, które, jak wszyscy widzą, znajdują się wyłącznie na obrzeżach sześcianu, są tylko po to, żeby nikomu nie wpadło do głowy się poddać i upaść. Machanie? Co powiesz?

Co można powiedzieć? Że jestem w totalnym szoku? W kompletnej panice? Że teraz byłoby mi łatwiej wyjść na powierzchnię i przebijać się do bram? Nie wiem, jak przejść to cudo! Po prostu nie wiem! Na logikę się nie da, jedynie dzięki intuicji – ale czy mi jej wystarczy?

– Wojownicy Gieraniki są najzręczniejszymi istotami w tym świecie – odezwał się Kain, wyręczając mnie. – Naliczyłem w sumie pięć wejść, pięciu moich bojowników wejdzie do labiryntu i wyłączy go...

Cóż... Kain się mylił – jego wojownicy nie są najzręczniejsi. Trzy wejścia okazały się pułapkami, które natychmiast zabiły wchodzących do nich trzech bojowników. Dwóch pozostałych wytrzymało ten horror odpowiednio dziesięć i dwadzieścia sekund, po czym spadli: jeden do ognia, drugi w mroczne coś. Wszystkich pięciu bojowników na trzysta dwudziestym poziomie zginęło w ciągu paru sekund i zniknęło z ramek, pokazując, że nie uda się ich odrodzić.

– Twój przodek był niezłym chytruskiem – powiedział przez zaciśnięte zęby Kain, zwracając się do Gejry. – Żeby wykorzystać Pochłaniaczy wszędzie, gdzie tylko można...

– Ja też nie chcę wysłać moich bojowników na wieczne zapomnienie... – Gejra pokręciła głową. – Tylko Plinto może przejść ten labirynt...

– Bardzo śmieszne – burknął Łotrzyk, przyglądając się uważnie, w jak chaotyczny sposób zmieniają się ścieżki do centrum. – To nierealne... Chociaż... Czy na darmo zaliczyłem wszystkie poligony próbne?

Łotrzyk pogłaskał swój mały hologram Wampirka, uśmiechnął się, włączył Przyspieszenie i na pełnej prędkości wleciał do labiryntu...

– Ratujcie go – nakazała Gejra Żercom.

Plinto dał radę biec przez dwadzieścia sekund w trzech różnych płaszczyznach, po czym stracił równowagę i zaliczył piękny skok do lawy. Na moje oko na każdych zawodach taki skok zdobyłby dziesięć punktów, zarówno za artyzm (Plinto przeklinał i machał rękami, co wyglądało bardzo śmiesznie), jak i za idealne wejście do wody – zupełnie bez rozprysków.

– Machanie, jak by nie patrzeć, to twój sześcian – uśmiechnęła się Anastarija, zapraszającym gestem pokazując na obracającego się kolosa. – Włączaj swoją intuicję i ruszaj. Nie ma innego wyjścia... Obserwowanie ruchu i zapamiętywanie kolejności jest bezużyteczne; jak już mówiłam, droga stale się zmienia... Próbuj...

Spojrzałem na odratowanego Plinto, który tylko wzruszył ramionami, jakby mówiąc: „Zrobiłem wszystko, co mogłem", na Kaina, Gejrę, Nastję... Potrząsnąłem głową, jakby przeganiając zbędne myśli, i ciężko westchnąłem – najwyraźniej przyjdzie mi trochę poskakać. Podszedłem blisko do miejsca startu i przez chwilę po prostu stałem, starając się uspokoić nerwy – niezależnie od spokoju wewnętrznego trzęsło mną, przy tym sam nie rozumiałem dlaczego. Nawet jeśli się nie uda, to zostanę wysłany na odrodzenie, ale... Świadomość, że nie przeszedłem tego, co zostało przygotowane właśnie dla mnie, i niezaliczenie Podziemia... Być winnym tego, że Pierwsze Zabójstwo przejdzie wszystkim koło nosa, to duża odpowiedzialność... Co się ze mną dzieje? Nigdy się tak nie denerwowałem, nawet przed pierwszym egzaminem czy randką z dziewczyną! Czy znów ktoś wkłada mi myśli do głowy?

Ledwie o tym pomyślałem, jak drżenie zniknęło. Zupełnie. W głowie mi się rozjaśniło i poddając się nagłemu porywowi, rozdzieliłem świadomości – jeden „ja" stał i czekał, kiedy przy nim pojawi się wejście do labiryntu, podczas gdy drugi „ja" już wirtualnie wytyczał sobie drogę przez splątane ścieżki w poszukiwaniu optymalnego dojścia.

Dwa wejścia, oznaczone markerami jako bezpieczne, ominąłem. Jak tylko moje pierwsze „ja" rzuciło się w ich stronę, drugie tłukło je po rękach – nie należy w nie wchodzić! Niezależnie od tego, że trzy pozostałe zabijają wchodzących – te dwa są zakazane... Najwyraźniej coś się w nich zmieniło.

Zamknąłem oczy i dotknąłem obracającej się obok mnie powierzchni, wsłuchując się w swoje odczucia – moje drugie „ja" dwukrotnie wyczuło coś złego w pojawiających się wejściach, więc poczekałem, aż znikną i pojawią się kolejne.

Wreszcie ukazało się „moje" wejście – ogień spalił w nim jednego z bojowników Kaina, ale dla mnie ono świeciło się na biało. Przy czym świeciło się dla mojej świadomości, ponieważ nie otworzyłem oczu – wystarczyło, że całą przestrzeń wokół widziało moje drugie „ja". Pierwsza świadomość, która odpowiadała za ciało fizyczne, może pobyć ślepa...

Krok do przodu, ostrzegający okrzyk Gejry, przerwany przez kogoś, kto szturchnął ją w żebro łokciem, dwa szybkie kroki w tył i skok w bok z obrotem o dziewięćdziesiąt stopni.

Kręciło mi się w głowie, ponieważ skok zakończył się upadkiem na ziemię, który zmusił mnie do natychmiastowego podniesienia się i wystawienia jednej nogi do przodu, bo sześcian znów zmienił swoje położenie – teraz podłoga znajdowała się przed moimi zamkniętymi oczami.

Dwa małe kroki do przodu i skok do góry, wyprężyłem się jak struna i starałem się złapać listwy – podłoga nagle stała się sufitem i listwa była jedynym sposobem na to, żeby nie wpaść do lodowatej wody, którą widziałem na dole...

Przewrót... Skok... Sprint... Lądowanie... Kilka razy musiałem wręcz wczepiać się obiema rękami w krawędź platformy i obracać się wraz z nią na różne strony, ponieważ moje drugie „ja" nie wiedziało, co dalej...

Po minucie pobytu w labiryncie pozwoliłem sobie na to, czego należało zakazać na samym początku i nawet o tym nie myśleć – na spojrzenie, ile jeszcze zostało... To był mój wielki błąd, bowiem pierwsze „ja" dosłownie na sekundę zapanowało nad drugim i zadowolone pomyślało, że „wystarczy wyciągnąć rękę i temat będzie zakończony”...

Na zawodach w skokach do lawy nie dostałbym medalu – zbyt wiele było rozprysków...

**Ragrid chce cię wskrzesić. Akceptujesz?**

– Za pierwszym podejściem przejść praktycznie całą drogę... – powiedział Plinto z szacunkiem, gdy tylko wróciłem do życia. – Gdybym sam nie był w środku, tobym pomyślał, że to łatwizna. Machanie, piątka z plusem!

– Zgadzam się, Machanie, jesteś wielki! – Anastarija też mnie wsparła. – Przyznaję, że nie sądziłam, że dasz radę dojść tak daleko, ale... Potem dam ci obejrzeć film, to arcydzieło! Odnośnie do błędu: mam wrażenie, że coś cię wybiło... Znów głos?

– Nie, sam jestem winien – odparłem posępnie, po czym wstałem, westchnąłem i podszedłem do sześcianu – zapowiada się długi dzień...

W sumie byłem wskrzeszany osiemnaście razy. Właśnie tyle potrzebowałem, żeby zrozumieć, że nie dam rady dotrzeć do panelu sterowania. Co by nie mówili Anastarija i Plinto, jak by mnie nie wspierali, jasne było, że sześcian jest dla mnie nie do przejścia... W każdym razie – nie w tym życiu i dopóki jestem człowiekiem, ponieważ zwykły...

O, cholera! Człowiek!

*Dimo, jesteś pewien, że chcesz jeszcze raz?* – zapytała Anastarija, kiedy zerwałem się na równe nogi i podszedłem do sześcianu.

Nie mogłem odkładać sprawdzenia swoich przeczuć na później. Kain i Gejra zaczęli już omawiać plan wyjścia na powierzchnię i szturmu na zamek – najemnica dzieliła się informacjami na temat rozkładu budynków wewnątrz murów, ponieważ ze wszystkich obecnych tylko ona tam była. Moim zadaniem w tej chwili było nie być człowiekiem...

*Nastjo, po prostu uwierz* – odpowiedziałem dziewczynie, kiedy podszedłem do punktu początkowego.

Wystarczy już myślenia głową – to najwyraźniej moja dewiza na kilka najbliższych chwil. Osiemnaście razy próbowałem przejść standardowo, jak zwykły gracz – w swojej podstawowej postaci. Ale mam pewną cechę, która mocno wyróżnia mnie spośród przytłaczającej większości innych graczy – ja umiem latać! Po co biegać wewnątrz sześcianu, próbując zgadnąć, w która stronę skręci droga? Przecież można polecieć!

Mocno odetchnąłem, przeganiając ponownie ogarniające mnie dreszcze, przybrałem postać Smoka, złożyłem skrzydła i zanurkowałem w wejściu, które pojawiło się obok mnie. No to zaczynamy...

Kiedy między mną a wewnętrzną ścianą sześcianu zostało tylko kilka metrów, rozpostarłem skrzydła, skręciłem i przeleciałem nad płonącą powierzchnią, starając się znaleźć sposób na dotarcie do centrum. Hmm... okazuje się, że trzydzieści metrów to wcale nie tak dużo, zwłaszcza gdy rozpiętość twoich skrzydeł wynosi trzy metry. Dosłownie po kilku sekundach musiałem zawracać, żeby nie rozbić się o wewnętrzne ściany. Możliwe, że pomysł z lataniem nie był dobry? Chociaż... Kto powiedział, że Smoki umieją tylko latać?

Machnąłem parę razy skrzydłami, wzniosłem się na kilka metrów i wczepiłem swoimi pazurami w krawędź jakiejś konstrukcji. Wewnątrz sześcianu było trochę za mało miejsca na latanie, to fakt. Człowiek nie jest w stanie przejść drogi do samego środka – to też fakt. Za to jako Smok mogę mieć w nosie drogę, mogę mieć w nosie to, że sześcian się obraca, i wykorzystując pazury, ogon i skrzydła, dostać się prosto do panelu sterowania. Jeśli jest jeszcze jedna droga poza tą właściwą, to dlaczego by z niej nie skorzystać?

**Zdobyłeś osiągnięcie!**
**Pierwsze przejście Podziemia Glarnis.**
**Nagroda za osiągnięcie:**
**Atrakcyjność dla wszystkich NPC-ów wzrasta o 1.**
**Powiadomienie dla gracza: za pięć miesięcy zostaniesz teleportowany na spotkanie z Imperatorem Imperium Malabaru. Możesz wziąć ze sobą dwie osoby towarzyszące, w tym celu w ciągu pięciu miesięcy musisz przekazać im zaproszenie. Bilety możesz otrzymać w każdym oddziale Banku Barliony.**

Jak tylko zrozumiałem, co należy zrobić, problem został praktycznie natychmiast rozwiązany – jak słoń w składzie porcelany, łamiąc i gniotąc wszystko na swojej drodze, zacząłem pełznąć z kierunku pulpitu sterowania. Nikt nie mówił, że sześcian powinien pozostać cały i nieuszkodzony, dlatego nie musiałem się z nim obchodzić delikatnie...

– Witamy w Glarnisie! – uroczyście powiedziała najemnica, gdy tylko znaleźliśmy się w połyskującym przejściu.

Nawiasem mówiąc, podczas przechodzenia po nieruchomym już sześcianie przyszło mi do głowy jeszcze jedno – w postaci Smoka mogłem przelecieć sześcian i pojedynczo przenieść wszystkich na drugą stronę. Jak tylko sześcian zamarł, nic nie przeszkadzało mi w lataniu tam i z powrotem.

– Plinto, ty pierwszy – powiedziałem, przenosząc Łotrzyka do Glarnisu.

Nie wiadomo, co czeka nas po tamtej stronie, być może kolejna pułapka, a bojownicy Gejry i Kaina jeszcze nam się przydadzą.

– Robi się! – uśmiechnął się Łotrzyk i dał nura w portal.

*Czysto!* – Po dziesięciu sekundach na czacie rajdowym pojawiła się wiadomość. – *Możecie przechodzić. Nie ma Upiorów...*

Sala Tronowa Glarnisu wytrzymała nacisk Altamedy właściwie bez jakichkolwiek szkód. Gdyby nie warstwa kurzu – scenariusz; w Barlionie nie ma kurzu! – i kilka rozrzuconych obrazów, można by śmiało organizować bale i odbywać spotkania. Miejsca było wystarczająco.

– Ściany nie pozwalają Upiorom tu wejść – powiedziała Gejra, zaczynając rozpalać pochodnie dookoła sali. – Oj, patrzcie, to ja!

Na jednym z portretów, które spadły na podłogę, była przedstawiona młoda i uśmiechnięta dziewczyna, porażająco podobna do Gejry. Tylko na obrazie dziewczynka miała z pewnością nie więcej niż piętnaście lat, a najemnica – jakieś trzydzieści.

– *JESZCZE TYLKO TROCHĘ! CZUJĘ CIĘ, JESTEŚ OBOK!*

– Kainie – zwróciłem się do Czarnoksiężnika – teraz, kiedy dotarliśmy do Glarnisu, wyjaśnij, proszę, kim jest Urusaj i dlaczego trzeba go zabić?

– Urusaj to demon Nag. Wiele tysięcy lat temu...

– Gejro, stój! – krzyknęła Anastarija, przerywając Kainowi.

Najemnica podczas rozpalania pochodni i oglądania obrazów podeszła do drzwi i teraz z całych sił próbowała odsunąć masywną zasuwę. Pomagało jej w tym kilku wojowników z jej oddziału, a pozostali stworzyli mur wokół swojej przywódczyni, chroniąc ją przed zagrożeniem. Wyglądało na to, że to my byliśmy zagrożeniem...

– Plinto, zatrzymaj ją! – krzyknąłem, ale było już za późno.

Z głuchym łomotem drzwi z imperatorskiego dębu otworzyły się i do sali wleciały pierwsze Upiory.

Zupełnie nie interesując się najemnikami, poruszały się w naszym kierunku i było jasne, że czerwone oczy tych istot nie wróżą nam niczego dobrego.

**Oddział Gejry w liczbie 26 Wojowników, 3 Żerców i 2 Magów opuścił twój klan, zrywając porozumienie. Chcesz wnieść skargę?**

Ramki najemników mignęły i zniknęły z grupy rajdowej. Gejra opuściła nie tylko klan, ale też rajd, dokonując czynu niebywałego dla NPC-najemnika – zrywając porozumienie z graczem. To się nie zdarza!

– Kainie, formacja obronna! – Gdzieś z tyłu wydawała komendy Anastarija, przygotowując obronę przeciwko Upiorom.

Zaczęły pojawiać się komunikaty o poniesionych obrażeniach, o śmierci bojowników Kaina, dlatego kliknąłem *Tak*, zupełnie nie rozumiejąc motywów dziewczyny. Porzucenie graczy na miejscu, kiedy potrzebują pomocy, jest złe, dlatego trzeba, żeby Gejra została chociaż skarcona, jeśli nie poniesie kary. A tak przy okazji, dlaczego Upiory ignorują Gejrę i jej wojowników?

**Chcesz wezwać Strażnika terytorium, który rozpatrzy skargę?**

TAK! Tylko Strażnik może mi wyjaśnić, co wymyślili programiści w tej lokalizacji, powstrzymać inwazję Upiorów i...

– NIEEE! – Krzyk Urusaja, który wybrzmiał w mojej głowie, był na tyle ogłuszający, że pociemniało w oczach.

Kiedy doszedłem do siebie, sytuacja w Sali Tronowej radykalnie się zmieniła. Z wojowników Kaina pozostała zaledwie garstka – z pięćdziesięciu bojowników, którzy przyłączyli się do nas w tym rajdzie, utrzymało się przy życiu tylko siedmiu. Gejra i jej ludzie praktycznie nietknięci stali przy ścianie i nie przeszkadzali w walce. Upiory niekończącym się potokiem wlewały się do sali, żeby tu spotkać się z Cieniami i wyparować, pozostawiając po sobie jasne wybuchy. Anastarija i Plinto stali w zastygłych pozach i tylko jeden rozumny był zadowolony z tych bachanaliów – Gieranika, stojący z wyciągniętymi dłońmi, z których wylatywały Cienie i zabijały Upiory.

– Ocknąłeś się? – zapytał uprzejmie, po czym natychmiast chwycił mnie i brutalnie postawił na nogi. – Mówiłem ci, że z pewnością się spotkamy i że tobie to spotkanie na pewno się nie spodoba...

– Wzywam Strażnika! – krzyknąłem, doskonale rozumiejąc, że Zwiastuni nie przylecą na terytorium Narlaku, a Strażnik, którego i tak wezwałem, może. On powstrzyma Gieranikę!

– Słucham cię uważnie, mój niedoszły uczniu – uśmiechnął się Gieranika. W tym momencie Upiory przestały się pojawiać w przejściu i Imperator Ciemności z westchnieniem ulgi opuścił ramiona. Gieranika rozprostował zdrętwiałe ręce i dodał: – Dawno nie musiałem się tak wysilać. Upiory od naszego ostatniego spotkania bardzo wyrosły, oj bardzo...

– Ty jesteś Strażnikiem? – Moje zdziwienie nie miało końca. Ale jak? Po co?

– Gejro, zajmij się tymi dwojgiem. – Gieranika skinął głową na Anastariję i Plinto. – Zwiąż też Kaina i jego wojowników. Źle jest lekceważyć warunki porozumienia, a Czarnoksiężnik, jeśli mnie pamięć nie myli, jest sojusznikiem naszego Szamana. Nas z Machanem czeka spacer po jego zamku. Przy okazji, pozwól, że pogratuluję ci takiego osiągnięcia; bardzo przyjemna zdobycz.

– Tak jest, mistrzu – Gejra skłoniła głowę, odwróciła się do Kaina i rozkazała: – Złożyć broń!

– Dowódco – pokłonił się Kain, sprawiając, że już całkiem przestałem rozumieć to, co się dzieje.

Gejra – spadkobierczyni Glarnisu – jest sługą Gieraniki? A do tego Kain jest jej podwładnym?

*Dimo! Uciekaj stąd! Otwieraj teleport i uciekaj!* – Gdy tylko Gieranika zdjął blokadę z Anastariji, usłyszałem w myślach jej krzyk.

– Na wszelki wypadek uprzedzę – powiedział Imperator Ciemności – zmodernizowałem Transformery Kartosa i teraz nikt nie będzie mógł stąd odlecieć czy nas odwiedzić: ani Zwiastuni, ani Imperator, ani sama Eluna. Tu i teraz głównymi osobami podejmującymi działania będziemy ja i ty. Nawet gospodarz tego zamku nie będzie mógł nam przeszkodzić.

– ZATRZYMAJ SIĘ, GŁUPCZE!

Teraz głos Urusaja pojawił się nie wewnątrz mojej głowy... było go słychać wszędzie dookoła.

Wyszliśmy z Sali Tronowej i znaleźliśmy się w na wpół zniszczonej komnacie – kiedyś była to sala recepcyjna Glarnisu.

– Urusaj się wścieka – uśmiechnął się Gieranika, pokazując gdzieś do góry. – Nie szkodzi, nie jest nam potrzebny... My pójdziemy na dół!

Z rąk byłego Szamana wyleciały Cienie, niszcząc wszystkie przedmioty na swojej drodze: meble, kamienie, zburzone ściany, podłogę... Dosłownie kilka metrów od nas pojawiło się przejście, na które właśnie wskazał Gieranika.

– Gejro...

– Tak, Panie! – Najemnica prześlizgnęła się obok nas, wypowiedziawszy jeszcze jedno kluczowe zdanie.

Przejście zamigotało i naszym oczom ukazały się kręte schody prowadzące w dół.

– Machanie, ja za tobą – powiedział Gieranika, wskazując mi schody i delektując się swoim zwycięstwem, a także tym, że zupełnie niczego nie rozumiem. – Czas zrobić z ciebie Szamana, jakim powinieneś być...

Zostałem mocno popchnięty, potknąłem się i zrobiwszy salto, poleciałem w dół, zostawiając na każdym stopniu po jednym procencie Życia. Jeśli mi się poszczęści, to będzie ich osiemdziesiąt i odrodzę się w innym miejscu, przeżywszy cały ten koszmar. Ale nie miałem szczęścia – schody miały zaledwie pięćdziesiąt pięć stopni, a na ich końcu były stare drewniane drzwi, na które wpadłem swoim ciałem, nawet tego nie zauważając.

– Dziękuję za zaproszenie – Niemal natychmiast obok mnie pojawił się Gieranika i komnata, w której się znaleźliśmy, rozświetliła się.

– Ja cię nie zapraszałem – burknąłem skrzywiony, ponieważ medycy Gejry podnieśli mój poziom Życia do maksimum.

Teraz nie zdołam rozbić głowy o ścianę...

– Zapraszałeś, a jakże – powiedział Gieranika, podchodząc do postumentu, na którym znajdowało się coś czarnego i pulsującego. – Wręcz żądałeś! Właśnie dzięki tobie stanę się najpotężniejszą istotą Barliony, nawet Eluna z Tartarem, gdyby się połączyli, nie zdołaliby wystąpić przeciwko mnie. Nadszedł czas Ciemności!

– OPAMIĘTAJ SIĘ! NIE RÓB TEGO!

– Serce Chaosu – rzekł zadowolonym głosem Gieranika, nie zwracając uwagi na krzyki Urusaja, po czym odwrócił się do mnie. Nie wziął jednak w dłonie tego dziwnego pulsującego czegoś. – Wiele tysięcy lat temu założyciel tego miasta, a wówczas jeszcze zwyczajny pastuch, spotkał na swojej drodze umierającego Władcę Chaosu. Nie wiadomo, jak znalazł się on w naszym świecie, wiadomo tylko jedno: zniewolił umysł pastucha, zmusił do wypicia swojej krwi i wyrwania serca. Tylko tak Władca mógł się odrodzić w przyszłości... Pastuch, posmakowawszy krwi Władcy Chaosu, stał się jednym z najsilniejszych wojowników swojego okresu, założył miasto i głęboko w jego wnętrzu ukrył Serce swojego Pana. Przez tysiąclecia Glarnis był zarządzany przez następców Chaosu, którzy marzyli o tej chwili, kiedy ich Pan się odrodzi. Nawet ta dziewczynka... – Gieranika gestem wezwał Gejrę i potarmosił jej włosy. – ...marzyła tylko o jednym: odrodzeniu swojego Pana.

Ręka Gieraniki powędrowała na szyję dziewczyny i zacisnęła się, odrywając jej głowę. Trysnęła fontanna krwi, ciało najemnicy upadło na podłogę, drgnęło kilkakrotnie i znieruchomiało.

– Jako Strażnik ukarałem ją za przewinienia – uśmiechnął się Gieranika – dlatego nie powinieneś już mieć żadnych pretensji. Wynagrodzenie finansowe otrzymasz w Banku Barliony, kiedy uda ci się do niego dostać. Do zobaczenia, Machanie. Mam nadzieję, że spotkamy się nieprędko!

– Poczekaj! – Zatrzymałem Gieranikę. – Zanim mnie zabijesz, wyjaśnij, co się tutaj dzieje!

– W twoim słowniku jest jedno fantastyczne słowo: „Chwilunia!" – uśmiechnął się Pan Ciemności. – Mój brat, Sziam, opowiedział mi, jak zostałeś Szamanem Najwyższym. Nie masz pojęcia, co to znaczy być Wielkim, Elementarnym, a tym bardziej Najwyższym. Jesteś nieukiem, który ma sporo szczęścia. Muszę cię zmartwić: twoje szczęście się skończyło! Do zobaczenia, Szamanie Początkujący! Na pewno wymyślę dla ciebie coś jeszcze tak samo zabawnego!

Otaczający świat odpłynął, a kiedy znów nabrał kształtów, przed oczami miałem znajomy do bólu komunikat:

**Znalazłeś się w „Labiryncie Pragnień" – na poligonie doświadczalnym dla Szamanów. Twoje wyniki na poligonie określą twoją rangę zgodnie z twoją aktualną siłą i umiejętnościami.**
**Uwaga! Przeszedłeś już „Labirynt Pragnień".**
**Czy chcesz wrócić do Glarnisu?**

TAK!

Sziam opowiedział Gieranice, że jako Szaman jestem nie najlepszy? A ten z kolei postanowił mnie ukarać obowiązkowym przejściem Labiryntu Pragnień z nadzieją, że z Najwyższego stanę się Początkującym? Ale z nich żartownisie!

*Nastjo, gdzie jesteś?* – zapytałem, gdy tylko ponownie pojawiłem się w komnacie.

Niestety ani Gieraniki, ani Serca Chaosu już nie było; albo poszli na górę, albo opuścili Glarnis.

*W Sali Tronowej.* – Dostałem odpowiedź. – *Widziałeś komunikat o tym, co nawywijaliśmy?*

*Nie, cały czas miałem ekran ładowania* – odpisałem szybko, wbiegając po schodach. – *Co zrobiliśmy?*

*Pozwoliliśmy Gieranice stać się bogiem...*

*CO?!* – Aż się zatrzymałem po usłyszeniu takiej nowiny.

– Eluna się ode mnie odwróciła – powiedziała ze smutkiem Nastja, jak tylko wpadłem do Sali Tronowej. – Jeśli nie powstrzymamy Gieraniki, przestanę być Paladynem...

– A ja Łotrzykiem. – W odróżnieniu od Anastariji Plinto był zadowolony. Związany kilkoma warstwami liny niemal rozkoszował się tym, co zaszło. – Jako Łotrzyk też jestem teraz trochę do niczego... A dokładniej, zupełnie do niczego: nie mam dostępu do umiejętności.

– Poczekajcie, wezwę Duchy i was uwolnię. Wtedy porozmawiamy – powiedziałem, starając się nie poddawać panice.

**Zgodnie ze scenariuszem „Serce Chaosu" twoje umiejętności jako Szamana zostały zablokowane. Aby uzyskać dokładniejszą informację, zwróć się do Rady Szamanów.**

– Sądząc po minie naszego lidera, jest naszym Szamańskim Impotentem – wyzłośliwił się Plinto. – Zmień się w Smoka i rwij liny pazurami.

– Machanie, tylko nie myśl o zabiciu Kaina i jego bojowników – upomniała mnie Anastarija, zanim zmieniłem się w Smoka.

Dopiero teraz zaczął do mnie docierać cały wielki plan Gieraniki – jeśli Najwyższe Duchy odwróciły się ode mnie, a na to wskazuje status „zablokowano" w tabeli reputacji, to Labirynt Pragnień będę pokonywał po wieki wieków... Albo do tego momentu, dopóki nie stanie się aktywny przycisk *Awatar utknął*...

– Właśnie, Smoku – uśmiechnął się Czarnoksiężnik. – Nie zapominaj o naszym porozumieniu...

– CO TY NAROBIŁEŚ?! – Jeszcze nigdy nie słyszałem tyle smutku i bólu, ile było w głosie Urusaja.

Jakaś część mojej świadomości zaczęła wyć i cierpieć, dlatego zmieniłem się w Smoka i rozerwałem liny krępujące Plinto i Anastariję.

– Kainie, kim jest Urusaj? – zadałem ponownie interesujące mnie pytanie.

– URUSAJ TO JA! – Glarnis zatrząsł się od krzyku nieznanej istoty, wywołując uśmiech Kaina.

– Urusaj to on! Potwór, siedzi w Altamedzie, a dokładniej w Sali Tronowej. Pójdziemy zobaczyć? Skoro Pan kazał mi wypełniać porozumienie, to tak będzie. Okażę się godnym sojusznikiem...

Altameda zachwycała – widziałem już barwne i majestatyczne budowle, choćby w samym Narlaku, jednak takiej symbiozy piękna i ergonomii nigdzie nie było. Każda komnata, gdyby zaszła taka konieczność, mogła zmienić się w niezłe pomieszczenie obronne, wystarczyło jedynie pociągnąć kilka dźwigni i przesunąć stoły. Wszystkie meble zostały wykonane z imperatorskiego dębu, co powodowało, że stawały się przeszkodą nie do pokonania na drodze napastników. Kilka tysiącleci włóczęgi po Wolnych Ziemiach nie zgasiło blasku i blichtru tego zamku, którego właścicielem jestem ja. Szczególnie cieszyła mnie broń rozwieszona na ścianach – to nie była jedynie dekoracja wnętrz, lecz narzędzia w pełni gotowe do walki...

**Weselcie się mieszkańcy Malabaru!**
**Imperator został uratowany! Dwudziestu śmiałków pod wodzą Echkilera, lidera klanu Feniks, i niezrównanego Helfajera, najlepszego wojownika naszego kontynentu, znalazło sposób na pozbycie się kindżału Gieraniki z tronu! Niech ich imiona będą wychwalane na wieki!**
**Na cześć ocalenia Imperatora ogłasza się świąteczny tydzień - cena wszystkich towarów Imperium zmniejsza się o 50%.**
**Zadanie „Stworzyć Przedmiot Święty"**
**zostało usunięte z twojej listy zadań...**
**Klan zostaje pozbawiony osiągnięcia**
**„Najlepszy pośród najlepszych!".**

– Sukinsyn... – powiedział wkurzony Plinto, nie zwracając się do nikogo konkretnego. – Nie szkodzi, jeszcze się spotkamy...

– Pan spełnił swoją obietnicę – uśmiechnął się Kain. – Wasz Imperator będzie żył...

– Ty coś wiesz? – zapytała Anastarija, prawie wczepiając się w Czarnoksiężnika.

– Nie znam całego planu Pana, ale ten fragment znam dokładnie. Echkilerowi zaproponowano układ: powinien uniemożliwić kilku wolnym obywatelom, a dokładnie Machanowi i Anastariji, wejście do Altamedy przez bramę główną. Zamiast tego mieli zostać poprowadzeni przez przejście podziemne, omijając i Upiory, i Urusaja. Echkiler poradził sobie ze swoim zadaniem i otrzymał za to możliwość zniszczenia kindżału. Pan nigdy nie rzuca słów na wiatr...

– Ale jak...

– Co do cholery?! – wykrzyknął zdziwiony Plinto, przerywając Nastji i pokazując szkarłatnoczerwony Kryształ wielkości głowy niemowlęcia.

Weszliśmy do Sali Tronowej Altamedy, gdzie zgodnie ze słowami Patriarchy powinien znajdować się jakiś Upiór z koroną na głowie, ale zatrzymaliśmy się jak wryci przed przedmiotem, który znajdował się w samym centrum sali.

Kryształ Rogzara. Klasa: Artefakt Stacjonarny. Właściciel kryształu otrzymuje debuff „Klątwa Rogzara": prędkość przemieszczania się spada o 75%, -50% wartości wszystkich parametrów, szybkość regeneracji Życia, Many i Energii -90%, wartość otrzymywanego Doświadczenia -90%. Nie można sprzedać, wymienić, wyrzucić, ukraść ani zniszczyć. Status: aktywny, skonfigurowany. Poprzedni właściciel: Krios (wolny obywatel). Aktualny właściciel: Urusaj.
Aktywny kryształ Rogzara pozwala na ignorowanie „świętego statusu" miejsca, blokuje umiejętności powyżej poziomu 40, więzi właściciela kryształu w miejscu, w którym znajduje się kryształ, zabrania zadawania właścicielowi kryształu ciosów umiejętnościami powyżej poziomu 40.

– To jest to, dzięki czemu Gieranika przeniknął do Glarnisu i zawładnął Sercem Chaosu. – Za naszymi plecami rozbrzmiał ciężki głos, który słyszałem to w głowie, to w całym zamku.

Dobrze, że chociaż teraz nie starał się on przekrzyczeć całego świata. Niemal jak na komendę wszyscy odwróciliśmy się i zobaczyliśmy białośnieżnego anioła, który rozpostarł skrzydła i patrzył na nas z wysokości swoich trzech metrów.

– Machanie, pytałeś, kim jest Urusaj – uśmiechnął się Kain. – Oto on, przed tobą. Demon Nag, Pech Pran, Katastrofa Lorniksów... Ta istota ma wiele określeń, ale wszystkie sprowadzają się do jednego: ten białoskrzydły...

– Sługa Ciemności – powiedział zupełnie nie po anielsku Urusaj, w jego rękach pojawił się płonący miecz i jednym szybkim cięciem wszyscy wojownicy Kaina zostali zgładzeni. – Przyprowadziliście tutaj Gieranikę! Pozwoliliście mu przejąć Serce

Chaosu! Zostajecie pozbawieni swoich klas! I wszystkiego, co macie: życia!

– Nastjo, pieśń! – Na twarzy anioła była wypisana taka nienawiść, że nie miałem czasu do namysłu, zmieniłem się w Smoka. Kto by pomyślał, że Urusaj jest aniołem Eluny! Choćby był nawet samym twórcą Barliony, zgładził mojego sojusznika, dlatego mam obowiązek odpowiedzieć na tę napaść. Nawet gdyby nikt mi nie groził! – Plinto, Wampir na pełnej! Pozbawiono nas klas, ale nie ras!

Smok, Syrena i Wampir przeciwko jednemu wkurzonemu Aniołowi, którego poziom był do tego momentu nieznany. Albo ta istota jest poza poziomami, albo na tyle nas przewyższa, że walka będzie zupełnie pozbawiona sensu. Znudziło mi się umieranie tak po prostu – jeśli Anioł nie chce rozmawiać, to jego wybór.

**Na czas działania scenariusza „Przejęcie zamku" zaklęcie „Oddech Smoka" zostaje aktywowane...**

Anastarija, wzniósłszy ręce, zaczęła śpiewać swoją urzekająca pieśń, Plinto zmienił się w czarną mgłę i owinął Anioła, a ja zaznaczyłem Urusaja i z nadzieją, że Wampir nie ucierpi, zacząłem atakować ogniem...

Przyprowadziliśmy Gieranikę do Glarnisu. Cóż, zdarza się, zwłaszcza że ten scenariusz został opracowany przez doświadczonych psychologów. Ale to nie usprawiedliwia ataku na nas, szczególnie bez możliwości poznania prawdy. Pierwsze przyspieszenie!

– ZNISZCZYLIŚCIE WSZYSTKO, CZEGO BRONIŁEM! WSZYSTKO, DLA CZEGO OPUŚCIŁEM ELUNĘ!

Znowu zaczął wrzeszczeć! Idź precz! Zostaliśmy pozbawieni naszych klasowych umiejętności, nie słyszą nas teraz ani Duchy, ani Eluna, ani ci, którzy odpowiadają za Łotrzyków. Ponieśliśmy już karę za to, co zrobiliśmy – ponowne ukaranie nas jest głupotą. Drugie przyspieszenie!

– STWORZYŁEM DOSKONAŁĄ OBRONĘ, CZEKAŁEM NA CIEBIE JAKO WŁAŚCICIELA, ŻEBY PRZEKAZAĆ CI ZAMEK, ALE TY MNIE ZDRADZIŁEŚ!

No, teraz, Szanowny Aniele, to już przesadziłeś – nawet nie wiedziałem o twoim istnieniu! Po cholerę wypuszczałeś Upiory? Żebym przyszedł? Jakoś nie bardzo się ucieszyły, kiedy po raz pierwszy pojawiłem się przy Altamedzie! Trzecie przyspieszenie!

– GIERNIKA ZOSTANIE BOGIEM I BARLIONA POGRĄŻY SIĘ W CIEMNOŚCI.

– Przeginasz, Urusaju! Jeśli Gieranika stanie się postrachem i koszmarem tego świata, to Barliona stworzy środek, żeby go zniszczyć! Stwórca jest żywy i nie dopuści do tego, żeby jego świat został zmieciony z powierzchni ziemi! Czwarte przyspieszenie!

– ZALEDWIE DWA MIESIĄCE DZIELĄ NAS OD CIEMNOŚCI! WSZYSCY UMRZECIE! NIEEE! Miej serce! Błagam o litość!

**Zadanie „Nieuniknione zło" zostało wykonane.**
**Zdobyłeś osiągnięcie „Właściciel poziomu pierwszego" – jesteś właścicielem zamku pierwszego poziomu.**
**Zdobyłeś osiągnięcie „Właściciel poziomu drugiego"...**

Ciężko dysząc i starając się zapanować nad okrutnym bólem głowy, spojrzałem na walającego się po podłodze Anioła. Zupełnie nie przypominał tej majestatycznej istoty, która zabiła Kaina. Przed nami leżał zwęglony, jęczący i żałosny żołnierz Eluny. Było mi tak źle na duszy, że zupełnie nie czułem cienia radości, że zostałem właścicielem zamku na dwudziestym czwartym poziomie. Przeciwnie – serce wypełniła jakaś pustka. Właśnie uruchomiono kolejny scenariusz, który potrwa dwa miesiące. Przy czym ten scenariusz najprawdopodobniej będzie obejmował dwa Imperia, ale ani dla mnie, ani dla Anastariji, ani dla Plinto nie będzie w nim miejsca – straciliśmy nasze umiejętności...

– Mów – wydusiłem z zaschniętego gardła, zwracając się do Anioła.

Przyszedł czas dowiedzieć się, co naprawdę działo się w moim zamku. Kolana ugięły się pode mną i runąłem na podłogę – nie miałem już siły, żeby utrzymać się na nogach. Kątem oka zauważyłem, że leżący na ziemi Anastarija i Plinto zaczęli się poruszać, odzyskując świadomość. Bardzo dobrze, nie będą mnie dopytywać, co się wydarzyło. Urusaj wykonał niezwykły wysiłek, podniósł się z podłogi i zaczął mówić...

Serce Chaosu było dobrze ukryte we wnętrzu Glarnisu. Nikt nie wiedział o jego istnieniu, dopóki Eluna nie spostrzegła, że spadkobierczyni zamku wpadła w ręce Gieraniki. W tym momencie bogini zrozumiała, czego można oczekiwać od tego Szamana, który interesuje się Cieniami, dlatego opracowała plan zniszczenia Glarnisu raz na zawsze. Mieszkańcy zamku byli na wskroś przepełnieni nienawiścią Serca, dlatego nie mogli mieszkać poza Glarnisem. Jakim cudem Gejra przeżyła z dala od miasta – pozostawało zagadką. Bogini nie mogła dla kaprysu zniszczyć całego zamku, ale przypomniała sobie o Altamedzie, która skacze z miejsca na miejsce po Wolnych Ziemiach. Podjęto decyzję, że Urusaj uda się do tego zamku, przejmie go, zniszczy albo pochłonie głównego Upiora, po czym teleportuje zamek do miejsca przeznaczenia – prosto na Glarnis. Po tym Altameda miała już się nie przemieszczać, pozostając na zawsze jako niepodważalny pomnik, który będzie strzegł Serca Chaosu. Jednak wszystko poszło nie tak, jak zostało zaplanowane – jeden z wolnych obywateli imieniem Krios wniósł do Altamedy Kryształ Rogzara, który doskonale blokował wszystkie umiejętności Urusaja. Urusaj nadal był silny i niezwyciężony, ale tylko w Altamedzie. Nie miał żadnej władzy na terenie Glarnisu. Z pomocą przyszła Eluna, która pobłogosławiła ziemię wokół zamku. Gieranika nie mógł przejść przez krąg Eluny, nawet korzystając ze swoich umiejętności Herolda. W międzyczasie, aby powstrzymać strażników Narlaku przed zbyt szybkim wylevelowaniem swoich umiejętności, Urusaj zaczął codziennie wypuszczać Upiory. Czyniąc to, wziął na siebie grzech za przelewaną krew i ból. Stopniowo stawał się upadłym aniołem. Wiedział, na co się decyduje, ale zablokowanie Gieranice dostępu do Serca Chaosu było ważniejsze od losu jednego anioła. To był również powód, dla którego Urusaj wygnał barbarzyńców, którzy mieszkali niedaleko – zbyt wiele nienawiści i złości siali na okolicznych ziemiach.

Kiedy Anioł wyczuł prawowitego właściciela, bardzo się ucieszył, jednak nie mógł się z nim bezpośrednio skomunikować, ponieważ te umiejętności były blokowane przez Kryształ Rogzara. Wówczas pozostało mu tylko czekać i mieć nadzieję, że właściciel znajdzie sposób, aby dostać się do zamku, żeby odebrać należną mu koronę. Tak też się stało, jednak właściciel poszedł najtrudniejszą drogą, jaka istnieje – przez Podziemie Glarnisu. Blokowane umiejętności nie pozwoliły Aniołowi zobaczyć, kto jeszcze idzie z właścicielem, ale na wszelki wypadek postawił straże z Upiorów przy wejściu do Sali Tronowej Glarnisu. Jak się okazało – nie na darmo. Gdy tylko drzwi się otworzyły, wleciały w nie Cienie, które są istotą Gieraniki. Wojownicy najgorszego wroga tego świata dostali się do miejsca, z którego prowadziła prosta droga do Serca Chaosu! Anioł stracił głowę i nakazał zniszczenie wszystkich, którzy przyszli przez Podziemie, jednak stało się coś nieprawdopodobnego – sam właściciel wezwał Gieranikę. Tylko w taki sposób Gieranika mógł dostać się do środka, unikając kontaktu z błogosławioną ziemią... Kiedy zawładnął Sercem, Gieranika zadzwonił przez amulet i natychmiast zniknął – wezwał go ktoś inny...

– W zamian za to, że Echkiler go wezwał, Gieranika przekazał Echkilerowi przedmiot, który mógł zniszczyć kindżał – powiedziała jednym tchem Nastja. Zrozumiała, w jaki sposób jej ojciec uwolnił tron Imperatora. – Ale jak on został Strażnikiem?

– Zabił poprzedniego Strażnika i zapewnił Stwórcę, że przez kilka miesięcy będzie dobrowolnie pełnił obowiązki pokonanego wroga, dopóki nie dorośnie nowy Strażnik. Stwórca przyjął jego przysięgę... – odparł powoli odradzający się Anioł – ...rany się zasklepiały, skrzydła prostowały, a porwana i spalona odzież znów stawała się śnieżnobiała.

– Dlaczego nigdzie nie ma o tobie wzmianki? – zapytała Anastarija. – Patrzyłam wszędzie, Urusaj, demon Nag, ale nie Anioł!

– Dlatego że kiedy zostałem upadłym Aniołem, moje imię wymazano z historii tego świata. Dlatego że świadomie zrobiłem ten krok i jestem gotów doprowadzić sprawę do końca! Dlatego że mnie już nie ma! Machanie, dzięki temu, że mnie nie zabiłeś, teraz mam możliwość odejść tak, jak zechcę... Pragnę podarować ci ostatni prezent. Dopóki w tym zamku znajduje się Kryształ Rogzara, nie będziesz mógł stać się prawowitym właścicielem Altamedy. Ja już nigdy nie wejdę w szeregi Eluny, ale chociaż w części odkupię hańbę swojej porażki. Daj rękę, właścicielu!

Wyciągnąłem otwartą dłoń, po której Anioł przesunął skrzydłem, rozcinając ciało. Kilka kropli ponoć nieistniejącej w Barlionie krwi kapnęło na śnieżnobiałe skrzydła Anioła, zabarwiając je jaskrawą czerwienią, po czym Urusaj rzucił się w stronę kryształu, pochwycił go i z ogłuszającym trzaskiem zniknął wraz z nim... Altameda w pełni przeszła w moje ręce...

**Dostępny jest interfejs zarządzania zamkiem. Chcesz teleportować zamek w inne miejsce?**
**Następny skok będzie możliwy za trzy miesiące...**

Chcę!

Nie wiem, kim jest Krios, ale na pewno spotkam się z nim i powiem mu kilka przyjemnych słów. Ktoś musi wziąć odpowiedzialność za to, co wydarzyło się w moim zamku, niech tym kimś będzie Krios...

Mury zaczęły wibrować, pokazując, że zamek jest gotów do skoku. Nie miałem ochoty wracać na Wolne Ziemie, dlatego podniosłem walającą się u podnóża tronu koronę, nałożyłem ją na głowę i usiadłem na tronie. Przyszedł czas uwolnić Upiory i rozpocząć moje panowanie.

Prawowity Właściciel zajął swoje miejsce!

## O AUTORZE

Wasilij Michajłowicz Machanienko urodził się 20 kwietnia 1981 roku w Siewierodwińsku w Rosji. W 2004 roku ukończył studia na wydziale fizyki i matematyki Biełgorodzkiego Narodowego Uniwersytetu Badawczego. Następnie przeniósł się do Moskwy, gdzie pracował w branży IT.

Obecnie koncentruje się na twórczości literackiej, a w szczególności na LitRPG – nowym, dynamicznie rozwijającym się podgatunku fantasy i science fiction. Jest też zapalonym graczem i wielkim fanem *World of Warcraft* – gra oczywiście Szamanem, podobnie jak główny bohater jego powieści.

Swoją pierwszą książkę – o perypetiach Szamana i jego towarzyszy, którzy utknęli w surowym, nieznającym litości wirtualnym świecie Barliony – opublikował w 2012 roku na stronie Samizdat. *Droga Szamana* dała początek całej serii, która liczy obecnie siedem tytułów i jest tłumaczona na angielski, niemiecki, czeski, koreański i polski.

Machanienko opublikował także dwie części cyklu *Tiomnyj pаładin* (ang. *The Dark Paladin*) oraz zapoczątkował serię LitRPG o tematyce science fiction zatytułowaną *Galaktiona*.